# Un goût de paradis

# Laura Simon

# Un goût de paradis

Traduit de l'américain
par Marie-Denise Guay

 Mortagne Poche

*Édition*
Mortagne Poche
250, boul. Industriel, bureau 100
Boucherville (Québec)
J4B 2X4

*Diffusion*
Tél.: (514) 641-2387
Téléc.: (514) 655-6092

*Dépôt légal*
Bibliothèque nationale du Canada
Bibliothèque nationale du Québec

2ᵉ trimestre 1995

ISBN: 2-89074-556-2

1 2 3 4 5  - 95 -  99 98 97 96 95

Imprimé au Canada

# 1

— *Vous* êtes la fille de Cecil?

Son ton était brusque et incrédule.

Allégra sentit la rougeur monter sous le col humide de sa robe. Elle avait chaud. Elle était fatiguée. Elle doutait de plus en plus de la pertinence de sa décision impulsive : aller aux Caraïbes à la recherche de son père. Elle ne l'avait jamais rencontré. Lorsqu'elle avait quitté le Connecticut deux semaines auparavant, au cours d'une triste journée d'automne, l'idée lui avait paru très bonne. C'était l'évasion parfaite loin de la Nouvelle-Angleterre et de l'hiver qui s'annonçait morne tout comme l'avenir. Elle était enfin dans le bureau de James Forsythe, avoué. Elle faisait face à deux hommes qui la regardaient d'un air ahuri en manches courtes et elle souhaitait, trop tard comme d'habitude, avoir réfléchi avant d'agir. Elle ne savait même pas lequel des deux était le notaire chargé des affaires reliées au domaine de son père, l'*Étoile*.

— *Vous* êtes Allégra Pembroke?

Allégra acquiesça, malheureuse de son apparence, de la rougeur envahissant son cou et disparaissant dans ses boucles blond miel qui jaillissaient du nœud où elle avait tenté de les emprisonner. Soudain embarrassée, car sa nature impétueuse la jetait toujours dans des aventures, elle fixait le plancher de bois en se dandinant. Muette et rigide, elle rougit davantage.

Quel tableau séduisant! De taille mince, l'énergie qui se dégageait d'elle donnait l'illusion qu'elle était beaucoup plus grande. Ses boucles soyeuses et désordonnées la grandissaient encore. Elles entouraient un visage d'une beauté classique, parsemé de quelques taches de rousseur éparpillées sur son front et sur son nez. Son expression évoquait la perfection. Ses yeux bleu mauve, pleins de curiosité étaient loin de refléter un tempérament docile, si souhaitable chez une femme.

— Vous ne pouvez pas parler?

La voix était devenue méfiante.

— Comment pouvons-nous savoir que vous êtes la fille de Cecil? D'où venez-vous?

Allégra leva les yeux et jeta un coup d'œil à l'homme mince qui la questionnait. Il ne pouvait s'agir de monsieur Forsythe. Malgré son air assuré, il ressemblait peu à un homme de loi. Son abondante chevelure noire était en broussaille et sans la moindre trace de pommade. Son léger accent écossais était celui d'un homme éduqué. Son teint sombre et son accoutrement révélaient soit un dédain des conventions et de la mode, soit un travail exercé en plein air. Non seulement il ne portait pas de veston, ni col ni cravate, mais sa chemise était ouverte, ses manches roulées au-dessus du coude. Des bretelles bleu marine ornées de petites étoiles jaunes retenaient son pantalon dont l'ourlet à peine pressé découvrait des chaussures de tennis usées jusqu'à la corde.

— Oui, je peux parler, balbutia-t-elle.

Ornés de longs cils noirs, ses yeux étaient devenus d'un bleu profond.

— J'étais sur le *Prince Créole* qui arrive de New York.

— Assurément.

Cette réponse fusa sur un ton mi-figue, mi-raisin.

— Comme c'est le seul vaisseau de plus de cinq mètres qui ait accosté depuis deux jours et comme il semble fort peu probable que vous vous soyez cachée dans les montagnes, cela paraît évident. Ma question aurait dû être...

— Chut, Olivier, l'interrompit l'autre homme.

Il avait réussi à surmonter son étonnement et revêtait poliment son veston.

— N'apprendras-tu jamais à tenir ta langue et à être courtois? Tu te conduis comme un vrai barbare.

L'accent de l'homme évoquait la bruyère et la brume des Highlands. Sa fine chevelure rousse et son teint pâle avaient souffert sous le soleil tropical.

— Vous devez nous excuser, mademoiselle Pembroke.

Il s'empressa d'avancer une chaise.

— Cecil, euh, votre père, nous a laissé croire que vous étiez à peine sortie du berceau. Dans notre esprit, vous étiez une mignonne fillette.

Allégra leva les yeux. Elle fut soulagée de voir sourire l'Écossais, qui d'après elle était le notaire de son père; elle s'effondra sur la chaise. Ne sachant que répondre, comme elle ne voulait pas non plus être impolie, elle expliqua :

— J'ai été petite, autrefois.

Elle réalisa que sa réponse semblait idiote. Elle s'empressa d'ajouter :

— Mais je ne le suis plus maintenant.

— En effet, murmura Olivier, insensible à la réprimande de monsieur Forsythe.

Il reprit la position qu'il avait à l'arrivée d'Allégra. Assis sur une chaise au dossier incliné, les pieds sur le bureau, il se croisa les bras.

L'homme aux cheveux roux toisa calmement son ami, puis il tira sa chaise près de celle d'Allégra et s'assit.

— Votre père est souvent vague, en ce qui concerne les dates et les détails, lui dit-il. Nous ne devrions pas être si surpris.

Il fit une pause, le front plissé par une pensée soudaine. Il dit d'une voix plus lente :

— En fait, nous aurions dû deviner que vous n'étiez plus un bébé. Si nous avions mis bout à bout tout ce que Cecil nous a raconté, nous aurions compris que vous étiez une femme.

Cette fois-ci Allégra se sentit tout à fait incapable de

trouver une réponse. Tout ce qu'elle réussit à faire, ce fut d'acquiescer timidement. James Forsythe se tortilla sur sa chaise pour faire face à son compagnon paresseusement installé derrière lui.

— Tu sais, Olivier, dit-il en comptant sur ses doigts, ça fait presque six ans que Cecil est à la Grenade. Il est arrivé en novembre 87 et il a acheté l'*Étoile* de ce planteur français, Le Ciel, en avril 88. Je m'en souviens, je venais à peine d'arriver moi-même.

— Hum, admit Olivier.

Il regarda vers le plafond alors qu'il calculait.

— Nous sommes à peu près certains qu'il a passé trois ans à Madagascar à cultiver du poivre. « Jamais deux sans trois », dit-il chaque fois qu'il parle de cette expérience. D'abord une inondation, puis un incendie, et — qu'était-il arrivé à la troisième récolte ?

— Ravagée par un troupeau en cavale.

— Oui, en effet ! Comment ai-je pu oublier cette histoire ? Nous sommes également à peu près certains qu'il a séjourné deux ans à Shanghai à faire le commerce de la soie et des épices ; il a fallu deux ans pour terminer la tapisserie suspendue dans le salon de l'*Étoile*. Te souviens-tu, il a fait s'évader de Yangtze le fils d'un seigneur de la guerre qui, reconnaissant, a fait tisser la tapisserie pour lui ?

— En effet. Après que Cecil ait refusé sa fille en cadeau.

L'Écossais fit « chut » à Olivier ; les remarques du genre devaient être évitées devant une femme, puis il lança un regard à Allégra en guise d'excuse. Loin d'être offensée, Allégra écoutait attentivement. Ses doutes s'estompaient et l'enthousiasme avec lequel elle avait entrepris ce voyage lui revint. Son père était exactement comme elle l'avait imaginé : galant, romantique et, par-dessus tout, aventureux. Elle voulait en entendre davantage.

Quelque peu étonné de voir la timidité d'Allégra céder à une expression radieuse, le notaire se tourna à nouveau vers son ami et poursuivit :

— Voyons, dit-il. Ah, oui. Il a passé un certain temps en Californie. N'avait-il pas traversé l'Amérique dans le premier transcontinental? C'était en 68, non?

— En 69 Jamie, répondit machinalement Olivier.

Mais ses yeux s'étaient fixés sur Allégra.

— En mai 1869.

Lui aussi était ébahi par le changement qui s'était produit en elle. Il reconnut dans son visage, cerné de boucles espiègles, la spontanéité qu'il appréciait chez Cecil. Son incrédulité et sa méfiance s'évanouirent. Il réalisa soudain qu'il était attiré par elle. Il était ravi par son apparence engageante et cette présence inopinée, sans chaperon, le réjouissait. L'embarras inexplicable d'Allégra offrait un contraste rafraîchissant avec l'attitude des jeunes dames qu'il avait rencontrées à Londres.

— Oui, oui, en 69, dit Jamie. Il a cherché de l'or, mais il a finalement réalisé qu'il était trop tard et d'ailleurs il avait fort peu de talent pour faire fortune de cette façon. Puis il s'est lancé dans le commerce de la fourrure en Alaska, n'est-ce pas? Cela a duré un certain temps, me semble-t-il.

— Oui, il s'est rendu jusqu'à Sitka, répondit Olivier.

Son visage s'éclaira d'un grand sourire.

— Cecil déteste le froid. Il prétend que l'humidité glaciale de Pembroke Hall l'a marqué. Ces vieux manoirs anglais sont impossibles à chauffer.

— Bon, il y a là tout ce qu'il nous faut, conclut Jamie en agitant les mains.

— Ajoutons son aventure bizarre dans une plantation de thé au Ceylan et dans la plantation de café à Java, quelques saisons passées à marchander du cacao pour une entreprise à Amsterdam, et il est tout à fait raisonnable de croire que l'enfant qu'on berçait soit devenu adulte.

Un froncement assombrit son beau visage quand une autre pensée l'assaillit.

— Je me demande si Cecil lui-même réalise que le temps a passé, doutait-il d'un air songeur.

— Il a écrit, fit rapidement remarquer Allégra. Elle pensait au petit paquet de lettres mortes tassées sous les dossiers, près des journaux intimes, dans le bureau de sa mère, et ajouta :

— Parfois.

Un grognement d'Olivier la fit rougir à nouveau. Elle observait ses mains, nouées sur ses genoux. Cet homme peu ordinaire la troublait, avec ses traits particuliers, ses manières directes et ses remarques franches. Elle n'avait jamais rencontré quelqu'un de semblable.

— J'en suis persuadé, dit Jamie, atténuant l'inconstance de Cecil.

— L'an dernier, j'ai moi-même reçu une ou deux lettres remarquables de lui quand il s'est rendu en Angleterre. Votre père a le don d'écrire. Il a un vrai don pour les mots. Je lui ai souvent dit qu'il devrait coucher ses récits sur papier. Cela ferait un livre merveilleux.

Allégra leva les yeux, reconnaissante de l'intervention pleine de tact de l'homme de loi. Son sourire rassurant la détendit.

— Peut-être, ponctua Olivier.

Délaissant les dons artistiques de Cecil, il revint à des considérations plus terre à terre.

— Mais je trouve étrange que votre père ne soit pas ici pour vous accueillir, mademoiselle Pembroke. Qu'il ne nous ait jamais parlé de votre arrivée prochaine, je ne peux l'attribuer qu'à son sens du théâtre. Il voulait certainement nous surprendre. Et il peut être très satisfait car il a réussi. La scène montée, cela ne lui ressemble guère de rater le spectacle. Je ne peux concevoir que Cecil ait oublié un rendez-vous aussi important que celui-ci.

— Oh! dit Allégra, dont les mains se joignirent à nouveau. Bien!...

La tête penchée, elle examinait la moulure au-dessus de la fenêtre ouverte. Après quelques instants de silence, elle avoua :

— En fait, il ne sait rien de mon arrivée. L'idée m'est tout simplement venue de me rendre ici.

Olivier fit basculer sa chaise.

— J'ai découvert où il était un peu par hasard, termina-t-elle.

Ses yeux glissèrent sur le diplôme certifiant la graduation de James Andrew Forsythe à l'Université d'Édimbourg.

— Oh, c'est bien, dit Olivier d'un ton morne. Nous assistons à toute une pièce.

— Êtes-vous en train de dire, mademoiselle Pembroke, que vous avez fait depuis New York quinze cents kilomètres toute seule, par hasard?

Jamie avait posé la question avec gravité. Sa voix était sérieuse, sans être sévère.

Allégra regarda froidement l'avoué James Forsythe. Ses yeux étaient honnêtes.

— Eh bien, oui, répondit-elle, sur le même ton. Sauf que je suis partie du Connecticut.

Le petit rire d'Olivier retentit.

— Eh bien, Jamie, dit-il, la voix amusée. Pas de doute, c'est la fille de Cecil.

Ces mots touchèrent directement le cœur d'Allégra. Elle ne pouvait imaginer plus beau compliment. Son père était un gentleman et un explorateur, un homme imaginatif et plein de ressources, toujours en quête de sensations fortes.

Si elle avait tendance à exagérer son esprit aventureux, peut-être était-ce dû à la nouveauté de sa présence dans sa vie. Comme elle l'avait confié à monsieur Forsythe, elle venait tout juste de découvrir son existence. Ni sa mère ni son grand-père ne lui avaient jamais parlé de lui. Ils répondaient simplement à toutes ses questions en disant brièvement qu'il avait été emporté par la grippe quand elle avait à peine deux mois. Elle ne savait même pas son nom. Jusqu'à il y a quelques semaines. Un jour, alors qu'elle fouillait dans un tiroir, elle était tombée sur les journaux intimes de sa mère et sur des lettres. Grâce aux notes échelonnées sur vingt-six ans et à ces lettres, elle avait reconstitué l'histoire de la famille.

Cecil Pembroke était arrivé à New York en 1867. Agé de vingt-quatre ans, il avait les cheveux pâles et il était plein de charme. Son visage finement ciselé séduisait tous ceux et celles qu'il rencontrait. Il était le deuxième fils de sir Arthur Pembroke, un seigneur du Sussex qui possédait des biens dont il tirait ses rentes. Cecil ne pouvait cependant espérer qu'un petit héritage, si jamais il en recevait un. Frais émoulu de l'université et encore lié aux cordons de la bourse paternelle, il était à la recherche d'un avenir prometteur.

À son arrivée, il tomba follement amoureux de mademoiselle Amélia Bromely, une jeune dame tout aussi belle qu'il était élégant. Elle visitait la ville avec une tante célibataire. À peine quelques semaines après son arrivée, malgré les objections de leurs parents veufs, ils se marièrent.

Le père d'Amélia, propriétaire sérieux et directeur d'une école d'élite pour garçons dans une petite ville du Connecticut, exprima sa nette désapprobation devant l'oisiveté de son gendre. Mais c'est avec plus de conviction encore que sir Arthur manifesta son opposition à cette mésalliance. Il mit fin à l'allocation trimestrielle de Cecil, plongeant ainsi les nouveaux mariés dans la pauvreté. La naissance d'une petite fille compliqua les choses. Cecil, optimiste notoire, nomma sa fille Allégra, car les noms grecs et latins étaient en vogue.

Les besoins de nourriture, d'attention et de langes devinrent un lourd fardeau et affectèrent la délicate santé de sa mère. Moins d'un an après avoir quitté son calme foyer du Connecticut, Amélia y retourna, seule, pour se rétablir et y élever son enfant.

Cecil disparut dans le vaste monde, promettant de trouver un travail, de créer un foyer stable et de revenir les chercher. Ses lettres espacées témoignaient de la sincérité de ses intentions, en dépit du temps qui passait. En 1889, arriva enfin une lettre de la Grenade décrivant l'*Étoile*. Il avait acheté ce domaine consacré à la culture du cacao, formé de huit cents acres d'une splendeur tropicale. La résidence, élevée sur un promontoire avec vue sur la mer des Caraïbes, était presque terminée. C'était une maison fort belle et fort accueillante pour sa gracieuse famille. Dans sa lettre, il parlait avec enthousiasme de leur réunion prochaine.

Vingt ans s'étaient écoulés. Amélia n'avait pas l'esprit audacieux de Cecil, ni la vitalité qu'il avait transmise à leur fille. Sa désastreuse aventure romantique l'avait guérie à jamais du désir de franchir les frontières de la maison paternelle. À quiconque s'informait, y compris Allégra, elle répondait que son mari était mort de la grippe après la naissance de leur bébé. Elle avait cessé de tenir son journal et avait enfoui les quelques lettres de Cecil dans un tiroir.

Allégra les avait trouvées à l'automne de 1893. Sa mère était morte quelques années auparavant. Elle n'avait offert qu'une molle résistance à la pneumonie qui l'avait emportée. Allégra avait regretté la douce et faible lumière que sa mère projetait, et elle avait poursuivi sa sombre existence. Ce n'est qu'après la mort de son grand-père, en août, que le cours de sa vie s'était modifié. Complètement seule dans une maison où elle se sentait à l'étroit, elle avait ratissé des années de biens accumulés à la recherche d'un sens à sa vie.

Son père était vivant, bel et bien vivant, et cette découverte avait rempli Allégra d'un enthousiasme débordant. Quelques instants plus tôt elle était orpheline, voilà maintenant qu'elle avait une famille. Plus elle lisait, plus elle prenait d'assurance : elle avait trouvé non seulement un père, mais également la raison de son propre tempérament.

Toute sa vie, Allégra avait réprimé son exubérance, jugée inappropriée chez une jeune dame.

— Assieds-toi sur tes mains.

Son grand-père lui suggérait toujours cet exercice pour calmer l'énergie physique et mentale qui l'animait. Sa mère, plus subtile, avait offert à Allégra un manuel de bienséance à tranche dorée pour son quinzième anniversaire. « ...Rends-toi utile... Évite les extrêmes... Sois modérée en toutes choses... » Elle avait pris de ferventes résolutions pour changer et devenir plus docile, mais même ces vœux pieux avaient échoué.

Malgré ses efforts, Allégra ne pouvait s'empêcher de rêver à quelque chose de plus enlevant, de plus important, de plus grand. Elle voulait faire quelque chose. Être quelqu'un. Car, d'aussi loin qu'elle pouvait se rappeler, elle avait voulu que sa vie ne se résume pas à crouler sous le poids des années. En lisant les premières remarques enflammées du journal de sa mère et les récits de Cecil, elle reconnut le même désir d'aventure en son père. Cependant, elle osait à peine en rêver, par crainte des rebuffades, alors que lui, il les réalisait.

Cecil et l'*Étoile* étaient devenus les symboles du style de vie qu'elle avait toujours secrètement désiré. Maintenant, certaine que son père était vivant, Allégra avait gagné son courage et, à la perspective du rude hiver, elle avait pris une décision optimiste et probablement irréaliste. Elle avait acheté un billet pour la Grenade et avait vogué vers un avenir idyllique, centré sur la figure de Cecil.

Olivier rit à nouveau.

— Vous êtes vraiment tous les deux de la même étoffe, dit-il, stupéfait. « Eh bien, tiens, je pense que je vais utiliser cette belle fibre pour Cecil Pembroke et sa fille » devait se dire le tisserand avant de fabriquer son tapis magique.

Ses sourcils noirs s'arquèrent un moment au-dessus de ses yeux brillants.

— Vous savez, conclut-il, cela résonne comme le nom d'une belle petite entreprise de Knightsbridge ou, peut-être, d'une élégante boutique de la rue Bond. *Pembroke and Daughter*. Ou, diraient les Français, *Pembroke et fille*.

Son ton était peut-être moqueur mais pas sarcastique. Allégra y détecta une réelle affection pour son père et sentit à nouveau jaillir en elle un sentiment d'admiration. Son admiration ne fut pas seulement suscitée par les paroles, mais par l'homme qui les prononçait. Même si elle sentait presque l'âme de son grand-père se glacer d'horreur devant l'impertinence d'Olivier, Allégra s'aperçut qu'elle était fascinée par l'assurance avec laquelle il défiait les conventions. Elle avait à peine commencé à se détendre et à préparer une réponse qu'il la désarçonna encore :

— C'est regrettable que tu dînes avec ce vieux Johnny Hooper demain soir, dit-il à Jamie. Sinon, tu aurais pu venir avec nous à l'*Étoile* dans la matinée. Je pourrais parier que tu ne veux pas rater de voir la tête que fera Cecil quand je vais lui emmener sa fille avec son courrier.

— Oh, non ! s'écria Allégra avant que Jamie ne puisse répondre.

Les deux hommes se tournèrent vers elle.

— J'ai l'intention de me rendre à l'*Étoile* aujourd'hui même. D'après ce que mon père a écrit, le domaine n'est qu'à une quinzaine de kilomètres du port. Si vous avez la gentillesse de m'indiquer la direction à suivre, je louerai une voiture.

Malgré son ton poli, sa voix se teinta soudain d'inquiétude devant la façon qu'il avait de prendre les choses en main.

— Ridicule, répondit brusquement Olivier. Une voiture ne vaut rien à la Grenade, à moins que ce ne soit pour se promener en ville. Et même là, il vaudrait mieux s'y rendre à pied. L'une de mes goélettes est affrétée. Nous allons naviguer le long de la côte en direction de Gouyave demain matin. Il suffira d'une brève équipée à cheval pour que nous soyons à l'*Étoile*.

— Je ne sais pas monter à cheval, dit faiblement Allégra.

Son inquiétude croissait. Les chevaux, les bateaux et les audacieux étrangers étaient absents de ses rêves d'aventure.

— Vraiment, une voiture me conviendra.

Jamie l'interrompit en lançant un regard sévère à Olivier.

— Je crains que mon ami n'ait raison, mademoiselle Pembroke. Un voyage en voiture jusqu'à l'*Étoile* n'est pas une expérience agréable. Ces quinze kilomètres en vaudront soixante-quinze. Les routes sont en mauvais état. Elles sont sinueuses le long de la côte, très cahoteuses, impraticables à cause des coulées de boue. Vous serez plus à votre aise en bateau.

— Y a-t-il un autre moyen de transport que je pourrais utiliser aujourd'hui ? se désespéra Allégra. Un bac, peut-être ?

— Il n'y a rien, répondit Olivier, ignorant une fois encore le coup d'œil de Jamie. Seul un fou prendrait la mer aujourd'hui. Il y a un orage qui se prépare : qui sait à quel point il sera violent? C'est encore la saison des pluies, après tout. Nous irons demain.

Allégra fit une dernière tentative pour se libérer.

— Je vous en prie, ne vous sentez pas obligé de m'accompagner, dit-elle. Je suis ici pour connaître la route de l'*Étoile*. Je n'ai aucunement l'intention de vous faire dévier de la vôtre.

— Au contraire, répliqua Olivier d'un ton léger. C'est exactement là où je dois me rendre demain.

— C'est vrai? demanda Allégra.

— Oh, Dieu du ciel! s'écria Jamie. Nous jacassons comme des pies et nous ne nous sommes même pas présentés. Je vous prie d'excuser nos mauvaises manières, mademoiselle Pembroke. Je suis James Forsythe, le notaire et l'ami de votre père. Et ce type qui s'habille tel un pirate et qui semble prêt à vous emmener au bout du monde est vraiment un homme respectable. Laissez-moi vous présenter monsieur Olivier MacKenzie, l'associé de votre père.

Stupéfaite, Allégra resta silencieuse un moment, puis elle reprit :

— L'associé de mon père?

— Ah! dit Olivier.

Il se balança sur sa chaise. Les coins de sa bouche se relevèrent; il s'amusait.

— Cela aussi vous surprend. Oui, je suis l'associé de votre père. Il a offert de me vendre la moitié de ses parts il y a trois ans. Comme j'aimais beaucoup l'*Étoile* et Cecil plus encore, j'ai accepté. L'arrangement satisfaisait chacun de nous.

— Je vois, murmura Allégra.

Elle comprenait combien elle avait été folle d'abandonner la vie qu'elle connaissait en se fiant à une lettre vieille de cinq ans. Son père n'était pas assis seul dans la maison qu'il avait construite, à attendre que sa femme et sa fille en fassent un foyer. Il avait trouvé un partenaire. Peut-être avait-il même fondé une autre famille et avait-il de nouveaux enfants pour le distraire. La déception fut aussi brutale que son bonheur avait été sublime.

L'image refoulée durant les dernières semaines, celle du visage désapprobateur de son grand-père, refit surface. Elle savait qu'il lui aurait déconseillé d'entreprendre ce voyage ; il lui avait dit à maintes reprises d'être plus prudente, de mesurer ses gestes. Le poids de son chagrin semblait lui donner raison. Sans trop s'en apercevoir, elle se redressa sur sa chaise et elle adopta une attitude tellement assurée que son critique le plus sévère en eût été impressionné.

— Nous allons vous réserver une chambre à l'Hôtel de Saint-Georges pour la nuit, dit Jamie.

Il n'avait pas remarqué qu'Allégra avait changé d'attitude. Il avait une nature facile : si l'heure ne convenait pas, il la modifiait. Il était toujours surpris de découvrir que la plupart des gens, dans la même situation, cherchaient plutôt à modifier les événements.

— Ce n'est pas tout à fait un hôtel de première classe, mais il est propre et madame Douglas, qui le dirige, est une femme attachante.

— Oh, non, je ne pourrais pas, dit Allégra.

Elle manifesta un effroi tel que le grand-père Bromely aurait approuvé d'un signe de la tête.

— Je ne pourrais certainement pas passer la nuit seule dans un hôtel. Ce serait inconvenant.

Elle baissa les yeux et lissa un pli dans son mantelet de lin. Son refus de passer la nuit, seule, alors qu'elle l'avait été près de deux semaines sur un bateau à vapeur la contredisait à son insu.

Par contre, cette faille n'échappa pas à ses auditeurs. Jamie restait sans voix et Olivier avait l'air dégoûté. Il avait peu de sympathie pour le protocole de la bonne société et il choisissait ses amis et ses associés en conséquence. Il s'entendait bien avec Jamie, à cause de l'attitude dégagée de l'avoué aux cheveux roux. Jamie avait abandonné l'idée de pratiquer le droit à Édimbourg, préférant le rythme tranquille des colonies tropicales, avec leurs nombreuses invitations au loisir et à l'évasion.

Olivier était déçu de voir l'esprit irrésistiblement original qui lui avait permis de reconnaître en Allégra la fille de Cecil, étouffé par les codes rigides des conventions qu'il méprisait. Il fallait croire que, malgré la merveilleuse impression qu'elle lui avait d'abord inspirée, malgré ses boucles en tire-bouchon et ses incroyables yeux violets, elle était quelconque. Elle avait les manières empruntées et la posture empesée de mille autre jeunes dames de son âge et de son rang. La déception bouleversa son humeur habituellement stable. Homme au parler franc, les mots en devinrent plus mordants.

— Il aurait fallu y penser avant de quitter le Connecticut, dit-il d'une voix sèche.

Sa chaise fit un bruit sec en retombant et il se leva.

— Plus inconvenant que de passer une nuit dans un hôtel tout à fait respectable serait de prendre la mer, de voir le vent déchirer les voiles ou casser un mât et de vous voir rejetée dans la baie de Grand Roy. Ou échouer sur une plage du Venezuela, accrochée à une épave. Nous partirons demain.

— Je partirai aujourd'hui, répliqua Allégra.

Même si elle avait décidé de dompter son impulsivité en se conduisant avec le plus grand à-propos, le ton rude d'Olivier avait sur elle un effet perturbateur. Elle se leva et dit, la voix un peu tremblante :

— Je ne pourrais même pas m'imaginer vous demandant de risquer votre vie ou votre bateau pour moi.

Elle préféra examiner ses bretelles étoilées plutôt que d'affronter ses sombres yeux bleus.

— Je louerai une voiture pour me rendre à l'*Étoile*. Monsieur Forsythe a sans doute exagéré les dangers d'une telle randonnée par souci de mon confort, mais je ne saurais me laisser décourager.

— Une telle démonstration de force de caractère est noble, mademoiselle Pembroke, fit remarquer Olivier avant que Jamie ne puisse l'en empêcher, mais elle est tout à fait déplacée. Monsieur Forsythe n'a rien exagéré, que votre confort ait été sa principale préoccupation ou non. Il a même oublié d'appuyer sur le danger d'un tel voyage en cette saison. Quand la tempête frappe, comme cela se produira sûrement avant que vous n'atteigniez l'*Étoile*, la route deviendra un cauchemar. Elle pourrait même disparaître, par moments. Si vous avez décidé de faire le voyage par voie terrestre, il faudrait également le remettre à demain.

Engagée dans une voie qu'aurait approuvée son grand-père, Allégra pouvait difficilement faire marche arrière. Plus Olivier s'opposait, plus elle devenait inflexible. Jamie tenta de s'interposer. Ses petites mains parsemées de taches de rousseur se firent apaisantes, mais ses paroles conciliantes n'attirèrent aucunement l'attention. Olivier céda le premier, non qu'il crût qu'Allégra avait raison, mais parce qu'il savait que rien ne la dissuaderait de se rendre à l'*Étoile* le jour même. Persuadé qu'elle serait plus en sécurité avec lui qu'avec un autre, il avait le devoir, même s'il était pénible, de la protéger. Après tout, elle était la fille de Cecil.

— C'est bon, capitula-t-il. Allons-y. Mais je vous promets que ce ne sera pas un voyage agréable.

Jamie laissa échapper un soupir de soulagement. Bien que sa profession reposât sur la controverse, il en avait une nette aversion.

— Bien, dit-il avec un sourire encourageant. C'est donc entendu. Tandis que vous vous mettez en route, dois-je me rendre à la compagnie de téléphone pour appeler Cecil? Je sais que vous aviez l'intention de le surprendre, Olivier, mais mademoiselle Pembroke se sentira peut-être davantage rassurée si son père vient la rencontrer au quai.

Avant de répondre, Olivier regarda Allégra pour vérifier si elle acceptait cette idée, relevant un sourcil noir en guise de question. Allégra opina enfin. Elle nageait en plein désarroi, malgré sa récente décision d'agir avec courtoisie, luttant contre l'émotion suscitée par la remarque de Jamie. Dans sa hâte de terminer le voyage, elle en avait oublié le but. Maintenant, la vision de son père guettant son arrivée au quai l'exaltait.

À sa sortie du bureau, son agitation s'était encore accrue. Les couleurs, les sons, les images, les odeurs et l'étouffante chaleur qui assaillaient ses sens lui rappelèrent les raisons de sa fuite du Connecticut. Comme elle descendait, hésitante, l'allée escarpée menant à la ville portuaire de Saint-Georges aux côtés d'un Écossais à la beauté troublante, elle se sentit heureuse de s'être engagée dans une telle aventure.

Pieds nus, une fillette noire les devança. Elle portait sur la tête un panier rempli de fruits ovales, d'un vert brillant. Allégra regarda Olivier du coin de l'œil, mais sans oser le questionner.

— Des mangues, commenta Olivier d'une voix sans émotion. C'est la saison.

Il ne tourna même pas la tête. Allégra déglutit et approuva.

Un rideau écarlate s'agita à l'entrée d'une maison de bois ravagée par les intempéries. De la fenêtre sans volets parvenait l'arôme de noix de coco rôtie. De l'autre côté de la route, une femme aux traits mystérieux passa la tête dans une fenêtre à l'étage, sous l'ombre de l'auvent métallique aux raies vertes et blanches. Avec l'accent lyrique des Antilles, elle appela son amie qui passait au-dessous.

— Perline, Perline La Salle, regarde-moi. Où vas-tu?

Son amie ralentit le pas, leva sa tête enturbannée et répondit :

— Qu'y a-t-il? J'avais l'intention de m'arrêter au retour.

Dévorée de curiosité, Allégra se retourna pour suivre le dialogue. Sur le visage d'Olivier, l'esquisse d'un sourire succéda à une allure renfrognée.

Ils contournèrent un édifice dont les briques peintes en jaune s'incrustaient dans le mortier. Les grandes fenêtres étaient décorées d'une brique géométrique. Le toit, haut perché, portait des tuiles d'un rouge mat. Comme Allégra venait de perdre les deux femmes de vue, elle se retourna malgré elle, puis s'arrêta émerveillée :

— C'est tellement beau ! s'exclama-t-elle à la vue de la scène qui s'offrait à elle.

Ils étaient au port, au Carénage comme on l'appelait, une vaste et profonde étendue d'eau bleu foncé en forme de fer à cheval qu'épousait la jetée. Des douzaines de goélettes, de cargos, de bateaux de pêche, de bateaux à voiles et de barques, tous de bois et peints de couleurs éclatantes, étaient amarrés.

Le long de la jetée courait une route bordée d'édifices de brique, de pierre et de stuc, jaunes, blancs ou bleu roi, verts, beiges ou amande. Des entrepôts, des épiceries, des boutiques de gros et de détail, qui affichaient les noms de Hubbard's, Huggin's, Otway's ou William Steele. Certains s'ornaient de grilles de fer forgé aux lignes élaborées qui protégeaient les fenêtres rectangulaires. D'autres arboraient des auvents de métal aux bordures arrondies ; les fenêtres étaient étroites, d'autres en forme d'arc. Quelques-uns se prolongeaient d'un balcon. Tous étaient vastes, audacieux et très beaux.

Derrière les édifices, surplombant le Carénage, la ville de Saint-Georges s'étageait sur de hautes collines couvertes de palmiers et de flamboyants ; leur végétation luxuriante entourait des maisons aux couleurs pastel.

— C'est parfait, dit doucement Allégra.

— Mmm ! répondit Olivier.

Il ne voulait pas acquiescer à la moindre de ses observations, mais il était incapable de taire sa fierté.

Un instant, Allégra oublia leur animosité, tandis que son regard, captant tout, plongeait dans le port en demi-lune. Un jeune homme musclé s'assit sur un tonnelet de bière. Il détachait les écailles d'un poisson. Un âne, écrasé sous le poids d'une lourde charge, trottina si près que ses sacs de jute frôlèrent la manche d'Allégra. Son passage laissa flotter l'odeur terreuse des noix de muscade.

— J'aime les couleurs, murmura-t-elle. J'aime les toits rouges.

— C'est la loi, répondit Olivier. Après un terrible incendie, en 1775, l'assemblée législative passa une loi stipulant que toute construction devait être de briques et tous les toits, en tuiles. Elles voyageaient dans les cales de bateaux venus d'Europe.

Il ajouta, après s'être arrêté un moment pour contempler le spectacle :

— Cette loi n'empêcha pas un autre feu de détruire presque un tiers de la ville en 1792. Un navire chargé de rhum, accosté là où pêche cet homme vêtu de jaune et de bleu, a brûlé jusqu'à la quille et a emporté Saint-Georges avec lui. Ils ont ensuite appliqué la loi avec un peu plus de sérieux.

Allégra détourna les yeux du paysage fascinant en se rappelant sa résolution.

— Un bateau rempli de rhum ? demanda-t-elle d'un ton guindé. Une si petite île n'a sûrement pas besoin d'une telle quantité d'alcool.

— Bon Dieu ! s'exclama Olivier, dégoûté. Ne me dites pas que vous êtes l'une de ces satanées apôtres de la tempérance, par-dessus le marché.

La bonne humeur s'effaça de son visage.

— Pour votre information, Miss, ce rhum n'était pas *importé*, mais *exporté*. À cette époque, l'économie de la Grenade reposait sur la canne à sucre et ses dérivés, y compris le rhum. Au moment de l'incendie, il y avait ici cent vingt-cinq domaines voués à l'exploitation du sucre. Plus de 500 000 litres de rhum furent expédiés cette année-là, la plupart de la meilleure qualité. Encore aujourd'hui, même si la culture du cacao a supplanté celle de la canne à sucre, on produit ici un rhum excellent, aussi doux que le meilleur cognac français.

— Oh, dit Allégra, déconcertée.

Elle n'avait jamais goûté au rhum. Elle avait à peine trempé ses lèvres dans un verre de sherry, car sa mère était convaincue que le démon du rhum, responsable de la plupart des maux de ce monde, rendait grossier et vulgaire.

— De plus, ajouta Olivier, la Grenade n'est pas si petite. Elle s'étend sur une longueur de trente-cinq kilomètres et une largeur de vingt kilomètres. Elle culmine à 500 mètres. Elle est aussi grande qu'il le faut.

— Oh! dit encore Allégra.

Elle était subjuguée. Son regard s'arrêta sur le sombre macadam, lisse sous le soleil des Caraïbes. Elle sentait la chaleur brûler sous ses semelles, sous ses vêtements.

— Allons, s'anima Olivier. Nous perdons du temps. Ma goélette se trouve juste de l'autre côté de l'entrepôt à la bordure verte.

Allégra regarda à sa gauche, dans la direction indiquée. Elle reconnut immédiatement l'édifice à cause des blocs verts assemblés en motifs autour des fenêtres et des larges portes. Une enseigne se balançait au poteau de fer forgé. STAR-SHIPPING, annonçait-elle. TRANSPORT ENTRE LES ILES. COMMERCE OUTRE-ATLANTIQUE. OLIVIER MACKENZIE, PROP.

Surprise et admirative, elle risqua un coup d'œil sur Olivier. Au Connecticut, les hommes d'affaires d'une telle envergure portaient des complets de laine, des montres en or dont la chaîne escaladait des vestons à boutonnière. Ils portaient des chapeaux melon et des moustaches soigneusement taillées. On ne les voyait jamais en public vêtus comme Olivier MacKenzie, prop., portant une chemise chic mais élimée. Pourtant, on ne pouvait lui nier sa prestance. Il était estimé de ses pairs. Presque tous lui lançaient une salutation amicale, chaleureuse, pleine de respect.

Allégra regarda vers le Carénage, s'attardant à la goélette qui allait les conduire à Gouyave. Elle avait environ cent mètres de long et reposait gracieusement sur l'eau. Ses flancs de cèdre étaient d'un blanc immaculé, ses ponts et sa cabine colorés de bleu. Le long de la proue, en grosses lettres rouges : *Mam'selle Lily*. Allégra ressentit un choc inexplicable. Elle se demanda de qui il pouvait bien s'agir.

Olivier sauta prestement à bord et voulut aider Allégra, mais elle était bien campée sur la jetée.

— Mes malles sont dans le hangar des douanes, dit-elle.

Elle lança un coup d'œil aux quais où les navires accostaient et où les bureaux officiels s'étalaient dans un ensemble d'édifices colorés.

Olivier claqua de la langue, une expression de mépris propre aux Antillais.

— Des malles? demanda-t-il. Combien de malles avez-vous?

— Seulement trois, répondit Allégra.

Elle sentit que c'était beaucoup trop.

— *Seulement*?

Olivier secoua la tête.

— Et probablement pas une tenue appropriée dans tout cela.

— Tous mes vêtements sont appropriés, répliqua Allégra.

Elle pensait aux tweeds et aux popelines; sa mère avait toujours choisi des tissus résistants.

— Pas à ce climat, s'ils ressemblent à celui que vous portez.

Olivier indiqua son mantelet, imbibé d'humidité. Allégra rougit et boutonna tranquillement le vêtement. Le ton d'Olivier lui semblait trop intime. Son regard la déshabillait davantage de sorte qu'elle se sentit davantage nue que vêtue trop chaudement.

Olivier ne tint pas compte de son embarras. Il secoua la tête.

— Vous pouvez porter ce qui vous plaît, dit-il. Mais vous devrez attendre à demain pour vos malles. Il faudrait trop de temps pour les récupérer maintenant. Si nous voulons avoir la moindre chance d'arriver avant l'orage, il faudra que nous partions tout de suite.

— Mais je ne peux les laisser ici, protesta Allégra. Tout ce que j'ai...

Sa voix traîna. Elle réalisa à quel point elle avait l'air idiote, mais ces trois malles contenaient non seulement la garde-robe au sujet de laquelle Olivier venait de manifester sa désapprobation, mais également plusieurs autres choses. Ses livres, ses portraits, les journaux intimes de sa mère, des draps brodés, l'argenterie de son grand-père et une poupée fatiguée mais toujours souriante qui lui avait tenu compagnie pendant des années.

— Il faut que je les aie, insista-t-elle.

Olivier s'y opposa d'abord, puis se ravisa. L'un de ses hommes pouvait débarquer au port et accomplir la mission avant que ne se termine cette discussion stérile.

— Comme vous voulez, dit-il brièvement.

Puis, il tendit la main pour qu'elle monte à bord. Comme il se détournait pour donner des ordres à son équipage, il décida que la première impression qu'il avait eue d'Allégra était aberrante. Son jugement était plus juste. Elle était au mieux une femme ordinaire avec des opinions rigides, trop de bagages et une arrogante indifférence en regard de la température.

Ils parlèrent fort peu durant le voyage. Olivier installa Allégra dans la cabine, une pièce de trois mètres par trois, munie d'une porte en bois à bâbord et à tribord, de deux bancs de bois qui servaient aussi de couchettes et de quatre étagères qui contenaient des cartes enroulées, des tasses à thé dépareillées et une boîte à biscuits ravagée par le temps. Elle examina les étagères, essaya les bancs, puis se promena oisive sur le pont. Si Olivier la remarqua, il feignit de l'ignorer, s'affairant lui-même au gouvernail.

Une fois au large, les craintes d'Olivier se confirmèrent : la tempête arrivait. La lumière diffuse du soleil disparut dans le ciel d'acier poli. D'inquiétants nuages sombres s'accumulaient à l'horizon. Mais Allégra ne s'en souciait guère. Elle demeura sur le pont, savourant l'air plus frais et la brise de la mer. Elle ne se souciait plus de sa coiffure défaite, soulagée d'échapper à la chaleur de Saint-Georges. Le dos appuyé contre le mât, elle regardait s'évanouir la côte verte et escarpée. L'expectative d'une réunion avec son père la rendait nerveuse.

Le vent gonflait les voiles de toile et faisait gîter la goélette. Il plaquait le mantelet de lin contre les jambes d'Allégra et il malmenait l'étroit collet de dentelle de sa robe. Ses peignes en écaille de tortue tombaient de son chignon ; ses boucles se redressèrent. Ses jointures blanchirent en s'agrippant à un taquet du mât, le corps tendu pour garder l'équilibre. Elle regarda la cabine, souhaitant se réfugier dans la sécurité de ses murs, mais elle craignait de lâcher prise pour traverser la partie découverte du pont. Fini les rêves romantiques : il fallait plutôt tenir bon.

Pendant ce qui lui sembla une éternité, elle regarda danser la côte, la vision brouillée par le vent. Toute la Grenade semblait surgir de la mer, la plage de sable blanc et noir, montait jusqu'aux vignes au pied des falaises dressées. La goélette craquait. Des geysers s'ébattaient sur le pont. Son mantelet fut bientôt trempé. L'eau ruisselait sur son visage. Ses lèvres avaient un goût de sel.

— Venez, mademoiselle ! entendit-elle crier.

Étonnée, elle étira le cou et aperçut près du sien le visage d'un matelot noir.

— Venez, mademoiselle ! cria-t-il encore une fois. Cramponnez-vous à moi.

Allégra resta interdite. Puis, elle tangua en direction du matelot. Elle se tint à son bras, de toutes ses forces. Bien campé sur ses larges pieds nus, le marin la conduisit jusqu'à la cabine et la poussa à l'intérieur. Allégra, reconnaissante, s'affala sans grâce sur un banc qu'elle ne quitta plus du reste du voyage, un peu apeurée et désolée d'avoir tant insisté.

Au moment où la goélette se redressa et où elle sembla s'arrêter, quand elle entendit enfin le claquement des voiles glissant le long du mât, quand le vaisseau toucha le quai, elle lutta pour se remettre sur ses pieds, de nouveau enthousiasmée. C'était là le moment attendu, celui de la rencontre avec son père qui la ferait entrer dans une vie merveilleuse. Elle se recoiffait hâtivement ; son excitation effaça ses derniers doutes. Peu importaient l'associé, l'original monsieur MacKenzie et même, l'éventuelle famille, Allégra serait toujours la fille de Cecil.

Le cœur battant, elle ouvrit la porte de la cabine et affronta le vent. Il n'était pas si déchaîné mais une forte bourrasque la décoiffa.

Un long et étroit quai de ciment reliait la goélette à la petite ville de Gouyave. D'un côté, on voyait une plage de roches noires arrondies par l'incessant roulis de la mer et de l'autre, une plage de fin sable blanc, où poussaient des palmiers secoués par le vent. Derrière se trouvaient de petites maisons sur pilotis, toutes faites de planches de cèdre. Sous les maisons s'entassaient les cages, les filets et les bateaux de pêche aux couleurs vives abritant un porc ou des poulets. Les volets des fenêtres étaient tous fermés contre la tempête imminente, mais plus d'une porte était restée ouverte, un observateur curieux appuyé sur le chambranle.

Sur la plaza, à la sortie du quai, quelques travailleurs flânaient, se demandant s'il valait mieux décharger la goélette immédiatement. Le gendarme, resplendissant dans un uniforme à galons taillé à la mesure de son prédécesseur obèse, venait à leur rencontre. Le long du quai couraient deux petits garçons. Les genoux de leurs pantalons de coton étaient tout rapiécés. Ils accueillaient à la maison leur papa parti en mer.

Personne ne ressemblait au père qu'Allégra avait imaginé. La déception lui noua la gorge.

— Cecil rate toujours les rendez-vous, dit Olivier.

Il s'était rapproché d'elle et sa voix s'élevait au-dessus du vent.

— Mais on aurait été en droit de croire qu'il se souviendrait de l'arrivée de sa fille qu'il n'a pas vue depuis vingt-cinq ans.

Son ton était brusque. Il était à la fois ennuyé par le retard de son associé et par le voyage horripilant qu'Allégra lui avait fait accomplir.

Il éprouva vite du remords : des larmes roulaient dans les yeux d'Allégra.

— Peut-être n'a-t-il jamais reçu le message, supposa Olivier d'une voix plus cordiale. Le système téléphonique vient tout juste d'être installé au domaine et il est constamment hors d'usage. Il se peut aussi que la ligne soit tellement brouillée qu'il soit impossible d'entendre quoi que ce soit. Il est fort probable que Jamie n'ait pu le rejoindre. L'espoir illumina le visage d'Allégra. Olivier fut étonné de l'émoi qu'elle produisait en lui.

L'irritation le regagna bientôt : Allégra ne savait pas monter à cheval et n'était pas en état d'apprendre. À Gouyave, coquet petit village, les commodités de Saint-Georges faisaient défaut. Aucune voiture, aucun buggy à louer ou à acheter. Olivier dénicha finalement un âne cagneux et une charrette étroite et grossière, à côtés élevés et munie de grosses roues. Allégra installée à l'arrière, il s'empara des rênes et ils partirent en direction de l'*Étoile*.

Dès le premier instant, Allégra rechercha encore désespérément un soutien. La voiture, ébranlée par le vent et les cahots, sursautait sur la route à peine goudronnée. Au nord de l'îlot de maisonnettes de Gouyave, la route sinueuse grimpait vers les collines. Elle traversait une forêt impénétrable peuplée d'arbres étranges, puis elle longeait la bordure étroite d'un précipice aux profondeurs effrayantes. Même les espaces découverts n'offraient aucun répit, dévoilant d'énormes pans de ciel menaçant. De grands arbres, leurs racines au-dessus du sol, ployaient au gré du vent qui sifflait. Des noix de coco s'écrasaient tout autour.

Épuisée, Allégra ne supportait plus la violence de la nature ni la rudesse de son compagnon. Pour la première fois, elle regretta vraiment le Connecticut.

La pluie creva un ciel presque noir. Les trombes trempèrent d'un coup ses vêtements et se mêlèrent à ses larmes. Elle discernait à peine Olivier. Des torrents d'eau couraient dans les ornières, contournant les roues et battant les sabots de l'âne. La bête ne semblait guère progresser, glissant sur la glaise épaisse. Épouvantée, Allégra baissait la tête et priait pour que tout cesse bientôt.

Les coulées de pluie se calmaient à peine quand la voiture s'immobilisa complètement. Allégra leva les yeux, le cœur battant d'espoir, mais elle ne vit rien qui ressemblât à un abri.

Elle pouvait voir Olivier plus distinctement et fut bouleversée par la dureté de son regard. Déraciné par le vent, un arbre bloquait la route. Ses racines boueuses s'agitaient pathétiquement.

Puis son cœur se glaça de terreur. À travers le rideau brouillé de la pluie et l'enchevêtrement des branches, elle discernait les corps d'un cheval et d'un homme, immobiles sous le lourd tronc de l'arbre.

Trébuchante, elle se lança à la suite d'Olivier. Maintenant indifférente à la tempête, elle tomba à genoux près du corps de l'homme. Il reposait sur le dos, la tête tournée. Ses yeux bleu ciel la fixaient ; la pluie qui tombait à verse collait ses cheveux blonds sur son beau front. Une trace de sang, lavée jusqu'à n'être plus qu'une coulée d'un rose très pâle, tachait ses lèvres pleines où s'esquissait à peine l'ombre d'un sourire. Elle savait précisément qui il était ; elle savait précisément ce qui était arrivé. Olivier lui dit quand même :

— C'est Cecil.

Sa voix était rauque.

— Votre père est mort.

## 2

— Seigneur, je vous en prie, recueillez cette âme dans la glorieuse miséricorde de votre ciel, entonna la voix. Laissez-la reposer pour l'éternité à l'ombre de votre splendeur...

Allégra leva son visage, comme pour entrevoir les nuages ouatés du paradis. Il n'y avait qu'un ciel bleu, clair, implacable et chaud avec le soleil impassible au zénith.

Il restait peu de traces de l'épouvantable tempête. Les vents féroces avaient cessé et une faible brise s'élevait. Les torrents dévastateurs étaient disparus dans la terre rougeâtre. Des hibiscus aux fleurs d'un écarlate brillant formaient une haie de deux mètres. Des anémones bordaient l'allée. La mer, hier si sombre et menaçante, étincelait de feux bleus et verts. Seul un frisson constant en troublait la surface.

Le cercueil fut descendu dans le sol fraîchement creusé. Les femmes voilées et vêtues de sombres robes, les hommes en complets noirs, tous semblaient attristés. Allégra se tenait, accablée, entre Jamie et Olivier.

Elle luttait pour rassembler ses idées, pour comprendre ce qui s'était passé, mais tout était si ahurissant, si cruel. Le miracle de son père apparu soudainement dans sa vie s'était mué en une blague macabre. Il avait été terrassé avant de la rencontrer. Elle avait franchi plus de trois mille kilomètres pour le retrouver. Elle était passée d'un continent à une île, d'un pays à une colonie, dans un climat différent, dans une culture différente, dans un monde différent. Elle était venue pour le retrouver et, à travers lui, pour se retrouver. Et il s'était enfui. À tout jamais. En dépit de la foule, en dépit des compagnons qui l'entouraient, Allégra se sentit plus seule que jamais.

Elle avait pleuré quand sa mère était décédée. Elle avait été affligée quand la disparition d'Amélia s'était imposée à sa conscience. Quand son grand-père s'était éteint à son tour, elle avait pleuré encore. Mais aucune larme ne meublait son hébétude présente. Elle était venue trouver son père et maintenant qu'il était perdu, elle l'était, elle aussi.

— C'était un homme bon qui ne cherchait que le bonheur pour lui et pour les autres..., ronronnait le prédicateur.

Allégra se concentra sur le sermon, s'efforçant de trouver dans ces mots quelque indice sur le tempérament de son père dont elle se sentait si proche. Elle cherchait une issue à sa situation, une direction à prendre. Le révérend Smythe, au visage buriné par le soleil des tropiques, pouvait faire l'éloge de n'importe quel autre membre de sa communauté anglicane.

— Il achève son baratin, murmura Olivier.

Il avait deviné ses pensées.

La voix basse d'Olivier soulageait Allégra. Blancs, noirs, planteurs, ouvriers étaient venus de partout pour rendre un dernier hommage à Cecil.

À cause de la chaleur intense, on avait dû précipiter les funérailles. Pourtant des centaines de gens s'étaient risqués sur les routes ou sur la mer pour y assister. Ce témoignage était plus éloquent que le sermon du révérend Smythe.

— C'est terminé, dit Olivier.

Elle regarda Olivier, puis le ministre du culte. Elle se sentit sur le point de défaillir quand elle vit que tous l'observaient, immobiles.

— Lancez vos fleurs sur le cercueil, murmura Jamie, en lui donnant du coude un signe d'encouragement.

Allégra fit quelques pas hésitants vers le bord de la fosse

et y jeta trois lys. Ils atterrirent sur le couvercle d'acajou taillé à la diable. Elle se demandait que faire quand Olivier passa son bras au sien et la guida le long de l'allée vers la voiture qui les attendait.

Tout le reste de l'avant-midi, lui ou Jamie se tinrent toujours tout près. Elle passa debout des heures interminables sur la véranda de l'*Étoile*, principale actrice d'une scène toujours plus irréelle. Elle reçut les condoléances de parfaits étrangers pour un homme qui l'était tout autant. La chaleur et la fatigue accumulée la paralysaient.

On la salua avec des accents antillais, anglais ou écossais. Jamie et Olivier faisaient les présentations, puis elle entendait le son creux de ses propres répliques. Mais chaque nouvelle personne lui permettait d'esquisser un portrait toujours plus précis de Cecil.

— C'était un homme adorable, dit Mme Smythe, l'épouse desséchée du ministre. Tellement bien éduqué. Quand il venait à mon salon de thé les jeudis après-midi, il ajoutait une touche d'élégance à la réception. Un vrai gentilhomme. Je suis désolée.

— Oui, madame. Merci madame.

Allégra murmurait ces mots, imaginant son père, tenant une tasse de porcelaine, charmant et aristocrate.

— Mademoiselle Pembroke, j'aimerais vous présenter le colonel Horace Woodbury, dit Olivier. Le colonel a un domaine dans la paroisse de Saint-Marc. Il vit à la Grenade depuis qu'il a quitté le service de Sa Majesté il y a six ans. Il est arrivé ici presque en même temps que votre père.

Allégra tendit la main en direction d'un homme tout tassé sur lui-même, avec une moustache débonnaire et l'air d'un célibataire endurci.

— Vous deviez avoir des liens étroits, dit-elle poliment.

— Pardon? demanda le colonel.

Il semblait se défendre de tels sentiments.

— Des liens étroits? Plutôt une saine compétition, dit-il avec conviction. J'avais bien sûr un avantage, car j'avais passé trente ans dans les colonies. J'en avais l'habitude, si l'on peut dire. Pourtant, je n'avais jamais vu quelqu'un comme Pembroke. Il a foncé tête baissée. Il a lu tout ce qui concernait la culture du cacao. Il a appris tout ce qu'il y avait à savoir. Il a dirigé cet endroit d'une main de maître en peu de temps. Je n'ai jamais vu quelqu'un en savoir autant sur le sujet.

— Un temps de cochon, n'est-ce pas, MacKenzie? On aurait pu penser que cette tempête d'hier allait faire cesser la vague de chaleur. La voici aggravée. Mes condoléances, mademoiselle Pembroke, conclut-il.

Il poussa son fauteuil roulant, laissant Allégra imaginer son père comme un homme énergique et enthousiaste.

— Laissez-moi vous présenter M. Martin Briggs, mademoiselle Pembroke, dit Jamie.

Allégra vit alors un homme mince et tout sourire. Son teint foncé et ses traits accentués attestaient une ascendance noire.

— Il possède plusieurs cultures de cacao près de la paroisse Saint-Patrick. Il exerce la fonction de juge à Sauteurs.

— Et de partenaire de votre père au criquet, ajouta M. Briggs avec un salut gracieux. C'était un fameux lanceur. Tout à fait infatigable. Je me souviens d'une joute, où il était resté sous le soleil, du matin jusqu'à la tombée de la nuit, à lancer la balle sans autre soutien que du thé et quelques sandwiches au concombre. Il avait ensuite assisté à une fête donnée à Grand Anse et y avait dansé la moitié de la nuit. Il a toujours été le préféré de ces dames : blond, raffiné, danseur au pas léger. Tous vont le regretter.

— En effet, approuva Allégra.

Elle sourit des histoires de M. Briggs.

— Ma chère, vous avez ma *plus profonde sympathie*, dit une voix criarde.

Allégra faillit ne pas voir une toute petite femme dont les cheveux blancs étaient coiffés d'un chapeau de paille emplumé.

— Voici Mlle Potter, dit Jamie. Elle est notre ornithologue et notre botaniste amateur. Je crois qu'elle connaît le nom de chaque oiseau de l'île.

— Et je n'ai jamais connu quelqu'un qui m'ait posé tant de questions à leur sujet que votre cher père, gazouilla Mlle Potter. Il était fasciné par tout ce qu'il y avait autour de lui, oiseaux, animaux ou humains. Et des *idées*! Ma chère, il avait plus d'idées qu'une bibliothèque, j'en suis sûre. Elles germaient comme des feux d'artifice, car chacune en allumait une autre. Il *adorait* vraiment engendrer de nouvelles idées. Nous faisions les promenades les plus agréables, à pépier comme les geais bleus.

Elle s'arrêta et renifla. Une larme coula sur sa joue. Elle sortit un mouchoir de sa manche et s'y moucha délicatement. Elle secoua la tête et s'en alla. Alors qu'Allégra la regardait s'éloigner, toute émue, elle s'imagina un pique-nique champêtre animé par la sagacité de son père.

Ainsi s'écoula le reste de la journée. Allégra rencontra des douzaines de gens et entendit autant d'anecdotes élogieuses. Peu de gens firent allusion aux faiblesses que Jamie et Olivier avaient affectueusement soulignées la veille. Le portrait flamboyant de son père amplifiait l'image qu'elle s'était créée au Connecticut. Quand la foule diminua enfin, sa tête bourdonnait.

— Vous semblez épuisée, dit Jamie, bienveillant. Venez vous asseoir ; vous êtes debout depuis des heures.

Il la conduisit, sans qu'elle manifestât la moindre résistance, à un large fauteuil, rembourré, orné de coussins de chintz. Allégra s'y laissa choir avec gratitude, écrasée de fatigue.

— Et vous n'avez pas pu manger ou boire quoi que ce soit, poursuivit-il gentiment. Je vais vous chercher quelque chose.

Dans la salle à dîner, on nettoyait de longues tables chargées de plateaux de nourriture et de bols de punch.

La simple idée de manger lui donnait la nausée. Elle secoua la tête.

— Non, merci, murmura-t-elle. Je ne serais pas capable.

L'instant d'après, quelqu'un lui tendait un verre.

— Buvez ça, ordonna Olivier. Vous n'avez absorbé ni nourriture ni liquide aujourd'hui. Sous les tropiques, vous pourriez vous déshydrater et perdre connaissance. Et la dernière chose dont nous ayons besoin aujourd'hui, c'est d'une femme qui s'évanouit.

Allégra examina le verre rempli d'un liquide rose, opaque et mousseux.

— Qu'est-ce que c'est? demanda-t-elle, sa curiosité piquée par les manières brusques d'Olivier.

— Un punch aux fruits, fait de bananes écrasées et de jus de pamplemousse. Je parierais que ce mélange contient aussi de la goyave et de la papaye. Buvez-le, répéta-t-il, c'est la spécialité de l'île.

Allégra y trempa les lèvres, puis le trouvant rafraîchissant, prit une bonne gorgée. Olivier se tourna vers Jamie.

— Il vaudrait mieux que tu partes, dit-il, si tu ne veux pas que la nuit te précède. Le soleil va bientôt se coucher. Il faudrait que le *Mam'selle Lily* appareille avant le crépuscule. Tous ceux qui retournaient à Saint-Georges sont déjà partis.

Jamie approuva. Une mèche de fins cheveux rouges barrait son front.

— Je pars, dit-il.

Il tapota la main d'Allégra.

— Ne vous inquiétez pas, mademoiselle Pembroke, dit-il d'un ton rassurant. Vous êtes la seule héritière de votre père, mais j'enverrai un télégramme au bureau de ses avocats à Londres. Son testament s'y trouve. Il voulait que tous ses biens passent entre vos mains.

Allégra leva les yeux, étonnée.

— Son héritière? répéta-t-elle, incrédule. Je vais hériter de l'*Étoile*?

— Seulement de la moitié, corrigea Olivier. L'autre moitié est mienne.

Allégra secoua la tête et retint ses pensées. Même si elle avait senti, dès le moment où elle avait découvert les carnets intimes de sa mère, qu'elle avait hérité du caractère indomptable de son père, il ne lui était jamais venu à l'esprit qu'elle pourrait hériter aussi de sa propriété. La chaleur et la fatigue l'oppressaient et cette idée semblait encore plus saugrenue. L'*Étoile* appartenait en droit à Olivier. Ou à Jamie, ou même à Mlle Potter. Elle appartenait à tous les amis et admirateurs de Cecil, aux gens qui, comme lui, s'étaient adaptés aux tropiques.

Elle secoua de nouveau la tête.

— C'est insensé, dit-elle.

Surpris, Olivier fronça les sourcils.

— Beaucoup de choses en ce monde n'ont pas de sens, dit-il.

Il semblait suggérer que sa remarque en faisait partie.

— Néanmoins, il en est ainsi. Viens, Jamie, je t'accompagne. Excusez-nous, mademoiselle Pembroke.

— C'est insensé, répéta Allégra.

Elle avait à peine remarqué leur départ. Il était sensé qu'elle hérite de la maison et de l'école de son grand-père. Elle ne s'y plaisait guère, mais elles faisaient partie de sa vie. Leurs bardeaux blancs enfermaient tous ses souvenirs ; ils avaient abrité sa mère et son grand-père, la seule famille qu'elle ait jamais connue. Mais qu'elle hérite de l'*Étoile*... Sans son père, le domaine lui était simplement tout à fait étranger.

L'architecture de la maison ne ressemblait en rien à ce qu'elle connaissait. Alors qu'elle l'aurait trouvée merveilleuse si Cecil avait été là, toute seule elle ne savait qu'en faire. Rose et bleu poudre, bordée de fioritures blanches, la construction étagée ressemblait davantage à un gâteau d'anniversaire qu'à une maison de bois. Pas de vitres : seulement de vastes persiennes aux fenêtres et des portes à claire-voie. On voyait des arches et des auvents ; huit pignons dominaient l'ensemble. Les planchers vernis, les plafonds lambrissés et les murs chaulés aux moulures rosâtres complétaient le curieux édifice.

Allégra, l'esprit absent, n'en retint que l'aspect imposant et son allure dégagée. Mais on était loin de la petite maison modeste dans laquelle elle avait grandi, loin de ce qu'elle avait imaginé être l'*Étoile* : une sorte de demeure style empire, hérissée de colonnes blanches, truffée d'antiquités anglaises.

Allégra ne pensait pas avoir la force d'âme nécessaire pour hériter d'un univers si peu familier.

Avec effort, elle quitta le fauteuil confortable qu'elle occupait sur la véranda et elle entra dans la maison, avec l'intention d'en découvrir davantage. Elle flâna sur la galerie ouverte, erra dans l'immense salle à manger et sortit sur la véranda arrière. Plus étroite, elle courait tout le long de la maison et était bordée d'une rampe blanche aux formes tarabiscotées. La véranda donnait sur un jardin aux pentes abruptes. Allégra s'installa sur la rampe, le dos appuyé contre une poutre. Elle regarda le soleil sombrer à travers les feuilles grasses des palmiers.

Quand Olivier trouva Allégra quelques minutes plus tard, il l'observa avant de s'annoncer. Le soleil couchant se reflétait sur ses boucles rebelles et illuminait sa peau claire. Le tableau était splendide. En dépit de ses manières directes, Olivier n'était nullement un homme froid. Au contraire, il était toujours touché par des émotions sincères, en ce moment par l'expression vulnérable qui traçait des ombres autour des très beaux yeux d'Allégra. Il sentit de nouveau une attirance pour la jeune fille.

— On devrait exécuter votre portrait dans cette position, dit-il. Vous vous fondez au paysage.

Allégra sursauta.

— Je ne vous ai pas entendu arriver, dit-elle.

Sa main retomba et une rougeur envahit ses joues.

— Je n'ai pas l'impression de faire partie du paysage, dit-elle d'un ton plaintif, en laissant reposer sa tête contre la poutre.

— Au contraire, je suis un oiseau qui a migré au mauvais endroit.

Olivier s'assit sur la rampe.

— Vous venez de passer un dur moment, dit-il avec sollicitude. Je suis persuadé que rien ne correspond à ce que vous aviez prévu, encore moins la perte de votre père. Sans doute, cela influence-t-il vos réactions. Les choses auraient été différentes, s'il avait été ici pour vous recevoir. Vous êtes sous le choc ; ne cherchez pas un sens à cette situation, c'est peine perdue.

Peut-être était-ce la lumière veloutée que le soleil laissait derrière lui en s'enfonçant dans l'océan, peut-être était-ce simplement la sympathie nouvelle dans le ton d'Olivier qui toucha une corde en Allégra. Elle sentit se dissiper la torpeur qui l'avait paralysée toute la journée et s'aperçut qu'elle avouait ses sentiments.

— C'est sans issue, dit-elle.

Elle sectionna une feuille du petit palmier en pot posé près de la poutre et l'enroula autour de son doigt.

— Parce que je suis venue à la Grenade pour retrouver mon père.

Elle lança la feuille mutilée par-dessus la rampe et toisa Olivier.

— Toute ma vie, on m'a dit qu'il était mort. Puis j'ai découvert qu'il était vivant, qu'il avait une vie merveilleuse, pleine d'aventures et d'exaltations. J'avais vingt-cinq années à rattraper. Je voulais lui parler, lui poser des questions, écouter ses réponses. Je voulais le regarder, vivre avec lui.

Elle s'arrêta, puis dit plus doucement :

— Je voulais qu'il soit avec moi.

Elle détourna son regard et arracha une nouvelle feuille du palmier.

— Mais qu'ai-je eu à la place?

D'un grand geste, sa main montra le jardin, balayant sur son passage l'ensemble d'arbres exotiques et de fleurs flamboyantes qui le composaient.

— L'*Étoile*, voilà ce que j'ai eu. Que puis-je en tirer de bon?

Elle ne semblait pas amère, mais navrée.

— Qu'est-ce que je vais en faire? Je ne sais rien de la culture du cacao.

— Je ne peux répondre du reste, mais je peux vous parler du cacao, dit Olivier.

L'esquisse d'un sourire se forma aux coins de sa bouche.

— La *première* chose à savoir en ce qui concerne le cacao, c'est qu'il pousse dans les arbres : on ne le récolte pas. Et en général, nous parlons de la terre comme d'un domaine et non pas comme d'une ferme, malgré qu'il y ait des Anglais qui se plaisent à appeler leurs propriétés des plantations. Il n'est pas vraiment nécessaire que vous sachiez quoi que ce soit d'autre. La majeure partie des domaines de la Grenade appartiennent à des gens qui en savent aussi peu que vous sur le sujet. Plusieurs d'entre eux n'ont même jamais mis les pieds sur leur propriété. Ils emploient des avoués, les avoués emploient des gérants, les gérants dirigent le travail. De temps à autre, ils expédient un rapport en Angleterre et tous les profits sont automatiquement déposés à Londres. Alors, voyez-vous, posséder la moitié d'un domaine, quand votre associé est sur les lieux, c'est une sinécure.

Sa voix devint plus sérieuse.

— Je comprends que d'avoir perdu votre père avant de le connaître est une terrible déception. Mais ne laissez pas le poids de votre héritage augmenter votre détresse. Jamie et moi allons gérer votre part tout autant que la mienne. Vous n'avez aucune raison de prolonger votre visite. Vous pouvez rentrer chez vous dès que vous serez prête.

Allégra secoua tristement la tête.

— Non, je ne peux pas, dit-elle.

— Pourquoi pas ?

Olivier était intrigué.

— Je puis vous assurer que vos affaires seront bien menées. Cecil n'avait pas la moindre réticence à nous les confier.

— Ce n'est pas une question de confiance, s'empressa de dire Allégra, voulant corriger l'équivoque.

— Je suis persuadée que vous savez *exactement* ce que vous faites. Toujours, ajouta-t-elle d'un ton attristé.

Elle regarda ses genoux, froissant encore la feuille entre ses doigts.

— Voyez-vous, je ne peux retourner à la maison, dit-elle,

parce que je n'ai plus de maison.

— Quoi?

La question d'Olivier était impérative.

— Je n'ai plus de maison.

Elle avoua enfin :

— J'ai vendu ma maison avant de partir. J'avais l'intention de commencer une nouvelle vie avec mon père.

Un long sifflement s'échappa des lèvres d'Olivier.

— Vous ne faites pas les choses à moitié, n'est-ce pas? observa-t-il. Pardonnez ma question terre à terre : où étaient votre mère et votre grand-père quand vous avez pris cette, hum! décision pour le moins spontanée.

— Ils étaient partis, répondit-elle brièvement.

Elle trépigna telle une petite fille surprise à cacher un roman derrière son manuel de géographie. C'était une sensation très familière. Elle la ressentait à chaque fois qu'elle devait justifier ses étourderies.

— Ma mère est morte il y a trois ans et grand-père s'est éteint au mois d'août dernier.

Elle ajouta à contrecœur :

— Vous avez bien raison de dire que ce fut une décision impulsive. C'est ainsi que grand-père l'aurait décrite.

Olivier rit.

— J'en suis certain, dit-il.

Il se souvenait des histoires que Cecil avait racontées à propos de son beau-père.

— Et au risque de vous peiner, je dois avouer que je serais d'accord avec lui. Qu'est-ce qui vous a poussée dans cette entreprise?

Incapable de soutenir son regard, Allégra baissa les épaules.

— C'est un roman écrit par Mlle Lorna Lockhart.

D'une voix monotone, elle raconta :

— C'est l'histoire d'une orpheline qui hérite d'une maison de son gardien. Il l'a toujours traitée de façon abominable. Il lui faisait frotter les planchers et balayer les cendres, de sorte qu'à ses yeux la maison ne contenait que de mauvais souvenirs.

Allégra prenait de l'assurance. Elle leva les yeux.

— Elle ne pouvait supporter de demeurer plus longtemps dans la maison, raconta-t-elle, aussi la vendit-elle et elle alla vivre en Italie. Sa vie en fut transformée. Inspirée par le grand art italien, elle commença à peindre et elle devint une artiste réputée. Elle épousa un bel homme qui se révéla un riche duc.

Sa voix chancela à nouveau quand elle lut l'amusement sur le visage d'Olivier.

— C'était un bon livre, termina-t-elle, hésitante, baissant encore les yeux.

— Sans aucun doute, reconnut Olivier. Mais j'hésiterais à le recommander à quelqu'un pour orienter sa vie. N'y avait-il personne d'autre que Mlle Lorna Lockhart pour vous conseiller? Un parent? Un ami de la famille? Un avoué?

Pendant quelques instants, Allégra ne dit rien, mais Olivier attendit patiemment. Elle admit enfin :

— Il y avait William Browne. Mon grand-père l'a chargé de s'occuper de son domaine, mais aux États-Unis, on appelle les avoués des avocats.

Olivier approuva la nuance terminologique.

— Peu importe, je ne peux imaginer qu'un conseiller ait approuvé votre décision, dit-il. Ne vous a-t-il pas mise en garde contre la vente immédiate de votre propriété?

Haussant les épaules, Allégra dit simplement :

— Je ne le lui ai pas dit avant de l'avoir vendue.

— Pas dit? répéta Olivier sous le coup de l'étonnement. S'il avait bien rempli sa tâche, il n'aurait pas eu besoin que vous le lui disiez, il aurait dû le savoir de lui-même. D'après ce que m'a dit Cecil, cette ville d'où vous venez n'est pas très grande. Tout bon avoué, excusez, *avocat*, sait tout ce qui se passe. Il entend chaque porte qui s'ouvre et chaque chien qui court après sa queue. William Browne est aveugle, sourd et idiot ou bien il est incompétent. Il n'était guère attentif.

— Oh, il était *très* attentif, répondit rapidement Allégra. Elle leva la tête, mais elle la laissa retomber quand elle vit le regard que lui lançait Olivier. Une bouffée de chaleur colora son visage.

Les yeux plissés pour mieux réfléchir, Olivier croisa les bras sur sa poitrine.

— Dites-moi, mademoiselle Pembroke, dit-il lentement, comment une femme aussi attirante et raffinée que vous n'ait ni mari, ni fiancé pour l'aider en ces matières?

Allégra demeura silencieuse. La rougeur de ses joues s'accentua, causée autant par le compliment d'Olivier et par l'embarras qu'elle éprouvait devant une question impertinente. Le manque de tact d'Olivier la sidérait.

On n'aurait pas pu en dire autant du jeune homme. La curiosité l'emportait, il poussa plus loin son enquête.

— Vous avez sûrement été demandée en mariage, dit-il. Je ne suis jamais allé au Connecticut, mais je ne peux croire que tous les hommes sont si démunis qu'ils n'ont pas perçu vos charmes.

Quand il vit qu'Allégra ne répondait pas, immobile, et que son menton prenait soudain un air déterminé, il insista :

— Eh bien? demanda-t-il.

— Ils ne sont pas démunis, riposta Allégra, la tête relevée en une attitude de défi. Ils sont ennuyeux !

Le sourire qui se cachait au coin de ses lèvres illumina le visage d'Olivier.

— Ahh ! dit-il. C'est vraiment un problème. Qu'en est-il de William Browne, cet avocat? Est-il ennuyeux, lui aussi?

— Oui.

Allégra avait commencé à répondre, mais elle se reprit immédiatement :

— Non, non, il ne l'est pas. C'est un homme très gentil. Oui, vraiment. Il est diplômé de Yale. Il est sérieux et très respecté.

C'était presque comme si elle récitait une leçon par cœur.

— Remarquable, murmura Olivier.

— En effet, dit faiblement Allégra.

Ses épaules s'affaissèrent. Elle semblait vaincue. Son

attitude de défi avait soudainement disparu.

— S'il est un tel modèle de vertu, pourquoi ne l'avez-vous pas épousé? Pourquoi vous êtes-vous sauvée à quatre mille kilomètres?

Allégra s'assit soudain tout droit, la bouche entrouverte sous le choc.

— Vraiment, monsieur MacKenzie! dit-elle, suffoquée.

— Vraiment quoi, mademoiselle Pembroke?

Olivier savait qu'il était en train de dépasser les bornes, mais avec émotion il poursuivit:

— Si la vie qu'il vous offrait était si enviable, pourquoi n'avez-vous pas accepté? Pourquoi êtes-vous à la Grenade avec trois énormes malles qui, je crois, contiennent beaucoup plus que des vêtements?

Allégra le toisa, mais ses yeux bleu sombre soutenaient son regard et elle se retourna brusquement, regardant le ciel devenu orange et rose.

— Parce que... laissa-t-elle échapper.

Malgré son intelligence et son ardeur au travail, William n'était pas très stimulant. Malgré sa grande dévotion envers elle, il manquait de romantisme et de passion. Malgré son irréprochable réputation, véritable pilier de la communauté, sa vie était totalement prévisible. Son attitude conservatrice et assurée en tout temps incitait automatiquement Allégra à faire le contraire de ce qu'il lui suggérait.

Elle lui avait presque été fiancée. Après des années de cour, elle l'avait rejeté, ainsi que d'autres jeunes hommes aussi respectables et ennuyeux. Elle s'était presque résignée non par manque d'amour, mais épuisée par les sermons de son grand-père qui assurait son avenir en nommant William administrateur de ses modestes biens.

Elle en était presque convaincue, ce mariage lui procurerait sécurité et satisfaction, à défaut d'un bonheur passionné. En plus de sa pratique du droit, il s'occupait d'une affaire familiale, un verger prospère jouxté à une cidrerie. Il était poli et attentionné. Il s'occupait efficacement du travail de bureau qu'Allégra trouvait fastidieux.

Elle allait accepter sa demande en mariage quand elle découvrit les journaux intimes de sa mère. Maintenant, il lui était impossible d'envisager le mariage avec William. Elle ne savait pas où aller, mais elle ne retournerait jamais le voir.

Olivier sembla satisfait de sa réponse. Il avait deviné. Pendant quelques instants, il resta calme. Il pensait que l'esprit impétueux qu'elle tenait de Cecil, considéré comme une excentricité de la part d'un jeune Anglais, la condamnait aux yeux de la société. Ce n'était pas la première fois qu'il s'amusait de l'hypocrisie des gens.

— Ce fut une très longue journée, dit-il en se levant. Je me sens tout à fait lessivé, alors je peux imaginer que vous devez être au bord de l'effondrement. Je suggère que nous nous couchions tôt et que nous cherchions le repos dans le sommeil, dans un bon sommeil profond. Tout sera plus facile à analyser demain. Vous ne devriez prendre aucune décision importante avant de vous être reposée.

Il s'arrêta et ajouta, avec un brin d'humour :

— Vous devriez y penser au moins trois fois, avant de prendre la décision convenable.

Tandis qu'il parlait, Allégra se leva, avança d'un pas gracieux. La dernière parole d'Olivier frappa son esprit et éveilla un sentiment depuis longtemps enfoui. Convenable. Ce mot faisait raidir ses membres et la rendait gauche, comme il se produisait toujours quand ses principes heurtaient son instinct. Sa mère et son grand-père lui en avaient martelé la tête chaque fois qu'ils désiraient lui inculquer un comportement jugé désirable. Et, plus souvent qu'autrement, pour gronder Allégra, ils se référaient à ce critère. Convenable. Clouée sur place, Allégra vérifia si elle avait manqué à l'étiquette.

Soudain consciente du silence de la maison vide, à l'exception d'elle-même et de l'homme extrêmement attirant qui lui faisait face, elle balbutia :

— Oh, non. C'est impensable. Je suis sans chaperon. Je ne peux certainement pas passer la nuit ici avec vous. Ça ruinerait ma réputation. Ce n'est pas convenable.

Frappée d'horreur, elle se tourna rapidement pour fuir. Un coq traversait la maison. Allégra heurta le coq. L'oiseau poussa un gloussement et Allégra trébucha, les bras battant l'air à la recherche de son équilibre.

Elle sentit le bras d'Olivier autour de sa taille. Il l'attrapa au vol et la remit sur ses pieds. Il la tenait si près de lui qu'elle pouvait le sentir respirer, sentir l'odeur d'air salé et d'épices qui émanait de lui. Son propre souffle devint soudain irrégulier; son cœur battait la chamade. Olivier la maintenait avec force, mais ses jambes faiblirent.

Comme dans un rêve, elle pouvait voir la main d'Olivier soulever son menton, lever doucement son visage vers le sien. Elle vit ses yeux pétillants et sa bouche se plisser d'un doux sourire. Elle ferma les yeux et ses lèvres reçurent un long baiser délicieux et sensuel.

Pendant plusieurs secondes, rien d'autre n'exista. Il n'y eut que le contact des lèvres d'Olivier pressées contre les siennes et la chaude sensation de ses doigts sur sa peau. Une sensation de plaisir profond et sans bornes se répandit à travers son corps, une sensation qui s'accrut alors qu'elle se rapprochait lentement de lui. Pendant plusieurs secondes, elle s'abandonna passionnément.

Puis une image s'imposa à son esprit, celle d'un livre à reliure de cuir, avec des lettres dorées en relief le long du dos où on pouvait lire : « Décorum ». Après l'image du cadeau de son quinzième anniversaire, apparut le visage désapprobateur de son grand-père. Se succédèrent ensuite les visages aux lèvres crispées, aux yeux sévères des citoyens de sa ville, de William Browne et du révérend Dodge, de Mme Bartlett, la femme du premier conseiller de la ville, et de M. Humphrey, qui tenait le magasin général et même d'Asa Gibbons, l'homme émacié qui ramonait leur cheminée.

Allégra se défit violemment d'Olivier.

— Comment osez-vous? demanda-t-elle.

Sa voix s'était voilée.

— Comment osez-vous prendre ces libertés ? Vous avez violé de façon flagrante les règles de la bonne société et du bon goût.

Plus elle parlait, plus s'épanchait son indignation morale ; toutes les phrases guindées qu'on lui avait enseignées lui montaient à la bouche.

— Vraiment, monsieur MacKenzie, votre conduite dépasse les bornes. Ce n'est pas du tout ce dont je m'attendais de la part d'un gentilhomme. D'abord vous m'interrogez de manière inacceptable, peu respectueuse de mes états d'âme, et puis, et puis...

Sa voix se brisa.

— Et puis quoi, mademoiselle Pembroke ? questionna Olivier d'un ton dégoûté.

Il avait été simplement amusé quand Allégra avait exprimé son inquiétude de se voir seule avec lui dans la grande maison. Se rappelant de leur conversation précédente, il ne l'avait pas prise au sérieux. Maintenant il concluait, comme la veille dans le bureau de Jamie, que le génie de Cecil n'habitait pas l'esprit de sa fille. Cependant sa déception devant cette découverte était plus marquée que la veille.

— Vous disiez, mademoiselle Pembroke ? Et après...

— Et après vous...

Elle déglutit et ses joues rosirent.

— Et puis vous avez profité de moi, termina-t-elle, reprenant désespérément son air de sainte nitouche.

— C'est faux, mademoiselle Pembroke, répliqua sèchement Olivier. Je n'ai pas profité de vous. Je vous ai embrassée. J'ai peut-être profité de la situation pour le faire, mais en aucun moment je n'ai profité de vous. Je vous ai embrassée et vous avez semblé d'accord. Si vous décidez maintenant que ce n'était pas bienvenu, dites-le-moi simplement. Ne me tourmentez pas avec d'ennuyeux petits sermons sur mon éducation et mon goût. J'ai suffisamment souffert de cette attitude pudibonde au cours des années que j'ai passées en Angleterre. Je n'ai certainement pas besoin d'être harcelé avec de telles baliverttes dans ma propre maison.

Il fallait à Allégra beaucoup trop d'effort pour réconcilier ses sentiments refoulés avec une morale rigide. Au bord des larmes, elle suffoqua :

— Vous êtes peu aimable, monsieur MacKenzie. Tout ce que je vous demande, c'est un toit sûr. Cela semble une humble requête.

— Tout ce que vous demandez, mademoiselle Pembroke, rectifia-t-il, c'est que je quitte mon foyer — une maison, avec sept énormes et vastes chambres à coucher — pour me plier à la ridicule notion que vous avez de la respectabilité.

Il capitula en partie, par crainte de son tempérament impulsif. Mais il céda également parce qu'il n'était aucunement, comme elle le pensait, indifférent ou méchant. Il ne pouvait ignorer sa réelle détresse. Encore vexé, il sortit dormir dans un des hangars pour sauvegarder la réputation d'Allégra. En route, il souhaita que William Browne, cet homme responsable, respectable et diplômé de Yale vienne le délivrer de cette femme. En dépit de ses protestations, il croyait qu'elle aurait fait une parfaite épouse pour M. Browne.

Allégra monta péniblement les marches menant à sa chambre. Plutôt que de se sentir victorieuse, elle se sentait abandonnée. À travers les persiennes ouvertes de sa fenêtre, elle perçut les odeurs inconnues et les bruits de la nuit tropicale. Les criquets, plus bruyants que ceux du Connecticut, brisaient le silence de la grande maison. Malgré la chaleur encore emprisonnée contre sa peau, un frisson lui courut l'échine alors qu'elle tombait dans son lit.

## 3

Il était tard le lendemain matin quand Allégra s'éveilla. Sa fatigue avait fini par vaincre la gêne que lui causaient les bruits de la nuit. Elle avait dormi si profondément que, lorsqu'elle avait ouvert les yeux, elle s'était sentie un moment perdue. Pourquoi le lourd pied en érable de son lit avait-il été remplacé par quatre piliers d'acajou gracieusement tournés? D'où sortait ce baldaquin aux rideaux vaporeux? De brillantes zébrures de soleil pénétraient dans la chambre par les fentes des persiennes. Les récents événements lui revinrent en mémoire.

Elle repoussa les draps et s'appuya contre les oreillers pour réfléchir. Elle trouvait sa situation un peu moins alarmante ce matin-là, résultat, sans aucun doute, de son sommeil réparateur. Cependant, à l'ensemble de ses problèmes s'était ajouté Olivier MacKenzie.

Songeant à l'associé de son père, (un goujat de la pire espèce, un rustre insensible), une bouffée de chaleur qui ne devait rien au soleil des Caraïbes parcourait tout son corps. Malgré sa timide tentative de détourner ses pensées d'une telle idée, le souvenir de ses lèvres sur les siennes l'enivrait toujours.

Auparavant, elle n'avait jamais senti la force de ses émotions faire fondre ses membres. Non qu'elle n'eût jamais été embrassée ; à quatre reprises, ses soupirants avaient exprimé leur ardeur. Chaque fois, leurs baisers appliqués à la hâte l'avaient laissée froide. Elle avait tenté d'éprouver plus de plaisir envers les attentions de William Browne, mais son baiser avait écrasé son nez et pincé ses lèvres. Elle ne pouvait comparer les caresses maladroites de ses soupirants du Connecticut au baiser chavirant et passionné d'Olivier MacKenzie.

Comme si elle voulait éarter ce souvenir agaçant, Allégra se tortilla sur les oreillers. L'image d'Olivier ne s'estompait pas. Elle écarta la moustiquaire et sauta du lit. Elle repoussa les persiennes : la belle lumière l'éblouit. Heureuse de cette surprise, elle ouvrit d'un coup sec les portes menant à la véranda. La brise flottait, bienfaisante. Trop pudique pour s'exposer en vêtements de nuit, elle scruta, par-delà la rampe, le jardin avant.

Des bougainvillées roses, pourpres et orange s'enroulaient, à l'entrée, sur une grille en fer en forme d'arc ; des centaines de fleurs fines comme du papier cachaient presque le lacis d'étoiles délicatement travaillées. Un grand mur de briques, agrémenté de plantes en pots, entourait la maison aux formes irrégulières. Sur la pelouse, attachée à un banc confortable à l'ombre d'un limettier regorgeant de fruits verts, une chèvre blanche broutait. Derrière, un buisson d'ixias offrait le nectar de ses fleurs rouges à un colibri. Le ciel pur, le tableau aux couleurs saisissantes, firent sourire Allégra. Elle commençait à se plaire en cet endroit.

Rassérénée, elle regagna sa chambre. Elle savait qu'elle allait demeurer à l'Étoile.

— Si mon père avait une opinion de moi assez haute pour me laisser son domaine, le moins que je puisse faire, c'est de l'accepter, se dit-elle dans la salle de bains contiguë à sa chambre.

Cecil avait construit cette maison avec fierté. Il avait allié splendeur tropicale et confort anglais selon ses propres goûts. En épongeant son visage, Allégra admira les palmiers gravés sur un panneau en demi-lune au-dessus de la porte intérieure, l'ensemble ingénu de rubans qui retenaient la moustiquaire, la simple armoire de pin peinte en rose avec ses fausses vignes vertes. Lumineuse et embaumant les fruits et les fleurs, la salle était un prolongement du jardin. Ses yeux s'emplirent de larmes quand elle comprit que l'*Étoile* était la meilleure illustration du tempérament de son père. Il a capté l'essence de l'île, pensa-t-elle.

Se servant tout à la fois de ce qu'elle avait entendu, lu ou vu, Allégra élaborait un portrait de son père. « Il était très beau », décréta-t-elle, car le souvenir de l'homme aux traits pâles gisant tragiquement sur la route s'améliorait des descriptions du journal intime de sa mère. « Il était tout à fait charmant et bien éduqué », poursuivit-elle, se fiant aux témoignages de Mmes Smythe et Potter ainsi qu'à ceux d'un grand nombre d'amis.

« Il était curieux et intelligent et son sens de l'aventure était sans égal », se dit-elle encore. Ses propres lettres le lui avaient appris, les récits de Jamie et les remarques du colonel Woodbury l'avaient confirmé. « Et il était homme d'honneur, loyal et courageux », ajouta-t-elle. « Mais, par-dessus tout, pensa-t-elle, tandis qu'elle séchait ses larmes et qu'elle rangeait sa serviette, il était pourvu d'une imagination extraordinaire et savait réaliser ses rêves ».

Tandis qu'elle fouillait sa malle à la recherche de vêtements frais, sa décision prit forme. « Je vais rester ici », se promit-elle en silence.

Elle était venue à la Grenade pour trouver son père et un but à sa vie. « Tu es peut-être parti, s'émut-elle, mais ton esprit vit encore dans le domaine que tu as bâti. » Les poings serrés, elle essuya ses larmes et cambra les épaules. « Je vais poursuivre mon plan, déclara-t-elle. Je suis venue ici pour te connaître et c'est ce que je vais faire par l'intermédiaire de l'*Étoile*. »

Mais comment s'adresser à l'image pure et parfaite de son père ? Tout le monde l'appelait Cecil. « Ce serait peu respectueux, décida-t-elle. Je vais t'appeler papa. »

Allégra passa une camisole propre et une culotte longue. C'est à contrecœur qu'elle laça son corset. Elle glissa un jupon par-dessus sa tête, ajustant le taffetas qui mettait sa croupe en valeur. Elle enfila des bas de coton blanc qu'elle fixa au-dessus des genoux à l'aide de jarretelles. Elle revêtit une chemise de batiste à manches bouffantes, la boutonnant du collet aux reins. Elle passa une jupe de lin bleu pâle et endossa une veste. Vite accablée par la chaleur, elle la retira et la remit dans sa malle.

Comme Allégra s'asseyait sur le bord du lit pour boutonner ses chaussures, l'image d'Olivier MacKenzie revint la hanter. Elle avait momentanément oublié sa présence. Elle réalisa qu'elle avait hérité non seulement du domaine de son père, mais encore de son associé. Cette simple idée lui donna la chair de poule.

« Je devrai être ferme avec lui », se répétait-elle. « Je devrai lui faire comprendre que ses présomptions sont inacceptables. » Sa voix prit de l'assurance, alors qu'elle se réfugiait dans les leçons de son enfance. Avec un signe empreint de dignité, elle dit, d'une voix plus déterminée : « Je lui dirai que je suis une personne de bonne éducation. Oui. C'est cela. Je lui dirai que je suis décente et raffinée, que je n'ai pas l'habitude d'être traitée rudement. Je devrai me protéger de lui au moyen du rempart de ma bonne éducation. »

Fière de sa solution, Allégra oubliait que cette attitude empesée lui avait toujours paru impossible à soutenir. Pour le moment, elle était satisfaite. Elle traversa la chambre. La main sur le loquet de la porte, elle s'immobilisa soudain.

« Oh, non, gémit-elle. Il possède la moitié de la maison. Je ne peux m'attendre à ce qu'il dorme indéfiniment à l'extérieur. » Son gémissement se mua en une plainte lorsqu'elle ajouta : « Mais je ne peux le laisser dormir à l'intérieur non plus. Ce serait inconvenant. »

Elle revint sur ses pas. Son esprit cherchait frénétiquement une réponse. Elle considéra un plan où chacun à tour de rôle pourrait disposer de la maison, mais l'écarta immédiatement. Elle n'avait aucunement l'intention de passer ses nuits hors de la maison dans un hangar ou une étable. L'idée de diviser la maison en deux fut elle aussi rapidement rejetée, car l'un ou l'autre se serait retrouvé avec une salle à manger et pas de salon. De plus, la réalisation architecturale de son père en aurait été gâtée.

D'autres solutions tout aussi irréalistes furent éliminées avant que l'inspiration ne la frappe. C'était tellement simple : si sa réputation était en péril parce qu'elle vivait à l'*Étoile* sans chaperon, il lui fallait en trouver un. C'était une situation courante dans les romans qu'elle lisait. D'habitude, on choisissait une cousine éloignée, pauvre et quelconque. Comme elle ne se connaissait pas de parente, Allégra décida qu'elle engagerait une compagne de réputation intacte et d'âge respectable.

Tout à fait satisfaite de son plan, elle passa la porte à toute vitesse, sans se soucier des nombreux obstacles à franchir. D'abord, où allait-elle trouver une personne si exemplaire ? Une fois engagée et installée à l'*Étoile*, serait-elle capable de la supporter ? Pour le moment, Allégra n'allait pas se laisser troubler par des détails. Comme elle n'avait pas mangé la veille, le petit déjeuner était devenu son principal souci.

La salle à manger était vide. La longue table d'acajou n'était pourvue d'aucun couvert. Intriguée, elle chercha le coin à déjeuner et, à défaut, la cuisine. Rien qui aurait pu correspondre à l'un ou l'autre ne semblait exister. Passés trois élégants cadres de porte en forme d'arcs, elle trouva le salon et à une extrémité, une imposante bibliothèque. À l'autre bout, s'ouvrait un cabinet. La pièce contiguë était meublée d'une table de billard, d'un piano à queue et d'une étagère vitrée contenant des oiseaux empaillés.

À l'étage se trouvaient sept chambres à coucher, dont l'une, à n'en pas douter, revenait à Olivier. Allégra y jeta un œil furtif. Ses yeux balayèrent la commode, vierge d'accessoires de toilette, passèrent en revue la garde-robe, le miroir et la chaise de bois ouvré. À la vue d'un pantalon étalé sur le lit, une vague de gêne colora son visage. Elle recula et descendit l'escalier.

À mi-chemin de la salle à manger et de la galerie, se demandant pourquoi son père avait négligé d'intégrer une cuisine à sa grande maison des Caraïbes, Allégra entendit une voix surgir de nulle part.

— Eh bien, bonjour ! Je commençais à penser que vous alliez dormir toute la semaine.

Allégra regarda dans la salle à manger et vit une femme noire agenouillée près du vaissellier, rangeant les verres et les assiettes utilisés la veille. Quand la femme se leva, Allégra put voir qu'elle était très grande et très belle, avec une sombre peau veloutée tendue sur des pommettes relevées.

— Bonjour, répondit-elle en se dandinant, incertaine.

La femme eut un sourire chaleureux, hospitalier.

— Vous aviez l'air très fatiguée hier, comme une vieille robe qu'on a frottée sur la pierre et laissée au soleil.

Elle s'approcha d'Allégra et, après l'avoir examinée soigneusement, elle conclut :

— Aujourd'hui vous ressemblez à un vêtement tout droit sorti du magasin.

— Je me sens beaucoup mieux, merci, dit Allégra d'une voix timide.

Allégra aimait son étrange parler. La voix était lente et enrouée. Les mots se succédaient à un rythme bien cadencé.

— J'ai un peu faim, cependant, ajouta-t-elle.

Elle se demandait si c'était auprès de cette personne qu'elle devait s'enquérir du mystère de la cuisine absente.

— Venez, dit la femme.

Elle marcha vers l'extrémité de la salle à manger.

— Nous allons vous trouver des provisions. Hier vous n'avez guère mangé plus qu'un papillon. Pas étonnant que votre ventre parle à votre langue.

Elle la précéda sur le porche, emprunta la volée de marches, traversa la pelouse. Allégra trottinait derrière la femme aux longues jambes. Elle lui demanda :

— Où étiez-vous hier ? Il y avait tant de gens et j'étais si fatiguée. Je suis désolée, je ne me souviens pas vous avoir vue...

Elle s'interrompit, confuse.

La femme eut un geste apaisant.

— J'étais ici, dit-elle. Je suis toujours ici. Je suis Élisabeth Stephen. Je fais les repas pour votre père et pour Olivier et je dirige le travail des domestiques.

— Oh! dit Allégra.

Quelque peu déroutée par cet étalage d'information, elle dit :

— Je voulais vous demander où se trouve la cuisine.

— Ici, répondit Elisabeth, en pénétrant dans un petit bâtiment peint de rose pâle et de blanc.

Allégra entra et s'arrêta net.

— Oh! dit-elle à nouveau. Oh, mon Dieu!

Rien là de comparable à la cuisine qu'elle avait connue au Connecticut, munie d'un poêle en fonte que Lucy Johnson, la simple d'esprit, faisait reluire deux fois par mois. Comme partout à l'*Étoile*, la pièce était spacieuse, bien aérée et attrayante.

Élisabeth remarqua la surprise d'Allégra. Elle expliqua :

— Votre papa, il aimait la *fête*. Toujours de la musique et de la danse, parfois pendant deux ou trois jours. Et de la nourriture. Cecil aurait nourri le monde entier si j'avais pu en apprêter toute la nourriture. Il voulait que tout le monde y goûte. Il me disait sans cesse : « Elisabeth, votre nourriture ne remplit pas seulement l'estomac, elle nourrit l'âme. » Cecil recherchait la perfection et il aimait partager.

Elle secoua la tête, sourire aux lèvres.

— Olivier, de son côté, continua-t-elle sur un ton aussi affectueux, il adore manger ici. Il aime s'asseoir sur ce siège d'où il peut voir la mer.

Allégra évita le banc qu'Élisabeth désignait. Elle se percha plutôt sur le siège qui lui faisait face. Elle imaginait son père charmant donnant des réceptions grandioses pendant qu'Olivier, grossier et rustre, flânait à la cuisine. Mais c'était une cuisine agréable et colorée où il devait faire bon flâner. Elle l'aimait beaucoup elle aussi. Elle commençait à aimer Élisabeth également, ses traits calmes et bien accentués ainsi que la façon délicieuse qu'elle avait de dire les choses.

— Ça y est! cria-t-elle. *Vous* pouvez être ma compagne. C'est la solution idéale. Vous habitez déjà à l'*Étoile* et je suis persuadée que vous êtes très respectable.

Ébahie, Élisabeth leva les yeux du fruit qu'elle découpait avec dextérité.

— Je vous demande pardon? s'enquit-elle poliment.

— Ma compagne, répéta Allégra. Il faut que j'aie une compagne. Voyez-vous, il est inconvenant pour moi de partager la maison avec monsieur MacKenzie si je suis sans chaperon. Les gens jaseront et ma réputation en sera affectée. Même si nous possédons le domaine à parts égales, nous ne pouvons simplement pas vivre ensemble sous un même toit. Et j'ai de bonnes raisons de croire que monsieur MacKenzie ne se contentera pas de dormir dans le hangar encore longtemps.

Élisabeth émit un petit rire en cascades.

— Mmmm, acquiesça-t-elle. Je le crois, moi aussi.

Elle tendit à Allégra un plateau de fruits aux tranches orange, jaunes, roses et blanches.

Distraite, Allégra examina le plateau, puis elle leva les yeux en direction d'Élisabeth.

Celle-ci nomma les fruits en les pointant de son couteau.

— Ananas, pamplemousse, papaye. Et ce beau petit fruit, on l'appelle la pomme acajou.

Allégra fit disparaître dans sa bouche, le fruit couleur de radis très croustillant. Elle le confronta à une bouchée de papaye, à la chair beaucoup plus savoureuse et riche que celle des cantaloups qu'elle avait déjà mangés. Élisabeth l'aspergea de quelque gouttes de jus provenant d'une drôle de petite lime. C'était délicieux.

— Eh bien, je parie que cette lime vient de l'arbre que j'ai aperçu dans ma chambre, dit Allégra.

Cette idée l'enchantait.

Élisabeth émit à nouveau un petit rire.

— Tout vient d'ici, dit-elle.

Elle balaya les environs d'un geste large. Puis elle coupa un morceau de pain aux bananes et en plaça une tranche sur un plateau où étaient disposés des muffins à la noix de coco et des galettes aux raisins.

— Olivier, il faut qu'il ait ses galettes, dit Élisabeth en déposant le plateau sur la table près d'Allégra.

— Il m'a donné la recette de sa mère et m'a dit : « Élisabeth, je suis né à la Grenade et j'en suis fier, mais j'ai l'Écosse dans le sang. Si tu ne veux pas que je sèche et que je meure, il vaut mieux que tu me donnes mes galettes. »

— Monsieur MacKenzie est né à la Grenade ? demanda Allégra.

Elle en était surprise, mais elle tentait de masquer son intérêt. Sans quitter Élisabeth des yeux, elle prit un morceau de pain aux bananes et l'engouffra. Il était tendre et épicé à la cannelle.

Élisabeth chassa une mouche.

— Olivier est né à Carriacou il y a trente-deux ans. Tout comme moi, dit-elle.

— À Carriacou ?

Allégra posa la question tout en goûtant un petit morceau de muffin à la noix de coco. Elle évitait les galettes comme elle l'avait fait pour le tabouret préféré d'Olivier, déterminée à garder ses distances, même s'il la fascinait.

— Carriacou est une petite île, par là.

Avec son couteau, Élisabeth désigna la fenêtre nord. Elle s'en servait comme un chef d'orchestre de sa baguette.

C'est une des îles de l'archipel des Grenadines, mais c'est aussi une paroisse de la Grenade. Le père d'Olivier, Angus, est venu d'Écosse pour y construire des bateaux. Il disait que le climat et la politique devaient être plus supportables ici. Un peu plus tard la mère d'Olivier l'a rejoint pour l'épouser. Et encore un petit peu plus tard, ajouta-t-elle avec un sourire, Olivier est venu, lui aussi.

— Il vivait tout près de chez moi à Windward, si près en fait que je pouvais entendre sa mère chanter pour l'endormir.

Quels jolis chants.

Élisabeth soupira à leur souvenir.

— Son chant était comme la brise dans les immortelles. Shoooo, shoo, shoo et les fleurs venaient danser.

— Je pensais qu'il vivait en Angleterre, dit Allégra.

Elle enquêtait, plus curieuse que discrète. Elle se servit de l'ananas. Il était d'un goût acide, comparé aux gâteaux sucrés.

— Il semblait tellement détester l'Angleterre que j'ai pensé qu'à coup sûr il y avait vécu.

Élisabeth approuva en s'installant au coin de la table.

— Olivier avait dix ans lorsque sa mère est morte. Elle chante maintenant dans la chorale du Seigneur. Par la suite, son papa l'a envoyé en Angleterre. Olivier, lui, ne voulait pas s'y rendre. Il était heureux de jouer sur la plage et dans la cour à bateaux et de s'ébattre dans la mer. Eh bien, poursuivit Élisabeth en secouant la tête, leur dispute s'entendit jusqu'à l'Esterre.

— Finalement Angus lui a dit : « Écoute-moi bien, les choses sont ainsi : si la vie est une boulangerie, l'Angleterre fait le gâteau et la Grenade, sa petite colonie, ramasse les miettes. Tu peux rester ici et ramasser les miettes ou aller là-bas et apprendre à faire du gâteau. »

— Donc Olivier — je veux dire, monsieur MacKenzie — est allé à l'école en Angleterre? questionna Allégra.

Elle jeta un coup d'œil aux galettes. Elle ne put résister à l'envie d'y goûter. La saveur crémeuse et la texture granuleuse lui semblèrent agréablement familières.

— Combien de temps est-il resté là-bas?

— Eh bien, voyons...

Élisabeth réfléchit, se grattant délicatement le menton avec la pointe du couteau.

— Il est rentré à la maison l'année où mon troisième fils est né. Harold aura maintenant onze ans ces jours-ci. Olivier, il est revenu après toutes ces années d'université et il s'est mis à construire des bateaux avec Angus.

Allégra fit le calcul. Olivier avait habité l'Angleterre

pendant onze ans et il était à la maison depuis la même période de temps. Elle changea de sujet.

— Vous avez trois fils ? demanda-t-elle, étonnée.

— Quatre, répondit avec fierté Élisabeth.

— Oh, Seigneur ! soupira Allégra. J'imagine que cela signifie que vous ne serez pas ma compagne, tout bien considéré. Je n'avais pas réalisé que vous aviez une famille. Je pensais que vous viviez seule au domaine. Je n'ai pas croisé d'enfants quand j'ai visité la maison.

Élisabeth rit.

— Eh bien, disons que la grande maison est aussi vaste qu'un terrain de cricket. Aussi je ne comprends pas ce qui vous tracasse. Vous vous agitez comme deux pois dans une calebasse, Olivier et vous. Je n'ai pas le temps de jouer les dames de compagnie.

Hésitante, elle se gratta à nouveau le menton.

— Je ne crois pas que je saurais comment, non plus. Je cuis les mets, je fais le service et j'indique aux deux filles où balayer et quels vêtements laver. Mais après cela, ma journée est terminée. Puis je descends la colline pour rejoindre ma propre maison et Septimus, mon mari. C'est lui qui joue le rôle de survelllant quand Olivier n'est pas là.

Allégra avala la dernière bouchée de sa galette et la dernière section de son pamplemousse.

— Ce n'est pas difficile d'être une compagne, expliqua-t-elle, sérieuse. Tout ce qu'il vous faut faire, c'est protéger ma réputation par votre seule présence. Et nous rendons des visites ensemble et nous brodons et nous achetons des rubans et des dentelles.

Elle hésita tout de même.

— Au moins, c'est ce que je pense. Je n'ai jamais eu de compagne, admit-elle. Mais c'est ce qu'elles faisaient dans les romans que j'ai lus jusqu'ici.

— Eh bien, je ne sais pas, dit lentement Élisabeth, mystifiée.

— N'y pensez plus, approuva Allégra. Vous avez votre

famille. Il me faut une veuve ou une célibataire.

— Eh bien, je ne sais pas, répéta Élisabeth.

Regaillardie à la fois par le petit déjeuner et par la compagnie d'Élisabeth, elle se sentait prête à affronter son adversaire. Elle décida d'aller trouver Olivier et de lui faire part de son idée. Elle était certaine qu'il allait l'apprécier. En le cherchant, elle pourrait explorer le domaine, une perspective qui séduisait son goût de l'aventure.

— Avez-vous la moindre idée de l'endroit où je pourrais trouver monsieur MacKenzie? demanda-t-elle à Élisabeth tout en tassant sa vaisselle dans le bac.

Elle regarda autour d'elle à la recherche du savon et d'un linge.

— Ne les lavez pas, l'avertit Élisabeth sans bouger de son siège. C'est Ivy et Jane qui s'en chargeront quand elles reviendront de Gouyave. Je ne voulais pas qu'elles fassent de bruit pendant que vous dormiez. Je les ai plutôt envoyées chercher du poisson frais.

Une fois qu'Allégra eût accepté d'abandonner cette tâche aux servantes, Élisabeth poursuivit :

— Olivier? Il est dans le verger avec tous les autres. La récolte est commencée.

— Le verger? demanda Allégra. Quel verger? Quelle récolte?

— Les vergers de cacao, voilà, expliqua patiemment Élisabeth. Ils récoltent le cacao. C'est ce qui paie les factures.

Une demi-heure plus tard, Allégra descendait l'allée, vêtue d'une tenue estivale. Élisabeth avait jeté un œil oblique aux gants blancs, au bonnet à rubans et au parasol bordé de dentelle, puis lui avait consciencieusement décrit la route à suivre. Quand Allégra apprit que la plantation était à près de deux kilomètres, elle s'en amusa d'abord.

— Au Connecticut, je marchais de quatre à cinq kilomètres par jour.

Élisabeth avait haussé les épaules d'un air résigné.

La grande maison était juchée sur la plus haute colline du

domaine et la longue allée tortueuse qui en dégringolait s'enca-drait de palmiers majestueux. Allégra marchait doucement, contemplant le superbe panorama. Au bas de la colline, elle hésita. La route de droite, qu'Elizabeth lui avait dit de suivre, n'était rien de plus qu'un large sentier s'enfonçant dans la forêt. À gauche se trouvaient les étables et les hangars, tous apparemment déserts, que longeait la route descendant vers Gouyave. Avec ce haussement résigné d'épaules si caractéris-tique, Allégra ajusta son parasol et prit à droite.

Quelques minutes de marche lui suffirent à comprendre pourquoi les kilomètres de la Grenade paraissaient plus longs qu'ailleurs : ils se mesuraient sur un plan vertical. Loin des pelouses soigneusement entretenues par un jardinier et par l'appétit d'une chèvre, elle se butait à une végétation luxuriante qui ralentissait chacune de ses foulées et semblait contenir l'air, étouffant la brise fraîche du haut des collines.

De chaque côté, d'étranges arbres à base très large por-taient des gousses d'allure bizarre, de couleur marron, jaune ou rouge. Les gousses ressemblaient à de petites citrouilles qu'on aurait étirées jusqu'à ce qu'elles deviennent ovoïdes ; elles poussaient directement sur les troncs ou pendaient des bran-ches, comiques pendentifs dans une forêt luxuriante aux allures de conte de fée. Allégra fut d'abord intriguée par leur étrange-té, mais son attention fut rapidement détournée par les bran-ches qui commençaient à s'accrocher à son joli parasol.

Elle poursuivit sa route. Comme elle frôlait un buisson d'hibiscus, la longue étamine laissa une traînée jaune sur la manche bouffante de sa blouse. L'ourlet de lin bleu de sa jupe devint rouge à force de traîner dans la poussière, alors qu'elle louvoyait sur le sentier. Ses cheveux d'un blond miel, soigneu-sement coiffés sous son bonnet, commençaient à jaillir en boucles indisciplinées. Son visage, déjà rouge et couvert de sueur, rougit davantage quand elle frappa d'une main furieuse un maringouin entêté. Les choses s'aggravèrent lorsqu'elle se trompa de direction. Elle se serait perdue dans le fouillis des arbres si un petit garçon perché sur un âne n'avait surgi et ne l'avait orientée. En fait, il lui fallut grimper une pente escarpée pour reprendre la route.

Quand Allégra arriva au verger, elle était complètement défaite. Olivier la vit venir. Il réprima un sourire. Une nuit moins que réconfortante dans le hangar à cacao avait augmenté son mépris face à l'attitude d'Allégra, mais le spectacle qu'elle offrait adoucit ses sentiments. Son allure étriquée contredisait nettement l'image de raffinement qu'elle avait voulu donner au cours de la soirée précédente. Malgré sa résolution, il vit qu'elle l'attirait toujours. Il était amusé par son esprit et l'air triomphant qui illuminait son visage séduisant.

Se souvenant du désaccord de la veille, il ne céda pas à son inclination. Il conserva sa neutralité, se retint de manifester sa surprise de la voir apparaître, à près de deux exténuants kilomètres de la maison.

— Bonjour, mademoiselle Pembroke, dit-il poliment. Belle journée pour se promener. Il semble que la vague de chaleur fasse encore des siennes, n'est-ce pas?

Aucun compliment. Aucun commentaire sur son courage.

— Il le semble en effet, répondit-elle sèchement.

Son irritation devant l'indifférence d'Olivier était accentuée par la jalousie qu'elle éprouvait à la vue de ses vêtements frais. Il pouvait se permettre de ne pas se soucier de la température, vêtu, tout comme le premier jour où elle l'avait rencontré, d'une ample chemise de coton, d'un pantalon et de ses bretelles piquées d'étoiles. Son attitude et ses vêtements confirmaient sa conclusion : Olivier était un rustre incapable de raffinement.

Allégra redressa les épaules, déploya son parasol en lambeaux et lissa un pli de sa jupe froissée et tachée. Elle était si absorbée qu'elle ne remarqua pas le repli bizarre aux coins de la bouche d'Olivier.

— Je dois vous exposer mon plan, commença-t-elle finalement.

Elle avait l'intention de lui faire part de son idée d'engager une compagne, mais sa voix s'éteignit quand elle s'aperçut qu'il s'était détourné.

— Nous allons abattre cet arbre, Septimus, dit Olivier au grand noir venu le rejoindre.

— Il est rongé par les escarbots. Cela ne vaut pas la peine de le garder jusqu'à la fin de la saison. Les gains que nous en tirerions sont peu de chose comparés au risque d'une épidémie.

Septimus approuva gravement.

— Finbar et Johnny peuvent l'abattre et le transporter au trou, dit-il.

Il fit un geste en direction d'une colline avoisinante.

— On en fera du charbon.

Il se tourna et héla deux jeunes hommes appuyés contre un des arbres d'apparence si étrange.

— Vous disiez, mademoiselle Pembroke? demanda poliment Olivier.

Cependant, avant même qu'elle puisse rassembler ses idées, il s'avança à grands pas le long de la piste. Il appela un garçon tout maigre qui dirigeait sa machette sur l'une des citrouilles élongées.

— Pas celle-là, Frank. Elle n'est pas assez mûre. Donne-lui une autre semaine, le temps que sa couleur vire au rouge.

Quand elle réalisa qu'Olivier ne semblait pas vouloir revenir et qu'il s'installait plutôt les bras croisés pour surveiller Frank sélectionnant un autre fruit, Allégra se déplaça pour le rejoindre.

— Oui, monsieur MacKenzie, dit-elle en s'approchant, je pense qu'étant donné les circonstances particulières où nous nous trouvons...

— Ici, Clarice, tu en as oublié quelques-unes, interrompit Olivier.

Il s'avança encore une fois. Il ramassa une gousse jaune et deux gousses rouges qui gisaient sur le gazon et les jeta dans le panier qu'une forte femme noire balançait sur sa tête. Elle lui sourit puis descendit le long de la piste, une main sur la hanche, l'autre maintenant l'équilibre de son fardeau.

Olivier la suivit. Il s'arrêta pour examiner le travail d'un homme noueux aux cheveux blancs. Il maniait une longue tige de bambou armée d'une lame en croissant. Avec adresse, l'homme fouillait les larges feuilles en quête d'un fruit mûri à point, puis il en sectionnait la tige boudinée. Le sol autour de lui était jonché de gousses.

— Bon travail, Jonah, murmura Olivier.

Allégra le rattrapa comme il s'apprêtait à se déplacer encore.

— Il est impérieux que nous trouvions une solution à notre problème, monsieur MacKenzie, dit-elle.

Elle respirait bruyamment. Elle dut donner un coup pour détacher son parasol des griffes d'une branche malveillante.

— Et je pense que j'ai une bonne idée... ohhh !

Son pied se tordit sur une motte, et elle perdit l'équilibre. Olivier se tendit et la saisit par le bras, écrasant le volumineux bouffant de sa manche, lui évitant par contre une chute certaine.

— Attention, mademoiselle Pembroke, dit-il d'une voix calme.

— Euh, oui, merci, monsieur MacKenzie, répondit Allégra.

Contrairement à la nuit précédente, le contact était impersonnel. Sitôt redressée, il la relâcha. Il semblait lui porter si peu d'attention qu'Allégra se demanda vaguement comment il avait pu réaliser qu'elle avait failli perdre pied.

— Je crois vraiment que vous allez trouver mon idée tout à fait appropriée, dit-elle.

Elle avait parlé rapidement, espérant captiver son attention. Mais il était déjà loin. Ennuyée, Allégra trébucha en tentant de le suivre.

— Vraiment, monsieur MacKenzie, je *dois* vous parler, demanda-t-elle.

Olivier s'arrêta si brusquement qu'elle faillit se heurter à lui.

— Bien sûr, mademoiselle Pembroke, dit-il, en se tournant pour lui faire face.

Déconcertée par sa soudaine marque d'attention, Allégra

chercha ses idées.

— J'avais commencé à dire... hasarda-t-elle.

Puis, elle s'arrêta. Ils ne marchaient plus courbés sous les branches et avaient débouché dans une petite clairière. Derrière Olivier, Clarice vidait son panier sur un énorme tas de citrouilles rouges et jaunes, autour duquel étaient assis une vingtaine d'hommes et de femmes.

Comme Allégra regardait, fascinée par un tel rassemblement, les hommes prirent des gousses et commencèrent à les ouvrir à l'aide de leurs impressionnantes machettes. Ils exposaient la chair blanche et pulpeuse où se découvraient des rangées bien alignées de grosses graines d'un rose pâle. Lancés sur un lit de feuilles de bananier, les morceaux étaient ensuite apprêtés par les femmes qui, armées de cuillers de bois, détachaient adroitement les graines et les laissaient tomber dans des paniers tressés de vigne. Les gousses meurtries étaient ensuite rejetées.

— Vous aviez commencé à dire? s'empressa Olivier.

Il refusait de trahir son amusement.

— Euh, oui! marmonna Allégra.

Ce fut à contrecœur qu'elle détourna son regard de la scène intrigante pour toiser Olivier.

— J'avais commencé à vous dire quelle était mon idée. Que font-ils? lança-t-elle.

Elle avait complètement oublié le projet de la dame de compagnie.

— Pourquoi coupent-ils ces citrouilles? Élisabeth m'a dit que vous récoltiez du cacao.

Cette fois Olivier laissa fuser son rire.

— Elle avait bien raison, comme toujours. Nous *récoltons* du cacao.

Allégra lui lança un regard incrédule avant de reporter son attention sur le gracieux ballet des travailleurs.

— Ce ne peut être du cacao, dit-elle sur le ton du reproche.

Elle était certaine qu'il s'amusait à ses dépens.

— Cela n'en a ni la couleur ni la consistance. Il doit s'agir de l'un de ces fruits tropicaux qu'Élisabeth m'a servis au déjeuner. Je vous en prie, cessez de vous moquer de moi, monsieur MacKenzie, et dites-moi pourquoi vous n'êtes pas en train de récolter du cacao.

Olivier rit de nouveau et croisa les bras.

— Je n'oserais pas me moquer de vous, mademoiselle Pembroke, dit-il. Je vous assure qu'il s'agit bien de cacao. Ce ne sont ni des fruits pour le déjeuner ni des citrouilles ; ce sont des gousses de cacao appelées « cabosses » et les fèves qu'on en retire et que l'on préserve sont les graines de cacao.

Comme Allégra ne le gratifiait que d'un regard méfiant, Olivier interrogea :

— Pensiez-vous que la récolte de cacao ressemblait à la récolte de blé dans le Midwest américain ? Qu'une énorme machine coupait les tiges et vomissait des coulées de poudre de chocolat dans de jolies boîtes en fer-blanc ?

— Eh bien, répondit Allégra, hésitante.

Malgré l'exagération, cela se rapprochait de ce qu'elle avait à l'esprit.

— Je pense que vous riez de moi, décida-t-elle.

Elle s'écarta avant qu'il puisse lui répondre.

— Le cacao ne pousse peut-être pas comme du blé, mais il ne pousse certainement pas de cette façon.

Elle se pencha pour ramasser une graine dans un panier plein mis de côté. Sans égard pour ses gants de dentelle, irrémédiablement tachés de toute façon, elle la prit et la huma.

— Cela n'a pas la moindre odeur de cacao, gronda-t-elle.

Les tavelures de son nez frémirent lorsqu'elle tenta d'en capter l'odeur. Pour l'amener à reviser ses idées sur la culture du cacao, Olivier poussa une graine de la grosseur d'un raisin dans sa bouche. Les restes de pulpe qui y étaient encore attachés étaient doux et rafraîchissants. Elle commença à approuver de la tête. Puis elle mordit dans la graine dure. Avec un geste peu féminin, elle la recracha. C'était terriblement amer.

Un chœur de rires et de gloussements en provenance des travailleurs l'embarrassa encore davantage.

— C'était une blague de fort mauvais goût, monsieur MacKenzie, l'accusa-t-elle.

Sa bouche se plissait encore, protestant contre le goût désagréable.

Olivier eut la bonne grâce de ne pas rire, même s'il ne pouvait camoufler l'amusement qui transparaissait dans sa voix.

— Je ne vous ai pas promis un bonbon, dit-il. Je vous ai dit que c'étaient des graines de cacao et ce n'est rien d'autre. Des graines de cacao brutes, non traitées. Edmund, prête-moi ton coutelas.

Il attrapa la machette lancée par l'un des hommes et s'en servit pour piquer une cabosse fendue ; il en coupa une partie qu'il offrit à Allégra du bout de son couteau.

— Ceci devrait effacer le mauvais goût, dit-il.

Elle l'accepta à contrecœur tandis qu'il poursuivait son explication.

— Il faut attendre des semaines avant qu'il soit mangeable ou buvable. Le cacao traverse un long processus avant d'atteindre la table sous sa forme familière. D'ici on l'achemine jusqu'au boucan à cacao pour qu'il subisse la fermentation, la dessication, le nettoyage et l'ensachage. Il faut pour cela deux ou trois semaines de traitement.

— Dans le boucan ? le questionna Allégra.

Elle ne lui faisait pas encore entièrement confiance.

— Qu'est-ce qu'un boucan ? Cela évoque la demeure des gnomes dans les contes de fée.

— Loin de là, dit Olivier qui laissa paraître un sourire.

Il offrit une autre tranche de pulpe à Allégra et rendit le coutelas à son propriétaire.

— Le boucan désigne une série de bâtiments où on traite le cacao. Ce terme a été emprunté des boucaniers français — ces pirates qui construisaient des hangars et des huttes le long de la côte pour y emmagasiner leurs surplus de stock et pour y fumer leur poisson.

— Hummm ! dit Allégra.

Elle suçotait la pulpe adoucissante. Olivier poursuivait :

— Quand les graines quittent le boucan, elles sentent le cacao. Il leur reste un certain nombre d'étapes à franchir avant qu'elles soient prêtes à être consommées : la torréfaction, le triage, l'écossage, la pulvérisation, puis la transformation en poudre de cacao ou en friandise. La dernière étape se réalise à l'extérieur de la Grenade, surtout en Angleterre. Malgré tout, ajouta-t-il, nous en conservons un peu pour faire du « thé de cacao ».

Davantage convaincue de la véracité de ses dires, elle cherchait à le prendre en défaut.

— Si les graines sont cuites et traitées de diverses manières avant d'être consommées, dit-elle avec prudence, ne serait-il pas plus simple de le faire ici, *avant* qu'elles quittent la Grenade ?

Olivier arqua les sourcils en signe d'acquiescement.

— Plus simple, en effet, dit-il. Et ce serait beaucoup plus profitable. Mais, malheureusement, cela est contraire aux lois coloniales britanniques. Elles mentionnent que seuls les produits bruts peuvent être exportés. Il est interdit d'exporter les produits finis. C'est une des façons qu'a l'Angleterre de s'assurer notre soumission.

— Ce n'est pas juste ! cria Allégra.

Une expression outragée avait remplacé son allure méfiante.

— Bienvenue aux colonies, mademoiselle Pembroke, répliqua Olivier, sarcastique.

Allégra comprit qu'on ne pouvait rien faire. Elle s'emporta contre l'iniquité des lois.

— Ce n'est tout simplement pas juste, dit-elle sombrement. Imaginez : faire pousser ces graines toute sa vie et ne jamais pouvoir vendre de poudre de cacao. C'est comme de tailler du tissu pour une robe, mais sans jamais pouvoir la coudre.

Le sourire d'Olivier revint, alors qu'elle secouait son parasol débraillé pour ponctuer son indignation.

— Je suis d'accord avec vous, mademoiselle Pembroke, lui dit-il. De même que l'était votre père. Il était terriblement frustré par les limites imposées aux planteurs de cacao des colonies. C'était un homme dont l'esprit était constamment en mouvement, avec des idées qui surgissaient des cendres des anciennes. C'est pourquoi il est retourné en Angleterre afin d'y ouvrir une usine de chocolat.

— Il a fait quoi ? demanda Allégra, stupéfaite.

— Ah, une autre surprise ! observa Olivier. Oui, il est retourné en Angleterre il y a presque trois ans.

Il avait recommencé à circuler dans la plantation de cacao, mais en empruntant l'allée d'un pas plus lent. Allégra ne s'arrêta que pour libérer le bas de sa jupe des broussailles qui jonchaient le sol. Elle comprit enfin que son parasol était plus encombrant qu'utile avec toutes ces branches basses. Elle le referma et s'en servit comme d'une canne. Elle écoutait attentivement l'explication d'Olivier.

— Quand Cecil a acheté l'*Étoile* des mains de Patrice Le Ciel, il n'y avait que le boucan, quelques cacaoyers et une maison envahie de termites, dit-il. Dans un de ses typiques élans d'enthousiasme, votre père a immédiatement nettoyé la plantation, augmenté la surface de culture et construit la grande maison. Cela fait, il a eu l'impression d'avoir plus ou moins conquis la culture du cacao. Il était prêt pour un nouveau défi. Comme vous l'avez remarqué, le cacao une fois récolté, il faut traiter ce produit brut. C'est ce que Cecil voulait faire. Il avait vu et goûté suffisamment de notre chocolat local pour que son imagination soit stimulée et son appétit, aiguisé. Pour financer sa nouvelle idée, il m'a vendu la moitié de sa part dans le domaine. Il était très heureux de m'en laisser la direction, parce qu'il était presque toujours en Angleterre. Ce ne fut que pure coïncidence qu'il ait été ici quand vous êtes arrivée : il venait à peine de rentrer.

— Et qu'en est-il de l'usine ? demanda Allégra.

Enthousiaste, elle imaginait d'immenses salles remplies de gâteaux et de friandises au chocolat ainsi que de tasses brûlantes de cacao mousseux.

— Quelle idée fantastique! Ne pouvez-vous pas vous l'imaginer? Ne pouvez-vous pas voir les ouvriers qui s'affairent dans leur tablier blanc amidonné, les joues très roses et creusées de fossettes? Heureux, ils sourient tout en disposant leurs délicieuses sucreries dans de très belles boîtes où sont peints des anges, des cœurs et des tonnelles de fleurs comme celle qui figure sur la grille avant.

Elle prit une respiration, puis elle demanda d'un ton anxieux :

— Était-ce ainsi?

Même si sa description l'amusait, Olivier haussa les épaules.

— Comme je vous l'ai dit, Cecil venait tout juste d'arriver. Nous n'avions pas eu la chance d'en discuter, dit-il. Mais je peux deviner comment cela se passait.

Il s'arrêta un moment avant de poursuivre prudemment :

— Vous devez comprendre que le talent de votre père pour créer une entreprise était extraordinaire. Son aptitude à la diriger était toutefois un peu moins brillante. Et il avait tendance à être, euh! un peu trop insouciant, pourrait-on dire, à propos des questions financières.

Il eut un nouveau haussement d'épaules.

— Je doute que l'usine ait bien démarré.

— Comme c'est regrettable! dit Allégra.

Elle faisait référence autant aux faiblesses de son père qu'aux délicieux rêves chocolatés qui s'évaporaient. Pourtant la découverte que Cecil n'était pas parfait, loin d'assombrir la représentation superbe qu'elle avait de lui, l'humanisa plutôt. Il lui manquait. Elle sentit le poids de la tristesse l'accabler pour la première fois : elle regrettait finalement la perte d'un être de chair et de sang.

— Je suis sûre qu'il a aimé ce qu'il a fait, dit-elle d'une voix affectueuse, presque pour elle-même. Je suis sûre qu'il était vraiment intrigué par le cacao, sinon il n'aurait pas vendu la moitié de l'*Étoile*.

Olivier lui lança un regard oblique. Il s'attendait à du sarcasme de sa part, mais son expression était innocente et même mélancolique. Il se pencha pour enlever une branche qui obstruait le sentier, puis il fit remarquer :

— Le cacao a depuis longtemps attiré les hommes et joué un rôle important dans leurs transactions.

Quand il vit qu'Allégra s'intéressait à ce qu'il disait, il poursuivit :

— Les Indiens mayas furent les premiers à cultiver le cacao. Cependant il se peut qu'il ait été récolté avant cela par d'anciennes tribus de l'Amérique du Sud. Quand les Mayas furent assujettis aux Aztèques, on leur fit payer leur tribut en sacs de graines de cacao et en paniers de poudre de cacao. C'était devenu une forme de monnaie. Tout comme nous avons des dollars et des sous, ils avaient des coultes et des xequipiles équivalents. On raconte qu'au Nicaragua dix graines achetaient un lapin et que cent graines pouvaient vous procurer un « assez bon esclave » : la valeur qui était reconnue au cacao était donc élevée.

— Il me semble que si tout le monde était tellement occupé à échanger les graines, ils ne pouvaient se permettre de les boire, interrompit Allégra. Sauf peut-être les très riches.

Olivier sourit.

— L'un des avantages de la monnaie de cacao, dit-il, c'est que presque tout le monde peut en fabriquer. Il y a longtemps, quelqu'un l'a appelée : « argent béni » car elle protège de l'avarice : on ne peut ni l'accumuler, ni la cacher sous terre. Il n'en demeure pas moins, ajouta-t-il, que ce que vous dites est exact. Jusqu'au dix-huitième siècle, c'était un breuvage réservé aux riches des deux côtés de l'Atlantique.

— Au début de l'ère aztèque, le cacao servait aux guerriers et aux nobles. Par décret de Montezuma, toute la cour en but — jusqu'à deux mille tasses par jour. L'empereur lui-même ne prenait que ce breuvage et se le faisait servir dans des coupes d'or martelé avec des cuillers en écaille de tortue. Selon la légende, il n'utilisait les coupes qu'une seule fois, puis les lançait dans le lac.

Tout en parlant, Olivier inspectait les arbres aux alentours. Comme il ne découvrit aucun problème, il regarda à nouveau Allégra et il poursuivit :

— Cortés à son tour fit la conquête des Aztèques et ramena des graines de cacao en Espagne, comme partie de son tribut au roi. En très peu de temps, le cacao devint là aussi le breuvage royal. Pendant un certain temps, les Espagnols gardèrent son existence secrète, mais quand la princesse Anne épousa Louis XIII en 1615, elle lui apporta du chocolat comme cadeau de mariage. Il ne fallut pas beaucoup de temps pour que la cour de France adopte ce breuvage. Quelques décennies plus tard, un marchand entreprenant traversa la Manche et introduisit le cacao en Angleterre.

À la fin du siècle, les Européens découvrirent ce que les habitants du Nouveau Monde savaient déjà : le chocolat était un breuvage merveilleux. Les Aztèques croyaient qu'il donnait à un homme du courage au combat, de la sagesse dans la vie et, euh...

Il hésita, se rappelant la sensibilité de son auditrice à propos de certains sujets délicats. Puis, avec sa franchise coutumière, il termina :

— Et de la vigueur dans l'amour.

Quand il vit qu'Allégra enregistrait cette affirmation d'un air mortifié, il sourit.

— Les Anglais ont tendance à vanter ses pouvoirs digestifs, poursuivit-il sur un terrain moins périlleux. Samuel Pepys en buvait chaque matin et chaque soir pour refaire son estomac. Cent cinquante ans plus tard, Brillat-Savarin proclama qu'il était un élixir total. Il affirma que les habitués profitaient « de la santé la plus égale et la plus constante ». J'imagine que le cacao a obtenu sa palme la plus éclatante quand le botaniste suédois Linné, alors qu'il classifiait toute la flore connue, lui a donné le nom de « theobroma », mot grec qui signifie « nourriture des dieux ».

— C'est vrai ? demanda Allégra, maintenant intriguée. Le

chocolat est-il vraiment un fortifiant extraordinaire? Je sais que c'est délicieux et qu'on le considère très nutritif, mais est-ce qu'il possède aussi des vertus médicales?

Olivier haussa encore une fois les épaules.

— Vous devez réaliser que le breuvage de chocolat, comme on le conçut d'abord, était très différent du cacao que vous buvez aujourd'hui. De nos jours, il est servi chaud, avec du lait et du sucre, mais au temps des Aztèques et à son introduction en Espagne, on le servait froid. À cette époque, les graines étaient torréfiées et broyées avec de la vanille, du poivre et d'autres épices fortes. À ce mélange, on ajoutait du miel puis on le battait en mousse épaisse. Parfois, ce breuvage était mêlé avec du maïs fermenté, parfois avec du vin ou du cognac. Parfois, les Aztèques broyaient même les os de leurs ancêtres et les ajoutaient au mélange comme remède contre la dysenterie. Je dois dire, cependant, que cela n'améliorait guère la santé de leurs victimes sacrifiées. Les pauvres recevaient une tasse de chocolat avant qu'on leur arrache le cœur.

— Que c'est épouvantable! dit Allégra en frissonnant. Quel terrible sort!

Olivier s'approcha d'un arbre et arracha une gousse de cacao que des coups de bec avaient fait pourrir.

— Tout dépend du point de vue, dit-il, désinvolte. C'était souvent considéré comme un honneur d'être sacrifié. Cela signifiait que votre esprit allait s'envoler au ciel, qu'il allait devenir le compagnon des dieux.

— Un compagnon! Une compagne! s'exclama Allégra.

Elle s'arrêta net. Olivier l'interrogea du regard.

— C'est ce dont j'étais venue vous parler.

— Oh? répliqua Olivier, le visage impassible. Et moi qui pensais que vous étiez venue pour recevoir une leçon sur le cacao.

— Eh bien, oui, dit Allégra.

Elle tentait maladroitement de se reprendre.

— Cela a été très instructif, je vous assure. Très impressionnant, en fait.

Comme sa voix adoptait un ton guindé, un air dégoûté marqua le visage d'Olivier. Il se cambra sur ses jambes et plia une nouvelle fois ses bras sur sa poitrine.

— Vraiment ! dit-il rapidement. Mais vous avez quelque chose de plus pressant à l'esprit.

— Eh bien, oui, dit à nouveau Allégra.

Elle n'était soudain plus tout à fait certaine de savoir comment s'y prendre.

— Vous avez parlé d'un plan, s'empressa de dire Olivier. Il semble qu'il y soit question d'une compagne.

— Oui, c'est ça. J'ai pensé que ce serait la solution parfaite à notre situation délicate.

Une fois lancée sur son idée, Allégra retrouva son allant.

— Si on considère que je ne peux certainement pas vivre dans la maison seule avec vous et que, j'en suis persuadée, vous n'allez pas la quitter, la solution idéale, c'est d'engager une dame de compagnie. Nous pouvons trouver une femme tout à fait respectable dont la seule présence suffirait à sauvegarder ma réputation et à imposer une atmosphère de raffinement et de bonnes convenances.

Maintenant échauffée, Allégra commençait à embellir la situation.

— Peut-être sera-t-elle même indigente. Nous la sauverons d'une vie de noble pauvreté. Oui, c'est ça.

Elle tapa le sol du bout de son parasol pour souligner ses propos.

— Une fois, j'ai lu un roman au sujet d'une orpheline qui était très belle et très riche, poursuivit-elle tout animée, mais elle souffrait de sa solitude. Voyez-vous, elle vivait dans ce grand manoir avec un oncle vieux et capricieux, toujours confiné dans ses appartements. Puis un jour, pendant qu'elle était en ville pour acheter des rubans, elle vit un voleur s'emparer du sac à main d'une jeune femme très belle, à l'allure raffinée malgré ses vêtements usés. La jeune femme semblait tellement en détresse, comme si elle avait perdu son dernier sou — ce qui était le cas — que la belle jeune fille s'approcha d'elle...

— Attendez. Laissez-moi deviner, l'interrompit Olivier. Et la pauvre fille qui était jolie devint la compagne de celle qui était riche et belle. Et toutes deux épousèrent de beaux ducs.

— Eh bien, oui, dit Allégra.

Elle était quelque peu vexée de s'être fait prédire la fin de son histoire.

— Sauf que ce n'étaient pas des ducs. Un des deux hommes possédait de nombreuses entreprises, l'autre était riche et consacrait son temps aux bonnes œuvres.

— Aux bonnes œuvres, murmura Olivier.

Il leva les yeux vers le ciel.

— J'imagine que c'est une autre leçon de vie donnée par Mlle Lorna Lockhart?

— Non, dit Allégra. C'est un roman de Mme Mary Waverly. Mais si vous n'aimez pas l'idée...

— Je n'aime pas l'idée.

Son ton était sans appel.

— Alors ma compagne n'a pas besoin d'être sans le sou, répliqua Allégra. Ce n'était qu'une idée. Peut-être boitera-t-elle même un peu.

Elle s'arrêta pour y réfléchir.

— Rien de très sérieux, je vous l'accorde, et elle se résigne à son handicap avec courage et bonne humeur.

— Arrêtez, dit brusquement Olivier. J'ai un meilleur plan.

— Vous en avez un? demanda Allégra, sortant de sa rêverie.

— Oui, j'en ai un, répondit Olivier. J'ai l'intention de vous amener, demain, à Carriacou où je vous laisserai en toute sécurité entre les mains respectables de mon père, de ma belle-mère et de mes trois sœurs, même si aucun d'eux n'est pauvre ou boiteux.

— Quoi? bredouilla Allégra.

Elle posa ses mains sur ses hanches, sous le coup de l'indignation.

— Vous ne pouvez me charrier n'importe où selon votre

bon vouloir et m'abandonner comme une malle au département des objets perdus. Je n'irai pas.

— Et moi, je ne continuerai pas à dormir dans le boucan, rétorqua Olivier. Je ne supporterai plus non plus de me faire harceler par des accusations d'immoralité.

Il désirait mettre autant de distance que possible entre lui et les éclairs imprévisibles d'esprit et de charme d'Allégra.

— Mais je vous ai offert une solution, protesta Allégra.

— Et je vous en ai proposé une meilleure, dit Olivier.

Il était déterminé à tenir son bout dans la bataille.

— De toute façon... dit Allégra.

Elle laissa retomber ses mains et bifurqua :

— Élisabeth ne m'avait pas dit que vous aviez trois sœurs. J'avais plutôt l'impression que vous étiez fils unique.

Dérouté par ce brusque changement d'humeur, Olivier répondit avant d'avoir pu y penser :

— Ce sont mes demi-sœurs, en fait. Mon père s'est remarié pendant que je faisais mes études en Angleterre. Il a eu trois filles avec sa nouvelle épouse. Elles sont toutes plus délicieuses les unes que les autres. Vous apprécierez leur compagnie.

— Peut-être.

Allégra ne voulut pas s'engager sur cette voie, plus curieuse d'en apprendre sur Olivier.

— Élisabeth dit que vous êtes rentré d'Angleterre il y a onze ans et que vous construisiez des bateaux avec votre père. Comment se fait-il que vous vous retrouviez ici ?

— Élisabeth était assez bavarde ce matin, n'est-ce pas ? commenta Olivier.

Il ne parlait pas aussi volontiers de sa vie personnelle que du cacao.

— Vous a-t-elle dit combien c'est joli à Carriacou ?

— Nous avons eu une agréable conversation, répondit Allégra.

Elle revint à la charge.

— N'aimiez-vous pas construire des bateaux ? insista-t-elle

avec l'indélicatesse qu'elle lui reprochait pourtant.

— Seigneur ! s'exclama Olivier. Quels autres détails de ma vie Élisabeth vous a-t-elle révélés ?

— Pas beaucoup, dit Allégra.

Elle secoua la tête car elle regrettait presque d'avoir posé une telle question, mais elle n'en attendait pas moins une réponse.

Il y eut un silence. Chacun regardait obstinément l'autre. Finalement, le sens de la justice d'Olivier l'emporta. Après tout, il avait été lui-même indiscret dans son enquête sur Allégra et elle avait le droit de connaître un certain nombre de choses sur son associé.

— C'est bon, concéda-t-il. J'aimais assez construire des bateaux, mais je préférais de beaucoup les piloter, expliqua-t-il. Après quelques mois passés avec mon père, je l'ai compris. Aussi avons-nous construit une goélette pour mon usage. Pendant un an, j'ai transporté des marchandises jusqu'à la Barbade, à Trinidad et même jusqu'au Venezuela.. Avec les profits, j'en ai fait construire une autre et je l'ai lancée sur le circuit du nord, vers Saint-Vincent et Sainte-Lucie, même jusqu'à la Martinique. Comme les années passaient et que ma réputation grandissait, j'ai ajouté des goélettes à ma flotte jusqu'à en avoir une douzaine qui voguaient des Bermudes jusqu'au Brésil.

« À ce moment-là, j'avais acquis un entrepôt et le bureau à Saint-Georges. J'avais même un gérant, mais toujours pas de foyer bien à moi. Je commençais à être las de dormir dans des chambres louées ou sur les planches des couchettes d'une goélette, sans jamais savoir où entreposer mes chemises propres. Malgré l'attrait de la mer, il n'y a rien comme le sentiment de posséder la terre. C'est l'Écossais en moi qui triomphe.

« J'ai connu Cecil par l'intermédiaire de mon ami Jamie. Quand il m'a approché pour que j'achète la moitié de l'*Étoile*, j'ai trouvé l'offre irrésistible. J'aimais Cecil, j'aimais le domaine et j'aimais son site à proximité du quai de Gouyave.

Tous ces critères me convenaient. »

Il n'avait pas ajouté que les séjours prolongés de Cecil en Angleterre avaient été un autre facteur encourageant. Étant donné l'esprit fantasque de Cecil et le caractère plus logique et organisé d'Olivier, il valait mieux qu'il dirige lui-même l'entreprise.

Quand il eut terminé son explication, Allégra passa distraitement son parasol par-dessus son épaule pour se frotter le dos.

— Si on considère la façon dont chacune de vos entreprises a fleuri à partir des semences de la précédente, de la même façon qu'avec celles de mon père, je suis surprise que vous ne les ayez pas poursuivies en Angleterre.

Elle fit la remarque d'un air pensif, presque triste, soudain consciente qu'elle ne voulait pas vraiment qu'il le fasse.

— Pas la moindre chance, dit vivement Olivier en coupant court aux rêveries d'Allégra. Le jour où j'ai quitté l'Angleterre, j'ai juré de ne jamais y retourner. C'est une promesse que j'ai l'intention de tenir.

— Mais pourquoi ?

Étrangement soulagée, Allégra était aussi perplexe. À ses yeux, l'Angleterre semblait un lieu de haute sophistication et elle avait peine à comprendre l'évidente aversion qu'Olivier en éprouvait.

— Pourquoi diable la détestez-vous autant ? demanda-t-elle. Avez-vous eu de mauvaises notes à l'école ?

L'expression d'Olivier était à la fois exaspérée et amusée par sa dernière trouvaille.

— Non, mademoiselle Pembroke, je n'ai pas eu de mauvaises notes à l'école. Au contraire, j'étais un excellent étudiant et un athlète remarquable, un des meilleurs éléments de l'équipe de rugby.

Son ton se durcit quand il ajouta brièvement :

— Peu importaient mes exploits : je demeurais le fils d'un marchand des colonies, jugé citoyen de deuxième ordre et cela semblait la suprême jauge de ma valeur.

— Oh, je vois, dit Allégra.

Elle fut momentanément foudroyée par cet autre exemple d'injustice. D'une certaine façon, elle ne pouvait l'imaginer en position d'infériorité. Après un moment, elle demanda :

— Ne pensez-vous pas que les gens auraient une opinion différente de vous maintenant s'ils voyaient comment vous avez réussi ?

— J'en doute, répondit tristement Olivier. De toute façon, ils n'auront jamais la possibilité d'en juger. Le seul voyage que j'ai l'intention de faire, c'est en direction de Carriacou, demain, dit-il en mettant fin à la discussion. J'espère que vous vous plairez dans la maison de mon père à Windward.

Ces mots lui rappelèrent sa situation présente et bannirent l'inconfort des tendres sentiments qui naissaient en elle.

— Je suis sûre qu'elle est vraiment jolie, monsieur Mac-Kenzie, dit-elle.

Elle redressa les épaules et laissa tomber la pointe de son parasol sur le sol d'un coup sec.

— Cependant, *je* n'ai aucunement l'intention de prendre la chance d'en juger. Je resterai à l'*Étoile* et j'engagerai une dame de compagnie. Je n'irai pas à Carriacou.

— Et moi, mademoiselle Pembroke, répliqua Olivier, tout aussi inflexible, je n'accepterai pas dans ma demeure une femme guindée et prude qui boite toute la journée et qui me dira ce que je peux ou ce que je ne peux pas faire. La solution, par conséquent, c'est que vous alliez à Carriacou.

— Non, dit Allégra d'un ton véhément.

Tout à coup, elle se sentit lasse d'être traitée comme une enfant, lasse de voir ses vœux ignorés.

— Je ne veux pas y aller et vous ne pouvez pas m'y forcer non plus.

Elle pointa son menton et le regarda droit dans les yeux, défiante.

Pendant un instant, Olivier la fixa lui aussi. Il réalisa qu'elle avait raison. Il n'y avait aucun moyen de l'obliger à partir si elle ne le voulait pas. Il changea donc de tactique.

— Comme vous voulez, mademoiselle Pembroke, dit-il

doucement. Pourtant, je dois vous dire que *je* vais à Carriacou demain pour m'entretenir avec mon père d'une goélette qu'il construit pour moi. Cela trouble ma conscience de penser à vous, toute seule, à l'*Étoile*.

Il s'arrêta un moment avant de donner le coup de grâce.

— Ce n'est pas convenable.

La réponse coléreuse qu'Allégra se préparait à servir s'évanouit. Convenable. Encore ce mot. Il avait sur elle l'effet de cordes sur une marionnette, l'incitant à des actions qui allaient à l'encontre de ses instincts. Convenable. Face à un tel argument, la résistance d'Allégra s'émietta. Le lendemain, elle partait pour Carriacou.

*4*

*A*llégra s'assit sur le bord dur de la couchette du *Mam'-selle Lily*, les mains jointes sur les genoux. Elle s'endormait car elle s'était levée tôt et cet état de somnolence tempérait le ressentiment qu'elle éprouvait en pensant à la façon dont Olivier l'avait emmenée sur son bateau. Pendant une bonne demi-heure, elle regarda vaguement une tasse ébréchée se balancer sur son crochet jusqu'à ce qu'elle réalise que, même si elle penchait, la goélette ne tanguait pas comme elle l'avait fait au cours de son voyage précédent.

Encouragée, elle se leva, un peu hésitante, et entrouvrit la porte. Comme rien de catastrophique ne se produisit, elle s'avança sur le pont. Ce jour-là la mer était calme. Seul le rythme régulier des vagues en faisait osciller la surface. Le ciel était sans nuages ; le vent gonflait bien les voiles. C'était une journée merveilleuse.

Allégra se réveilla complètement au contact de la brise salée. Elle appuya son dos contre la cabine et regarda défiler l'abrupte côte verte de la Grenade. Comme le vent s'obstinait à gonfler la bordure de son bonnet, elle retira les épingles qui retenaient cette coquetterie et lança le bonnet dans la cabine. Elle préférait rester dehors, rafraîchie par les courants frais de la mer et inspirée par la vue spectaculaire.

Bientôt, l'air parfumé réveilla sa vivacité et son optimisme.

Elle pardonna presque à Olivier ses tactiques sournoises et ses manières brusques, tant était grand son plaisir de naviguer. Animée par ces sentiments, Allégra se dirigea vers la poupe pour l'y retrouver.

Bien calé derrière la roue, Olivier la vit apparaître. Il lutta pour contrôler à nouveau sa profonde attirance. Ses cheveux blonds étaient plus ébouriffés que d'habitude ; la lumière scintillait sur chaque boucle qu'agitait le vent. Le soleil et le vent matinal avaient coloré de rose la peau pâle de son visage et avait mis en valeur ses petites taches de rousseur. Ses grands yeux brillants semblaient refléter la profonde mer azurée. Même s'il tentait de se convaincre qu'elle était une femme ordinaire, rigide et guindée, il la trouvait vraiment séduisante.

— Êtes-vous venue faire votre quart ? demanda-t-il d'un ton léger.

— Venue faire quoi ? répondit Allégra inquiète et regardant autour d'elle sans comprendre.

— Non, non.

Olivier tenta de la rassurer en souriant.

— Je me demandais simplement si vous étiez venue prendre votre tour derrière la roue.

Les yeux d'Allégra s'agrandirent.

— Oh, oui, dit-elle tout enthousiaste. Puis-je, s'il vous plaît ?

Olivier abandonna la roue d'une main et s'éloigna du gouvernail. Il lui fit signe de prendre place. Elle s'avança rapidement et s'empara des manetons, mais là où Olivier avait semblé gouverner la goélette sans effort, car la roue répondait docilement à sa touche, elle se mit à tourner étourdiment entre les mains d'Allégra. Le *Mam'selle Lily* en fit autant, vira dans les vagues et émit un craquement inquiétant au moment où sa voile faseya et se mit à battre contre le mât.

Des volées de rires parvinrent du pont avant où les membres de l'équipage prenaient l'ombre.

— Hé, *capitaine* ! cria quelqu'un. Vous réveillez les serpents !

Allégra en aurait été humiliée, si elle n'avait été aussi énervée. Elle agrippa désespérément la roue, incapable de reprendre le contrôle de la goélette. Elle sursauta quand les robustes mains d'Olivier se posèrent sur les siennes. Lentement, délibérément, il ramena la goélette à son cap et les voiles se gonflèrent à nouveau sous le vent.

Il resta en place ; il se tenait si près derrière qu'Allégra pouvait sentir son souffle sur ses cheveux.

— Comme ceci, dit-il calmement.

Il semblait ne pas tenir compte de sa soudaine confusion.

— Vous devez redresser ; elle fonce vers le vent. Ne la laissez pas lofer, sinon vous allez vous mettre de travers.

Elle opina, supposant qu'on attendait sa réponse. Mais Allégra n'avait pas la moindre idée de ce qu'il disait. Même si elle avait su ce que signifiaient les mots, son sang courait trop vite, sa capacité de raisonner en était bloquée. Tout ce dont elle était consciente, c'était du vent contre sa peau brûlante et des doigts d'Olivier entourant les siens. Elle pouvait sentir la force de ses bras tandis qu'il manœuvrait le gouvernail. Elle déglutit un bon coup.

— Calmement, murmura Olivier à son oreille. Cette goélette possède un gouvernail sensible au climat ; elle a tendance à remonter vers le vent.

Il sourit, le visage dans les boucles de ses cheveux, tandis qu'elle faisait un nouveau signe, tout aussi tendue et ignorante qu'auparavant.

— Voyez, dit-il. Diriger un bateau, c'est simple. Il s'agit simplement de savoir d'où vient le vent. Dans cette partie du globe, il souffle toujours est-nord-est. De l'Afrique. Tout ce que vous avez à faire, c'est de vous assurer que le vent gonfle bien les voiles. Si vous lofez trop, si vous tournez trop vers le nord, la voile va faseyer et vous ne pourrez plus avancer. Alors, au lieu de vous pousser, les vagues frapperont de côté et vous submergeront. Vous comprenez ?

Allégra approuva de nouveau mais, par miracle, cette fois, les mots qu'il prononçait commençaient à avoir du sens. Une partie de la tension se dégagea de ses épaules. Elle commençait à sentir la chaleur et la familiarité de son contact.

— Si vous abattez trop, poursuivit-il patiemment, si vous vous dirigez trop vers le sud, les voiles vont empanner. Dans un petit bateau léger, cela pourrait vous faire chavirer, mais une goélette est bâtie pour les coups durs. Vous donnerez simplement de la bande. Thomas criera après vous du pont avant, l'équipage ne pourra pas se tenir debout et les poulets passeront par-dessus bord.

Allégra sourit faiblement, mais elle garda les yeux rivés sur la mer. Pour une part, elle craignait d'en détourner son attention. Mais pour une part plus grande encore, elle n'osait pas regarder Olivier. L'éclat de ses sombres yeux bleus était presque insoutenable.

— Il vous faudra ensuite réaliser que la mer est très puissante. Elle vous porte au haut d'une vague, elle vous en fait retomber. Aussi faut-il redresser pour compenser. Comme ceci, à peine.

Il tourna la roue, sa main se durcissant par-dessus la sienne, juste assez pour les garder sur un cours égal.

— Et maintenant, en bas de l'autre côté de la vague. Le sentez-vous? Relâchez quelque peu. Bien.

Il lui parlait, de vague en vague, sa voix stable et rythmée comme la mer elle-même. Elle se demandait pourquoi elle avait trouvé son ton brusque; il lui semblait maintenant apaisant et calmant. Son bon sens évident détendait ses nerfs agités. Peu à peu Olivier relâcha sa prise sur les mains d'Allégra et lui remit progressivement la commande de la goélette. Chaque fois qu'ils tournaient la grande roue, elle sentait qu'elle devait accentuer son effort, elle sentait que la mer tentait de s'opposer.

Finalement Olivier relâcha complètement sa prise et recula. Le *Mam'selle Lily* continua à sillonner paisiblement sur le roulis des vagues; il alla s'asseoir sur la rambarde d'où il put surveiller Allégra. Le plaisir creusait des plis au coin des yeux d'Olivier. Elle avait l'air si enthousiaste, si heureuse et fière qu'il lui était difficile de se rappeler qu'il avait souhaité qu'elle retourne au Connecticut.

— C'est splendide, dit-elle avec un rire heureux. Je vois maintenant pourquoi vous préférez diriger les bateaux plutôt que de les construire. Cela me découragerait beaucoup de travailler pendant des mois à la construction d'un bateau et de voir quelqu'un d'autre le piloter à ma place, en sachant quel bon temps il savoure.

— Bien sûr, ce n'est pas toujours une expérience merveilleuse, comme vous devez vous en rappeler, répondit Olivier avec un sourire. Il y a des moments où un emploi dans une cour à bateaux semble nettement préférable.

Allégra repoussa le mauvais souvenir.

— Ceci fait plus que compenser, dit-elle.

Ils restèrent silencieux, chacun savourant la paix ambiante. On entendait seulement le craquement des mâts et le choc des vagues contre la coque.

— Olivier, dit Allégra d'une voix songeuse, brisant finalement le silence, je crois comprendre maintenant pourquoi vous avez décidé de faire du cabotage entre les îles. Et ce que vous dites au sujet de l'exploitation de l'*Étoile* est également très sensé. Ce que je ne comprends pas, c'est pourquoi, si vous n'aviez pas l'intention de retourner en Angleterre, vous avez acquis une entreprise comme Star Shipping qui fait du commerce transatlantique.

Elle jeta un rapide regard dans sa direction et vit que la joie avait déserté son visage.

— C'était davantage pour protéger mes profits actuels que pour en générer d'autres, dit-il d'une voix brusque.

Comme Allégra gardait les lèvres serrées, Olivier soupira et soumit une meilleure explication.

— Il y a un domaine dans la paroisse Saint-Andrew, près de Grenville, de l'autre côté de l'île nommé Argo. On prétend que son propriétaire actuel l'a gagné aux cartes.

Olivier donna un coup de pied à un rouleau de cordage.

— Le nouveau propriétaire, Argo Limitée, avait de bien plus grandes ambitions que le précédent. Dans une tentative d'étendre ses intérêts dans les Antilles, autrement dit de les *contrôler*, il a mis sur pied une compagnie de transport appelée Argo Shipping.

La majeure partie des contrats de transport de cacao ont été signés, non sur les exploitations ou dans des bureaux d'avoués à Saint-Georges, mais dans des clubs privés de Londres. Le propriétaire d'Argo s'est servi de ses contacts privilégiés pour établir son monopole sur l'exploitation du cacao.

— Est-ce si terrible? demanda Allégra.

— C'est ainsi que se font les affaires, admit-il. Et habituellement je l'accepte. Mais il est devenu vite évident qu'Argo Shipping était administré comme le domaine Argo : avec le minimum de soins et le maximum de profits. Les tarifs de transport ont augmenté, mais la qualité des services s'est dégradée. Les importateurs de cacao se sont plaints de la piètre qualité de nos produits. Les transporteurs d'autrefois avaient tous abandonné la course.

— Aussi avez-vous consolidé Star Shipping, conclut Allégra.

— Oui.

Un certain temps, Allégra regarda grossir à l'horizon la masse de Carriacou. Puis elle demanda :

— Vous êtes-vous servi de vos relations pour obtenir des contrats, vous aussi?

Un sourire voila la tristesse d'Olivier.

— Bien sûr, dit-il.

Ils accostèrent à Carriacou dans l'après-midi. Le jugement péremptoire d'Allégra sur Olivier, trouvé coupable de rudesse et de grossièreté, était compromis par l'admiration involontaire qu'elle lui portait. Elle était attirée, contre son gré, par son approche franche, sensée et sans compromis. L'attitude qu'elle prétendait détester la charmait de plus en plus. Cette attirance pour Olivier, bien qu'hésitante, se raffermissait chaque fois qu'elle songeait aux mains d'Olivier refermées sur les siennes.

Ils laissèrent la goélette au quai de Hillsborough, petite ville qui s'enorgueillissait de sa rue principale, sinuosité bordée

de boutiques et de maisons, en pierre ou en mortier chapeau-
tées d'un étage en bois. Si Olivier avait été salué avec respect
à Saint-Georges, il fut traité ici en vieil ami. Tous s'arrêtaient
pour lui parler, pour blaguer ou pour le gratifier d'une tape sur
l'épaule. Il n'eut aucune peine à emprunter une voiture brin-
quebalante et un cheval poussif qui les transportèrent de l'autre
côté de l'île, à Windward.

Allégra était toujours enthousiasmée par le voyage. Située
tout près de la Grenade, Carriacou était pourtant très différente
de sa consœur. Les douces pentes de ses collines avaient été
nivelées et dorées par le soleil et le vent. Des îlots de verdure
tachetaient les champs qui, à l'exception de rares cactus ou
d'arbres décharnés ou tordus vers le couchant, étaient dénudés.
Quand Olivier et Allégra atteignirent le point culminant de
l'île, la mer leur apparut, vaste étendue turquoise, brillante et
claire, séparée du bleu marine de l'eau du large par une
blanche dentelle écumeuse.

— Oh, Seigneur ! murmura Allégra, tout étonnée.

— Oui, renchérit Olivier.

Parfois ils doublaient une maison, une ou deux vaches ou
un groupe de chèvres. Autrement, on n'apercevait que les
champs au sol aride, les bosquets verts et la mer.

Il semblait faire encore plus chaud qu'à la Grenade, surtout
après l'intermède rafraîchissant du voilier. Quand ils atteignirent Windward, village dispersé au hasard d'un kilomètre de
plage, les vêtements d'Allégra collaient à son corps et les
baleines de son corset la faisaient terriblement souffrir.

Ils s'arrêtèrent devant une maison à étage solidement
construite avec ses boiseries blanches délicatement ouvragées
à la frange du toit et du portail.

— Oohh ! regarde ça, regarde bien ça, cria quelqu'un. Je
t'assure, Olivier, que la vie de propriétaire de plantation te
monte à la tête. Une voiture, rien de moins. Ensuite tu exige-
ras la serviette et le rince-doigts !

Un homme était apparu derrière le promontoire. Il ressemblait à Olivier, en plus âgé. L'homme portait sur son épaule un

long coffre à outils.

— Il y eut un temps, garçon, où la marche à pied te convenait, dit-il.

Il déposa la boîte sur les marches du porche.

— Sans parler du fait que je t'ai construit douze puissantes goélettes. Es-tu tellement habitué de vivre sur la terre ferme que tu as oublié comment manœuvrer ces satanés bateaux ? Nous avons un quai ici, tu sais.

— Surveille ton langage, Angus, dit Olivier en riant. J'ai emmené une dame en visite. C'est la fille de Cecil. Et je sais que tu as un quai ici, même si ça ne vaut guère la peine d'en parler.

— Bon, bon, dit Angus.

Il s'approcha d'Allégra et lui serra la main avec sa poigne puissante. Puis il l'examina soigneusement.

— La lumière de votre père brille dans vos yeux, décida-t-il. Mais votre menton dénote plus d'entêtement.

— Angus, dit Olivier sur le ton de la réprimande.

Son père était une des rares personnes de la Grenade que Cecil n'avait pu charmer. Ses habitudes dépensières et son inconstance étaient des hérésies aux yeux d'un vieil Écossais comme Angus.

— Bonjour, monsieur MacKenzie ; comment allez-vous ? dit Allégra.

Elle se sentit tout à fait incapable d'en dire davantage. Elle s'adaptait à peine aux manières directes du fils : le sans-gêne du père la rendait plus mal à l'aise encore. Pendant qu'il lui serrait la main et détaillait son visage, un rouge embarrassé colora les joues d'Allégra.

— Je vais très bien, mademoiselle Pembroke. Cesse de chercher à me faire taire, Olivier, dit Angus.

Il relâcha enfin sa prise.

— Un peu d'entêtement est une très bonne chose. Je ne nie pas que Cecil était un bel homme dont les yeux montraient plus de joie de vivre que ceux de n'importe qui d'autre. S'il n'a rien réussi de mieux, il a au moins légué ce trait à sa jolie fille.

La confusion d'Allégra s'accentua. Elle se balança sur un pied, puis sur l'autre.

— Il a construit l'*Étoile*, Angus, dit Olivier.

Il avait le ton lassé de qui a déjà utilisé le même argument des dizaines de fois.

— Ce n'est pas un mince exploit, insista-t-il. Là où tout le monde ne voyait qu'une propriété délabrée au milieu de la jungle, Cecil a imaginé un grand domaine. Et il l'a réalisé.

— Bien sûr, avec ses coffres pleins à craquer et ton labeur, murmura Angus d'une voix à peine audible. Mais laissons cela pour le moment, dit-il en s'animant. Pour le moment, je suis aussi desséché que le désert et je risque de m'évanouir si je ne bois pas mon thé. Mademoiselle Pembroke, joignez-vous à moi et venez rencontrer Rose et mes filles.

Allégra en aurait entendu davantage au sujet de son père; Angus avait décidé, semblait-il, qu'il en avait assez dit. Olivier ne semblait pas vouloir élaborer davantage lui non plus. Elle suivit Angus en montant l'allée. Elle avait à peine atteint la porte quand les trois filles d'Angus surgirent, en lançant des salutations survoltées à Olivier. La plus petite, une fillette d'environ douze ans, s'élança de la marche du haut pour atterrir dans les bras de son frère.

— Allô, mam'selle Lily, dit-il en la serrant fort contre lui. Ton homonyme se balance dans le port de Hillsborough. On est en train de le décharger.

— As-tu apporté les feuilles de musique dont je t'ai parlé dans ma lettre? demanda une fille d'environ dix-huit ans qui paraissait l'aînée. C'étaient les nouvelles chansons et la musique de danse d'H. O. Payne qu'on avait annoncées dans la *Chronique* de la semaine dernière.

— Oui, Violette, je les ai, dit Olivier.

Il déposa Lily par terre, mais il garda un bras autour de ses épaules tandis qu'elle lui serrait la taille. Il déposa un baiser sur son visage qui souriait aux anges, puis il ajouta :

— Je t'ai apporté « Monte Carlo », « Les fleurs » et « Juste une fois encore ». Ce sont probablement les meilleures.

— Et mes confitures, Olivier ? demanda la troisième des sœurs.

Elle était la plus ronde des trois. Elle avait près de quinze ans.

— As-tu pensé à mes confitures ?

— De fraises, de framboises et de groseilles, s'empressa de répondre Olivier. De plus, Iris, je t'ai apporté une boîte de petits gâteaux fins.

— Vous n'avez pas honte, les filles ? réprimanda doucement une femme plus âgée apparue sur le porche. Vous mendiez des cadeaux et notre invitée reste sous le soleil.

Elle se tourna vers Allégra et lui dit :

— Entrez tout simplement. Ne vous occupez pas de ma famille. Elles sautillent davantage qu'une bande de grenouilles dans une mare et elles coassent tout autant. Laissez-les et venez prendre une tasse de thé.

Elle fit signe à Allégra de monter les marches avec l'autorité tranquille qu'elle avait manifestée à l'endroit de ses filles. Allégra, déroutée, obéit.

— Je m'appelle Rose MacKenzie, dit-elle en lui tendant la main. Vous devez être la fille de Cecil. Vous avez le même regard que lui.

Même si la remarque était la même que celle d'Angus, elle semblait plus flatteuse.

Rose ajouta :

— Je croyais que les yeux de Cecil faisaient partie du ciel, car il avait une façon tout à fait particulière de tout embrasser du regard. Ses yeux s'illuminaient tellement quand il apercevait quelque chose de joli, que je ne pouvais me retenir moi-même d'en être ravie. Quel malheur qu'ils soient maintenant à tout jamais fermés.

Elle secoua la tête.

— Nous avons appris la terrible nouvelle hier matin. Augustine Stiel est revenue de Sauteurs, où elle était allée visiter son frère. C'est elle qui nous a tout dit. Je suis très triste pour vous. Venez vous asseoir ici, j'apporte le thé.

Elle tapota une berceuse au dos malmené.

— Vous semblez toute retournée.

Allégra se laissa tomber dans la berceuse désignée, sans avoir encore prononcé une seule parole. Sa confusion lui liait la langue.

Rose MacKenzie était une femme remarquable à la stature gracieuse et assurée. Allégra fut immédiatement impressionnée par le sang-froid de Rose, par son teint riche, doux et de couleur café. C'était, comme les appellent les Antillais, une Créole, une femme d'ascendance africaine et européenne. Ses trois filles aux noms de fleurs avaient toutes hérité des beaux traits de leur mère et de ses yeux bruns perçants.

Rien dans l'expérience d'Allégra ne l'avait préparée à pareille situation. Il y avait eu fort peu de noirs dans sa petite ville du Connecticut et ils ne se mêlaient pas aux autres. Ses quatre journées à la Grenade, où la majorité des visages variaient du beige pâle au brun foncé, ne lui avaient guère permis de déduire que toutes ces couleurs pouvaient exister dans une seule famille. La découverte ne l'embarrassa nullement, mais elle pouvait pratiquement voir le visage de son grand-père, raidi par la désapprobation. Surprise cependant, elle devint maladroite, comme d'habitude.

Consciemment ou non, Olivier vint à sa rescousse en détournant l'attention sur lui. Il soutira à Angus quelques détails sur sa future goélette. Il copia la recette des gâteaux au gingembre que Rose lui dictait. Il taquina Lily, échangea des blagues avec Iris et répondit aux questions incessantes de Violette qui voulait savoir ce qui se passait à Saint-Georges. Au milieu du chahut, Allégra restait assise, silencieuse, à boire son thé et à rassembler ses idées.

Violette la mit à l'aise en abordant d'autres sujets qu'elle parsema de remarques qui lui semblèrent mi-envieuses, mi-admiratrices. Quand cette fille native de la Grenade apprit qu'Allégra avait voyagé depuis New York, son expression en devint si rêveuse qu'elle gagna le cœur d'Allégra. Elle savait exactement comment Violette se sentait, avide d'émotions et fascinée par l'attrait de l'exotisme. Allégra se cala plus confortablement dans sa berceuse et prit une seconde tasse de thé.

— Avez-vous trouvé que New York était une ville très élégante ? demanda Violette.

— Oh oui, très, répondit Allégra en faisant de grands gestes. Je suis née là-bas, ajouta-t-elle plus modestement.

Violette se rapprocha et s'assit sur la balustrade en face d'Allégra. Ses yeux bruns expressifs illuminaient son visage en forme de cœur. De jolies boucles noires se dégageaient du nœud qu'elle avait fait au haut de sa tête et bondissaient sur son front et ses joues. Sa peau était douce et claire, couleur de noix de coco grillée.

— Comme ce doit être merveilleux de vivre dans une grande ville et d'être constamment entourée de gens fascinants et d'événements importants.

— Bien sûr, mais je suis arrivée à la campagne alors que j'étais toute petite, s'empressa de rectifier Allégra. Ma mère et moi, nous allions à New York une fois l'an rendre visite à tante Éléonore. À tout le moins jusqu'à ce qu'elle meure, il y a six ans.

— Alliez-vous à l'opéra et au théâtre ? demanda Violette en retenant son souffle. Alliez-vous à de splendides bals ?

— Non, répondit Allégra.

Elle se rappelait à quel point elle avait désespérément souhaité pouvoir le faire.

— Une fois, nous avons assisté à un ballet, mais nous étions assises au deuxième balcon et j'avais la vue pratiquement obstruée par les plumes des chapeaux. Nous sommes allées souvent à des concerts en matinée et au Metropolitan Museum. J'ai toujours aimé cela, surtout la promenade en trolley le long de la Cinquième Avenue, où nous passions devant tous ces hôtels particuliers et dans Central Park, où nous croisions des voitures.

— Je vous en prie, supplia Violette, dites-m'en davantage.

Elle raconta à Violette le petit nombre de ses aventures.

Puis, réchauffée par l'intérêt de Violette, elle lui parla des aventures qu'elle avait lues dans les romans. Tout en prenant le thé, elles discutèrent des splendeurs de New York et elles imaginèrent la vie à Londres. Même si Violette adorait son frère, elle rejetait son point de vue sur Londres ; pour elle cette ville ne pouvait être qu'excitante.

Après le thé, quand Olivier et Angus descendirent à la plage pour examiner la charpente de la nouvelle goélette qui surgissait du sable, Violette et Allégra les suivirent. Elles parlèrent du voyage solitaire d'Allégra, sur le *Prince Créole* et des escales à Sainte-Lucie, à Saint-Vincent et à Roseau en République dominicaine.

— Vous menez une vie tellement excitante, dit Violette en soupirant. Quand on sait à quel point Cecil était aventureux, je ne devrais pas être surprise. Pourtant, j'imagine moi aussi ce que ce serait de simplement faire mes bagages un jour et de partir en bateau à la découverte du monde. Je donnerais n'importe quoi pour avoir un tel courage. Vous êtes comme les héroïnes des romans dont vous venez de me parler.

Allégra rit.

— J'aimerais que ce soit vrai, dit-elle. Mais il y a à peine deux semaines, toutes mes aventures n'étaient que du rêve. Vous ne pouvez pas imaginer à quel point ma vie était banale. La seule chose que je faisais, c'était de tenir maison pour grand-papa : lui faire cuire du chou et du bœuf bouilli les lundis, des pommes de terre en purée et du bœuf bouilli les mardis, des fèves et du bœuf bouilli les mercredis... Eh bien, vous voyez le tableau. Même si Lucy Johnson noircissait le poêle et que Mme Hubert s'occupait de la lessive, il fallait tout de même épousseter, balayer et faire les courses.

Elle s'arrêta tout à coup et elle chassa l'idée de sa routine ennuyeuse d'un haussement d'épaules.

— Le moment le plus excitant de la semaine, c'était la rencontre du groupe de travaux à l'aiguille, le jeudi après-midi chez Millie Bowman. Si vous saviez combien je suis maladroite pour ce genre de choses, vous comprendriez à quel point ma vie était ennuyeuse.

Violette n'était pas convaincue.

— Mais vous êtes allée au ballet et à des concerts et je gagerais que vous avez même porté des robes de soie, dit-elle.

Elle hochait la tête d'un air entendu.

— Moi, je ne les ai vues que dans des revues qui dataient déjà de six mois. Si Olivier ne m'avait pas emmenée visiter tante Ruby à la Grenade de temps à autre, toute ma vie se serait déroulée à l'intérieur des cinquante kilomètres carrés de Carriacou. Si vous saviez ce que cela signifie, vos rencontres de travaux à l'aiguille vous sembleraient élégantes et stimulantes.

Allégra rit de nouveau. Elle jouissait de l'admiration de Violette.

— Je n'en suis pas si sûre, dit-elle. La vie ici semble très agréable.

Elle prit la main de Violette et la serra. Elle sentit un élan d'affection émaner de sa nouvelle amie.

Sur la bande de sable blanc, les vents alizés faisaient bruire les feuilles des palmiers et frôlaient la peau d'Allégra. Entourée des MacKenzie et de gens qui s'ébrouaient dans l'eau turquoise, Allégra réalisa soudain qu'en dépit des tournants bizarres qu'avait pris sa vie, elle était, à ce moment précis, très heureuse.

Olivier vit son air radieux, mais sans en comprendre la cause. Tout en feignant d'examiner les solides membrures de sa nouvelle goélette, il regarda les mains d'Allégra s'agiter gracieusement tandis qu'elle décrivait quelque chose à sa sœur. Le soleil de cette fin d'après-midi illuminait son dos et transformait sa profusion de boucles échevelées en un halo brillant.

Une fois de plus, il se sentit fortement attiré ; une fois de plus il reconnut l'esprit et l'imagination fantastiques qu'il avait appréciés chez Cecil. Cette fois-ci il savait qu'il ne s'agissait ni de l'aberration ni du mirage qu'il avait cru démasquer auparavant. Il comprenait maintenant que son comportement rigide était un aspect faussé de la personnalité d'Allégra : ses manières guindées n'étaient pas naturelles. Peu importait pourquoi elle les avait adoptées, elles bridaient son enthousiasme débordant pour la vie.

Olivier souhaita ne pas avoir eu une telle pensée et il s'appliqua à écouter l'explication qu'Angus lui donnait au sujet d'une courbure spéciale de l'étrave. Allégra s'était avérée beaucoup moins attirante quand ses manières hautaines s'étaient doublées de maladresse. Pour les besoins d'une bonne relation d'affaires, il était plus prudent de penser à elle en ces termes. Il lui sembla encore plus sensé de la laisser ici à Carriacou jusqu'à ce que d'autres dispositions puissent être prises.

Il lui en fit part le lendemain matin. Passant sa tête dans la chambre qu'elle avait partagée avec Violette, il la regarda quelques instants alors qu'elle se penchait sur le lit pour replacer les oreillers.

— Je pense qu'il vaut mieux que vous restiez ici, dit-il sans préambule.

Allégra sursauta, le cœur battant à tout rompre ; elle ne l'avait pas entendu s'approcher. Elle serra un oreiller contre elle, tout en tentant de calmer son pouls. Elle se redressa et recula.

— Oh, non, dit-elle faiblement, tout en luttant pour rassembler ses idées. J'ai l'intention de retourner à l'*Étoile*. Je vous l'ai dit l'autre jour.

Sa voix devint plus forte.

— J'ai accepté seulement parce que vous aviez des affaires à régler, lui rappela-t-elle. Parce que vous avez dit qu'il serait inconvenant pour moi de demeurer seule au domaine.

— Il ne serait guère convenable non plus que vous demeuriez au domaine avec moi, répliqua Olivier.

Il espérait réitérer le succès de cette tactique.

Ce ne fut pas le cas. Même si Allégra se dandinait une fois de plus, cette fois-ci elle ne lui céda pas.

— Je vous ai fait part de mon plan, dit-elle. Je vous ai dit mon intention d'engager une dame de compagnie : quelqu'un qui va protéger ma réputation. Je vous ai dit que c'était la solution idéale à un problème très délicat.

— Et moi, je vous ai dit que je ne voulais pas qu'une femme éclopée et miséreuse s'installe dans ma maison, à renifler et à me houspiller constamment.

Olivier s'avança davantage dans la chambre.

Allégra recula de quelques pas jusqu'à ce qu'elle se heurte au mur. Elle déplaça la photo encadrée d'une goélette attachée au Carénage.

— Nous pouvons engager quelqu'un qui est physiquement sain, dans ce cas, conclut Allégra. Elle n'a pas besoin de boiter. Ce n'était qu'une idée. Si vous vous y opposez si fermement, nous pouvons également exiger qu'elle ait une autre source de revenus. Peut-être une pension de l'armée pour son mari mort en héros à la guerre, rêva-t-elle, car son imagination recommençait à romancer les choses.

Olivier étouffa un autre rire quand il demanda :

— De quelle guerre s'agirait-il?

— Quoi? répondit Allégra.

Elle émergea du tableau qu'elle élaborait.

— De quelle guerre? Eh bien, je ne le sais pas.

Elle haussa les épaules.

— Il doit bien y avoir eu une guerre quelque part. Les livres d'histoire regorgent de guerres.

Olivier secoua la tête.

— Pas récemment, dit-il d'une voix solennelle. Une veuve de guerre qui aurait moins de soixante ans serait introuvable.

— Alors peut-être aurait-elle reçu un héritage, dit Allégra.

Elle était ennuyée de voir qu'il s'entêtait.

— Ou peut-être possèderait-elle un coin de terre et en retirerait-elle une rente. Peut-être... eh bien, ça n'a pas vraiment d'importance, n'est-ce pas?

— Non, acquiesça Olivier, jovial. Ça n'a pas d'importance. Parce que toute l'idée est absurde. Ce serait un bien meilleur plan pour vous de rester ici, emmaillotée dans votre respectabilité chérie, jusqu'à ce que vous décidiez ce que vous voulez faire.

— Je sais déjà ce que je veux faire, rétorqua Allégra.

Elle frappa l'oreiller qu'elle tenait toujours serré contre elle.

— Je veux retourner à l'*Étoile*.

— Je pensais que vous vous plaisiez ici, dit Olivier.

Il cherchait des moyens de la convaincre.

— Je pensais que vous aimiez la compagnie de Violette. À vous voir parler toutes les deux, je pensais que vous étiez rapidement devenues des amies.

— C'est le cas, répondit Allégra.

L'incertitude commençait à ronger sa conviction. Elle se rappelait le sentiment de bonheur total qu'elle avait éprouvé la veille sur la plage. Peut-être ne serait-ce pas si mal de demeurer parmi ces gens si animés, à quelques pas de la mer.

— Non, dit-elle d'un ton décidé.

Elle répliquait plus à sa propre tentation qu'à la proposition d'Olivier.

— Je suis venue à la Grenade retrouver mon père. Si je ne puis être avec lui, je veux au moins habiter sa maison.

Elle jeta à Olivier un regard déterminé et s'empressa d'ajouter :

— C'est important.

Elle espérait qu'il comprendrait ce qu'elle saisissait difficilement elle-même : par le biais de son association avec Cecil et l'*Étoile*, elle recherchait l'aventure et la relation amoureuse qui lui permettraient de faire sa marque dans le monde. Elle se redressa et joignit avec force ses mains autour de l'oreiller.

— J'ai l'intention de retourner au domaine aujourd'hui, annonça-t-elle. Je ne veux pas qu'on m'en dissuade.

Olivier, exaspéré, secoua la tête.

— Vous n'en serez pas dissuadée, dit-il brièvement. Mais votre idée ne sera pas facile à réaliser non plus. Le *Mam'selle Lily* doit se rendre à Bequia et à Saint-Vincent avant de retourner à la Grenade. À moins de louer une barque de pêche, vous n'arriverez jamais à la Grenade aujourd'hui.

— Je partirai avec vous, dit Allégra d'une voix déterminée.

Elle fit un pas en avant et elle baissa l'oreiller. L'évocation de la fraîcheur des vents marins et du plaisir de guider la goélette à travers les vagues opalines au mouvement infini était très invitante. Puis elle se rappela la sensation extraordinaire qu'elle avait éprouvée lorsque les mains d'Olivier s'étaient posées sur les siennes et, tout de suite après, sa résolution de le garder à distance en érigeant un mur de conventions autour d'elle. Sa présence sur le pont d'un navire ne l'aiderait aucunement à tenir cette promesse. Elle recula et leva l'oreiller pour se protéger. Quand elle réalisa que le voyage en question impliquait de passer plusieurs nuits dans la petite cabine de la goélette, seule avec Olivier et l'équipage, son visage s'empourpra.

— Peut-être vais-je attendre ici, rectifia-t-elle.

— C'est bon ! dit sèchement Olivier.

— Mais vous devez revenir me chercher, dit Allégra d'un ton résolu. Vous devez vous arrêter ici pour m'emmener avec vous quand vous rentrerez à la Grenade.

— On verra, promit faiblement Olivier.

Il avait l'intention de la laisser là aussi longtemps que nécessaire.

— Non, non, l'avertit Allégra. Vous *devez* revenir me chercher. Sinon, je *vais* louer un bateau de pêche et me rendre à Gouyave.

Son menton s'inclina de façon menaçante.

— Vous devez me le promettre.

— C'est bon ! dit une nouvelle fois Olivier, d'une voix plus lasse cette fois.

Malgré son identification à l'*Étoile*, Allégra appréciait énormément Carriacou. Sans la présence d'Olivier et la tension qu'elle créait, elle se détendait comme jamais auparavant. Sous tous ses aspects, la vie dans la solide maison de Windward correspondait à ses goûts. Personne ne la réprimandait, personne ne la critiquait ; au contraire, on ne tarissait pas d'éloges à son égard. Elle savourait chaque minute passée dans la spontanéité, la bonne humeur et la chaleur de cette famille.

La quatrième journée à Carriacou fut plus chaude et plus humide que les précédentes. Allégra se serait contentée de rester assise sur le porche et de boire à petits traits un jus de limette, de jouer au trictrac avec Iris et de découper des poupées de papier pour Lily, mais Violette avait d'autres plans.

— Je pense que nous devrions aller prendre un bain de mer, Allégra, dit-elle.

Elle s'éventait avec *La Chronique* de la semaine précédente.

— Quand j'aurai fini de préparer le lait de coco dont maman a besoin pour le souper, nous irons à la plage.

Lily bondit et les bouts de papier coloriés se répandirent tout autour.

— Je veux venir aussi, supplia-t-elle. Je vais t'aider à râper la noix de coco, Violette, pour que nous puissions partir plus tôt. Mais tu devras la presser parce que tes mains sont plus fortes et que tu peux en faire sortir plus de lait.

— D'accord, approuva Violette. J'imagine que tu veux venir, toi aussi, Iris?

Iris approuva d'un signe distrait, son visage arrondi tout concentré sur le damier de trictrac. Violette s'empressa d'ajouter :

— Dans la mesure où cela ne te dérange pas, Allégra.

Allégra se renversa sur sa chaise et tapota son front humide avec un mouchoir trempé dans de l'eau de Floride.

— Je ne crois pas que cela me dérange, dit-elle. Mais je ne suis pas vraiment sûre de comprendre ce que vous proposez.

Violette resta perplexe.

— Un bain de mer, répéta-t-elle avec son adorable accent antillais. On plonge dans la mer et on s'y baigne.

L'idée sembla plaire un instant à Allégra, mais elle refusa poliment.

— Je ne sais pas nager, dit-elle. Il est inutile de vous accompagner. Mais, je vous en prie, allez-y sans moi. Ça ne me dérange pas le moins du monde d'attendre ici. C'est très paisible et j'ai avec moi le nouveau roman de Mme Waverly dont j'aimerais poursuivre la lecture.

Violette était stupéfaite.

— Vous ne savez pas nager? demanda-t-elle.

À l'exception de Ronnie MacPherson qui avait perdu sa jambe quand il avait glissé le long de la décharge d'un moulin à sucre, elle ne connaissait personne qui ne sût nager.

Il semblait impossible qu'il y ait quelque chose qu'Allégra ne sache pas faire; aux yeux de Violette elle était presque parfaite. Quand Allégra secoua la tête pour marquer son regret, Violette demanda :

— Aimeriez-vous que je vous l'apprenne?

Allégra se défendit mollement. Puis elle sentit l'écrasante chaleur étouffer son corps. Elle regarda, par-delà la falaise, l'océan net, calme et d'un bleu invitant.

— Oui, j'aimerais bien, décida-t-elle.

— Alors, c'est entendu, dit Violette heureuse.

Elle se leva, ramassa quelques-unes des noix de coco empilées sur le porche. Elle était prête à faire sa tâche avant de partir.

Le visage rivé au damier de trictrac, Iris dit, pragmatique :

— Si tu veux donner une leçon de natation à Allégra, nous ne pouvons descendre à la plage. Tous les garçons de Windward se passeront le mot et ils ne cesseront pas de nous taquiner.

Violette sembla déconcertée par une telle idée; Allégra, horrifiée, s'apppprêtait à décliner l'offre. Lily, voyant que ses chances de nager avec sa grande sœur et leur invitée s'évanouissaient, suggéra en désespoir de cause :

— Allons plutôt à Anse La Roche. Il n'y a personne là qui puisse nous déranger.

Violette s'anima.

— Oui, allons-y, dit-elle. C'est l'endroit idéal pour un bain de mer.

— C'est une très longue marche, protesta Iris, en levant finalement les yeux.

— Nous pourrions emprunter les ânes d'Augustine Stiel,

104

s'empressa de dire Lily.

— Si nous avons les ânes, nous pourrions tout aussi bien préparer un pique-nique et aller plus loin, fit remarquer Violette. Nous pourrions faire visiter Carriacou à Allégra.

— Nous pouvons aller à Tyrell Bay, suggéra Lily.

— Les huîtres du marécage de palétuviers sont délicieuses, dit Iris d'une voix rêveuse.

— Mais les maringouins y sont féroces, ajouta Violette.

— Hillsborough Bay, alors.

— Non, Kendeace Point.

— Les vagues sont trop fortes.

— Craigston.

— L'Esterre.

— Sabazon.

Allégra regardait successivement les trois sœurs. Sa tête tournait à chaque réplique, comme si elle assistait à un tournoi de tennis. La suggestion de Sabazon créa une soudaine accalmie. Toutes étaient d'accord.

Une heure et demie plus tard, Allégra était sur un âne, assise en amazone, une main tirant le licou, l'autre agrippée fermement à la crinière poussiéreuse de l'animal. Très nerveuse au départ, Allégra se détendit ensuite. Sa monture, petite, était encore moins portée qu'elle-même à courir, à galoper ou à faire d'autres prouesses. En fait, elle semblait pratiquement dormir sur place, ses longues oreilles poilues ballottaient doucement de chaque côté de sa tête.

Allégra surmonta rapidement sa peur et fut enchantée de l'excursion. Les quatre jeunes filles traversèrent des bosquets de limettiers et des prairies desséchées ; elles passèrent près de fours de terre à l'arôme de pain fraîchement cuit ; elles longèrent des piquets de clôture sur lesquels bourgeonnaient feuillages et fleurs roses ; elles grimpèrent sur une colline du haut de laquelle une vue spectaculaire s'ouvrait sur la mer, le ciel, la verdure et la terre dorée. Allégra trouvait que les tropiques éveillaient ses instincts de leur long engourdissement et elle se sentait enfin vivante.

Ignorant tout de Sabazon, Allégra s'attendait à n'importe quoi... ou presque. Quand les sœurs MacKenzie eurent attaché leurs ânes sous les arbres et qu'elles eurent étalé le contenu de leur panier à pique-nique sur la plage, elles se déshabillèrent; Allégra devint toute rouge. Vêtues seulement de leur camisole et de leur longue culotte, les trois filles s'avancèrent avec plaisir dans l'onde, laissant Allégra debout sur la plage où la chaleur devenait insoutenable.

Allégra jeta un regard envieux à ses hôtesses, déboutonna sa blouse puis serra ses bras contre sa poitrine. Anxieuse, elle examina les alentours à la recherche d'intrus. Il n'y en avait aucun. À l'exception des ânes endormis et de quelques insectes bourdonnants, il n'y avait aucune créature en vue. On ne voyait qu'une longue étendue de sable blanc et compact où s'échouaient les vagues. Devant, l'étendue d'eau était si claire et d'un bleu si pâle qu'elle lui sembla pratiquement irréelle. Protégé par une langue de terre rocailleuse au bout de la plage, ce parfait recoin de mer ondulait doucement vers la côte.

La blouse chuta au sol. La sensation du soleil et de la brise sur les bras nus d'Allégra était si extraordinaire qu'elle s'empressa de quitter ses autres vêtements. Quand elle délaça son corset et qu'elle le laissa tomber sur le sable, l'air odorant envahit ses poumons et la vivifia.

Vêtue seulement de ses fins sous-vêtements de coton, Allégra fit trois pas dans l'eau. Elle s'arrêta quand elle la sentit s'enrouler autour de ses jambes. Quelle sensation magnifique elle ressentit!

— Viens plus loin, cria Violette. Ce n'est pas profond. Regarde, je suis debout.

Allégra regarda à quelques mètres et vit son amie, debout. Des gouttes d'eau brillaient sur ses boucles noires et sur ses bras mouillés. La mer entourait sa taille, la faisant valser sous les rayons du soleil. Bravement, Allégra s'avança. La mer collait sa culotte le long de ses jambes. Allégra s'arrêta un moment et regarda le fond. Ses pieds étaient gros et brouillés et semblaient trembloter sur le sable fin. Elle recueillit de l'eau dans sa main et la fit couler le long de son bras. Elle tremblait presque de plaisir pendant que l'eau rafraîchissait sa peau moite. Elle aspergea son visage et soupira de délices quand l'eau descendit le long de son cou et sous sa camisole. Elle s'arrosa encore et encore, savourant la nouveauté d'une sensation aussi exquise.

— Venez avec moi, dit Violette, soudain à ses côtés. Allons un peu plus loin. N'ayez pas peur.

— Je n'ai pas peur, répondit franchement Allégra.

Elle regarda autour d'elle ce paisible petit coin bleu des Caraïbes.

— Je pense que j'aime beaucoup nager.

— Vous ne nagez pas encore, dit Violette en riant. Jusqu'ici vous vous êtes à peine trempée. Regardez-moi. C'est ainsi que l'on nage.

Elle se laissa glisser dans l'eau et parcourut lentement quelques mètres.

— Essayez , dit-elle.

Allégra copia ses gestes volontiers. Du moins essaya-t-elle. La première chose qu'elle réalisa, c'est qu'elle avait le visage dans l'eau, que ses bras et ses jambes s'agitaient furieusement et que ses genoux heurtaient le fond. Sans trop savoir comment, elle se releva, crachotante. Elle avait peine à respirer et était plus étonnée qu'effrayée, plus trempée qu'elle ne l'avait jamais été.

— Ça semblait si facile, gémit-elle.

L'inquiétude qu'avait d'abord éprouvée Violette disparut quand elle vit qu'Allégra n'était pas découragée par son premier contact avec l'eau de la mer.

— C'est facile, l'encouragea-t-elle. Regardez-moi encore une fois.

Comme auparavant, elle fit quelques mouvements lents, mais cette fois, Lily l'interrompit.

— C'est plus simple de faire comme ça, l'avisa-t-elle en nageant en chien devant sa sœur.

— Il est plus facile de flotter, l'interrompit Iris. Comme

ceci.

Elle se laissa glisser sur le dos.

Allégra tenta de flotter et de nager en chien; elle tenta d'agiter les pieds et de les utiliser pour se propulser; elle tenta de nager de côté, sur le ventre et sur le dos. Elle suivit chacune des instructions qui lui furent criées et elle observa chaque démonstration gracieuse, mais elle ne réussit qu'à se tordre de rire et à avaler de grandes gorgées d'eau salée.

Un clapotis retentissant, à une dizaine de mètres, mit fin à leur batifolage. Elles restèrent clouées sur place, les yeux fixés sur l'eau, à attendre dans un silence inquiet. Dans l'eau profonde et d'un bleu foncé se profilait la silhouette d'un homme qui nageait rapidement sous la surface. Elles restèrent toutes figées de peur, à la recherche d'un endroit où se réfugier, mais avant qu'aucune n'ait pu bouger, Olivier émergea au milieu du petit groupe qu'elles formaient. Il ne portait que son pantalon blanc et il rejetait de l'eau comme une baleine.

Lily se remit immédiatement de ses émotions.

— Que tu es idiot! cria-t-elle.

Elle frappa l'eau qui gicla dans sa direction. Olivier s'ébroua, éclata de rire et feignit de se mettre à la poursuite de sa petite sœur. Elle poussa un cri et lui échappa.

— Tu nous as bien effrayées, dit Violette sur un ton de reproche. D'où viens-tu?

— De Bequia, répondit Olivier.

— Tu as plongé de ces rochers, n'est-ce pas? demanda Iris.

Elle pointa le promontoire où des strates de roche rougeâtre s'empilaient comme des tranches de pain.

Tandis qu'Olivier baissait la tête, faussement repentant, Allégra luttait pour reprendre son souffle. Son cœur, qui au début s'était mis à battre sous le coup de la panique, refusait de ralentir. Elle ne pouvait détourner ses yeux d'Olivier, de sa poitrine luisante et de ses bras nus, tout bronzés et ruisselants. Quelques gouttes luisaient sur ses longs cils. Alors qu'il plaisantait avec ses sœurs, ses dents blanches étincelaient et les coins de ses yeux bleus se plissaient. Beau, fort, plein d'humour et de vie, il était incontestablement très séduisant.

Allégra prit soudain conscience que ses minces sous-vêtements de coton moulaient chaque courbe de son corps. Elle réalisa combien sa peau et celle d'Olivier étaient exposées. Humiliée, car sa bonne éducation du Connecticut reniait les sentiments que le soleil des Caraïbes avait libérés, elle voulut s'enfuir. Maladroite comme toutes les fois où elle était confuse, et encore peu habituée à la résistance de l'eau, elle perdit l'équilibre, entraînée par une petite vague.

Battant l'air d'un mouvement frénétique, elle sentit le bras d'Olivier l'enlacer. Flottant à côté d'elle, il la retint. Elle entrevit son visage avant de fermer les yeux, vaine tentative pour faire taire sa réaction à la présence d'Olivier.

— Olivier, *tu* dois montrer à Allégra comment nager, décida Violette.

Elle n'avait pas remarqué la rougeur sur la peau crémeuse d'Allégra, ni le léger resserrement de la mâchoire de son frère.

Les yeux d'Allégra s'ouvrirent ; elle était horrifiée par la suggestion, mais Olivier ricana.

— Je ferai de mon mieux, dit-il avec solennité.

— Oh, non, protesta vivement Allégra d'une voix forte. Bien sûr, j'apprécie votre offre. C'est très aimable à vous, dit-elle.

Elle tentait de recouvrer son sang-froid et ses attitudes de salon.

— Je crois vraiment que j'ai eu assez de soleil et que j'ai assez nagé pour aujourd'hui. Je me sens un peu fatiguée.

— Juste quelques minutes, supplia Lily qui nageait à côté d'elle. Vous verrez, Olivier est un très bon professeur. Il m'a appris à nager quand je n'avais que quatre ans.

— Je n'en doute pas, dit Allégra.

Elle déglutit avec difficulté et tenta de s'éloigner doucement. Mais, la mer persistait à les rapprocher. Allégra refusait de le regarder en face, malgré les quelques centimètres qui les séparaient ; elle se concentrait plutôt sur le nœud défait à l'encolure de la camisole de Lily.

— Je pense que je commence à avoir faim. Ne devrions-nous pas manger le goûter que nous avons préparé?

Cette idée plut à Iris, mais Violette et Lily crièrent plus fort qu'elle. Comme un chœur de sirènes, elles étouffèrent chacune des objections d'Allégra. Olivier mit fin à la discussion quand il dit, à sa plus grande surprise :

— Soyez sensée, Allégra. Si vous voulez vivre sur une île, vous devez savoir nager.

Allégra fut trop déconcertée pour répliquer. L'utilisation familière de son nom par Olivier lui sembla aussi déplacée que le fait d'accepter tacite sa présence à la Grenade.

Il tira profit de son silence. Sans lui donner la chance de chercher d'autres excuses, il commença simplement la leçon.

Doucement, il la fit s'allonger. Il tenait sa tête hors de l'eau. Son corps, soudain d'une étonnante légèreté, était suspendu. Allégra se mit à clapoter. Elle respirait avec peine. Le contact des mains d'Olivier pressées contre son ventre, séparées de sa peau par une très légère couche de batiste mouillée, l'oppressait. Précédemment, son contact l'avait pratiquement paralysée, cette fois elle se sentit galvanisée.

— Lentement, Allégra, lentement, ordonna Olivier.

La fermeté de sa voix perça le tumulte de ses sentiments.

— Battez lentement des pieds. Oubliez vos bras pour le moment. Battez seulement des pieds.

Il s'approcha. Ses doigts s'emmêlèrent aux siens.

— Je ne vous laisserai pas caler, promit-il. Battez seulement des pieds, lentement.

Allégra entendait à peine ce qu'il disait. Son cœur battait la chamade. Elle était seulement consciente d'être impuissante dans l'eau, impuissante entre ses mains.

— Une jambe à la fois. En haut. En bas. Lentement, Allégra. Je vous tiens. Fiez-vous à moi.

Ce qu'elle fit. Elle répondait à la force d'Olivier plutôt qu'à ses directives, car elle savait intuitivement qu'elle pouvait lui faire confiance. Ses battements ralentirent.

— C'est bien, approuva Olivier.

Chose étrange, son compliment sembla la calmer. Son souffle se fit plus régulier.

— Maintenant, les bras, dit-il en relâchant sa prise. Tirez-les lentement dans l'eau. Tirez. Tirez. Voici, resserrez vos doigts.

Une fois de plus, leurs doigts s'unirent alors qu'il les assemblait pour qu'ils puissent tirer l'eau. Son bras reposait le long du corps d'Allégra.

— Tirez, Allégra. Tirez l'eau vers vous.

Peu à peu, les directives répétées d'Olivier s'imprimèrent en elle. Elle ne sut pas trop quand, mais elle cessa de prêter uniquement attention à son contact pour comprendre en même temps le sens de ses paroles. Soutenue autant par ses louanges que par les mains qui la retenaient encore, elle se mit à battre lentement l'eau jusqu'à s'apercevoir qu'elle nageait.

Violette, Iris et Lily l'acclamèrent et de joyeux jets d'eau giclèrent. Olivier applaudit. La fierté qu'Allégra ressentit devant sa réussite et le plaisir qu'elle éprouva devant les acclamations des MacKenzie furent presque aussi grisants que la sensation des bras d'Olivier l'entourant sous l'eau. Son cœur se gonflait maintenant d'une joie indescriptible.

L'euphorie la porta comme une vague jusqu'à la plage, lavant ses inhibitions et submergeant le spectre de son livre d'étiquette à tranche dorée. Elle se retrouva assise sur le sable, les jambes croisées, avec seulement un jupon et une blouse déboutonnée pour couvrir ses sous-vêtements trempés, à l'instar des trois filles de la Grenade. Leurs chevelures flottaient dans le vent. Olivier était étendu près d'elles, son pantalon blanc roulé au-dessus de ses genoux.

— Nous ressemblons à des naufragés, décida Allégra.

L'idée d'être échouée sur une île déserte, loin de ce qu'elle considérait comme la civilisation, lui plaisait; surtout avec ces quatre compagnons.

— Qu'est-ce que des naufragés? demanda Lily, enfonçant sa main dans le panier à provisions. Sont-ils comme des pirates?

Elle trouva une mangue et un couteau, commença à en peler la peau verte et à trancher la fibre orange du fruit.

— Les pirates s'amusent davantage que les naufragés, répondit Iris qui s'empara du panier. Les pirates vont et viennent comme il leur plaît. Ils prennent des otages et menacent de leur faire subir le supplice de la planche s'ils ne font pas exactement ce qui leur est demandé.

Elle trouva une assiette pleine de pâtés truffés de bœuf épicé, en prit deux et passa le reste à la ronde.

— Ils peuvent capturer un cuisinier et lui faire préparer des biscuits jour après jour. Tu vois, Lily, expliqua-t-elle en agitant un feuilleté à demi-dévoré pour appuyer ses paroles, si nous étions naufragés, nous devrions attraper des poissons à main nue et les manger crus. C'est beaucoup mieux d'être pirate.

Olivier se mit soudain à chanter d'une belle et riche voix de baryton :

> Quand je m'avance pour saisir ma proie
> Je me sers en roi ; je me sers en roi.
> Je coule bien plus de bateaux, il est vrai
> Bien plus de bateaux que je ne devrais.

Lily, Iris et Violette se joignirent à lui pour le refrain :

> Car c'est moi, le roi des pirates
> Et je suis fier, et je suis fier
> D'être le vrai roi des pirates !

Olivier chanta un autre couplet des *Pirates de la Tortue*. Allégra, les écoutait, radieuse, une tranche de mangue dans une main, un pâté à la viande dans l'autre. Les deux saveurs exotiques se mêlaient dans sa bouche. La sensation bienfaisante qui l'avait envahie quatre jours auparavant, sur le chantier de bateaux, revint tout entière. Elle riait, chantait et nageait, à peine vêtue, entourée d'une famille chaleureuse et pleine d'humour qui la jugeait merveilleuse. Elle avait troqué une vie étouffante contre une existence aventureuse et exaltante.

Olivier, de l'autre côté du banc de sable, lui sourit. Le cœur déjà palpitant d'Allégra battit plus fort. C'était une journée absolument parfaite.

Lorsqu'ils eurent vidé le panier, éveillé les ânes et pris la route du retour en chantant des chansons tout au long du trajet, l'euphorie d'Allégra avait cédé la place à un coup de soleil. En début de soirée, elle se sentit très incommodée, dans son corps et dans son esprit. Sa peau brûlante contribua également à briser la magie de l'après-midi et à la rendre honteuse de son comportement. C'était comme si le coup de soleil avait été la punition pour le bonheur ressenti à être dévêtue, le châtiment pour son impardonnable immodestie.

Pour la deuxième fois ce jour-là, elle retira sa blouse et délaça son corset, mais cette fois ce fut derrière la porte close de la chambre, alors que seule Violette en était témoin. Allégra gémissait, tant elle se sentait embarrassée et angoissée ; Violette rompit alors une feuille d'aloès toute grasse et enduisit avec sollicitude la chair suintante du cactus sur les épaules et le dos meurtris d'Allégra. Elle grimaça d'abord, mais au fur et à mesure que la fraîche gelée apaisante pénétrait sa peau, la douleur s'atténua.

— Ça va mieux ? demanda Violette d'une voix anxieuse.

Elle était très peinée par le brusque changement d'humeur d'Allégra. Elle croyait que seul le coup de soleil pouvait en être la cause.

— Mmmm, répondit Allégra, le dos voûté sur la chaise, le visage enfoui dans les mains.

— Allégra, appela Olivier en frappant à la porte. Je veux vous parler. Puis-je entrer ?

— Non ! cria Allégra.

Elle se redressa soudain et agrippa sa blouse.

— Non, vous ne pouvez pas entrer.

Sa voix se teintait de panique. Elle avait du mal à

supporter d'affronter Olivier complètement habillée et encore plus à demi-nue. Il persistait à utiliser son prénom, ce qui ne servait qu'à accroître son sentiment de honte. Elle ferma les yeux un moment. Comment avait-elle pu perdre à ce point le contrôle sur les choses?

— De quoi voulez-vous me parler? demanda-t-elle.

— C'est ridicule, Allégra, dit Olivier. Nous ne pouvons nous parler à travers un mur. Si vous ne voulez pas que j'entre, sortez.

— Non! dit Allégra une nouvelle fois.

D'un geste désespéré, elle plaqua sa blouse sur sa poitrine.

— Dites-moi ce que vous voulez, monsieur MacKenzie.

— Ahh! dit Olivier.

Son ton fut tel qu'Allégra put pratiquement le voir croiser les bras en signe de dégoût.

— C'est ainsi que vont les choses, hein? Alors très bien, mademoiselle Pembroke, je vais vous dire ce que je veux.

Sa voix était moins amicale.

— Je rentre à l'*Étoile* demain. Je veux que vous restiez ici. J'ai cinq cents acres de cacao à récolter. Je ne peux pas perdre mon temps avec vous à des jeux de salon.

— Je rentre à l'*Étoile*, moi aussi, répondit vivement Allégra. Je vous ai déjà dit que je n'ai nullement l'intention de rester ici en permanence. Ma place est à l'*Étoile* où je poursuivrai l'œuvre commencée par mon père.

Un petit effet théâtral filtra dans sa voix alors que son imagination commençait à broder au sujet de son héritage.

— Votre père ne vous a laissé aucune œuvre, dit brusquement Olivier. Cecil vous a laissé un domaine dont toute la responsabilité m'a été confiée. Si vous voulez vraiment suivre ses traces, vous ferez de même.

Allégra n'était pas trop sûre de la façon dont elle devait s'opposer à cette remarque, aussi ne fit-elle que répéter obstinément:

— Je rentre à l'*Étoile*. J'ai l'intention de vivre dans la maison de mon père.

— Moi aussi, dit Olivier pour la mettre en garde. Je ne dormirai plus dans le boucan. Si vous rentrez à l'*Étoile*, vous le ferez en risquant votre réputation.

— Mais je vous ai fait part de ma solution, protesta Allégra. Je vous ai dit tant et plus que j'ai l'intention de trouver un chaperon. Une fois que cela sera fait, vous pourrez demeurer dans la grande maison, vous aussi.

— Ça suffit, Allégra, lança brusquement Olivier.

Sa patience commençait à s'émousser à force de discuter face à une porte.

— Nous avons discuté de cela je ne sais combien de fois. Mettez de côté vos principes révolus et soyez réaliste. Il n'y a pas de veuves de guerre dans l'indigence, ni de gentilles célibataires disponibles pour le poste.

Violette était restée debout, malheureuse, à écouter cet échange et à regarder tantôt Allégra, tantôt la porte close. Voyant la possibilité de mettre fin à cette querelle, elle la saisit :

— Un chaperon? dit-elle ingénûment. Je peux être le chaperon. J'aimerais beaucoup venir vivre à l'*Étoile*.

— Voilà, cria Allégra.

Elle se leva et fit deux pas triomphants en direction de la porte.

— Vous voyez? Nous avons réglé le problème.

Elle se retourna et demanda à Violette :

— Êtes-vous certaine de le vouloir?

Quand Violette approuva, enthousiaste, Allégra se retourna pour crier à travers le mur :

— C'est la solution idéale. Il n'y a personne que je choisirais plus volontiers que Violette et vous ne pouvez sûrement pas vous opposer à la présence de votre propre sœur dans la maison.

Une fois de plus, son enthousiasme lui fit oublier un détail important : une fille de dix-huit ans, une sœur par-dessus le marché, ne pouvait faire un chaperon convenable pour une femme de vingt-cinq ans. L'inverse eut été préférable.

La logique d'Olivier était loin de s'être envolée, mais il se retint de mettre en lumière la faille dans la pensée d'Allégra. Sa détermination de s'éloigner de la tentation allait s'affaiblissant. Même s'il avait paru calme et maître de lui cet après-midi quand il la tenait dans la mer, tel n'avait pas été le cas. Quand elle s'était assise devant lui dans le sable, ses grands yeux bleus étincelants de vie et ses lèvres ouvertes au rire et aux chansons, elle avait été irrésistible. Il ne lui importait guère de la voir traverser une autre crise d'inflexibilité; il ne s'intéressait pas non plus à la question de savoir si Violette était ou non un chaperon approprié. Il céda simplement à son désir d'avoir Allégra à ses côtés.

— Non, je n'ai pas d'objections, dit-il finalement.

Tandis que les pas d'Olivier s'éloignaient le long du corridor, Violette et Allégra se regardèrent l'une l'autre, triomphantes.

# 5

*M*ême si Violette ne répondait pas aux critères classiques d'un bon chaperon, elle était, en fait, parfaite pour ce poste particulier. Ses manières simples combinées à son admiration sans réserve pour Allégra créaient l'atmosphère idéale pour l'adaptation d'Allégra à sa nouvelle vie. Poursuivant ce qui avait été amorcé à Carriacou, elle laissa sa vraie nature faire surface, une nature plus en accord avec l'éclat des tropiques qu'avec les températures froides du Connecticut. Elle n'atteignit jamais tout à fait cet euphorique sentiment de plénitude, cette joie absolument sans obstacle, qui l'avait transportée sur la plage de Sabazon, mais chaque jour elle pulvérisait une autre des couches lugubres qui étouffaient son âme. Au début, elle obéissait encore à de vieux réflexes longtemps entretenus, mais elle finit peu à peu par apprécier le changement qui s'opérait en elle.

Même son attitude envers Olivier s'assouplit. L'adoration sans bornes de Violette pour son grand frère y jouait certes un grand rôle, mais c'était surtout le souvenir d'Olivier allongé sur le sable, en train de chantonner, qui adoucissait l'image sombre qu'elle avait de lui. Il lui avait paru si attirant cet après-midi-là qu'il lui était pénible de se rappeler qu'elle avait décrété qu'il était un rustre impénitent.

Il lui était surtout difficile de se souvenir combien il

pouvait être franc, étant absent la plupart du temps, même pour les repas. S'il était appelé à l'occasion pour s'occuper de son entreprise de transport, souvent Olivier se trouvait des occupations aux confins du domaine. En agissant ainsi il concrétisait sa résolution d'établir une bonne distance entre Allégra et lui-même.

Plus elle révélait sa nature, plus il la trouvait séduisante et, ironiquement, plus il perdait patience lorsqu'apparaissaient les vestiges de son comportement antérieur. Même dans les relations d'affaires, il s'appliquait à faire tomber les dernières barrières qui faisaient obstacle à la nature spontanée d'Allégra. Un matin au déjeuner, ce désir dépassa toute prudence et se heurta directement à la recherche encore hésitante que faisait Allégra de sa nouvelle identité.

— Élisabeth m'a donné le nom d'une bonne couturière à Gouyave, dit Allégra à Violette.

Elle tartinait d'une mince couche de beurre danois une croustillante rôtie faite de farine de manioc.

— Peut-être pouvons-nous aller la voir ce matin. Je crains que les vêtements que j'ai apportés avec moi ne soient pas vraiment appropriés à une telle chaleur. Même mes vêtements d'été sont trop épais.

Elle prit une cuillerée de gelée de goyave qu'elle déposa sur le bord de son assiette puis l'étala sur sa rôtie.

— Je pense que je devrais avoir davantage de vêtements de mousseline et de coton égyptien, décida-t-elle en mordant dans la tartine.

— La batiste victorienne est toujours agréable à porter, fit remarquer Violette.

Elle était ravie de prendre part à un bavardage aussi sophistiqué. Autour de la table, à Carriacou, on jaugeait la qualité des planches de cèdre ou du porc salé, jamais on ne discutait de tissus fins ou de mode.

— Si vous vous intéressez vraiment au confort, interrompit Olivier avec sa franchise proverbiale, vous devriez vous débarrasser de votre corset.

Il feignit d'ignorer la surprise d'Allégra et de ne pas entendre le cliquetis du couteau à beurre contre son assiette.

— C'est un artifice cruel sous n'importe quel climat, c'est plus une cage qu'un vêtement, mais sous cette température, c'est mortel. Vous vous rendriez un bien grand service si vous enleviez le vôtre.

— Comment pouvez-vous...? demanda Allégra.

Son visage était rouge. L'embarras la faisait balbutier, effaçant d'un seul coup tous les progrès qu'elle avait faits.

— Comment pouvez-vous me parler de cette manière? Ce n'est pas parce que j'ai fermé les yeux sur votre effronterie quand vous m'avez abordée par mon prénom que cela vous donne le droit de devenir si, si... intime.

Son visage rougit davantage lorsqu'elle prononça ce mot.

— Vous tirez profit de ma bienveillance, dit-elle d'un ton accusateur.

Elle repoussa sa chaise et resta debout pour livrer une dernière répartie avant sa sortie.

— C'est un scandaleux bris d'étiquette.

Son objection exprimée, elle voulut partir sur une volte-face illustrant son souverain mépris. Malheureusement, sa main qui se balançait heurta la théière. Comme elle essayait d'en esquiver l'éclaboussement, son pied accrocha une patte de la chaise. Pieds par-dessus tête, elle amorça un piqué au sol.

Olivier l'attrapa avant qu'elle ne tombe. Il s'était levé en même temps qu'elle et il contournait la table quand elle s'était mise à tourbillonner. En un certain sens, il avait pressenti la suite. Il l'attrapa par la taille et la remit sur ses pieds sans la relâcher immédiatement. Au lieu de cela, il tambourina sur les baleines du corset qui resserraient ses côtes.

— C'est un artifice mortel, dit-il.

Il ne prêta pas la moindre attention aux paroles d'Allégra.

— Ça vous empêche de vivre. Votre capacité de respirer n'est pas réglée par l'étiquette.

La capacité de respirer d'Allégra, ou plutôt sa difficulté de le faire n'était réglée ni par l'étiquette ni par son corset, mais par les mains qui encerclaient sa taille et par les yeux bleu foncé qui l'examinaient intensément. Comme les autres fois, le contact d'Olivier faisait battre son cœur à toute vitesse et un frisson troublant parcourait ses membres. Il lui fallut beaucoup de volonté pour se concentrer à nouveau sur sa conduite offensante. Elle le réprimanda d'une voix faible, en tentant de se dégager d'une main tremblante.

— Vraiment, monsieur MacKenzie, cette discussion est très inconvenante.

— Inconvenante ? répéta Olivier.

Il secoua la tête d'un air ennuyé.

— Vous souciez-vous de quoi que ce soit d'autre que des critères arbitraires de la convenance ? Dans la mesure où cela me concerne, il est beaucoup plus inconvenant de s'évanouir ou de subir un choc parce que votre foie comprime vos poumons.

Allégra trouva cette description anatomique extrêmement déroutante. Elle bannissait toutes les pensées et toutes les sensations agréables que la proximité d'Olivier avait éveillées. Elle se dégagea et recula de quelques pas en se relevant avec dignité.

— Cette conversation est allée trop loin, dit-elle sérieusement. Je pense que vous vous êtes oublié.

Loin d'être intimidé par la remontrance, Olivier accueillit le cliché théâtral en secouant la tête.

— Je m'oublie très rarement, dit-il.

Malgré la frustration, une pointe d'amusement transparaissait dans sa voix.

— Par contre, je crois que *vous* vous oubliez. Ou peut-être serait-il plus approprié de dire que vous n'êtes pas fidèle à vous-même. Vous êtes une femme pleine de vie, pleine d'esprit et vous vivez, en ce moment, sous un climat tout à fait incompatible avec les corsets, les gants et les bonnets idiots à la mode dans le nord.

« C'est une autre prétention anglaise — et par extension, américaine — de penser que les vêtements que vous portez en hiver sont en quelque sorte plus civilisés que ceux que portent les indigènes des tropiques. »

Il s'arrêta pour grogner avec mépris.

— Eh bien, ces préjugés sont ridicules. Vous ne verrez jamais d'Indiens ni d'Africains parader sous le soleil de midi en complets de laine et en cravates. Ce serait défier la nature. Vous feriez bien de ne pas oublier *ce* fait, mademoiselle Pembroke, dit-il d'un ton cassant. Essayez de vous souvenir que vous vivez dans un domaine où les gens travaillent dur, à seulement douze degrés au nord de l'équateur. Vous n'êtes pas une débutante dans une cour d'Europe.

— Je peux difficilement l'oublier..., monsieur MacKenzie, répliqua Allégra.

Ses insinuations l'avaient mise en colère.

— Car je me bute constamment à votre rudesse et à vos incessantes brimades. Comment puis-je ne pas me rappeler que je suis à mille lieues d'une société raffinée? Vos manières vulgaires me le rappellent constamment.

Olivier allait répliquer, quand il changea d'idée. Au lieu de cela, il ne fit que secouer la tête et il quitta la pièce. Allégra le regarda partir. Son cœur battait maintenant de rage.

Au milieu du silence, elle entendit derrière elle un soupir admiratif et le petit rire étouffé d'Élisabeth.

— Eh bien, ce que je peux dire..., dit-elle.

Pendant qu'elle parlait, elle ramassait les assiettes pleines d'écorces de pamplemousse et les déposait sur un plateau.

— Vous lui avez parlé franchement. Exactement comme il le fait lui-même. Je n'ai jamais entendu personne d'autre que papa lui parler ainsi, confirma Violette.

Allégra se retourna pour faire face à son auditrice qui, elle l'avait oublié, regardait la scène. Elle quitta son air furieux pour un air penaud. Embarrassée, elle mit une main sur sa bouche, puis sa bonne humeur naturelle revenue, sa main comprima vite un fou rire.

— J'imagine que je me suis laissée emporter, admit-elle, sans le moindre signe de remords. Je crains que son attitude ne soit contagieuse.

Elle pensait ne faire allusion qu'à la brusquerie d'Olivier, mais quand elle se rendit à Gouyave en compagnie de Violette ce matin-là, elle abandonna ses gants et son parasol. Elle avait expliqué que ses gants ne pourraient qu'être gâchés par les rênes et que le parasol était trop embarrassant à manier à dos d'âne. Par contre, lorsqu'elle se retrouva debout devant le miroir de Mme Straker, à faire prendre ses mesures pour de nouvelles robes, son corset jeté négligemment sur le plancher, Allégra reconnut malgré elle que l'influence d'Olivier allait beaucoup plus loin qu'elle ne l'avait d'abord cru. Beaucoup plus à l'aise sans cet appareil, elle demeurait en colère qu'il ait eu raison en commettant une faute d'étiquette. Une fois de plus.

Un temps, Allégra trouva que le simple fait de vivre à l'*Étoile* suffisait à la satisfaire. Elle appréciait la constante compagnie de Violette et, à l'occasion, les commentaires sereins d'Élisabeth. Les déplacements presque quotidiens à dos d'âne en direction de Gouyave pour les séances d'essayage chez Mme Straker, les thés et biscuits au café chez Matthewlina Cameron, constituaient le lot de ses aventures. La vie à la Grenade commençait à s'imposer peu à peu à elle.

— Ivy et Jane ont attrapé des *titiris* à Gouyave ce matin, annonça un jour Élisabeth de sa place habituelle derrière la table de la cuisine. Mais peut-être aimeriez-vous mieux ne pas en manger pour dîner.

— Bien sûr que oui, répondit Allégra.

Elle déposa dans l'évier la vaisselle d'un petit déjeuner tardif.

— Qu'est-ce que c'est?

— De petits poissons, dit Élisabeth. Petits comme ça.

Elle tendit son couteau et plaça son doigt à deux centimètres de la pointe.

— Ils ne sont pas plus gros que des bouts de ficelle, ajouta Violette, mais quand ils sont roulés dans une pâte à frire, ils sont délicieux. Utilisez-vous du zeste d'orange pour en rehausser le goût, Élisabeth?

— De la ciboulette et du thym, répondit calmement Élisabeth.

Violette fit remarquer :

— Nous les utilisons toujours ensemble. On les vend même en paquets au marché du samedi.

— Cela semble très bon, décida Allégra. Je suis prête à essayer tout ce que prépare Élisabeth. Disons, *presque* tout, corrigea-t-elle. Je ne puis dire que je suis prête à essayer ce plat que vous appelez des œufs de mer. Ces insaisissables morceaux gluants d'oursins sont loin d'être appétissants, dit-elle en s'asseyant sur un tabouret. Elle réalisa trop tard que c'était le siège préféré d'Olivier, mais après un instant elle chassa son anxiété d'un haussement d'épaules.

— Vous vous privez de quelque chose de très bon, l'avertit Élisabeth en s'asseyant à sa place habituelle en bout de table. Les oursins, c'est mon plat préféré.

— Je les aime, moi aussi, dit Violette en s'installant sur l'autre tabouret, mais je comprends que vous ne vouliez pas les goûter. Je pense que vous êtes très gentille d'essayer notre nourriture locale, Allégra. Après tout, vous aimez manger du bœuf bouilli et des pommes de terre et nous n'en mangeons jamais.

— Oh, non, dit Allégra.

Elle agita les deux mains pour corriger cette idée fausse.

— C'était Grand-père qui les aimait. En fait, il n'aurait accepté rien d'autre pour dîner. Cela me convenait tout à fait, j'imagine, parce que je suis aussi maladroite avec les chaudrons qu'avec une aiguille.

Elle s'appuya contre le mur et avoua d'un ton joyeux :

— Je n'avais pas la patience nécessaire.

— Je sais que vous êtes trop modeste, dit sincèrement Violette. Si *je* peux faire la cuisine, je suis sûre que vous le pouvez aussi. Avec votre imagination, vous devez concocter de superbes recettes.

— Je peux les planifier, admit Allégra, mais quelle difficulté j'ai à les cuisiner. Je me rappelle qu'une fois j'ai décidé de préparer un repas très élaboré, à la française.

Elle posa ses pieds sur une caisse vide.

— Je venais tout juste de lire un roman dans lequel une très belle jeune fille se fait enlever par un fougueux comte français qui a décidé de l'épouser. Il l'emmène dans son château où il lui fait cadeau de superbes robes et de bijoux de prix. Quand elle descend pour le dîner, la table est décorée de cristal, d'argenterie et de plateaux de porcelaine délicate. On pose devant elle une série de mets recherchés : caviar sur canapé, vol-au-vent à la caille rôtie, terrine de crevettes et de saumon... et encore et encore.

— J'ai dépensé notre budget de toute la semaine et j'ai passé toute la journée dans la cuisine à tenter de reproduire quelques-uns des plats. Je n'oublierai jamais l'air de Grand-père quand il a vu ce qu'il y avait pour souper.

Elle riait maintenant en évoquant ce souvenir, même si à l'époque, elle en avait eu les larmes aux yeux.

— Il m'a dit de ne jamais, jamais plus être aussi frivole.

Avec un autre rire, elle conclut :

— Je ne pouvais pas le blâmer. Tout cela était affreux.

— Les crevettes n'étaient probablement pas fraîches, dit Élisabeth.

Il ne fallut pas beaucoup de temps pour que les sens nouvellement éveillés d'Allégra et pour que son esprit récemment alerté s'impatientent. Plus elle devenait elle-même, plus elle aspirait à se réaliser. Elle ne pouvait pas encore définir qui elle voulait être, ni comment elle voulait que s'opère la métamorphose, mais elle était plus sûre que jamais qu'elle voulait la voir se produire. Elle savait également que tout cela était lié à Cecil.

Il fallut une visite du colonel Horace Woodbury pour lui indiquer la bonne voie. Woody, comme l'appelaient ses copains, ne l'aurait pas consciemment suggérée. Sa vie de militaire dans différentes colonies de l'équateur avait solidement ancré ses préjugés sur la place que devait occuper une femme : sur un piédestal ou au bordel, certainement pas dans les affaires, en politique ou près d'un boucan de cacaotière.

Malgré cette attitude, Allégra s'attacha aux pas d'Olivier et de Woody lorsqu'ils partirent après le lunch jeter un coup d'œil sur la récolte de cacao. Elle était moins intimidée par la vue de Woody qu'elle ne l'avait été quelques semaines auparavant. Et elle s'ennuyait. Violette était au lit. Elle se remettait d'une indigestion d'oursins, ce qui justifiait les soupçons d'Allégra à leur égard. De son côté, Allégra en avait assez de lire, de broder et de peindre des aquarelles.

Elle avait toujours jeté un regard curieux aux hangars de tôle quand elle passait près du boucan pour se rendre à Gouyave, mais n'avait qu'une vague idée de ce qui s'y passait vraiment. Maintenant, alors qu'elle entrait dans cette partie du domaine, son intérêt s'éveilla.

— C'est merveilleux, s'exclama-t-elle en regardant tout autour.

Cinq bâtisses faites de planches, de lucarnes, de toits de tôle entouraient une vaste cour cimentée. La plus imposante occupait à elle seule tout un côté. Elle comprenait huit portes et douze fenêtres en lattes, fixées au haut par des pentures et qui se soulevaient à l'aide de bâtons. Des coulisses d'acier sillonnaient la cour sur des lisières de ciment surélevées. D'énormes plateaux de bois sur roues roulaient sur celles-ci. Des ânes et des ouvriers allaient et venaient ; de jeunes enfants couraient. Il y avait de l'activité et des graines de cacao partout. Des millions de graines de cacao. Des blanches, des beiges et des brun chocolat. Des paniers, des sacs, des plateaux pleins de graines.

— Pensez au nombre de lapins que l'on pourrait acheter, dit Allégra, abasourdie.

Woody fut intrigué par sa remarque, mais Olivier se mit à rire, flatté qu'Allégra se soit souvenue de la leçon qu'il lui avait donnée sur l'ancien système monétaire des Indiens.

— Modérez vos ambitions, s'empressa-t-il de lui suggérer.

Toutes ces graines ne nous appartiennent pas. Vingt pour cent du cacao que nous traitons appartient à des gens qui n'ont que de toutes petites plantations de cinq acres au maximum. Ils apportent ici leurs graines non traitées pour les faire suer et sécher ; en retour ils nous aident pour la récolte. Vous voyez ? dit-il.

Il repoussa un des énormes plateaux de bois, complètement recouvert d'un tapis de graines d'un brun pourpre.

— Ce tiroir contient le cacao de Gabriel Mitchell. Son nom est écrit à la craie sur le côté.

Allégra avait une foule de questions à poser.

— Que voulez-vous dire quand vous dites qu'ils apportent leurs graines pour les faire suer ? demanda-t-elle. Et pourquoi appelez-vous cela un tiroir ? Lequel est *notre* cacao ? Est-ce le plus brun ?

L'air perplexe de Woody fut remplacé par un air d'ennui.

— Je tiens à vous dire, mademoiselle Pembroke... interrompit-il.

Il tenta à peine de cacher qu'il désapprouvait son intrusion.

— MacKenzie est un gars tout à fait compétent. Je suggère que vous lui laissiez la direction des affaires et que vous ne vous tracassiez pas avec tout ceci.

Ce fut au tour d'Allégra d'être confuse. Vexée des remarques condescendantes du colonel, elle ne voulait pas être identifiée à une source d'embarras. Elle ne savait pas trop si elle devait se retirer dans un silence réservé ou continuer de poser ses questions. Olivier vint à sa rescousse.

— Ce ne serait pas une bonne idée d'avoir une associée maintenue dans l'ignorance, Woody, dit-il, gracieux. Cela se saurait.

Allégra lui jeta un œil surpris, mais reconnaissant. Il lui adressa un sourire.

— Permettez-moi de répondre à vos questions... dans le bon ordre, suggéra-t-il. Suivez-moi.

Il la conduisit de l'autre côté de la cour vers une bâtisse complètement fermée à l'exception des portes situées à chaque extrémité.

— C'est ici que l'on fait suer les graines, expliqua-t-il. C'est la première étape que franchissent les graines une fois hors de la plantation.

Il entra dans la bâtisse. Allégra et Woody le suivirent. Des groupes de dix boîtes de bois, ressemblant à de petites stalles, attendaient le long des murs. L'odeur de fermentation qui flottait dans la cour était plus forte ici.

— Les graines fraîches sont jetées dans le premier casier d'un groupe, dit Olivier.

Il s'arrêta près d'une stalle haute d'un mètre cinquante.

— On les couvre de feuilles de bananes et on les y laisse pendant trois jours.

Allégra se leva sur la pointe des pieds et regarda par-dessus le rebord de planches. Olivier souleva une couche de feuilles de bananes pour examiner les graines. Une nuée de petites mouches blanches s'éleva en l'air. Étonnée, Allégra recula d'un pas. Mais quand Olivier lui dit que les moustiques étaient inoffensifs, elle s'appuya de nouveau contre la barrière pour regarder l'incroyable masse pulpeuse de graines blanches ou d'un rose très pâle.

— Elles commencent à suer presque immédiatement, dit Olivier. Sentez-les. Allez-y, mettez votre main ici.

Allégra avança la main à l'intérieur de la boîte. Elle la retira vivement, surprise par la chaleur.

— Sentez-vous à quel point c'est chaud? demanda Olivier. La température peut atteindre cent quarante degrés. C'est la fermentation qui dissout la pulpe des graines et qui produit une réaction chimique qui modifie peu à peu la couleur et la saveur des graines. Le chocolat prend naissance ici.

Il remit les feuilles en place et avança vers la caisse suivante.

— Après le troisième jour, les graines sont transférées ici. Nous utilisons ces pelles de bois pour ne pas endommager le cacao.

Il désigna une pelle d'acajou taillée à la main qui reposait contre le mur.

— Les graines doivent être remuées tous les jours et exposées à l'air, sinon elles noircissent et se gâtent. Aussi chaque jour les plaçons-nous dans un nouveau caisson. À la fin du huitième jour, elles ont cessé de suer.

Allégra négligea les stalles intermédiaires et jeta un regard furtif dans la dernière caisse. Elle était à peine un peu plus qu'à moitié pleine, mais les graines étaient propres et brunes.

— Le tiroir n'était certainement pas rempli, dit-elle d'un air candide.

Woody poussa un léger soupir d'exaspération devant son ignorance, mais Olivier expliqua patiemment.

— Il était plein à ras bord il y a huit jours, dit-il.

Il nota comment les critiques implicites du colonel teignaient d'un rose adorable le visage d'Allégra.

— Elles perdent presque quarante pour cent de leur masse au cours du processus de fermentation, et même alors, elles sont encore loin d'être sèches. C'est la prochaine étape. C'est ce que nous faisons dans les tiroirs. Venez, je vais vous montrer.

Il lui fit gentiment signe de revenir dans la cour. Il souhaitait que l'encombrant Woody disparaisse.

— D'abord au dehors, dit-il.

Il se tenait au milieu d'une mer de graines brunes étalées dans des plateaux grands comme une pièce.

— On les appelle « tiroirs » parce qu'ils glissent sous la structure de la bâtisse, tout comme les tiroirs d'un bureau. Dans certaines bâtisses, ce sont les toits qui sont mobiles.

Il donna un coup de pied et le plateau de quatre mètres de largeur roula sur ses roues de métal sur la base de ciment de la grosse bâtisse. Il repoussa un deuxième tiroir plus étroit qui disparut sous le précédent. Un panneau de bois retomba sur eux, les protégeant des intempéries.

— Les graines ont besoin du soleil pour sécher, dit Olivier.

Il s'avança pour dégager à nouveau les tiroirs.

— Mais si ce dernier devient trop fort au milieu de la

journée, les graines peuvent se dessécher ou racornir. Alors, on les abrite jusqu'à ce que le soleil faiblisse un petit peu.

— Elles ne doivent pas devenir trop humides non plus, intervint Woody de sa voix autoritaire.

— Assurément, dit Olivier, un peu vexé. J'allais justement souligner cet aspect.

Son ton s'allégea encore une fois, alors qu'il se tournait vers Allégra.

— On les range au couchant ou les jours de pluie. Si les graines sont trop trempées, elles pourrissent. Mais si tout va bien, elles seront sèches dans huit jours.

— Est-ce à cela que servent les autres tiroirs? demanda Allégra.

Elle fit un signe de la tête pour indiquer les quinze autres tiroirs ouverts dans la cour.

— Doivent-elles être déplacées d'un tiroir à l'autre chaque jour, comme les graines en sudation?

Olivier sourit car la question était sensée, mais il secoua la tête.

— Il n'est pas nécessaire de les transférer, cependant elles doivent être remuées, répondit-il. Autrement elles collent ou s'empâtent. On les brasse dans les plateaux, avec une bêche de bois. Regardez là-bas. Éléonore est en train de tourner les graines.

Allégra regarda en direction du dernier tiroir. Une petite femme, armée d'une bêche à long manche, repoussait soigneusement les graines et se penchait de temps à autre pour retirer du lot celles qui étaient avariées.

— Elles sont presque prêtes, observa Olivier.

Il s'adressait en partie à lui-même, en partie à Allégra, le regard fixé sur ce tiroir éloigné.

— Comment pouvez-vous le dire? demanda Allégra.

Elle fit de son mieux pour ignorer les grognements irrités du colonel Woodbury.

Olivier reporta son attention sur elle.

— Par expérience, dit-il, solennellement.

— Oh, dit Allégra, qui baissa les yeux, respectueuse.

Le cœur d'Olivier bondit à la vue de ses cils qui battaient délicatement sur ses joues et de ses boucles rebelles qui retombaient par-dessus les taches de rousseur de son front. Sa voix garda un ton uni, tandis qu'il élaborait :

— Certains signes ne trompent pas, dit-il.

Quand les yeux d'Allégra se levèrent à nouveau, il ne put résister. Il allongea sa main, entoura le bras d'Allégra et la guida sur les rails à l'endroit où travaillait Éléonore.

— Voici, dit-il.

Il prit une graine foncée, d'un brun rouge, et il la pressa entre le pouce et l'index. L'écorce craqua, révélant une graine de couleur chocolat.

— Voici à quoi le chocolat devrait ressembler, dit-il.

Allégra tentait de se concentrer sur la graine déposée sur sa paume plutôt que sur l'embarras que le contact d'Olivier lui causait toujours. Son intérêt pour le cacao l'emporta toutefois. Les doigts légèrement tremblants, elle prit la graine et en mordilla un bout.

— Eh bien... considéra-t-elle.

Son visage se crispa alors qu'elle tentait d'en identifier la saveur.

— Ça ne goûte pas aussi mauvais que lorsque c'était cru, mais ça ne goûte pas le chocolat non plus.

— Il faut qu'elle soit torréfiée ! Pour l'amour du ciel, c'est pourtant évident !

Woody s'était brusquement impatienté.

Étonnée de la véhémence du colonel, Allégra jeta un regard rapide à Olivier pour évaluer s'il était également agacé par ses paroles. Il ne semblait pas l'être. Il esquissa plutôt un sourire.

— C'est donc à ce moment-là qu'elles sont mises en sac et expédiées au loin, conclut-elle rapidement pour mettre fin à la torture du colonel..

Elle se retourna, à la recherche de la sortie.

— Pas tout à fait, dit Olivier.

Il s'avança et lui reprit le bras. Il ne se souciait pas autant qu'elle du confort de Woody ; il savourait trop sa curiosité pour prêter attention à lui.

— Cette dernière étape devrait vous amuser davantage, Allégra.

Une autre vague de rougeur envahit son visage. C'était une chose qu'il l'appelle par son prénom devant Violette, mais cela avait une connotation tout à fait différente quand il la nommait ainsi devant un homme tel que le colonel. Cette intimité, combinée au frisson renouvelé qu'elle ressentait quand la main d'Olivier tenait la sienne, la laissa sans voix. Le cœur battant, elle retourna au tiroir.

— Quand le cacao est complètement séché, dit Olivier, qui feignait d'ignorer son émoi, on l'arrose avec de l'eau.

— Je pensais qu'il ne devait pas être mouillé, protesta Allégra.

Son intérêt pour la leçon l'emporta une fois encore sur sa fascination pour le professeur.

— Il va pourrir, ajouta-t-elle.

— C'est ce qui arriverait s'il était mouillé avant d'avoir été séché, reconnut Olivier. Mais nous en sommes au stade du polissage. Après les avoir mouillées, deux personnes entrent dans le plateau et polissent les graines de leurs pieds nus, en cadence. Nous appelons cela « danser le cacao ».

— Danser le cacao, répéta Allégra, complètement ravie. C'est superbe !

Elle fit un sourire triomphant à Olivier. Elle n'avait pas cru jusque-là que la culture et le séchage du cacao constituaient une occupation excitante, mais cette expression avait suffi à la conquérir.

— Danser le cacao dans le boucan, murmura-t-elle.

Elle appréciait sa trouvaille.

— Vraiment, ça ressemble à une scène d'*Alice au pays des merveilles*.

— C'est absurde, se moqua Woody.

Il se sentait conforté dans le préjugé selon lequel de telles notions idiotes résultaient toujours de la participation des femmes aux affaires sérieuses.

— Ce n'est qu'un terme local fantaisiste pour désigner le polissage des graines. Il faut que ce soit fait, vous savez, ajouta le colonel. Elles se gâtent en trois mois si elles ne sont pas polies.

Pendant un moment il y eut un silence au cours duquel Allégra attendit que le colonel lui dise combien de temps elles pouvaient être entreposées une fois polies, mais Woody ne fournit aucune information supplémentaire. Elle ouvrit la bouche pour poser la question, puis elle changea d'idée, craignant une autre répartie grincheuse.

— Le cacao se conserve environ un an s'il est bien poli, dit doucement Olivier.

— Après avoir été soumis à la danse, nous le laissons une autre journée au soleil pour nous assurer qu'il est complètement sec. Et puis il est finalement trié et mis en sac, prêt pour l'expédition. Venez à l'intérieur, je vous montrerai l'endroit où a lieu la dernière partie du processus.

Il lui indiqua l'une des portes ouvertes.

Allégra s'y rendit volontiers. Elle passa le seuil d'une pièce étonnante. La bâtisse rectangulaire semblait plus grande à l'intérieur que vue de l'extérieur ; elle mesurait plus de trente mètres, avec un toit pointu d'une hauteur de six mètres. Des chevrons exposés, des montants et des murs de plâtre sans peinture créaient une atmosphère sombre et fraîche qui contrastait avec la clarté du dehors. À l'exception des rayons de soleil sur le plancher de bois poli près des portes et des fenêtres ouvertes, la lumière était heureusement estompée.

À l'autre bout de la pièce trônait un énorme engin à grillages métalliques muni de quatre chutes sur le devant et d'une énorme manivelle sur le côté. Il était au repos pour le moment, mais des hommes bien découplés versaient des paniers de graines au haut des chutes. Un jeune gaillard actionnait la manivelle.

— C'est notre trieuse, expliqua Olivier en invitant Allégra

à se rapprocher. Elle sépare les graines en quatre grosseurs. Le plus petit format correspond surtout aux miettes et aux brisures, le plus gros, aux graines qui ont collé ensemble au cours de la fermentation. Les deux grosseurs intermédiaires constituent la majeure partie de notre production. La troisième est la meilleure.

Comme Olivier finissait de parler, le jeune homme commença à actionner la manivelle. Un tumulte insupportable s'ensuivit. Le bruit causé par des milliers de graines qui s'entrechoquaient contre le métal emplit l'air. Même en s'éloignant de la machine, il leur était impossible de tenir une conversation normale. Allégra se contenta d'observer et de s'imprégner de l'atmosphère captivante.

Dans un coin, deux hommes étaient en train de reproduire au pochoir une étoile et la légende CACAO L'ÉTOILE LA GRENADE ANTILLES ANGLAISES 80 KILOS sur chacun des sacs de toile qui formaient une grosse pile. Dans un autre coin, des ouvriers épuisés portaient les sacs pleins sur une balance à plate-forme pour en vérifier le poids. Disséminées çà et là, des couturières agiles fermaient les sacs. D'autres hommes entassaient ces sacs le long des murs. Il y avait là des centaines de sacs, un nombre incalculable de graines de cacao cultivées dans un sol riche, séchées sous le soleil des Caraïbes et dont l'odeur évoquait les tropiques, le ferment, la jute et, même allusivement, le chocolat. Allégra aimait tout cela.

Ce soir-là au dîner, loin de l'agressivité de Woody, Allégra posa des douzaines d'autres questions. Violette était encore absente ; elle avait emporté dans sa chambre une tasse de faible bouillon et des biscuits secs. Olivier et Allégra étaient seuls à l'immense table de la salle à manger. Allégra ne pensa pas un seul instant à l'inconvenance de la situation, son attention toute occupée par le cacao. Elle demanda plus d'information à Olivier, enchanté de constater son intérêt.

Il raconta qu'il existait deux sortes de cacao, le Forastero et le Criollo : le Forastero, plus fort, sert de base au chocolat alors que le Criollo, beaucoup plus délicat en fournit la saveur.

Il lui décrivait comment les premiers cacaoyers avaient été plantés à la Grenade aux alentours de 1714 et comment au cours de la dernière saison, on avait exporté plus de trois millions et demi de kilos de cacao. Il lui expliqua que le cacao qui poussait à la Grenade, tout comme celui de Trinidad, était considéré comme le plus fin du monde.

— Le cacao a été surnommé « la fève d'or », conclut-il, à cause de la fortune qu'il a procurée à tant d'hommes.

Allégra écouta tout avec fascination, même les détails les plus triviaux. Elle était totalement captivée. Quand Olivier s'arrêta pour reprendre son souffle et une bouchée de poisson frit, elle laissa échapper :

— Je veux vous aider. Vous devez me laisser participer à la récolte.

Elle n'avait aucune idée du rôle qu'elle pourrait jouer, mais elle tenait à s'impliquer. Elle sentait que la clé pour satisfaire enfin son besoin inexprimé de s'accomplir se trouvait quelque part dans le cacao de Cecil.

Olivier, par contre, avait une opinion différente. Il déglutit rapidement et répondit :

— Nous avons vraiment veillé à ce que tout fonctionne très bien. Vous ne seriez d'aucun secours.

Même s'il l'estimait rafraîchissante et délicieuse, il ne voulait aucunement la voir se mêler à leurs activités quotidiennes. Non seulement voulait-il la garder à distance de lui, mais il était était fort conscient qu'elle était de surcroît la fille de Cecil. Tout en goûtant la vive intelligence que le père et la fille avaient en commun, il ne se berçait d'aucune illusion à propos de leur habileté à faire des affaires. L'enthousiasme enflammé, l'imagination fertile, le sens illimité de la fantaisie et de l'aventure n'avaient guère leur place dans les tâches rituelles et dans la ponctuelle gestion qui contribuent au succès en affaires.

Avec une rare diplomatie, il tenta de modérer sa réaction.

— Si vous voulez vraiment aider à la bonne marche du domaine, dit-il, il y a un grand nombre de choses dont vous pouvez vous occuper ici, dans la maison. Nous avons besoin de quelqu'un pour s'occuper de la bonne tenue de la maison, de tous les détails qui rendent la vie confortable, mais qui exigent tellement de temps et de talent.

Il ne tint pas compte du regard meurtrier qu'Élisabeth lui lança quand elle lui retira son assiette alors qu'il s'apprêtait à y piquer sa fourchette.

— Je suis assuré que vous feriez beaucoup mieux, si vous vous appliquiez à ces tâches.

Les épaules d'Allégra s'affaissèrent.

— J'imagine.

Elle soupira. Malgré toutes les transformations qu'elle avait subies au cours des dernières semaines, elle n'était pas encore assez sûre d'elle-même pour jeter par-dessus bord certaines attitudes bien ancrées. Toute sa vie elle avait accepté, avec une frustration jamais exprimée, les idées de son grand-père. En écoutant Olivier, sa frustration s'accentua, mais sa soumission la contint. Olivier la regardait de l'autre côté de la table. Il était surpris de ne pas se sentir soulagé du ton résigné d'Allégra. Il éprouvait plutôt une étrange déception.

Les jours suivants n'apportèrent aucune autre chance pour Allégra de développer son intérêt pour le cacao. Violette se remit rapidement et réclama son attention. Elle avait repris en sa compagnie ses voyages quotidiens à Gouyave. De plus sa soif d'entendre parler de ce qui se passait ailleurs qu'à la Grenade était insatiable. Même si les graines d'or ne cessaient jamais de piquer sa curiosité, Allégra se laissa volontiers distraire. Au début du week-end, Jamie Forsythe arriva. En quête d'une partie de pêche, de bonne nourriture et d'un répit dans son travail, il avait insisté pour se faire inviter. Tellement prise par son rôle d'hôtesse au cours de ce qui était sa première réception chez elle, l'idée du cacao disparut de l'esprit d'Allégra.

Elle se rappelait les deux premières journées confuses passées à la Grenade au cours desquelles Jamie avait été courtois, gentil et de contact facile. Elle retrouva le plaisir d'être en sa compagnie. Elle s'amusait de sa paresse feinte et s'étonnait de son habileté à manipuler l'indomptable Olivier. Moins de deux heures après son arrivée, il avait entraîné Olivier loin des champs de cacao et l'avait attiré, raquette en main, sur le court de tennis. Allégra se retrouva courant après une balle sous le chaud soleil de la Grenade. Elle soufflait, elle riait, elle se plaisait à la vie.

Ce n'est que lorsqu'elle descendit pour le dîner ce soir-là, rafraîchie par un long bain, que lui furent rappelées les affaires de l'Étoile. Discrètement, Jamie l'attira dans la bibliothèque pour une conversation privée. Même s'il était venu au domaine pour s'échapper du travail, il en avait tout de même apporté un peu avec lui.

— J'ai enfin reçu un câble des avoués de Cecil à Londres, dit-il.

Il tapota les coussins recouverts de chintz et lui fit signe de s'asseoir sur le canapé. Tandis qu'elle prenait place, Jamie, soudain tendu, se laissa tomber dans un fauteuil.

— Ils ont les lèvres bien scellées, poursuivit-il.

Il secoua tristement la tête.

— Je peux facilement les imaginer, penchés au-dessus des questions que je leur posais essayant de déterminer comment ils pourraient bien y répondre tout en divulguant le moins d'information possible. Ils gardent le testament de Cecil comme s'il s'agissait d'un secret d'état.

— Vous allez me dire qu'en réalité je n'ai pas hérité de l'*Étoile*, n'est-ce pas ? dit brusquement Allégra, craintive.

Un scénario mélodramatique prit immédiatement naissance dans son esprit, où prenaient place une maîtresse clandestine, des enfants indigents et même un valet fidèle, qui tous réclamaient la première place dans l'affection de Cecil.

— Non, non, non, la rassura Jamie.

Il voulait effacer ces images avant qu'une ancienne nounou merveilleusement sage ne soit ajoutée à la liste des héritiers.

— Vous êtes la seule héritière de votre père. Ils l'ont reconnu, mais ils ont dit que d'autres détails allaient suivre par la poste.

Il tapota le bras de son fauteuil du bout de son doigt.

— Ce que je pense, cependant, ajouta-t-il, c'est qu'il n'y a pas d'autres détails d'importance. Seulement les éléments assommants et techniques qu'inventent les avoués pour s'assurer du travail.

Comme Allégra souriait, soulagée, mais encore hésitante, Jamie dit :

— Je n'ai peut-être pas réussi à obtenir une copie du testament, mais Cecil en a discuté avec moi une fois. En dépit de sa façon peu commune d'être parent, je sais que vous lui étiez chère et qu'il voulait que vous héritiez de tout ce qu'il avait.

Une larme roula soudainement sur la joue d'Allégra. Une nouvelle vague de regret l'envahit. Elle ressentait le chagrin d'avoir perdu ce galant homme avant même de l'avoir connu. Elle fut émue de sa décision de lui abandonner les résultats des rêves et des efforts de sa vie. « Je ne trahirai pas ta confiance », lui jura-t-elle en silence. « Je ne laisserai pas non plus ton ambitieuse vision des choses se perdre. Je vais travailler fort pour m'assurer que l'*Étoile* reste telle que tu l'as créée. »

Elle avait à peine prononcé ce vœu solennel qu'une autre pensée la frappa. En reprenant le rôle de Cecil à l'*Étoile*, elle pouvait en même temps donner sens à sa vie.

« Je le savais, pensa-t-elle, s'adressant encore à l'esprit de son père. Je savais que toi et ton cacao, vous m'aideriez. Je le savais depuis mes premiers jours à la Grenade. En fait, je le savais depuis le moment où j'ai lu tes lettres à mère. C'est pourquoi je suis venue ici et, papa, je suis si contente de l'avoir fait. »

Son cœur se gonfla, tandis qu'elle contemplait le cadeau de Cecil. En lui transmettant ses rêves à lui, son père comblait les siens. « *Merci*. pensa-t-elle avec ferveur. Tu ne le regretteras pas. Je ne te laisserai pas tomber. »

— Je vais faire en sorte que mon père soit fier de moi, dit-elle à voix haute.

Jamie la regarda, vêtue de soie lilas, avec des rangées de ruché aux épaules et autour de son adorable cou. Ses boucles, pour une fois soumises, avaient été brossées jusqu'à ce qu'elles luisent aux couleurs d'un or vieilli. Ses grands yeux brillaient d'inspiration et de détermination.

— J'en suis sûr, répondit-il doucement.

Il imaginait à quel point Cecil aurait été fier d'elle. Ses yeux bleus se seraient illuminés, comme il lui arrivait souvent. Cecil admirait, par-dessus tout, la grande beauté et l'intelligence.

— Je suis sûr que c'est déjà fait.

Allégra n'eut pas le loisir ce soir-là de mettre en branle sa décision qui resta fixée en son esprit tout au cours du dîner. Elle écouta d'une oreille distraite Violette et Olivier qui soutiraient à un Jamie affable les derniers potins sur la vie sociale et les affaires de Saint-Georges.

En réponse aux questions de Violette, Jamie parla de la pompe, des cérémonies et des dix-sept coups de canon qui avaient salué l'arrivée de sir Charles Bruce, le nouveau gouverneur des Windward. Il lui dit que Lady Bruce avait annoncé qu'elle recevrait des visites les mercredis de seize heures trente à dix-huit heures. Il ignora l'exclamation dégoûtée d'Olivier devant cette pompe et annonça à Violette que les premiers préparatifs étaient amorcés en vue du bal annuel que donnait Royston Ross à chaque Saint-Sylvestre dans sa gigantesque maison surplombant Saint-Georges.

Il finit cependant par répondre aux demandes d'Olivier qui réclamait des nouvelles plus sérieuses. Il lui dit que le nouveau gouverneur avait bonne réputation et qu'il avait passé un certain temps sous les tropiques, qu'il avait servi à l'île Maurice, à Ceylan et en Guyane britannique. Il ajouta que les rapports sur la récolte de cacao semblaient favorables, même si certains domaines en avaient à peine commencé la cueillette. D'un ton plus sombre, il rapporta également un accroissement des razzias de cacao.

— Les bandits commettent leurs méfaits au milieu de la

nuit, se lamenta-t-il. Quand tous les bons citoyens dorment, ils viennent sur la pointe des pieds voler le fruit du travail des autres.

Il secoua la tête, consterné d'une telle immoralité.

— Certains d'entre eux cachent même leur cacao dans des coffres et comptent sur la superstition pour détourner les soupçons. C'est honteux.

— Il est plus honteux encore que rien ne soit fait à ce sujet, corrigea rudement Olivier. Ces gredins sont trop occupés à dépenser leurs munitions à saluer le nouveau gouverneur pour faire quelque chose qui puisse vraiment aider les citoyens de la Grenade. Alors que le grand propriétaire peut n'être qu'incommodé par un vol de cacao, le petit planteur peut être ruiné. Comme c'est toujours le cas, la politique officielle des gouvernements coloniaux est indifférente à la situation des planteurs.

— Il n'y a pas que l'indifférence des gouvernements qui soit catastrophique pour les planteurs, corrigea Jamie.

Il ne prenait qu'à demi la défense de la Couronne.

— C'est aussi l'avidité et la malhonnêteté de certains agents et de certains expéditeurs.

— Tu fais, sans aucun doute, allusion à Argo, dit Olivier.

Il s'agissait davantage d'une froide constatation que d'une question. Jamie approuva brièvement et Olivier poursuivit :

— J'ai entendu dire à Saint-Vincent qu'Argo fait des pressions, qu'il profère des menaces à peine voilées, ce genre de choses...

Jamie approuva à nouveau, un peu plus tristement.

— J'imagine que c'est un moment aussi propice qu'un autre pour te dire que Star Shipping a perdu un autre client aux mains d'Argo, poursuivit Jamie.

Olivier fit un geste pour indiquer que c'était sans importance.

— Il s'agit probablement du domaine du Mont-Plaisance, c'est bien ça? Les terrains sont situés dans la paroisse de Saint-André; ils sont donc trop à proximité d'Argo pour agir autrement. Je m'y attendais depuis longtemps.

La conversation fut interrompue par Élisabeth, qui portait un plateau de bananes flambées.

— Des figues au feu, annonça-t-elle d'une voix nonchalante, en donnant au fruit son nom local.

L'humeur sombre fut brisée. Jamie changea allègrement de sujet.

— Assez de choses tristes et désolantes, décida-t-il. Je suis venu ici pour m'amuser. Olivier, cesse de ronger ton frein et joue-nous quelques airs après ce délicieux dessert. T'entendre nous remettra sur la bonne voie.

Olivier acquiesça d'un sourire, mais Allégra, dont toute l'attention avait été retenue par la discussion sur les vols de cacao, demanda :

— Que voulez-vous dire par : « Joue-nous quelques airs »?

Elle se tourna vers Olivier.

— Est-ce *vous* qui jouez du piano ?

Elle avait supposé que le piano à queue dans la salle de billard appartenait à son père.

— C'est toujours une surprise de découvrir que votre ami a quelques raffinements, n'est-ce pas ? répondit Jamie à la place d'Olivier. À peine venons-nous de penser qu'il est le désespoir de toute vie civilisée, qu'il sort un truc de sa manche déchirée et nous nous reprenons à penser le plus grand bien à son sujet !

— Oui, approuva Allégra, c'est vrai.

Elle se rappelait combien son opinion sur lui avait changé le jour où ils avaient été à Sabazon. Elle avait été conquise par son chant et par sa gentillesse envers ses sœurs. Puis, comprenant ce qu'elle venait de dire, elle devint d'un rouge cramoisi et fixa son assiette.

— Vraiment, Allégra... dit Jamie d'une voix sympathique.

Il avait commencé à l'appeler par son prénom au milieu de la partie de tennis, à l'exemple des MacKenzie.

— Je ne sais pas comment vous avez réussi à le supporter pendant tout ce temps. Je m'attendais plus ou moins à vous trouver au bord de la démence ou noyée dans un torrent de larmes. Ou bien vous êtes sourde et aveugle, ou bien la vie à l'*Étoile* vous convient superbement.

Tandis qu'Olivier souriait diaboliquement, Allégra marmonna une réplique.

Elle reprit contenance le lendemain au cours d'une expédition de pêche, alors qu'elle était assise au fond du doris de cinq mètres qu'Angus avait construit dans ce but précis. C'était une autre journée superbe. Un panier de nourriture reposait à leurs pieds, duquel chacun puisait des morceaux de poulet frit, de concombre ou des sandwiches à la menthe. Allégra se contenta de jeter sa ligne par-dessus bord. De temps en temps, elle ramenait une petite épinoche. Plus souvent qu'autrement, elle négligeait les petits coups donnés à son hameçon, laissant volontiers sa prise s'échapper tandis qu'elle vantait les mérites d'une si belle journée.

— Pourquoi n'attrapons-nous que des épinoches? demanda-t-elle d'un ton insouciant.

Elle regarda un poisson volant s'élancer à une dizaine de mètres, briller brièvement sous le soleil et disparaître dans les vagues bleu marine.

— Pourquoi n'attrapons-nous pas de poissons volants? Ne gobent-ils pas les mêmes appâts?

— Les poissons volants ne mangent rien d'autre que du vent, répondit sérieusement Olivier. C'est ce qui les fait voler.

Allégra se retourna rapidement vers lui, une expression incrédule sur le visage. Elle entendit les rires de Violette. Avec un sourire penaud, elle dirigea son attention sur le lunch, farfouillant dans le panier pour y trouver une tranche de tarte aux fruits et une bouteille de limette. Jamie jeta un regard sur son assiette et tendit la main vers le panier à la recherche d'un autre morceau de tarte. Une soupir de satisfaction accompagna sa découverte.

— Personne ne peut faire la cuisine comme Élisabeth, dit-il.

Il savoura le mélange crémeux d'oignons, d'assaisonnements et de fruits à pain écrasés. Il prit une autre grosse bouchée, la mastiqua lentement, étira ses jambes et ajusta son panama pour protéger son teint pâle des ardeurs du soleil.

— Si j'étais dans vos souliers, Allégra, dit-il d'un air songeur, j'achèterais le hamac le plus confortable que je puisse trouver, je l'attacherais entre deux arbres et je n'en sortirais que pour les repas et les voyages de pêche. Sensationnel ! Quelle vie !

— Pour ma part, j'ai l'intention de prendre part au travail du domaine, annonça-t-elle avec une telle détermination que la mâchoire d'Olivier se durcit alors que se décrochait celle de Jamie.

— Travail ? cria-t-il, agacé. Pourquoi faire ? Il y a Olivier pour produire le cacao ; Septimus Stephen prend la relève quand il s'absente. Élisabeth fait la cuisine, Jane et Ivy entretiennent la maison. Mme Straker peut faire la couture et je suis là pour m'occuper de tout le reste. Pourquoi voudriez-vous travailler ?

L'idée elle-même lui semblait absurde.

— De plus, que reste-t-il à faire ?

— Je veux parler de la production du cacao, répondit Allégra d'un ton dégagé. Ce que je veux dire, c'est que j'ai l'intention de m'impliquer dans tous les aspects de l'entreprise, depuis la culture jusqu'à l'expédition.

Elle put pratiquement voir le sourire d'approbation sur le visage de son père dans le ciel.

Jamie tenta à nouveau de la dissuader. Il lui fit remarquer avec tact que sa participation n'était pas nécessaire. Comme ses remarques délicatement soulignées n'atteignaient pas leur but, Olivier s'interposa :

— C'est une idée ridicule, dit-il brusquement. Que pourriez-vous bien faire ?

La question était la même que celle de Jamie, mais le ton en était entièrement différent.

— Eh bien, je ne suis pas tout à fait sûre, dit-elle. Mais il doit bien y avoir quelque chose que je puisse faire.

Elle avait été tellement occupée par l'idée générale qu'elle ne s'était pas arrêtée à de tels détails.

— Non. Il n'y a rien que vous puissiez faire, répliqua Olivier. Vous l'avez admis vous-même, vous ne connaissez rien à la culture du cacao. Il y a quelques semaines à peine, vous pensiez qu'il poussait dans une boîte de métal et qu'il n'attendait que le lait et le sucre pour donner un produit fini. La meilleure aide que vous puissiez m'apporter, c'est de laisser le cacao entre mes mains.

Même si Allégra s'était habituée au style direct d'Olivier, sa confiance en elle n'était pas encore assez forte pour affronter cette attaque sans ménagements. L'extrême autorité de sa voix provoqua chez Allégra une réaction de doute de soi et, avec l'incertitude, vint la maladresse. Incapable de fournir une réponse immédiate, elle commença à ramasser les restes du lunch ; elle plaça maladroitement les tasses et les assiettes dans le panier.

— Il doit y avoir quelque chose que je puisse faire, insista-t-elle.

Durant son rangement hâtif, elle déplaça une serviette de lin qui, exposée au vent, s'envola par-dessus bord. Allégra, qui s'était précipitée pour la rattraper, suivit sa route.

Cette fois, aucun bras puissant ne retint sa chute, aucune main rassurante ne l'aida à maintenir sa position. Son cri de détresse fut brisé par l'eau qu'elle avala. Ses tentatives effrénées de respirer furent étouffées par l'eau salée qui pénétrait sa gorge. Ses jambes étaient neutralisées par sa jupe et son jupon. La masse trempée de ses manches bouffantes pesait sur ses bras. Elle coulait, terrifiée.

À l'instant où ses membres allaient l'abandonner, où ses poumons allaient éclater par manque d'air, elle fut saisie par la taille et ramenée vers le haut. Elle atteignit la surface, toussant et crachant, aspirant avidement de l'air. Encore dominée par la panique, elle agita faiblement ses jambes, trop effrayée pour lire le soulagement sur le visage d'Olivier.

— Je vous tiens, Allégra, dit-il d'une voix pressante. Je

vous tiens et je ne vous laisserai pas couler à nouveau. Cessez de vous débattre. Vous êtes en sécurité maintenant.

Son propre cœur battait à grande vitesse. Quand il l'avait vue passer par-dessus bord, il savait qu'une brève leçon de natation était insuffisante pour la garder à flot. Il avait lancé l'écoute de la grande voile à Jamie et avait plongé derrière elle. La peur avait donné de la puissance à ses muscles alors qu'il nageait rapidement vers l'endroit où elle avait disparu. Il la tenait maintenant, étonné par l'intensité de sa propre réponse émotive.

— Je vous tiens, Allégra, répéta-t-il plus tendrement.

Il repoussa ses souliers et remonta sa jupe autour de sa taille.

— Cela devrait aller mieux ainsi, dit-il. Agitez lentement les jambes, tout simplement, comme je vous l'ai enseigné à Sabazon. Comme si vous marchiez en flânant.

Il fit descendre sa main le long de sa jambe pour régler son rythme. Il cherchait ainsi à apaiser les nerfs affolés d'Allégra qui frissonna, déglutit, puis s'agrippa aux bras d'Olivier. Comme sa force rassurante et ses ordres détachés calmaient sa terreur, elle lui céda. Elle se laissa rassurer et elle obéit à ses ordres. Elle s'accrocha à lui avec une confiance totale.

Olivier fut tellement ému par son abandon, il fut tellement remué par cet adorable visage tendu vers lui, qu'il ne put résister à la tentation. Lentement, alors qu'elle nageait toujours, il l'attira plus près, la tint plus fortement, frôla ses lèvres avec les siennes. Comme elle ne résistait pas, mais semblait, imperceptiblement, se détendre dans ses bras, il l'embrassa à nouveau, plus longuement, plus passionnément, frottant sa joue mouillée contre celle d'Allégra.

Cette fois-ci, sa soumission au savoir-vivre victorien s'effrita. La froideur des hivers du Connecticut et le salon de grand-père demeurèrent à des milliers de kilomètres. Elle ne répondit plus qu'aux vagues de la vaste mer des Caraïbes, au soleil qui brillait et à l'homme puissant qui l'embrassait. Elle entra dans le sanctuaire de ses bras et goûta le sel de sa bouche pressée contre la sienne. Cette fois-ci, Allégra répondit à Olivier.

Pendant un moment, ils furent seuls dans l'océan, leurs corps séparés puis réunis par les vagues. Pendant un moment, Allégra sentit tout son être brûler d'un désir presque sans bornes, alimenté par le baiser d'Olivier, par l'attouchement de ses lèvres sur sa peau. Pendant un moment, elle s'abandonna aux vibrantes sensations qui l'inondaient d'un mouvement sans répit, semblable à celui de la mer.

Puis le petit esquif navigua près d'eux. Les visages de Jamie et de Violette regardèrent avec anxiété par-dessus la rampe, les bras tendus pour leur porter secours. La magie s'était enfuie. Ils rentrèrent lentement au port et portèrent leurs cordées de poissons jusqu'à l'*Étoile*.

Allégra se sentit subjuguée ce soir-là, frappée davantage par sa propre réaction au baiser d'Olivier que par sa quasi-noyade. Elle remarqua à peine les soins attentifs de Violette ou les remarques humoristiques de Jamie. Elle évita surtout les regards intenses d'Olivier. Dès que ce lui fut possible, elle présenta ses excuses et monta à sa chambre, dans l'espoir de trouver dans le sommeil un refuge contre ses émotions enchevêtrées.

# 6

Le sommeil ne venait pas. En dépit de son désir désespéré d'oublier, Allégra se roula d'un côté puis de l'autre pendant des heures, tour à tour agitée, frustrée et enthousiaste. Elle revoyait sans cesse le visage d'Olivier qui montait et descendait selon le jeu des vagues bleu sombre de l'océan. Elle sentait à nouveau ses lèvres, mouillées et salées, sur les siennes. Elle ne savait comment démêler ses sentiments, comment réconcilier l'horreur qu'elle professait devant la conduite d'Olivier avec le plaisir intense qu'elle en retirait. Rien dans sa vie, pas même ses rêves les plus secrets, ne l'avait préparée au moment où elle avait succombé, consentante et heureuse, à ses propres sens.

Incapable de supporter plus longtemps les confins de son lit, elle repoussa la moustiquaire et sauta sur ses pieds. Quelques instants, elle rôda autour de la chambre, vivement éclairée par les rayons de la pleine lune. Elle prit et déposa tour à tour des photographies encadrées et des coquillages collectionnés. Elle finit par chercher un répit dans la brise fraîche de la nuit. Elle glissa hors de sa chambre par la porte-fenêtre et se retrouva sur la véranda.

Il était difficile de croire que seulement trois semaines auparavant, elle était restée dans sa chambre, emmaillotée du menton jusqu'aux orteils, trop embarrassée pour mettre un pied dehors en tenue de nuit. Elle se percha sur la balustrade de la véranda, sans aucune gêne, vêtue seulement d'une mince tunique sans manches, absorbée cependant par les mêmes pensées qui l'avaient alors troublée. Elle était hantée, comme elle l'avait été ce matin-là, par le souvenir du baiser d'Olivier.

Allégra regarda au loin dans la nuit. Elle scruta les papayers et les palmiers impériaux qui projetaient de grandes ombres sur la partie brillamment illuminée de la route qu'elle entrevoyait de l'endroit où elle était assise. De plus petites ombres allaient et venaient, formant un motif velouté au bas de la colline. Elle regarda fixement dans cette direction, à peine consciente de ce qu'elle voyait avant de réaliser que les formes plus petites n'étaient pas les ombres de bosquets que la brise agitait, mais plutôt celles de silhouettes humaines.

Étonnée, elle se leva pour regarder plus attentivement et, cette fois, se concentra sur la scène qui se déroulait plus bas. Des hommes portaient de lourds sacs. Des sacs de cacao. Ils transportaient en silence le cacao du boucan jusqu'à la route en bas pour se perdre dans la noirceur. Des voleurs de cacao!

Allégra porta une main à sa bouche pour étouffer un cri et l'autre sur son cœur pour en calmer les battements désordonnés. Elle se retourna et courut dans sa chambre où elle s'empara des premiers vêtements qu'elle trouva. Elle passa sa jupe par-dessus sa tête et la fixa à sa taille avant de franchir le seuil de la porte en vitesse. Tandis qu'elle descendait l'escalier en courant, elle passa ses bras dans sa blouse qu'elle referma à l'aveuglette de sorte que deux boutons se retrouvèrent mal alignés. Elle traversait déjà la pelouse avant et courait le long de la route.

Il lui vint vaguement à l'esprit que la meilleure chose à faire, c'était d'éveiller Olivier ou Jamie et de les laisser prendre la situation en main. Cette idée fut cependant submergée par des forces plus impératives. Elle était poussée par son sens de l'aventure récemment libéré, mais plus encore par l'outrage. Elle était très furieuse que le cacao soit volé. Le cacao de Cecil. *Son* cacao.

Pour la première fois, elle éprouva vraiment un sentiment de propriété, le sentiment que c'était là ce qui lui appartenait, que c'était là sa maison. Et maintenant sa maison était envahie, sa propriété était pillée. Un violent désir monta en elle et martela sa conscience au rythme des talons qui frappaient la poussière compacte. Elle voulait protéger l'*Étoile* des pilleurs, s'opposer à cette attaque scandaleuse. De quelle façon une femme seule, à demi vêtue, les pieds nus, se proposait de le faire, ce n'était pas clair. Comme toujours, elle laissa son indomptable impulsivité la guider.

Ce n'est que lorsqu'elle atteignit le bas de la colline que l'incertitude s'installa en elle. La scène, maintenant vue rapprochée, prenait une allure différente. Les silhouettes furtives s'étaient transformées en de gros hommes menaçants et nombreux. Les rayons de lune brillaient sur les muscles durs de leurs bras nus et de leur poitrine. Ils reflétaient l'acier froid et menaçant des coutelas passés dans leur ceinture.

Sa colère spontanée se changea instantanément en crainte et fit bondir à nouveau son cœur. Rapidement Allégra s'écarta de la route et se réfugia derrière un gros arbre à pain, souhaitant que sa blouse ne soit pas si blanche, que ses boucles éparses ne soient pas si blondes et que sa peau ne soit pas si pâle. Elle tenta d'étouffer son souffle haletant dans sa manche, mais chaque respiration sonnait comme un chœur complet à ses oreilles. Paralysée, elle craignait d'avancer ou de reculer à découvert le long de la route pour retrouver la sécurité.

Un bruit de pas dans les buissons derrière fit soudain bondir son cœur jusqu'à sa gorge. Oubliant le danger de la route bien éclairée, Allégra s'élança dans sa direction, mais elle ne fut pas assez rapide. Une main de fer se cramponna sur sa bouche, un bras puissant la traîna dans l'ombre, la plaquant fortement contre un corps robuste. Ses tentatives pour se libérer furent contrecarrées par une prise impitoyable. Du coin de l'œil, elle put voir une tête foncée se pencher sur la sienne, elle put sentir des lèvres se rapprocher. La peur lui coupa le souffle et lui assécha la bouche.

— Ne bouge pas, Allégra, dit Olivier, d'une voix basse.
Ne fais pas le moindre bruit.

Elle s'abandonna. Sa tension désormais drainée, ses
muscles se mirent à trembler. Le bras qui l'emprisonnait,
menaçant, lui était désormais familier et supportait son corps
ramolli. La main sur sa bouche relâcha sa prise et, quand
Allégra approuva de la tête pour accepter son ordre, elle se
retira complètement. Olivier la tenait encore fortement contre
lui ; Allégra était encore trop étonnée pour en savourer la
sensation. Elle ne ressentait que de la gratitude pour la force
qui l'avait retenue alors que son souffle et les battements de
son cœur s'apaisaient.

Olivier ne semblait guère affecté par leur position précaire.
Son attention se portait davantage sur la scène qui se déroulait
devant lui que sur la femme qu'il tenait dans ses bras. Il ne la
retenait que pour l'empêcher de bouger, alors qu'il étudiait
d'un œil menaçant les voleurs à l'œuvre dans la cour de cacao.
Dès qu'il y eut une légère accalmie dans leurs allées et venues,
il se pencha à nouveau et dit à l'oreille d'Allégra :

— Je veux que vous restiez ici. *Exactement* ici.

Son ton n'admettait aucune réplique.

— Ne faites aucun bruit ; ne bougez pas d'un centimètre.
Vous me comprenez ?

Allégra ne répondit pas et ne fit que rouler les yeux vers
lui. Il la secoua brusquement :

— Me comprenez-vous, Allégra ?

Elle fit finalement un autre signe d'approbation, légèrement
effrayée par la dureté d'Olivier, qui s'adoucit quelque peu pour
expliquer.

— Je peux m'en occuper, dit-il. Je ne les laisserai pas s'en
tirer, mais je ne veux pas vous voir au milieu de tout ceci.
Vous *devez* rester hors de vue.

Ce commentaire la rassura quelque peu.

— D'accord, promit-elle d'une voix calme. Je vais rester
ici.

Parce qu'il faisait sombre, Allégra ne put lire l'expression de doute sur le visage d'Olivier. Encore sous le choc, elle ne réalisa pas avec combien de regrets il la relâcha. Elle sut seulement que soudain les bras rassurants n'étaient plus là. Son cœur bondit à nouveau, cette fois davantage d'anxiété que de panique. Même si elle en était difficilement consciente, son souci était davantage dirigé vers le bien-être d'Olivier que vers le sien. Elle souhaitait que les voleurs disparaissent et que la nuit revienne à la normale. Une aventure, c'était une chose, mais ces hommes à l'air sinistre, c'en était une autre.

Allégra obéit explicitement aux ordres d'Olivier et resta immobile. Pendant ce qui lui sembla une éternité, elle resta cachée derrière l'arbre à pain. Ses jambes étaient ankylosées, sa gorge s'irritait de ne pratiquement pas pouvoir avaler. Elle n'osait pas faire le moindre bruit, ni le moindre mouvement de crainte d'être détectée.

Pourtant il y avait une limite à supporter sa position et son appréhension tendue. Elle se dandina pour calmer la douleur de ses jambes et elle déglutit quelques fois pour soulager sa gorge. Après avoir guetté et attendu encore un peu, son souci commença à devancer sa peur. Une fois de plus, elle s'inquiéta des grandes quantités de cacao qui disparaissaient en bas sur la route sombre.

Juste au moment où son pouls commençait à battre normalement et que l'impatience érodait la promesse sincère qu'elle avait faite à Olivier, le silence inquiétant de la nuit fut troublé par un seul cri de guerre perçant qui fit figer le sang d'Allégra. Son cœur s'arrêta, puis se remit à battre à grands coups. Ses yeux s'ouvrirent grand sous le choc. La routine rythmée des voleurs de cacao fut soudainement brisée par la charge de quinze hommes qui agitaient des machettes et des bâtons. Les voleurs bondirent à leur rencontre. La cour éclairée par les rayons de lune devint le site d'une sauvage mêlée.

Allégra reconnut immédiatement Olivier à la tête des attaquants et, comme sa surprise diminuait, son inquiétude augmenta. Dans l'enchevêtrement d'émotions qui s'agitait en elle, elle se sentit soulagée que les voleurs de cacao aient été contrariés, que l'honneur de l'*Étoile* et le cacao volé soient vengés. En même temps, elle était terrifiée à l'idée qu'Olivier puisse être blessé. Elle ne s'arrêta pas à penser d'où surgissait ce sentiment, ni pourquoi il s'était emparé si fortement d'elle; elle en était trop imprégnée pour l'analyser.

Allégra observa la féroce bataille, figée sur place, ses yeux ne quittant pratiquement jamais le corps d'Olivier qui se tortillait et qui tournoyait. Pour chaque coup qu'il donnait, elle envoyait inconsciemment un direct avec son propre poing fermé. Pour chaque coup de poing qu'il recevait, elle tressaillait. Quand la lutte le fit disparaître de la vue d'Allégra, elle sauta sur la route et se rapprocha peu à peu de l'arène.

Elle n'était même pas consciente de bouger. Soudain elle fut en bordure de la cour cimentée, un sac de cacao fendu et répandu à seulement quelques mètres d'elle. Elle le regarda avec horreur, car la conscience de sa position lui apparut soudain. Exactement au même moment, Olivier la vit, exposée aux rayons de la lune.

— Retournez vous cacher, espèce de folle! cria-t-il.

Sa crainte pour sa sécurité donna de la férocité à sa voix. Son attention fut un instant détournée.

Un voleur haut de deux mètres, les muscles bien bombés, en tira avantage. Il frappa Olivier qui, le souffle coupé, s'écrasa sur les genoux. D'un coup de pied vicieux, le gros voleur le frappa dans le dos, puis s'avança, le coutelas levé.

Comme dans un rêve, Allégra vit le visage d'Olivier se contorsionner alors qu'il lui criait de se cacher. Elle vit le voleur donner ses coups et Olivier s'effondrer sur le sol. Pendant une fraction de seconde, elle vit la sueur glisser sur la poitrine dénudée du voleur; elle regarda l'expression malveillante qui marquait son sourire. Puis, comme son bras s'élevait, elle s'élança, poussée par l'émotion pure : aucun signe de maladresse ou d'hésitation dans ses mouvements. Elle se pencha et ramassa le sac de cacao répandu sans briser son élan. Il n'y avait dans son geste qu'une grâce fluide quand elle lança le sac de toile dans les jambes du voleur.

Si le sac avait été plein, il aurait pu infliger de sérieuses blessures. Mais les graines s'éparpillèrent du sac avant qu'il eût atteint sa cible. Le coup sans portée ne servit qu'à distraire l'homme. Avec un cri, le voleur tourna son attention offusquée vers la source de cette nouvelle attaque.

Complètement désarmée, Allégra commença à réaliser ce qu'elle venait de faire. Elle recula ; elle s'esquiva avec peine tandis que le voleur s'amusait avec elle. Les coups rapides de sa machette tombaient encore et encore, passant à un cheveu de l'atteindre. À chaque fois, le cœur d'Allégra remontait jusqu'à sa gorge. Quand son pied accrocha le rail d'un tiroir de cacao, le coutelas coupa sa manche et traça une ligne chaude et cuisante le long de son bras. Le sang trempa instantanément son vêtement en une tache sombre sous la lumière froide de la lune.

La vue de la manche ensanglantée, plus que la douleur, fit hurler Allégra de pure terreur. Elle détourna ses yeux de son ennemi et chercha à s'enfuir, mais son pied nu glissa sur les graines de cacao dispersées sur le ciment. Avec un autre cri, ses bras ballottant sauvagement dans sa recherche d'équilibre, Allégra tomba à la renverse. Elle savait que toute fuite était maintenant impossible, de sorte que tout ce qu'elle put faire, ce fut de couvrir instinctivement sa tête de ses mains et attendre que le dernier coup lui soit asséné.

Quand le juron angoissé du voleur lui parvint plutôt que sa lame, Allégra jeta un coup d'œil entre ses doigts. Olivier, qui s'était remis des coups reçus, s'était jeté sur le voleur. Il entraîna le gros homme au sol. Encore à quatre pattes, Allégra se mit à l'abri dans un coin de la cour, le dos près d'un escalier de pierre. Les genoux remontés jusqu'au menton, elle regarda Olivier se battre avec le voleur.

C'était plutôt une lutte à sens unique. Même si l'homme avait vingt kilos de plus qu'Olivier, ce dernier tirait avantage de six années de leçons de boxe en Angleterre. Il était aussi favorisé par la puissance de sa rage. Même s'il préférait se contrôler et régler les discussions au moyen de la logique plutôt que par la force, il se sentait cette fois provoqué au-delà de la raison.

Avec une sauvagerie inhabituelle, il roua de coups son adversaire, exigeant vengeance, non pas parce qu'il l'avait attaqué, mais parce qu'il avait attaqué Allégra. Comme l'image de son pâle visage effrayé restait fixé dans sa tête, comme la pensée de sa chute sur le ciment sous la menace d'une machette et sans personne pour lui venir en aide s'imposait à lui, ses poings frappèrent plus fortement. En quelques instants, l'homme fut vaincu et immobilisé. Olivier bondit, son sang ne faisant qu'un tour, prêt à attaquer un autre voleur.

Ils n'étaient plus là. La cour était redevenue calme. Quatre des voleurs s'étaient enfuis dans la nuit; neuf autres gisaient, ensanglantés. Septimus Stephen et le reste de l'équipe de l'*Étoile* restaient aux aguets près d'eux. De la route de Gouyave revinrent cinq charrettes tirées par des ânes. Elles débordaient de cacao volé. Une attaque simultanée envers les voleurs au lieu de chargement du butin, à un kilomètre de là, avait surpris les deux hommes laissés à faire le guet. Ils avaient été facilement vaincus. La razzia avait échoué.

Olivier prit plusieurs grandes respirations pour reprendre contrôle sur lui-même. Si ses nerfs continuaient de trembler, sa voix était calme quand il dit :

— Bon travail. Maintenant, nettoyons ces dégâts.

Tandis que les hommes souriaient et paradaient, fiers comme des paons, Olivier lançait des ordres précis.

— Reggie, va chercher de la corde à emballage et la trousse de premiers soins à l'intérieur. Toi, Tom, lie les mains de tous ceux qui ne saignent pas. Amenez-moi les blessés, je vais leur faire un bandage. Dennis, Johnny et toi, jetez des bâches sur ces charrettes, puis mettez les ânes dans l'enclos. Nous déchargerons le cacao demain matin. Septimus, prends cinq hommes et fais marcher cette vermine à deux pattes jusqu'à Gouyave. Éveille le directeur de la police et fais-les jeter en prison. Dis-lui que je descendrai le voir demain. Tous les autres, rentrez chez vous pour vous coucher. Je gage que demain matin vous allez ressentir les effets de cette nuit.

Toujours cachée, Allégra observait Olivier panser les blessures tandis que Tom enroulait de la corde à emballer autour des poignets des voleurs. Elle les regarda aligner les charrettes dans la cour et tirer les ânes plus loin. Elle regarda les gardes triomphants pousser les voleurs et les talonner sur la route tandis que le reste des hommes disparaissait dans la nuit, riant de leurs yeux au beurre noir et échangeant des fanfaronnades. Elle regarda Olivier, debout, les mains sur les hanches, qui surveillait la cour devenue soudain silencieuse et qui évaluait la masse de cacao répandue sur le sol.

Maintenant que c'était terminé et que la cour était vide, elle ne pouvait croire ce qui était arrivé. Elle ne pouvait croire en la violence dont elle avait été témoin, ni au péril mortel qui l'avait menacée. Les émotions ressenties lui semblaient irréelles. Par-dessus tout, elle ne comprenait pas pourquoi Olivier l'ignorait.

Il ne semblait pas avoir été particulèrement affecté par les événements de la nuit ; il donnait ses directives et recréait l'ordre autour de lui comme il l'avait toujours fait, la voix égale, le dos droit. Après le danger qu'ils avaient couru, il était incompréhensible et profondément décevant qu'il puisse la tenir complètement à l'écart. Quelques minutes auparavant, ils avaient risqué leur vie l'un pour l'autre et maintenant, c'était comme si rien ne s'était produit. Abasourdie, Allégra se leva, encore chancelante. Elle espérait s'éclipser pendant que l'attention d'Olivier était centrée sur les dégâts. Elle avait fait trois pas quand sa voix retentit.

— Attendez un instant, Allégra, dit-il. J'ai quelques mots à vous dire.

Elle se figea, déroutée par la dureté de son ton.

— Que diable pensiez-vous que vous faisiez ? demanda-t-il. Quelle idée de cervelle d'oiseau avez-vous eue de foncer le long de la route, toute seule, au milieu de la nuit ? Pensiez-vous qu'il s'agissait d'une grande aventure ? Pensiez-vous qu'il s'agissait d'un de ces fantasmes héroïques des romans que vous semblez apprécier? Pensiez-vous que c'était romantique? Excitant?

Allégra n'avait aucun moyen de savoir que l'intensité de sa charge reflétait la profondeur de ses sentiments à son égard. Elle recula devant la force de cette attaque.

— En second lieu, continua-t-il à rager, sans se soucier de son silence, quelle idée stupide et irréfléchie vous est venue de sortir de derrière cet arbre à pain? Je vous avais dit de ne pas bouger d'un centimètre. De ne pas cligner des yeux. De ne pas remuer. De ne pas même bouger. Vous *aviez promis* de rester sur place. Pourtant vous êtes venue déambuler pour regarder ce qui se passait comme si vous assistiez au derby à Ascot. Pour l'amour du ciel, Allégra, êtes-vous timbrée au point de ne pas avoir deviné à quel point c'était dangereux? Pensiez-vous que ces coutelas n'étaient que de la frime? Ne saviez-vous pas qu'ils pouvaient *tuer*?

Le visage d'Allégra s'empourpra. Étant donné les circonstances, elle pouvait difficilement lui dire qu'elle avait agi par souci pour lui. Elle répondit plutôt:

— Je le savais. J'avais seulement l'intention d'aider.

— Aider? rugit Olivier. J'en ai ras le bol de votre aide maladroite. C'est allé trop loin. Je me fiche de la grandeur du domaine dont vous avez hérité; je ne tolérerai plus votre « aide ». Votre aide idiote et satanée m'a pratiquement coûté la vie, ce soir!

L'injustice de cette dernière remarque colora son visage de colère.

— C'est le commentaire le plus ingrat que j'aie jamais entendu, cria-t-elle.

Maintenant, ses émotions surmenées cherchaient également une issue pour s'épancher.

— Si vous pouviez cesser d'être désagréable un moment, vous pourriez vous rappeler que je vous *ai sauvé* la vie ce soir. J'ai lancé ce sac de cacao au voleur et il aurait été assommé si les graines ne s'étaient pas répandues. En fait, j'ai détourné son attention pendant que vous repreniez vos esprits. Mais au lieu de me remercier pour cela, la seule chose que vous trouvez à faire, c'est de me lancer d'horribles insultes et de me porter de cruelles accusations.

— Vous remercier? reprit furieusement Olivier. Vous vous attendez à ce que je vous *remercie* pour ce que vous avez fait? Si je n'avais pas tellement craint que vous soyez blessée, j'aurais pu me concentrer sur ce que je faisais et cette brute n'aurait jamais eu le dessus sur moi.

Allégra, entendant ces mots, eut le souffle coupé, non pas à cause de leur brutalité, mais parce qu'ils contenaient l'aveu de son affection. C'était plus que ce que ses nerfs à vif pouvaient supporter. Elle éclata en sanglots.

Encore sous le coup de la colère, Olivier la regarda, les mains sur son visage, le corps secoué de sanglots. La voir dans un tel état de détresse suffisait à faire disparaître sa rage. Il s'avança pour la réconforter. C'est alors qu'il vit le sang sur sa manche.

— Doux Jésus! s'exclama-t-il.

Il franchit rapidement la distance qui les séparait et la peur envahit une fois de plus son cœur. Il la souleva dans ses bras, sans qu'elle proteste, et monta les trois marches qui menaient au boucan. À l'intérieur, la grosse bâtisse était odorante et sombre, à l'exception d'un rayon de lumière qui s'infiltrait par la porte entrouverte. À l'endroit où tombait la lumière, Olivier lança un tas de sacs de toile sur lequel il déposa doucement Allégra.

Malgré ses faibles tentatives pour le repousser, Olivier déboutonna sa blouse et la fit glisser le long de ses épaules.

— Laissez-moi voir, ordonna-t-il.

Il prit son bras nu dans ses mains. Un sentiment de soulagement l'envahit; la blessure était superficielle et avait déjà cessé de saigner.

— Ce n'est qu'une égratignure, murmura-t-il.

Il fit un tampon de sa blouse déchirée et il s'en servit pour essuyer la blessure.

Allégra essaya de répondre. Elle tenta de retrouver ses

belles manières, mais les larmes continuaient à l'étouffer.

— Ne parlez pas, lui conseilla-t-il. Reposez-vous, tout simplement.

Il lança plus loin la chemise abîmée et s'assit sur le plancher à côté d'elle. Il appuya son dos contre un amas de sacs de cacao.

— Approchez-vous, dit-il.

Il l'attira tendrement dans ses bras.

— Reposez-vous, tout simplement, répéta-t-il.

Il pressa ses lèvres contre ses boucles soyeuses.

Allégra déglutit, tentant de se ressaisir. Un moment, elle demeura rigide entre ses bras. Puis un frisson la parcourut et de nouveaux sanglots la secouèrent alors qu'elle succombait au réconfort qu'il offrait. Toute la peine, toute la crainte, toute la confusion qu'elle avait ressenties depuis son arrivée à la Grenade remontèrent d'abord à la surface pour déborder ensuite. Elle pleura à cause de sa solitude dans ce monde, sans mère, ni grand-père, sans le père qu'elle ne connaîtrait jamais. Elle pleura pour les tournures étranges qu'avait prises sa vie. Elle pleura parce qu'elle venait de réaliser qu'elle ne serait jamais capable de retourner à son ancienne vie et parce qu'elle n'était pas encore bien ancrée dans la nouvelle.

Se rapprochant davantage d'Olivier, elle chercha refuge dans sa force inébranlable, sa grande chaleur et sa grande bonté qu'elle savait désormais faire partie de lui, au même titre que sa franchise. Elle ressentit jusqu'au fond d'elle-même le contact apaisant de ses doigts caressant son épaule et s'aventurant le long de son bras. Elle se laissa pénétrer de l'aveu qu'il venait de lui faire de son souci pour elle, car cela calmait ses blessures émotives. Finalement, elle cessa de pleurer.

— J'ai complètement mouillé votre chemise, dit-elle pour s'excuser, mais sans lever la tête de sa poitrine.

— Ça va sécher, répondit Olivier.

Puis il passa son pouce sous son menton et il tourna le visage d'Allégra vers le sien. Doucement, légèrement, il déposa un baiser sur ses joues mouillées.

Allégra sentit un autre frisson la traverser, non de regret cette fois-ci, mais d'anticipation. Il essuya les larmes de son visage du bout des doigts. Ils quittèrent ses joues et disparurent dans ses cheveux. Les lèvres d'Olivier suivirent le parcours de ses doigts, elles s'attardèrent, la caressèrent et éveillèrent en elle une heureuse sensation. Elle fut soudain très consciente de lui, de son odeur de sel et d'épices, de la passion qu'il exprimait.

Elle bougea légèrement la tête. Sa bouche rencontra celle d'Olivier. Elle répondit à l'atmosphère exotique des tropiques et à l'extraordinaire tension de la nuit. Elle répondit aux émotions libérées en elle et aux sentiments en sommeil qui venaient d'être agités. Comme elle l'avait fait depuis une éternité, depuis cet après-midi en fait, elle répondit à Olivier.

Elle le laissa la déposer sur un lit rudimentaire fait de sacs de toile. Elle laissa Olivier lui enlever sa jupe et passer sa chemise par-dessus sa tête. Elle entendit le pouls d'Olivier s'accélérer; elle vit ses profonds yeux bleus s'agrandir tandis qu'il la regardait, nue et d'une blancheur de marbre. Puis il laissa glisser sa main le long de sa cuisse et il caressa les courbes de son ventre. Le souffle d'Allégra s'accéléra lui aussi et sa peau devint plus chaude. Elle se sentit envahie par la tension qui pénétrait tous ses membres.

Elle fit monter ses mains sous la chemise d'Olivier, retenant son souffle sous la sensation de ses mains qui effleuraient la peau de cet homme. En hâte, elle l'aida à enlever ses vêtements, dans son nouveau désir de laisser courir ses membres le long du corps long et fort d'Olivier. Son pouls s'accéléra quand il se laissa choir à côté d'elle sur les sacs. Quand leurs corps dénudés se pressèrent l'un contre l'autre, elle sentit que son cœur allait éclater. Les jambes d'Olivier s'enroulèrent autour des siennes ; elle passa ses bras autour de son dos ; leurs bouches se retrouvèrent dans un baiser qui ne fut ni aussi tendre, ni aussi rassurant que la dernière fois, mais qui fut par contre plus long, plus pressant, plus ardent.

Elle ne s'était jamais sentie ainsi, oubliant tout sauf le désir de ses sens. Elle était incapable de raisonner ; elle ne pouvait que réagir, rendre passionnément les baisers et les caresses d'Olivier et répondre passionnément à sa fougue. Elle n'avait jamais été aussi absorbée par le besoin d'éprouver du plaisir ; elle n'avait jamais été aussi assujettie aux impératifs du désir. Jamais elle ne fut si délicieusement comblée qu'une fois ce désir satisfait et qu'elle reposa, pacifiée et rassurée, dans les bras d'Olivier.

# 7

*C*e n'est que dans l'après-midi qu'Allégra se réveilla enfin, affaiblie par la chaleur du milieu du jour. Dès qu'elle se mit à bouger, son corps lui rappela les incroyables événements de la veille. Son bras lancinait, chaque muscle lui faisait mal, elle se sentait dans l'ensemble raide et endolorie. Le grognement qu'elle émit fut cependant davantage l'expression du désespoir que de l'inconfort.

— Oh, non ! dit-elle à voix haute, en s'asseyant lentement. Qu'est-ce que j'ai fait ?

Quelques heures plus tard, Allégra trouva Olivier dans son bureau. Il mettait à jour l'administration de ses diverses entreprises. Souffrant lui aussi de nombreuses blessures et contusions, il avait choisi cette tâche sédentaire, de préférence à une autre. Il s'était déjà rendu à Gouyave pour donner au magistrat un compte rendu détaillé de la razzia et pour faire ses adieux à Jamie, très vexé d'avoir dormi profondément tout au long de ces événements excitants. Malgré le pas docile du cheval, la courte randonnée n'avait guère été agréable de sorte qu'Olivier avait été heureux de s'installer enfin dans son fauteuil bien rembourré.

Quand elle entra, il leva les yeux. Son sourire de bienvenue se changea en un soupir résigné quand il vit le mouvement déterminé du menton d'Allégra et sa façon rigide de s'asseoir sur le bord de la chaise qui lui faisait face. Il la connaissait assez bien maintenant pour reconnaître là les indices d'une discussion imminente. Avec prudence, il attendit pour voir quelle carte elle allait tirer de sa manche aux rayures roses et blanches.

Montrant une page du cahier d'Olivier, Allégra ne le laissa pas languir longtemps. Elle alla droit au but.

— J'ai l'intention d'agir en partenaire égale à l'*Étoile*, dit-elle d'une voix assurée. J'ai l'intention d'accepter une part égale de responsabilités dans la direction de l'*Étoile*.

Olivier soupira à nouveau.

— Allégra... commença-t-il à dire.

— Je ne me laisserai pas berner avec des mots, l'interrompit-elle.

Elle avait anticipé ses objections.

— Et je ne vous laisserai pas me dire que vous avez besoin de moi pour couper les fleurs ou pour faire l'inventaire de la literie. Je veux travailler au cacao.

Sa voix prit une allure plus théâtrale.

— C'était l'ambition de mon père d'ériger une grande cacaotière; il souhaitait que j'en hérite. Je ne peux rien faire de moins que d'honorer sa mémoire et sa confiance en continuant son œuvre et en respectant son ambition.

Ravalant son grognement, Olivier se contraignit, avec une remarquable force de volonté, à répondre aimablement :

— Il n'y a aucun doute que Cecil voulait que l'*Étoile* soit un grand domaine. Il a toujours voulu ce qu'il y avait de mieux dans la vie. Mais il était très content de me confier la tâche de le réaliser.

Il ajouta, en se berçant dans sa chaise et en joignant ses doigts sous son menton :

Si vous me permettez cette immodestie, je dois avouer que j'ai assez bien réussi. L'*Étoile* est un des domaines les plus productifs de la Grenade.

Sa chaise retomba avec un son mat.

— Si vous voulez vraiment suivre la trace de Cecil, vous

allez me laisser m'occuper du cacao, comme il le faisait. Surtout, conclut-il avec insistance, que vous vous y connaissez beaucoup moins que lui en ce qui concerne la production.

Allégra remua, mal à l'aise. Elle devait lui concéder la pertinence de son dernier argument, mais elle n'allait pas rendre les armes pour autant.

— Je dois admettre que votre objection est valable..., dit-elle.

Elle le disait tellement à contrecœur qu'Olivier dut cacher un sourire.

— Par contre, je désire beaucoup apprendre. Je suis une bonne élève. Grand-père disait toujours que lorsque je m'intéressais à un sujet, je prenais rapidement la tête de la classe.

Elle fit une pause pour se remettre ce souvenir en mémoire, mais se retint d'ajouter qu'il disait aussi que quand le cœur n'y était pas, elle pouvait être aussi butée qu'un morceau de bois.

— Je suis *très* intéressée, l'assura-t-elle.

— Je ne nie pas votre enthousiasme, lui accorda galamment Olivier. Je serais heureux de répondre à n'importe laquelle de vos questions, mais...

— Je ne tiens pas à assumer la moindre autorité pour le moment, l'interrompit Allégra. Je comprends que vous avez une bien plus grande expérience et j'accepterai que vous me donniez des tâches durant mon apprentissage. Par contre, ma participation dans les affaires du domaine n'est pas ouverte au débat. Je *dois* participer à la direction de l'*Étoile*.

Il y avait une telle note de désespoir dans sa dernière remarque, qu'Olivier l'étudia plus sérieusement avant de répliquer :

— En fait, Allégra, dit-il finalement, d'une voix très lente, après la nuit dernière, le genre d'association auquel je pensais, c'était le mariage.

Allégra déglutit et baissa les yeux. Ses cils délicats retombaient sur ses joues soudainement rougies. Elle voulut parler, mais aucun son ne sortit. Se râclant la gorge, elle essaya encore une fois :

— Je ne pense pas, dit-elle, la voix à peine plus élevée qu'un chuchotement.

Sa réponse étonna Olivier. Comme il pensait qu'elle ne l'avait pas compris, il dit, plus direct :

— Je vous demande de m'épouser, Allégra.

Elle approuva de la tête sans lever les yeux.

— Oui, je sais, dit-elle.

C'était la demande en mariage la moins romantique, la plus gauche qu'elle eût jamais reçue ou lue, mais elle la reconnut comme telle.

— Et vous refusez.

C'était plus une simple affirmation qu'une question.

Allégra approuva à nouveau de la tête.

— Pourquoi ? demanda Olivier, visiblement étonné.

Il recula sur sa chaise, en essayant de trouver une explication acceptable.

— La nuit dernière, ce fut certainement inhabituel, dit-il.

Il cherchait une explication, à mesure qu'il parlait.

— Nos émotions ont été sérieusement exacerbées par la razzia. Le danger donne ce résultat. Sans aucun doute, toute cette agitation a contribué à, à...

Il s'arrêta, cherchant une façon discrète de s'exprimer.

— À ce qui est arrivé, finit-il par dire.

Puis il s'assit au bord de sa chaise, plus assuré.

— Il n'y avait rien de faux dans ce que nous ressentions, cependant, lui dit-il. Notre réaction peut avoir été inhabituelle, même démesurée si vous voulez, mais nos sentiments, nos désirs, étaient très réels.

Allégra ne parlait toujours pas ; elle ne levait pas les yeux non plus. Même si sa bouche bougeait, un peu comme si elle tentait d'exprimer une pensée, aucun mot n'en sortait.

Davantage blessé qu'il ne pouvait l'admettre par son silence prolongé et par son rejet, Olivier devint sarcastique.

— J'aurais pensé qu'après l'aventure de la nuit dernière, observa-t-il, le mariage aurait été la *seule* avenue convenable pour une femme qui a un sens très développé de ce qu'est un comportement *convenable*.

Le mot produisit l'effet habituel sur Allégra. Il la fit rougir et créa chez elle cet air de maladresse qui la caractérisait. Son menton retomba. Elle ne pouvait toujours pas affronter le regard fixe d'Olivier. Pourtant, ce mot ne parvint pas à l'embarrasser suffisamment pour vaincre sa résistance à son offre. Il ajouta plutôt à la confusion qui l'avait amenée à décliner sa demande.

Il voyait juste quand il disait que l'émotion intensifiée par la razzia avait aussi accentué leur passion. Après sa quasi-noyade de l'après-midi, la terreur de la nuit l'avait laissée vulnérable et sans défense. Ses larmes déchirantes avaient lavé toutes les barrières, la laissant offerte au réconfort et au contact d'Olivier. À la lumière du jour cependant, cette réaction inhabituelle lui semblait incroyable. Loin de tout ce qu'elle avait jamais expérimenté ou imaginé, tout cela lui semblait irréel. Sa sensualité, naturelle à la lueur de la lune, devenait inconcevable sous les rayons du soleil, même sous les brillants rayons du soleil tropical. Les sentiments qu'Olivier qualifiait avec insistance de sincères restaient obscurcis par son incrédulité. Et par la douleur que son corps ressentait.

Dans le sillage de la nuit précédente, il devenait plus essentiel que jamais de participer à la direction de l'*Étoile*. C'était la seule chose qui lui restait. Elle s'était coupée elle-même de sa vie au Connecticut. Dans tout ce changement, la seule constante était son désir de s'accomplir, de se réaliser, de devenir quelqu'un. En suivant son père, dont elle avait hérité du caractère et du domaine, en reprenant les guides qu'il avait laissées tomber, elle était certaine de répondre à son ambition.

Elle n'acceptait pas tristement cette réalité ; en fait, elle l'accueillait avec enthousiasme. Ce qui transparaissait des émotions agitées de la nuit précédente, c'était l'intime sentiment de propriété qui l'avait habitée quand elle avait vu les voleurs s'enfuir avec leur cacao. Elle se rappela s'être sentie insultée, insultée, parce que l'*Étoile* était envahie, parce qu'on volait ses graines d'or. Pour la première fois de sa vie, elle se sentait vraiment chez elle. Après la confusion de la nuit dernière, ce sentiment légitime était le bienvenu.

Mais comme elle était incapable d'organiser ces pensées enchevêtrées, il était difficile de les expliquer à Olivier.

— Je ne peux pas accepter votre demande. Je ne pense pas... Je veux dire, ce ne serait pas...

Pendant un bref instant, elle le regarda puis, ne trouvant ni réponse ni même encouragement dans son expression, elle baissa à nouveau les yeux.

— Je ne peux pas accepter votre demande, répéta-t-elle.

S'il s'était approché d'elle, s'il avait enroulé ses boucles autour de ses doigts, s'il avait pris son menton dans sa main, s'il avait incliné son visage et qu'il l'avait embrassée, peut-être aurait-elle alors capitulé. Peut-être alors ces sentiments camouflés par l'agitation de ses émotions se seraient-ils révélés.

Mais Olivier n'avait rien fait de tel. Blessé, il était resté assis dans son fauteuil rembourré, séparé d'elle par un bureau. Quand elle réitéra son intention de s'impliquer dans les activités du domaine, il ne discuta pas davantage.

— Très bien, dit-il.

Son ton était froid et sans humour. Il ferma d'un coup sec le livre qu'il examinait.

— Vous semblez savoir ce que vous voulez. Le travail sur une plantation de cacao commence à sept heures le matin. Si vous êtes sérieuse quand vous parlez de participer à l'entreprise, je vous y accueillerai donc.

Il se leva péniblement et s'esquiva.

Allégra se sentait bizarrement déconfite. Elle s'était imaginée qu'elle serait toute jubilante en ce moment, qu'elle se sentirait triomphante d'avoir enfin convaincu Olivier d'accepter son aide. Au lieu de cela, elle était déçue. Son enthousiasme avait disparu en le voyant se retirer, les lèvres pincées.

Il lui vint alors à l'idée qu'une partie de l'attrait magique qu'elle éprouvait pour l'*Étoile* et son cacao était due à Olivier. Elle le revit dans les bosquets, coupant avec adresse les cabosses à l'aide d'une machette et dans la cour à cacao, triant les graines d'une main experte durant leur séchage. Elle l'entendait expliquer avec patience le nombre de kilos exportés en 1893 et réciter d'anciennes recettes aztèques. Allégra tapa du pied sous le coup de la déception et pour chasser ces images troublantes. Cela lui ressemblait tout à fait, décida-t-elle, de gâcher cet instant de succès.

— Voilà. C'est clair. J'ai eu raison de refuser, se dit-elle. Il vaut beaucoup mieux que nous maintenions notre relation au niveau professionnel.

Malgré les préoccupations individuelles que leur causait leur fierté blessée, malgré leur position antagoniste et tout aussi entêtée de part et d'autre, il ne fallut pas plus de quelques heures le lendemain pour que leur froideur ne fonde. Allégra qui, pour sa part, appréciait chacun des aspects de la culture et du séchage, fut tellement enthousiasmée par le sentiment de faire quelque chose d'important qu'elle oublia de se comporter de façon distante.

Olivier, pour sa part, ne pouvait simplement pas lui résister. Il trouvait son émerveillement rafraîchissant, son enthousiasme contagieux. Il était impossible pour lui de rester en colère contre elle alors qu'elle offrait un tableau si captivant.

Ce n'était pas la première fois qu'il la comparait spontanément à son père. Il regrettait d'avoir un temps pensé qu'elle en était une pâle imitation. Il la trouvait beaucoup plus attachante. Elle avait toutes les qualités de Cecil — sa spontanéité, sa curiosité, son optimisme. Chez Cecil, cependant, ces qualités étaient compromises par sa faiblesse inhérente; chez Allégra, elles étaient rehaussées par son honnêteté et son innocence. Olivier secoua la tête, impressionné. Même s'il avait négligé de le mentionner lors de sa demande en mariage, il était très amoureux d'elle.

Pour l'instant, il attendait son heure tout en appréciant leur relation de travail. Comme les semaines passaient et que l'assiduité et l'intérêt d'Allégra restaient intacts, le plaisir qu'éprouvait Olivier à l'observer s'accrut. Plus souvent qu'il ne voulait le reconnaître, il se surprenait à la contempler, tout simplement. Un sourire ravi apparaissait alors sur les lèvres du jeune homme.

Elle attaquait toutes les tâches avec une égale énergie. Elle donnait aux cabosses des coups de machette avec un tel entrain qu'Olivier craignait pour ses doigts ; elle déplaçait les graines en fermentation d'un casier à l'autre jusqu'à ce que la sueur colle sa blouse à son dos ; elle agitait la manivelle de la trieuse avec une telle vigueur que les hommes qui remplissaient la trémie grommelaient : ils n'arrivaient pas à s'ajuster à son rythme. Leurs plaintes n'étaient dites qu'à la blague cependant, car Allégra avait conquis tous et chacun sur le domaine. Ils avaient beaucoup aimé Cecil, mais ils aimaient davantage sa fille.

Plus Allégra en apprenait, plus elle voulait en savoir. Plus elle absorbait d'informations, plus elle émettait de suggestions.

Elle disait soudain d'un air pensif, rajustant l'une de ses douze mèches rebelles :

— Olivier, j'ai une idée.

— Oui, Allégra ?

Olivier répondait avec un mélange d'amusement et de crainte.

— Si nous faisions un concours ? lui suggéra-t-elle un jour. Nous pourrions diviser tous les travailleurs en équipes, avec une personne pour couper les cabosses des arbres, une autre pour les ramasser, une troisième pour les ouvrir et deux autres pour recueillir les graines. À la fin de la semaine, l'équipe qui en aurait ramassé le plus gagnerait un prix. Disons une caisse de boîtes de lait en conserve ou un sac de riz.

— Ce n'est pas un jeu, Allégra, lui dit Olivier. Nous ne sommes pas à l'école à l'heure de la récréation.

— Non, admit Allégra. Mais vous avez dit vous-même avant-hier que la suerie et les tiroirs pouvaient rapporter plus qu'ils ne le font maintenant, même avec le cacao que nous traitons pour les petits domaines. Si les gens pensent qu'ils peuvent remporter un prix, ils travailleront plus fort et plus vite ; nous pourrons augmenter notre production en même temps que nous rendrons leur travail plus agréable. Un concours, c'est toujours amusant.

— Nous ne sommes pas en affaires pour nous assurer que nos employés s'amusent, dit Olivier d'une voix machinale.

Il commençait déjà à s'amollir.

— Il n'est pas nécessaire non plus que ce travail s'accomplisse dans la morosité et l'absence de répit, répondit Allégra.

Ce qu'elle venait de dire s'opposait directement à tout ce que son grand-père lui avait enseigné.

— Ne pouvons-nous pas expérimenter l'idée pour une semaine ? Je vous en prie.

Olivier céda, comme il le faisait pour toutes ses suggestions, à l'exception des plus extravagantes. Il était même forcé d'admettre, avec une certaine dose de regret, que certaines de ces idées étaient excellentes. Le concours, par exemple, fonctionna très bien. Il y avait moins de casiers vides et moins de cabosses condamnées à pourrir, faute d'être cueillies. Un autre concours pour les garçons chargés de l'extermination des larves de coccinelles sous l'écorce des arbres eut également de bons résultats.

Il apprécia aussi son idée d'agrandir la pépinière, leur source domestique de plants de remplacement. Les cacaoyers commençaient à porter fruit à quatre ou cinq ans, atteignaient leur maturité à douze et mouraient à trente ans ou parfois avant, victimes de la coccinelle du cacao ou d'un parasite appelé balai de sorcière. Le manque ou la surabondance de soleil pouvaient les affecter. Le cacao, dans sa maturité, avait besoin de l'ombre d'arbres tels que les grandes immortelles, qui laissaient choir à chaque printemps leurs fleurs nourricières d'un orange ou d'un rouge flamboyant ; les jeunes plants avaient besoin de « mères cacao », de végétation à faible croissance comme les piments, les maniocs ou les bananes. Souvent, la seule solution pratique quand un arbre était trop attaqué, c'était de le déterrer et d'en planter un autre. L'idée d'avoir une réserve abondante de jeunes arbres vigoureux était donc tout à fait sensée.

Certains des plans d'Allégra étaient fous et elle était la première à reconnaître leur ineptie et à les abandonner. Elle ne s'attarda jamais sur ces échecs. En réalité, à peu près n'importe quoi réussissait à stimuler son enthousiasme durant cette période. Elle était plus heureuse qu'elle ne l'avait jamais été dans sa vie. Elle exerçait simultanément son corps et son imagination sans bornes. Elle pensait, elle travaillait, elle créait. Plutôt que d'être punie pour son énergie peu féminine, comme elle l'avait toujours été, elle était admirée. C'était pour elle une source de très grande satisfaction de sentir qu'elle accomplissait quelque chose de valable.

Elle persistait à croire qu'elle suivait les traces de son père; en fait, elle recherchait d'abord l'approbation d'Olivier. Son appréciation accroissait son sentiment d'accomplissement. Même si elle persistait à penser qu'elle voulait maintenir leur relation au plan des affaires, chaque fois qu'elle entrait dans le boucan à cacao, plusieurs fois par jour, une forte bouffée de désir l'envahissait. Elle se rappelait Olivier couché à côté d'elle, nu sous les rayons de la lune. Elle se rappelait la sensation de ses lèvres glissant sur sa peau. Puis, elle se dépêchait de faire ce qui l'avait entraînée dans la bâtisse et elle partait en vitesse, en espérant abandonner là un souvenir qui assombrissait son bonheur.

La seule personne un peu malheureuse de la participation d'Allégra à la culture du cacao, c'était Violette. Elle ne s'opposait pas à une promenade occasionnelle à travers le domaine, mais n'éprouvait pas de réel intérêt pour ses tâches quotidiennes. L'agitation des villes et des cités la fascinait davantage, tout comme les descriptions fantaisistes de la vie urbaine racontées par Allégra. Ce n'était que lorsque son frère était appelé au loin par affaires qu'elle pouvait entraîner Allégra loin de son cacao chéri.

Un mois passa avant que Violette ne fasse allusion à son ennui. Un soir, au dîner, elle dit :

— La prochaine fois qu'une de tes goélettes ira à Saint-

Georges, Olivier, pourrai-je y monter et aller passer quelques jours avec tante Ruby ? Elle m'a écrit récemment pour me dire que les marchands ont commencé à recevoir leurs articles de Noël. Ce serait une bonne occasion pour moi de faire mes achats pendant qu'Allégra et toi, êtes occupés ici.

Olivier porta sur sa sœur un regard songeur. Pour la première fois, il réalisait à quel point elle devait s'ennuyer. Au moins à Carriacou, elle avait Lily et Iris, sans mentionner un grand nombre d'amis et de voisins à portée de voix. Il lui dit :

— *La Fierté de Windward* part demain matin, et moi avec elle. Je dois rencontrer quelqu'un en ville. Nous ne pouvons pas laisser Allégra toute seule ici. Peut-être la semaine prochaine pourrez-vous partir toutes les deux pour faire la fête.

Violette était contente de savoir qu'elle allait avoir la compagnie d'Allégra en l'absence d'Olivier. Allégra se sentait cependant coupable du sentiment d'abandon éprouvé par Violette. Elle ne laissa pas les choses passer si facilement.

— Vous n'avez pas besoin de rester ici pour moi, dit-elle.

C'était un autre renversement d'attitude, comparé à celle qu'elle avait affichée à son arrivée à la Grenade.

— J'ai plein de choses pour me garder occupée jusqu'à votre retour, surtout si Olivier n'est pas là.

— Oui, acquiesça sérieusement Olivier, il faut que quelqu'un me remplace. J'ai l'intention d'être de retour demain soir, si je peux trouver Frédéric Lefin et régler assez rapidement mes affaires. Mais cela me soulage de savoir que je laisse les choses entre des mains avisées.

Allégra savait qu'il se moquait et que Septimus était capable de surveiller la récolte, mais elle sentait malgré tout une bouffée de satisfaction devant son compliment. Un mois plus tôt, il n'aurait pas risqué une pareille affirmation, même à la blague.

— Ne vous sentez pas pressé, lui dit-elle d'un ton léger. Je peux fort bien me débrouiller sans vous.

Olivier sourit, mais n'offrit pas de réponse immédiate. Ce fut Violette qui poursuivit la conversation en demandant innocemment, la bouteille de sauce épicée à la main :

— Frédéric Lefin? N'est-ce pas l'agent de cacao?

Olivier approuva.

— D'habitude j'obtiens le contrat pour la récolte de l'année à ce moment-ci de la saison, mais pour une raison quelconque, Lefin ne s'est pas encore montré. Je pense qu'il devient trop gros et trop paresseux pour faire le voyage. Je veux signer un accord avant que le marché ne soit envahi et que le prix ne tombe.

Olivier vit trop tard le menton pointé et les yeux étincelants d'Allégra. Il planta sa fourchette dans son épinoche truffée. Il s'en voulait d'avoir trop parlé.

— Pourquoi ne m'avez-vous pas dit qu'il y avait un problème avec le contrat de cacao? demanda Allégra. Pourquoi ne m'avez-vous pas dit que c'était le but de votre voyage? Je veux vous accompagner. C'est un aspect important de nos affaires et j'ai l'intention d'y être présente.

Avec un soupir, Olivier expliqua aussi patiemment qu'il le put :

— Je conviens que c'est un aspect important de l'affaire, mais ce n'est pas le genre de choses qui exige la présence de deux personnes. Essentiellement, nous négocions un prix basé sur la qualité de notre produit. Nous avons une excellente réputation ; aussi n'est-ce généralement pas trop difficile d'obtenir les meilleurs prix. Je vous assure que je vais bien représenter l'*Étoile*. Il y a vraiment peu de choses que vous puissiez faire pour m'aider et, en fait, comme je sais quel est le genre de Frédéric Lefin, votre présence pourrait nuire à la transaction.

Auparavant, ce dernier argument aurait fait hésiter Allégra et l'aurait incitée à se soumettre. Mais elle voyait les choses autrement depuis. Sa détermination à s'impliquer dans le commerce du cacao lui avait donné beaucoup de confiance en elle.

— Les sentiments qu'éprouve M. Lefin envers moi sont regrettables mais inévitables, dit-elle, inflexible. Je dois vous rappeler, et à lui également, que je suis co-propriétaire de l'*Étoile* et du cacao qu'il achète. J'ai le droit d'être présente quand il achète une partie de la récolte et j'ai l'intention d'exercer ce droit.

Olivier soupira à nouveau. Ce n'étaient pas ses droits qu'il remettait en question, mais sa capacité à clore une transaction. Même si elle avait acquis une connaissance de la culture et du traitement du cacao avec un enthousiasme et une minutie qui surpassaient ceux de Cecil, elle était encore la fille de son père quand il était question de chiffres : trop impétueuse pour négocier avec ruse, trop impatiente pour se démêler à travers les différents comptes. Il s'expliqua avec tact.

— Vous avez acquis beaucoup de connaissances en très peu de temps, lui dit-il honnêtement. Mais vous manquez encore d'expérience en matière de finances. Cette fois, je pense que vous feriez mieux de laisser ceci entre mes mains.

— Je pense autrement, rétorqua Allégra.

Elle fronça les sourcils en regardant distraitement le délice à la mangue qu'Élisabeth venait de lui servir.

— Je pense aussi que vous avez invoqué mon manque d'expérience pour m'empêcher de prendre part au travail du domaine. Il a alors été prouvé que cet argument n'était pas valable et il ne l'est pas davantage en ce moment. La seule façon que j'ai de prendre de l'expérience, c'est la pratique. Je vais avec vous demain.

Avec très peu d'espoir de succès, Olivier fit une dernière tentative.

— Nous en sommes à un stade critique de la récolte. Ne pensez-vous pas que l'un d'entre nous devrait rester ici pour s'assurer que tout se déroule bien ?

Allégra ne daigna même pas lui répondre. Elle ne fit que bouger sa cuiller pour repousser cette idée absurde, puis elle la plongea dans sa délicieuse crème aux fruits.

— À quelle heure partons-nous demain matin ? demanda-t-elle.

— À huit heures, répondit Olivier, résigné.

Il prit quelques bouchées de son dessert, trop inquiet pour

remarquer sa fraîche et douce saveur.

— Je veux que vous me promettiez que vous allez seulement regarder et écouter, ajouta-t-il plus sombrement. Pas d'interruptions, ni de questions, ni d'opinions avant que le contrat ne soit signé.

— Je le promets, accepta Allégra, magnanime.

Quand ils partirent le lendemain matin, Violette, qui avait involontairement précipité toute cette excursion à Saint-Georges, fut la seule à rester à l'*Étoile*. Allégra resta dans la cabine de *La Fierté de Windward* durant toute la traversée. Elle refusait de s'amuser tandis que Violette était obligée de rester à la maison. Allégra était aussi résolue à faire une bonne impression au plan professionnel. Se rappelant son voyage à Carriacou à la barre du *Mam'selle Lily*, elle ne voulait pas laisser à Olivier la chance de passer son bras autour de sa taille ou de calmer son cœur battant, à cause de sentiments nettement étrangers aux affaires. Elle ne voulait pas non plus paraître pour la première fois devant M. Lefin, échevelée et brûlée par le soleil, avec l'air d'une souris des champs qui vient d'arriver à la ville.

Dès qu'ils entrèrent dans le bureau de Frédéric Lefin, situé dans un coin encombré du magasin d'alimentation Chez Hubbard, sur le Carénage, Allégra sut qu'il n'aurait été aucunement nécessaire de se soucier de son apparence. Lefin était un homme aussi mal assorti à son patronyme qu'à son travail. Plus rusé qu'intelligent, il était énorme, ce qui rendait la routinière inspection des plantations et hangars pratiquement impossible. Ses nombreux mentons s'étageaient sur son col et ses nombreux bourrelets retombaient sur sa ceinture. Un tel poids était un fardeau sous n'importe quel climat, mais c'était une charge particulièrement lourde sous la chaleur des tropiques. Son visage rond était constamment trempé de sueur et son souffle était saccadé.

Allégra ne savait pas avec certitude si c'était sa respiration bruyante ou la façon qu'avaient ses yeux d'un brun délavé de la fixer nerveusement qui l'avaient immédiatement mise mal à l'aise. Pendant un moment, elle souhaita presque avoir cédé à Olivier et être restée à la maison avec Violette. À contrecœur, elle admit qu'il avait raison. Sa présence allait être davantage un obstacle qu'un support. Elle prit une grande respiration et s'assit posément sur la chaise qu'Olivier lui avait avancée. Elle tenta de garder sa dignité et d'ignorer le regard lubrique de Frédéric Lefin.

Quand il se mit à parler, elle comprit que ses efforts étaient inutiles.

— Bon, bon, bon, dit-il.

Il faisait pénétrer ses doigts grassouillets dans les masses de chair de son ventre.

— C'est une bonne idée d'arrêter me saluer avec une si belle petite dame, MacKenzie. Elle embellit certainement la place, hein ? Elle nous change heureusement des ballots de sacs de jute et des sacs d'avoine qu'il faut que j'inspecte à longueur de journée.

— *Mademoiselle* Pembroke et moi, nous sommes ici pour vendre le cacao de l'*Étoile*, interrompit brusquement Olivier. Vous savez qu'il est de la meilleure qualité. Nous produisons toujours ce qu'il y a de mieux.

— Oui, ce qu'il y a de mieux, dit lentement Lefin.

Ses yeux détaillèrent Allégra de bas en haut et de haut en bas jusqu'à ce qu'elle ne sache plus où se mettre.

— Alors, c'est la fille de Pembroke, hein ? J'ai entendu dire qu'elle vivait à l'*Étoile*. Elle a la beauté de son père, il n'y a pas à dire. Le même teint, les mêmes yeux. Il a toujours été très beau, lui aussi.

— Le cacao, Lefin, lui rappela Olivier, la mâchoire tendue.

— Regrettable, cet accident, hein ?

L'agent poursuivait sur le ton de la conversation anodine, ignorant à la fois les incitations à la promptitude d'Olivier et la détresse d'Allégra. Il était évident qu'il savourait le pouvoir qu'il détenait.

— Fauché au beau milieu de sa vie. Tant de plans laissés

inachevés. Il avait toujours une douzaine de projets en cours, vraiment. Il n'avait pas son pareil quand il s'agissait d'avoir de nouvelles idées.

— Nous sommes ici pour vendre le cacao du domaine, interrompit rudement Olivier. Nous sommes venus signer le contrat de vente de la récolte de cette année.

— Le contrat? reprit Frédéric Lefin.

Il releva ses rares sourcils sous l'effet de la surprise. Il semblait saisir pour la première fois le but de leur visite et il reporta finalement son attention sur Olivier.

— Vous voulez me vendre le cacao de l'*Étoile*? Bon, bon, bon.

Il s'arrêta pour émettre un rire sardonique, qui ressemblait à un gargouillis étranglé.

— Je dirais que vous êtes très en retard. Votre cacao a été mis sous contrat *et* payé il y a trois mois. Oui, en effet, M. Cecil Pembroke a signé les papiers et ramassé l'argent en avance à Londres le neuf septembre.

Allégra se sentit figée sous le choc. Puis son sang se mit à circuler à toute vitesse. Elle tressauta sur sa chaise et ouvrit la bouche pour nier un mensonge aussi vicieux, mais la voix d'Olivier l'en empêcha. D'un ton mortellement froid, il dit :

— Je veux voir le contrat et le reçu signés.

— Bien sûr, dit Frédéric Lefin.

Sa voix démontrait une fausse cordialité.

— Vous n'êtes pas né d'hier, MacKenzie. Je les ai justement ici.

Il se pencha avec difficulté sur son bureau et prit un dossier au haut d'une pile. Il le poussa en direction d'Olivier.

— J'ai même le chèque endossé, si vous voulez l'examiner, ajouta-t-il, avec un clin d'œil conspirateur.

— J'ai le sentiment que votre associé a « oublié » de vous informer de la vente de la récolte. C'était un vrai charmeur, mais un peu roublard, hein? Je gagerais que ce n'est pas la première fois que vous le prenez la main dans la jarre à biscuits.

176

— Comment osez-vous ? éclata Allégra.

Elle était outragée de voir de quelle façon la merveilleuse image de son père se trouvait salie dans la bouche de cet homme dégoûtant.

— Comment osez-vous faire de telles accusations calomnieuses ? Vous n'avez aucune idée de ce qui est arrivé et pourtant vous sautez aux conclusions. Vous faites d'horribles attaques envers un homme qui n'est pas là pour se défendre.

Allégra n'avait elle-même aucune idée de ce qui s'était passé, mais elle n'en sautait pas moins à ses propres conclusions.

— Tout cela est un malentendu, dit-elle violemment.

Elle s'assit sur le bord de sa chaise, le corps tout rigide de colère.

— C'est un problème de correspondance. Je suis certaine qu'il a écrit pour s'expliquer, mais on ne peut se fier à la poste. Qui sait où cette lettre a abouti ?

Elle se pencha plus en avant comme si elle pouvait convaincre physiquement l'agent de cacao de l'innocence de son père. Elle dit :

— S'il était ici aujourd'hui, c'est exactement ce qu'il vous dirait. Je le sais. C'était un homme honnête et il aimait l'*Étoile*. Il n'aurait jamais fait quoi que ce soit pour gagner de l'argent aux dépens du domaine. C'est terrible qu'il soit mort avant que ceci ne soit éclairci.

— C'est une *chance* pour lui qu'il soit mort avant d'avoir été *découvert*, rétorqua méchamment Lefin.

Il n'avait pas l'habitude de se faire réprimander par une femme et il était loin d'en apprécier l'expérience.

— C'est ce qu'on récolte des femmes qui se mêlent des affaires des hommes, dit-il d'une voix grinçante.

Il s'adressa à la salle entière.

— Un lot de babillage hystérique. Elles ne peuvent pas voir plus loin que le bout de leur beau museau. Donnez-leur un peu d'attention...

— Ça suffit, tonna Olivier.

Il se leva et fit retomber son poing refermé sur le bureau

avec une telle force que les piles de papier tressautèrent. Si l'agent avait été plus léger, il aurait tremblé lui aussi. Lefin tenta de se faire tout petit dans sa chaise, par crainte d'Olivier qui gardait une attitude menaçante.

— Mlle Pembroke a pleinement le droit de se soucier des affaires de l'*Étoile*, dit-il d'une voix froide et maîtrisée. Elle est propriétaire de la moitié du domaine et c'est une partenaire qui connaît son affaire et qui ne craint pas de travailler. Je vous suggère fortement de vous en rappeler et de la traiter avec tout le respect qu'elle mérite.

— Bien sûr, bien sûr, siffla Lefin, sérieusement effrayé par Olivier.

— En outre, les actions du père de Mlle Pembroke, mon ancien associé, ne sont pas sujettes à spéculations ni à suppositions. Si, en fait, les documents que vous me montrez ont vraiment été autorisés par lui, nous les honorerons sans hésitation.

Frédéric Lefin leva ses grasses mains en un geste d'accord total.

— Je ne voulais pas vous offenser, dit-il, avec une bonne humeur forcée. Je ne faisais que répéter les potins, mais je suis satisfait si vous l'êtes. Je suis sûr que vous trouverez tous les papiers en ordre.

Du bout du doigt, il poussa le dossier sur le bureau.

Avec un dernier regard sévère en direction de l'agent, Olivier s'empara du dossier et reprit sa chaise. Pendant quelques instants, il n'y eut que le son assourdi des affaires menées de l'autre côté du gros magasin d'alimentation. Olivier lut le contrat et examina la signature à l'endos du chèque. Allégra regardait les papiers d'un air inquiet. Elle résistait avec difficulté à l'envie de s'en emparer et de les déchiqueter. Lefin se trémoussait dans son fauteuil.

Olivier leva finalement les yeux et lança le dossier sur le bureau.

— Vous n'avez payé que cent dollars le cinquante kilos, dit-il sans élever la voix.

Quand Lefin approuva nerveusement, Olivier ajouta d'un

ton plus menaçant :

— Vous payez cent vingt dollars pour du cacao de moins bonne qualité en ce moment et vous savez que le cacao de l'*Étoile* vaut beaucoup plus que ce que vous avez payé. Et il valait davantage en septembre.

— Eh bien, nous avons dû en supporter les frais, tempêta l'agent. C'était pratiquement un prêt, n'est-ce pas ? Il a été payé en septembre pour une marchandise livrée seulement en janvier ou février. Nous avions droit à de l'intérêt.

— Cinquante pour cent, ce n'est pas de l'intérêt, dit Olivier, c'est de l'usure.

— C'est là le prix sur lequel nous nous sommes entendus et c'est le prix qu'il a reçu, dit Lefin d'un air maussade. Il était assez heureux de mettre la main sur de l'argent.

Olivier ne discuta pas davantage.

— Je vous ai dit que nous respecterions le contrat, dit-il en se levant encore une fois. Et nous le ferons. Mais vous n'achèterez jamais une autre graine de l'*Étoile*. C'est un marché à courte vue que vous avez fait là, Lefin. Vous avez rendu un bien mauvais service à votre compagnie.

Il offrit son bras à Allégra qui, tremblante, l'accepta. Sans autre commentaire, ils tournèrent les talons et sortirent.

Ils ne se regardaient pas l'un l'autre, ni ne se disaient mot. Ils marchaient tout simplement bras dessus, bras dessous, regardant droit devant eux le long du Carénage. Quand des gens saluaient Olivier, il leur répondait solennellement en hochant la tête en signe de reconnaissance, mais sans répondre. Allégra ne regarda pas une seule fois autour. Il lui fallut toute sa volonté pour se contenir, pour opposer un visage calme au public. La dernière chose qu'elle voulait, c'était de faire une scène qui serait rapportée au grotesque Frédéric Lefin. C'était une satisfaction qu'il n'aurait pas. Elle était déterminée à ce que les Pembroke, père et fille, n'alimentent pas davantage ses potins oiseux.

*La Fierté de Windward* était amarrée à une trentaine de mètres plus loin, en face du bureau d'Olivier. Une chaîne d'hommes musclés, torse nu, déchargeaient le cacao de la cale du bateau. Ils entassaient les sacs lourds dans l'entrepôt. Des ballots de sacs vides, deux fauteuils à bascule et des caisses de viande en conserve, de lait et d'huile à cuisson reposaient sur le quai, en attendant qu'on les charge. Olivier tendit la main à Allégra pour qu'elle monte à bord, puis il la suivit alors qu'elle se dirigeait vers le côté arrière de la cabine. Elle s'effondra sur un baril de clous. Olivier s'assit sur la balustrade qui lui faisait face et il attendit qu'elle parle. Il n'eut pas à attendre long-temps.

— Je sais qu'il ne voulait pas faire de mal, dit-elle immédiatement.

Elle le priait presque d'approuver.

— C'est une erreur; ce n'était pas voulu, ajouta-t-elle.

Comme le visage d'Olivier demeurait impassible, elle tenta plus désespérément de lui trouver des excuses.

— Peut-être a-t-il mal saisi la procédure. Peut-être a-t-il pensé que vous vouliez qu'il fasse la vente en Angleterre. L'argent repose probablement en sécurité dans une banque, prêt à être retiré.

— Il n'est pas à la banque, Allégra, dit Olivier d'un ton las.

— Alors il y a une bonne raison, déclara-t-elle d'un ton léger. Peut-être était-il très malade et qu'il avait besoin de payer ses factures médicales. Peut-être aidait-il des indigents. Vous avez dit qu'il était toujours très généreux et qu'il aidait spontanément les autres. Peut-être a-t-il donné l'argent à quelque orphelin ou à un apprenti qui se faisait battre, ou à...

— Ce n'est pas un roman de Charles Dickens, pour l'amour du ciel, interrompit Olivier impatienté. Et le seul orphelin impliqué, c'était Cecil.

— Je sais qu'il ne voulait pas faire de mal.

Allégra avait répété plus faiblement ces mots, autant pour se rassurer elle-même que pour convaincre Olivier. Elle ne pouvait pas supporter de penser à son père autrement que de la façon la plus exemplaire. Elle avait créé une image reluisante de Cecil; elle en avait fait le phare qui la guidait. Toutes les réalisations des semaines précédentes, toutes les étapes qu'elle avait franchies et toute la confiance qu'elle avait acquise, elle les lui attribuait. Elle poursuivait l'héritage qu'il lui avait laissé; elle développait la personnalité qu'il lui avait transmise. Le fait de découvrir que son père était malhonnête et que son tempérament présentait des faiblesses l'anéantissait.

— C'était un homme bon, insista-t-elle avec moins d'assurance. Il était loyal et honorable, dit-elle.

Elle énumérait les qualités qu'elle aurait voulu qu'il possède.

— Il n'aurait jamais pris l'argent pour son propre profit. Il n'était pas égoïste. Il n'a probablement pas pu... il ne pouvait pas... il n'aurait pas...

Elle bafouilla, incapable de prononcer le mot compromettant.

Olivier le fit à sa place.

— ...détourné des fonds, poursuivit-il brièvement. Je crois que c'est le mot que vous cherchez.

Les épaules d'Allégra s'affaissèrent, en signe de défaite, mais elle émit une dernière et timide protestation.

— Il ne réalisait pas ce qu'il faisait, murmura-t-elle.

— Oui, il le réalisait, dit brusquement Olivier. Il savait exactement ce qu'il faisait. Il mettait « la main sur de l'argent », comme le disait l'éminent M. Lefin.

Même si Olivier avait refusé de laisser l'agent de cacao dénigrer Cecil, il ne doutait pas que Cecil avait détourné l'argent. Qu'il l'ait fait n'était en rien une surprise. C'était conforme avec ses habitudes d'irresponsabilité fiscale et avec sa manie de dépenser davantage qu'il ne gagnait. Olivier se rappelait les soupçons qu'il avait eus quand Cecil était rentré d'Angleterre sans s'annoncer. Le dernier incident était exaspérant et coûteux, mais il n'était pas extraordinaire. Ce qui enrageait davantage Olivier que la façon dont Cecil l'avait trompé, c'était celle dont Frédéric Lefin avait trompé Cecil.

Néanmoins, Olivier n'était pas d'humeur à écouter la

description idéalisée qu'Allégra faisait de son père.

— Peut-être maintenant allez-vous reconnaître Cecil pour ce qu'il était, dit-il. Et peut-être aurez-vous désormais une image plus réaliste de la contribution de votre père à la direction du domaine. Il n'était qu'un homme, un homme impétueux et adorable à sa façon, mais tout de même un homme comme tous les autres.

Il allait poursuivre, brosser un portrait fidèle de Cecil, mais il s'arrêta. Allégra semblait tellement accablée que le cœur d'Olivier se serra. Sa contrariété disparut. La duperie de Cecil ne comptait plus autant que l'abattement de sa fille. Il voulait la prendre dans ses bras et la consoler, comme il l'avait fait l'autre nuit dans le boucan. Il voulait lui dire de ne pas s'inquiéter, qu'il prendrait toujours soin d'elle. Il voulait lui dire qu'il l'aimait.

Ils étaient en pleine vue du port, cependant. Des doris, des sloops et des goélettes arrivaient et repartaient. Des canots d'approvisionnement livraient leurs marchandises, les vedettes transportaient des passagers et un paquebot mouillait de l'autre côté du port. Olivier savait que ce n'était ni le moment ni l'endroit pour ce genre de déclaration.

Il se contraignit plutôt à dire :

— Vous avez sans aucun doute raison ; il n'avait pas l'intention d'être malhonnête. Je suis persuadé qu'il avait l'intention de remettre l'argent dans le compte du domaine.

Il réalisa que même s'il était peu probable que les choses se soient passées ainsi, Cecil les avait rationalisées de la sorte. Plus doucement, il ajouta :

— Votre père a toujours été très naïf en matière financière. Il avait une conception plutôt simpliste de l'argent. Il y a de grandes chances qu'il ait considéré la transaction comme un prêt sans conséquences.

Olivier fut récompensé de ses efforts par un rehaussement tangible du moral d'Allégra. Avec une expression d'espoir renaissant, elle accepta son explication.

— C'est bien ainsi que les choses se sont passées. Je l'ai

toujours su. Il n'a jamais voulu voler l'argent ; ce n'était qu'un prêt, comme vous dites. Il est mort avant de pouvoir le rembourser. Olivier, je vous *promets* de vous remettre le tout.

Un sourire effleura les commissures des lèvres d'Olivier.

— Personne ne vous tient responsable, dit-il. Vous n'avez rien eu à faire là-dedans.

— Non, non, reprit inflexiblement Allégra. Tout comme j'ai pris possession du domaine de mon père, je vais prendre possession de ses dettes. Ce n'est pas juste d'accepter l'un sans les autres. De plus, je ne veux pas qu'un mauvais legs assombrisse sa mémoire. Je ne prendrai pas un sou de profit avant que votre part ait été repayée. Pas un sou.

Son front se plissa.

— Ou est-ce un cent ? demanda-t-elle.

Olivier laissa son sourire envahir son visage. Il ne voulait pas l'argent, mais ne pouvait pas le refuser non plus. C'était pour Allégra un très grand point d'honneur, son seul moyen de racheter la réputation ternie de Cecil.

— On dit un sou, dit-il.

Puis, il ajouta plus doucement :

— Mais vraiment, le fait de vous avoir ici constitue déjà une compensation suffisante.

Il ne lui laissa pas le temps de répondre. Il resta debout et lui effleura légèrement la joue du bout des doigts avant d'aller vérifier la cargaison. Allégra resta assise sur le baril. Elle gardait sur son visage enflammé le souvenir de son contact. Son cœur s'était mis à battre à toute vitesse quand il avait prononcé ces mots. Les sentiments auxquels elle résistait depuis plus d'un mois remontaient dangereusement à la surface.

# 8

*M*ême si la tendresse inattendue d'Olivier avait momentanément menacé de faire basculer la barrière qu'Allégra avait érigée autour de ses sentiments, quand ils revinrent à l'*Étoile* ce soir-là elle avait réussi à réparer les dégâts. Une partie du mortier utilisé pour boucher les fissures était composé de son souci constant pour la récolte de cacao. Il lui semblait maintenant plus important que jamais de participer à la récolte de l'*Étoile*. Elle voulait absolument que cette dernière soit exceptionnelle.

Elle avait promptement saisi la suggestion faite par Olivier que son père avait innocemment considéré l'argent comme un prêt. Mais en y repensant, des doutes insidieux s'étaient infiltrés dans son esprit. Refusant de les reconnaître ou de les identifier, refusant de laisser ternir la représentation idéalisée qu'elle avait de Cecil, Allégra ne pouvait ignorer le sentiment inconfortable qui s'incrustait en elle. Elle décida que la meilleure façon de contrer cet inconfort, c'était le cacao. Elle avait l'intention d'enterrer ses doutes sous des tonnes de cacao, sous les graines d'or de son père.

Allégra ne voulait ni analyser, ni admettre le problème, elle en était préoccupée cependant. Depuis ses premiers jours à la Grenade, elle n'avait jamais été aussi subjuguée. À la grande déception d'Olivier et de Violette, le flot exubérant et apparemment sans fin d'idées ingénieuses et d'anecdoctes charmantes qui émanait d'elle se tarit en un mince filet. Toute son attention était centrée sur les odorants sacs de jute, débordants de graines de cacao, qui s'accumulaient dans le boucan et étaient ensuite charriés à Saint-Georges. C'était comme si elle calculait combien de sacs il faudrait pour que son « prêt » soit remboursé et l'honneur de son père rétabli.

Olivier se taisait. Même s'il était blessé de la voir si sombre, il était certain que sa bonne humeur finirait par l'emporter sur ses pensées troublantes. Violette, pour sa part, tenta d'accélérer le processus. Après avoir passé une semaine à regarder son amie bouder, elle passa à l'action.

Elle vint trouver Allégra tôt un matin, juste après le lever. Allégra enlevait le savon de son visage en s'éclaboussant d'eau fraîche quand Violette entra dans la chambre et s'assit au bord du lit.

— Bonjour, lui dit-elle.

Encore penchée sur le bassin, Allégra agita une main mouillée.

Violette attendit qu'elle ait terminé sa toilette avant de parler à nouveau.

— Olivier m'a dit qu'il y a une goélette qui part jeudi pour Saint-Georges, dit-elle d'une voix nonchalante.

Elle effaça un pli dans le drap.

— Ne serait-ce pas le moment idéal pour faire nos courses?

— De quelles courses parlez-vous? demanda Allégra.

Elle plaça la serviette sur la barre et entra dans la chambre. Sa peau était rose et luisante. Elle portait déjà une chemise et une culotte. Elle chercha dans sa garde-robe une jupe et une blouse. Plusieurs couches de vêtements avaient été éliminées de sa tenue au cours des six dernières semaines.

— Celle que vous avez promis que nous ferions quand vous êtes allée à la ville avec Olivier la semaine dernière, lui rappela Violette.

Elle détourna son attention du lit froissé et la porta sur Allégra.

— Vous vous souvenez? D'abord Olivier m'a promis de faire quelque chose pour moi; il a dit que nous ferions notre séance de magasinage à votre retour. Vous étiez d'accord.

Le visage d'Allégra se teinta de culpabilité alors qu'elle passait la jupe par-dessus sa tête.

— Oh, Violette, je suis désolée, s'excusa-t-elle. J'avais complètement oublié tout cela.

Elle attacha sa jupe et passa sa blouse.

— Je ne vois pas comment je pourrais tenir cette promesse, dit-elle, pleine de regrets. La récolte bat son plein en ce moment. Je dois vraiment rester ici et travailler. Ne pouvons-nous remettre cette visite à plus tard? Encore un mois et tout cela sera fini. Nous pourrons alors nous permettre du bon temps à Saint-Georges. Et cette fois je ne reviendrai pas sur ma parole.

Elle finissait de boutonner sa blouse et explorait son tiroir à la recherche d'une paire de bas.

— Dans un mois, Noël sera chose du passé, dit Violette d'une voix légère.

Ses mains étaient croisées sur ses genoux.

— De même que la Saint-Sylvestre, tant qu'à y être. Le bal chez Royston Ross aussi. Nous n'aurons pas acheté nos cadeaux de Noël, ni choisi quoi que ce soit de spécial pour décorer nos toilettes de bal.

— Noël? demanda Allégra.

Elle s'approcha du lit et s'assit lentement, un bas unique suspendu entre ses doigts.

— Ce ne peut pas être Noël, dit-elle, plus à elle-même qu'à Violette.

Noël signifiait le temps froid, même la neige. Cela supposait des couronnes de houx et des bols fumants de lait battu aux œufs, des chanteurs emmitouflés dans leur fourrure et des chandelles qui vacillaient derrière des vitres pleines de frimas. Noël lui rappelait le Connecticut avec sa mère et son grand-père car tous deux, alors animés par la gaieté des Fêtes, étaient plus indulgents à l'égard de ses caprices.

— Ce ne peut être Noël, répéta-t-elle.

— Mais ce l'est, insista gentiment Violette. Dans dix jours, ce sera Noël.

— Comment fêtez-vous Noël à la Grenade? demanda Allégra, désorientée, déroutée.

Il n'y avait même pas d'épinette pouvant servir d'arbre de Noël.

— À Carriacou, nous en avons pour des jours à chanter et à danser, répondit Violette. Le jour de Noël, nous avons un gros dîner de dinde rôtie, de pommes de terre et de pudding.

Après une pause, elle ajouta plus pensivement :

— Je ne tiens pas beaucoup au pudding, mais père insiste.

Allégra fit un signe d'approbation.

— Nous avions également du pudding. À tout le moins quand ma mère était vivante. Elle savait qu'elle devait le faire à l'avance et elle le faisait tremper souvent dans du cognac. La seule fois que j'ai essayé d'en préparer, je l'ai complètement oublié et au moment du dîner de Noël, il était rance. Après cela, nous avions la tarte anglaise de Mme Hubert.

Elle rit un peu et son regard se fit lointain, alors que les souvenirs affluaient. Pour la première fois, elle éprouva de la nostalgie.

— Dites-moi ce que vous faisiez d'autre, la pria Violette.

Elle était constamment à la recherche du moindre aperçu de ce que pouvait être la vie sophistiquée.

— Aviez-vous des réceptions? Portiez-vous de belles robes?

Allégra opina. Poussée par Violette, elle raconta les soirées de chant et les danses joyeuses; elle décrivit les maisons, agréablement enjolivées de guirlandes de pin ornées de nœuds de velours rouge et de grappes de gui retenues par des rubans dorés. Elle parla du grand arbre, paré de délicates décorations, de l'oie rôtie, délicieusement accompagnée d'une farce aux huîtres et de gelée de canneberges, de feux animés dans le foyer et de bas suspendus sous la cheminée, de saint Nicolas, de promenades en traîneaux et de bonshommes en pain de sucre. Noël était le seul moment de l'année où leur morne routine se changeait en réjouissances.

Non seulement captiva-t-elle totalement Violette, mais en peu de temps, Allégra réussit à se libérer de son humeur maussade. Avec l'enthousiasme que Violette avait fini par aimer et attendre, Allégra résolut de concevoir un splendide Noël à l'*Étoile*. Violette était ravie; son plan avait réussi au-delà de ses espérances. Après tout, il était facile de convaincre Allégra de quitter le domaine.

Dès jeudi midi, elles arpentaient les rues escarpées de Saint-Georges, entraient dans toutes les boutiques, examinaient, choisissaient et rayaient les différents items de leur longue liste. C'était la première fois qu'Allégra explorait vraiment la petite ville, une des plus belles des Antilles, avec ses bâtisses peintes de pastel et ses points de vue spectaculaires sur les toits en écailles de poisson rouge. Allégra s'amusa vraiment, très contente d'être là.

Elles passèrent la nuit chez Ruby, la tante de Violette, entourées de sa grosse famille bruyante. Après un petit déjeuner composé d'un pain à base de farine de blé et de noix de coco, de hareng en conserve et de café, elles repartirent en direction des boutiques. Sur la place du marché, elles partirent chacune de leur côté à la recherche du cadeau de l'autre. Elles avaient convenu de se retrouver au bureau de Jamie à dix heures trente. Avec sa rapidité coutumière, Allégra acheta un ensemble avec peigne, brosse et miroir de nacre. Elle le fit emballer, adresser et livrer à la goélette. Elle arriva très tôt au bureau de Jamie.

Il fut surpris de la voir, mais il accepta sans hésitation son invitation à passer Noël au domaine. Son visage rougi par la chaleur s'éclaira à l'idée fort agréable de passer plusieurs jours à flâner et à festoyer.

— Je peux comprendre pourquoi vous nous avez négligés, nous qui sommes de la ville, dit-il pour la taquiner. Nos pauvres attraits ne peuvent rivaliser avec le confort de l'*Étoile* — ou avec la cuisine d'Élisabeth.

Allégra fit un geste de dénégation.

— Aucun rapport, dit-elle. Nous avons été simplement très occupés avec le cacao. Je ne serais pas venue si Violette ne m'avait pas rappelé que nous sommes à quelques jours de Noël.

— Oh?

Les sourcils presque invisibles de Jamie se soulevèrent d'étonnement.

— Avez-vous mis votre menace à exécution? Avez-vous ignoré l'avis de votre avocat de vous affaler dans un hamac?

— Dès que vous êtes parti, répondit Allégra avec un sourire, je me suis sérieusement impliquée dans la production du cacao.

— Et Olivier l'a permis? demanda Jamie.

Son étonnement surpassait son tact habituel.

Le sourire s'évanouit du visage d'Allégra et son menton s'avança vers Jamie.

— Je suis propriétaire à part égale du domaine. Vous l'avez dit vous-même.

— Oui, oui, bien sûr, s'empressa de rectifier Jamie. Je ne voulais pas laisser entendre le contraire. C'est seulement qu'Olivier est tellement... eh bien, disons il est très *déterminé*.

— C'est vrai, admit Allégra.

Elle abandonna son ton hérissé.

— Mais moi aussi *je* suis très déterminée à participer activement aux affaires du domaine.

— Je vois, répondit brièvement Jamie. Mais je dois avouer que je ne comprends toujours pas pourquoi vous refusez la chance de vous asseoir à l'ombre, de déguster lentement votre limette pour, pour...

Il s'arrêta et la regarda intensément.

— Quelle aide apportez-vous à la production?

— Oh, je fais un peu de tout, dit Allégra d'une voix nonchalante. Je coupe, je brise, j'amasse, je travaille dans la suette, je ratisse les tiroirs. Tout.

— Vous travaillez dans la plantation?

Jamie était consterné.

— Et dans le boucan? Dieu du ciel, Allégra, je ne pensais pas que vous parliez de *ce* genre de travail. C'est un dur labeur.

— C'est la seule façon d'apprendre tous les aspects de l'entreprise, répondit Allégra.

Elle ajouta, plus accordée à son humeur habituelle :

— De plus, c'est très amusant.

Jamie ne semblait nullement convaincu, mais il n'insista pas. Il s'assit à nouveau dans son fauteuil et affecta l'enjouement.

— Eh bien, alors, on dit que ce sera une année exceptionnelle pour le cacao. Avez-vous cette impression à l'*Étoile*?

Allégra s'assit plus avant sur sa chaise et se lança dans une réponse très détaillée. Elle était trop fascinée par le sujet pour reconnaître qu'il s'efforçait tout simplement, par politesse, de lui faire plaisir.

— Nous avons déjà dépassé la production de l'année dernière et il nous reste un bon mois de récolte, dit-elle d'une voix enthousiaste. Une partie de cela, bien sûr, est simplement dû au rendement exceptionnel de cette année, mais les deux cents nouveaux acres que mon père a plantés ont commencé à rapporter. Ils ne donneront pas plus d'un kilo de graines par arbre cette année, mais ce surplus sera appréciable.

Même si Jamie semblait un peu étonné par ce déluge d'informations, il réussit à lui demander :

— Et les trois cents acres qui étaient déjà cultivés? Produisent-ils beaucoup?

Allégra fit un signe d'approbation.

— Les arbres produisent toute l'année, même si nous récoltons le plus gros des cabosses maintenant, mais je peux dire que nous arriverons à la moyenne de deux kilos de graines séchées par arbre.

— C'est très bon, dit Jamie.

Il était soudain plus engagé dans la conversation. Après tout, l'*Étoile* était un de ses clients et ce qu'on y produisait, c'était du cacao.

— Certains arbres vont nous donner jusqu'à trois kilos ou plus, dit Allégra, heureuse. Mais ceux qui sont affligés de scarabées ou du balai de la sorcière font chuter la moyenne. Nous avons commencé un sérieux programme de remplacement des arbres chétifs et d'accroissement du rendement en général. Olivier s'occupe beaucoup de l'amélioration de la plantation. Croiriez-vous que certains acres possèdent moins de deux cents arbres ?

Sans attendre de réponse à sa question, elle se lança :

— Même le pire des sols devrait compter deux cent vingt-cinq arbres par acre et le meilleur, au moins trois cents. Nous avons l'intention d'amener le domaine à sa pleine capacité. Comme plants, nous n'utiliserons que du Criollo. Les nouveaux domaines implantés en Afrique portugaise deviennent de gros compétiteurs, mais ils semblent cultiver le Forastero. Si nous nous convertissons à la graine de saveur plus délicate, nous aurons encore un marché assuré dans les années à venir. Peut-être même un marché de premier choix.

Quand Allégra s'arrêta pour respirer, Jamie prit la parole.

— Vous en avez vraiment appris beaucoup, n'est-ce pas ? commenta-t-il, fort impressionné. Votre père aurait été heureux de voir à quel point vous avez pris l'*Étoile* à cœur. Il aurait été fier de voir ce que vous avez accompli.

Allégra sourit de plaisir en entendant sa remarque. Par contre, comme le souvenir de sa visite à M. Lefin lui revenait, sa joie retomba.

— Cette récolte ne sera pas aussi satisfaisante sur le plan financier qu'elle aurait pu l'être, dit-elle prudemment. Il semble que M. Lefin, l'agent de cacao, ait avancé de l'argent à mon père à Londres, en échange du cacao. Il est décédé avant de pouvoir le remettre.

Exubérante et animée une minute auparavant, Allégra était maintenant tranquillement assise, les mains sur les genoux, incapable de regarder Jamie dans les yeux.

— J'ai entendu parler de cet argent, dit tristement Jamie.

Ce qui amena Allégra à relever le visage sous l'effet de la surprise.

— Tout le monde en parle en ville, ajouta-t-il. Frédéric Lefin ne peut se retenir de raconter l'histoire à tous ceux qu'il rencontre. Il a une grande langue et un esprit mesquin.

Allégra baissa à nouveau les yeux. Il était déjà assez difficile de supporter la duperie de son père dans l'intimité ; la voir répandue sur toute l'île de la Grenade était insupportable. Elle pouvait justifier les erreurs de Cecil, elle pouvait les défendre devant Olivier et Jamie, mais elle ne pouvait espérer le faire devant cinquante mille personnes. La réputation ternie de son père affectait sérieusement ses convictions.

— Allons, allons, tenta de la calmer Jamie.

Elle semblait tellement touchée qu'il voulut la consoler.

— Vous ne devez pas vous laisser abattre par les racontars. Les choses se passent ainsi dans l'île. Les gens d'ici parlent plus facilement qu'ils ne respirent. Pendant quelques jours, l'histoire sera sur les lèvres de tout le monde, puis quelque chose de plus excitant arrivera et tout cela sera complètement oublié. En fait, il y a déjà une autre rumeur qui captive l'intérêt des gens.

Il réalisa soudain ce qu'il venait de dire. Il s'arrêta.

— Ce que je veux dire, c'est qu'il y a toujours des rumeurs dans l'air, corrigea-t-il, maladroitement.

En dépit de son découragement, le cafouillage de Jamie attira l'attention d'Allégra.

— Quelle autre rumeur ? demanda-t-elle, ses yeux rencontrant à nouveau ceux de Jamie.

— Rien, dit-il.

Il rejeta cette question de la main. Ce fut à son tour de détourner la tête.

— Dites-moi, Jamie, demanda-t-elle.

Son refus de la regarder éveilla en elle des soupçons.

— Dites-le-moi ou je vais sortir dans la rue et arrêter chaque personne jusqu'à ce que quelqu'un me raconte l'histoire.

Jamie ne crut pas qu'elle mettrait sa menace à exécution, mais il céda malgré tout. Il emprunta un ton léger, espérant qu'elle allait finir par l'imiter.

— Ce n'est qu'une idiotie qui s'est répandue. Cyril Joseph, le gérant du domaine Argo, lance des bruits alarmants au sujet de l'épidémie de vols de cacao cette saison. Il a lancé quelques rumeurs pour faire croire que l'*Étoile* en était responsable. Il a poussé un pauvre bougre à la jambe meurtrie à prétendre avoir été blessé en repoussant une attaque d'un des ouvriers de l'*Étoile*.

Comme Allégra suffoquait sous l'outrage, il s'empressa d'ajouter :

— Cependant personne ne le croit vraiment. Vous ne devez pas le prendre trop sérieusement, non plus.

— Ne pas le prendre sérieusement? tonna Allégra.

Elle se leva et elle commença à arpenter le plancher de bois.

— C'est un fieffé menteur. C'est une honteuse calomnie. C'est, c'est, c'est...

Elle était tellement en colère qu'elle crachait presque.

— C'est injuste !

Elle s'arrêta pour fixer Jamie comme s'il était la source de cette méchante rumeur.

— Qu'en est-il du fait que *nous* ayons été volés? demanda-t-elle d'une voix furieuse. Comment peut-il l'expliquer? Si nous sommes derrière tous les vols, comment se fait-il que notre cacao ait été volé, lui aussi?

— Vous l'avez complètement récupéré néanmoins, dit Jamie avec précaution.

Il ne voulait pas l'enflammer davantage, mais il ignorait comment en finir avec cette histoire.

— Joseph utilise cet élément comme preuve qu'Olivier a lui-même mis en scène le vol pour tromper les autorités.

— C'est absurde ! cria Allégra. Des hommes sont allés en prison pour ce vol. Pense-t-il qu'ils seraient assez fous pour aller en prison pour le plaisir des apparences? Pour protéger notre malhonnêteté ?

— Non, répondit Jamie d'un ton détaché. Mais il pense qu'ils iraient en prison pour quelques dollars. Bon nombre d'hommes le feraient, préféreraient la prison aux déplorables conditions de vie qu'ils subissent dans certaines plantations. Vous n'êtes familière qu'avec l'*Étoile* qui a toujours eu la réputation de traiter ses ouvriers de façon humaine et juste. Mais certaines plantations font le contraire. Argo, par exemple.

Cette information déroutante calma un peu la colère d'Allégra.

— C'est peut-être le cas, rétorqua-t-elle, mais ça ne s'applique pas dans le nôtre. Ce fut un vrai vol ; du vrai sang fut répandu. Même si les hommes sont prêts à aller en prison pour de l'argent, ils ne risqueraient pas de se faire tuer pour autant.

Jamie aurait pu s'opposer à elle sur ce point, mais il se retint. Il regretta d'avoir trahi son dégoût de certaines conditions sociales ; il préférait, sur les plans professionnel et personnel, afficher la neutralité en de telles matières.

— L'idée est absurde, admit-il. Joseph n'a aucune preuve. Personne n'y croit. Ils sont tous au courant de la dispute entre Olivier et Argo et ils supposent que ceci n'en est qu'un épisode de plus.

Allégra s'arrêta tout d'un coup.

— Quelle dispute ? demanda-t-elle. Parlez-vous de la compétition entre les entreprises de transport ?

— Euh, oui, répondit platement Jamie. Les gens disent que cela fait partie de la rivalité des entreprises. Star et Argo se concurrencent l'une l'autre pour des contrats de transport.

Allégra plaça ses mains sur ses hanches et scruta soigneusement Jamie.

— Jamie Forsythe, dit-elle lentement, je pense qu'en ce moment *vous* me mentez. Il y a quelque chose d'autre que ceci, n'est-ce pas ?

Jamie eut la bonne grâce de rougir.

— Oui, c'est vrai, admit-il. Mais comme il semble qu'Olivier ne vous l'a pas dit, peut-être ne serait-ce pas à moi de le faire.

— Comment est-ce possible que tout le monde à la Grenade soit au courant de cette rivalité, mais pas moi? rétorqua Allégra.

— Ils ne savent pas tous pourquoi, commença à dire Jamie.

Puis il soupira. Remarquant la position entêtée du menton d'Allégra, il réalisa qu'il était futile de temporiser. Elle pouvait être aussi féroce qu'Olivier.

— Très bien, mais ne le dites surtout pas à Olivier, l'avertit-il.

— Je ne le lui dirai pas, promit Allégra.

Jamie fit reposer son coude sur le bras de son fauteuil.

— Ca remonte à l'Angleterre, aux jours où Olivier était dans un collège secondaire privé, dit-il. Un de ses camarades était le fils de Lord Fenwick, un homme riche et important. Il y eut entre eux une compétition naturelle, dès le début. Les deux garçons étaient beaux et brillants, les deux étaient des athlètes doués, les deux étaient des chefs nés. Mais Olivier était toujours un tout petit peu en avance.

Jamie sourit affectueusement à la pensée de son ami d'enfance.

— Vous connaissez Olivier, continua Jamie.

Il ne vit pas qu'Allégra regardait au loin.

— Il réussissait tout sans effort. Il ne prenait jamais d'air supérieur; il ne se vantait pas quand ses notes étaient plus élevées ou quand il remportait des compétitions sportives, mais le futur Lord Fenwick se sentait terriblement humilié. Il s'indignait toujours d'être au deuxième rang, à la suite de quelqu'un d'autre, surtout s'il était le fils d'un simple commerçant des colonies. Fenwick n'a jamais perdu l'occasion de rappeler au pauvre Olivier ses modestes origines sociales.

— C'est pourquoi il méprise tellement la société anglaise, interrompit Allégra qui comprenait enfin l'amertume d'Olivier.

Après un signe d'approbation, Jamie poursuivit.

— La crise véritable se produisit des années plus tard, à l'université, quand une jolie jeune dame eut le béguin pour

Olivier. Il semble que notre jeune noble jaloux avait le béguin pour *elle*. C'en était trop pour Fenwick. Il se saoûla complètement et jura d'avoir sa revanche sur Olivier. Il fit le serment de prouver une bonne fois pour toutes qu'un parvenu des colonies ne pouvait pas se mesurer à un noble.

Jamie haussa les épaules.

— Bien sûr, personne ne lui prêta grande attention : il avait un verre dans le nez et on l'avait toujours su très arrogant. Olivier rentra aux îles et la rivalité devint chose du passé. Mais, il y a quatre ans, le domaine Argo a changé de mains.

Il s'arrêta, l'air menaçant.

— Lord Fenwick l'a gagné avec trois valets et une paire de six.

— Ahh ! soupira Allégra.

Elle revoyait Olivier, assis sur la balustrade du *Mam'selle Lily*, expliquant comment il en était venu à s'impliquer dans une entreprise de transport transatlantique. Qu'il était admirable que sa description ait été si objective !

— Livré à lui-même, j'ai tendance à penser que Lord Fenwick aurait vendu sa nouvelle propriété ou l'aurait remise entre les mains d'un avoué comme l'avait fait son prédécesseur, mais le fils avait d'autres plans. Même s'il n'a jamais mis les pieds à la Grenade, Fenwick s'est servi de ce domaine de toutes les façons possibles pour humilier et harceler Olivier. La rivalité des années de collège a repris de plus belle.

— Comme c'est mesquin ! s'exclama Allégra. Elle s'était enflammée à nouveau, cette fois pour défendre Olivier.

— N'a-t-il aucun moyen honnête de dépenser son énergie ?

Jamie haussa à nouveau les épaules.

— Il semble que non, dit-il. D'après ce que tout le monde dit, Fenwick est un enfant gâté qui dépense inconsidérément son argent en vêtements et en sorties et qui n'a pas travaillé un seul jour dans sa vie. Avec autant de temps libre, il n'est pas étonnant qu'il élabore des plans si déplorables.

Il secoua la tête, dépité.

— Et maintenant, il charge Cyril Joseph de répandre des

rumeurs; Frédéric Lefin prétend les croire. Qui sait combien il paie Lefin pour qu'il proclame pieusement qu'il ne fera pas affaire avec des voleurs et qu'il expédiera tout le cacao qu'il achète par contrat par l'intermédiaire d'Argo plutôt que de Star?

— Il va faire quoi? cria Allégra, une fois de plus sur pieds. Il retire tous ses contrats à Olivier? Mon Dieu...

Elle s'arrêta, momentanément abasourdie car une autre pensée l'assaillait.

— S'il expédie par Argo *tout* le cacao sous contrat, cela signifie aussi celui de l'*Étoile*!

Elle saisit son visage à deux mains, les yeux agrandis d'horreur.

— Jamie..., dit-elle.

Elle le pointa d'un doigt accusateur :

— ...vous m'avez dit qu'il n'y avait rien d'inquiétant, que la situation se rétablirait en moins de quelques jours. Ce sont plus que des ragots minables. C'est terrible. C'est un désastre!

Les deux poings serrés, elle arpentait la pièce. Elle explosait presque sous la force de ses émotions. Elle était furieuse des accusations injustes qui avaient été proférées et elle se sentait coupable du rôle involontaire de son père dans cette pauvre fable. Par-dessus tout, elle était accablée du souci qu'elle se faisait pour Olivier. Elle souffrait de penser à quel point il était injustement traité et comment ce jeune dandy d'Angleterre manipulait son avenir.

— Je peux certainement faire quelque chose, grommela-t-elle.

Jamie se leva à son tour et suivit ses allées et venues.

— Il n'y a vraiment rien à faire, dit-il.

Il fut sur le point d'ajouter qu'Olivier pouvait s'en occuper, comme il s'était occupé de Fenwick et d'Argo toute sa vie, mais la porte du bureau s'ouvrit et Basil Cunningham entra. Cunningham, un fonctionnaire au col empesé, souleva son chapeau à la vue d'Allégra et serra la main de Jamie.

Tandis qu'il expliquait le but de sa visite et qu'il suggérait poliment de revenir à un autre moment, Allégra prit son sac et passa la porte en courant. Elle se dirigea directement vers le magasin d'alimentation *Chez Hubbard*, dans le but de s'en prendre au gros agent de cacao. Quand elle arriva, son cœur battait à tout rompre. Le coin du magasin qu'occupait le bureau de Lefin était vide. Le fouillis sur son bureau s'était réduit aux récentes éditions de *La chronique de Saint-Georges* et de *la Gazette de la Grenade*.

— Cherchez-vous M. Lefin, mademoiselle? lui demanda un commis du magasin.

Quand Allégra fit un signe approbateur, encore trop essoufflée pour parler, il dit :

— Il est parti pour la semaine à la paroisse de Saint-Andrew. Il y achète du cacao.

— Où? demanda Allégra.

— Près de Grenville, répondit le commis. Au domaine Argo.

Le cœur d'Allégra bondit en entendant ce nom.

— Argo, répéta-t-elle.

— Oui, mademoiselle, dit poliment le commis.

— Comment puis-je m'y rendre? demanda Allégra. Quelle est la meilleure route pour y aller?

— Par goélette, dit résolument le commis. Ou avec le bateau à vapeur du gouvernement. Il y en a un jeudi matin.

— Non, dit brutalement Allégra. Maintenant. Je dois y aller immédiatement. Je ne peux attendre à jeudi.

Le commis recula d'un pas devant une telle véhémence.

— Eh bien, mademoiselle, dit-il d'une voix hésitante, vous pouvez y aller à cheval ou en charrette en passant par Grand Étang, mais c'est une très longue route.

— C'est ce que je vais faire, décida Allégra. Où puis-je louer une charrette?

— Sur la place du marché, dit le commis, en s'éloignant lentement. Ou sur l'esplanade.

Allégra se retrouva dehors. Elle escalada laborieusement la pente de Young Street. Sur la place du marché, elle trouva quelque chose qui ressemblait à une voiture et moyennant une somme exorbitante, elle convainquit le conducteur de l'amener là où elle voulait aller. Elle s'installa sur le siège et partit vers la paroisse de Saint-Andrew, emportée par son impulsivité habituelle.

Elle ne s'arrêta pas pour réfléchir à ce qu'elle allait faire. Elle fonça plutôt vers la bagarre comme elle avait foncé au bas de la colline le soir de la razzia, déterminée à protéger en même temps le domaine et Olivier. Surtout Olivier.

Extrêmement préoccupée, elle réalisait difficilement à quel point elle souffrait à l'idée qu'il puisse être blessé d'une façon ou d'une autre. Elle ne reliait pas non plus cette douleur déchirante à d'autres tendres sentiments, sentiments qu'elle avait reniés depuis la nuit passée dans le boucan. Avec la satisfaction éprouvée en travaillant au domaine, elle avait été capable de repousser le souvenir troublant d'Olivier couché à côté d'elle sur un lit de jute, capable de repousser les étranges et puissantes émotions qui avaient alors jailli. Maintenant, libérés par la rage et par un souci extrême du bien-être d'Olivier, ces sentiments l'envoyaient courir le pays.

Ils avaient atteint le lac du Grand Étang, ce cratère volcanique situé au centre de la Grenade. Allégra commençait à douter de la sagesse de ce voyage. Bien après midi, ils n'étaient qu'à mi-chemin. Le reste de la route était en descente, mais les chevaux traînaient et le conducteur semblait peu enclin à poursuivre l'expédition. Pour la première fois, elle se demanda ce qu'elle voulait exactement dire à Frédéric Lefin et à Cyril Joseph et comment elle allait obtenir d'eux qu'ils confessent leurs mensonges malveillants.

Elle prit la décision de continuer son impétueux périple, faisant fi de son incertitude. Elle réfléchirait à ce qu'elle allait dire. Elle obtiendrait de ses attaquants qu'ils se rétractent. Peut-être, pensa-t-elle, en massant son dos endolori par des heures de secousses, seraient-ils tellement impressionnés par son courage qu'ils avoueraient, pris de honte.

Beaucoup plus tard cet après-midi-là, dans le bureau

d'Argo, Allégra comprit son erreur. Lefin, avec son souffle court et son visage en sueur, n'était pas moins répugnant qu'il ne l'avait été à Saint-Georges. Cyril Joseph, aussi maigre que Frédéric Lefin était gros, semblait aussi malveillant. Grand créole au visage défiguré par une balafre livide, il regardait Allégra avec la déplaisante expression du chat toisant une souris blessée. Elle se sentit immédiatement mal à l'aise.

— Bon, bon, bon, dit Lefin.

Il s'adossa contre un fauteuil robuste et replia ses gros doigts sur son ventre.

— *Mademoiselle* Pembroke, je dois dire que c'est une surprise. Oui, vraiment, une surprise.

Son regard scrutateur l'examina de la tête aux pieds. Il poursuivit, d'un ton beaucoup trop intime :

— Dites-moi, *mademoiselle* Pembroke, comment se fait-il que votre « associé » vous ait permis de venir ici ? Ou peut-être vous a-t-il envoyée ?

— Il ne sait rien de ceci, nia furieusement Allégra. Je suis venue ici de mon propre chef.

Elle regretta ces mots dès qu'ils furent prononcés. À cause du petit sourire narquois sur le visage de l'agent de cacao elle se sentit soudainement vulnérable et désemparée. Néanmoins, elle prit une profonde inspiration et fonça, s'enflammant peu à peu, puisant ses forces dans l'injustice de la situation.

— Je suis venue suite aux affreux ragots que j'ai entendus, dit-elle. Je suis venue vous dire que je crois qu'il est mesquin et honteux de colporter ces odieux mensonges.

— Et de quels mensonges s'agit-il ? demanda Lefin.

Il se redressa dans son fauteuil et son ton devint plus désagréable. Il détestait se faire critiquer par qui que ce soit, mais plus encore par une femme.

— Je ne suis au courant d'aucun mensonge.

Elle se tourna pour faire face à Cyril Joseph, allongé tel un serpent sur le coin du bureau. Elle lui dit :

— *Vous*, vous dites aux gens que l'*Étoile* est derrière les récentes razzias de cacao.

Elle se tourna vers Frédéric Lefin.

— Et *vous*, vous prétendez le croire. Cette excuse vous permet de ne pas faire expédier votre cacao par Star Shipping. Vous savez qu'il n'y a rien de vrai derrière ces rumeurs. Vous vous comportez non seulement d'une façon malhonnête, mais déshonorante.

Lefin ricana.

— Et qui dit qu'il n'y a rien de vrai dans cette histoire? J'ai l'ai entendue des lèvres d'un témoin, un type qui a tout vu de la razzia et qui a identifié trois ou quatre des ouvriers de l'*Étoile* parmi les voleurs.

Cyril Joseph les interrompit. Il avait une voix rauque qui rappelait le bruit d'une scie mordant le bois.

— *Je* peux dire que c'est vrai. Je peux dire qu'Olivier MacKenzie est le chef d'une bande de voleurs. Il a trompé tout le monde, mais moi, je peux affirmer qu'il vole depuis des années. Comment aurait-il pu arriver si rapidement là où il est? Il n'y a pas si longtemps, il construisait des bateaux avec son père et maintenant il mène une vie de pacha. Comment aurait-il pu remplir autrement ses poches de tant d'argent?

Allégra eut le souffle coupé devant un tel outrage.

— Comment pouvez-vous dire une telle chose? demanda-t-elle. Il a travaillé dur et il a fait de bons investissements. Il a gagné chaque sou qu'il possède. Tout le monde sait qu'il est scrupuleusement honnête.

Sa défense d'Olivier était aussi passionnée qu'éloquente.

— Il a la meilleure des réputations à travers toutes les Antilles. Les gens savent qu'ils peuvent lui faire confiance. Ils savent que lorsqu'il donne sa parole, ils peuvent compter sur elle à tout jamais. Il ne lui viendrait jamais à l'esprit de voler quelque chose. S'il ne peut l'obtenir honnêtement, il n'est pas intéressé à l'avoir.

Elle déglutit et conclut d'un ton véhément :

— C'est un acte *vicieux* d'essayer de ruiner sa réputation.

Cyril Joseph commença à exprimer son mépris, mais Lefin dit d'une voix obséquieuse :

— Hum, hum ! vous êtes une loyale petite partisane, n'est-ce pas? La vie doit être douillette à l'*Étoile*. Oui, en effet, vous deux, « les associés », vous « collez » bien ensemble.

Il gloussa, fier de sa blague grossière.

— Vous collez bien ensemble.

Il rit encore et, cette fois-ci, se joignirent à son rire les toussottements amusés de l'intendant.

Allégra devint très pâle. Pour la première fois, elle réalisa que ces hommes étaient non seulement déplaisants, qu'ils n'étaient pas de vilains enfants ayant besoin d'une bonne réprimande. Ils étaient sans merci, immoraux, totalement indifférents à sa demande pourtant fondée. Elle comprit qu'elle se trouvait dans une position dangereuse.

— C'est méprisable, dit-elle calmement.

Elle rassembla son courage défaillant.

— Ne m'injuriez pas, mademoiselle Nez-en-l'air! lui cria Lefin.

Son visage s'empourpra sous l'effort.

— J'en ai assez de vos grands airs. De me faire traiter de menteur ou de me faire dire que je ne comprends rien. Je sais ce que je vois et je vois clairement que vous êtes, votre cher papa et votre associé en or à qui tout réussit, une bande de voleurs et de fraudeurs qui vous camouflez derrière de bonnes manières. Vous ne pouvez me tromper avec vos grands airs, quand vous me parlez comme à une carpette sous vos sandales de princesse. Je sais qui vous êtes : une petite grue bon marché. Allez, ne venez pas me dire que je ne peux pas expédier mon cacao comme je l'entends. Assurez-vous surtout de me faire livrer la marchandise que j'ai déjà payée à votre gredin de père.

Allégra faiblit sous l'attaque. Elle se sentait anéantie par une telle explosion de venin.

— Vous n'avez pas le droit de me parler de la sorte, dit-elle faiblement.

Se relevant du coin du bureau, Cyril Joseph ajouta d'un ton menaçant :

— Ouais ? Vous êtes mal placée pour parler de vos droits. Vous entrez ici sans y avoir été invitée et vous nous parlez de vos droits.

Il s'avança vers elle.

— C'est une propriété privée, grinça-t-il. Chez Argo, c'est *moi* qui établis les droits.

Le malaise qu'avait ressenti Allégra se changea soudainement en pure peur. Cyril Joseph était à peine à plus d'un mètre d'elle et il s'approchait de plus en plus. Il n'y avait pas la moindre bienveillance dans toute sa personne, ni dans son corps maigre et sinueux, ni dans sa voix râpeuse, ni dans son visage féroce. Surtout pas dans son visage. Il n'était pas possible de mal interpréter son expression, calculatrice et froide. Allégra, cherchant à s'échapper, fit spontanément un pas en arrière, puis un autre et un autre alors que la panique s'emparait d'elle. Elle tenta trop tard de se détourner pour fuir. Son talon se prit dans l'ourlet de sa jupe et ses genoux ployèrent, l'envoyant planer vers le plancher.

Un bras puissant la saisit avant qu'elle atterrisse et la remit sur ses pieds. Un soulagement indescriptible l'envahit tout entière. C'était Olivier. Elle avait reconnu son toucher, l'odeur épicée de sa peau. Elle savait, par quelque instinct bizarre, que c'était lui.

Mais, l'instant suivant, quand elle vit son visage et qu'elle l'entendit parler, elle le reconnut difficilement. Sa voix n'était ni sèche, ni brusque, mais si glaciale et calme qu'un frisson involontaire courut sur son échine. Il s'adressa à Joseph, détachant chacun de ses mots lentement et soigneusement :

— Si vous portez ne serait-ce qu'un indésirable doigt sur mademoiselle Pembroke, je l'arracherai de votre main.

Sans le moindre signe apparent de menace, son message était si puissant que ce fut au tour de Joseph de reculer, ses yeux félins cherchant une issue. Olivier le fixa jusqu'à ce qu'il soit assuré de la soumission de l'intendant. Il porta son regard dédaigneux sur Frédéric Lefin.

— Mademoiselle Pembroke et moi-même, nous avons à

parler affaires avec vous, dit-il à l'agent couvert de sueur. Au sujet de l'expédition de notre cacao.

Passant sa manche sur son front graisseux, Lefin tempêta :

— Voyons, MacKenzie. Je vais vous dire la même chose qu'à Mlle Pembroke. Le cacao a été acheté et payé ; je vais l'expédier de la façon qui me plaira.

Son ton était cependant beaucoup moins assuré que lorsqu'il s'était adressé à Allégra.

— Sortez le contrat, le reçu et le chèque signé, dit Olivier de la même voix lente et mortellement froide.

Lefin tapota nerveusement son visage.

— Mais vous les avez déjà vus, dit-il faiblement.

— Sortez-les ! rugit Olivier.

En deux enjambées, il rétrécit la distance entre lui et le bureau. Lefin se hâta. Il fouillait à travers des piles de papiers. Son souffle sortait par saccades bruyantes. Il trouva finalement les documents. Olivier tendit la main. À contrecœur, mais sans la moindre protestation, l'agent y déposa les papiers.

Olivier les examina rapidement pour s'assurer qu'il s'agissait bien de ceux qu'il avait vus auparavant. Puis il tira un chèque de sa poche, le déposa dans le dossier et le lança sur le bureau de Lefin.

— Je remets l'argent que vous avez avancé contre l'achat du cacao de cette année, dit-il. Le cacao de l'*Étoile* ne vous appartient plus.

— Vous ne pouvez pas faire cela, cria l'agent.

Il eut un faible mouvement pour s'emparer des précieux papiers. Il tenta de se lever de sa chaise, mais la masse de son corps le retint prisonnier.

— Je le fais, répliqua brièvement Olivier.

Il prit une allumette de la boîte posée sur le bureau, la gratta avec l'ongle de son pouce et la tint sous les documents. En quelques secondes, ils se tordirent sur le plancher et ne furent plus que cendres.

— Je vous avertis de ne pas inventer d'autres histoires concernant cette « rencontre », dit-il à Lefin sur un ton dangereusement calme. Si qui que ce soit vous pose des questions, ce qui pourrait arriver après toutes vos fanfaronnades, dites-leur simplement que notre accord a pris fin. Si Mlle Pembroke ou moi, nous entendons le moindre mot indiquant le contraire, nous colporterons notre propre récit de ce qui s'est passé ici aujourd'hui. Et nous n'aurons aucun scrupule à dévier de la vérité.

Il laissa délibérément planer ces mots avant d'ajouter :

— Je vous laisse deviner quelle version le public jugera la plus crédible.

Lefin n'avança pas de réponse et évita le regard d'Olivier qui ne pressa pas davantage le gros homme ; il avait dit ce qu'il avait à dire. Il se retourna vers Cyril Joseph, qui boudait près de la fenêtre et lui dit :

— Vous feriez bien de suivre le même conseil. Votre réputation est déjà assez entachée. Un peu plus et les gens honnêtes traverseront la rue quand ils vous verront venir. Je suis fatigué d'entendre des rumeurs concernant mon rôle comme chef d'une bande de voleurs.

Pendant un moment de rébellion, Joseph soutint le regard d'Olivier.

— Je m'en balance, grogna-t-il.

Olivier fixa durement l'intendant de ses yeux bleus jusqu'à ce que l'homme, défait, regarde ailleurs.

— Vous verrez bien, promit doucement Olivier.

Il prit le bras d'Allégra. Dans un silence plein de dignité, ils sortirent.

Conscients que les fenêtres du bureau surplombaient l'allée, ils n'échangèrent pas le moindre mot pendant qu'ils se dirigeaient vers les voitures. Olivier paya la charrette qu'Allégra avait louée à Saint-Georges, l'aida gentiment à monter dans le boghei qu'il avait conduit depuis l'*Étoile* et fit claquer les rênes sur son équipage épuisé. Ils s'ébranlèrent lentement sur la route. Olivier et Allégra étaient assis, droits et raides. Ils pouvaient pratiquement sentir les yeux rivés à leur dos. Malgré leur apparence tranquille, ils avaient tous les deux une grande envie de parler.

Dès que les bâtisses d'Argo furent hors de vue, Allégra laissa échapper ses premières paroles :

— Quel genre de rumeurs allons-nous faire courir ? demanda-t-elle.

Elle en savourait grandement l'idée.

— Je pense que c'est une idée splendide. Une dose de leur propre médecine, comme aurait dit grand-père. Ils méritent l'élixir le plus âcre que nous puissions concocter après la manière impardonnable dont ils se sont comportés. J'aurais aimé y penser moi-même.

— Dieu merci! vous ne l'avez pas fait, dit Olivier avec ferveur.

Il était un peu étonné par sa question. Il s'était attendu à ce qu'elle fonde en larmes ou qu'elle défende ses actions d'une façon théâtrale, mais une fois encore, elle le surprenait. Il se sentit dérouté et distrait de la semonce en bonne et due forme qu'il avait préparée tout au long de sa course effrénée. Il avait eu l'intention de lui dire sur le champ que son expédition à Argo était pure folie, que cela dépassait de beaucoup ses plans les plus idiots.

— Il vaudrait mieux oublier cette idée. Je ne me laisserai pas emberlificoter dans une des histoires stupides que vous seule êtes capable de bricoler. Cela ne donnera rien d'autre que d'offrir à ces deux vipères la chance de faire d'autres mauvais coups. Les choses sont déjà allées assez loin.

— Alors pourquoi avez-vous dit que vous alliez faire partir de méchants ragots à leur sujet ? demanda Allégra.

Elle était vraiment déçue de sa retenue. Très tendue par les événements de la journée, elle aspirait à la pure satisfaction de la revanche.

— Parce que ce ne sont que des brutes, répondit Olivier. Et toutes les brutes sont au fond des poltrons. Ils poussent une situation tant qu'ils sentent qu'ils ont la main haute, mais dès que quelqu'un leur tient tête et profère quelques menaces, ils reculent.

— *Je* leur ai tenu tête, protesta Allégra.

Elle était blessée, car la remarque d'Olivier laissait supposer le contraire. Après tout, elle n'avait entrepris ce voyage inconfortable que pour confronter l'agent et l'intendant au sujet de leurs méfaits. Elle était insultée de ce qu'Olivier sous-estime ses efforts.

— Je leur ai dit qu'ils agissaient mal, dit-elle. Je leur ai dit qu'ils faisaient courir de vilains mensonges.

Pour la première fois depuis le téléphone matinal de Jamie, pour la première fois depuis qu'Élisabeth était arrivée en courant pour l'avertir de la périlleuse mission d'Allégra, Olivier sentit un sourire se dessiner sur ses lèvres.

— Mots féroces, murmura-t-il sèchement. Malheureusement, des hommes comme Joseph et Lefin ne sont pas impressionnés par des sermons du dimanche. Et même si vous leur teniez tête sur la pointe des orteils, vous ne seriez pas assez grande ou dure pour les effrayer. Ils ne comprennent qu'avec de rudes paroles et des muscles tout aussi rudes.

Faisant référence au regard furieux qu'elle lui lançait, il ajouta :

— Ne me regardez pas ainsi. Ce n'est pas moi qui ai fait les règles.

— Ce n'est pas juste, murmura Allégra.

— C'est comme ça, dit Olivier. J'aimerais que vous le réalisiez plutôt que de vous battre contre des moulins à vent. Ce qui m'amène à autre chose, dit-il sombrement.

Il tenta de retrouver sa colère évanouie.

Allégra soupira longuement et regarda ailleurs. Elle savait qu'une leçon allait suivre, tout comme elle l'avait toujours su quand sa mère ou son grand-père étaient sur le point de lui en débiter une sur son comportement. Alors qu'elle avait jadis accepté la sagesse absolue de cette rhétorique, elle était maintenant indignée de trembler comme une enfant qui attend une réprimande.

Ignorant son soupir prolongé, Olivier lui demanda :

— Diable ! qu'est-ce qui vous a pris de vous balader par

monts et par vaux à la recherche de ces deux bandits ? C'était une stupide équipée au mieux, une frasque extrêmement dangereuse, au pire. Un bon nombre de tragédies auraient pu se produire. Qu'est-ce qui vous a poussée à le faire ?

Allégra haussa les épaules. Elle regardait toujours le paysage le long de la route. Sa bouche tenta d'exprimer une réplique qui n'arrivait pas. Elle aurait pu lui dire qu'elle l'avait fait pour défendre l'*Étoile* ou pour apaiser sa culpabilité face au rôle de Cecil dans cette affaire, ce qui n'était pas faux. La vraie raison concernait Olivier. En rétrospective, elle était choquée de l'intensité du désir qu'elle avait éprouvé de frapper les deux hommes qui s'en étaient si bassement pris à lui, mais elle avait peur de le lui dire parce qu'elle aurait dû l'admettre à ses propres yeux.

Elle aurait dû admettre la passion qu'elle avait éprouvée la nuit du vol de cacao de même que le plaisir profond qu'elle ressentait maintenant, assise seule à côté de lui, sur une route de campagne. Elle aurait dû admettre les sentiments qu'elles avait cachés sous le couvert de son intérêt pour le cacao. Elle s'affranchissait de ses propres contraintes, mais la profondeur et l'étendue de ces émotions la dépassaient. En dépit des romans qu'elles avait lus et des aventures romanesques qu'elle avait imaginées, elle n'était pas préparée à vivre l'intensité du réel. Elle haussa à nouveau les épaules.

Exaspéré par son silence, Olivier insista.

— Ne vous est-il pas venu à l'esprit que je savais comment m'y prendre avec ces deux-là ? Pourquoi n'avez-vous pas écouté Jamie quand il vous a dit qu'il n'y avait pas matière à s'inquiéter ? Pensiez-vous réellement que j'allais laisser Argo expédier le cacao de l'*Étoile* ? Il y avait une solution facile, une solution qui n'impliquait aucune tension, aucun drame. Tout ce que j'avais à faire, c'était de lui remettre son argent. N'aviez-vous pas vu cela ?

Allégra se retourna vers lui. Elle se précipita sur le seul élément dont elle se sentait sûre.

— Je vais vous rembourser cet argent, dit-elle sérieusement. Vous savez, j'ai de l'argent dans une banque au Connecticut. Il provient des avances faites sur la vente de la maison et de l'école de grand-père. J'en ai plus qu'il ne faut pour couvrir le chèque que vous avez donné à Frédéric Lefin. Je vais l'envoyer chercher tout de suite. Je pourrai vous rembourser dès qu'il arrivera.

— Je me fous de l'argent, Allégra, dit Olivier.

Il était encore moins patient qu'à l'ordinaire.

— Ce n'est pas important. Je vais échanger cet argent contre une justification de vos actions.

— Oh, oui, c'est très important, dit rapidement Allégra.

Elle bifurqua aussitôt vers un sujet plus sûr.

— Il est déjà assez regrettable que cet emprunt ait mis en péril votre part des profits de cette année. Maintenant que vous l'avez remboursé de votre propre poche, cette dette est clairement devenue ma responsabilité. J'ai accepté les biens de mon père ; ce n'est que justice que j'accepte en même temps ses engagements. Je ne peux supporter cette dette qui plane au-dessus de l'entreprise ou qui assombrit la bonne réputation de mon père. C'est mon nom aussi, après tout. Je vais écrire à ma banque dès que nous serons à Grenville et je posterai la lettre ce soir.

Ce fut au tour d'Olivier de soupirer. Il aurait pu continuer à discuter ; il aurait pu lui dire une fois de plus qu'il ne la tenait pas responsable des imprudences financières de son père. Ou encore il aurait pu lui dire qu'il pouvait l'aider volontiers à changer son nom de famille. Mais il ne le fit pas. Il reconnut à l'expression butée de la mâchoire, l'entêtement qui, selon Angus, la distinguait de Cecil. Elle n'allait certainement pas changer d'avis.

Allégra était sincère dans son vœu d'éliminer la dette de son père ainsi que l'ombre que cette dernière projetait sur la réputation des Pembroke ; cette promesse était aussi une diversion qui la faisait s'échapper des questions pénétrantes d'Olivier.

Elle se sentit soudain très fatiguée. La course épuisante et la tension nerveuse l'avaient complètement anéantie. À son grand soulagement, ils firent le reste de la courte distance en silence.

Arrivés à Grenville, il était trop tard pour qu'ils envisagent de rentrer à l'*Étoile* ce soir-là. Ils trouvèrent un gîte dans l'unique pension. Les chambres n'y étaient ni très propres, ni très confortables. Poursuivant sa tentative de distraire Olivier, Allégra acheta ostensiblement des feuilles de papier et des enveloppes et écrivit au banquier. Puis elle posta la note. Alors, complètement épuisée, elle se retira dans sa chambre.

Elle ne se sentait guère reposée quand ils repartirent au matin. Le lit était bosselé et les draps sentaient la moisissure. En regardant l'expression pincée des lèvres d'Olivier, elle pouvait conclure qu'il n'avait pas mieux dormi. Pendant des heures, ils poursuivirent leur route, sans dire quoi que ce soit, sous l'extrême chaleur du soleil. Ils avaient enfin atteint le sommet de la montagne et commençaient à la redescendre. Ils étaient fatigués, moites et d'humeur maussade. Olivier murmura alors :

— Au diable !

Il attira le cheval hors de la route en direction d'une piste sinueuse. Trop enfoncée dans son marasme pour demander ce qui arrivait, Allégra repoussa les branches de son visage et attendit pour comprendre où ils allaient.

Vingt minutes plus tard, sa patience fut récompensée. Ils émergèrent de l'amas de buissons dans une clairière où l'air était rafraîchi par une petite cascade qui tombait bruyamment dans un ruisseau propre et frais. Le lit du ruisseau était parsemé de roches autour desquelles l'eau tournoyait et tourbillonnait. La rive opposée était élevée et ornée de feuilles de rhododendron aussi grosses que les oreilles d'un éléphant ; devant, un amas d'anémones pourpres et de cresson sauvage se répandait sur le bord du ruisseau invitant.

— C'est superbe ! cria Allégra.

Le souvenir de la pension crasseuse disparut soudain. Sa mauvaise humeur s'évanouit.

Elle sauta de la voiture presque avant qu'elle se soit arrêtée. Elle sautilla sur un pied, puis sur l'autre. Elle retira ses souliers et ses bas et les laissa dans son sillage alors qu'elle courait vers le ruisseau.

— Ahh ! s'exclama-t-elle, extasiée.

Elle enfonça ses chevilles dans l'eau courante. Elle retenait sa jupe dans ses poings fermés. Elle savourait l'eau fraîche qui courait sur ses orteils, regardait rêveusement la cascade.

Derrière, Olivier attachait les chevaux. Il lui jeta un regard oblique et sourit.

— Ne vous trempez pas juste un peu, cria-t-il. Plongez complètement. C'est ce que j'ai l'intention de faire.

Allégra jeta un regard rapide par-dessus son épaule, puis se détourna rapidement. Elle était devenue cramoisie. L'instant d'après, Olivier pataugeait dans l'eau devant elle, blanc de la taille jusqu'aux genoux, ses vêtements laissés dans un tas près de la voiture. Allégra le regarda sauter lestement d'une roche à l'autre. Il zigzagua jusqu'à la cascade. Ses muscles se tendaient sous sa peau pâle. Elle le regarda s'installer sous la cascade, son visage rugueux tourné vers le ciel, ses yeux fermés, ses lèvres entrouvertes. Elle regarda l'eau tomber sur sa tête, coller ses longs cils sur sa peau, puis éclater en des milliers de fragments d'arc-en-ciel au moment où une percée de soleil filtrait entre les vignes.

Elle oublia presque de respirer. Sans s'en apercevoir, elle laissa le bas de sa jupe tomber dans le ruisseau. Elle était complètement paralysée d'admiration, d'étonnement, saisie par un désir puissant qui envahit tout son être, qui remplit ses poumons, qui envoya son sang réchauffer ses veines. Elle n'était consciente de rien d'autre. Son esprit était vide à l'exception de l'image d'Olivier, grand, fort et nu, frais lavé et pur dans la cascade où se reflétaient les rayons du soleil.

Il tourna vers elle ses yeux d'un bleu sombre. Il lui cria, sa voix se confondant avec le grondement de l'eau :

— Allégra, venez ici ! Allégra !

Elle déglutit. La gêne l'emportait sur son état de transe

fascinée.

— Non, dit-elle.

Elle ne bougea pas. Olivier vint vers elle, en sautillant légèrement d'une pierre à l'autre.

— Non, dit-elle à nouveau.

Elle se sentit soudain prise de panique. Elle se retourna pour fuir, effrayée par la passion qui l'agitait, effrayée par les émotions anarchiques qui subjuguaient son cœur.

— Non, répéta-t-elle, en escaladant la bordure de cresson.

— Oui, dit Olivier.

Il l'attrapa par la taille et l'attira près de lui. L'humidité de sa peau dénudée traversa la fine batiste de la blouse d'Allégra et envoya des chocs onduler sur son dos. La joue froide d'Olivier se pressa contre son cou ; ses lèvres fraîches effleurèrent ses cheveux.

— Oui, murmura-t-il à son oreille.

Comme elle ne répondait pas, qu'elle ne bougeait pas, qu'elle courbait légèrement les épaules, il la tourna lentement, délibérément vers lui. Il entoura son visage de ses mains et suivit le dessin de ses pommettes. Il essuya les gouttes d'eau tombées de ses cheveux. Il regarda directement dans ses grands yeux d'un bleu violet et il dit à nouveau, sur un ton définitif :

— Oui. Je vous aime, Allégra.

La dernière partie de la forteresse s'effondra, la dernière brique bascula. Le sentiment exaltant, la force sublime qu'elle avait retenus, qu'elle avait refusé de reconnaître, jaillirent soudain à la surface.

— Olivier, dit-elle d'un ton joyeux, je vous aime, moi aussi.

Lorsqu'il l'embrassa, elle ne lui résista pas. Elle répondit volontiers à son baiser et joignit ses mains derrière son dos lisse. Leurs lèvres s'attardèrent, prenant un plaisir retenu au goût et à la sensation de l'autre. Finalement Olivier se pencha un peu vers l'arrière, tout en la tenant tout près, un bras recourbé autour du cou d'Allégra. Il repoussa les boucles qui retombaient sur son visage, lui sourit tendrement et lui dit :

— J'ai complètement trempé votre blouse.

Il répétait ce qu'elle lui avait dit dans le boucan, après avoir éclaté en gros sanglots sous son étreinte. Elle s'en souvenait. Elle lui rendit son sourire et lui répondit, lui répétant ce qu'il avait alors dit : « Nous n'avons pas à nous en inquiéter. Ça va sécher. »

Le sourire d'Olivier s'accentua.

— Je l'espère. Peut-être devrions-nous l'enlever juste pour nous en assurer.

Ses doigts s'affairaient déjà sur ses boutons de nacre.

— Peut-être serait-ce préférable, acquiesça-t-elle.

Elle se pencha pour déposer un baiser sur son torse. Sa peau était encore humide et fraîche. Pour en savourer la douceur, elle y pressa sa joue. Ce fut au tour d'Olivier de se pencher, de placer un baiser sur son torse et de presser sa joue contre la douce et chaude peau de son sein. Malgré la chaleur du soleil, Allégra sentit un merveilleux frisson la traverser.

Ensemble ils se laissèrent choir sur le lit de cresson et d'anémones où, éclaboussés par la cascade, ils firent l'amour. Ce fut lent et agréable, comme l'avaient été leurs baisers et leur conversation. Dans le boucan, ils s'étaient précipités. Aujourd'hui, ils voulaient prolonger ce délicieux plaisir. Leurs corps se pressaient l'un contre l'autre, ils savouraient la satisfaction de leur désir.

Dans les instants béats qui suivirent leur union, blottie dans les bras d'Olivier, le lit de cresson sous eux, le ciel bleu sans nuages au-dessus de leurs têtes, Allégra ne ressentit aucunement la confusion qui avait succédé à sa nuit dans le boucan de cacao. Cette fois, comme elle se penchait pour embrasser la peau tannée du torse d'Olivier, pour presser ses lèvres sur le bout de ses doigts et dans les paumes de ses mains, cette fois, elle se sentit absolument sûre d'elle-même. Les scènes hivernales du Connecticut s'effacèrent. L'atmosphère odorante et aérée de sa maison tropicale l'avait conquise. Elle était merveilleusement heureuse, plus encore que sur la plage à Sabazon. Cette fois elle était amoureuse.

*9*

*A*u crépuscule, ils arrivèrent à l'*Étoile*, fatigués, très
affamés et heureux. Ils n'étaient même pas entrés que leur
euphorie s'interrompait : Élisabeth était venue les rencontrer à
la grille, sous la tonnelle ornée de bougainvillées.

— Vous avez des invités, annonça-t-elle d'une voix mécon-
tente.

La sérénité de son beau visage était troublée de façon tout
à fait inhabituelle.

Surpris, Olivier jeta un regard à l'allée derrière lui, à la
recherche d'un cheval ou d'un boghei qu'il n'avait peut-être
pas vu. Allégra choisit un moyen plus direct d'identifier les
visiteurs inattendus.

— Qui sont-ils? demanda-t-elle.

— Ils disent être des Pembroke, répondit Élisabeth d'un air
dégoûté. Et bien, d'après moi, c'est peut-être vrai. Le plus
jeune ressemble à Cecil, mais ils n'agissent pas comme lui.

— Des Pembroke? l'interrompit Allégra tout excitée. Des
parents à moi? De qui parlez-vous?

— De votre oncle et de votre cousin, c'est d'eux dont je
parle, dit Élisabeth.

Elle avait l'air ennuyée.

— Ils viennent d'Angleterre.

Elle pointa la tête dans la direction de la maison.

215

— Ils sont au salon.

Olivier perçut les signaux d'Élisabeth et eut un pressentiment immédiat. Allégra était enthousiaste à l'idée d'avoir trouvé une famille. Comme elle se précipitait vers le salon, des douzaines d'images merveilleuses traversaient son esprit, des rassemblements de gala à Noël et aux anniversaires jusqu'aux chaleureuses réunions dans des demeures ancestrales. Mais quelques secondes après avoir passé la porte, les scènes joyeuses qu'elles avait imaginées disparurent complètement.

Deux hommes étaient assis en silence ; on pouvait dire des gentlemen à la vue de la coupe et du tissu de leur veston de lin et du raffinement de leurs traits. Des verres de punch reposaient sur les tables à côté d'eux. Des éventails faits de feuilles de palmier se déplaçaient à un rythme languissant dans leurs mains d'une blancheur laiteuse. Ils se levèrent automatiquement, dès qu'elle passa la porte en courant. Le plus âgé des deux fit un pas pour aller à sa rencontre.

Il lui demanda d'un ton aussi froid et indifférent que s'il posait des questions au sujet du chaton de la cuisine :

— Je suppose que vous êtes mademoiselle Allégra Pembroke ?

Allégra s'arrêta d'un coup sec. La déception la démonta.

— Oui, c'est bien moi, répondit-elle calmement.

Le gentleman poursuivit, avec en signe de reconnaissance un geste à peine perceptible de la tête.

— Je suis sir Gérald Pembroke. Je suis le frère aîné de votre père. À ce titre, je suis aussi l'héritier de votre père.

— Comment allez-vous ? murmura Allégra.

Elle ne trouvait pas dans cette introduction le moindre signe de parenté. En fait, rien dans la personne de sir Gérald Pembroke ne suggérait la chaleur familiale. Il était de taille moyenne, mais la hauteur de son expression le faisait paraître beaucoup plus grand. Ses cheveux étaient grisonnants, ses traits étaient anguleux, ses yeux, ternes et calculateurs. Son visage manquait d'humour et de subtilité. Sa peau très pâle était gravée de fines rides résultant de vingt-cinq ans de vie privilégiée dans la campagne anglaise. Élisabeth avait raison ; il ne ressemblait aucunement à Cecil.

— Mon fils, monsieur Barthélemy Pembroke, dit sir Gérald d'une voix concise.

Il désigna l'autre gentleman comme si le temps et la politesse nécessaires pour accomplir ces rites sociaux étaient fort mal utilisés.

Allégra murmura négligemment dans la direction de son cousin :

— Comment allez-vous ?

À sa grande surprise, il répondit :

— Très bien, merci.

Il lui tendit aussitôt la main. Comme elle la serrait, elle le regarda avec plus d'attention. Pendant une fraction de seconde, son cœur se réjouit. Élisabeth avait encore une fois raison. Il ressemblait beaucoup à son père.

Barthélemy Pembroke était grand, blond, avait les beaux traits classiques de Cecil et les mêmes yeux d'un bleu frappant. À première vue cependant, il semblait davantage le fils de son père que le neveu de Cecil. Il y avait une gravité dans son comportement qui pouvait facilement être confondue avec le caractère autoritaire de sir Gérald. Une inspection plus détaillée révélait une certaine gentillesse dans le toucher, une douceur dans le ton, mais révélait également une nature sensible derrière son air sombre.

Allégra fut instantanément et instinctivement attirée par son cousin. Peut-être était-ce sa ressemblance physique avec Cecil qu'elle trouvait attirante, peut-être était-ce parce qu'ils avaient environ le même âge. Peut-être sentait-elle que Barthélemy, en dépit de son air solennel, était le plus sympathique. Mais sir Gérald ne permit pas à la moindre attirance de se développer. Les mots suivants établirent clairement qu'il n'était pas venu faire une visite de courtoisie à sa nièce.

Aristocratique et insensible, il annonça :

— La nouvelle de la mort de mon frère m'est parvenue il y a deux mois. Le moment semble venu de régler les anciens comptes.

Allégra resta bouche bée devant pareille insensibilité. De son côté, Olivier, qui l'avait suivie, semblait particulièrement sombre. Sir Gérald ne daigna pas prendre note de sa présence.

— Je suppose que vous n'êtes pas au courant, poursuivit-il, que Cecil a acheté ce domaine en 1888 et que, pour ce faire, il a utilisé en grande partie un prêt de notre père. Un prêt, dois-je ajouter, qui n'a jamais été remboursé. À titre d'héritier de tous les biens de notre père, j'ai hérité de toutes les propriétés et de tous les titres, y compris le prêt non remboursé de mon insouciant petit frère. J'en ai parlé à Cecil aux funérailles de notre père et j'ai accepté de prolonger l'échéance de son remboursement. Maintenant qu'il est décédé sans laisser d'argent liquide ni faire mention de sa dette dans son testament, je ne vois aucun avantage à en retarder davantage le règlement. Je suis venu saisir l'*Étoile*.

Pendant un long moment, Allégra fut même incapable de réaliser la portée de ce qu'il venait de dire. Alors que l'idée cheminait en elle, elle se sentait devenir de glace. Son souffle se figea douloureusement dans sa poitrine. Non seulement l'*Étoile* était en sérieux danger, mais la réputation de son père était en péril, la réputation qu'elle venait tout juste de racheter en engageant son héritage maternel, la réputation sur laquelle reposait sa propre valeur. La nouvelle était tellement dévastatrice qu'elle ne savait comment répondre.

Olivier, par contre, n'eut aucune difficulté à rassembler ses esprits.

— Si c'est là le seul but de votre voyage, vous avez gaspillé votre argent, dit-il d'une voix brusque. L'*Étoile* ne porte aucune hypothèque qui permette de la saisir.

— Je vous demande pardon, dit sir Gérald en levant les sourcils, j'ai strictement à faire avec mademoiselle Pembroke.

Il lança à Olivier un regard qui aurait intimidé des mortels moins sûrs d'eux-mêmes, un regard qui oscilla dédaigneusement des chaussures de tennis éculées d'Olivier jusqu'à sa chemise sans col.

C'était un regard qu'Olivier connaissait bien, un regard qui lui avait fait quitter l'Angleterre et qui avait fait naître en lui un très grand mépris pour les Anglais. Il était de taille à le soutenir.

Son regard ne flancha pas. Il dit d'une voix glacée :

— Si vos affaires concernent l'*Étoile*, vous devrez vous adresser également à moi. Mon nom est Olivier MacKenzie et je possède la moitié de l'*Étoile*.

Les sourcils de sir Gérald, peu habitué à ce qu'on s'adresse à lui d'un ton si effronté, s'arquèrent encore.

— MacKenzie ?

Il prononça ce nom, comme s'il laissait un goût amer sur sa langue.

— Ah, oui ! je crois que votre nom a été mentionné en relation avec la propriété.

Olivier se retourna, nullement intimidé.

— Il était préférable qu'il le soit. Il figure sur l'acte notarié.

— Un document que je n'ai pas encore lu, dit sir Gérald avec une morgue croissante. Puisqu'ils persistent à conserver de tels documents ici plutôt qu'au ministère de l'Intérieur à Londres.

— Quel manque d'égards, dit Olivier, sarcastique. Quand vous le lirez, vous apprendrez que les titres de l'*Étoile* ont été émis au nom de Cecil Pembroke et à lui seul, sans hypothèque, en avril 1888. En septembre 1890, ils furent refaits pour que j'y sois enregistré à titre de co-propriétaire. Il n'y fut aucunement fait mention de droit de rétention, de prêt ou de droit antérieur à la propriété. Maintenant que Cecil est décédé, l'acte notarié sera enregistré à nouveau pour porter cette fois le nom de sa nouvelle héritière, Mlle Allégra Pembroke. En vertu de la légalité de toutes ces transactions, je vous assure que toute prétention éventuelle sur la possession de l'*Étoile* est sans fondement.

Plutôt que de s'opposer à une telle évidence, sir Gérald tenta une nouvelle fois d'amener Olivier à baisser les yeux devant son regard. Il n'eut pas plus de succès qu'auparavant et à la fin du duel silencieux, c'est lui qui détourna les yeux. Il porta plutôt son attention sur Allégra, qui était une proie plus facile. Il avait mal calculé la fougue de cette dernière quand, après l'avoir vue se dandiner nerveusement, il dit :

— Le testament de mon frère doit être homologué. Je crois qu'on a remis en question ses liens avec une Américaine. Naturellement, nos avocats font enquête pour déterminer la légitimité de toutes les réclamations. Si je me souviens bien, à l'époque où elle avait entraîné mon idiot de frère dans une union, il y avait eu des histoires avec le père de cette femme. Il s'est sans aucun doute trouvé très affligé quand il a compris qu'on avait coupé les vivres au pauvre Cecil. Je pense que la sage décision de mon père a créé un obstacle à leurs plans.

Allégra se projeta vers l'avant. Ses pieds se campèrent fermement sur le sol. Les yeux grands ouverts, elle répondit d'un ton cassant :

— L'Américaine dont vous parlez était ma mère et ses « liens » avec mon père étaient un mariage certifié par l'Église de la Grâce et par l'État de New York, le 4 août 1867.

Même si l'image favorable de son père et de sa famille que s'était forgée Allégra s'érodait rapidement, avec de fâcheuses conséquences pour sa propre identité, une chose était absolument claire à ses yeux, c'était l'irréfutable respectabilité de sa mère et de son grand-père.

— Le seul « plan » qu'elle ait conçu fut d'aimer mon père à tout jamais et de mener une vie longue et heureuse. La seule « histoire » que mon grand-père ait faite concernait leur bonheur. Toute autre insinuation est insultante. Leurs mœurs étaient irréprochables, leur niveau social incontestable.

Sir Gérald souleva les sourcils une fois encore et darda sur elle le regard scrutateur qu'il avait porté sur Olivier. Ses yeux de glace passèrent en revue la robe froissée et tachée de verdure, les boucles indisciplinées et les taches de rousseur sur le nez brûlé par le soleil. Satisfait de la voir rougir, il s'abstint de tout autre commentaire sur la branche américaine de la famille d'Allégra.

Il se contenta de dire :

— J'ai néanmoins l'intention de régler cette dette depuis trop longtemps déjà. Notre père était beaucoup trop indulgent face aux extravagances de Cecil. Il a laissé les cordons de sa bourse se délier encore et encore pour soutenir tous ses ridicules projets, sans jamais recevoir de remboursement substantiel. Moi, qui ne suis guère aussi sentimental, ni aussi indulgent, j'ai l'intention de me faire rembourser cette dette.

Avant qu'Allégra n'ait pu répondre, Olivier dit :

— Certainement pas avec l'*Étoile*. Vous pouvez réclamer votre prêt de n'importe quelle autre source, si, en fait, il y eut jamais un prêt. Puisque vous soulevez la question de la légitimité des réclamations, nous vous demandons de présenter les vôtres. Nous n'avons pas encore vu de preuve propre à appuyer votre demande ridicule.

Sir Gérald répondit d'une voix glacée :

— Entre gentlemen, notre parole est considérée plus valable qu'un simple morceau de papier. Mon père, et moi à sa suite, avons toujours supposé que nous faisions affaire avec un gentleman.

— Maintenant, supposez que vous faites affaire avec des gens d'affaires, répondit Olivier d'un air mécontent.

— Peut-être devrions-nous suspendre toute discussion jusqu'à ce que nous ayons eu le temps de réfléchir à tout ceci, s'interposa Barthélemy avec une certaine diplomatie.

Il était resté un peu à l'écart. Il avait écouté sérieusement les arguments de chacun. Il était impossible de dire, à cause de la sobriété de son expression, quel parti il prenait. Comme Salomon, il semblait sympathiser avec tous.

— Ce fut un long voyage pour nous et des nouvelles bousculantes pour vous. Je suis sûr que nos points de vue s'éclairciront avec du repos et de la réflexion. Il existe sans aucun doute une solution équitable au problème, si nous l'abordons rationnellement.

Olivier regarda pensivement le jeune homme. Il se sentait

attiré par Barthélemy, tout comme l'était Allégra, à cause de la ressemblance de Barthélemy avec Cecil et parce qu'il sentait de l'émotion derrière sa façade sérieuse. Olivier approuva la requête de Barthélemy qui réclamait raison et logique, même s'il était convaincu que rien ne pouvait le faire changer d'idée. D'un signe de tête, il acquiesça de mauvaise grâce.

— Voulez-vous rester ici? demanda Allégra.

C'était tout à la fois une question et une invitation. Elle se sentait soudainement bouleversée, comme si ce n'était pas vraiment sa maison, comme si ce n'était pas à elle de demander à son oncle et à son cousin d'accepter l'hospitalité de l'*Étoile*. Avec lassitude, elle frotta son visage. Une heure auparavant, la terre entière lui appartenait; maintenant elle ne savait même plus dans quel sens elle tournait.

Pendant que sir Gérald jetait un regard condescendant sur la pièce ouverte et bien aérée, Barthélemy dit :

— Merci beaucoup. Nous acceptons avec joie. Étant donné les circonstances, c'est une offre d'une extrême gentillesse.

Le dîner fut une corvée ce soir-là. Élisabeth se déplaçait autour de la table avec un air de dignité offensée. Elle poussait brusquement les plats en direction de sir Gérald et marmonnait continuellement. Sir Gérald la regardait comme si elle n'existait pas. Il incorporait la piètre qualité du service à sa longue liste de plaintes contre les colonies. Confronté par l'attitude qu'il méprisait le plus, Olivier restait silencieux, l'air revêche; il savait qu'il suffisait d'un seul mot pour amorcer une discussion désagréable. On avait laissé à Barthélemy le soin de faire des remarques inoffensives; Allégra bégayait des répliques. La tête lui faisait mal quand ils en vinrent au dessert. Elle avala laborieusement quelques bouchées avant de s'excuser et de sortir en trébuchant vers sa chambre.

Allégra ferma la porte derrière elle avec un immense soulagement. Elle se sentait complètement démolie, incapable de trouver la moindre parcelle d'énergie. Le bonheur de l'après-midi s'était enfui à des milliers de kilomètres, réfugié dans un rêve lointain ou dans la vie de quelqu'un d'autre.

L'amour fort qu'elle avait ressenti était maintenant perdu. Il appartenait au passé avant qu'elle réalise que son père romantique, aventureux, à la chevelure dorée, dont la vie enchantée était son héritage, n'était rien d'autre qu'un fraudeur. Il était impossible de réduire ses actions à de la naïveté financière, ni de l'appeler un malentendu. Cecil avait simplement été égoïste et irresponsable.

Cette prise de conscience avait mis en lambeaux l'image de son père. La vie qu'elle avait construite, en s'en servant comme phare, était démolie. Tout ce qui était lié à sa nouvelle existence semblait également en débris : la Grenade, l'*Étoile*, Olivier. Tout s'était envolé. Elle ne savait plus où aller. Elle se sentait vide et inutile.

Allégra demeura tard au lit, après une nuit agitée. Elle voulait éviter le déjeuner avec son oncle et son cousin, mais plus encore, l'apathie la clouait contre ses oreillers. Elle n'avait aucune raison de se lever. L'amour total et la loyauté qui l'avaient fait courir à Grenville pour défendre Olivier et l'*Étoile* ne semblaient plus réels. Le cacao n'était désormais plus important. Il n'était plus à elle. Il ne l'avait jamais été. Ce n'était qu'une autre des lanternes magiques de Cecil. Elle s'était conté des histoires au cours des deux derniers mois et avait perdu son temps.

Il était plus de dix heures quand elle descendit enfin. Elle était pâle et fatiguée et semblait exceptionnellement réservée. Elle entra d'instinct dans le bureau où elle espérait trouver Olivier. Son moral s'effondrait. Elle voulait qu'il la rattrape, qu'il la remette sur ses pieds, qu'il lui redonne son équilibre comme il l'avait fait si souvent. Elle avait besoin de sa force tranquille, de son bon sens teinté d'humour. Il n'y avait personne dans le bureau.

— Parti en ville, lui dit Élisabeth alors qu'Allégra la suivait dans la cuisine.

Elle semblait encore plus maussade que la veille.

— À Gouyave ? demanda Allégra.

Élisabeth secoua la tête tout en râpant vigoureusement de

la racine de manioc.

— À Saint-Georges, dit-elle. Arnold Baptiste l'a fait appeler ce matin pour le mettre au courant de certains dégâts dans l'entrepôt. Olivier a dit qu'il valait mieux qu'il aille lui-même les réparer, car il aurait ainsi la certitude que le travail serait bien fait.

Élisabeth ramassa le manioc râpé dans un carré de mousseline, en prit et en joignit les quatre coins et commença à presser le ballot. Un mince filet de liquide pâteux s'écoula dans un bol.

— Il a dit qu'il était préférable de bien profiter de l'occasion pour parler avec Jamie du contrat de vente. Il a dit que puisqu'il le payait pour des services légaux, il était à peu près temps d'en obtenir pour son argent.

Elle ouvrit le paquet et commença à frotter entre ses doigts le manioc essoré. Elle y soupoudra un peu de sel au fur et à mesure qu'il adoptait une texture farineuse et sèche.

— Il va ramener Violette à la maison quand il rentrera ce soir. Il m'a dit qu'ils seraient ici pour le dîner.

Elle mit la mixture de manioc au four, la disposant en tas sur la plaque brûlante. Elle aplatit chaque galette avec le dos de sa fourchette.

— Allez-vous prendre votre petit déjeuner ici ou dans la salle à manger avec eux ?

Elle pointa la tête en direction de la grande maison, comme elle l'avait fait la nuit précédente.

— Ils n'ont pas encore mangé ? gémit Allégra.

Son humeur s'assombrit davantage. Elle n'avait donc pas réussi à éviter ses parents.

— Non, répondit Élisabeth en retournant les galettes. Ils sont assis dans la salle à manger à attendre que je les nourrisse, comme s'ils étaient au palais de Buckingham.

Elle empila les croustillantes galettes de manioc dans un panier, retira un plateau de galettes de poisson du four où elle les gardait au chaud et se dirigea vers la maison.

— Vous venez ? demanda-t-elle par-dessus son épaule.

Allégra la suivit de mauvaise grâce.

— Bonjour, dit-elle, avec le peu d'entrain qu'elle put rassembler.

Les deux hommes se levèrent quand elle entra dans la salle à manger, mais seul Barthélemy répondit. Contournant la table pour avancer sa chaise tandis qu'elle y prenait place, il lui dit :

— Bonjour. Quelle superbe journée! Le soleil est-il toujours aussi brillant?

— Presque toujours, oui, répondit Allégra.

Elle n'avait pas assez d'énergie pour parler des sombres nuages qui couvraient de temps à autre le pays, ni des vents violents, comme elle le faisait d'habitude.

— Trop chaud, dit sir Gérald, d'une voix grincheuse.

Il emplit son assiette en puisant dans les plateaux qu'Élisabeth laissa tomber sur la table.

— Ça vous coupe l'appétit.

— Hum! commenta Élisabeth.

Elle versa dans leur tasse un liquide provenant d'une théière.

— Qu'est-ce que c'est que ça? demanda sir Gérald.

Il jeta un regard soupçonneux en direction de l'odorant liquide brun.

— Je voulais du thé.

— Ça s'appelle du thé de cacao, dit Allégra. C'est très bon.

— C'est du chocolat, dit Barthélemy, en prenant une petite gorgée. Non, ce n'est pas exactement du chocolat non plus. Fascinant. Comment le fait-on?

— À partir du cacao du pays, répondit brièvement Allégra.

Elle était certaine que sa brève réponse suffirait.

— Juste du cacao? demanda Barthélemy.

De toute évidence il n'était guère satisfait de la réponse.

— La consistance est différente de celle du cacao de notre petit déjeuner. Je pense y déceler aussi d'autres saveurs. De la vanille, peut-être?

— Ce n'est pas de la vanille, ce sont des graines de tonka,

répondit Allégra, qui se surprit elle-même. Le goût est semblable à celui de la vanille, mais il s'agit d'une toute autre plante; en fait il s'agit d'un arbre plutôt que d'une vigne. On met les graines de tonka dans un chaudron avec du cacao rôti, des graines de sapote, de l'écorce de cannelle et des feuilles de laurier, puis elles sont réduites en pâte. La pâte est formée en boules qui, après avoir durci, sont râpées, dissoutes dans l'eau, puis mêlées à du lait et à du sucre.

— Fascinant, murmura une nouvelle fois Barthélemy.

Il prit une autre gorgée.

— C'est plutôt graisseux, ronchonna sir Gérald. Il n'y a pas de vrai déjeuner sans une bonne tasse de thé anglais. Fortnum et Mason font le mélange que j'aime. Oh, Seigneur, s'interrompit-il lui-même, la rôtie est complètement sèche.

— Elle est censée être sèche, dit Allégra d'une voix crispée.

Elle joua avec sa propre rôtie. Elle non plus n'avait pas beaucoup d'appétit, mais la chaleur n'y était pour rien.

— Elle est faite sur la grille. À partir de la racine de manioc.

— De manioc ? demanda Barthélemy.

Il s'en prit une portion.

— Le manioc n'est-il pas extrêmement venimeux à moins d'avoir été d'abord bouilli ? Je pense avoir lu que les Indiens Arawaks trempent leurs flèches dans une concoction qu'il font à partir du manioc non bouilli.

— Il doit s'agir d'une variété plus amère, dit Allégra.

Elle avait honte du plaisir qu'elle éprouvait à voir sir Gérald s'empresser de déposer sa rôtie et de prendre une gorgée de thé de cacao.

— C'est la substance de base utilisée dans la fabrication du tapioca. Il s'agit cependant d'une variété sucrée. On peut la manger sans crainte, qu'elle soit crue ou cuite.

— Je n'ai pas mangé un seul vrai petit pain depuis que nous avons quitté l'Angleterre, se lamenta sir Gérald.

Il prit une bouchée de galette de poisson. Il devint cramoisi et s'étouffa presque. Après avoir bu la moitié d'une tasse de thé de cacao, il s'exclama :

— Seigneur! C'est vraiment tout plein de poivron rouge. Comment quelqu'un peut-il survivre à un tel repas?

Barthélemy lui répondit d'un ton pédant :

— Il n'y a vraiment rien d'extraordinaire à manger de la nourriture très épicée dans un climat chaud. Tout autour du globe, on réalise que la cuisine tropicale repose sur l'utilisation d'une variété de poivrons et d'épices piquantes. Les Indes en sont l'illustration parfaite, avec leur cari et leurs condiments très forts. Au Siam, un de leurs assaisonnements préférés est une pâte de piment rouge et de cari en poudre. Au Mexique, on consomme aussi une quantité énorme de poivrons rouges.

Barthélemy fit une courte pause.

— Ce n'est qu'en voyageant au nord, vers les climats plus tempérés, que les plats locaux deviennent plus fades. À l'approche des terres gelées du Yukon ou de la Sibérie, la nourriture est presque totalement dénuée de saveur. Naturellement, on pourrait rétorquer que les épices plus fortes ne croissent pas dans les régions plus froides, mais il y a des preuves physiologiques qui démontrent l'efficacité d'absorber de la nourriture plus épicée dans les régions tropicales. Elle éclaircit le sang et maintient la température du corps à un degré plus compatible avec le climat.

Allégra fut un peu déconcertée par cette dissertation, mais elle était reconnaissante de l'intervention de son cousin. Non seulement défendait-il, même de façon indirecte, le fine cuisine d'Élisabeth, mais il avait fait taire son père au moyen d'un barrage d'informations peu connues. Il commençait à devenir de plus en plus évident que l'étude constituait le passe-temps de Barthélemy; il était une encyclopédie vivante, un condensé de renseignements sur une foule de sujets.

Allégra le regarda avec respect. Son inclination naturelle venait de trouver une assise plus solide. Il était évident que Barthélemy possédait la curiosité propre aux Pembroke. Tandis que chez Allégra, elle se réalisait davantage sous forme d'expériences et d'aventures, chez Barthélemy, elle se manifestait sous la forme d'un insatiable appétit pour l'érudition. Il n'exerçait aucune discrimination ; il semblait s'intéresser également à tous les sujets.

— J'apprécierais beaucoup faire une visite du domaine, dit-il.

Il se versa une deuxième tasse de thé de cacao.

— Je n'ai jamais vu comment on fait pousser le cacao.

— On *récolte le cacao*, on ne le fait pas pousser, corrigea automatiquement Allégra.

Avec une pointe de nostalgie, elle se rappela comment Olivier avait redressé ses idées sur le même sujet, le deuxième jour de son arrivée à la Grenade. Sa vie avait énormément changé depuis ce soir-là sur la véranda.

— Exactement, dit Barthélemy, acceptant qu'elle le corrige. Mes connaissances sur le sujet sont nettement déficientes. Elles gagneraient beaucoup à recevoir les informations d'un expert. Quand monsieur MacKenzie sera de retour, peut-être pourra-t-il m'emmener faire un tour.

Il s'arrêta, puis ajouta avec beaucoup d'impartialité :

— Malgré que je comprendrais très bien sa réticence à le faire.

— Je vous ferai visiter, proposa Allégra.

Elle fut tout aussi surprise que Barthélemy. Alors qu'il n'était pas venu à l'esprit de Barthélemy que son adorable cousine pût être familière avec les activités du domaine, il n'était pas venu à l'esprit d'Allégra qu'elle aimerait le guider. Cela ressemblait vaguement au fait de remettre à un voleur sa clé du coffre-fort, mais elle repoussa cette idée. Elle ne savait pas que faire d'autre avec eux : rester dans le salon représentait la pire des tortures.

Même si l'expédition avait commencé sur une note plutôt sombre, avec sir Gérald se plaignant de la chaleur, de la raide inclinaison des collines, des sentiers trop feuillus, la promenade fut, en fin de compte, très agréable pour Allégra et pour Barthélemy. Ce dernier fut intrigué non seulement par tout le processus de croissance et de séchage du cacao, mais aussi par sa cousine Allégra. Il trouva que sa connaissance des graines d'or était particulièrement vaste et que son enthousiasme était pour le moins contagieux. Il n'avait pas l'habitude de précipiter ses jugements sur les gens, mais il était étonné de constater combien il était heureux d'être avec elle.

Pour Allégra, la randonnée fut un tonique. Plus Barthélemy lui posait de questions, plus elle voyait son moral se rétablir. Elle était soulagée de voir combien il lui était facile de lui répondre.

— Ces graines ont besoin d'une autre journée de soleil, dit-elle à son auditoire.

Elle palpa les graines de cacao dans l'un des tiroirs. D'un geste automatique, elle en soutira une graine pourrie et la lança dans la cour de ciment.

— Nous avons eu un après-midi de pluie la semaine dernière et les tiroirs doivent rester fermés, expliqua-t-elle. Cela retarde le séchage.

— Oui, oui, dit sir Gérald. De toute évidence vous devrez les garder au soleil un après-midi de plus pour compenser l'après-midi de pluie.

Allégra regarda directement son oncle et dit :

— En fait, on devra les laisser ouverts plus longtemps. Non seulement doit-on compenser pour le manque de soleil, mais les graines doivent aussi perdre l'humidité causée par la pluie.

— En d'autres mots, dit Barthélemy, il n'y a pas de formule précise pour déterminer quand les graines sont sèches. C'est essentiellement une question d'instinct personnel.

— Non, répondit Allégra.

Elle jeta un regard soutenu à son cousin.

— Ce n'est pas une question d'instinct personnel. C'est une question d'expérience.

— Effectivement, murmura Barthélemy, impressionné.

« Expérience », pensa Allégra. Olivier en avait parlé le premier ce jour-là, quand sa fascination pour le cacao s'était éveillée, mais elle l'avait acquise elle-même. Elle regarda, à travers la cour, les tiroirs qui formaient une immense courte-pointe de cacao, ce cacao qu'elle avait aidé à récolter. Elle leva les mains, apparemment pour protéger ses yeux de l'ardeur du soleil, mais en réalité elle cachait les larmes de fierté qui les mouillaient. L'expérience, pensa-t-elle encore, tout en savourant son bien-être. C'était une des choses dont elle n'avait pu hériter de son père. Son oncle ne pouvait pas la lui enlever non plus.

C'est alors qu'elle comprit à quel point le domaine avait acquis de l'importance pour elle. Il couvrait plus de huit cents acres de terre avec des bosquets de cacaoyers et une confor-table demeure. Il était inextricablement lié aux semaines les plus intenses de sa vie, à ces semaines qui en avaient changé radicalement le cours. C'était ici qu'elle était passée de l'état de dépendance effrayée à celui de confiance en elle. C'était ici qu'elle avait guéri sa déception et son chagrin au moyen d'une réalisation qui l'avait remplie de satisfaction. Et c'était ici qu'elle avait remplacé sa solitude par de l'amour. Dans son cœur, l'*Étoile* était inséparable d'Olivier.

« Je ne vais pas abandonner cela facilement », pensa-t-elle alors qu'elle conduisait son oncle et son cousin à travers le boucan. « Je ne vais pas remettre docilement l'*Étoile* à sir Gérald. Et je ne vais certainement pas retourner à mon an-cienne façon de vivre. »

— C'est ici que les graines sont triées, ensachées et prépa-rées pour l'expédition, cria-t-elle par-dessus le tapage de la trieuse.

Elle ne portait déjà plus attention au tour du domaine. Elle était préoccupée par le renouvellement de ses souhaits.

« J'ai déjà promis une fois que je ne te laisserais pas tomber, papa », informa-t-elle en silence l'homme héroïque de ses rêves. « Et je vais te le promettre à nouveau. » L'image illustre de son père s'était quelque peu ternie depuis la dernière fois qu'elle avait fait ce vœu. Elle n'en était plus consternée. Avec un nouvel optimisme, Allégra décida que si elle ne pouvait pas cavaler vers un avenir prometteur en s'agrippant aux basques de Cecil, Cecil pouvait le faire accroché aux siennes.

« Je devrai d'abord régler ces dettes négligentes qu'il a accumulées », pensa-t-elle. « Une fois que l'argent aura été remis, ce devrait être assez simple de réparer les torts faits à sa réputation. »

Quand ils rentrèrent à la maison pour prendre des gâteaux à la noix de coco et un vrai thé anglais, Allégra amorça sa campagne :

— Pouvez-vous, je vous prie, me dire quelle somme mon père a empruntée pour acheter l'*Étoile*? demanda-t-elle à son oncle.

Elle avait pris son ton le plus officiel. Elle se rappelait tristement sa course au bas de la colline la nuit du vol de cacao et sa course tout aussi endiablée chez Argo. Elle résolut donc d'être plus prudente cette fois-ci.

— Puisque je ne savais pas que le prêt existait, j'ignore de quel montant il s'agit.

Sir Gérald pinça les narines afin d'indiquer son dédain de discuter finances avec une femme. Son avarice l'emporta néanmoins sur sa répulsion.

— Trois mille livres, répondit-il brièvement.

Il tapota ses lèvres avec une serviette bordée de dentelle.

Ce fut au tour d'Allégra d'arquer les sourcils.

— Trois mille livres? dit-elle.

L'espoir ajoutait de la fébrilité à sa voix.

— Ce n'est pas beaucoup, n'est-ce pas? Trois mille livres, ce n'est que, euh, ce n'est que, voyons, quatre fois trois font douze, plus euh...

— Quatorze mille six cent dix dollars américains, avança méticuleusement Barthélemy.

— J'ai cet argent, s'exclama Allégra.

Elle fut étonnée de voir avec quelle aisance le problème se réglait.

— Si on considère la vente des propriétés de mon grand-

231

père au Connecticut et les fonds qu'il a mis de côté au cours des années, j'ai cette somme. Même en tenant compte de...

Elle s'arrêta juste avant de dire : « l'argent que j'ai promis de rendre à Olivier », car elle ne voulait pas que son oncle soit au courant de la façon très insouciante avec laquelle son père avait joué avec ses finances. Elle ne souhaitait aucunement lui fournir des munitions supplémentaires pour attaquer Cecil. Elle continua à calculer. Ses doigts traçaient des signes sur sa jupe et ses lèvres murmuraient des chiffres. Elle finit par conclure qu'elle lui remettrait tout l'argent que Cecil lui devait et qu'il lui resterait encore cent quatre dollars à dépenser.

Barthélemy la regarda faire ses calculs laborieux. Il brûlait de pouvoir l'aider, mais il était trop poli pour lui demander ce qu'elle comptait. Il souffrait de la voir lutter avec ces ensembles de chiffres quand, pour lui, les sommes s'alignaient si facilement. Il fut très soulagé quand sa cousine sembla maîtriser ses comptes et qu'elle annonça, triomphante :

— Oui, je peux vous remettre les trois mille livres, ce qui annulera tout droit de saisie sur l'*Étoile*.

Avec une froideur qui étiola la victoire momentanée d'Allégra, sir Gérald dit :

— En général, on s'attend à ce qu'un intérêt soit payé sur un prêt de cette nature. Il est en cours depuis maintenant six ans. Si cet argent avait été investi de façon plus conservatrice, il aurait rapporté plus de trois cents livres.

Le cœur d'Allégra s'effondra. Même sans convertir cette somme en devises américaines, elle savait qu'elle ne l'avait pas. Elle était venue tellement près de sauver l'*Étoile*, mais cela était insuffisant.

— Je n'en ai pas assez, dit-elle à voix basse.

Barthélemy fit porter son regard sur le visage désespéré d'Allégra, puis sur celui de son père. Il retenait son souffle. D'habitude, il se rangeait aux décisions de son père. Il adoptait un air détaché lorsqu'elles lui paraissaient moins acceptables. Il prenait très sérieusement son rôle d'héritier de sir Gérald. Le devoir était le devoir. Jusqu'à maintenant. Pour la première fois, il s'aperçut qu'il espérait au-delà de tout espoir, à l'encontre de la façon normale d'agir et d'un sens objectif des affaires, que son adorable cousine américaine ne soit pas vaincue.

Son souhait inexprimé fut miraculeusement réalisé. Sir Gérald concéda à contrecœur :

— J'imagine que nous pouvons renoncer au paiement de l'intérêt, puisque c'est un prêt à l'intérieur de la famille.

Contrairement à celle de son fils, la générosité de sir Gérald n'était pas motivée par l'expression émue d'Allégra, mais plutôt par opportunisme et par souci de son propre confort. Il croyait que sa nièce disait vraiment la vérité et qu'elle n'avait pas d'autre argent. Son seul recours était de saisir le domaine et il n'était plus intéressé à le faire. Il avait commencé la visite du matin en évaluant mentalement quel profit pouvait être tiré de l'*Étoile*, mais en ce moment il était prêt à se contenter de minimiser ses pertes et de partir.

Il détestait la Grenade ; il détestait tout ce qui la concernait. Les couleurs éclatantes heurtaient son esprit terne ; le chaud soleil irritait son âme froide. Il trouvait l'accent lyrique des Antilles ennuyeux, leur rythme langoureux, intolérable. La nourriture était abominable, les installations détestables et les gens, eh bien, moins il avait à faire à ces gens, mieux cela valait. Sa nièce échevelée ressemblait trop à son folichon de frère pour lui convenir. Quant au grossier MacKenzie, son intransigeance de petit bourgeois pouvait présenter un problème. Toutes choses considérées, décida-t-il, c'était le meilleur plan possible.

— Nous irons à Saint-Georges demain, annonça-t-il d'une voix presque plaisante. Nous verrons d'abord vos banquiers pour régler cette affaire, puis nous ferons les arrangements pour notre départ immédiat.

Allégra, dont l'humeur avait subi tour à tour des hauts et des bas avec chaque nouvelle déclaration de son oncle, sentit une autre secousse de désespoir la traverser.

— Je crains que nous ne puissions vraiment régler cette

affaire demain, commença-t-elle.

Sa voix était hésitante, car elle craignait les attaques glacées de sir Gérald. Elles vinrent sur le champ.

— Et quel obstacle avez-vous maintenant déterré? demanda-t-il.

Il déposa sa tasse de thé dans la soucoupe. Sa faible pointe de bonne humeur venait de s'évaporer.

— L'argent, dit-elle d'un ton misérable. Je ne l'ai pas.

— Qu'est-ce que cela signifie?

Les sourcils de sir Gérald s'élevèrent en même temps que sa voix.

— Petite effrontée! Vous m'avez laissé croire que vous possédiez un héritage et que vous étiez prête à rembourser la dette de votre père. Je vous ai fait une belle concession sur cette base en renonçant à six années d'intérêts et maintenant vous m'annoncez que vous n'avez pas le capital.

— Oh, non, non, non! se hâta de répliquer Allégra. *J'ai* effectivement l'argent. C'est seulement que je ne l'ai pas *ici*. Il est encore au Connecticut, à ma banque. Mais j'ai déjà écrit à M. Barker pour qu'il me le fasse parvenir, ajouta-t-elle désespérée. Je sais qu'il le fera dès qu'il recevra ma lettre, mais il faudra peut-être attendre un peu.

— Bien sûr qu'il faudra attendre un peu, rétorqua sir Gérald.

Il était très vexé.

— Entre-temps, je devrai supporter les inconvénients de cet irresponsable délai; je serai forcé d'endurer la vie dans ce recoin si peu civilisé.

— C'est une situation tout à fait compréhensible, fit remarquer Barthélemy. Ma cousine Allégra vient elle-même d'arriver à la Grenade. Il fallait s'attendre à ce que sa banque n'ait pas encore transféré ses comptes.

Même si le ton était amène, Barthélemy fut lui-même étonné de sa déclaration. Il ne s'était jamais opposé à son père auparavant; il n'avait jamais entravé les manifestations de colère de sir Gérald, mais il avait en quelque sorte senti le besoin de défendre sa cousine. Il la regarda, essayant de comprendre ce qui avait causé cette réaction particulière. Il fut instantanément réchauffé par le regard de gratitude qu'elle lui lança.

Sir Gérald, de son côté, jeta un regard courroucé à son fils. Barthélemy ne lui avait jamais tenu tête et il n'aimait vraiment pas cela. Il chercha un moyen de le punir pour son manque de loyauté.

— Puisque personne ne trouve la moindre objection à cet atroce désagrément, dit-il d'une voix guindée, je ferai reposer sur vos épaules la suite de cette transaction.

Il désigna Allégra d'un hochement de tête et lui dit :

— De votre part, j'attends une reconnaissance de dette qui affirmera votre intention de la rembourser au complet ; le domaine de cacao sera inscrit à titre de nantissement. Votre associé semble accorder beaucoup d'importance aux documents écrits ; aussi ai-je l'intention de lui présenter un contrat sans failles. Une fois que la reconnaissance aura été produite, on pourra commencer à faire ma valise, dit-il.

Puis il porta un regard perçant sur son fils unique.

— Barthélemy attendra l'arrivée des fonds et, en conséquence, la fin de cette affaire tandis que je retournerai en Angleterre.

Il prit un autre gâteau à la noix de coco et s'installa confortablement à nouveau, fort satisfait d'avoir atteint tous ses buts.

Barthélemy, qui comprenait la réprimande, ne fit qu'approuver de la tête, mais curieusement, l'idée de devoir rester à la Grenade pendant une période indéterminée ne l'abattait pas du tout. Allégra bondit de sa chaise, prête à mettre un terme autant à la discussion qu'à la visite de sir Gérald.

— Allons dans la bibliothèque, suggéra-t-elle. Il y a des plumes et du papier sur le bureau.

Elle venait tout juste de signer son nom avec un paraphe, quand Olivier entra dans la chambre, avec Violette sur ses talons.

— Que se passe-t-il? demanda-t-il sans préambule.

Il regarda immédiatement le papier que sir Gérald enfonçait dans sa poche.

— Mlle Pembroke et moi, nous nous occupons des affaires de la famille, dit sir Gérald d'un ton hautain.

Il tapota son revers de veston pour le remettre en place.

— Maintenant, j'ai l'intention de me reposer dans ma chambre avant le dîner.

Sans aucun autre signe de reconnaissance, sir Gérald quitta la bibliothèque.

— Je pense que Mlle Pembroke et moi, nous avons des affaires dont nous devons nous occuper maintenant, dit Olivier avec une douceur glaciale. Dans le bureau.

Son allure et son ton ne laissaient aucune place aux protestations. Avec un soupir, Allégra se leva et le suivit dans le bureau.

Olivier fit claquer la porte derrière eux et demanda :

— Qu'avez-vous encore fait? Quel plan idiot avez-vous mijoté cette fois-ci?

Le visage d'Allégra rougit d'entendre ce ton cassant, en partie parce qu'elle était gênée de ses anciens impairs financiers, mais plus encore parce qu'elle était en colère. Elle rétorqua :

— Comment pouvez-vous oser dire cela? Vous ne savez même pas ce qui s'est passé, et pourtant vous supposez le pire.

Olivier s'assit sur le coin du bureau et croisa les bras.

— Il est évident que vous avez signé des papiers, dit-il. À moins que ce ne soit une entente par laquelle votre oncle renonce à tout droit de propriété sur l'*Étoile*, une éventualité dont je doute sérieusement, je ne peux que craindre le pire. Qu'est-ce que c'était?

Ennuyée par la piètre idée qu'il avait de ses qualités, Allégra lui dit :

— C'est entre mon oncle et moi. Comme il dit : « des affaires de famille ».

— Allégra, dit Olivier sur un ton de mise en garde.

Elle inspira en collant sa langue sur ses dents, un geste de dégoût typiquement antillais, puis dit avec une pointe d'irritation :

— C'était un billet à ordre. J'ai découvert que j'avais assez d'argent pour honorer les dettes de mon père. *Toutes*, ajouta-t-elle avec conviction. Je veux les liquider complètement.

— Un billet à ordre, répéta tranquillement Olivier.

On sentait le calme avant la tempête.

— En utilisant l'*Étoile* comme nantissement?

Allégra perdit un peu de sa mauvaise humeur.

— Eh bien, oui, admit-elle.

— À quoi diable pensiez-vous? explosa Olivier en se levant. Qu'est-ce qui a bien pu vous pousser à faire une chose aussi idiote? Vous avez créé une obligation là où il n'en existait aucune; vous avez accepté volontiers de payer une dette que vous n'aviez pas, probablement avec le domaine. Il n'existe absolument aucune preuve que ce « prêt » ait jamais été consenti, pour commencer. Ou à quel montant il s'élevait. Ou bien à quoi il devait servir. Ou s'il n'a pas été remboursé il y a des années. Tout ce que vous avez, c'est la parole de cet oncle arrogant aux lèvres crispées qui se promène avec son nez en l'air et sa main dans votre poche. Vous, de votre côté, la seule chose que vous dites, c'est « merci ». Il n'y avait aucune nécessité pour vous de signer une reconnaissance de dette, absolument aucune. Et il n'y a aucune raison pour vous de jeter votre argent par les fenêtres.

— Bien sûr qu'il y a une raison, répliqua Allégra.

Elle était blessée par son attaque acerbe.

— La raison, ce sont les trois mille livres que mon père a empruntées pour acheter l'*Étoile*.

— Mais vous n'en êtes pas certaine! cria Olivier sous la frustration. Vous n'avez aucune preuve que ce prêt ait jamais été versé.

Allégra se mit elle aussi à rager.

— Vraiment, Olivier, je ne faisais que suivre les conseils que vous m'avez toujours donnés. Vous m'avez dit d'être plus réaliste à propos de mon père, de commencer à réaliser ses fautes, son insouciance avec l'argent. Nous savons tous deux que mon oncle n'a pas inventé cette dette et nous savons aussi qu'elle n'a jamais été remboursée. Et vous avez toujours dit : « Mettez tout sur papier ». C'est exactement ce que j'ai fait. Je pense avoir effectué toute cette transaction de façon professionnelle.

Pendant quelques instants, Olivier se dressa au-dessus d'elle, l'air hostile, puis il s'assit à nouveau sur le bureau. Sa colère tomba. D'un geste las, il passa sa main sur son visage en sueur. Quels arguments pouvait-il opposer à une logique si compliquée ? Elle était tellement sincère, tellement convaincue de la justesse de son raisonnement. Il fit une dernière tentative pour la remettre en droite ligne.

— Gérald a hérité d'une sacrée fortune, lui dit-il, alors que Cecil n'a rien reçu. Et maintenant, le salaud vous relance pour quelques milliers de livres qu'il ne dépensera jamais. C'est de la pure avarice et c'est le dépit qui la cause. Même en supposant que votre père ait emprunté l'argent et qu'il ne l'ait jamais remboursé, la pure injustice de la situation exige que vous ignoriez la dette. Dans les circonstances, il n'est absolument pas nécessaire que vous vous engagiez à le rembourser. Ou à perdre l'*Étoile*.

Allégra souleva fièrement la tête.

— Bien sûr que c'est nécessaire, dit-elle.

Sa voix était aussi calme que celle d'Olivier.

— Ce n'est pas à moi de juger de quelle façon mon grand-père Pembroke a choisi de disposer de son domaine ou de réclamer l'héritage qu'il a refusé de me donner. Si mon père lui devait de l'argent, je n'essaierai pas de me dérober. Je ne supporterai pas que ses dettes et ses engagements antérieurs entachent les titres de l'*Étoile*. Je n'accepterai pas non plus que les gens murmurent à notre sujet, ou qu'ils rient de nous, ou qu'ils aient pitié de nous. Je veux qu'aucun doute ne pèse sur notre honnêteté et sur notre intégrité.

Olivier soupira. Même s'il n'approuvait pas ses méthodes,

il comprenait ses motifs. Il lui dit avec une affectueuse résignation :

— Je pourrais mettre en doute votre santé mentale, mais jamais votre intégrité.

La bonne humeur familière de sa voix détendit Allégra. Agitant la main, elle conclut :

— De plus, il n'y a aucun risque de perdre l'*Étoile*. Je m'en suis assurée. Je pourrai effacer cette dette dès que mon compte en banque aura été transféré du Connecticut. Alors l'*Étoile* sera vraiment à moi.

— Seulement à moitié, corrigea Olivier avec un sourire.

— Seulement à moitié, consentit Allégra, en lui rendant son sourire.

# 10

— *E*uh ! il semble que nous devions nous présenter nous-mêmes l'un à l'autre, bégaya Barthélemy. Je suis, euh... Barthélemy Pembroke.

Il était fasciné par Violette, par le lustre soyeux de sa peau couleur de coco grillé, par le tracé délicieusement parfait de son visage en forme de cœur, par les petites boucles noires qui s'échappaient de son chignon. Il était enchanté par ses adorables yeux bruns, subjugué par sa grâce et par sa beauté. Laissé seul avec elle dans la bibliothèque, à l'encontre des usages, il était totalement captivé et envahi par le désir.

— Je suis très heureuse de vous rencontrer, répliqua Violette.

Elle ne remarqua pas son bégaiement.

— Je suis Violette MacKenzie.

Il était différent de tous les hommes qu'elle avait rencontrés ; il ressemblait au prince charmant de ses rêves. Non seulement se confondait-il avec un héros de conte de fée, car il était grand, droit et beau, avec de brillants cheveux blonds et des yeux d'un bleu de porcelaine, mais il agissait par surcroît comme s'il en était un. Il avait une grâce dans sa personne, un raffinement qui manquait tout à fait aux jeunes gens qu'elle connaissait à Carriacou et à la Grenade. Même à son frère bien-aimé manquaient la gentillesse et la noblesse qu'elle avait immédiatement discernées chez Barthélemy.

— Nous venons tout juste de finir le thé, dit Barthélemy.

Il ne pouvait s'empêcher de la contempler.

— Mais peut-être puis-je sonner pour qu'on nous en apporte?

Violette fut enthousiasmée car ces paroles avaient un air grandiose, mais elle refusa l'offre : il n'y avait aucune clochette à l'*Étoile*.

— J'ai pris une tasse de thé à bord de la goélette tandis que nous naviguions en provenance de Saint-Georges, dit-elle.

Elle songea avec horreur à la tasse ébréchée, remplie à l'aide d'une bouilloire gardée dans un seau à charbon. À ce moment-là, le goût en avait été bon, car le thé était chaud et sucré au lait condensé, mais cela lui sembla soudain manquer d'élégance.

— Je vois, dit Barthélemy.

Il semblait à court de paroles. Tout ce qu'il voulait, c'était la regarder. La voir passer la porte de la bibliothèque quelques minutes plus tôt avait constitué l'apothéose des deux journées les plus extraordinaires des vingt-quatre dernières années de sa vie.

Il avait été élevé dans un monde ordonné, où les gens, les événements et les traditions n'offraient aucune surprise. Tel que prévu, il était passé de la nursery du manoir familial au pensionnat, puis à Oxford pour réintégrer ensuite le domaine familial. Pendant ce temps, il avait fréquenté d'autres jeunes gens de sa société, il avait participé à des parties de chasse et à des bals de *débutantes*. Il avait supposé qu'un jour prochain, une des femmes au sang noble de son entourage, avec une éducation identique à la sienne, deviendrait sa femme, qu'il hériterait éventuellement de Pembroke Hall et que tout ce processus sans fin se répéterait une fois encore.

De tempérament affable, il n'avait pas résisté à cette existence prédéterminée, bien que choyée. À tout le moins pas avant d'avoir débarqué à la Grenade. Il avait réagi avec grand étonnement et vif plaisir à son premier regard jeté sur l'île

242

tropicale. Tout l'avait enchanté : les couleurs, le climat, l'accent, le panorama ; cette île stimulait des réactions dont il ne se serait jamais cru capable.

Il aimait surtout les habitants de la Grenade, leur pas lent, leur indépendance. Il aimait même la maussade Élisabeth, mais il était par-dessus tout impressionné par sa très belle cousine et par son associé au parler franc. À l'encontre de sir Gérald qui jugeait Olivier comme un colon malpropre et sans éducation et Allégra comme une arriviste sans scrupules, Barthélemy était conscient qu'Olivier avait de la noblesse et qu'Allégra était de bonne naissance. Ce qui le frappait le plus, c'était la façon dont ils semblaient se moquer de ces attributs, car ils vivaient avec intensité et sans se soucier des conventions, avec autant d'ardeur que le soleil de midi. Il ressentit de l'admiration et même de l'envie.

Puis Violette était entrée dans la pièce. Après un seul regard, les visages des inévitables *débutantes* anglaises furent éclipsés à tout jamais. En Violette, il voyait une des essences délicates de cette île exotique ; il en percevait l'éclatante beauté, le naturel et la vie sans contraintes.

Un silence suivit sa remarque insignifiante. Ils restèrent tous deux debout, pétrifiés au milieu de la bibliothèque, intimidés soudain par leur attirance mutuelle. Ils ne se regardaient plus l'un l'autre, mais ils examinaient le plancher. Ce fut Barthélemy qui retrouva le contrôle sur lui-même, car l'art des conversations anodines caractérisait son éducation.

— L'air est délicieux, à ce moment de la journée, dit-il. Pouvons-nous nous asseoir sur la véranda ?

Il détestait s'entendre prononcer des mots aussi vides, quand il y avait tant de choses importantes qu'il voulait dire, mais les bonnes manières l'interdisaient.

— Oui, ce serait agréable, répondit Violette.

Elle craignait tant d'avoir l'air idiote.

Ils passèrent les portes doubles de la bibliothèque et s'assirent posément sur des chaises recouvertes de chintz. Le soleil déclinant projetait un rayon de lumière à travers les colonnes ouvragées, dessinant de longues ombres dentelées à leurs pieds. Barthélemy prit ostensiblement une longue respiration. Il murmura d'un ton insouciant :

— Splendide ! Les fleurs semblent toujours plus parfumées en fin d'après-midi. L'avez-vous remarqué ?

Violette renifla. Ses mains étaient soigneusement jointes sur ses genoux.

— Oui, en effet, dit-elle. Je crois que c'est le jasmin près de la citerne qui vient tout juste de refleurir.

— Ah oui, *jasminium grandiflora*. Un des nombreux trésors qui, à travers les siècles, nous sont parvenus de Perse. C'est toujours un bel atout dans un jardin, ne trouvez-vous pas ?

— C'est une de mes fleurs préférées.

— Ce spécimen est particulièrement beau. Je l'admirais ce matin avant le petit déjeuner. En fait, toutes les plantes sont extraordinaires. La rangée de lys près de l'allée est tout à fait resplendissante. J'y ai compté pas moins de dix-huit espèces.

— Votre oncle a conçu l'aménagement d'origine, mais Olivier a poursuivi son œuvre. Il retient les services d'un jardinier seulement pour en élaguer les plants. Ça pousse si vite, vous savez.

— Je peux l'imaginer. Dans ce sol riche et sous ce chaud soleil, les plantes bondissent littéralement du sol.

— Vous êtes si bon et si courtois ! s'écria soudain Violette.

Elle s'agrippa aux bras de son fauteuil, comme pour se retenir de bondir elle-même.

— Tout ceci doit être terriblement ennuyeux pour vous.

Élevée avec la franchise d'Angus et d'Olivier, elle ne pouvait continuer à babiller au sujet des fleurs et des bourgeons quand elle brûlait de lui dire combien elle l'admirait.

— Je suis sûre que vous êtes habitué à des lieux beaucoup plus élégants et à une vie beaucoup plus excitante. Mais comme c'est galant à vous de vous intéresser aux pauvres distractions que nous avons à offrir. Je suis persuadée que vous pensez à tous les opéras, à tous les bals et à toutes les personnes importantes que vous avez laissés à Londres.

Barthélemy ne pensait rien de tel, mais l'idée qu'*elle* pensait ainsi rosit ses pâles joues aux traits nets. Il fut surpris non seulement par son honnêteté ingénue, mais aussi par le jugement flatteur qu'elle portait sur lui. Même s'il se savait physiquement attirant, il savait aussi qu'on l'estimait un peu ennuyeux.

Jusqu'à deux jours auparavant, sa vie avait été tout, sauf excitante. Elle avait été aussi prévisible que la brume de Londres. Puis Violette y avait pénétré, rayon de soleil des tropiques, et il avait su immédiatement que les choses ne seraient plus jamais les mêmes. Sa source de clichés était tarie.

— Pas du tout, murmura-t-il.

Violette ne remarqua pas la faille dans sa politesse bien vernie, frappée par une autre pensée. Elle se demanda si elle n'était pas déloyale en se laissant tellement attirer par un homme représentant l'ennemi. Après tout, Barthélemy et son père étaient venus pour enlever l'*Étoile* des mains d'Allégra et pour perturber la vie qu'Olivier chérissait. Cette prise de conscience la rendit malade, mais l'équilibre émotif transmis par sa mère ne lui permit pas de bouder trop longtemps. Après seulement dix minutes en compagnie de Barthélemy, elle savait qu'elle était absolument incapable de renoncer à l'attirance qu'elle éprouvait pour lui. Elle décida plutôt d'amener Barthélemy à abandonner son but original.

— J'espère que vous ne trouverez pas les choses si intolérables à l'*Étoile* que vous resterez indifférent à son sort.

Elle joignit à nouveau les mains sur ses genoux, mais défendit sa cause avec ferveur.

— Ce serait une terrible tragédie si Allégra perdait l'*Étoile*. Elle en aurait le cœur brisé. Elle aime ce domaine plus que je ne peux vous le dire ; elle aime le cacao. Et le cacao répond à sa dévotion. Même Olivier a dit qu'elle est un atout pour le domaine. Elle a suggéré certaines améliorations importantes. Si seulement vous la connaissiez davantage, je suis sûre que vous réaliseriez davantage toutes ses remarquables qualités et que vous en concluriez qu'elle mérite de garder l'*Étoile*.

— Je vous assure, mademoiselle MacKenzie, que ce n'est pas mon souhait d'évincer ma cousine, la rassura immédiatement Barthélemy.

Même s'il avait trouvé qu'Allégra était une insupportable mégère, il n'aurait pas été capable de résister à la prière de Violette. En fait, il avait déjà pris le parti d'Allégra, de plus en plus conscient des « remarquables qualités » qu'évoquait Violette. Le tribut que Violette venait de rendre à son amie renforçait la décision qui flottait vaguement dans l'esprit de Barthélemy.

— Je ferai tout ce qui est en mon pouvoir pour l'aider à conserver sa maison, dit-il sincèrement. Pour le moment, elle a volontiers consenti à rembourser sa dette à l'aide de fonds qui doivent arriver des États-Unis. Si ce plan devait échouer, en totalité ou en partie, ou s'il devenait possible de persuader mon père d'oublier cette dette, je vous donne ma parole que je n'oublierais pas la cause de ma cousine. Même dans le court laps de temps écoulé depuis que nous nous connaissons, j'ai été en mesure de comprendre que votre admirable défense est loin d'être injustifiée. Ma cousine Allégra est une femme exceptionnelle.

— Je le savais! cria Violette, triomphante.

Elle frappa des mains.

— Je savais qu'il n'était pas possible que vous soyez sans cœur. Je savais que vous dénoueriez cette terrible injustice. Maman dit toujours qu'on peut voir le caractère d'une personne dans ses yeux. Je peux voir dans les vôtres que vous êtes un gentleman, que vous êtes un homme juste et honorable.

Le soulagement illuminant son visage, elle dit :

— Oh, monsieur Pembroke! merci beaucoup. Vous ne regretterez pas cette décision, je sais que vous ne la regretterez pas.

Déconcerté par cette démonstration de gratitude, Barthélemy réussit à murmurer encore :

— Pas du tout.

Il ne savait pas comment répondre convenablement. Aucun humain dans son entourage n'avait jamais admis avoir éprouvé de fortes émotions, encore moins ne les avait exprimées. Même si l'étalage passionné que Violette venait d'en faire avait touché une corde en lui, elle lui était trop peu familière pour qu'il sache comment réagir.

L'exigence de nouveaux commentaires lui fut épargnée par l'arrivée de son père dans la bibliothèque. Sir Gérald appela son fils d'une voix irritée :

— Barthélemy! Où es-tu passé?

Barthélemy et Violette se levèrent rapidement et rentrèrent dans la bibliothèque. Barthélemy, plus assuré dans son rôle de fils dévoué, répondit :

— Ici, père, Mlle MacKenzie et moi, nous goûtions tout simplement l'air du dehors.

— Il est trop lourd, se plaignit sir Gérald. Et il a une odeur douceâtre qui soulève le cœur.

— C'est le jasmin qui croît sur la citerne, répéta Violette.

Elle souhaitait plaire au père de Barthélemy, malgré son antipathie pour lui et malgré la pauvre opinion qu'en avait Olivier.

Sir Gérald l'ignora.

— Je savais bien que j'aurais dû emmener Henderson avec moi, dit-il à son fils. Il aurait valu la peine de payer le prix de son passage pour que j'aie un valet capable de répondre à mes besoins. J'étais à choisir mes vêtements pour le dîner quand j'ai découvert une dégoûtante créature reptilienne dans la garde-robe, à quelques centimètres de mon veston. Vraiment, cet endroit est épouvantablement primitif. Et les serviteurs ne font pas la moindre chose pour contrôler la situation.

— Je pense qu'il est peut-être difficile de garder l'extérieur là où il devrait être dans une maison si ouverte, fit remarquer Barthélemy, pacifique.

— Ce n'est qu'un gecko, expliqua Violette, moins avenante. Ils sont tout à fait inoffensifs.

Sir Gérald, se tournant pour la première fois vers elle, lui dit d'une voix glaciale :

— Peu importe. Je ne souhaite pas qu'une telle bête se promène sur mes vêtements.

Ses yeux froids la jaugèrent rapidement, supposèrent qu'elle était une servante et se détournèrent.

— Enlevez-la, commanda-t-il, d'un ton qui en même temps lui signifiait son congé.

La peau soyeuse de la gorge et les joues de Violette s'assombrirent devant le ton péremptoire de sir Gérald. Pendant quelques secondes, elle resta figée. Ses jolies lèvres étaient crispées. Puis lentement, dignement, elle traversa la pièce. Elle irait détacher le gecko aux pattes gommeuses du mur de la garde-robe de sir Gérald, non pas parce qu'il le lui avait ordonné, mais parce qu'il était un invité dans la maison de son frère, un visiteur dans son pays et que la simple courtoisie exigeait qu'elle lui assure le plus grand confort.

La remarque de sir Gérald eut un effet encore plus dévastateur sur Barthélemy. Il allait rectifier la méprise de son père quand il réalisa ce qui l'avait provoquée : la couleur de la peau de Violette, la couleur dorée de sa peau qu'il trouvait si belle et si ensorcelante. Un frisson le parcourut quand il vit Violette pour la première fois, non plus comme une fleur magnifique dans un pays exotique, mais dans le contexte de son monde très blanc.

La douleur de la perte l'envahit tandis qu'il reconnaissait l'impossibilité d'une relation avec elle. Une barrière infranchissable l'empêchait. Il pouvait dire de ses démonstrations émotives débridées qu'elles étaient de l'enthousiasme naïf; il pouvait qualifier de charmantes ses origines peu orthodoxes. Il pouvait facilement ignorer ses origines ouvrières, son éducation élémentaire, ses adorables qualités qui la distinguaient des froides *débutantes* de son milieu. Mais il ne pouvait ignorer la couleur de la peau de Violette.

Dans l'éclair de temps qu'il lui fallut pour reconnaître cet obstacle insurmontable, une petite voix étouffée à l'intérieur de lui protesta. Un souhait désespéré se forma, un espoir complètement absurde et illogique s'empara de lui. Il souhaita que, de quelque façon miraculeuse, la couleur de sa peau n'importe plus désormais. Il aspirait aux premières minutes heureusement innocentes de leur rencontre, avant qu'il ait réalisé qu'il y avait quelque différence entre eux.

Ce fut ce désir inexprimé qui le poussa à adresser des excuses à Violette qui passait déjà la porte.

— Je vous en prie, mademoiselle MacKenzie, il n'est pas nécessaire de vous donner cette peine pour nous. Je vais moi-même aller m'occuper de cette créature. Restez ici, je vous en prie, et prenez l'air du soir.

Violette se retourna lentement, mais sans revenir sur ses pas. Ses lumineux yeux bruns avaient l'air blessés. La fragile peau qui les entourait était tirée.

— Ça ne me fait rien, dit-elle posément. Je trouve les lézards tout à fait inoffensifs.

Elle se retourna à nouveau et quitta la pièce, préférant la compagnie d'un gecko à celle de sir Gérald. Malgré son innocence et sa confiance, elle comprenait fort bien son intolérance. Elle n'avait pas manqué non plus de remarquer l'attitude de retrait dans l'expression qu'avait eue Barthélemy devant l'ordre condescendant de son père. C'était ce qui la blessait le plus. Comme elle se dirigeait vers l'escalier, elle se sentit plus malheureuse qu'elle ne l'avait jamais été dans sa vie.

L'angoisse évidente de Violette heurta les sentiments à vif de Barthélemy. Ces sentiments avaient, comme beaucoup d'autres découverts au cours des deux derniers jours, des effets étonnants sur son caractère habituellement docile. Sa culpabilité et sa frustration se déchargèrent sur son père.

— C'est envers Mlle Violette MacKenzie que vous venez d'être aussi impoli, dit-il, rageur à sir Gérald. Elle est la sœur de notre hôte, M. Olivier MacKenzie.

Les sourcils de sir Gérald se soulevèrent, en réponse tout à la fois au comportement inhabituel de son fils et aux nouvelles dont il lui faisait part.

— Sa sœur ? Quelles habitudes de reproduction absolument

dévoyées ont-ils dans les colonies ! dit-il d'un ton méprisant.

Il se détourna de Barthélemy et s'éloigna d'un pas appuyé.

Barthélemy resta seul au milieu de la bibliothèque. Il se sentit tour à tour furieux et triste. Il s'aperçut qu'il souhaitait que les fonds de sa cousine n'arrivent jamais de sa banque des États-Unis, afin qu'il ait ainsi une raison de rester indéfiniment, sans la surveillance de son père et loin de la rigidité sociale que ce dernier représentait. Cela lui semblait la seule solution, la seule façon de pouvoir continuer à voir Violette. Il quitta enfin la bibliothèque et se dirigea d'un pas pesant vers sa chambre. L'imminence du départ de son père constituait sa seule consolation.

Le départ de sir Gérald était en fait souhaité par tous, surtout par sir Gérald lui-même. Il y eut une énorme déception quand ils apprirent le lendemain matin qu'il n'y avait aucun bateau en partance pour l'Angleterre avant le jour de l'an, donc pas avant deux semaines. Au déjeuner, Olivier, qui avait déjà mangé, fit une apparition pour annoncer la sombre nouvelle.

— J'ai téléphoné à l'agent. Le *Royal Mail Packet* quitte la Barbade le deux janvier. Il y a un bateau à vapeur qui fait la liaison pour Southampton le jeudi suivant.

Le soupir ostensible d'Élisabeth fut noyé par l'exclamation de sir Gérald.

— Que c'est ennuyeux, geignit-il. Je serai forcé de passer Noël avec des étrangers, dans un climat qui ne me convient pas. Je serai dans un état de santé lamentable quand j'arriverai à m'échapper. Cette chaleur a un effet terrible sur mon foie.

Ignorant le foie de sir Gérald et l'absurdité d'une visite à la Grenade en cette saison quand on souhaitait passer Noël en Angleterre, Olivier se tourna vers Allégra.

— Le *Solent* est arrivé de Trinidad il y a trois jours avec une charge de glace et de malt, dit-il. Si j'ai bien compris Arnold Baptiste, le *Mam'selle Lily* est rentré à Gouyave avec de la glace la nuit dernière.

Barthélemy trouva cette nouvelle plus ou moins intéressante, insuffisante à le distraire du chagrin que lui causerait la présence continue de son père à la Grenade. Tandis qu'il étalait du beurre et du miel sur une tranche chaude de pain de maïs, il s'inquiéta du fait que, après avoir attendu deux autres semaines, son père puisse décider d'attendre un peu plus longtemps et de cueillir lui-même la dette d'Allégra. Ou même pire, pensa-t-il, en s'étouffant presque sur un morceau de croûte, l'argent de sa cousine pourrait arriver avant le deux janvier et il serait forcé de partir avec son père.

— Comme c'est merveilleux!

L'exclamation d'Allégra interrompit sa rêverie. En la regardant, il fut surpris de voir son visage tout illuminé. Il centra son attention sur la discussion en cours et dit poliment :

— Vraiment? Manquiez-vous de glace?

Allégra écarta sa question d'un mouvement de la main.

— Oh, nous manquons toujours de glace. Nous avons deux glacières recouvertes de liège dans la cuisine, mais on néglige toujours de les apporter à Gouyave pour les faire remplir. Cependant chaque fois qu'arrive un bateau équipé pour transporter de la glace, Matthewlina Cameron fait du sorbet au corrosol pour ses pensionnaires, avec un petit surplus pour son *café*. Vous ne pouvez imaginer comme c'est délicieux, surtout avec des gaufrettes au citron. Si nous y allons après le déjeuner, je parie que nous pourrons la convaincre de nous en donner un peu.

Elle regarda d'un œil alerte autour d'elle pour voir qui partageait son enthousiasme. Barthélemy la regardait d'un air ébahi; Violette chipotait dans son assiette; sir Gérald était complètement indifférent. Seul Olivier accueillit l'idée avec l'ombre d'un sourire.

Allégra dit d'un ton décidé :

— Eh bien, moi *j'y vais*. Qui va m'accompagner? Olivier?

Son sourire s'élargit, mais Olivier secoua la tête.

— Il y a des choses dont il faut que je m'occupe, dit-il, mais peut-être votre cousin ira-t-il à ma place.

Allégra se tourna vers Barthélemy qui sourcilla à plusieurs reprises, mais qui accepta vaillamment.

— Oui, bien sûr, dit-il. Je serais honoré de vous accompagner.

Il jeta un regard d'envie à Violette, avec l'espoir qu'elle offre de se joindre à eux, mais elle ne semblait pas avoir écouté la conversation.

Il fut soulagé d'entendre Allégra annoncer d'une voix ferme :

— Violette, il faut que tu viennes toi aussi. Tu broies du noir depuis hier soir. Une sortie, c'est tout juste ce qu'il te faut pour chasser les idées sombres.

Violette leva finalement la tête et fit à contrecœur un signe d'assentiment. Le cœur de Barthélemy se serra en voyant combien elle semblait triste, car il savait que c'était la remarque étourdie de son père qui en était la cause. Elle avait l'air si petite et perdue qu'il éprouva le désir de la serrer dans ses bras et de l'embrasser pour chasser son air malheureux.

L'idée le sidéra. Il ne savait pas comment elle lui était venue en tête. Il n'avait jamais tenu une femme dans ses bras, jamais embrassé tendrement, ni passionnément. En fait, jamais une femme ne l'avait touché comme Violette l'avait fait, car elle avait excité des sentiments qu'il savait démesurés, elle avait éveillé des désirs qu'il supposait illicites. Chaque minute passée en sa compagnie rendait plus inconcevable l'idée de s'éloigner d'elle.

Cet après-midi, il n'avait pas du moins à penser à son inévitable retour en Angleterre. Allégra partit la première en direction des étables. Elle fit seller les ânes pour Violette et pour elle-même et dit à son cousin :

— Nous avons de très beaux chevaux. Vous pouvez assurément vous en choisir un. Je n'ai jamais appris comment aller à cheval, c'est pourquoi je préfère me déplacer à dos d'âne. De cette façon, si je me fais désarçonner, je ne tombe pas de haut. Violette est assez gentille pour me tenir compagnie, même si elle est tout à fait capable de maîtriser n'importe quel des chevaux qui se trouve ici.

Après avoir considéré le tout, Barthélemy se sentit forcé de dire :

— Vous devez me permettre de vous tenir malgré tout compagnie. Je n'ai jamais monté un âne, mais je suis certain que mon expérience antillaise serait grandement affectée si je négligeais de le faire.

Barthélemy fut récompensé de sa galanterie quand, peu de temps après, monté sur un âne, ses longues jambes ballantes touchant presque la terre rougeâtre, le visage de Violette s'illumina d'un soupçon de bonne humeur. Barthélemy lui sourit à son tour, comprenant qu'elle était probablement amusée par le drôle de spectacle qu'il donnait. Il secoua la tête, étonné. Trois jours auparavant, il aurait juré qu'il était impossible de s'impliquer dans une telle escapade, mais en ce moment sa dignité semblait un sacrifice insignifiant à payer pour le sourire de Violette.

Il fut beaucoup plus embarrassé quand ils arrivèrent à *La maison de pension et restaurant de la porte arrière* et qu'il en rencontra la propriétaire. Matthewlina Cameron était une noire très bien bâtie, extrêmement grande, qui portait un turban d'indigo brillant et près de quinze centimètres de bracelets d'argent à chaque bras. Sa forte carrure et sa mine renfrognée semblaient contredire les délicats desserts sucrés qui faisaient sa renommée.

— Nous sommes venus goûter votre sorbet au corrosol de réputation mondiale, Matthewlina, annonça Allégra.

Insensible à la flatterie, Matthewlina resta dans son fauteuil, près de la porte. Elle leur jeta à peine un regard et dit :

— Fini.

— Non, ce n'est pas possible ! cria Allégra. Nous avons voyagé pendant des jours sous une chaleur étouffante pour arriver à votre *café*. Nous avons enduré les grêlons, les araignées et les serpents venimeux.

Elle tomba à genoux et se serra la gorge.

— Nous n'avons pas eu la moindre bouchée à manger, ni la moindre goutte à boire, murmura-t-elle d'une voix rauque. Seul votre sorbet au corrosol peut nous faire revivre. Ayez pitié, nous vous en prions.

Dans le silence qui suivit la performance d'Allégra, Barthélemy resta figé d'étonnement, tandis que Violette réprimait un fou rire. Finalement Matthewlina émit un soupir de défaite, se souleva avec effort de son fauteuil et marcha d'un pas lourd jusqu'à la cuisine en secouant la tête. L'air extrêmement satisfaite, Allégra se releva et époussetta sa robe.

Quelques minutes plus tard, Matthewlina reparut. Elle portait trois bols glacés qui débordaient de sorbet au corrosol. Malgré sa balourdise apparente, elle fit un superbe étalage sur la petite table, merveilleusement située pour sentir la brise et pour offrir une vue unique sur la mer aux reflets pourpres.

Le sorbet était frais et crémeux ; il avait tout à la fois un vague goût de pêche et de banane, auquel s'ajoutait la quintessence d'un fruit d'été.

— C'est de l'ambroisie, murmura Barthélemy.

Il laissa le sorbet glisser lentement dans sa gorge. Il ne savait pas si c'était l'apaisant sorbet, le décor ou sa délicieuse compagnie, mais il se sentait tout à fait rafraîchi, dans son corps comme dans son esprit. Détendu comme jamais, Barthélemy posa ses coudes sur la table et il se pencha légèrement en avant, comme s'il voulait absorber physiquement le rire et la vivacité de ses compagnes.

— Vous voyez, dit triomphalement Allégra. Je savais que c'était la meilleure sortie. Nous avions tous besoin de nous éloigner du domaine. Les choses commençaient à devenir beaucoup trop sinistres. Vous avez l'air cent fois plus heureuse qu'au petit déjeuner, Violette. Vraiment, je commençais à me faire du souci. Je pensais que vous aviez peut-être mangé une autre platée d'œufs marins, à Saint-Georges, mais vous vous êtes admirablement bien remise de ce qui vous gênait. Et, cousin Barthélemey, même vous, vous semblez totalement ravivé.

Violette ne put que sourire, car elle ne voulait pas admettre que le vrai remède, c'était le regard respectueux que Barthélemy jetait sur elle.

— Je *me sens* totalement ravivé, répondit Barthélemy. C'était une brillante idée, cousine Allégra. Je n'aurais jamais pu imaginer que je pouvais tellement m'amuser.

La vue du visage de Violette, ranimé, était plus vivifiante que n'importe quelle autre cure. Pouvant à peine détourner les yeux d'elle, il la détaillait et admirait la façon dont bougeaient ses jolies lèvres prune, la façon dont ses grands yeux adorables regardaient autour de la pièce et surtout la façon que ses grands yeux avaient de le regarder, la façon dont sa douce peau bistrée fonçait légèrement sous son regard admiratif.

Il était tellement fasciné par sa beauté, par sa grâce et par son innocence qu'il remarqua à peine qu'Allégra était partie vers la cuisine à la recherche de Matthewlina. Conscient seulement du silence soudain, sentant vaguement qu'ils étaient seuls, Barthélemy étendit son bras au-dessus de la petite table et écarta une soyeuse mèche noire du visage de Violette. Sa main passa sur son front lisse et effleura légèrement la masse de sa chevelure noire. Il le posa instinctivement, sans réfléchir, ce geste d'intimité déjà enraciné dans son cœur.

Les yeux de Violette s'ouvrirent grand, même si elle ne s'écarta pas. Elle respirait avec difficulté, son sang bondissait et elle restait là à attendre, le regard fixe. Pendant un moment, Barthélemy l'observa, choqué par l'audace de son geste, mais hypnotisé par la douceur de son visage sous ses doigts. L'excuse qui vint à ses lèvres ne fut pas prononcée. Il succomba de nouveau à son attrait, laissa retomber sa main et recouvrit délicatement celle de Violette. Elle était petite et chaude ; elle épousait parfaitement sa propre paume.

Violette baissa les yeux sur la main de Barthélemy qui reposait tendrement sur la sienne. Son pouls battait à grande vitesse, son cœur se gonflait ; elle avait peine à admettre combien elle était heureuse. Quand elle leva les yeux sur Barthélemy, elle ne vit en lui aucun signe de l'implacable retrait qui l'avait dévastée la veille. Elle ne perçut aucun jugement, aucune résignation glacée. Ses clairs yeux bleus étaient calmes, son visage était éclairé par une dévotion et un amour sans équivoque.

Violette se sentit comblée de bonheur. Pourtant, au moment où elle lui soumettait son âme, au moment où elle se vouait silencieusement à lui, elle réalisa qu'il n'en était pas conscient. Son émotion avait surgi de lieux dont Barthélemy avait ignoré l'existence ; elle avait vaincu la discipline qu'il avait passé sa vie à acquérir ; elle avait défié sa naissance et son éducation. Plus émue qu'elle le croyait possible, Violette chercha à lui faire prendre conscience du sentiment qui naissait en lui. Elle retourna sa main, toujours dans celle de Barthélemy et leurs doigts s'enlacèrent.

Brusquement, leurs mains revinrent sur leurs genoux : Allégra sortait de la cuisine.

— J'ai un paquet de petits gâteaux à livrer à la fille de Matthewlina sur la route du retour, commença-t-elle.

Puis elle s'arrêta. Elle examina Barthélemy et ensuite Violette, d'abord surprise, puis inquiète de la couleur rosée de leurs joues et de la luminosité inhabituelle de leurs yeux.

Cherchant à distraire le cours des idées de sa cousine, Barthélemy demanda :

— Habite-t-elle près d'ici ? Est-elle ici à Gouyave ?

— Elle habite à mi-chemin entre l'*Étoile* et ici, répondit lentement Allégra.

Elle étudiait toujours leurs visages.

— Est-ce elle qui a les jumeaux nommés Rémus et Romulus ? demanda Violette.

Elle saisit le signal que lui envoyait Barthélemy.

— Mmmm, dit Allégra.

Elle frotta son menton entre son pouce et son index.

Vraiment étonné, Barthélemy demanda :

— Rémus et Romulus ? Les jumeaux romains qui ont été nourris par une louve ? Je dois dire que je suis très impressionné par l'imagination et les allusions littéraires des noms donnés aux enfants à la Grenade. Nous sommes, en comparaison, plutôt ennuyeux avec nos Jean, Marie et Édouard. Oh, oui, et parlant de noms, vous devez satisfaire ma curiosité sur un autre point. Pourquoi toutes les cartes et tous les documents désignent-ils ce délicieux petit hameau du nom de Charlotte Town, alors que tout le monde persiste à l'appeler Gouyave ?

— Gouyave est le nom français d'origine, répondit Allégra.

Elle repoussa finalement ses craintes. Son cousin sérieux et intellectuel ne pouvait certainement pas être coupable de la passion qu'elle pensait avoir détectée. Elle devait s'être trompée. Elle expliqua :

— Les Français furent les premiers colons européens. Ils sont venus au milieu du dix-septième siècle et ils ont conquis en très peu de temps les Indiens caraïbes. Les quarante derniers plongèrent dans la mer à Sauteurs. C'est ainsi que la ville a acquis son nom. Cent ans plus tard, les Français ont été délogés à leur tour. Cette fois-ci par les Anglais, à la fin de la guerre de Sept Ans. Vous devez en connaître les dates, Violette. Je suis certaine que vous avez étudié cela à l'école. En fait, c'est vous qui devriez donner cette leçon, car je dois embrouiller tout cela.

— Non, non, l'assura Violette, ce que vous dites est juste. Les Français ont repris la Grenade en 1779, mais ils n'ont réussi à la garder que pendant quatre ans. En 1783, elle fut définitivement cédée à l'Angleterre, en dépit d'un violent soulèvement à la fin du dix-huitième siècle. Quand les Anglais s'en sont emparé, ils ont rebaptisé un grand nombre de lieux. Port Louis est devenu Saint-Georges, par exemple et Gouyave est devenue Charlotte Town. Pour une raison ou pour une autre, Saint-Georges est passé à l'usage, mais pas Charlotte Town.

— Je dois ajouter que, selon l'opinion populaire, les Espagnols ont donné son nom à l'île, interrompit Barthélemy. Même si l'intrépide Christophe Colomb, naviguant pour le roi Ferdinand, découvrit la Grenade lors de son troisième voyage en Amérique en 1498, il l'appela Concepcion. Plus tard, les aventuriers espagnols, en souvenir de leur magnifique cité, l'ont nommée Grenade.

— J'aurais dû le savoir, s'exclama Allégra en feignant

l'exaspération. Nous sommes là à vous raconter l'histoire de l'île et vous avez probablement plus d'informations sur la Grenade que nous pouvons en rassembler toutes les deux.

— J'ai effectivement fait des recherches avant de m'embarquer pour ce voyage, admit Barthélemy. Je trouve que cela stimule l'expérience quand on peut s'y préparer soi-même.

— J'imagine, dit Allégra.

Il y avait un soupçon de doute dans sa voix. Ce n'était pas de cette façon qu'elle abordait les choses.

— Parfois, pourtant, cette approche peut tempérer la joie de la découverte. C'est parfois plus intéressant d'affronter directement une expérience.

Barthélemy ne répondit pas, mais la remarque de sa cousine porta fruit. Il cessa de la regarder pour observer Violette. Il pensa qu'aucune lecture n'aurait pu le préparer à elle, qu'aucune recherche n'aurait pu accroître ce qu'il ressentait. Il eut été impossible de décrire l'essence de Violette dans un cahier d'exercice, impossible  de réduire sa délicieuse vitalité à des mots desséchés. Elle vit qu'il l'étudiait à nouveau et elle sourit. Le cœur de Barthélemy bondit à nouveau et il sut qu'Allégra avait raison. La découverte de Violette et le merveilleux effet qu'elle produisait sur lui avaient été une joie.

Peu après, ils partirent en direction de la maison et ils traversèrent Gouyave pour voir les quelques endroits intéressants qui s'y trouvaient. Allégra ouvrit la route et passa près de la chapelle catholique romaine et de l'église anglicane, elle descendit des allées poussiéreuses et des jardins de la grandeur d'un timbre-poste animés de la présence de poulets et d'enfants. Puis ils se dirigèrent vers la plage. Les  ronds rochers lisses du côté sud de la ville laissaient place au sable blanc du côté nord. Les petites maisons en forme de boîtes, juchées sur pilotis oscillants, étaient coincées au hasard des palmiers et des bateaux de pêche aux couleurs vives. Des poissons salés pendaient partout à sécher, suspendus sur des pôles comme autant de chaussettes sur une corde à linge. Barthélemy trouva tout cela fascinant : les bruits, les odeurs, les sites blanchis par le soleil. Même s'il se sentait un peu gêné à califourchon sur son âne, quand Allégra lui eut fait enlever son veston et détacher sa cravate, il eut moins l'impression d'attirer l'attention.

Ils revinrent sur la route et montèrent dans les collines. Ils se déplaçaient lentement sous la chaleur. Environ à mi-chemin de l'*Étoile*, un sentier battu tournait à droite, à travers un fourré de papayers et de calebassiers.

— Il n'est pas nécessaire que nous allions tous livrer le paquet de Matthewlina, dit Allégra. Vous deux, attendez ici à l'ombre. J'en ai pour une minute.

Elle guida son âne le long de la piste.

Barthélemy la regarda disparaître avec attention. Après que le cliquetis étouffé des sabots se soit éteint, le seul bruit qui demeura fut le bourdonnement des abeilles récoltant le pollen de fleurs sauvages d'un orange brillant. Barthélemy centra son attention sur elles. Il se sentait gêné. Maintenant qu'il était seul avec Violette, il ne savait plus quoi dire, ni comment retrouver le charme qui les avait captivés dans le restaurant. Ce moment avait été magique. Et tout à fait étranger à son tempérament. Même s'il lui manquait beaucoup, il ne savait pas comment s'y prendre pour le reproduire.

— Ce sont d'adorables fleurs, commenta-t-il, à peu près de la même façon qu'il avait parlé des jasmins et des lys la veille.

— Oui, en effet, acquiesça Violette.

Elle se demandait comment rallumer les feux de l'amour dans ses yeux.

À la fin, elle réalisa que ces feux ne s'étaient jamais éteints. Tout ce dont Barthélemy avait besoin, c'était d'un élan et il pouvait se le donner lui-même. Cédant à une impulsion, il descendit de l'âne, entoura ses rênes autour d'une branche et en vitesse traversa la route pour cueillir quelques fleurs et en faire un bouquet.

— Pour vous, dit-il simplement.

Il les présenta à Violette, comme elle s'asseyait de guingois sur son âne. Il les lui tendit, alors que ses sentiments se lisaient sur son visage.

Violette tendit la main pour prendre le bouquet. Ses doigts touchèrent ceux de Barthélemy. Un frisson traversa tout son corps. Son cœur battit plus rapidement dans sa poitrine. En tenant les fleurs près d'elle, elle dit doucement :

— Merci, elles sont très belles.

— Pas aussi belles que vous, dit sincèrement Barthélemy.

Il se laissa porter par son impulsion.

— Je n'ai jamais vu de femme aussi belle que vous.

Violette retint son souffle. Même si elle avait souhaité entendre exactement les mêmes mots, maintenant qu'ils venaient d'être dits, elle ne savait que dire en retour. Au lieu de cela, elle céda à une impulsion tout à fait personnelle. Elle se pencha vers l'avant, glissa son bras autour du cou de Barthélemy et pressa ses lèvres contre les siennes.

Ce fut un baiser rapide, une caresse sans expérience, mais il n'y avait aucun moyen de mal interpréter son message, d'ignorer le désir inconscient qu'il dénotait. Encore une fois, ils en furent surpris tous les deux. Pendant un moment, ils se regardèrent tout simplement l'un l'autre, étonnés par l'intensité de leurs sentiments. Avec quelques secondes de plus, ils auraient peut-être pu exprimer ces glorieuses émotions en mots.

Mais le bruit des sabots de l'âne sur le sentier les interrompit ; le cri d'Allégra les sépara. Comme le bras de Violette se retirait en glissant contre lui, comme sa main frôlait la joue de Barthélemy, ce dernier tourna la tête de côté et pressa ses lèvres contre la paume de sa main. Ce fut la seule réponse qu'il eut le temps de faire et il la fit sans réfléchir. Il savait qu'il devait répondre à son message, car il ne pouvait laisser les choses s'éteindre sous prétexte des convenances.

— Attendez de voir ce qu'Emmaline m'a donné, dit Allégra d'une voix enthousiaste.

Elle tendit en l'air un colis enrobé dans une feuille de banane.

— Elle venait tout juste de faire des boules de tamarin. Elle a insisté pour que j'en prenne quelques-unes pour ma peine. C'est un échange plus avantageux, je dois bien le dire.

Cette fois, elle ne remarqua pas le rouge sur les visages de Violette et de Barthélemy, ni la lueur brillante dans leurs yeux, tandis qu'elle babillait au sujet des friandises qu'elle venait de recevoir. Elle ne remarqua pas que les questions de Barthélemy à ce sujet étaient plus polies que curieuses, ni que Violette ne manifestait aucunement le désir d'y goûter. Durant le reste du trajet, Allégra s'en tint aux tamarins : comment l'arbre croissait, comment le fruit était vraiment une cosse, comment sa pulpe sirupeuse était utilisée pour assaisonner tout, depuis les raisins secs jusqu'aux gâteaux. Elle donna des recettes et des exemples et elle expliqua que les boules de tamarin résultaient du pétrissage de la pulpe et du poivre noir avec du bicarbonate de soude et du sucre. Ses auditeurs étaient à peine attentifs, absorbés par des pensées plus importantes à leurs yeux, mais elle ne remarqua pas cela non plus.

Le manque d'attention d'Allégra et le repli de Barthélemy et de Violette cessèrent brusquement à leur arrivée au domaine.

— Je viens de vivre des moments épouvantables, se plaignit amèrement sir Gérald. Cet endroit n'est pas civilisé. Les serviteurs sont ignorants. Mon thé était si faible qu'il était imbuvable. Comme si ce n'était pas assez choquant, la maladroite bonne a renversé ma tasse et a réussi à répandre du thé à la fois sur mon veston et sur mon pantalon. Ils n'arriveront sans doute pas à enlever les taches et le complet tout entier devra être jeté. C'est mon complet le plus neuf. On l'a confectionné le mois dernier.

Comme elle avait assez goûté le venin de sir Gérald la veille, Violette n'émit aucun commentaire. Allégra dit :

— Peut-être n'y aura-t-il pas de taches, après tout, puisque le thé était si faible.

Son oncle lui décocha un regard dur, persuadé qu'elle se moquait de lui.

— Même si ce n'était que de l'eau pure, dit-il, irrité, je suis convaincu que ces paysans aux mains pleines de pouces réussiraient quand même à mettre le complet en lambeaux.

Tandis qu'une rougeur de colère montait le long du cou de sa cousine, Barthélemy intercéda :

— On peut sûrement sauver le complet, dit-il.

Son ton manifestait plus de diplomatie que de bonne humeur. Pour une fois, il éprouvait peu de patience face aux besoins de son père. Il voulait rester immergé dans le courant enivrant qu'avait provoqué le baiser de Violette.

— Je suis certain que vous sous-estimez les pouvoirs de la lavandière du domaine. Selon toutes les apparences, elle travaille très bien.

— Alors vous devriez transiger avec elle, dit sir Gérald d'un ton maussade. De même qu'avec toutes ces désespérantes bonnes. C'est trop demander à mes nerfs que d'affronter ces nigaudes avec une chaleur si accablante.

— Très bien, soupira Barthélemy.

Il sentait la lueur s'échapper.

— Et tu ne dois pas me déserter comme tu l'as fait cet après-midi, ajouta égoïstement sir Gérald. Le temps que je suis tenu captif dans ce coin perdu, je dépendrai de toi pour une compagnie décente.

Avec la docilité propre à son éducation, Barthélemy s'assit dans le fauteuil opposé à celui de sir Gérald. Son moment de bonheur était passé.

— Oui, père, dit-il.

Les jours se succédèrent, chacun d'eux monopolisé par l'inconfort accentué de sir Gérald. Barthélemy quittait rarement son poste aux côtés de son père, sauf pour envoyer Ivy ou Jeanne faire une course ou pour demander humblement quelque chose de spécial à Élisabeth. Il voyait rarement Violette, sauf de l'autre côté de la table au dîner. Il ne passa jamais une minute seul avec elle. Peu à peu, comme le temps s'écoulait dans l'opprimante compagnie de son père, le souvenir de son excursion à Gouyave s'estompait. Il devint une fois de plus résigné à la futilité de l'extraordinaire sentiment qu'il ressentait pour Violette. Il la regardait durant les repas et il était rempli de désir et de regret. Il ne savait pas que Violette le regardait elle aussi, qu'elle constatait l'éloignement qui assombrissait ses yeux bleus et qu'elle se désespérait.

La saison de Noël vint et s'en alla, emportant avec elle une apparence de festivités à l'*Étoile*, mais sans réussir à toucher Barthélemy. Malgré le pin livré de Norfolk qu'Allégra insista pour installer dans le salon, malgré les cordées de coquillages que Violette et elle accrochèrent à ses branches, il ne reconnut pas que c'était Noël. Le ciel d'un bleu métallique et les brises odorantes qui agitaient les palmiers n'avaient rien à voir avec l'air froid et la neige blanche qu'il associait à cette fête. La dinde rôtie était apprêtée avec une farce à la mangue plutôt qu'aux châtaignes ; les pommes de terre étaient des patates douces et sir Gérald s'étouffa presque quand il découvrit que la délicieuse viande qu'ils mangeaient était en fait du tatou.

Laissé seul, Barthélemy aurait sans aucun doute accueilli ces nouvelles expériences avec sa curiosité habituelle, mais entravé par les critiques constantes de son père, il ne faisait que les subir. Laissé seul, il aurait aimé rencontrer les visiteurs de la parade de Noël lors de leur passage à l'*Étoile*, mais sensible à la réprobation de son père, il fit de son mieux pour se tenir à l'écart du groupe.

Sir Gérald fit remarquer d'un ton acide que l'incompétence professionnelle et qu'un niveau d'intelligence sous la moyenne devaient expliquer pourquoi le cordial Jamie s'était imposé un exil aux colonies. Il condamna Mme Potter, au cœur si généreux, en la traitant de folle aimant jacasser, il méprisa le révérend Smythe parce qu'il était un pasteur trop bavard. Il compara sa femme inoffensive à une punaise de sacristie. Seul le colonel Woodbury reçut son approbation, à son corps défendant. Quant à Thomas Henry de Gale, il l'ignora complètement.

Son père était né esclave, mais Thomas, qui était ambitieux et rusé, avait transcendé son très humble héritage. Il avait acheté la distillerie de rhum de la rivière Antoine, puis il avait acquis plusieurs plantations de sucre laissées à l'abandon. Maintenant il nourrissait de canne les broyeurs géants qu'il possédait et il produisait un des rhums les plus fins de la Grenade. Même s'il réussissait et qu'il était très attachant, Thomas était noir. Barthélemy remarqua avec un grand malaise le mépris évident de son père.

Tout au long des parties de tennis et des tournois de criquet, au cours des longues excursions pour aller voir les régates de la baie de Sauteurs jusqu'à la baie de Bridge Island, Barthélemy demeura avec son père à l'ombre de la véranda. Il resta assis dans la brise fraîche, à lire interminablement ou à écouter pérorer sir Gérald, renonçant à un élégant déjeuner au domaine du lieutenant-colonel Duncan, plus haut dans les collines. Il dut refuser d'assister à une partie de criquet à Gouyave. Tout devenait irréel, à mesure que passaient les journées. C'était une brisure bizarre dans la vie qu'il menait habituellement.

Tandis qu'il écoutait Olivier interprétant des chants de Noël au piano durant une averse tropicale particulièrement abondante, ou qu'il humait les steaks de tortue qu'Élisabeth faisait rôtir derrière la cuisine, Barthélemy s'engourdissait. Il n'était ni en Angleterre, ni à la Grenade, mais dans son petit monde, limité par une balustrade ouvragée et par une porte double. Ce n'était que lorsque Violette pénétrait dans son maigre champ de vision qu'il sortait de son état de transe. Le fait de la voir le remplissait de désir et de souffrance, mais elle disparaissait vite et il glissait à nouveau dans sa distraction.

Comme la nouvelle année approchait, sa cousine lui dit :

— Vous devez nous accompagner au bal de Royston Ross.

Elle avait le même ton qu'elle avait utilisé pour persuader Violette de les accompagner à Gouyave.

— Il a envoyé un mot pour vous inviter expressément à y assister ; il serait terriblement déçu de votre absence.

Même si elle s'était adressée à Barthélemy, sir Gérald répondit :

— Il n'y a aucun doute que notre présence apporterait du *cachet* à sa soirée, mais je ne saurais me sentir responsable des sentiments de tous les aspirants à la haute société qui habitent les colonies, dit-il cyniquement. Selon toute probabilité, nous devrions subir une autre démonstration de maladresse et d'indiscipline. Je n'ai aucunement besoin de m'obliger à cela sous cette chaleur extrême. Nous resterons ici, car une misère que l'on connaît est préférable à une misère que l'on ne connaît pas.

Allégra s'indigna des insinuations de son oncle, mais elle persista bravement :

— Les Ross ont une maison très luxueuse. J'irais même jusqu'à dire qu'elle est aussi grande que la résidence du gouverneur. De plus, elle repose sur un promontoire au-dessus de Saint-Georges. On y a une vue spectaculaire et on y reçoit une très bonne brise. Je suis sûre que vous la trouveriez aussi confortable que n'importe quel autre endroit à la Grenade.

Sir Gérald leva les sourcils.

— Aussi confortable que cela ? demanda-t-il sarcastiquement. Non, nous devons refuser cette invitation, ajouta-t-il sans regret. J'ai l'intention de rester ici jusqu'à mon départ pour l'Angleterre.

Allégra joua sa carte principale.

— Le paquebot-courrier part pour la Barbade jeudi midi, ce qui signifie que vous devrez être à Saint-Georges la veille. Le *Mam'selle Lily* s'y rend dimanche matin ; ce sera votre dernière chance de vous rendre à Saint-Georges sans courir le risque de rater le bateau-courrier. Puisque vous serez en ville la veille du nouvel an, vous feriez tout aussi bien d'assister au bal.

— Fort bien pensé, dit sir Gérald d'une voix amère. Nous semblons être à la merci de cette place provinciale. Et vous avez réussi à utiliser notre malchance à votre avantage. Puis-je supposer que vous avez également songé à nous procurer un gîte pour la nuit.

— Oui, vous le pouvez, répondit Allégra.

Sa voix était neutre, même si un rougeoiement trahissait sa colère devant une pareille accusation.

— M. Forsythe vous a gentiment offert l'usage de sa

maison. Olivier et lui resteront à son bureau, afin que vous ayez toute votre intimité.

— Nous n'avons pas le choix, semble-t-il, concéda sans grâce sir Gérald.

— Dites-moi quelque chose, cousine Allégra, dit Barthélemy.

Il était resté silencieux durant tout cet échange. Il se souciait à peine de savoir qui allait gagner la bataille. Finalement, la curiosité l'emporta sur sa léthargie.

— Vous pouvez difficilement être impressionnée par nos mœurs ou trouver plaisir à notre compagnie, dit-il avec une candeur peu habituelle. Pourquoi désirez-vous tellement que nous assistions à cette soirée sous votre patronage ?

Allégra, pragmatique, lui répliqua :

— C'est simple. Si vous n'y allez pas, alors je dois rester ici avec vous. Cela ferait jaser si j'abandonnais mon oncle en visite au cours de sa dernière journée à la Grenade. Si je n'y vais pas, alors il n'y a aucun moyen pour qu'on puisse persuader Olivier de quitter l'*Étoile* non plus. Et s'il n'y va pas, alors Violette devra rester chez elle, elle aussi, et elle en aurait le cœur brisé. Elle attend ce bal depuis deux mois et elle a la robe la plus adorable, confectionnée spécialement pour cette occasion.

Elle s'arrêta, réfléchit un instant, puis ajouta :

— Je me suis fait faire une très jolie robe moi aussi. Ce serait une honte de ne pas la porter.

— Je vois, murmura Barthélemy.

Il semblait plus affecté que l'explication ne semblait le requérir. Il fut soudain heureux que ce soit son invincible cousine qui ait gagné cette manche et qu'ils assistent à la réception des Ross. Même s'il était habitué à des bals beaucoup plus impressionnants, il réalisa qu'il attendait celui-ci avec impatience.

Même s'il se répétait qu'il n'y avait aucun avenir possible avec Violette, l'idée de passer sa main autour de sa fine taille et de la faire valser autour de la piste était irrésistible. Il

266

l'imagina vêtue d'une très belle robe, les yeux illuminés du plaisir nouveau de voir tant de gaieté et de parures. Cette vision l'émut et leva le voile de tristesse qui pesait sur son âme.

Il porta la vision de Violette en lui pendant les jours qui suivirent. Il s'en servit presque comme d'un anneau de vie. Elle s'interposa entre son père et lui, de sorte qu'il n'entendit plus les plaintes continuelles de sir Gérald. Il l'appela à sa rescousse pour rétablir sa patience alors qu'il accompagnait sir Gérald de la véranda de l'*Étoile* jusqu'à la petite maison de Jamie. Et il l'évoqua pour qu'elle remplisse le vide qu'il ressentit soudain quand il réalisa que Violette, logée avec Allégra chez tante Ruby, n'était plus sous le même toit que lui, que c'était un prélude à la vie sans elle.

Ce fut un soulagement indescriptible de voir son fantasme enfin réalisé. L'émotion qu'il ressentit fut beaucoup plus forte qu'il l'avait pensé. La pâle robe pêche de Violette était très longue et plissée au cou, révélant la douce peau lisse de ses épaules et de sa poitrine. La soie épousait sensuellement ses courbes. De petits nœuds sur le dessus de ses manches soulignaient la fragilité de ses bras. Une gerbe de fleurs mettait en valeur la délicatesse de sa taille.

— Vous êtes très belle, lui dit-il encore quand il la rencontra dans le hall.

Le plaisir qu'elle éprouvait donnait à son visage une chaude coloration ; cette fois-ci Violette ne resta pas sans réponse. Debout devant elle, Barthélemy semblait plus grand et plus beau que jamais dans son noir veston d'apparat. Son nœud papillon de soie et sa chemise crêpée étaient impeccablement blancs sous son visage parfaitement sculpté. Les mots lui vinrent naturellement :

— Vous êtes aussi très beau, souffla-t-elle.

Les joues pâles de Barthélemy rougirent sous la remarque. Sa candide admiration le troublait.

— Personne ne m'a jamais dit cela auparavant, bégaya-t-il.

— Non ? demanda Violette, étonnée. Comment est-ce possible ? Est-ce que tous vos amis sont aveugles ?

La rougeur de Barthélemy s'accentua alors qu'il tentait de se dépêtrer, guère habitué à des louanges si ferventes.

— Bien sûr que non, répondit-il gauchement. C'est que le mot « beau » n'est pas un adjectif utilisé souvent en référence à des hommes. En général, on a davantage tendance à décrire un homme comme « bien tourné » ou « fort bien de sa personne ». À l'occasion, on peut même utiliser le mot « élégant ».

Violette qui venait de défendre sa terminologie et le compliment qu'elle venait de lui faire, lui dit :

— Vous êtes toujours élégant. Ce soir, cependant, vous êtes beau. Ce ne sont pas seulement vos vêtements, certes splendides. C'est la lumière sur votre visage, vraie et claire, comme celle du soleil à l'aube.

— S'il en est ainsi, répondit Barthélemey, très modeste, c'est parce que je bénéficie de votre éclat.

Il prit son bras et l'escorta dans la salle de bal. Le reste de sa vision s'accomplit quand il l'entraîna dans une danse. Même si ce n'était pas une valse mais un quadrille endiablé, il fut conquis par sa grâce et ému chaque fois que leurs mains se touchaient. Il en oublia qu'il s'était résigné à l'impossibilité de leur union ; il en oublia l'Angleterre et sir Gérald, de même que la vie réglée et bien rangée qu'on espérait le voir mener. À l'heure actuelle, il n'y avait que ce moment, il n'y avait que la musique qui flottait sur fond de brise parfumée et Violette qui lui souriait.

L'étiquette l'empêcha de la réclamer pour plus de deux danses, mais il eut cependant l'honneur de la conduire au dîner et de veiller à ses besoins. Après la première danse, il l'abandonna à contrecœur et se présenta à sa cousine. Tout au long de la soirée, quand il dansait aimablement avec les dames du pays ou quand il se tenait sur le côté seul ou avec Olivier, son attention ne quittait presque jamais Violette. Il regorgea de fierté quand il vit comment Allégra et elle attiraient davantage l'attention que toutes les autres femmes présentes. Il ressentit un accès de jalousie quand il surprit d'autres hommes jetant des regards de convoitise en direction de Violette.

La nouvelle année 1894 était déjà commencée depuis une heure quand il lui fut permis d'exercer son privilège de partenaire. Il la conduisit dans la salle à manger et remplit son assiette de gaufrettes au homard, de choux au pâté et de gelée au champagne. Elle grignota poliment les hors-d'œuvre, impressionnée par leur élégance toute britannique, mais pas par leur goût fade.

— Il fait trop chaud pour que nous ayons beaucoup d'appétit, s'excusa-t-elle. Et je manque un peu de souffle après toutes ces danses.

Barthélemy la soulagea immédiatement de son assiette. Après deux semaines de la cuisine antillaise d'Élisabeth, il trouvait lui-même la chère plutôt fade.

— Peut-être aimeriez-vous vous reposer, suggéra-t-il, avec sollicitude. J'ai remarqué qu'il y avait des sièges sur la véranda avant. Quelques instants paisibles au grand air sauront vous rafraîchir, j'en suis sûr.

— Oui, ça me ferait du bien, acquiesça Violette.

Elle émit un rire triste, puis elle confessa :

— Je n'ai jamais pensé que je dirais une telle chose, mais j'apprécierais volontiers un peu de répit. C'est très amusant, mais c'est aussi plus fatigant que je ne l'avais imaginé.

La véranda était bondée d'autres convives qui cherchaient le même soulagement, de sorte que Barthélemy tira le bras de Violette pour y passer le sien et lui fit descendre l'escalier pour aller dans le jardin soigneusement entretenu. La nuit était douce et sombre, illuminée seulement par les étoiles et par un rayon de lune. Ils se promenèrent parmi les poinsillanes et les palmiers, chacun vivifié par la présence de l'autre, chacun libéré des doutes qui les décourageaient en plein jour.

— Le ciel est si vaste et profond, observa Barthélemy. Il semble suspendu très bas sur nos têtes.

Tous ses sens étaient surexcités. Alors que jadis il aurait méthodiquement énuméré les constellations visibles, ce soir il était seulement frappé par leur éclat.

— Chez nous en Angleterre, le ciel semble plus petit et plus distant ; même au cours de la plus claire nuit d'été, il ne semble pas aussi rapproché.

— J'aimerais voir le ciel en Angleterre, dit Violette. J'aimerais voir *toute* l'Angleterre, rectifia-t-elle. J'aimerais voir les voiliers sur la Tamise et les voitures arriver devant chez *Harrods*. J'aimerais voir les blanches falaises de Dover et le pavillon royal à Brighton. Mais savez-vous ce que j'aimerais le plus voir ? demanda-t-elle.

Elle s'arrêta sous un laurier-rose.

Barthélemy, enchanté par sa vision romantique de l'Angleterre, répondit :

— Non, je ne le sais pas. Dites-le-moi.

— J'aimerais voir la neige, dit-elle en soupirant. Des amas de neige sur le sol et de la neige tombant des nuages en grands flocons de dentelle, comme ceux que Lily découpe avec du papier replié et des ciseaux. J'aimerais voir les dames en manteaux de fourrure et les messieurs en cache-nez de cachemire, voir les chevaux avec leurs clochettes sur leur harnais, voir leur souffle se condenser en bouffées blanches pendant qu'ils tirent les traîneaux.

— Et j'aimerais plus que tout vous la montrer, dit Barthélemy avec ferveur.

Il tendit la main vers celle de Violette qui reposait, légère sur son bras et il entoura ses petits doigts.

Violette devint soudain très timide.

— Olivier dit que c'est un horrible pays, dit-elle doucement en regardant ses pieds. Mais je pense qu'il se trompe, dit-elle d'une voix plus forte.

Elle leva à nouveau les yeux, comme si elle le suppliait d'être d'accord avec elle.

— Je pense que ce pays doit être merveilleux.

Barthélemy réfléchit un instant avant de répondre.

— Vous avez tous les deux raison, dit-il lentement.

Il réalisa pour la première fois que c'était vrai.

— Sous plusieurs aspects, c'est un horrible pays. Sous

d'autres angles, il peut être merveilleux.

Une faible brise envoya voltiger quelque pétales roses. Ils atterrirent dans les cheveux de Violette. Barthélemy les dégagea tendrement et dit :

— Par exemple, au printemps, quand les cerisiers fleurissent, la campagne anglaise ressemble à un royaume magique.

— Elle doit être très belle, dit Violette.

Sa voix était à peine un souffle. Les doigts qui jouaient dans ses cheveux firent battre son cœur plus rapidement.

— Elle l'est, dit simplement Barthélemy. Tout comme vous.

Il se pencha et l'embrassa.

Comme la fois précédente, il l'embrassa en hâte ; il était trop empressé et inexpérimenté. Il écrasa les lèvres de Violette contre les siennes, tandis qu'il la prenait maladroitement et l'attirait vers lui. Mais elle lui rendit son baiser avec une ardeur égale ; elle se pressa fortement contre lui et savoura la sensation de son corps et de son visage près des siens.

Comme la fois précédente, leur étreinte bizarre fut interrompue par un intrus. Ce n'était pas Allégra, mais un étranger. Ils se séparèrent en toute hâte, tandis que la silhouette passait à quelques pas.

Elle dit sans s'arrêter :

— Bonne année !

— Bonne année ! répondirent-ils, troublés.

Ils retournèrent au bal et, peu de temps après, sir Gérald appelait Barthélemy à ses côtés et demandait à rentrer à la maison.

Le paquebot de courrier royal s'éloigna lentement de la jetée. Sir Gérald était solidement appuyé contre la balustrade de la première classe. Barthélemy resta respectueusement sur le quai. Regardant son père s'évanouir graduellement, il levait la main de temps à autre pour saluer timidement. De l'autre côté du Carénage, devant l'entrepôt d'Olivier, le *Mam'selle Lily* attendait, prêt pour le voyage de retour à Gouyave. Quand le paquebot de courrier vira finalement dans le grand port, il perdit son père de vue. Barthélemy commença à célébrer. Il était libre !

Son séjour à l'*Étoile* prit une tournure tout à fait différente. Au lieu de rester prisonnier sur la véranda, il se lança lui-même dans la vie du domaine. Plus il se montrait intéressé et enthousiaste, plus les gens répondaient à ses avances. Élisabeth cessa de marmonner quand Barthélemy lui posait une question. À peine éveillés auparavant, les sens et l'esprit de Barthélemy devinrent constamment en alerte.

Il savourait encore cet état d'âme extraordinaire, plusieurs soirs après le départ de sir Gérald, quand Olivier annonça :

— Il faut que j'aille à Carriacou pour vérifier avec Angus où en est la nouvelle goélette. Je n'y suis pas allé depuis plus de deux mois. *La Fierté de Windward* doit accoster demain matin. Est-ce que cela te dirait d'aller à la maison pour quelques jours, Violette ?

Le cœur de Violette sursauta d'inquiétude. Elle réussit à peine à s'empêcher de regarder Barthélemy.

— Oh, non, dit-elle rapidement. Je ne pourrais pas laisser Allégra toute seule.

Allégra sembla étonnée, comme si elle avait oublié le but premier de la présence de Violette. Olivier parut amusé.

— Eh bien, dit-il, peut-être pourrai-je alors persuader Allégra de passer quelques jours à Carriacou. Il semble que ce soit à peu près le temps d'une autre leçon de natation. Qu'en dites-vous, mademoiselle Pembroke ?

Tandis que Barthélemy surveillait la scène, mystifié et inquiet, sa cousine devenait toute rouge. À son grand soulagement, elle éleva vaguement la main et dit :

— Si vous avez l'intention de vous éloigner pendant quelques jours, je devrai rester au domaine. La récolte est loin d'être terminée. L'un de nous doit être ici au cas où quelque chose irait mal.

Olivier croisa les bras et murmura :

— Sans aucun doute.

À la plus grande horreur de Barthélemy, Olivier se tourna ensuite dans sa direction et dit :

— Je peux supporter de recevoir des rebuffades des dames, mais peut-être puis-je vous intéresser à un voyage à Carriacou, monsieur Pembroke ?

— Soyez certain que j'apprécie votre généreuse invitation, s'opposa Barthélemy. Mais je suis très confortablement installé à l'*Étoile*. Quand j'étais à Saint-Georges, j'ai obtenu une édition du catalogue d'oiseaux de monsieur John G. Wells préparé pour la Smithsonian Institution. J'espérais consacrer mes jours à en identifier les espèces.

— Une occupation fascinante, dit sèchement Olivier.

— En effet, acquiesça sérieusement Barthélemy. Je trouve qu'elle m'offre la possibilité d'observer les environs plus en détail. Je dois seulement être dirigé dans les lieux appropriés. Cousine Allégra, je constate que vous serez très occupée par le cacao, de sorte que je ne vous importunerai pas avec mes demandes. Mais peut-être puis-je compter sur votre bonté, mademoiselle MacKenzie ? Serait-ce trop si je vous demandais de m'indiquer un ravin ou un sous-bois qui conviendrait bien à l'observation des oiseaux ?

— Pas du tout, répliqua Violette.

Elle maîtrisait mieux sa voix que son pouls.

— Si Allégra doit être occupée au boucan, mes journées seront libres. Je serai contente de vous montrer quelques bons endroits, monsieur Pembroke.

— Essayez la mare aux lys, Violette, suggéra nonchalamment Olivier.

La demande formelle de Barthélemy avait été exprimée sur un tel ton de touriste anglais, qu'il n'eut aucune hésitation à envoyer sa jeune sœur seule avec lui. L'expédition proposée semblait sans danger et convenable, peut-être même un peu ennuyeuse.

C'est d'ailleurs ainsi que Barthélemy voulait que les choses se produisent. Il avait le plus grand respect pour Violette et il n'avait aucunement l'intention de porter ombrage à sa réputation. Le simple fait d'être en sa compagnie lui procurait suffisamment de plaisir. Dans l'éclatante lumière du jour, il fallait résister aux séduisantes impulsions qui l'assaillaient la nuit venue.

Violette n'en était pas si sûre. Perchée sur un âne agile, elle ouvrait la marche vers les collines, à travers des bosquets de cotonniers sauvages qui parsemaient le sentier de brillantes fleurs jaunes, en direction de la petite prairie secrète. Des bambous droits comme des sentinelles, perdus parmi des flamboyants au feuillage plumeux et de longues cosses granuleuses montaient la garde autour du petit champ. De l'autre côté, au point le plus bas, on voyait un étang à peine plus gros qu'une mare, rempli de nénuphars de différentes espèces.

— Exquis ! s'exclama Barthélemy.

Il attacha les ânes à l'ombre d'un arbre. Violette sourit simplement. Comme ils s'avançaient vers l'étang à travers les hautes herbes de la prairie, elle étendit la main et prit celle de Barthélemy dans la sienne. Un papillon d'un bleu chatoyant s'envola d'une anémone. Un petit colibri le suivit.

— Regardez cet oiseau, dit Violette.

Elle le pointa de sa main libre.

— On l'appelle le « colibri vert ».

Ce fut au tour de Barthélemy de sourire. Les binoculaires restèrent inertes à son cou, le guide resta dans sa poche. Il ne se souciait que de la petite main qui reposait chaleureusement sur la sienne, ne se préoccupait que de la façon dont son cœur se gonflait de bonheur. Ses doigts s'enroulèrent autour des siens.

Ils s'arrêtèrent au bord de l'étang. C'est bien à contrecœur que Barthélemy dut abandonner sa main. Il retira son veston de lin et l'étendit sur le sol afin de s'asseoir à côté d'elle.

— Oh, non, protesta Violette, je vais le froisser. Je ne pourrais certainement pas m'asseoir sur un vêtement si beau.

— Même s'il était tissé de fils d'or et cousu pour la reine, il ne serait pas trop beau pour vous, répondit galamment Barthélemy.

Sa courtoisie habituelle se trouvait un millier de fois embellie par l'atmosphère magique et les émotions exotiques qui l'absorbaient.

Violette fut incapable de résister à un compliment aussi éloquent. Elle s'assit avec précaution sur un coin du veston et tapota l'espace situé près d'elle.

— Vous devez vous asseoir, vous aussi.

D'un signe de la tête, Barthélemy accepta.

Un faucon tournoya soudain dans le ciel, si près de leur tête qu'ils purent entendre ses plumes s'agiter dans la brise. Il s'empara d'un petit lézard sur une roche, à trois mètres d'eux à peine, et s'éleva dans les airs. Son action fut si rapide et si violente qu'elle sortit Violette de sa pose timide. Avec un cri, elle chercha à fuir la menace de l'oiseau. Tout aussi instinctivement, Barthélemy tendit les bras et l'attira dans une étreinte rassurante.

En un instant, le faucon était parti, mais Violette resta dans les bras de Barthélemy. Elle leva les yeux, son visage à quelques centimètres de celui de Barthélemy. Une mèche de cheveux d'un blond luisant reposait sur son front lisse ; ses yeux bleus étaient merveilleusement clairs.

— Je t'aime, Barthélemy, dit-elle très distinctement.

Ses paroles venaient du cœur.

Une sensation de stupeur le remplit, le sentiment d'une chance incroyable. Il leva une main pour toucher son visage, pour caresser sa peau affriolante, pour suivre le tracé de l'adorable bouche qui avait émis ces mots miraculeux. Il se pencha sur elle et frôla ses lèvres contre les siennes, doucement, presque timidement, comme pour s'assurer que c'était vrai. Les lèvres de Violette étaient chaudes et humides ; ses cheveux sentaient les fleurs. Il recula un peu jusqu'à contempler ses magnifiques yeux bruns.

— Et je vous aime, Violette, dit-il.

Il se réjouit de s'entendre ainsi parler.

Cette fois, il n'y eut personne pour les interrompre, personne pour leur rappeler les bonnes manières et le comportement convenable. Cette fois, il n'y eut que le chaud soleil brillant sur leur prairie privée et faisant reluire les nénuphars. Cette fois, sur un lit de vêtements froissés, entourés par les colibris et les papillons, ils firent l'amour.

# 11

Allégra regarda Violette et Barthélemy descendre la colline en direction de l'étable. Elle se sentait soulagée de rester enfin seule et reconnaissante envers Violette de s'occuper de son cousin sans rechigner. Même si Barthélemy devenait de plus en plus sympathique avec le passage des jours, sa présence continuelle brisait sa routine. Elle voulait retourner à sa vie active de planteuse. Au cours des quelques dernières semaines, elle avait passé trop d'heures dignement assise de façon décorative à penser à sa situation.

Elle avait été très surprise de découvrir que, même si elle aimait encore Olivier tout aussi intensément que cet après-midi à la cascade, l'amour n'était pas suffisant. Son cœur se gonflait encore en le voyant ; il battait à un rythme fou à son contact. Dès qu'il était dans la pièce, il captait complètement son attention ; quand il était parti, il lui manquait. Mais son travail avec le cacao lui manquait autant, tout comme les gratifications quotidiennes d'exercer son corps et son esprit. Sans la satisfaction de ses propres ambitions, son amour pour Olivier ne semblait pas la combler autant.

« Il y a sûrement quelque chose qui ne va pas », disait Allégra, alors qu'elle était assise sur la véranda avec son oncle et son cousin. Elle démêlait les fils de sa broderie. « Je suis sûre que cela n'a jamais été mentionné dans aucun des romans que j'ai lus. L'héroïne était toujours en extase au dénouement. Elle ne voulait rien d'autre que l'amour éternel du héros. »

Allégra avait soudainement rejeté la broderie emmêlée et s'était brusquement levée de son siège. Ignorant l'expression étonnée de Barthélemy, elle avait marché jusqu'à l'extrémité du porche. « Quelles gourdes à la tête vide ces filles devaient être », pensa-t-elle en laissant retomber sa paume sur la balustrade. Aucune d'entre elles n'avait jamais aspiré à faire quelque chose d'intéressant. Bien sûr, elles désiraient toutes être duchesses et avoir des vies grandioses. D'un coup de tête, elle avait écarté cet idéal autrefois révéré. Il ne leur était jamais venu à l'esprit de créer ces vies grandioses pour elles-mêmes.

Installée sur la balustrade, elle avait jeté un regard au loin sur son domaine. Elle s'était rappelé la grande fierté qu'elle avait ressentie quand elle l'avait montré à sir Gérald et à Barthélemy. « Je ne peux pas attendre que mon argent arrive, avait-elle pensé. Je ne peux pas attendre de liquider les dettes de papa, de faire disparaître toutes les ombres jetées sur sa réputation. Et sur la mienne. Puis, quand l'*Étoile* sera à nouveau remise sur la bonne voie, nous serons de vrais associés, Olivier et moi. »

Elle était désormais tout à fait libre de ruminer sur son avenir et de s'occuper à le faire se réaliser. Allégra était tellement contente de voir Barthélemy et Violette aller observer des oiseaux, qu'elle ne se préoccupait même pas qu'Olivier soit également absent, peut-être actuellement à mi-chemin en direction de Carriacou. Elle s'empressa de passer ses plus vieux vêtements et descendit la colline vers le boucan.

— Eh bien, la salua Septimus, je pensais que vous nous aviez complètement oubliés. Veda Chandoo a gagné le prix de Noël et nous n'avons pas entendu le moindre son de votre part.

— J'ai été occupée, s'excusa Allégra. J'irai trouver Veda plus tard, mais pour le moment je veux me mettre au travail.

Les mains sur les hanches, elle jeta un œil averti sur les tiroirs. Elle respira profondément, emplissant ses sens de l'arôme familier du cacao en train de sécher.

— Est-ce que ceci vient du lot de la Vallée du cochon sauvage ? demanda-t-elle.

Elle pointait les graines qui semblaient les plus fraîches. Elle se sentait merveilleusement bien d'être revenue au travail.

— Elles étaient prêtes et ont été mises en sac, répondit Septimus. Elles sont même parties. Je les ai envoyées à Saint-Georges avec le chargement de jeudi dernier.

— J'avais hâte de les voir, dit-elle à regret. Ces arbres avaient été particulièrement frappés par le balai de la sorcière et je craignais que les graines ne soient chétives.

— Elles sont petites, admit Septimus.

Il approuva de la tête.

— Quel en est le rendement ? demanda Allégra.

— Moins de deux cents kilos l'acre.

Ce fut au tour d'Allégra d'opiner, car l'information correspondait à son estimation. Au cours de la demi-heure suivante, Septimus resta à ses côtés alors qu'elle arpentait la cour en posant des questions, passant sa main dans des tas de graines séchées, soulevant les feuilles de banane sur les graines en sudation, lisant le registre pour vérifier leur progrès. Plus elle se sentait impliquée dans le cacao, plus elle se sentait heureuse. « C'est infiniment plus attirant que de broder des papillons sur des torchons à vaisselle, pensa-t-elle. Ou de cuire du bœuf bouilli et du chou. »

Elle s'arrêta près d'un des tiroirs où Agnès Samuel dansait le cacao, en fredonnant un air pour garder la cadence. Cédant soudain à l'énergie accumulée, Allégra enleva ses souliers et ses chaussettes, remonta sa jupe et sauta dans le tiroir avec Agnès. La septuagénaire mince comme un fil la regarda avec surprise. Même si Allégra s'impliquait dans pratiquement toutes les phases de la production du cacao, elle n'avait jamais encore tenté de polir les graines de ses pieds nus.

Jusque là, Allégra avait été trop timide pour exposer la blancheur de ses chevilles et de ses pieds. Mais aujourd'hui les derniers vestiges de la modestie de la Nouvelle-Angleterre cédèrent devant son besoin de liberté. Sur les conseils d'Agnès qui ricanait, Allégra apprit comment faire rouler et décortiquer les graines en suivant un rythme. C'était exactement ce qu'il lui fallait. Cela semblait le summum de la vie à l'*Étoile*. Il y avait de la grâce, de la musique, un chaud soleil et un arôme exotique. Elle ressentait paradoxalement en elle un abandon résolu, un état qui lui convenait de la tête jusqu'à ses pieds noircis.

Elle était tellement absorbée par la danse du cacao qu'il lui fallut plusieurs minutes avant de prendre conscience du silence qui était tombé sur la cour. Parmi la trentaine de pesonnes qui râtelaient, cueillaient, dansaient, versaient et poussaient, personne ne faisait plus le moindre bruit. Vaguement curieuse, Allégra leva les yeux. Elle perdit le rythme. Son pied hésita et se blessa sur les graines. Elle tressaillit de souffrance, puis elle leva à nouveau les yeux, étonnée. À moins de trois mètres d'elle se tenait William Browne. Le solide, l'impassible avocat et pomiculteur, William Browne.

— Bonjour, mademoiselle Pembroke, dit-il d'une voix affectée.

Il se souciait des autres oreilles présentes.

— Bonjour, William, murmura-t-elle. Plutôt que des spectateurs, elle était préoccupée par sa tenue négligée. Elle était sale et en sueur. Sa robe remontée à la limite de l'indécence collait à son dos. Deux mois et demi auparavant, elle se serait empressée de tirer sa jupe et de lisser sa chevelure avec frénésie. Aujourd'hui cependant, elle n'éprouvait que du ressentiment.

Elle regarda William. Il était de taille moyenne, pas très robuste, son visage était sérieux et sa moustache, soigneusement entretenue. Le soleil se reflétait dans ses lunettes à monture dorée, voilant ses yeux gris. Le simple fait de voir William Browne la perturba. Cela lui rappelait une époque et une mentalité distantes de deux mois et de quatre mille kilomètres. Tout cela lui semblait remonter à une vie antérieure. Les souvenirs auxquels elle avait allègrement fait ses adieux il y avait moins d'une demi-heure revinrent l'envahir. En même temps que son stupide cercle de couture et que les dîners bouillis dépourvus de toute saveur, défilèrent des images de la sombre ville du Conntecticut où elle avait vécu et de l'expression de désapprobation constamment gravée sur le visage de son grand-père.

Du passé revint le sentiment qu'elle était une incapable et une excentrique, qu'elle imaginait trop de choses et les évaluait mal, que son esprit avait besoin d'être aussi bridé que ses boucles. Allégra secoua ses épaules pour se libérer de ces réminiscences. Aujourd'hui, elles n'étaient pas les bienvenues.

— Je peux imaginer que vous êtes plutôt surprise de me voir, dit William sans la moindre trace d'ironie.

Allégra répondit succinctement :

— Oui, que faites-vous ici ?

William sembla aussi déconcerté par sa rudesse que par son apparence et son occupation peu habituelles. Ce n'était pas la même Allégra Pembroke qui avait quitté le Connecticut.

— Je pense que nous devrions peut-être passer au salon, dit-il d'une voix solennelle.

Comme Allégra était toujours dans le tiroir, il dut lever les yeux pour la voir, ce qui l'abaissa plus encore.

— Il serait préférable de discuter des nouvelles que j'apporte au salon.

— Je suis occupée, répliqua Allégra d'un ton bourru.

Elle venait à peine de s'échapper de son salon. Elle ne souhaitait aucunement retourner à ce qui s'annonçait encore comme une autre séance où il lui faudrait adopter un comportement guindé. Le soupçon de reproche qu'elle perçut dans la façon de s'exprimer de William augmenta son irritation.

— Je n'ai pas beaucoup de temps à perdre, dit-elle avec mauvaise grâce.

Elle brossa les graines à l'aide de son pied une fois, puis une autre, pour marquer à quel point elle était occupée.

— Dites-moi pourquoi vous êtes ici.

— Vraiment, mademoiselle Pembroke, protesta William avec hauteur, c'est un endroit peu approprié pour discuter de sujets qui sont tout à la fois privés et personnels.

Il jeta un regard autour de lui, mal à l'aise de constater que les ouvriers avaient des expressions alertes, alimentées par une curiosité à peine masquée.

Comme c'était toujours le cas avec William, plus il insistait sur un point, moins Allégra était portée à se dire d'accord. À l'encontre des fois précédentes, alors qu'elle avait réprimé son opposition, elle l'exprima ce jour-là :

— J'ai une grande quantité de travail à abattre, William, réitéra-t-elle. Si vous avez quelque chose d'urgent à me dire, je vous suggère de ne pas tenir compte de l'endroit où nous sommes et de dire ce que vous avez en tête.

Ce fut au tour de William de changer gauchement de position. Il se balançait sur un pied puis sur l'autre. Il remonta ses lunettes sur son nez. Son visage banal luisait de sueur. En fait, il semblait bouillir dans ce complet trois-pièces de gabardine bleu marin qu'il portait tout l'été. Il était complètement décontenancé par l'inhabituelle attitude de défi d'Allégra. Il ne l'avait jamais connue si brusque. Il décida que ce devait être là l'effet du soleil des tropiques sur une tête dénudée. La meilleure marche à suivre était probablement de lui raconter des choses pour rehausser son humeur et d'espérer qu'elle retrouve ses sens avant longtemps.

— Je vous apporte les bons vœux de tous nos amis, dit-il avec une cordialité forcée. Millie Bowman vous fait dire qu'elle a fini de broder au petit point les appuis-tête du divan qui est devant son foyer. Si vous vous rappelez, son ouvrage reproduit une délicieuse scène de *L'étang en hiver* de Baily. Miriam Lockley apprend à jouer de la harpe.

Si William pensait désarmer Allégra au moyen d'allusions à sa vie passée, il ne pouvait pas se tromper davantage. Elle se sentit suffoquer.

— Vous n'êtes sûrement pas venu d'aussi loin pour me dire où en sont les travaux d'aiguille de Millie Bowman, fit-elle remarquer brusquement. J'aimerais que vous me disiez pourquoi vous êtes ici.

William s'éclaircit nerveusement la voix. Il commençait à réaliser que cette nouvelle Allégra, si obstinée, allait rester sur cette plate-forme remplie de graines, l'air contrarié, jusqu'à ce qu'elle obtienne réponse à sa question. Il n'en procéda pas moins avec précaution, comme l'exigeait sa nature.

— Si je me souviens bien, commença-t-il, vous n'avez jamais été une lectrice assidue des journaux. Vous ne devez donc pas être consciente des forces qui dirigent le cours habituel des affaires. Connaissez-vous le décret de Bland Allison?

— Quoi? demanda Allégra.

Elle était visiblement perplexe devant cette tournure de la conversation.

William se campa et remonta une nouvelle fois ses lunettes sur son nez.

— Le décret de Bland Allison a été adopté par le Congrès en 1878, l'informa-t-il. En substance, il oblige le Secrétaire du Trésor à acheter de deux à quatre millions de dollars d'argent chaque mois, au prix du marché, et de convertir cet argent en dollars. Ce fut la première d'une série de malencontreuses tentatives de revenir aux titres en argent que nous avions abandonnés en 1873 et de soutenir les intérêts miniers en train de s'effondrer dans les états de l'ouest. Voyez-vous, d'importants gisements de fer avaient été découverts à la même époque dans le Nevada, dans le Colorado et en Utah. Les propriétaires de mine, les prospecteurs et les citoyens de ces états craignaient de voir leurs profits diminuer.

« Cette législation tout à fait inefficace fut suivie en juillet 1890 par un Décret d'achat d'argent proposé par Sherman, une loi qui répondait encore davantage aux pressions du monde minier. Ce décret obligeait le Trésor américain à acheter quatre millions et demi d'onces d'argent chaque mois, ce qui correspondait à la production courante. De plus, le décret précisait que l'achat devait être payé en bons du trésor au cours légal, protégés par les réserves d'or. Inutile de dire qu'il en résulta l'affaiblissement des réserves d'or et, en même temps, une irresponsable augmentation de la monnaie de papier en circulation. »

— William, *de quoi* parlez-vous? l'interrompit Allégra.

Elle était stupéfiée par sa dissertation. Elle s'était attendue à ce que la mission privée qu'il qualifiait de si importante soit une réprimande sur le caractère inconvenant de sa conduite ou un sermon sur le fait que sa place naturelle était au Connecticut ou, peut-être, une supplique pour qu'elle l'épouse, mais jamais à cette étonnante leçon sur la politique américaine.

L'interruption d'Allégra fit perdre à William son élan. Passant encore d'un pied à l'autre, il épongea son front humide avec son mouchoir soigneusement plié.

— Je parle d'économie, mademoiselle Pembroke, répondit-il.

Une touche d'impatience inspirée par la chaleur excessive transparut dans sa voix. Il retrouva son égalité d'humeur d'homme de loi et reprit le cours de ses pensées :

— Vous devez également être consciente de trois autres événements qui sont reliés à notre situation présente.

Sans attendre de voir si Allégra les connaissait ou non, il se lança dans une explication.

— Le premier fut la faillite, en 1890, de la banque britannique des frères Baring. Elle amena les investisseurs anglais à se départir de leurs titres américains, ce qui à son tour entraîna une saignée des réserves d'or.

« Le deuxième événement se produisit aussi en 1890 : c'était encore un autre décret du Congrès, le Décret sur les Taux de McKinley qui imposait des tarifs douaniers excessifs, ce qui entraîna une diminution des revenus des États-Unis. »

— William, répéta une nouvelle fois Allégra.

Elle se sentait dépassée par cet assaut d'informations. Elle n'avait aucune idée de ce dont il parlait, ni de la raison pour laquelle il lui transmettait tout cela.

William ne sembla pas l'entendre. Il rapprocha ses pieds et joignit ses mains derrière son dos, d'un air très professionnel. Il poursuivit :

— Le troisième événement, c'est la diminution en cours

des réserves gouvernementales due aux pensions de vieillesse que le président Harrison a ardemment préconisées.

Le ton d'Allégra se fit plus ferme cette fois. Elle lui dit :

— William, auriez-vous la gentillesse de me dire ce que tout cela peut bien avoir à faire avec moi, ou avec vous, ou avec votre soudaine arrivée à la Grenade ?

William s'arrêta. Son front se plissa sous l'effort alors qu'il préparait une réponse. Il garda une main derrière son dos, mais de l'autre, il lissa sa moustache. Avec magnanimité, il lui accorda :

— Je réalise que ceci doit être accablant. Après tout, vous n'avez jamais senti la nécessité de vous intéresser à de tels sujets.

Il ne remarqua pas qu'Allégra se tenait un peu plus raide dans le tiroir de cacao suite à cette remarque, ni que son menton pointait vers l'avant. Il poursuivit :

— Ce que je fais ici, c'est que je tente d'expliquer comment ces circonstances ont eu un effet défavorable sur les réserves d'or, sur le marché des actions, et, en fin de compte, sur l'économie. Le Marché des actions s'est effondré en juin, ajouta-t-il avec plus de gravité. Et la Société des chemins de fer de Philadelphie a fait faillite à peu près en même temps.

Il sentit soudainement qu'il perdait ses mots. Il espérait que son message avait été reçu, qu'elle en avait compris la signification. Allégra écoutait à peine la monotone leçon. Elle devenait de plus en plus exaspérée. Elle plongea ses orteils nus plus avant dans les graines de cacao. Elle ne comprenait toujours pas pourquoi William avait franchi tant de kilomètres pour lui annoncer des nouvelles vieilles de six mois. Et puis, si elle n'avait aucune intention de l'épouser, elle voulait, avec une pointe de perversité, qu'il le lui demande tout de même.

Elle plaça ses mains sur ses hanches et dit brusquement :

— Tout cela est très instructif, mais je vous prie d'en venir au fait.

William s'éclaircit à nouveau la gorge, moins certain de la meilleure façon de procéder. Il lui demanda à contrecœur :

— Saviez-vous qu'au cours de l'année dernière, presque cinq cents banques et quinze mille commerces ont fait faillite à cause de cette dépression?

Comme un vif pressentiment l'envahissait, Allégra cessa ses mouvements agités. Toutes les pensées de mariage s'envolèrent. D'un ton beaucoup plus catégorique, elle répéta :

— Allez au fait, William.

William prit une grande respiration et regarda à nouveau dans la cour en direction des ouvriers attentifs. Il dit d'une voix calme :

— La Banque des marchands unis, où se trouvaient vos comptes, est l'une des cinq cents qui ont fait faillite. Votre argent est perdu.

Pendant quelques secondes, il n'y eut aucun changement dans l'expression d'Allégra. Puis ses mains glissèrent de ses hanches et l'expression belliqueuse disparut de son visage. Comme elle réalisait peu à peu l'impact de cette calamité, elle se sentit glacer malgré la chaleur intense. Un frisson descendit le long de sa colonne. Son souffle se glaça dans sa poitrine. Tout son argent était perdu. Elle n'avait plus rien, sauf quelques billets dans son sac, le reste de son argent de voyage.

Elle n'avait aucun moyen de rembourser ses dettes, de rétablir le nom de son père, de fonder sa propre crédibilité. Elle avait perdu son argent. De plus, elle avait perdu l'*Étoile*. Ce qui était pire encore, dans son effort pour sauver le domaine d'Olivier, elle avait inconsciemment aggravé les choses. S'il ne risquait pas de perdre sa moitié de la propriété, elle lui avait imposé un nouvel associé, nettement indésirable.

Transie, elle finit par sortir du tiroir de cacao. Elle se pencha et attacha machinalement ses souliers. William resta près d'elle, plus sûr de lui, maintenant qu'il n'avait plus à lever les yeux pour la regarder. Même s'il n'était pas insensible au choc qu'elle venait de subir, il espérait secrètement que cela marquerait le retour de la femme douce qu'il avait connue au Connecticut.

Avec la sollicitude expérimentée d'un avocat, il plaignit sa mauvaise situation et lui raconta les histoires d'autres gens qui avaient subi des pertes similaires. Allégra l'entendait à peine. Des mots tels que « banqueroute » et « chute de crédit » bourdonnaient dans sa tête. Les détails étaient sans importance. La seule chose qui comptait, c'était que tout son argent était perdu.

Alors que William était au milieu d'une phrase, elle se leva et commença à escalader la colline en direction de la maison. Après un moment d'hésitation, William la rejoignit. Il poursuivit son discours pompeux, sans tenir compte de son manque d'intérêt. Il lui dit :

— J'aurais dû prévoir que la Banque des marchands unis ferait faillite. J'ai toujours pensé qu'Edward Barker manquait de compétence. Comme vous devez vous le rappeler, je vous ai conseillé à plusieurs reprises de ne pas faire affaire avec lui. J'avais recommandé la compagnie National Trust située de l'autre côté de la rue, où j'ai mes propres comptes. Wendel Braithwait a fort bien réussi à diriger sans trop de dommages son institution à travers cette crise financière.

— Son haleine sent toujours les pastilles à la menthe et ses mains sont moites, répondit Allégra avec lassitude. Je n'ai jamais aimé aller à sa banque.

— Ce ne sont pas là des critères sensés pour choisir une banque, réprimanda William avec une certaine indulgence. Mais vous n'auriez pas dû vous soucier de ces décisions complexes. Vous auriez dû écouter mes conseils prodigués, dois-je l'ajouter, non seulement comme administrateur des affaires de votre grand-père, mais aussi par souci personnel pour votre bien-être. Vous auriez dû vous fier à moi pour analyser convenablement le caractère de Barker.

— Il n'y a rien qui cloche dans le caractère de monsieur Barker, dit Allégra d'un ton maussade.

À travers le brouillard de son propre découragement, elle était offusquée par l'insinuation de William, qui laissait entendre qu'elle était incapable de juger le mérite d'un homme.

— C'est un homme d'affaires sérieux et digne de confiance.

Comme ils passaient sous la tonnelle de bougainvillées et qu'ils gravissaient le sentier en direction de la grande maison, William fut très impressionné par l'architecture haute en couleurs. Allégra s'effondra sur le premier siège qu'elle rencontra, une énorme berceuse de rotin avec des coussins bien rembourrés. D'un geste las, elle désigna un fauteuil à proximité. Sans cérémonie, elle lui dit :

— Asseyez-vous.

William s'installa. Soudainement troublé par l'atmosphère de la véranda où soufflait la brise et par la défiance d'Allégra, il tenta de retrouver contenance.

— Je pense que vous avez peut-être été influencée par l'agréable apparence de Barker, lui dit-il. Une erreur féminine courante. Si vous aviez pu le voir tel que je l'ai vu la dernière fois, en fait la veille de mon départ, vous auriez réalisé que mes craintes n'étaient pas sans fondement. Quand je l'ai finalement trouvé, il était plutôt défait : mal soigné de sa personne, il balbutiait de façon incohérente. J'ai détecté de l'alcool dans son haleine, même s'il n'était pas encore midi. C'est un homme fini. Je dois pourtant admettre, concéda-t-il, qu'il est davantage affolé par les pertes de ses clients que par ses propres difficultés. Quand il a été mis au courant du voyage que j'entreprenais, il m'a prié de vous transmettre ses excuses les plus sincères. Il était au bord des larmes.

— Qu'avez-vous dit ? demanda brusquement Allégra.

Une étincelle venait de jaillir dans son esprit.

— Que voulez-vous dire ? demanda William.

— Qu'avez-vous dit ? reprit Allégra.

Elle s'approcha au bord de son fauteuil, absorbé par une idée.

— Eh bien, en fait, euh... je, marmotta William.

Il était à nouveau dérouté par son agressivité.

— Je... euh... parlais de Barker. De son état ravagé. Je... euh... disais qu'il manquait d'épine dorsale...

— Non, non, l'interrompit impatiemment Allégra. Avant

288

cela. Quand avez-vous dit que vous l'avez vu?

— Eh bien, la veille de mon départ, répondit William, vraiment déconcerté. Je ne vois pas quelle différence...

— La veille de votre départ, l'interrompit à nouveau Allégra.

Elle insista d'un air triomphant.

— Vous avez dû le chercher pour le questionner sur l'état de mes comptes la veille de votre départ pour la Grenade. Exact?

— Oui, c'est exact, admit William qui commençait à deviner son but.

— Ainsi vous n'êtes pas venu ici pour me dire que ma banque avait fait faillite, conclut Allégra.

Elle manifestait le même zèle qu'un avocat interrogeant un témoin dans une cause criminelle.

— Vous aviez déjà organisé votre voyage pour d'autres raisons. La faillite de la banque ne fut qu'une coïncidence. C'était déjà votre intention de venir ici. Je veux que vous me disiez pourquoi.

— Fort bien, dit William d'un ton assez sérieux. Je n'ai jamais tout à fait approuvé ce voyage écervelé. Je n'ai jamais non plus fait confiance à votre fantôme de père, un homme qui a abandonné tout ce qui lui était familier pour cultiver du chocolat sous les tropiques. C'est malgré moi que je vous ai laissé faire ce voyage parce que vous aviez l'argent pour satisfaire vos caprices. Mais assez, c'est assez, Allégra! J'ai donné à votre grand-père ma parole d'honneur que je vous protégerais et je ne peux pas, en toute conscience, approuver que vous poursuiviez votre séjour ici.

« Ce sont des enquêtes faites par les avocats de sir Gérald Pembroke à Londres, et *non pas*, dois-je ajouter, vos lettres inexistantes, qui m'ont appris le regrettable décès de votre père. »

Il s'arrêta un instant, puis il ajouta d'une voix bien sonore:

— Je vous prie d'accepter mes condoléances pour cette

perte. Cependant, ajouta-t-il en retournant à son ton neutre, conscient de votre état d'orpheline, aggravé désormais par une totale indigence, je suis venu immédiatement, avec l'intention de vous ramener chez vous.

— Je *suis* chez moi, William, fit remarquer sèchement Allégra.

Les paroles de William lui permirent de se ressaisir. Même si son esprit était encore dévasté par les déboires de sa situation financière, elle avait maintenant quelque chose de précis à combattre. Elle ne savait ni quoi faire ni quoi penser du grand vide créé par sa ruine financière, mais elle se sentait soulagée d'éprouver de la colère contre la condescendance de William. Il ne lui vint pas à l'esprit que peu de temps auparavant elle aurait tout à fait accepté son attitude. Elle aurait même pu le trouver galant d'être venu la trouver si loin.

— Je suis une adulte, dit-elle d'une voix passionnée. Je n'ai pas besoin qu'on me conduise par la main, ni qu'on m'amuse, ni qu'on me dorlote. Il n'est pas question que vous me « laissiez » faire un voyage ou que vous « approuviez » mon séjour où que ce soit. Je peux prendre de telles décisions toute seule. De plus, en ce qui concerne votre responsabilité à mon sujet, la façon dont je la vois, c'est qu'elle s'est évanouie avec mon argent. Grand-père vous avait nommé pour que vous vous occupiez de mon héritage. Puisqu'il n'existe plus désormais, vous êtes libéré de toute obligation.

— Je ne souhaite aucunement en être libéré, répondit immédiatement William. J'accepte volontiers cette obligation.

Il déglutit et remonta ses lunettes sur son nez, tout en poursuivant :

— J'aimerais accepter à tout jamais cette obligation. Je suis désolé de vous avoir semblé autoritaire, Allégra, mais ce n'est que par souci pour vous. Ce n'était pas dans mon intention de vous offenser, mais plutôt de vous faire comprendre mes craintes à votre sujet. Maintenant que vous êtes toute seule et faible, dit-il en s'arrêtant pour respirer profondément, j'espérais que vous reconsidéreriez ma demande en mariage. Ce serait un grand honneur pour moi de vous offrir un refuge en tant qu'époux.

Dans une situation analogue, elle s'était autrefois comportée timidement. Elle avait refusé sa main en rougissant, flattée par l'intérêt qu'il lui manifestait. Cette fois-ci, Allégra sauta sur ses pieds, le visage rouge de colère. Elle tempêta :

— Je voudrais que vous sachiez, William Browne, que je suis peut-être pauvre, mais que je ne suis certainement pas faible. Je ne suis pas si désespérément à la recherche d'un refuge que je changerais d'avis pour devenir votre femme. Je n'ai aucunement l'intention de me marier uniquement par sécurité. Ce serait une union triste et une vie morne. Je ne veux pas me condamner à une telle existence.

Elle se dirigea vers la porte, mais se tourna après quelques pas et dit avec courtoisie, bien que sans plaisir :

— Vous êtes le bienvenu, si vous désirez demeurer à l'*Étoile* à titre d'invité jusqu'à ce que des arrangements puissent être conclus pour votre retour. Je vais demander à Élisabeth de vous désigner une chambre.

Sa voix se fit plus dure quand elle ajouta :

— Cependant, vous retournerez tout seul au Connecticut. Mon foyer est ici.

Avec autant de dignité qu'elle put en rassembler dans l'état de tristesse où elle se trouvait, elle tourna les talons et sortit du salon.

Assise un peu plus tard dans sa baignoire, Allégra laissa couler dans l'eau fraîche ses larmes contenues. Elle se sentait beaucoup moins sûre d'elle-même. Alors qu'elle demeurait très ferme dans son refus d'épouser William, elle n'était plus très sûre de quoi que ce soit d'autre. Elle n'avait aucune idée de la direction à prendre ensuite, aucune idée de la façon dont elle pouvait résoudre ses problèmes. La dernière fois qu'elle s'était assise dans cette pièce à se demander quoi faire, le lendemain des funérailles de son père, un bon nombre de choix s'étaient présentés à elle. Il lui avait tout simplement fallu les reconnaître et en choisir un. Cette fois-ci, ses choix étaient nuls. En ce moment, tout ce qui lui restait, c'était son désir d'accomplissement et une dette qui lui semblait soudain monumentale.

Elle déposa une débarbouillette fraîche sur ses yeux gonflés et s'appuya contre la baignoire de porcelaine. Gémissante, elle pensait aux grandes déclarations qu'elle avait faites à William. En ce moment, elles lui semblaient de creuses fanfaronnades. Elle n'était plus convaincue de ne pas être faible. Elle se sentait tout à fait impuissante. Et, malgré son très grand désir, l'*Étoile* n'était désormais plus son foyer. La moitié revenait à Olivier; l'autre appartenait à son oncle.

Elle réussit à passer à travers le dîner et même à dormir. Elle parut même au petit déjeuner, mais Violette dut lui demander à trois reprises si elle préférait du thé ou du cacao avant qu'elle réalise que quelqu'un s'adressait à elle. Même alors, elle ne comprit pas la question et dit plutôt:

— Cousin Barthélemy, puis-je vous parler en tête à tête plus tard dans la journée?

Elle ne vit pas Barthélemy et Violette échanger des regards inquiets. Elle ne fit que hocher la tête quand il répondit:

— Bien sûr, cousine, quand il vous conviendra.

Elle laissa William à ses réflexions et alla flâner dehors.

Elle était dans la bibliothèque quand Barthélemy la trouva cet après-midi-là. Elle feuilletait distraitement un livre. Quand il entra, elle se ressaisit, déposa le livre et se redressa sur le canapé. Il lui fallut beaucoup de résolution pour émettre ces mots, car ils la coupaient officiellement de l'*Étoile*. Elle dit sans préambule:

— J'ai de très mauvaises nouvelles. Ma banque a fait faillite et tout mon argent a été perdu. Je n'ai aucun moyen de rembourser les dettes de mon père.

Allégra se détourna après sa confession, incapable d'affronter son cousin. Elle regarda fixement par la porte-fenêtre donnant sur la véranda. Elle attendait que la hache tombe. Elle attendait que Barthélemy se mette à discuter avec passion des dispositions successives qu'il prendrait pour s'emparer du domaine.

Elle se retourna, étonnée, quand il s'exclama plutôt :

— Comme c'est terrible !

Son beau front s'était ridé sous la consternation ; ses yeux bleu clair reflétaient une sincère détresse.

— En êtes-vous vraiment sûre ? demanda-t-il d'une voix anxieuse. N'est-il pas possible qu'il y ait eu une erreur ? Ou peut-être une conclusion tirée trop rapidement ? Peut-être même un défaut dans la communication ?

— Non, il n'y a pas d'erreur, répondit lentement Allégra.

Elle tentait de comprendre la réaction inattendue de Barthélemy.

— William m'a apporté la nouvelle et il ne fait pas d'erreur en ces matières. J'ai tout perdu.

Elle récupéra son souffle et baissa les yeux, encore une fois déconcertée par l'état désespéré de sa situation. Quand quelques minutes de silence eurent suivi son affirmation, elle fut intriguée par la vue de son cousin se rongeant les jointures, une main dans son dos.

— N'allez-vous pas me dire que nous devons nous rendre à Saint-Georges afin d'y signer le contrat qui vous permettra de prendre possession du domaine ? demanda-t-elle d'une voix hésitante.

Barthélemy baissa sa main et la regarda distraitement. Il lui dit :

— N'agissons pas avec trop de précipitation. Tout ceci est arrivé de façon plutôt soudaine. Même si les choses peuvent sembler désespérées en ce moment, je suis sûr qu'en y réfléchissant bien, on peut trouver une solution acceptable. Puisque rien ne nous vient à l'esprit pour l'instant, nous ne bougerons pas tant que la réponse ne s'imposera pas à nous.

La bouche ouverte sous le coup de l'étonnement, Allégra regarda Barthélemy s'approcher d'elle pour tapoter son bras d'un geste rassurant avant d'aller déverrouiller la porte. Comme il l'avait fait à maintes reprises au cours des semaines précédentes, il la surprit en lui montrant une nouvelle et attachante dimension de sa personnalité. Même s'il n'avait pas de suggestions précises pour régler le dilemme d'Allégra, elle trouva son souci touchant et sa confiance plus encourageante que tout ce qu'elle avait entendu d'autre depuis l'arrivée de William. Elle ressentit une vague de sympathie pour le cousin qu'elle avait auparavant considéré comme lourdaud et distant.

Sa rencontre avec Olivier le lendemain soir après le dîner prit une tout autre allure. Ils étaient enfermés encore une fois dans le bureau, arène de plusieurs confrontations déjà. Olivier s'assit, les pieds sur le bureau, les mains jointes derrière la tête. Allégra faisait les cent pas devant lui.

— Eh bien? demanda Olivier. Quel est le problème cette fois-ci? Il n'y a aucun doute que ce Browne est venu vous réclamer votre main, mais vous ne pouvez certainement pas y songer de façon sérieuse. Je peux fort bien comprendre pourquoi vous avez fui le Connecticut, si c'est ce qu'il a de mieux à vous offrir.

— William est un homme convenable, répliqua Allégra.

Sa réponse avait été automatique et dénuée d'enthousiasme. Elle marchait toujours, cherchant à rassembler toutes ses forces pour lui apprendre la terrible nouvelle.

Les yeux d'Olivier se rétrécirent. Il concéda rapidement :

— Je veux bien croire qu'il soit convenable, mais il est également, pour reprendre votre propre description, extrêmement ennuyeux. Je ne peux pas comprendre quelle attirance il pourrait susciter chez une femme comme vous. Vous avez à peine tenu compte de sa présence au cours du dîner.

Ses pieds frappèrent soudainement le sol et ses mains se rabattirent sur le dessus de son bureau.

— Voulez-vous s'il vous plaît rester en place et me dire ce qui ne va pas? demanda-t-il.

Allégra s'assit brusquement dans le fauteuil face à lui, les mains enfoncées entre ses genoux.

— Ma banque a fait faillite, dit-elle brièvement. Tout mon argent est perdu.

— Oh, mon Dieu! dit doucement Olivier.

Il resta un instant immobile tant il était estomaqué. Il fit le tour de son bureau et s'assit sur le bras du fauteuil d'Allégra. Il se mit à masser ses épaules affaissées. Il enfouit un baiser dans ses boucles et lui dit :

— Ma pauvre chérie.

Allégra ferma les yeux. Elle acceptait ce luxe qu'elle savait ne pas mériter. Il y avait si longtemps depuis qu'elle avait été aussi près d'Olivier qu'elle céda presque à son contact.

— J'ai tout perdu, murmura-t-elle.

Les yeux encore fermés, elle résistait tout juste à la sensation de ses doigts frottant sa peau. Elle aurait voulu se presser contre lui, sentir les bras d'Olivier l'encercler et faire obstacle à tout désastre. Elle s'obligea plutôt à ouvrir les yeux et dit :

— J'ai perdu également l'*Étoile*.

— Bêtises ! répondit Olivier.

Il la secoua gentiment.

— Elle n'est pas perdue. Je dois admettre que ce fichu papier que vous avez signé a rendu la situation un petit peu plus corsée, mais c'est la raison pour laquelle les cours de justice ont été créées. Nous allons nous battre ; nous allons dire que votre oncle vous a fait signer le papier sous la contrainte. Vous étiez alors sous le choc.

— Mais ce n'est pas vrai, protesta Allégra.

Elle s'assit un peu plus droit et s'écarta légèrement de lui. Elle se retourna sur sa chaise pour le regarder.

— Vous savez que tel n'est pas le cas. Vous savez que j'ai volontairement signé ce papier parce que je voulais effacer les dettes de mon père et rétablir son nom. J'y tiens encore. Je ne pourrais accepter de voir cette affaire traînée dans un procès public, d'entendre des gens dire que mon père et moi tentons d'obtenir une chose que nous n'avons pas payée. De plus, ajouta-t-elle, secouant les épaules sous la défaite, je ne peux pas me payer une bataille légale.

— Moi, je peux, dit Olivier.

Il secoua affectueusement la tête devant l'entêtement d'Allégra dont les yeux superbes semblaient presque pourpres sous la lumière. Il passa ses pouces sur la tendre peau du front d'Allégra.

— Je ne peux prendre davantage de votre argent, répliqua Allégra.

Elle recula pour se soustraire à sa caresse.

— Je vous dois déjà trois mille dollars que je ne peux pas vous rembourser. Je ne peux aggraver cette dette en empruntant davantage.

— Il y a un moyen très facile de régler ce problème, dit Olivier.

Il croisa les bras et appuya une épaule contre le dossier du fauteuil.

— Nous pouvons nous marier.

— Oh, non, répondit vivement Allégra.

Elle se leva si rapidement de son fauteuil qu'il vacilla sous le poids d'Olivier. Il reprit son équilibre.

— Pourquoi pas? demanda-t-il.

C'était loin d'être le genre de réponse à laquelle il s'attendait. Il fit un pas dans la direction d'Allégra. Même si sa demande était aussi peu romantique que celle qu'il avait soumise le matin après le vol de cacao, le cœur d'Allégra bondit. Elle admettait maintenant qu'elle l'aimait, mais elle le refusait tout de même.

— Je ne me marierai pas simplement pour trouver la sécurité, dit-elle. Je ne vais pas me marier seulement pour être protégée et pour me sentir financièrement à l'aise, pour voir mes problèmes réglés. Je veux les régler moi-même. Je le *dois*, ajouta-t-elle désespérément.

Olivier aurait dû y reconnaître l'expression de sa fierté, mais la sienne était elle-même quelque peu blessée par le refus d'Allégra.

— Nous avons d'autres raisons de nous épouser que le simple opportunisme, dit-il brusquement. Et vous le savez parfaitement.

Les sentiments blessés d'Olivier offrirent à Allégra un refuge commode contre ses émotions contradictoires.

— Vous n'avez pas besoin de vous sentir obligé de

m'épouser, dit-elle d'un ton vertueux, juste à cause, à cause...

Son visage rougit alors qu'elle cherchait une façon de le dire.

— Juste à cause de ce qui est arrivé près de la cascade, poursuivit-elle en déglutissant.

— Je ne me sens pas *obligé*, dit Olivier, exaspéré.

Il s'approcha d'elle à nouveau.

— Je sens un *désir*. Je *veux* vous épouser. Et je sens que vous voulez m'épouser. La solution à vos problèmes ne serait qu'un bénéfice accessoire.

Allégra secoua la tête et se détacha de lui en contournant le bureau. Ils avaient exactement interchangé leurs positions.

— Les dettes de mon père et sa réputation ne sont pas accessoires, répliqua-t-elle. Elles m'affectent directement. Je dois les restaurer avant de faire quoi que ce soit d'autre.

Olivier respira profondément et déposa ses mains à plat sur le bureau. Il tenta de se ressaisir, de maîtriser son inhabituel émoi.

— Très bien, dit-il d'une voix égale. Il semble donc alors que la première démarche soit de trouver des fonds pour rembourser votre oncle, même si cela me semble tout à fait inutile. Admettons que vous empruntiez l'argent ; vous pourriez alors me le rendre, année après année, avec votre part des profits.

Allégra sentait qu'il tentait de lui remonter le moral, de sorte qu'elle en eut autant de ressentiment qu'elle en avait éprouvé à l'égard de l'attitude paternelle de William.

— Je vous ai déjà dit que je ne peux pas accepter votre argent, lui fit-elle remarquer sèchement.

— Alors *je* vais payer les dettes de Cecil, dit Olivier.

Sa patience était à bout.

— J'achèterai votre part du domaine de votre oncle, j'enregistrerai votre nom sur l'acte notarié et nous n'en reparlerons plus.

— Oh non, il n'en sera pas ainsi, cria Allégra. Si vous faites cela, je quitterai immédiatement la Grenade. Je ne m'inquiéterai pas de savoir si je dois mendier un passage sur un bateau de pêche ou travailler pour gagner une place en frottant des planchers, mais je partirai. Je ne me laisserai pas soudoyer ni acheter. Je n'accepterai pas qu'on me traite comme un enfant ou comme un animal familier. Je veux que l'on me prenne au sérieux. Je veux qu'on respecte mon désir de sauver la réputation de mon père.

— Comme vous voulez, répliqua Olivier, un peu moqueur. J'aimerais cependant que vous me disiez comment vous avez l'intention d'atteindre votre but alors que vous n'avez pas d'argent, que vous avez volontairement renoncé à votre part du domaine et que vous refusez obstinément toute forme d'aide.

— Je ne le sais pas encore, admit Allégra d'un ton plus modéré.

Elle se reprit et ajouta d'une voix ferme :

— Mais je trouverai un moyen.

Olivier s'assit sur le bord du bureau et la regarda s'enfuir de la pièce. Sa contrariété se dissipa, alors qu'il concédait avec regret qu'elle allait fort probablement y parvenir.

# 12

*E*n dépit des bravades faites à William et à Olivier, il n'en demeurait pas moins que l'esprit d'Allégra se vidait chaque fois qu'elle essayait d'entrevoir une issue à son dilemme. Elle passait toute la situation en revue encore et encore, mais rien ne changeait. Au contraire, les choses semblaient s'aggraver. Il n'était désormais plus seulement question d'honorer des engagements; il ne s'agissait plus seulement de la perte de l'*Étoile*. Elle commençait aussi à comprendre ce que cela signifiait de façon plus élémentaire. Elle n'avait ni foyer, ni revenu, ni les moyens de payer sa nourriture ou son gîte. Elle n'avait rien. Absolument rien.

Bien sûr, il existait certaines possibilités qu'elle envisagea en marchant sans but à travers les plantations de cacao déjà récolté. Elle repoussait du pied les gousses rejetées et les cabosses trop mûres. Elle pouvait prendre un poste de gouvernante où lui serait fournie une chambre avec pension et où elle recevrait un modeste traitement. L'idée ne correspondait guère à son sens du romanesque, comme cela aurait été le cas six mois plus tôt. Elle ne s'imaginait pas, héroïne de mélodrame, raccommodant encore et encore sa petite robe toute simple, se voir récompensée en devenant amoureuse du très beau fils de sa riche maîtresse. Elle était persuadée qu'elle ferait une affreuse gouvernante. De plus, elle était déjà amoureuse.

Ce qui l'amena à l'autre éventualité : le mariage. Allégra se laissa tomber sous un cacaoyer. Elle l'examina d'abord pour voir s'il n'était pas attaqué par les chancres, puis elle appuya son dos contre le tronc. Elle pouvait épouser William et retourner au Connecticut, comme si son expérience tropicale n'avait jamais eu lieu. Elle renoncerait ainsi complètement à l'*Étoile*. Elle pouvait également épouser Olivier et rester au domaine. Elle abandonnerait alors son rôle d'associée ainsi que son but d'être quelqu'un par elle-même.

Elle appuya sa tête contre l'arbre, découragée. D'une façon ou d'une autre, elle était perdue. Si elle épousait William, elle devait renoncer à l'amour. Si elle épousait Olivier, elle devait renoncer aux rêves de toute sa vie juste au moment où ils commençaient à se préciser. Frustrée, Allégra laissa retomber un de ses poings fermés sur ses genoux remontés. L'attitude d'Olivier ne l'aidait pas. Il accordait toute son attention à William.

Elle secoua la tête à la pensée des deux rivaux qui se disputaient son affection. Même s'ils étaient extrêmement polis l'un envers l'autre, ils donnaient l'impression de deux chiens qui tournent en rond avant la bataille. Les remarques qu'ils faisaient à Allégra ressemblaient plutôt à des défis voilés qu'ils se lançaient l'un l'autre. Ils chargeaient leurs discours d'allusions à Allégra. Chacun insinuait qu'il avait une connaissance particulière de ses besoins. Même si la connaissance qu'Olivier avait d'elle était plus précise que celle de William, Allégra trouvait ses deux prétendants très agaçants. Elle avait l'impression d'être le volant dans une partie de badminton.

Après trois jours de cette atmosphère affolante, elle n'en pouvait plus. Elle se leva tôt un vendredi matin, revêtit ses nouveaux vêtements de batiste et descendit l'escalier sur la pointe des pieds, espérant n'éveiller personne. Elle était à mi-chemin dans le hall quand la voix d'Olivier la héla.

— Vous êtes debout à une heure inhabituelle, dit-il de l'entrée de la bibliothèque.

Elle se retourna à regret pour lui répondre, mais avant

qu'elle ait pu dire un mot, William descendit les escaliers.

— Bonjour, dit-il.

Il salua Olivier d'un signe de la tête, mais il garda les yeux sur Allégra.

— Vous êtes particulièrement adorable aujourd'hui, lui dit-il.

Comme Allégra ouvrait la bouche pour répondre au compliment, Olivier l'interrompit. Choisissant ses mots, Olivier lui dit :

— Oui. N'est-ce pas là la robe que vous réservez habituellement pour la ville? Prévoyez-vous quelque chose de spécial?

Allégra mit ses mains sur ses hanches, ennuyée de cette double embûche.

— Je vais à Saint-Georges, dit-elle brièvement. Je veux parler avec Jamie du testament de mon père.

C'était une excuse plausible et c'était probablement une bonne idée, mais la vraie raison de ce voyage consistait à se libérer de la tension qu'il y avait à l'*Étoile*. Ni Violette, ni Barthélemy ne semblaient en ce moment capables de l'alléger, car ils n'étaient jamais aux alentours ces jours-ci.

— Je vais vous accompagner, dit tout de suite Olivier.

Il ne fut cependant pas aussi preste que William qui dit :

— Je serais très heureux de vous servir d'escorte.

— Non! cria Allégra.

Elle recula vers la porte.

— Non, je n'ai pas besoin d'escorte. Ni de quelqu'un à mes côtés. Je serai tout à fait en sécurité sur le *Mam'selle Lily*. Par la suite, je n'aurai qu'une courte distance à franchir pour arriver au bureau de Jamie. J'y vais seule. Je serai de retour ce soir.

Elle se retourna rapidement et se sauva avant qu'ils puissent l'écraser avec des arguments et des supplications.

Remontant la rue Scott quelques heures plus tard, Allégra était satisfaite de sa décision. Même si elle n'était pas plus près de régler ses problèmes, le simple fait de pouvoir s'en échapper pendant un certain temps était vivifiant. Elle était restée assise sur la rambarde de la goélette tout au long de la traversée. Elle avait laissé la brise de la mer calmer ses tourments. Un banc de dauphins était soudain apparu, pour la distraire. Ils sautaient et s'éclaboussaient joyeusement les uns les autres à moins d'une dizaine de mètres. Maintenant, entourée par les couleurs et les bruits de Saint-Georges, elle se sentait détendue pour la première fois depuis des jours.

Allégra éprouva une pointe de nostalgie en pensant à sa première visite. Elle escalada les quelques marches qui menaient au bureau de Jamie et passa la tête dans la porte. Était-il possible que cela n'ait fait que trois mois? Exactement comme cette première fois, Jamie était assis à son bureau en manches de chemise, occupé à parler avec un autre homme. Ce n'était pas Olivier cette fois, mais un vieux planteur dont Allégra se souvenait qu'il lui avait été présenté au bal donné par Royston Ross.

En la voyant, Jamie, sous le coup de la surprise, lui dit :

— Allégra, je ne m'attendais pas à vous voir aujourd'hui. Faites-vous des courses avec Violette?

Les deux hommes se levèrent.

Allégra s'avança au seuil de la porte et répliqua :

— Non, je suis venue pour vous parler, mais je vois que vous êtes occupé. Je vais faire quelques achats et je reviendrai plus tard.

Elle se retourna pour partir, mais elle s'arrêta à nouveau quand le vieil homme dit :

— C'est moi qui reviendrai plus tard, mademoiselle Pembroke. Je crains d'avoir empiété sur le temps et la patience de M. Forsythe avec mes racontars oiseux et mes plaintes au sujet de mon arthrite. Je suis certain qu'il préférerait parler avec une belle jeune femme. Venez, je vous prie et asseyez-vous.

Il lui tendit sa chaise. Allégra traversa la pièce et s'assit. Elle bredouilla des remerciements et souhaita pouvoir se rappeler du nom de cet homme.

Quand il fut parti, Jamie s'assit devant elle. La voix

chargée d'inquiétude, il demanda :

— Est-ce que cela va vraiment mal au domaine?

Ce fut au tour d'Allégra d'être surprise.

— Savez-vous ce qui est arrivé? demanda-t-elle.

Jamie fit un signe d'approbation.

— Olivier m'a envoyé une note il y a deux jours, dit-il. Elle avait tout autant pour but de m'avertir que de m'informer. J'imagine qu'il s'inquiète de ce que votre cousin puisse tenter quelque action légale à un moment où vous êtes très vulnérable.

— Barthélemy? dit Allégra d'un air incrédule.

Elle se souvenait de sa détresse inattendue quand elle lui avait parlé de la faillite de la banque. Elle secoua la tête et dit d'une voix assurée :

— Il ne le ferait pas. Il est de mon côté.

— Qui ne l'est pas, alors? demanda astucieusement Jamie. Olivier se conduit-il de façon inacceptable?

— Non, pas exactement, répondit tranquillement Allégra.

Elle passa son doigt le long du bureau.

— Il n'est pas en colère, si c'est ce que vous voulez dire.

Elle ne regarda pas Jamie directement.

— Il est tout juste idiot.

— Idiot? répéta Jamie, étonné.

De tous les adjectifs peu flatteurs jamais utilisés pour désigner son ami, celui-là semblait le plus farfelu. Il examina Allégra de plus près. Il n'y avait qu'une circonstance où des hommes sobres, habituellement sensés, devenaient idiots : c'était quand ils étaient amoureux. En voyant la façon dont ses cils clignotaient sur ses joues colorées, Jamie réalisa que tel était le problème. Olivier était amoureux.

— Mais en réalité je suis venue vous poser des questions sur le testament de mon père, dit Allégra.

Elle venait de changer de sujet avec une vivacité forcée. Elle releva les yeux et rencontra ceux de Jamie qui se laissa gracieusement distraire. Il fit rouler son fauteuil jusqu'au classeur ouvert et en retira une chemise.

— Le testament est en fait arrivé il y a quelques jours, dit-il.

Il revint à son bureau et étala le document devant lui.

— D'habitude je l'aurais apporté immédiatement à l'*Étoile*, mais la note d'Olivier est arrivée presque en même temps. Étant donné la situation, je pense qu'il vaudrait mieux laisser la poussière se déposer. De plus, il ne contient rien de nouveau, ni d'étonnant. Cela ne fait que nous énoncer des faits que nous connaissions déjà.

— Que dit-il? demanda Allégra.

Elle se pencha sur le bureau pour toucher le testament. Elle ressentit une sensation bizarre, un mélange de tristesse et d'appréhension. Elle savait que ce message adressé par son père était le seul qu'il lui ait jamais envoyé.

— Au début, on trouve du jargon légal. Puis, il dit, ah oui… nous y voici, il dit que vous êtes sa seule héritière; il vous laisse tout son domaine. Ceci comprend ses effets personnels, qui consistent surtout en vêtements et en livres. Je comprends qu'il possède une œuvre du Caravage. Elle vaut une jolie petite somme; il lègue aussi une chevalière. Vous héritez enfin de ses biens liquides.

Jamie s'arrêta pour feuilleter le dossier à la recherche d'un autre papier. Il le lut et, haussant les épaules d'un air compatissant, il dit :

— Cecil avait trois comptes de banque à Londres et à la Grenade, mais je crains que le grand total ne dépasse guère une douzaine de dollars.

Il déposa à nouveau la feuille sur le bureau et reprit le testament.

— Et, pour terminer, il vous laisse ses propriétés : l'*Étoile* et la petite entreprise de fabrication de chocolat qu'il tentait de faire démarrer, les Confections Stellar.

Tandis que Jamie examinait le dossier au hasard à la recherche d'un possible oubli, Allégra s'assit, droite et calme. Son silence même amena Jamie à la regarder attentivement, car il craignait qu'elle soit soudainement dépassée par sa situation désespérée. Au lieu de voir son visage pâle de désespoir, il découvrit une femme radieuse. Ses grands yeux violets étaient pleins d'animation.

— Les Confections Stellar, murmura-t-elle. Je les avais complètement oubliées. En fait, je n'en savais même pas le nom.

Elle n'avait pas vraiment repensé à cela comme à une affaire, mais seulement comme à une couverture nébuleuse aux transactions peu orthodoxes de son père, comme à un autre des plans incessants qui l'avaient tellement fascinée. Quand Olivier les lui avait mentionnées pour la première fois dans la plantation de cacao, l'idée de la manufacture de chocolat l'avait brièvement intriguée. Au fur et à mesure qu'Allégra s'était davantage impliquée dans les travaux de l'*Étoile*, l'usine d'Angleterre avait été oubliée. Si la pensée de la manufacture avait traversé le moindrement son esprit, c'était seulement en supposant qu'elle s'était dissoute ou qu'elle avait disparu avec Cecil.

Elle ne savait si c'était parce que maintenant l'usine portait un nom ou parce qu'elle cherchait désespérément une solution, mais les Confections Stellar lui semblèrent soudainement très réelles ; elles parurent également être la réponse à tous ses problèmes.

— C'est ça, dit-elle à Jamie, un sourire exubérant sur son visage. Les Confections Stellar. Elle le répéta plusieurs fois, en essayant différentes inflexions. « Les Confections Stellar ».

Jamie, pas encore aussi familier qu'Olivier avec les mouvements impulsifs d'Allégra, était quelque peu estomaqué par sa réaction.

— À ce que je peux comprendre, ce n'est pas du tout une aventure rentable, dit-il gentiment.

Il détestait devoir lui enlever ses illusions.

— L'immeuble est seulement loué. Cecil n'en possédait pas la moindre part. Pourtant, dit-il en grattant pensivement une de ses joues roses, la machinerie devrait valoir quelque chose. Vous devriez demander aux avoués anglais de vendre le tout, suggéra-t-il.

Tout en élaborant un plan, il poursuivit :

— Peu importe le montant que vous obtiendrez, vous pourrez vous en servir comme premier paiement de vos dettes. Je suis sûr que vous n'avez pas à vous inquiéter en ce qui concerne Olivier ; il attendra à tout jamais l'argent que vous lui devez. Et si votre oncle reçoit une bonne somme d'argent maintenant et la promesse d'autres paiements suite à la vente de votre cacao chaque année, je suis persuadé qu'il sera satisfait.

Jamie remit le testament dans la chemise, heureux de sa stratégie. Si Allégra était décidée à honorer les dettes de son père plutôt qu'à les contester en cour comme Olivier le laissait entendre dans sa note, c'était la meilleure solution.

— J'ai une bien meilleure idée, dit Allégra.

Elle se hâtait de décrire ses pensées.

— Au lieu de tout vendre, et de rester sans moyen de faire quelque argent, j'irai en Angleterre et prendrai en main les Confections Stellar. J'utiliserai les *profits* de l'entreprise pour rembourser mes dettes, plutôt que les actifs.

— Mais il n'y *a* pas de profits, Allégra, dit Jamie, atterré par l'idée. C'était une aventure de novice. L'usine n'a jamais réussi à démarrer. Vraiment, la meilleure chose à faire, c'est de la vendre. Ses actifs sont éloquents.

— Faux, dit Allégra, nullement dissuadée. Ce qui parle pour elle, c'est l'imagination de mon père. Elle est sa création, tout comme l'*Étoile* était sa création. Dans le cas de la manufacture, il est mort avant de pouvoir réaliser son rêve. C'était une partie d'un plan plus vaste, j'en suis sûre, continua-t-elle.

Elle s'avança sur le bord de son fauteuil. Sa voix devint plus fébrile.

— C'était le dernier chaînon d'une chaîne de cacao qui allait de la fève au bonbon, pour ainsi dire. D'abord il a construit l'*Étoile*, puis il a réparti ses fonds du domaine jusqu'au projet final : les Confections Stellar. Il a même choisi le nom pour compléter le thème céleste. Ne le voyez-vous pas,

Jamie? dit-elle.

Elle fit un grand geste pour indiquer l'empire qu'elle envisageait.

— Le domaine devait être le point de départ de la manufacture, tout comme le cacao est le point de départ du chocolat. L'un émane de l'autre et chacun dépend de l'autre. Si sa mort n'avait pas rompu l'équilibre, je *sais* que mon père aurait réussi. Il aurait remis tout l'argent qu'il avait emprunté et prouvé que ses idées étaient sensées. Il serait devenu un des rois du chocolat.

Elle se pencha à nouveau sur le bureau et s'empara de la chemise qui contenait le testament, comme si elle acceptait le sceptre d'une fonction. Elle jura de façon théâtrale :

— C'est *moi* qui vais réaliser les rêves de mon père. Je ferai un succès des Confections Stellar et je rembourserai l'argent qu'il doit. Son nom et sa réputation seront rétablis et même en sortiront grandis.

— Je crains que vous soyez trop peu réaliste, dit Jamie d'une voix inquiète. Je crains que vous ne vous blessiez terriblement.

Rien de ce que dit Jamie ne fit la moindre impression sur Allégra. Selon elle, son plan était parfait, meilleur que si elle avait hérité de l'*Étoile* libre de toute dette. Le domaine était déjà développé ; on n'avait qu'à l'administrer correctement. Par contre, les Confections Stellar devaient être lancées. C'était une façon de vraiment faire sa marque, de faire quelque chose d'important, de faire enfin plein usage des traits et des talents qui étaient le véritable legs de Cecil. En restaurant la crédibilité de son père, elle établirait solidement la sienne.

La satisfaction de son ambition ne constituerait pas son seul bénéfice. Les Confections Stellar lui offraient un choix autre que le mariage. Fort soulagée, Allégra évita le souvenir de l'après-midi au cours duquel elle avait fait l'amour avec Olivier sur le tendre lit de cresson. Elle oublia l'enchantement total qu'elle éprouvait à écouter ses vues strictes et souvent inadéquates sur la vie. Elle ignora la façon qu'il avait de la rattraper chaque fois qu'elle allait tomber, la façon qu'il avait de ne jamais être loin dans de tels cas. Elle ne se rappela que du très grand malaise des derniers temps et fut enchantée d'avoir trouvé un moyen de s'en évader.

Tous les autres avantages mis de côté, la seule idée de diriger les Confections Stellar était attirante. Depuis qu'elle s'était mise à travailler dans le cacao et à humer les amas de graines polies, Allégra avait attrapé la fièvre du chocolat. Elle comprenait très bien ce qui avait motivé les Aztèques à en faire un mets royal et leurs conquérants européens à l'appeler la « nourriture des dieux ». Le monde du cacao était intoxicant. Dans l'état où elle se trouvait, il lui était facile de romancer. Elle s'imaginait, nouant des rubans de satin autour de boîtes de velours remplies de chocolats fourrés à la cerise. Chaque délice grugeait un sou de son énorme dette. Elle fut tellement ravie de l'idée dans son ensemble qu'elle eut à peine besoin de la goélette pour flotter jusqu'à Gouyave.

Elle prit sa place à table sitôt rentrée. Sa robe de voyage était froissée, ses blondes boucles échevelées. Son visage irradiait, plein de couleur et de vie. Elle attaqua son bol de vichyssoise au fruit de l'arbre à pain avec plus d'appétit qu'elle n'en avait manifesté au cours des dernières semaines.

— J'ai de superbes nouvelles, proclama-t-elle entre deux bouchées.

Elle ignora pour une fois l'atmosphère dense et les réactions que son animation pouvait déclencher.

— Votre avocat vous a-t-il donné des conseils judicieux? demanda William.

Il tenta d'enfoncer les petits morceaux de ciboulette qui flottaient sur sa soupe avec le dos de sa cuiller. Il n'était pas du tout convaincu par ce régime tropical. Il aimait que ses pommes de terre soient des pommes de terre et non pas des fruits de l'arbre à pain et il les aimait écrasées dans de la sauce, plutôt que froides et en potage.

— Ses conseils n'ont pas été très utiles, dit Allégra.

Elle repoussa l'idée d'un mouvement de sa cuiller.

— Mais ses informations l'ont été. J'avais complètement oublié que mon père avait créé une manufacture en Angleterre! J'étais tellement soucieuse de rembourser ses dettes que je ne me suis même pas demandé pourquoi elles avaient été contractées. J'avais oublié qu'il avait emprunté l'argent dans un but précis : faire démarrer les Confections Stellar.

— Ah! fit William.

Il renonça à se battre contre la ciboulette et déposa sa cuiller.

— Alors vous avez décidé de liquider les biens reliés à la fabrication du chocolat et de commencer à régler vos dettes avec ces fonds.

— Non, répondit Allégra.

Elle terminait sa vichyssoise.

— J'ai décidé d'aller en Angleterre et de diriger l'entreprise. J'utiliserai les profits éventuels pour régler les dettes de mon père. Un des cargos de Star Shipping part pour l'Angleterre mardi matin et j'y ai retenu une place.

Plusieurs secondes de silence absolu accueillirent sa déclaration. Puis Violette se lamenta :

— Vous ne pouvez partir pour l'Angleterre. Vous appartenez à l'*Étoile*. Nous avons besoin de vous ici. Vous allez nous manquer si vous partez.

Le front d'Allégra se plissa en entendant les mots de son amie. Tout était arrivé si rapidement qu'elle n'avait pas beaucoup réfléchi à cette réalité. Élisabeth aggrava la culpabilité d'Allégra en émettant un « tch » de déception tandis qu'elle enlevait les bols à soupe et qu'elle déposait sur la table une soupière de bouillon de palourdes. Allégra essayait de trouver une réplique appropriée quand William prit la parole. Lissant sa moustache avec la bordure de sa serviette, il dit :

— Cela ma paraît une expédition peu indiquée pour une femme seule. Voyager si loin de chez soi est dangereux. Je ne peux, en toute conscience, approuver un tel plan.

La culpabilité d'Allégra s'évanouit.

— Je vais en Angleterre, William, dit-elle, et non dans

l'Afrique la plus profonde. C'est un pays moderne et civilisé. Je ne serai pas plus en danger que je le suis ici maintenant.

— Je n'en suis pas si sûr, dit enfin Olivier.

Il avait attendu patiemment son tour. Un sentiment de glace crispa son estomac quand il s'imagina la vie à l'*Étoile* sans la présence d'Allégra. La nouvelle qu'elle venait d'annoncer le frappa en plein cœur. Plus que tous les autres il savait qu'il était inutile de la contredire ; c'était une grave erreur de laisser entendre qu'elle ne pourrait pas accomplir ce qu'elle prétendait pouvoir réaliser. Pourtant, dans sa désespérance, c'est exactement ce qu'il tenta de faire.

— Vous n'avez pas beaucoup pris le temps de peser cette idée, dit-il d'un ton bourru.

Il avait passé toute sa vie à parler et à agir directement, de sorte qu'il était mal préparé pour utiliser de beaux arguments et pour faire de subtiles suggestions.

— Il vous reste à peine assez d'argent pour payer votre passage, sans parler de votre pension là-bas. Avant d'utiliser la dernière partie de vos fonds, vous devriez demander à Jamie d'écrire pour obtenir certaines informations concernant la manufacture. Selon toute probabilité, elle est au bord de la faillite. Vous vous y épuiserez aux plans émotif et financier. Vous resterez en plan dans un pays étranger. C'est alors que vous comprendrez combien l'Angleterre peut être dangereuse.

Il s'en voulait d'avoir l'air aussi grincheux, surtout quand il vit le menton d'Allégra prendre son inclinaison entêtée.

— Vous ne savez pas si la manufacture est au bord de la faillite, dit-elle sombrement. Vous le supposez parce que mon père a dû emprunter de l'argent pour la faire démarrer. C'est une nouvelle entreprise à laquelle il faut du temps pour fleurir. Elle a aussi besoin d'être dirigée. Mon père est mort avant d'avoir pu l'établir, mais je vais la mettre sur pied et en faire une affaire prospère.

— Soyez sensée, rétorqua Olivier. Dites-moi seulement comment vous avez l'intention d'y arriver. Vous savez que vous faites un fouillis des livres de comptabilité et que vous

vous en tirez lamentablement avec les chiffres. De plus, vous ne connaissez absolument rien au chocolat.

— C'est ce que vous m'avez dit à propos de la culture du cacao, s'emporta Allégra à son tour. Vous m'avez dit que je ne pourrais jamais être une associée à part entière parce que je ne connaissais rien au cacao. Mais j'ai appris, n'est-ce pas ? Vous savez que je suis devenue une bonne planteuse, vous devez l'admettre.

— Je l'admets, dit Olivier.

Il se retint de répéter qu'elle était toujours inapte à administrer une compagnie.

— Mais vous étiez une bonne élève en grande partie parce que vous aviez un bon professeur. Vous êtes une bonne planteuse parce que vous avez un bon domaine, de même qu'un bon associé. Connaissez-vous quelqu'un qui pourrait vous apporter une aide semblable avec la manufacture ? Connaissez-vous quelqu'un qui ait la moindre connaissance de la fabrication du chocolat — ou des Confections Stellar ?

— Bien... dit Allégra.

Elle se mordit la lèvre et tenta de penser à une remarque mordante à ce qui était, réalisait-elle, un argument malheureusement très valable.

— Moi, dit tranquillement Barthélemy.

Il était le seul à ne pas encore avoir parlé.

— Je sais beaucoup de choses à propos des Confections Stellar, depuis l'état de leurs finances qui, comme vous le laissez entendre, monsieur MacKenzie, sont fragiles jusqu'à la quantité de chocolat qu'on y moule chaque année, beaucoup plus importante que vous ne pensez, selon moi. Je suis également familier avec les procédés de fabrication du chocolat. À la demande de mon père, j'ai fait des recherches assez approfondies sur le sujet.

Un silence incrédule suivit les remarques que Barthélemy venait d'énoncer à voix basse. Il fut finalement rompu par Violette qui dit, sous le coup de l'émerveillement :

— C'est vrai ?

Barthélemy fit un signe d'approbation. Une rougeur embarrassée envahit ses joues alors que tout le monde le regardait.

— La fabrication du chocolat n'est pas une opération terriblement compliquée, mais elle est précise. Elle exige un respect très strict des formules et des températures. C'est là le secret de sa qualité.

Comme personne ne répondait à ses commentaires, Barthélemy poussa plus loin.

— En fait, le procédé rappelle celui utilisé dans la fabrication de votre thé de cacao, même si l'équipement est plus sophistiqué et que les méthodes sont plus scientifiques.

Comme il s'enflammait, son inclination naturelle pour l'information prit la relève et il présenta une explication plus détaillée.

— Quand les graines en provenance de l'*Étoile* et d'autres plantations semblables arrivent aux usines de chocolat, dit-il, la première opération consiste à les trier. Les pierres, les bouts de paille et les graines gâtées sont éliminés au sas et les variétés sont soigneusement notées. Ensuite on les charge dans une rôtissoire géante où elles sont torréfiées en respectant scrupuleusement une recette conservée par le maître-chef, ou le chocolatier, comme on l'appelle. Bien que le mélange de graines et la durée de cuisson soient, comme je l'ai dit, hautement confidentiels, on sait par contre que des périodes de rôtissage plus longues produisent une saveur plus amère et, pour certains palais, plus riche. Il est vrai, comme vous le savez, que le Criollo fournit un goût plus délicat que le Forastero et que c'est du premier dont on se sert pour donner sa saveur au chocolat.

Après la torréfaction, les graines sont « brisées ». Elles sont d'abord versées dans une machine qui brise doucement leur pelure, puis on les dirige vers une machine à vanner qui effectue la séparation de l'écorce et du grain intérieur, connu dans l'industrie sous le nom de pointe de chocolat. Je dois ajouter que l'enveloppe est utilisée en Irlande pour faire un breuvage léger, mais savoureux, connu sous le nom de « misérables ».

Nul n'émit la moindre remarque sur le discours de Barthélemy qui arrêta sa « charge » académique, ayant remarqué l'expression étonnée de son auditoire. Barthélemy déglutit nerveusement et, trop compromis pour reculer, poursuivit :

— L'étape suivante est la pulvérisation, dit-il. Les pointes rôties sont versées dans une trémie et écrasées entre des meules de pierre. Même si les pointes peuvent sembler sèches et cassantes quand elles entrent dans la trémie, quelques minutes de broyage suffisent à produire une chaleur qui liquéfie le contenu graisseux des pointes et qui le fait s'écouler. À l'état liquide ou pâteux, elles se solidifient en une substance extrêmement dure dès qu'elles ont refroidi. Cette substance est connue sous le nom de liqueur de chocolat; c'est la base de toutes les formes de chocolat à manger et à boire.

« Quand la liqueur de chocolat est pressée davantage, le gras, un liquide couleur ambre qu'on appelle le beurre de cacao, en est extrait. La masse résiduelle est une substance sèche et poudreuse : l'essence de cacao vendue dans les boîtes familières de carton ou de métal pour notre breuvage du déjeuner. Même si les Hollandais préfèrent soumettre le cacao à une alcalinisation dont le procédé a été inventé en 1828 par Conrad Van Houten, les Anglais consomment leur cacao tel quel.

Le beurre de cacao extrait est alors ajouté à la liqueur de chocolat. Ces ingrédients de base sont fondus à une température précise et pétris avec du sucre et parfois de la vanille. Après avoir été correctement incorporé, ce mélange est raffiné et enfin refroidi à la température de 26 degrés. Le chocolat est alors prêt à être moulé sous diverses formes, transvasé ou employé dans les confections qui font les délices de nos fantaisies gastronomiques. »

— Fascinant! cria Allégra quand il eut conclu. J'aurais dû savoir que si quelqu'un disposait de l'information nécessaire, c'était vous, cousin Barthélemy. Voyez-vous, Olivier...?

Elle se tourna triomphalement vers lui.

— Voyez-vous ce que cousin Barthélemy sait de la fabrication du chocolat?

— Une bonne leçon, dit Olivier d'un air mécontent. Mais est-ce que cousin Barthélemy saurait l'appliquer aux Confections Stellar? Sait-il quoi faire quand les meules brisent? Sait-il reconnaître les graines trop grillées?

Allégra regarda rapidement Barthélemy, désormais convaincue qu'il avait réponse à tout. Son cousin l'avait continuellement surprise au cours des quelques dernières semaines avec ses inépuisables connaissances et sa gentillesse inattendue. Elle avait réalisé qu'elle l'aimait et qu'elle lui faisait de plus en plus confiance, malgré son association avec cet homme déplaisant qu'était son père. En ce moment, elle l'adorait.

— Je n'ai pas de réponse positive à l'une ou l'autre demande, dit soigneusement Barthélemy.

Le cœur d'Allégra s'effondra et celui d'Olivier se souleva, même si l'instant d'après tout s'était inversé.

— Cependant, tels qu'appliqués aux Confections Stellar, les deux problèmes ne se posent pas puisque la manufacture ne fait ni le rôtissage ni le broyage de ses propres graines. Comme dans la plupart des petites manufactures de chocolat comestible, les Confections Stellar achètent leur liqueur de chocolat d'une plus grande entreprise comme Cadbury's ou Fry's, pour se concentrer plutôt sur la production de friandises.

« Si je ne me trompe pas, il y a une entente selon laquelle les graines sont rôties d'après les instructions du chocolatier, incidemment M. Bruno Pavese. C'est un gentleman italien dans la cinquantaine, handicapé par l'arthrite qui le rend assez acariâtre. Il a cependant la réputation de rechercher de très hauts critères de qualité et d'avoir un goût exquis. Toutes les questions de qualité et de saveur tombent sous sa juridiction.

« Cependant je prends note de votre remarque au sujet de la machinerie défectueuse, monsieur MacKenzie, » ajouta Barthélemy.

Il fit un signe de tête en direction d'Olivier, affalé dans son fauteuil.

— Il y a un directeur en charge de toutes les opérations de l'entreprise; il connaît probablement les aspects techniques et mécaniques de la manufacture. Son nom est Albert Baker. On connaît peu de choses à son sujet. Il est d'âge moyen, courtaud, et on le dit de tempérament nerveux.

— Voilà! fit remarquer Allégra.

Elle était moins soucieuse des détails maintenant que son cousin y avait pensé.

— Vous ne pouvez nier que cousin Barthélemy a pensé à tout, Olivier. Il a sûrement répondu à toutes vos objections. Son savoir est formidable.

— Oui, dit Olivier avec un calme trompeur. Mais est-il prêt à se servir de ce savoir pour vous aider?

— Bien sûr qu'il est prêt...

Elle s'interrompit avant que des mots blessants ne sortent de sa bouche. Elle observa son cousin, soudain grave et sérieux. Un doute l'assaillit. Après tout, il était le fils de sir Gérald et sa tâche était d'empocher l'argent de sa dette ou de s'emparer de l'*Étoile*. Anxieuse, elle demanda :

— M'aiderez-vous?

Barthélemy joignit ensemble le bout de ses longs doigts fins et y fit reposer son menton. Il jeta un bref coup d'œil à Violette, qui retenait son souffle de l'autre côté de la table. Puis il répondit à sa cousine plus succinctement que jamais auparavant. Il lui dit :

— Oui.

Sa joie revenue, Allégra poussa un cri de triomphe. Elle s'écria :

— Ce sera un très grand succès. J'en suis certaine.

— Je dois vous mettre en garde contre la tentation de surestimer mes connaissances qui sont, après tout, théoriques et non pratiques, l'avertit Barthélemy.

Allégra repoussa ses objections du revers de la main.

— Vous êtes trop modeste, j'en suis sûre, dit-elle, enjouée.

À l'entendre, l'autorité de Barthélemy était indiscutable. De plus, elle aimait sa sobriété et sa correction, des qualités qui semblaient respectées dans le monde des affaires.

— Les Confections Stellar vont jouir d'un énorme succès.

Sa fébrilité et son triomphe furent atténués par la sombre expression d'Olivier — et par son absence au déjeuner du lendemain matin. Peu importaient leurs désaccords passés, Olivier lui avait souvent donné gain de cause avec un regard amusé, même s'il semblait parfois exaspéré. En réalité, elle comptait sur son approbation.

Cela donnait un autre éclairage au désir d'Allégra d'échapper à la tension émotive qu'il créait, même si les raisons la poussant vers les Confections Stellar avaient été renforcées par les propos de Barthélemy. Malgré cela, elle savait qu'elle ne pouvait quitter l'*Étoile* en laissant Olivier ainsi. Elle passa toute la journée à ratisser le domaine à sa recherche.

Au moment où Septimus l'informa qu'Olivier était parti à Gouyave avec une charge de cacao pour la *Fierté de windward*, sa recherche était devenue presque obsessive. Allégra plaqua ses mains sur ses hanches, ennuyée de ce qu'il lui ait échappé encore une fois. Elle descendit à grandes foulées en direction des étables, sella son âne favori et partit, déterminée à l'épingler même s'il lui fallait aller à Carriacou pour le faire. Elle le trouva finalement sur la jetée de Gouyave. Le torse nu, il hissait des sacs de cacao dans la cale de sa goélette. Son expression était morose.

Leur tête à tête ne s'engagea pas de façon encourageante. Allégra, déjà frustrée par sa chasse s'impatientait de ce qu'Olivier la laissât sous le chaud soleil, achevant de charger la cargaison. Au moment où il s'empara de sa chemise lancée sur un poteau et se dirigea vers elle, elle fulminait. Il se vêtit tout en marchant. Sans dire un mot, il la devança sur la route bordant la falaise qui menait à une petite plage de roches arrondies, ombragée par quelques palmiers. Olivier se laissa tomber sur l'extrémité d'un billot délavé. Allégra s'assit maladroitement à l'autre bout.

— Êtes-vous encore résolue à quitter l'*Étoile* ? demanda-t-il à voix basse.

Il luttait pour contrôler tout à la fois son sentiment de trahison et son amour intense.

Pendant un moment, Allégra ne dit mot ; elle promenait simplement son doigt sur un nœud du billot. Le seul bruit qu'on entendait était le choc des pierres roulant les unes contre les autres dans le jeu des vagues. La délicieuse brise salée agitait ses boucles et rafraîchissait ses joues basanées. La proximité d'Olivier, sa chemise entrouverte, ses manches roulées, sa peau chaude et bronzée à l'odeur de cacao amenèrent presque Allégra à s'abandonner. Puis elle secoua la tête. Levant les yeux, elle répondit finalement :

— Je ne veux pas quitter l'*Étoile*, mais je veux aller en Angleterre diriger les Confections Stellar.

— Vous ne pouvez avoir les deux à la fois, dit Olivier. Vous devez faire un choix.

— Je sais, concéda misérablement Allégra.

Elle baissa à nouveau les yeux.

— Restez ici, la pressa Olivier avec une soudaine douceur.

Il était ému par son découragement.

— Restez ici, avec moi. Cette manufacture de chocolat est un projet sans espoir ; c'est une boîte de Pandore, un désastre assuré. Il vous engloutira. Restez ici et laissez-moi vous aider à résoudre vos difficultés.

— Non, attendez ! J'ai une idée, s'écria Allégra en s'asseyant tout droit.

Une joyeuse idée germa dans son esprit.

— Pourquoi ne venez-vous pas avec moi ? demanda-t-elle.

Elle tendit sa main vers lui en un geste invitant.

— Au lieu de rester assis ici à me mettre en garde contre les terribles choses qui pourraient m'arriver, pourquoi ne venez-vous pas avec moi ? Vous dites que vous voulez m'aider ; ce serait la meilleure façon de le faire. Vous vous y connaissez en mécanique, et les chiffres ne vous embêtent pas du tout. Ce pourrait être superbe, Olivier, ajouta-t-elle d'une voix suppliante. Nous pourrions travailler ensemble, tout comme nous l'avons fait à l'*Étoile*.

— Non, répondit Olivier.

Il ne s'était même pas arrêté pour réfléchir.

— J'ai juré de ne jamais remettre les pieds en Angleterre et j'étais sérieux.

Le souvenir de l'amère rivalité contre le jeune Lord Fenwick et des souffrances qui en avaient résulté était vif dans son esprit et submergeait tout le reste.

— L'Angleterre est un pays de snobs et d'hypocrites qui se servent d'une moralité empesée comme substitut à des sentiments sincères, dit-il d'un ton sérieux. J'ai assez enduré ces bêtises pour les affronter encore.

Profondément déçue, Allégra laissa retomber les mains.

— Il n'est pas nécessaire de prêter davantage attention à cette attitude que vous ne l'avez fait à la Grenade, dit-elle. Vous pouvez l'ignorer.

— Non, répéta à nouveau Olivier.

Il secoua la tête, l'air buté. Il ne voyait pas l'expression blessée d'Allégra. Il oubliait combien son esprit remarquable animait sa vie. Il ressentait à nouveau l'aiguillon pénible de l'ironie du temps où, incessamment, on faisait comprendre son infériorité sociale au jeune innocent trop ouvert et fraîchement arrivé des colonies qu'il avait été. Dans les Antilles, il était respecté pour ses réalisations et pour sa force de caractère. En Angleterre, il avait été jugé uniquement en fonction de sa naissance. Sa fierté exigeait qu'il ne retourne jamais sur la scène de tant d'humiliations personnelles.

Mais Allégra aussi avait de la fierté et elle était blessée par le rejet de sa suggestion empressée. Elle déchargea son embarras avec colère.

— C'est tout aussi bien ainsi, dit-elle sèchement. Je n'ai pas besoin de votre aide. Ni de celle de William ni de Jamie. Je peux arriver toute seule à faire un succès des Confections Stellar.

— Cela ne vous dérange pas d'accepter, même de solliciter, l'aide de votre intarissable cousin, répliqua Olivier, répondant sur le coup à la colère d'Allégra.

— Il fait partie de ma famille, répondit Allégra d'une voix passionnée. C'est un Pembroke. Je vais vous montrer que le nom des Pembroke ne doit pas être ridiculisé, ni traité avec condescendance. Vous pensez que nous sommes tout juste amusants, mais je vais vous prouver qu'on doit nous prendre au sérieux.

— Comment voulez-vous qu'on vous prenne au sérieux quand vous entreprenez une action si stupide? répondit rageusement Olivier, tout en se levant.

— Ce n'est pas une action stupide, cria Allégra qui sauta sur ses pieds, elle aussi. Simplement parce que c'était l'idée de mon père, ça suffit pour vous convaincre qu'elle est vouée à l'échec. Vous pensez que parce qu'il était charmant, spirituel et plein d'imagination — plutôt qu'ennuyeux et rivé à un livre de comptes — que son entreprise n'a pas la moindre chance de réussir.

— Vous devriez me connaître mieux que cela, rétorqua Olivier. Ce n'est pas du tout ainsi que je pense. Mais les Confections Stellar sont criblées de dettes et se débattent tant bien que mal. Vous n'avez aucun capital à y investir. C'est pourquoi je pense que cette idée n'a pas la moindre chance.

— Eh bien, vous avez tort! Et je vais vous le démontrer!

— Peu probable!

— Chut!

Une voix ennuyée avait interrompu leur discussion. Surpris, ils regardèrent tous deux en direction d'une maison proche où une femme aux cheveux tressés, le visage plissé, se tenait dans le cadre de sa porte ouverte.

— Chut, répéta-t-elle. Mon bébé dort à l'intérieur.

Ils ravalèrent leur colère et murmurèrent des excuses à la femme, puis ils quittèrent la plage. Arrivé à l'embarcadère, Olivier trouva une excuse pour rester sur la goélette. Il lui dit qu'il allait probablement rater le dîner. Allégra ravala ses larmes de colère et d'angoisse et ne fit qu'un signe de la tête. Elle saisit les rênes et s'éloigna avec son âne. Cette rencontre, ce dernier recours pour satisfaire leur besoins respectifs et l'amour qu'ils éprouvaient l'un pour l'autre se terminait dans l'aigreur.

Allégra passa la journée suivante à faire ses valises. Olivier la passa dans les collines les plus hautes du domaine, dans une épaisse forêt vierge à couper des arbres pour faire du charbon. Ils ne se revirent pas avant le lundi après-midi lorsqu'ils se rencontrèrent à nouveau sur l'embarcadère à Gouyave. Cette fois, ils faisaient partie d'un groupe de gens venus faire leurs adieux.

Le visage de Violette était bouffi d'avoir trop pleuré et ses mots étaient incohérents. Élisabeth était triste. William, remontant ses lunettes sur son nez, était perturbé. Debout à côté d'Allégra, Barthélemy semblait exceptionnellement inquiet. Ils piétinaient sur le quai, évitant de franchir le pas décisif. Quand les voiles furent montées et que seule la corde tenue par Olivier garda la goélette rapprochée, ils ne purent s'attarder davantage. Barthélemy monta à bord le premier, puis il tendit la main pour aider Allégra à en faire autant.

Olivier se tenait si près d'Allégra qu'elle pouvait sentir la chaleur qui émanait de son corps, mais il n'offrit pas le moindre secours. Une fois Allégra à bord et la corde lancée sur la goélette, il la regarda enfin. Les yeux d'Olivier, d'un bleu profond, se fixèrent sur Allégra qui s'éloignait de plus en plus.

— Bonne chance, dit-il brièvement.

Allégra fit un signe, par-delà la distance qui s'accroissait, incapable de parler. Son enthousiasme pour les Confections Stellar s'était considérablement refroidi. Son cœur se glaçait pendant qu'elle quittait l'*Étoile* en direction de l'Angleterre.

# 13

*B*arthélemy regarda s'éloigner les silhouettes sur l'embarcadère et avec elles l'adorable visage de Violette. Il pouvait difficilement respirer. L'horreur comprimait ses poumons ; la crainte chassait la vie de son âme. Dans un dernier geste, désespéré, il tendit la main comme pour retenir la scène qui s'estompait. Ce fut en vain. Violette disparut de sa vue. Sa main retomba.

« Comment cela est-il arrivé », se demanda-t-il d'un air découragé. Cinq jours plus tôt, il débordait de bonheur, transpercé par la passion éveillée en lui à la mare aux nénuphars. Cela avait balayé tout le reste. Son existence en Angleterre était ravalée entre un passé brumeux et un avenir nébuleux. Son seul souci avait été le glorieux présent, centré sur la femme qu'il aimait. Il avait vaguement remarqué le manque d'entrain d'Allégra aux dîners, la triste lueur dans ses yeux d'habitude si vifs, mais il était trop ensorcelé par Violette pour s'y attarder. Même la présence inattendue de William Browne, un homme dont l'allure d'homme du monde aurait dû le ramener sur terre, n'avait pas créé d'impact sur le bonheur sans bornes de Barthélemy.

Quand Allégra demanda à le voir seul, il sentit son premier signal d'alarme. Il était tellement absorbé par l'enchantement d'avoir fait l'amour à Violette, qu'il n'envisagea pas qu'un autre sujet puisse préoccuper Allégra. Il était persuadé qu'elle avait l'intention de le réprimander pour l'inconvenance de sa conduite. Il ne se demanda même pas comment sa cousine aurait pu le découvrir. Il passa le reste de la matinée à préparer d'éloquents arguments, déclarant la pureté de son amour pour Violette avec tant d'ardeur et à tant de reprises qu'il en devint plus ensorcelé encore.

Quand il retrouva Allégra dans la bibliothèque plus tard en journée, il était complètement préoccupé par ses émotions, complètement subjugué par sa vie à l'*Étoile*. Les mots d'Allégra surgirent de nulle part et le frappèrent comme une matraque.

Les traits tirés, tendue, elle lui dit :

— J'ai reçu de très mauvaises nouvelles. Ma banque a fait faillite et j'ai perdu tout mon argent. Je ne peux absolument pas rembourser la dette de mon père.

Pendant quelques terribles secondes, il resta interloqué. Sa pensée la plus immédiate fut que le merveilleux monde qu'il avait découvert menaçait de s'effondrer. L'*Étoile*, l'*Étoile* poétique et adorable où tous ses sens s'étaient éveillés, allait être détruite.

— Comme c'est terrible ! s'exclama-t-il. En êtes-vous absolument sûre ? N'est-il pas possible qu'une erreur ait été faite ? Ou peut-être une conclusion tirée trop rapidement ? Peut-être même une erreur de communication ?

Quand Allégra l'eut regardé d'un air étonné et qu'elle eut répondu à ses questions inquiètes, il lui apparut soudain que les responsables, les destructeurs de cette idylle, ne pouvaient être que son père et lui. Son sentiment d'horreur s'accentua quand il réalisa que telle était sa mission. Il serra un poing derrière son dos et mâchouilla ses jointures pendant qu'il tentait de trouver une solution à ce terrible dilemme.

Un sentiment de catastrophe s'ensuivit, chassant complètement l'euphorie d'hier, éteignant l'espoir insensé qu'il pourrait d'une façon ou de l'autre prolonger son extraordinaire séjour à la Grenade, qu'il pourrait continuer à tout jamais d'aimer

Violette. Soudain l'Angleterre ne semblait plus si lointaine. Ses contraintes et ses routines affluèrent dans sa conscience. Il réussit à murmurer distraitement quelques phrases d'encouragement pour Allégra et tapota le bras de sa cousine avant de s'échapper pour aller ruminer tout seul.

Barthélemy s'effondra sur un banc de fer forgé, dont la position permettait qu'on aperçoive le bleu profond de la mer entre les fleurs d'un laurier-rose et les branches d'un papayer. Il regarda sans la voir la lumière spectaculaire. Il se rappela avec ironie son vœu que l'argent d'Allégra n'arrive jamais du Connecticut. Il eut un bref rire amer. Il n'avait pas voulu que l'argent soit perdu ; il avait simplement voulu que l'attente de cet argent se poursuive indéfiniment. Il avait voulu que sa visite ne se termine jamais. Mais maintenant c'était fini. Il n'avait désormais plus de raisons d'attendre. Toutes ses raisons de vivre se trouvaient en Angleterre. Toutes, à l'exception bien sûr de Violette.

Il quitta brusquement le banc, soudain désireux de la voir. Il ressentit le besoin de s'assurer qu'elle n'avait pas disparu, elle aussi. Un sentiment de panique s'empara de lui tandis qu'il traversait la pelouse en courant, le souffle saccadé. Il la cherchait partout. Comme il ne la trouvait pas, s'accrut en lui la peur déraisonnable qu'elle soit partie sans le saluer, qu'elle ait disparu comme l'argent d'Allégra, qu'il ne la voie plus jamais.

— Pas déjà ! voulut-il crier.

Il respira quand il l'aperçut finalement, penchée sur des plants dans le jardin longeant la cuisine. Son innocent sourire de bienvenue calma immédiatement ses craintes. Il ralentit le pas, traversa le terrain, laissa son pouls rapide retrouver un rythme normal.

— Je vous ai cherchée partout, dit-il en tentant de masquer son anxiété.

Violette se releva et plaça un panier contre sa hanche.

— Élisabeth est allée à Gouyave rendre visite à sa belle-mère, expliqua-t-elle. La chèvre du voisin s'est fait piquer le nez par une abeille. Elle est devenue folle et a frappé Mme Stephen à la jambe. La pauvre femme est incapable de marcher depuis deux jours. Son genou gauche est enflé comme un bollet.

— Un quoi ? demanda Barthélemy, distrait par l'histoire de ce bizarre accident.

— Un bollet, dit Violette en souriant. C'est une calebasse.

À nouveau, elle se pencha sur le buisson et en tira une gousse verte. Elle la lança dans le panier.

— De toute façon, dit-elle, j'ai dit à Élisabeth de ne pas s'inquiéter pour le dîner de ce soir ; je le ferai à sa place.

— Vous ? demanda Barthélemy, encore plus surpris.

Violette se redressa encore, une gousse à la main. Elle semblait déconcertée par la surprise de Barthélemy.

— Oui, dit-elle. Je vais faire des pois à la noix de coco et une marinade de poisson salé, ce que je fais très souvent à Carriacou. En fait, tout le monde à Carriacou en cuisine fréquemment.

— Laissez-moi vous aider, offrit Barthélemy.

Il lui prit le panier de la main.

— Je ne sais pas ce que vous avez dit, ni ce que vous faites, mais je veux vous aider.

Il ne se souciait pas de ce que cela signifiait, dans la mesure où il pouvait être avec elle.

Cette fois Violette rit de son évidente confusion.

— Je cueille des petits pois pour les apprêter à la noix de coco, lui dit-elle.

Elle lança la gousse bosselée dans le panier et s'avança pour en cueillir une autre.

— Vous verrez. Nous devons faire bouillir les pois dans le lait de coco jusqu'à ce qu'ils éclatent, puis nous ajoutons du petit mil et nous les laissons mijoter.

Elle s'arrêta une minute, puis elle ajouta comme pour s'excuser :

— Ce n'est pas appétissant, j'imagine, et cela manque d'élégance, mais c'est vraiment délicieux.

— Si c'est vous qui le cuisinez, je suis certain que cela sera excellent, dit respectueusement Barthélemy, en cueillant une gousse. Je vais en savourer chaque bouchée.

— Pas celle-ci, dit Violette.

Elle s'étira pour retenir la main de Barthélemy.

— Celle-ci n'est pas encore mûre. Vous voyez ? Elle est trop plate.

Ses petits doigts bruns s'enroulèrent autour des siens et leur donnèrent une légère pression. Barthélemy oublia immédiatement les pois alors qu'il lui serrait la main à son tour. La chaleur du contact de Violette chassa la peur glaciale de la perdre.

Ils remplirent le panier et entrèrent dans la cuisine. Violette tira un tabouret dans un coin entre la table et la fenêtre ouverte.

— Asseyez-vous ici, ordonna-t-elle en tapotant le siège.

Quand Barthélemy y eut pris place, elle posa un bol sur ses genoux et un panier à ses pieds. Elle vida les petits pois sur la table, puis lui montra comment les écosser. Elle ouvrit une gousse à l'aide de son pouce, d'une chiquenaude elle projeta les pois dans le bol et laissa tomber la gousse dans le panier. Elle le regarda écosser plusieurs gousses. Il suivait scrupuleusement ses instructions. Elle approuva et lui sourit pour l'encourager. Elle attacha un tablier autour de sa taille et en épingla la bavette à sa blouse. Puis elle se déplaça pour préparer le reste du repas.

Bientôt, l'habileté de Barthélemy s'améliora. Il intégra rapidement la séquence facile qui consistait à prendre, à séparer, à lancer et à laisser tomber. C'était un rythme rassurant qui n'exigeait pas d'attention. Il laissa ses pensées vagabonder alors qu'il regardait Violette râper une noix de coco pour en tirer le lait. Il était amusé de se trouver dans cette situation. Il n'avait jamais mis les pieds dans la cuisine du manoir Pembroke.

Comme sa mère était morte alors qu'il était tout jeune enfant, toutes les décisions d'ordre culinaire avaient échu à

Mme Griswold, la gouvernante. En fait, cette formidable et irréprochable matrone s'occupait avec efficacité de tous les besoins de la maison. Même si Barthélemy demandait à l'occasion des framboises à la crème ou des serviettes additionnelles après un bain dans le lac, en général il acceptait sans histoire le cours tranquille de sa vie.

Il prenait pour acquis l'apparition des repas sur la table seigneuriale. Il prenait pour acquis les complets que son valet pressait et la literie que la femme de chambre changeait tous les jours. Il prenait pour acquis les réconfortants feux d'hiver que le garçon de courses allumait dans le foyer et les coupes de cognac que le majordome posait silencieusement près de lui. Insatiable curieux à propos d'une grande variété de sujets, Barthélemy passait ses jours à se remplir la tête d'informations étranges tout en demeurant complètement ignorant des tâches fondamentales de la vie.

Il n'avait jamais été conscient de son inaptitude à organiser les détails du quotidien - jusqu'à maintenant. Il regarda Violette tremper la noix de coco râpée dans l'eau, puis l'essorer à travers un carré de mousseline. Elle recueillait chaque goutte du fruit sucré et laiteux. Poussant les bols de côté, elle s'attela à la marinade et retira un chaudron de poisson salé du poêle où il mijotait. Elle vida l'eau, déposa le poisson sur un plat et l'écailla à l'aide d'une fourchette. Ses mouvements étaient assurés. Elle dégageait un air d'indépendance et d'autonomie.

Barthélemy soupira et tendit la main pour prendre une autre gousse. Même si elle était tout à fait à l'aise quand elle se faisait servir, Violette était également capable de s'occuper d'elle-même. Elle pouvait s'habiller, entretenir ses vêtements et préparer une nourriture appétissante. Même s'il n'avait jamais vu Olivier ou Allégra travailler dans la cuisine, Barthélemy savait d'instinct qu'ils possédaient les mêmes atouts. Lui seul était dépourvu, lui seul dépendait de serviteurs et d'un compte de banque inépuisable, pour assurer le confort de son existence.

Barthélemy ouvrit une gousse si brusquement que son

contenu alla choir sur le plancher de la cuisine. Il reconnut avec amertume qu'il n'était même pas capable d'alimenter ce compte de banque. Son éducation particulière et coûteuse l'avait préparé à faire de l'analyse grammaticale dans plusieurs langues, à citer avec érudition des extraits de Shakespeare et de Sophocle, à débattre de points de vue philosophiques divergeants ou à démêler l'histoire de l'Angleterre au Moyen Âge. Bref, on l'avait entraîné à devenir un gentleman. Son éducation ne l'avait guère préparé à une profession ou au commerce, à diriger une affaire ou à administrer un domaine. Sir Gérald gardait jalousement tous les rapports à Pembroke Hall. Il hésitait beaucoup à laisser qui que ce soit d'autre avoir accès à ses affaires. Jusqu'à ce jour, Barthélemy s'était contenté de la vie telle qu'elle était, mais désormais lui venait la terrible conscience que, sans la bourse prodigieuse de son père, il ressemblerait à une tortue couchée sur le dos.

Il ne perdit pas une minute à espérer que sa bourse lui resterait s'il décidait de demeurer à la Grenade. Ou, pire encore, s'il emmenait Violette en Angleterre. Un homme qui peut partir de façon si impitoyable à la recherche de l'argent prêté à son frère décédé, ignorant la situation critique de sa nièce orpheline, n'accepterait pas volontiers le mariage de son fils unique à une femme ayant dans les veines du sang africain, écossais et français. Il était évident que si Violette devenait partie de la vie de Barthélemy, l'argent de sir Gérald n'en serait pas.

Il finit d'écosser les pois et déposa le bol sur la table. Il s'appuya près de la fenêtre pour se laisser caresser par la brise. Le soleil s'évanouissait, peignant le ciel de rose et de pourpre. La lumière donnait à la cuisine une teinte voilée et mystérieuse. Les boucles noires de Violette captaient de temps à autre un rayon de soleil pâlissant et le velouté de sa peau en semblait plus doux encore.

Elle mêla le poisson floconneux avec les oignons hachés et les piments rouges, l'aspergea d'huile d'olive et déposa le tout sur un lit de feuilles de laitue. Absorbée par sa création, elle disposa en garniture de fines lamelles de piment vert, s'essuya les mains sur son tablier et recula d'un pas pour admirer sa marinade de poisson. Elle leva les yeux sur Barthélemy et lui sourit.

La douceur et la confiance qu'il put lire sur son visage le touchèrent profondément. Son exquise beauté éveilla son désir. En cet instant, il devint convaincu de deux choses. Il ne cesserait jamais de l'aimer et de la désirer. Mais il devait la quitter. Il ne pouvait plus compter sur d'interminables délais, ni sur d'impossibles scénarios. Il ne pouvait simplement pas la posséder. Il l'aimait trop pour la détruire avec sa médiocrité.

Depuis son arrivée à la Grenade, plus d'une personne avait noté sa ressemblance avec Cecil. Il réalisa que, sans aucune exception, les gens ne faisaient allusion qu'à son apparence, car personne ne pouvait confondre le neveu posé et légèrement ennuyeux avec l'oncle gai et charmant. Mais Barthélemy détectait maintenant d'autres traits communs que la plupart des observateurs avaient négligés. Son ravissement devant les tropiques provenait assurément de Cecil, plutôt que de son père aux idées conservatrices. Son approche rêveuse de la vie avait été un autre héritage de son oncle.

Même s'il pouvait se perdre dans des élucubrations académiques, alors que Cecil flottait dans des nuages plus aventureux, le résultat était le même. Tout comme son oncle avant lui, la richesse de son père lui permettait de poursuivre ses rêveries. Quand Cecil, amoureux, s'était marié contre la volonté de son père, se privant ainsi de ses allocations trimestrielles, le mariage s'était terminé dans la pauvreté et le désespoir. Barthélemy ne pouvait supporter de répéter cette erreur en épousant Violette. Il ne pouvait lui faire subir le même sort qu'Amélia.

— Qu'est-ce qui vous inquiète, Barthélemy? demanda doucement Violette, son sourire n'ayant entraîné qu'une vague réponse. Est-ce Allégra? Vous a-t-elle réprimandé? Vous a-t-elle recommandé de vous conduire convenablement avec moi?

Barthélemy posa les coudes sur ses genoux et se couvrit le

visage de ses mains. Massant ses tempes, il dit d'un ton las :

— Non. Elle n'a pas du tout parlé de nous. Son esprit était préoccupé par autre chose.

Violette traversa la cuisine et vint se placer devant lui. Pendant un moment, elle ne dit rien. Elle regardait tristement son visage caché. Puis elle tendit la main et écarta une mèche blonde de son front.

— Qu'y a-t-il alors? demanda-t-elle gentiment. Qu'est-ce qui vous rend si malheureux?

Sa caresse légère comme une plume libéra l'angoisse de Barthélemy. Avec un grognement, il laissa tomber ses mains, encercla la taille de Violette et l'attira sur ses genoux. Il retint son corps chaud contre lui. Il enfouit son nez dans ses cheveux, où s'étaient réfugiées les odeurs de la cuisine. Elle était si animée, si pleine de vie, qu'elle réchauffait les replis glacés de son âme. Il avait autant besoin d'elle qu'il avait besoin que son cœur batte. Il la tint plus près.

Le visage de Violette se tourna vers le sien; ses délicats sourcils s'arquèrent, inquiets. Au lieu de lui répondre, il l'embrassa. Il laissa ses lèvres s'attarder sur les siennes, puis il les laissa glisser sur la douce peau de ses joues pour caresser tendrement ses paupières closes. Son baiser se prolongea jusque dans ses cheveux alors qu'il la serrait encore plus fort dans ses bras. Il lui murmura enfin à l'oreille, la voix enrouée et brisée par l'émotion :

— Je vous aime tant, Violette. Je vous aime tant, ma merveilleuse fleur. Et je ne sais pas quoi faire.

Violette réagit à sa détresse. Elle sentit un frisson la parcourir tout entière. Une peur intuitive la figea, malgré la chaleur de l'étreinte. Elle se redressa pour le regarder dans les yeux, pour pouvoir toucher sa joue de sa main et pour suivre du doigt le tracé de ses lèvres. Elle lui demanda à nouveau, cette fois d'un ton plus pressant :

— Qu'est-ce qui ne va pas? Que s'est-il passé?

Barthélemy prit une profonde inspiration, puis déposa un baiser sur la paume de Violette.

— La banque américaine de ma cousine a déclaré faillite, dit-il sur un ton neutre. Tout son argent est perdu. Elle n'a aucun moyen de rembourser le billet qu'elle a signé à mon père.

Il s'arrêta et prit une autre goulée d'air. Ses yeux se fermèrent un instant tandis que la main de Violette reposait sur son visage. Il puisa du courage au contact des doigts fins sur sa peau.

— Ce qui signifie que je n'ai plus aucune raison de rester à la Grenade.

— Oh, mon Dieu ! dit tranquillement Violette.

Un autre frisson la traversa. Il n'avait pas besoin de donner d'autres explications. La tête de Violette se posa sur son épaule.

Ils restèrent ainsi, appuyés l'un contre l'autre jusqu'à ce que le soleil ait disparu et que la cuisine se soit remplie d'ombres. La seule lumière venait du poêle, une faible lueur dans la noirceur veloutée. À la fin, Violette se leva malgré elle, poussée par le besoin pratique de s'occuper du dîner. Elle traversa la cuisine et leva le couvercle du chaudron sans vraiment y distinguer quoi que ce soit.

— Laissez cela, supplia Barthélemy. Laissez cela et revenez près de moi. Je ne peux imaginer que quelqu'un pense à manger ce soir. Personne n'a d'appétit.

— Ma mère dit toujours qu'on doit nourrir un choc, répondit Violette.

Elle planta distraitement une cuiller de bois dans la purée de maïs.

— Elle dit que le meilleur remède à une mauvaise nouvelle, c'est un bon repas.

Barthélemy ne discuta pas. Il ne bougea pas de son tabouret non plus, mais il suivait chacun de ses mouvements. Il la regardait avec avidité et recueillait des images pour son avenir froid et vide.

Les jours suivants, il ne s'éloigna jamais d'elle. Il emmagasinait d'autres souvenirs avant l'inévitable départ. Les autres événements retenaient peu son attention ; seule Violette comptait.

Il fut vaguement conscient du retour d'Olivier, de la tension accrue que sa présence semblait générer, mais il ne se demanda pas quelle en était la cause. Les problèmes des autres pâlissaient à côté des siens. Il réussit à accumuler suffisamment d'attention pour être honteux de son indifférence devant l'imminente destitution de sa cousine, mais dans un recoin de son esprit, il savait que d'une façon ou d'une autre, elle y survivrait. Il avait confiance en son habileté à surmonter les obstacles, à sortir victorieuse des luttes de la vie. C'était de son propre sort dont il s'inquiétait.

Même si Barthélemy en était arrivé à la conclusion qu'il était impossible pour lui de rester à la Grenade ou d'emmener Violette en Angleterre, il réévalua ces choix. La vie prévisible et confortable qu'il avait toujours connue lui semblait maintenant totalement étrangère. Y retourner était aussi hors de question que d'épouser Violette. Aussi se laissa-t-il flotter dans l'incertitude. Il attendait que quelque chose se produise, tout en restant aussi près que possible de la femme qu'il aimait. Chaque minute qu'il passait avec Violette était une minute de moins à passer seul dans sa vie.

Quand Allégra revint de son voyage d'un jour à Saint-Georges, elle étonna tout le monde en annonçant son départ imminent pour Londres. Barthélemy, accablé, sut que si sa cousine partait, il ne lui restait plus aucune raison de rester. Le temps était venu pour lui de retourner en Angleterre.

Après qu'Allégra et Olivier eurent discuté de l'aptitude de cette dernière à diriger la chocolaterie, leurs paroles secouèrent la torpeur de son esprit. Mieux que n'importe qui d'autre, mieux qu'Allégra elle-même, il reconnut son plan pour ce qu'il était : une tentative de se prendre en main, d'être autonome. Par admiration pour l'ambition d'Allégra, par vœu que son courage se transférerait sur lui, il défendit sa cousine. Il s'attacha à son projet comme un noyé à un billot.

— Connaissez-vous quelqu'un qui sache comment fabriquer

du chocolat ou qui connaisse les Confections Stellar? demanda Olivier.

Il était évident qu'il espérait la dissuader de poursuivre son plan.

— Moi, dit Barthélemy.

Il s'engageait pour le meilleur ou pour le pire, une fois pour toutes. Il leva les yeux sur Violette et dirigea vers elle ses explications subséquentes, la suppliant silencieusement de le comprendre.

— À la demande de mon père, j'ai fait pas mal de recherches sur le sujet, conclut-il.

Il ne mentionna pas que son père, ayant appris la mort de Cecil, avait demandé à Barthélemy de faire enquête sur les Confections Stellar ainsi que sur l'*Étoile* afin de réclamer l'entreprise la plus profitable. Sir Gérald aurait préféré s'emparer de la chocolaterie qui n'était qu'à quelques heures de chez lui, mais le rapport de Barthélemy s'était avéré si désastreux qu'il avait plutôt opté pour la plantation de cacao. À ce moment-là, Barthélemy loin d'expliquer la situation réelle des Confections Stellar, l'améliora pour mieux s'opposer à Olivier. Il avait besoin d'Allégra pour aller à Londres, autant qu'elle avait besoin de lui. Ce qu'il lui restait de force était irrévocablement lié à l'opiniâtreté de sa cousine.

Le fait d'avoir un objectif où se diriger ne rend pas les départs plus faciles. La nuit avant leur départ, Barthélemy put à peine quitter le salon après le dîner. Il ne pouvait supporter l'absence de Violette. Il resta au lit incapable de dormir. Il souffrait du temps qu'il perdait, à passer seul dans le noir ses dernières heures à la Grenade. La passion accumulée le fit finalement sauter sur ses pieds et l'envoya arpenter la véranda. Il regarda loin au-dessus des papayers et des palmiers illuminés par le quartier de lune.

Comme il craignait d'éveiller Olivier dont les fenêtres et la porte ouvertes donnaient sur la véranda, il retourna à sa chambre et s'assit, tendu, au bord du lit. Son estomac tournait, la tête lui faisait mal. Pensant qu'un verre de cognac pourrait l'aider à se détendre, il descendit silencieusement les marches sur la pointe des pieds et se faufila dans la bibliothèque. Il alluma une petite lampe à abat-jour, puis ouvrit le bar qui contenait une rangée de carafons de cristal finement taillé. Il souleva chaque bouchon et renifla les bouteilles, mais aucune ne contenait du cognac. Il finit par se verser un verre de rhum brun.

Au moment où il replaçait le carafon sur la tablette, une petite voix derrière lui dit :

— Barthélemy !

Il se retourna, oubliant le rhum. Son cœur bondit de joie. Violette était apparue dans le cadre de la porte, vêtue seulement d'une chemise blanche. Ses boucles noires flottaient librement autour de son visage et de ses épaules. Ses bras nus étaient satinés dans la lumière estompée.

Sans s'arrêter pour penser, il traversa la pièce en quelques enjambées et la cueillit en la serrant dans ses bras.

— Mon amour ! murmura-t-il.

À travers le fin tissu, il sentait la chaleur de sa peau, la douceur invitante de son corps qui se pressait contre lui. Ses doigts disparurent dans ses cheveux ondulés alors qu'il attirait la tête de Violette près de la sienne et qu'il couvrait sa bouche de baisers désespérés. Animé par la passion, plus violemment encore que celle dont il avait rêvé, il la porta jusqu'au divan, enleva leurs quelques vêtements et lui fit l'amour. Violette répondit de tout son cœur.

Peu avant l'aurore, ils s'habillèrent et s'assirent, pressés l'un contre l'autre, sur le divan. Presque effrayée, Violette demanda finalement :

— Pourquoi ne pouvez-vous pas rester ici, Barthélemy ? Ou pourquoi ne pouvez-vous pas m'amener avec vous ? Ne m'aimez-vous donc pas assez ?

— Non, Violette, non, protesta doucement Barthélemy.

Il la tenait contre lui et caressait son épaule nue.

— C'est parce que je vous aime trop.

Il garda le silence, puis lui dit la vérité :

— Mon père n'approuverait jamais notre mariage, dit-il.

Il la serra très fortement pour contrebalancer un fait si cruel.

— Il me déshériterait. Je serais pauvre, condamné à une existence misérable.

— Ne pouvez-vous pas trouver du travail? demanda Violette, encore plus timidement. Vous savez tant de choses. J'aurais pensé que vous aviez le choix des emplois. Peut-être n'êtes-vous pas intéressé à travailler...

Barthélemy secoua tristement la tête, puis il la posa contre celle de Violette.

— Je serais heureux de travailler jour et nuit pour vous fournir un foyer convenable, lui dit-il. Mais je ne suis pas préparé pour un emploi. Je connais un peu de tout, mais rien à fond. La meilleure chose que je pourrais espérer, ce serait un poste dans un pensionnat médiocre. La vie y serait étouffante et le salaire misérable. Même si je souhaite ardemment que les choses en aillent autrement, je ne suis préparé qu'à être le fils de mon père.

Pour lui-même, il ajouta qu'il ne pourrait supporter de voir son joyau tropical anéanti. Il refusait d'être la cause de la dégradation de Violette dont le visage était caché dans l'angle fait par son épaule et son cou. Elle approuva misérablement sans plus insister. Elle comprenait ce qu'il disait et elle acceptait son explication. Elle ne pouvait supporter de voir son prince féérique chassé de son château. Elle refusait d'en être la cause.

# 14

*P*renant le thé dans le grand salon de Pembroke Hall, Allégra se demanda, chose courante depuis plusieurs semaines, ce qui lui avait pris d'abandonner les rayons du soleil et la chaleur humaine de la Grenade. Leur voyage avait été terrible, gâché par de violentes tempêtes et par une température hivernale. Barthélemy, cette mine d'informations intéressantes, s'était montré extrêmement discret. Son inexplicable retrait avait laissé Allégra désœuvrée, réduite à rester assise dans le petit salon du bateau où elle tanguait d'un bout à l'autre du canapé en pensant à Olivier. Et il lui manquait terriblement.

Leur arrivée n'avait rien pour ranimer leur humeur vacillante. Même si elle était tout excitée de voir l'énorme maison de pierre et le parc soigneusement entretenu où son père avait grandi, elle avait été beaucoup moins heureuse de la réception de sir Gérald. Déjà insupportable à titre d'invité d'Allégra, bien qu'il avait la certitude d'être payé quelques semaines plus tard, il fut encore plus intolérable chez lui, alors qu'il la savait aux portes de l'indigence.

Son oncle lui dit pour la enième fois :

— De la négligence. Vous avez hérité de l'attitude extrêmement négligente de votre père avec l'argent. Vous avez laissé tout votre héritage s'évanouir en poussière : c'est une perte inouïe. Cecil avait les mêmes habitudes.

— Mais je ne savais pas que la banque allait faire faillite, protesta Allégra, lassée.

Elle croqua le bout d'une langue-de-chat saupoudrée de sucre, sans y goûter vraiment.

— Il a été là toute ma vie. Je le croyais en sécurité.

— Vous auriez dû être plus sensible à la sombre situation économique, répondit sévèrement sir Gérald. Si vous aviez pris les choses avec un soupçon de sérieux, vous auriez pris des informations sur la banque avant de lui confier la totalité de votre fortune. Un client prudent aurait fait enquête sur les investissements de la banque et étudié leur solidité. À titre de précaution supplémentaire, vous auriez dû étaler vos investissements dans plusieurs institutions.

Allégra pensa à William, qui lui avait recommandé la National Trust Company et songea à son refus insensé. Elle ne répondit rien. Elle prit une autre gorgée d'un thé que sir Gérald faisait expressément mélanger chez Fortnum & Mason et repoussa de mauvaise grâce le reste de sa langue-de-chat.

— Et maintenant vous espérez que je vous sauve, continua sir Gérald d'un ton amer. Exactement comme l'a fait votre folichon de père. Il était toujours tellement convaincu que ses plans ridicules allaient générer d'énormes profits. Comme il riait de moi quand j'exprimais des objections sensées et pratiques. Il me jugeait sans imagination et terriblement conservateur. Il m'accusait de ne pas avoir les nerfs assez solides pour prendre des risques. D'une façon ou d'une autre, il charmait notre père pour qu'il lui avance le capital requis, en lui faisant de grandes promesses qu'il était à coup sûr incapable de tenir. Et quand ses projets sombraient, exactement comme je l'avais prédit, il revenait sans aucun remords et demandait une autre avance. Je constate qu'il vous a transmis cette façon de faire imprévoyante et irresponsable.

Allégra voulait crier que son père avait raison, que sir Gérald manquait d'imagination, qu'il était terne et qu'en plus, il était jaloux et pingre. Mais elle retint sa langue.

— Je ne demande qu'un peu de temps, dit-elle. Je pense

que vous préféreriez recevoir l'argent plutôt qu'une propriété que vous n'aimez pas. Avec du temps supplémentaire, je peux me procurer l'argent à l'aide des Confections Stellar.

— N'ayez jamais l'audace de supposer ce que je préfère, trancha sir Gérald.

Sa voix était froide et cruelle comme un blizzard arctique.

— Et ne pensez pas me manipuler à la façon de votre père. On ne peut me duper en me faisant croire que cette hasardeuse entreprise de bonbons puisse générer des profits. C'était une idée absurde qui a été piètrement mise à exécution depuis le début.

— Elle a un certain potentiel.

Barthélemy venait d'intervenir avant qu'Allégra puisse émettre une réponse irréfléchie.

— Cela exigera de la persévérance et de l'attention; je crois qu'on peut faire fonctionner avec profit les Confections Stellar.

— Peut-être, répondit sir Gérald d'un ton austère. Mais comment puis-je croire que des qualités aussi exigeantes seront mises au service de la confiserie? Il n'y a certainement aucune tradition du genre dans la famille.

— Je pense que vous avez sous-estimé la résolution de ma cousine, dit Barthélemy d'un ton adouci. De toute façon, je lui ai promis de lui accorder mon aide et de travailler avec elle pour la soutenir dans son projet. Vous ne doutez sûrement pas de mon sérieux.

— Je n'en doute pas, dit sir Gérald avec méfiance, mais je m'en étonne dans cette circonstance.

Barthélemy haussa les épaules avec autant de nonchalance qu'il put en démontrer. Ce n'aurait pas été une bonne idée de montrer à son père l'intérêt qu'il prenait à Allégra et aux Confections Stellar. C'eut été pour sir Gérald une invitation ouverte à s'y opposer.

— Ce sera un défi, dit-il simplement.

Pendant un instant, sir Gérald adressa à son fils un regard chargé de reproches.

— Je ne sais pas pourquoi vous avez choisi de vous impliquer dans une telle entreprise, dit-il enfin. Mais dans la mesure où cela vous amuse de barboter dans le chocolat, j'imagine que je peux suspendre la collection immédiate de la dette.

Pour éviter que sa générosité soit mal comprise, il ajouta :

— Ne vous imaginez pas que j'ai l'intention d'oublier cet emprunt. Je ne reporterai pas indéfiniment l'échéance de remboursement. Je conserve le droit de rappeler la note de paiement selon mon bon vouloir. Comprenez-vous ?

Allégra déglutit pour contenir son agacement. Elle ne put que murmurer :

— Parfaitement. Je vous en remercie.

Deux jours plus tard, elle se demanda quel genre de victoire elle avait remportée. La voiture les déposa devant un édifice crasseux fait de briques, sur la rive opposée de la Tamise. Son apparence rébarbative était aggravée par la brume, accentuée par la suie qui retombait des cheminées alimentées au charbon. Allégra saisit le bras de son cousin. Elle franchit la porte vermoulue des Confections Stellar. Elle fut immédiatement assaillie par la confusion des engrenages et des courroies mobiles, par la cacophonie des machines à vapeur et par l'odeur omniprésente du chocolat.

L'odeur familière, multipliant par cent l'arôme du cacao au boucan de l'*Étoile*, était la seule note rassurante dans cette scène autrement désolante. La longue pièce allongée était pratiquement sans fenêtres. Une faible lumière grise filtrait à travers les lucarnes couvertes de suie. Des groupes de travailleurs aux visages sombres et aux sarraus crasseux occupaient différents postes. Ils levèrent à peine les yeux à l'entrée des étrangers. Allégra eut la pénible impression que le tamisage de la lumière était presque une bénédiction, il camouflait une grande négligence. Un long moment, elle regretta le soleil brillant, l'air pur et doux des tropiques. Barthélemy, dont la fine mâchoire était crispée, s'agrippa un peu plus à son bras. Il semblait lui signifier son accord.

— Puis-je vous aider ?

C'est ce que cria dans leur direction un petit homme aux cheveux noirs et à la moustache cirée. Il avait de petits yeux bruns et nerveux dans un visage pointu. Ses oreilles étaient presque perpendiculaires à son crâne.

L'instinct d'Allégra l'incitait à fuir, mais Barthélemy répondit avec maîtrise.

— Puis-je vous présenter Mlle Allégra Pembroke, dit-il, la propriétaire actuelle de cet établissement? Je suis son cousin, M. Barthélemy Pembroke. Vous devez vous rappeler que je vous ai rendu brièvement visite, il y a quelques mois.

Une expression de panique gagna le visage du petit homme, tandis qu'il frottait ses mains ensemble et les promenait ensuite sur son complet mal ajusté.

— Oui, oui, dit-il rapidement. On m'a dit que vous avez hérité de l'entreprise. Mais je pensais que vous étiez en Amérique.

— Il semble que non, répondit Barthélemy.

Sa voix avait l'ironie de l'aristocratie anglaise.

— Et vous êtes monsieur Baker?

— Oui, oui, répéta-t-il.

Cette fois, il approuva de la tête.

— Je suis Albert Baker, le gérant des Confections Stellar.

Une fois les présentations faites, ils se dévisagèrent les uns les autres, incertains du prochain geste à faire.

— Y a-t-il un bureau? demanda Barthélemy.

Il éleva sa voix pour qu'on l'entende.

— Un endroit un peu plus calme?

— Oui, oui, répliqua encore une fois Albert Baker. Suivez-moi.

Il les fit passer par une porte à proximité de l'entrée. La pièce, beaucoup plus calme, était toute petite. Quand tous les trois y furent et que la porte fut fermée, il restait à peine assez de place pour en faire le tour sans heurter le bureau, les deux fauteuils et la filière auxquels se résumait l'ameublement. Dans une telle promiscuité, l'odeur de l'huile capillaire de M. Baker était suffocante.

— Peut-on voir l'ensemble des opérations ? demanda Allégra.

Elle était tout à la fois curieuse d'en savoir davantage sur la manufacture et désireuse de se retrouver dans la plus grande pièce.

— Oui, oui, rabâcha M. Baker.

Il ne regarda directement ni M. Pembroke, ni Mlle Pembroke.

— Nous n'avons pas l'habitude des visites. C'est vraiment confidentiel, vous comprenez ?

— Qui, mieux que la propriétaire, a le droit d'être tenu au courant de ces « secrets » ? répondit Barthélemy. Je suggère sérieusement que vous accédiez à la demande de Mlle Pembroke.

— Oui, oui, bien sûr, dit M. Baker, toujours plus nerveux. Je ne voulais pas dire le contraire.

Une nouvelle fois il ouvrit la marche et ils le suivirent au cœur du tintamarre.

— C'est ici que la liqueur de chocolat est fondue et brassée, cria-t-il.

Il s'arrêta devant une énorme cuve en forme de coquille, remplie de chocolat liquide et foncé. Reliées par un entrelacs d'arbres de transmission, de roues dentées et de larges courroies de caoutchouc à une machine à vapeur située dans la cave, de grandes palettes brassaient lentement le contenu de la cuve. Elles faisaient d'épaisses vagues sur la surface onctueuse.

Albert Baker s'apprêta à continuer la tournée, mais Barthélemy resta sur place.

— Ce procédé s'appelle le conchage ou malaxage, dit-il à Allégra.

Cette dernière ne pouvait détourner les yeux de la riche mare de chocolat. Barthélemy poursuivit :

— S'il est essentiel pour assurer la douce consistance de la friandise, il est, aussi surprenant que cela paraisse, une invention récente. Rudolph Lindt, un Suisse allemand, a développé ce procédé en 1879 quand il a découvert que le pétrissage continu du chocolat amolli, auquel on ajoute du beurre de cacao, produit une texture beaucoup plus agréable et un goût nettement supérieur. Avant cette invention, la liqueur de chocolat était fondue et mélangée avec du sucre et des essences dans une machine appelée mélangeur. Plusieurs manufacturiers préfèrent encore cette méthode, mais je suis persuadé qu'éventuellement ils deviendront tous convaincus des vertus du conchage.

Allégra approuva. Cédant à une tentation irrésistible, elle se penchait pour cueillir un peu du mélange invitant quand elle entendit la mise en garde de Barthélemy :

— Attention, cousine Allégra ! C'est chaud.

Comme elle retirait vivement sa main, il expliqua :

— À ce stade, le chocolat est gardé à environ 55°, même si la température peut varier de 43° à 93° selon la préférence personnelle du chocolatier. Semblablement, la durée du conchage, oscillant entre trois heures et deux jours, est du ressort du chocolatier. Il est généralement reconnu, cependant, que plus le chocolat est malaxé, plus il devient onctueux.

— Une fois malaxé, est-il prêt à être transformé en friandise ? demanda Allégra.

Elle continuait à observer le chocolat.

— Il est assûrément trop chaud pour être travaillé.

— En effet, répondit Barthélemy en lieu et place de M. Baker. Même si ce mélange contient tous les ingrédients nécessaires : la liqueur de chocolat, le beurre de cacao, le sucre et peut-être la vanille, il doit tiédir.

— C'est ici que cela se produit, interrompit M. Baker qui ne voulait pas être en reste.

Une fois encore, ils suivirent le petit homme : ils se déplaçaient le long d'un conduit au bout duquel le chocolat se divisait dans trois différentes sections dont chacune aboutissait dans un chaudron géant. Un autre enchevêtrement de courroies et d'engrenages mus à la vapeur entraînait le déplacement d'une large palette qui faisait tourner lentement le chocolat dans chacun des chaudrons.

— Nous gardons en ce moment la température à 32° exactement, annonça monsieur Baker.

Prenant exemple sur Barthélemy, il affichait un air scientifique.

Barthélemy ne fut pas du tout impressionné.

— Le chocolat doit être retourné toutes les quatre ou cinq heures avant d'être moulé, expliqua-t-il à Allégra qui regardait dans une cuve. Des cristaux se forment au cours du procédé de malaxage. Ils peuvent donner au chocolat une texture granuleuse. De même, le gras de beurre tend à s'agglutiner, ce qui donne une texture collante. La combinaison de la température exacte et du brassage continu donne au fondant une consistance correcte et produit un chocolat au goût fin et doux tout en lui donnant son lustre caractéristique.

— Est-ce que c'est prêt maintenant? demanda à nouveau Allégra.

Du chocolat séché avait coulé par-dessus le bord du chaudron et souillait le plancher.

— C'est ce qu'ils sont en train de faire, dit Albert Baker.

Il pointa le pouce dans la direction des ouvriers assemblés autour de chaque réservoir à tiédir.

Ils regardèrent les ouvriers au visage grisâtre, qui ne manifestaient aucun des effets bénéfiques du chocolat qu'avait compilés Brillat-Savarin. Ils empilaient des feuilles de métal estampées de lapins, de cœurs et d'étoiles. Ils remplissaient les moules à partir d'un robinet fiché sur le côté de chaque réservoir et plaçaient les moules pleins sur des plateaux. Les ouvriers suivants portaient les plateaux sur une tapoteuse qui agitait les moules jusqu'à ce que les bulles d'air en soient éliminées. Les moules étaient alors chargés sur un chariot et roulés jusqu'à une chambre de refroidissement pour que le chocolat durcisse.

Ils se déplacèrent le long de l'allée et s'arrêtèrent à un long banc où d'autres ouvriers à l'air morne démoulaient les friandises. Le chocolat échouait sur des plateaux d'aluminium qui étaient transférés à un autre banc. Ici, une rangée de filles et de jeunes femmes dont les tabliers et les ongles auraient pu bénéficier d'un contact prolongé avec de l'eau et du savon, empaquetaient les confiseries dans des boîtes de carton de grandeurs et de formes assorties. Aucune ne ressemblait aux empaquetages de satin et de velours dont Allégra avait rêvé.

En fait, rien dans la manufacture n'était tel qu'elle l'avait imaginé. C'est avec regret qu'elle se remémora sa toute première vision de l'entreprise, lors de sa troisième matinée à la Grenade. Quand Olivier avait mentionné que Cecil était allé en Angleterre pour fabriquer du chocolat, son esprit s'était peuplé de salles décorées, toutes pleines de friandises, de gâteaux et d'ouvriers souriants, aux joues rouges. Plus tard, dans le bureau de Jamie, lorsqu'il lui avait donné lecture du testament de Cecil, les Confections Stellar étaient devenues une fondation en chocolat, première étape de la construction d'un empire.

En réalité cependant, en ce matin grisâtre de février 1894, la manufacture de chocolat de son père était loin de correspondre à ce qu'elle en avait imaginé. Elle était sale, sombre et triste. Son trait le plus marquant était le grincement et le crissement incessants de la machinerie non graissée. Les employés étaient renfrognés; ils ne trouvaient aucune fierté dans leur travail. Les moules et les boîtes reflétaient un souci de créativité, mais étaient gauchement assemblés et mal rangés. Tout compte fait, c'était un spectacle désolant.

M. Baker semblait ignorer l'intérêt faiblissant de son auditoire. Il continua la visite. Il leur montra la salle d'entreposage où de grandes plaques de liqueur de chocolat reposaient côte à côte avec des piles de confiseries emballées qui attendaient d'être chargées sur des charrettes et livrées à des boutiques aux alentours de Londres et dans le reste du pays. Un vendeur bien mis dans un complet de chasse à courre les regarda bouche bée alors qu'ils jetaient un coup d'œil rapide sur les installations. Gênés par le regard fixe du représentant, Allégra et Barthélemy sortirent vite de la pièce. Ils se heurtèrent en plein contre un homme qui venait derrière eux.

— Voici M. Bruno Pavese, dit M. Baker.

Son ton n'était pas très engageant.

— C'est le chocolatier.

À première vue, l'Italien semblait davantage l'incarnation de l'irascibilité que du réputé maître d'œuvre. Il était grand, même si l'arthrite qui avait rongé son corps le pliait tel un crabe. Son visage était sérieux et ardent, son nez ressemblait au bec d'un aigle. Ses profonds yeux bruns luisaient brillamment, mais d'un air belliqueux. Il fit un bref salut, faible signe de reconnaissance.

— Pour vous, signorina, dit-il avec une voix à l'accent très prononcé qui rappelait le son des bottes qui se traîneraient sur du gravier. Il pressa dans la main d'Allégra une boîte bleue de forme octogonale décorée d'étoiles jaunes.

— Oh, dit Allégra, étonnée. Merci beaucoup, ajouta-t-elle alors qu'il disparaissait derrière des rayons de moules vides.

— Merci beaucoup à vous aussi, monsieur Baker, dit-elle. Elle se dirigea vers l'entrée, Barthélemy à ses côtés.

— Vous avez été très généreux de votre temps, surtout que nous sommes venus sans rendez-vous.

Poussée par un intense désir de s'éloigner de cette scène déprimante, elle ne s'arrêta pas à penser à quel point son commentaire pouvait sembler incongru. Il ne lui était pas encore venu à l'esprit qu'elle n'était pas une visiteuse fortuite, mais qu'elle était la propriétaire de cet endroit lugubre et qu'Albert Baker était à son emploi.

— Je pense que votre avocat a probablement fait une sage suggestion après tout, cousine Allégra, dit Barthélemy.

Ils traversaient le Pont de Londres dans une voiture. Ils se dirigeaient vers la pension qu'il l'avait aidée à trouver.

— Peut-être est-ce préférable que vous vendiez et que vous vous serviez du capital comme premier versement pour rembourser votre dette. Je vous promets que je défendrai votre part auprès de mon père. Il peut sans aucun doute se laisser persuader de vous permettre de rembourser la balance en versements annuels.

Il frissonna légèrement et, haussant les sourcils en réponse à quelque commentaire intérieur, il poursuivit :

— J'imagine qu'il est possible qu'il rajoute des intérêts au montant déjà élevé. Cependant, je serais honoré si vous me permettiez de vous offrir l'intérêt en cadeau.

Allégra ne répondit pas. Elle s'appuya contre la cloison de la voiture et regarda par la fenêtre. Ses doigts pianotaient sur la boîte de chocolat qui reposait sur ses genoux.

— Je serais fort peu honnête si je ne vous disais que la manufacture s'est détériorée considérablement depuis que j'ai fait mon enquête en novembre, dit Barthélemy d'un ton sérieux. Cependant, ajouta-t-il pensivement, j'imagine qu'il est plausible que mes souvenirs aient été embellis par mes souhaits.

Ces paroles attirèrent l'attention d'Allégra.

— Vous auriez voulu que ce soit mieux ? demanda-t-elle, encore surprise de l'intérêt qu'il manifestait pour l'entreprise dont elle avait hérité.

— Oui, en effet, répondit franchement Barthélemy.

En plus de la promesse faite à Violette d'aider Allégra à se sortir du pétrin, il avait maintenant des raisons plus égoïstes de vouloir que les Confections Stellar s'avèrent une aventure rentable. Il avait besoin de la manufacture et de ce qu'Allégra allait en faire pour trouver une raison de vivre. Mais transformer cette grossière usine en une entreprise viable lui semblait soudain une tâche surhumaine. Le courage qu'Allégra lui avait inspiré était éclipsé par l'énormité de la situation.

— Moi aussi, dit Allégra.

Elle tourna à nouveau la tête vers la fenêtre.

— Peut-être alors serait-il préférable de mettre fin à tout cela. Il n'y a sûrement rien de plus décourageant que de poursuivre un but à propos duquel on s'est mépris.

Une fois encore Allégra ne répondit pas. Ses doigts se remirent à tapoter la boîte. Elle n'était pas d'accord avec Barthélemy, mais elle se demandait quand même s'il n'avait pas raison. Ils arrivèrent à sa maison de pension et passèrent au salon. Ils se frayèrent un chemin à travers un labyrinthe de chaises, de tables, de supports pour plantes et de canapés de crin. À cette heure de la journée, ils étaient les seuls occupants de la pièce.

Allégra s'effondra sur un sofa. Elle lança la boîte de friandises sur une petite table couverte d'une nappe défraîchie. Barthélemy s'assit plus élégamment sur une chaise cannée. Ni l'un ni l'autre ne dirent quoi que ce soit. Chacun était absorbé dans ses pensées. Une faible lumière, filtrée par l'épaisse dentelle des rideaux et des lourdes draperies, éclairait à peine leur sombre expression.

Même si Allégra était déprimée, un espoir persistait en elle. La manufacture n'était pas fidèle au portrait qu'elle s'était fait des réalisations de son père. Olivier lui avait assez répété qu'elle devait être plus réaliste en ce qui concernait Cecil.

L'instant d'après, ses idées avaient bifurqué. « Non, pensa-t-elle, papa a peut-être été un peu irresponsable sur les questions d'argent, mais personne ne l'a jamais accusé d'avoir des goûts minables. Certainement pas Olivier. Pas même Angus. Si les Confections Stellar étaient vraiment un produit de l'imagination de papa, la manufacture serait propre, coquette et remplie de fioritures éblouissantes. Non, pensa-t-elle encore une fois. Quelque chose ne va pas. »

Elle soupira. Elle allongea la main pour tâter la bordure de glands de la nappe. Elle frotta distraitement la douce lisière. Elle essaya d'emboîter ce qu'elle savait être vrai au sujet de son père avec ce qu'elle avait vu aujourd'hui. Ses doigts avancèrent peu à peu sur la table et soulevèrent le couvercle de la boîte bleue de forme octogonale. Sans même y penser, elle sortit brusquement une étoile en chocolat à cinq pointes et la mit dans sa bouche. Il fondit sur sa langue, doux, riche et parsemé de petits morceaux de menthe croquante. Elle réfléchissait encore à son problème. Son attention n'était que vaguement piquée par le délicieux chocolat foncé qui descendait dans sa gorge. Elle en prit un autre, au goût aussi raffiné.

Allégra se redressa lentement sur le canapé. Ses yeux étaient rivés sur la table à côté d'elle. Elle commençait à comprendre. La réponse était là, dans cette boîte de carton entrouverte. « Oh papa, pensa-t-elle, je n'ai pas du tout exagéré vos capacités. Au contraire, je vous ai sous-estimé. Vous saviez que l'apparence de la manufacture était sans importance. Ce qui importait davantage, c'était le goût du chocolat. Aussi avez-vous mis de côté les décorations futiles pour engager Bruno Pavese. Ce fut votre plus belle réalisation. Cet Italien bourru fait un chocolat divin ! »

Cette découverte laissa Allégra tout à la fois excitée et soulagée. Soulagée parce que sa foi en son père était sauve. Il n'était pas fou, comme elle avait commencé à le craindre. Pour une fois, il avait agi avec perspicacité. Elle sentit son cœur battre avec fierté devant la manœuvre extraordinaire de son père. Cela rendait sa mort, avant qu'il ait eu la moindre chance d'imposer son produit, encore plus tragique. « Mais je vais le faire pour toi », promit-elle silencieusement.

Allégra s'empara de la boîte sur la petite table et la poussa devant son cousin surpris.

— Prenez un chocolat, dit-elle.

Le sourcil de Barthélemy se souleva.

— Merci, mais pas pour le moment, refusa-t-il poliment.

Allégra insista. Elle poussa la boîte presque sous le nez de Barthélemy.

— Prenez un chocolat.

Barthélemy la regarda plus attentivement. Il craignait que ses sens ne se soient déréglés sous la pression.

— Bonne idée, merci, murmura-t-il.

Il lui fut difficile de choisir ; il sélectionna soigneusement une étoile et prit une bonne bouchée.

— Eh bien ? demanda anxieusement Allégra.

— Eh bien, euh… dit Barthélemy.

Il luttait pour centrer son esprit sur la précarité de la situation ; il se demandait plutôt ce que faisait Violette en ce moment. Il n'avait aucune idée de ce que voulait Allégra.

— Eh bien, aimez-vous votre chambre ? demanda-t-il.

— Laissez les chambres, répondit Allégra avec impatience.

Que pensez-vous du chocolat?

Pensant qu'il n'avait pas bien goûté, elle poussa la boîte encore une fois dans sa direction.

— Voici, prenez-en un autre.

— Pardon, mais il m'en reste encore un morceau, protesta Barthélemy, de plus en plus confus.

— Et bien, alors? Que pensez-vous?

— Ce que je pense?

— Est-ce qu'il est *bon*?

— Ah, dit-il, comprenant finalement sa demande. Oui, bien sûr. Il est très bon.

— Ne voyez-vous pas? demanda Allégra. C'est ce qu'il nous fallait!

— Que nous fallait-il? demanda Barthélemy.

Il était sincèrement abasourdi.

— Que devrais-je voir?

— Le chocolat, expliqua Allégra, tout enthousiaste. Il est superbe! C'est la clé du succès pour les Confections Stellar. Tout bien considéré, c'est vraiment cela qui compte. Tout le reste, l'édifice miteux, la saleté des lieux, tout cela n'est pas important. Après tout, nous vendons du chocolat et non pas des visites guidées de la manufacture et le chocolat est merveilleux. Ne voyez-vous pas? demanda-t-elle une nouvelle fois. Nous regardions l'entreprise par le mauvais bout.

— Hummm! répondit lentement Barthélemy. Je comprends ce que vous dites et je me réjouis de votre optimisme, mais je demeure encore quelque peu sceptique. Je ne suis pas totalement convaincu que les Confections Stellar puissent être sauvées de la débâcle. Malgré ce que vous dites au sujet de la vente du chocolat, il y a d'autres facteurs à considérer pour diriger une entreprise fructueuse que la simple fabrication d'un produit, même s'il est d'une qualité supérieure.

Allégra ne se laissa pas décourager. Elle dit d'une voix convaincante:

— D'un autre côté, si nous *n'avons* pas un produit, de préférence de qualité supérieure, il est impossible de faire fonctionner une entreprise, même très propre et bien entretenue. Je commence à comprendre que les Confections Stellar ont une bonne chance de réussir. Je suis plus sûre que jamais que l'entreprise peut s'en sortir. Oh, cousin Barthélemy, supplia-t-elle, dites-moi que vous le pensez, vous aussi. Dites-moi que vous allez m'aider.

Il avait encore des doutes sur les chances de survie de l'entreprise, mais sa foi dans sa cousine commençait à renaître. L'enthousiasme d'Allégra était contagieux.

— Oui, je vais bien sûr vous aider, cousine Allégra, dit-il.

Leur retour à la manufacture le lendemain prit presque tout le monde par surprise. Après la visite de la veille, tous les employés étaient assurés que les Confections Stellar allaient péricliter lentement ou qu'elles seraient vendues pour presque rien. Personne ne s'attendait à ce que l'adorable et blonde héritière ou son beau cousin ne se donne la peine de revenir. Seul Bruno Pavese ne sembla pas étonné de les revoir.

Néanmoins, Allégra et Barthélemy passèrent la journée à flâner, ne sachant trop comment procéder, chacun attendant que l'autre prenne l'initiative. Allégra s'attendait à ce que Barthélemy, avec son sérieux et ses connaissances, sache quoi faire, tandis que Barthélemy espérait qu'Allégra, avec son intuition habituelle, lui indique la marche à suivre. Les deux étaient trop polis pour remettre en question les méthodes d'Albert Baker ou pour mettre leur nez dans la gestion de l'entreprise. Vers la fin de l'après-midi, ayant accompli fort peu de choses, ils allèrent prendre le thé.

— Vraiment, cousine Allégra, vous avez le droit de connaître les moindres détails de toute l'opération, lui dit Barthélemy.

De toute évidence, il cherchait à s'en convaincre lui-même. Il ajouta de la crème et de la confiture de fraises sauvages sur son petit pain au lait et poursuivit, son esprit bien ordonné commençant à se laisser gagner par le sujet :

— Plus précisément, vous devez vous familiariser avec les détails les moins apparents : les finances. Vous devez connaître votre actif et votre passif, votre capital, vos déficits, vos comptes à payer et à recevoir. Vous devez savoir ce qu'il en coûte pour produire, par exemple, un kilo d'étoiles en chocolat, comprenant l'emballage et la livraison, en comparaison du prix de vente. Pour chaque type de friandise, un graphique devrait être tracé pour illustrer le rapport de la production au profit, ainsi que le profit anticipé selon chaque territoire et chaque période de l'année.

Quand il s'arrêta pour prendre une bouchée, Allégra dit :

— Seigneur ! J'imagine que tout cela est important, n'est-ce pas ?

La bouche pleine, Barthélemy opina.

— Je ne suis pas très bonne avec les chiffres, admit Allégra d'une voix très faible.

Elle se mit à jouer avec une tranche de gâteau aux dattes et aux noix. Elle pouvait pratiquement imaginer le visage d'Olivier et son sourire railleur. Elle en éprouva colère et tristesse.

— Par contre, moi, je suis habile avec les chiffres et les faits, dit Barthélemy en sirotant son thé. Je me sens cependant beaucoup moins à l'aise avec les projets et l'anticipation, domaines où vous semblez exceller.

Il déposa sa tasse et la regarda directement.

— Si vous êtes sérieuse quand vous dites que vous désirez mon appui dans votre entreprise, cousine Allégra, puis-je vous suggérer que vous me laissiez la comptabilité tandis que vous vous occuperez de la production ?

Un élan d'enthousiasme chassa la mélancolie que l'image d'Olivier avait suscitée.

— Je suis *très* sérieuse quand je dis que j'ai besoin de votre aide, cousin Barthélemy, répondit-elle en soutenant son regard. Et je pense que votre collaboration sera, comme on dit dans ce pays, capitale.

Ils scellèrent leur entente avec de larges sourires.

Alors qu'ils commençaient à discuter des problèmes que l'entreprise risquait de leur poser et de leur plan d'attaque, leur affection s'épanouit. Ils avaient toujours admiré leurs qualités mutuelles ; leur relation acquit soudain une chaleur et une intimité nouvelles. Ils cessèrent de s'appeler cousin et cousine et ils commencèrent à n'utiliser que leur prénom. Comme les jours passaient, ils devinrent de bons compagnons, plutôt frère et sœur que soumis à l'anonymat d'une relation d'outre-mer.

Selon l'entente qu'ils avaient conclue dans le salon de thé, ils se mirent à étudier tous les aspects des Confections Stellar. Tandis que Barthélemy s'enfermait dans le bureau, absorbé dans les livres, Allégra passait un tablier et participait, tout comme elle l'avait fait à l'*Étoile*, à toutes les autres activités. Elle cassait à grands coups les lourdes plaques de liqueur de chocolat pour le conche, mesurait l'huile de menthe et l'essence de vanille, essuyait les gros moules vides et collait le carton pour faire des boîtes.

Tout d'abord, par politesse et par un sens qu'on pourrait qualifier de politique, elle tenta d'obtenir l'aide d'Albert Baker, mais plus elle apprenait, plus le gérant devenait nerveux et fuyant. Puis elle l'ignora totalement. Elle se sentait frustrée, car elle savait qu'elle n'était pas encore parvenue au cœur de l'entreprise. Il lui manquait encore l'information et l'expérience nécessaires pour lui donner son élan. Elle avait besoin d'une meilleure prise sur toute l'affaire que ce qu'elle en avait obtenu à mettre des bonbons en boîte, mais elle hésitait à franchir l'étape décisive : affronter Bruno Pavese. Si le chocolat était la clé des Confections Stellar, l'Italien en était le serrurier.

Pendant plusieurs jours, elle ne fit que l'espionner. Elle espérait pouvoir enfin braver ses manières grincheuses. Bruno ne lui portait aucune attention, alors qu'il tonnait contre des ouvriers insouciants et qu'il examinait avec soin les friandises. Puis Allégra se lassa de rester debout pendant d'interminables heures à la longue table, casant des chocolats dans des boîtes de carton. La réalité était moins amusante que ce qu'elle avait imaginé. Et ce travail répétitif ne diminuait pas sa dette.

Un matin qu'il passait près d'elle, elle lui dit :

— Monsieur Pavese, j'aimerais vous parler.

Elle poussa sa boîte à moitié remplie vers la fille mélancolique qui œuvrait à côté d'elle. Elle essuya ses mains sur son tablier et se dirigea d'un pas résolu vers l'Italien tout courbé.

Au lieu de lui opposer un barrage de mauvaise humeur, Bruno répondit gracieusement :

— Certainement, *signorina*, dit-il. Ce serait un grand plaisir de parler à une femme aussi *bellissima* que vous.

Il regarda à gauche et à droite, conscient d'être entouré d'oreilles curieuses. Puis il lui désigna un coin inoccupé derrière les rangées de friandises qui attendaient leur mise en boîte.

— Vos yeux sont *magnifici*, lui dit-il pendant qu'ils s'éloignaient lentement de l'incessant vacarme des machines.

— C'est très gentil à vous, répliqua Allégra.

Elle commençait à redouter qu'il comprenne mal l'objet de sa requête.

— Je voulais vraiment vous parler d'autres choses, cependant.

— Je vois en eux le même *spirito* que dans ceux de votre papa, poursuivit Bruno avec son fort accent.

Il s'arrêta près d'une table libre et s'y appuya avec soulagement.

— C'était un homme exceptionnel, continua-t-il. Ses yeux voyaient plus que ce qu'il y avait devant eux. Ils étaient reliés à son cœur et à son *imaginazione*, comme les machines le sont à la chaudière du sous-sol.

Il agita un doigt tordu dans la direction d'Allégra.

— Savez-vous que Signor Pembroke m'a offert cet emploi alors que personne d'autre à Londres ne voulait me donner du travail ? Tous les autres, tous ces paysans...

Il esquissa un geste de dégoût.

— ...leurs yeux ont des rideaux. Ils ne peuvent voir au-delà de mes bras et de mes jambes infirmes.

Il renifla.

— Comme si ma connaissance du chocolat était ici.

Il agita ses deux mains recourbées devant Allégra.

— Plutôt qu'ici.

Il tapota sa tête couverte de cheveux épais et noirs.

— Seul votre papa pouvait voir que j'étais encore un *bravissimo* chocolatier.

— *C'est de cela* dont je voulais vous parler, l'interrompit avec empressement Allégra, du merveilleux chocolat que vous faites.

— Ah, *grazie*, *signorina*, murmura-t-il avec emphase, en la saluant bien bas. Dès que je vous ai vue, j'ai su que vous apprécieriez mon chocolat. Je me suis réjoui quand vous êtes entrée dans cette salle. Je savais que vous étiez le salut des Confections Stellar, que vous verriez plus loin que la façon *scifoso* dont ces *porcini*, ces porcs, s'occupent de cette place.

— Ça n'a pas été facile au début, commença à admettre Allégra.

— Mais après avoir goûté la *stelle* en chocolat que je vous ai donnée, vous le saviez ! cria Bruno.

Il leva les mains en l'air, jubilant.

— Comme votre papa, vous pouvez voir avec *fantasia*, avec *eleganza*. Mais même Signor Pembroke, *Dio* le bénisse, ne tira pas avantage de tout mon talent. Je suis un *maestro*, un *artiste* du chocolat. Il ne me fit pas faire une fraction, pas même un *piccolo percento*, des créations exquises dont je suis capable.

Il baisa ses doigts rapprochés pour ponctuer ce qu'il disait.

— Vous devez me dire ce que vous faites d'autre, répondit Allégra, tout enthousiasmée. Non, non, corrigea-t-elle.

Elle agita les mains à son tour.

— *Montrez-moi* ce que vous faites d'autre. Je dois y goûter. Je ne peux attendre. Donnez-moi d'autres échantillons.

— *Si, signorina*, répondit Bruno, en extase lui aussi. Je vous ferai une délicieuse sélection. Votre langue va chanter de plaisir. Je le savais, ajouta-t-il, presque pour lui-même en retournant au travail. Je le savais. Cette belle femme et son cousin, *molto serioso*, vont sauver mon chocolat.

Allégra put difficilement se retenir. Elle voulait gambader

autour de la table, faire des pirouettes. Rien n'avait changé de façon significative au cours des dix dernières minutes. Les Confections Stellar étaient toujours une manufacture crasseuse, une entreprise criblée de dettes, mais l'extravagante confiance de Bruno était contagieuse. Elle ne savait pas pourquoi ni comment, mais elle était soudain certaine que cette conversation était exactement ce qu'elle avait attendu. Avec un cri de joie, elle parcourut en courant toute la longueur de l'usine pour transmettre la nouvelle à Barthélemy.

Le petit bureau était vide quand elle y entra. Aussi s'affala-t-elle dans le fauteuil à ressorts derrière le bureau pour reprendre son souffle et attendre le retour de son cousin. Assise, penchée confortablement vers l'arrière, les orteils en l'air, elle fabriquait des oiseaux étranges avec des bouts de papier. Un bruit de pas, à peine audible par-dessus le grincement des courroies, lui fit lever les yeux, mais l'heureux message mourut sur ses lèvres. La personne qui apparut dans le cadre de la porte n'était pas Barthélemy.

C'était un étranger. Un homme très grand, extrêmement beau, au début de la trentaine, aux cheveux bruns coiffés avec élégance et aux yeux d'un vert saisissant. Son manteau de cachemire pendait, nonchalamment entrouvert, un foulard de soie était enroulé autour de son cou. Un haut-de-forme sous le bras, une canne à pommeau d'argent dans sa main gantée, il demanda d'une voix assurée :

— Puis-je savoir à qui je m'adresse ?

S'y retrouvait l'accent des bien-nés, très perceptible quand Barthélemy parlait. Ses sourcils à peine soulevés illustraient une horreur raffinée devant la posture trop détendue d'Allégra.

Son visage s'enflamma ; elle fit rebondir la chaise à sa place. Il était peut-être le gentleman le plus sophistiqué qu'elle ait jamais vu et pourtant il y avait quelque chose en lui qui la mettait mal à l'aise.

— Je suis Mlle Allégra Pembroke, dit-elle, luttant pour retrouver contenance. Je suis la propriétaire des Confections Stellar.

Les sourcils de l'homme se soulevèrent encore, commentant silencieusement cette information. Son ton bien contrôlé ne fléchit aucunement.

— Alors c'est vous que je cherche, dit-il. Je suis M. Roland Hawkes.

Il la regarda comme si son nom devait avoir quelque signification pour elle.

Il n'en était rien, mais l'autorité avec laquelle il l'avait annoncé fit se colorer une fois de plus le visage d'Allégra. Elle désigna la seule autre chaise qui se trouvait dans cette pièce surchargée.

— Aimeriez-vous vous asseoir, monsieur Hawkes ? réussit-elle à bredouiller.

Monsieur Hawkes s'assit en agitant gracieusement sa cape, donnant au bureau un air plus sinistre encore.

— Comme vous ne semblez pas familière avec mon nom, peut-être ce que je cherche peut-il mieux s'expliquer si je vous montre ceci, dit-il.

Il déplia une feuille de papier et la plaça devant elle, mais sans cesser de la tenir.

Intriguée, Allégra regarda le papier. Son cœur palpita quand elle reconnut l'écriture de son père. Elle se pencha avec plus d'intensité sur le bureau, son attention fixée sur les mots. Même si les doigts élégamment gantés de monsieur Hawkes cachaient une partie du texte, la partie visible suffit à lui donner le frisson. C'était une note pour un emprunt de monsieur Roland Hawkes. Trois mille dollars. Avec l'*Étoile* comme collatéral.

Tout l'enthousiasme et l'optimisme que sa rencontre avec Bruno avait suscités furent réduits à néant. Elle se sentait étourdie et faible. Elle entendit à peine monsieur Hawkes expliquer les circonstances du prêt. Le simple fait de son existence suffisait à l'atterrer. La note était datée du 10 juillet 1893, plus de cinq mois avant la note qu'elle avait elle-même signée à son oncle. Ce prêt précédait donc la prétention de sir Gérald sur le domaine de cacao. La nouvelle était accablante.

— J'ai rencontré votre père à mon club il y a plus d'un an, dit M. Hawkes. J'imagine, selon toute éventualité, que Cecil Pembroke était votre père. Ai-je raison?

Quand le silence dans la pièce rendit Allégra consciente qu'il avait posé une question, elle reporta son attention sur M. Hawkes. Elle demanda, un peu étonnée :

— Quoi?

Puis elle répondit :

— Oui. Oui, c'était mon père.

M. Hawkes, glacial, poursuivit :

— Il avait une manière engageante, un air tout à fait charmant. Il était capable de donner à l'incident le plus terne l'allure d'une catastrophe. Quand il me décrivit sa manufacture de chocolat, je fus très intrigué. De toute évidence, il était conscient qu'il avait capté mon intérêt.

M. Hawkes poursuivit. Son ton devint plus dur, plus accusateur.

Il m'approcha plusieurs semaines plus tard. Il demanda un prêt pour acheter de la machinerie. Quelque chose qui ressemblait à un coquillage, si je me rappelle bien.

— La concheuse.

Allégra soupira.

— En effet, approuva M. Hawkes d'un ton cassant. Dans sa bouche, cet emprunt ressemblait plutôt à une demande exceptionnelle, car il m'avait dit qu'il manquait temporairement d'argent. J'ai été amené à croire que l'argent me serait remis dans l'espace de quelques mois. Naturellement, puisque nous nous rencontrions à mon club, je n'avais aucune raison de mettre sa sincérité en doute. J'ai supposé que nous étions tous des gentlemen; il m'avait donné sa parole.

Allégra approuva, mais son estomac se noua. Ce scénario commençait à lui être trop familier.

— Quand huit mois se furent écoulés sans que le moindre sou, ni la moindre excuse ne m'aient été offerts, j'ai retracé votre père et obtenu cette note.

Son doigt tapota le papier. D'une voix qui devenait de plus

en plus glacée, il conclut :

— J'ai été plus que patient dans mon attente d'être remboursé, mais on a abusé de ma patience. Je dois exiger le règlement immédiat de cette dette.

Allégra ne savait que répondre. Le papier plié en forme d'oiseau qu'elle tenait dans sa main voleta jusqu'au plancher. Il avait fallu tous ces efforts de fantaisie et de rationalisation pour en arriver là. Et pour y entraîner Barthélemy. Elle avait persuadé son cousin que le succès était possible, que les Confections Stellar pouvaient devenir saines et prospères, capables de triompher de sir Gérald tout en augmentant leur capital et ainsi absoudre la réputation de son père. Maintenant, elle ne savait plus que penser. Ce dernier obstacle semblait insurmontable, au-delà de son énergie et de son enthousiasme.

À travers le brouillard du choc, elle devenait consciente des questions de M. Hawkes et de ses réponses apathiques.

— Dois-je conclure, par votre silence, que vous reconnaissez l'authenticité de cette dette ? lui demanda-t-il.

Elle ne fit qu'un nouveau signe d'acquiescement. Elle acceptait l'imprévoyance de son père avec une morne résignation. Il lui demanda :

— Dois-je également comprendre qu'en conséquence vous êtes prête à honorer cette dette ?

Cette fois, elle secoua lentement la tête. Elle prit un autre bout de papier et lui donna, mécaniquement, la forme d'un cygne boiteux. Ses doigts arrêtèrent brusquement leur travail quand retentirent les coups secs de la canne de M. Hawkes sur le plancher de bois. La colère et l'irritation avaient marbré la fine peau de ses joues.

— Vraiment, mademoiselle Pembroke, fit-il remarquer d'un ton cassant, je crains que vous ne m'accordiez pas une attention sérieuse. Réalisez-vous que j'ai le droit de m'emparer de ce domaine des Caraïbes qui vous appartient ?

— Je suis désolée, s'excusa Allégra.

Elle se redressa, froissa le cygne et le lança dans la corbeille, puis elle déposa ses mains sur ses genoux.

— Oui, je le réalise, dit-elle.

Elle avait prononcé ces mots tranquillement mais la douleur la transperçait.

— On m'a dit que ce domaine produit du cacao, est-ce exact? poursuivit M. Hawkes plus calmement.

Il s'était adouci suite à l'effort d'Allégra pour se ressaisir. Ses mains entourèrent le pommeau de sa canne.

— Oui, c'est exact, répondit brièvement Allégra.

Son esprit se remplit d'images de bosquets tropicaux.

— On m'a également dit que votre père n'était pas le seul propriétaire du domaine, et que vous, à titre d'héritière, en partagiez la propriété, dit M. Hawkes qui voulait en savoir davantage.

— Oui, dit-elle encore plus doucement, oui, je partage la propriété avec M. Olivier MacKenzie.

C'était la première fois depuis des semaines qu'elle avait prononcé son nom à voix haute, et, étant donné les circonstances, les larmes lui vinrent aux yeux. Elle ne pouvait supporter l'idée du nouveau péril dans lequel elle l'avait placé. Elle et son père.

— C'est un homme tellement compétent, dit-elle.

Elle s'adressait davantage à elle-même qu'au gentleman.

— Il ne mérite pas d'être impliqué dans tout ceci. Il s'occupe tellement bien de l'*Étoile*, expliqua-t-elle sérieusement à un Hawkes visiblement très intéressé.

Elle pouvait voir Olivier dans sa chemise usée et délavée, les manches relevées jusqu'aux coudes, fendant une cabosse de cacao avec assurance et autorité. Elle pouvait voir sa main protéger ses yeux bleus du soleil, tandis qu'il inspectait en connaisseur les tiroirs où séchait le cacao. Elle pouvait le voir dans son bureau, à la barre d'une de ses goélettes, passant en revue les bosquets ou rôdant dans le boucan, sûr de sa compétence, content de la vie qu'il avait choisi de vivre.

— L'*Étoile* fait vraiment partie de lui, dit-elle avec affection.

Comme Allégra n'arrivait jamais à cacher ses émotions,

son visage reflétait l'amour et le désir que l'image d'Olivier avait évoqués. Enfermée dans ses pensées, elle ne vit pas les yeux de M. Hawkes se rétrécir pendant que sa bouche se plissait.

Toute réplique que M. Hawkes aurait pu énoncer fut arrêtée par le retour de Barthélemy.

— Oh, je vous demande pardon, dit Barthélemy.

Il était entré sans frapper, un livre de comptes ouvert devant lui. Il reculait, mais Allégra le retint.

— Je vous présente M. Roland Hawkes, dit-elle.

Sa voix était piteuse ; les souvenirs d'Olivier s'estompaient.

— Je pense que vous devez voir ceci, Barthélemy.

Elle se tourna pour faire face au visiteur.

— Seriez-vous assez gentil, monsieur Hawkes, de montrer à mon cousin, M. Barthélemy, la note que vous venez tout juste de me montrer ?

— Comme vous voulez, répliqua M. Hawkes.

Il se leva et tendit la feuille de papier. Comme auparavant, il ne la quitta pas des doigts. Comme elle se sentait diminuée par les deux grands hommes qui étaient à ses côtés, Allégra se crut forcée de se lever, elle aussi.

Les yeux de Barthélemy regardèrent rapidement la note. Contrairement à Allégra, il avait passé toute sa vie à camoufler ses sentiments. À ce moment-là, il réussit admirablement bien à comprimer l'appréhension qui lui serrait le cœur.

— Puis-je être mis au courant des circonstances dans lesquelles cette dette a été contractée ? demanda-t-il, d'une voix égale et bien contrôlée.

— Je viens tout juste d'expliquer tout ceci à votre cousine, répliqua M. Hawkes avec un brin d'irritation.

Il y avait quelque chose dans son ton qui fit que Barthélemy le prit immédiatement et nettement en aversion. Son ton demeura très courtois cependant, alors qu'il murmurait :

— Ayant eu le malheur d'être absent au moment de cette explication, je dois vous demander d'avoir l'indulgence de me la répéter.

Allégra s'émerveilla de la courtoisie de son cousin mais M. Hawkes, étant de même origine que Barthélemy, n'eut aucune peine à détecter le soupçon et le dégoût derrière la façade raffinée de Barthélemy. Son propre ton changea radicalement.

— C'est moi qui dois demander votre indulgence, dit-il d'une voix apaisante. Je crains d'avoir été un peu rude, mais peut-être pouvez-vous sympathiser avec ma délicate position. Le tragique décès de M. Cecil Pembroke m'a laissé dans la plus grande incertitude.

Pour le profit de Barthélemy, il répéta l'histoire. Sa façon de la raconter laissait davantage croire en une mauvaise interprétation de sa part qu'en un manque d'honnêteté.

— Bien sûr, je préférerais que cette somme me soit remise plutôt que de saisir la maison de quelqu'un, conclut-il.

Il donnait l'impression que cette seule idée suffisait à éveiller en lui un sentiment d'horreur.

— Maintenant, je puis voir que je fais affaire avec des gens très honorables et je n'ai aucun doute que la situation sera réglée de façon satisfaisante.

Puis, une note de gaieté fit disparaître la solennité de la discussion.

— De toute façon, décida-t-il, la somme est trop insignifiante pour s'y attarder longuement. En gens sensés que nous sommes, laissons ce problème négligeable à nos comptables. Ces individus ennuyeux les régleront. Notre temps sera sûrement mieux employé à des plaisirs plus invitants.

Ses mains reposaient toujours sur sa canne. Il salua Allégra, en s'inclinant longuement dans sa direction.

— Plus précisément, une si belle dame ne devrait pas être troublée par des sujets aussi assommants. Vous devez me laisser l'occasion de réparer mon comportement inacceptable et de vous prouver que je ne suis pas le barbare que vous croyez.

Il lança son foulard par-dessus son épaule avec une élégance théâtrale. Puis il ajouta, sur le ton de la confidence :

— On est parfois forcé, à l'encontre de ses tendances naturelles, à se montrer sans cœur, ne trouvez-vous pas?

— Oh, oui! dit Allégra avec précipitation.

Elle éprouva un si grand soulagement que ses genoux fléchirent. Elle retomba dans le fauteuil. Du coup, il balança vers l'arrière; ses pieds s'agitèrent dans les airs avant que le ressort retrouve sa position initiale et qu'elle reprenne le contrôle du meuble et de la situation.

— Je comprends très bien votre inquiétude, dit-elle, empressée. Après tout, vous n'aviez aucun moyen de savoir si je rembourserais ou si je ferais fi de la dette de mon père. Mais je vous *assure* qu'elle sera réglée. Si vous voulez bien m'accorder du temps, j'en serai très reconnaissante. C'est la seule preuve de votre bonne nature dont j'aie besoin.

— Vous êtes trop bonne, dit M. Hawkes, en inclinant modestement la tête. Je ne peux simplement pas vous laisser me pardonner si facilement. Ma conscience ne me permettrait pas de dormir cette nuit si je ne faisais amende honorable pour mes manières atroces. C'est moi qui serai votre débiteur, si vous et votre cousin acceptez d'être mes invités ce soir au Théâtre du Globe.

Il s'inclina gracieusement devant Barthélemy.

— J'ai réservé une loge pour la pièce de M. Thomas, *La tante de Charles*. Je vous en prie, dites-moi que vous allez m'accompagner.

Allégra put à peine retenir un cri d'enthousiasme.

— Avec plaisir, s'exclama-t-elle sans même réfléchir.

Si la situation avait été différente, elle aurait refusé, malgré l'invitation très tentante. Mais ses défenses avaient été affaiblies par la panique. Pendant quelques terrifiantes minutes, elle s'était vue au bord d'une banqueroute où elle aurait entraîné Olivier, Barthélemy et la réputation de son père. Cette expérience était trop affreuse pour qu'elle la comprenne.

Puis, par miracle, on lui avait accordé un répit. Le fait que la catastrophe lui soit soudainement épargnée la fit réagir d'une façon tout à fait différente. Elle ne se demanda même pas à quels arrangements les « ennuyants » comptables pouvaient en venir, étant donné sa situation financière déjà précaire. Elle ne fit pas attention non plus, contrairement à son habitude, à cette autre preuve qui venait ternir l'image de son père. Ce qui était le plus éloquent, c'était qu'elle acceptait d'emblée l'invitation d'un pur étranger, d'un homme qui, dix minutes auparavant, l'avait intimidée et qui, trois minutes plus tôt, l'avait paralysée d'horreur.

— Ce sera une merveilleuse sortie, dit-elle au beau M. Hawkes. Je suis sûre de parler également pour mon cousin quand je vous remercie de cette offre si généreuse.

Saisie d'un malaise soudain, elle se tourna vers Barthélemy :

— N'est-ce pas ? lui demanda-t-elle d'une voix anxieuse.

L'acceptation soudaine d'Allégra laissait Barthélemy dans une étrange position. Même s'il n'était pas totalement convaincu par le changement de ton de M. Hawkes, il ne pouvait concevoir de laisser sa cousine aller au théâtre toute seule. Elle avait passé l'âge des débutantes ; elle n'avait plus besoin de la présence envahissante d'une mère ou d'une tante, mais c'était tout de même inconvenant de la laisser paraître toute seule en public avec un homme qu'elle venait à peine de rencontrer, quelles que soient ses origines.

Comme il connaissait sa personnalité impétueuse, Barthélemy s'inquiétait également d'éventuelles promesses imprudentes engageant les Confections Stellar ou l'*Étoile*. Il était étonné de découvrir qu'il se souciait réellement de leur sort, et tout aussi étonné de réaliser que l'admiration inconditionnelle qu'il avait éprouvée pour Allégra s'était transformée en quelque chose qui ressemblait davantage à une affection réaliste. Étant donné ces circonstances, il pouvait difficilement refuser.

— Bien sûr, répondit-il. Je serais très heureux d'y assister.

## 15

$\mathcal{D}$ès son arrivée à la manufacture le lendemain matin, Allégra dit d'un ton résolu :

— Barthélemy, nous allons tout fermer la semaine prochaine.

— Vous ne pouvez être sérieuse! s'exclama Barthélemy, atterré.

Son crayon tomba de ses doigts et roula du bureau au plancher.

— Mais pourquoi? Je pensais que vous étiez convaincue qu'on pouvait sauver cette affaire. J'avais compris que vous étiez décidée à la faire prospérer. Vous avez dit vous-même que la clé du succès, c'est le chocolat et que le chocolat de Signor Pavese est d'une incomparable qualité. Qu'est-ce qui vous fait réviser votre décision?

Il s'arrêta et la regarda d'un œil plus attentif.

— M. Hawkes vous a-t-il dit quelque chose hier soir que je n'ai pas entendu? Il y a eu quelques instants où Hugh Norton s'est mis à me parler des années passées ensemble au collège. Est-ce que M. Hawkes a profité de ce moment pour vous presser de rembourser le prêt?

— Non, non, dit Allégra, rassurante.

Elle suspendit son manteau au crochet derrière la porte et, à l'aide de son mouchoir, brossa les flocons de neige de son chapeau bordé de fourrure. Le temps froid avait mis du rose à ses joues et quelques flocons brillaient dans ses cheveux bouclés. Elle était radieuse.

— J'ai passé une très belle soirée hier. Le Théâtre du Globe est magnifique et M. Hawkes a été un hôte parfait. Il n'a pas mentionné la dette une seule fois. Je l'ai trouvé très attentionné. Imaginez, se faire servir du champagne et des huîtres à l'entracte par ce majordome au visage impassible. Je n'avais jamais vu personne se tenir si droit.

Barthélemy, pour qui les stoïques majordomes et le champagne à l'entracte n'étaient pas du tout insolites, écarta ses observations enthousiastes avec une impatience inaccoutumée.

— Puis-je alors demander ce qui cause ce changement d'avis ? dit-il.

Il était offensé d'avoir été exclu d'une décision si importante.

— Par quel raisonnement êtes-vous arrivée à la conclusion que les Confections Stellar n'ont plus d'avenir ?

— Quoi ? demanda Allégra.

Elle oublia sa soirée enivrante au théâtre pour revenir à la conversation présente.

— Oh, non, Barthélemy, vous m'avez mal comprise, dit-elle.

Elle lança son chapeau vers le crochet. Il resta brièvement sur le col de son manteau, puis glissa le long de la manche jusqu'au plancher. Allégra haussa les épaules et se tourna vers son cousin.

— Je n'ai pas du tout renoncé aux Confections Stellar, dit-elle.

Elle se pencha sur le bureau pour mieux appuyer ses dires.

— Je n'ai jamais laissé entendre que je voulais fermer la manufacture à tout jamais, mais seulement pour quelques semaines. Peut-être même moins. Il faut un nettoyage complet avant de poursuivre les opérations. S'il est vrai que seul le résultat final compte, je ne peux croire que le chocolat ne soit pas affecté par le déplorable état des lieux. Même M. Pavese a passé des commentaires sur cette négligence.

Elle posa son menton sur sa paume et conclut :

— Pensez, Barthélemy, que si le chocolat est actuellement délicieux, il sera absolument divin quand il sera produit selon les règles.

— Sans doute, répondit Barthélemy.

Le soulagement lui permit de relâcher enfin son souffle. Il n'avait même pas réalisé qu'il le retenait.

Fidèle à sa parole, Allégra fit stopper la chaudière à vapeur sitôt emballée la dernière boîte de cœurs en chocolat, le jour de la Saint-Valentin. Quand ses employés revinrent le jeudi matin, ils reçurent des seaux, des brosses et des litres de détergent. Allégra donna des ordres par l'intermédiaire d'un Albert Baker peu enthousiaste et visiblement confus. Allégra fit balayer et frotter chaque centimètre de cette grande surface. Les murs furent lavés à la chaux, les réservoirs de cuivre furent polis, tous les tabliers furent mis à bouillir, la moindre pièce mobile des machines fut huilée ou graissée. Elle envoya même un garçon particulièrement intrépide sur le toit pour qu'il nettoie la saleté accumulée depuis des années sur les lucarnes. Avec ses murs fraîchement blanchis et ses vitres bien lavées, la manufacture reluisait. Les humeurs s'animèrent.

Tandis qu'Allégra câlinait et cajolait, aidait à ce que la vieille bâtisse étincelle, Barthélemy attaquait de front la paperasse. Il réorganisa le système de classement et restructura les comptes. Il fit un inventaire détaillé de tout, depuis les pièces de rechange pour la chaudière jusqu'à la colle pour les boîtes, sans mentionner les plaques de liqueur et les kilos d'étoiles en chocolat. Il examina les dépenses et additionna les ventes. Il fit des tableaux et des graphiques, établit des proportions et dressa des listes. Pas le moindre aspect de l'opération ne fut négligé. Les Confections Stellar, mises sens dessus dessous, en furent complètement transformées.

Même si ses journées étaient remplies, Allégra se reposait rarement le soir. Deux jours après la présentation de *La tante de Charles*, M. Hawkes se présenta à la manufacture avec un bouquet de roses rouges et une invitation pour qu'ils se joignent à lui au théâtre Daly.

— On présente *La douzième nuit*, leur dit-il gaiement. Mlle Ada Rehan joue le rôle de Viola. On la dit extraordinaire. Je sais que vous ne voudrez pas manquer cela, alors vous devez me permettre de vous y amener. Nous pourrons souper ensuite chez Simpson sur les bords de la Tamise.

Il était loin de la porte bien avant qu'Allégra, les yeux agrandis d'enthousiasme, puisse protester contre sa générosité ou avant que Barthélemy, les narines légèrement dilatées, puisse refuser.

Le lendemain soir, ils assistèrent à un récital à St-James Hall et deux soirs plus tard, au ballet *Don Quichotte*. Puis ils écoutèrent une conférence donnée par un naturaliste africain et un concert joué par l'Orchestre symphonique de Londres. Ils virent le Grand Cirque Continental de Wulff, où figuraient soixante chevaux et la plus grande *équestrienne* du monde, la signorina Dolinda de la Plata. Allégra flottait littéralement. Tout ce qu'elle avait toujours souhaité se réalisait. Elle ne pouvait nier l'énorme satisfaction qu'elle ressentait à voir les Confections Stellar prendre forme. Les progrès du jour lui offraient l'accomplissement de ses ambitions. Les activités du soir comblaient ses rêves. Elle ne pouvait compter les heures passées à imaginer une existence aussi sophistiquée.

Après la quatrième invitation, Barthélemy s'excusa poliment, laissant Allégra seule. Il n'avait plus le cœur aux plaisirs de la vie sociale, ni à la compagnie de sa cousine, ni à celle de ses anciens amis. Il préférait la solitude de sa chambre et le réconfort de ses souvenirs. Il n'était pas plus attiré par M. Hawkes qu'il ne l'avait été au cours des premières minutes de leur rencontre, mais il ne pouvait voir aucune raison apparente de craindre pour la réputation de sa cousine. En fait, leur hôte semblait le parfait gentleman, élégant et d'un comportement impeccable. Barthélemy rejeta d'un haussement d'épaules son hésitation du début. Il attribua son opinion défavorable à son propre état d'esprit. Allégra et M. Hawkes faisaient un couple particulièrement beau. Barthélemy espérait qu'elle était heureuse.

Allégra trouvait que M. Hawkes était l'escorte idéale en toute occasion. Il était accommodant, amusant et s'avérait un admirateur fervent. Il passait constamment des commentaires sur son courage et sur son talent. Il l'écoutait avec une fascination flatteuse quand elle décrivait la réhabilitation de sa manufacture.

Alors que, tard un soir, ils partageaient un plat de moules après une représentation de *La deuxième madame Tanqueray*, il lui dit :

— Vous êtes une femme exceptionnelle. N'importe quelle autre femme de votre beauté et de votre rang serait plus que satisfaite de capturer le célibataire le plus riche et le mieux titré qui soit disponible, mais vous persistez à tailler votre propre destinée. Mes compliments, Allégra.

Il s'arrêta, une cuillerée de bouillon à mi-chemin de ses lèvres et lui demanda :

— M'accorderez-vous la permission de vous appeler par votre prénom. Peut-être est-ce trop audacieux de ma part, mais je sens que nous devenons de jour en jour plus à l'aise. Ce qui paraît très naturel.

Allégra approuva d'un sourire, ne sachant que répondre.

Le sourire resta figé sur le visage d'Allégra, mais quelque chose en elle se rebiffa. Elle n'était pas sûre de se sentir heureuse à l'idée de l'appeler Roland. C'était comme si elle le mettait sur le même pied qu'Olivier. Pendant un moment, elle eut le désir de retrouver Olivier. Elle souhaita si ardemment qu'il puisse être ici avec elle que le cœur lui fit mal. Elle voulait qu'Olivier l'accompagne au théâtre, qu'Olivier s'assoie avec elle devant une table élégante, qu'il partage son enthousiasme devant la restauration des Confections Stellar. Elle se sentait terriblement attristée de penser qu'il y avait un océan entre eux, un océan et une stupide dispute qui les gardaient éloignés.

Intrigué par son silence, Roland demanda, anxieux :

— Y a-t-il quelque chose qui ne va pas? Est-ce que les moules ne sont pas bonnes? Vraiment, ils peuvent être parfois négligents avec la nourriture. Je vais leur parler tout de suite.

— Non, je vous en prie, dit rapidement Allégra.

Elle se pencha pour retenir sa main qui se levait.

— Les moules sont parfaites. Ce n'était qu'une idée en passant.

Elle pencha la tête et chassa sa mélancolie. Elle se dit que l'attitude chevaleresque et les manières distinguées de Roland étaient un changement fort bienvenu au comportement brusque d'Olivier. Elle se lança dans une discussion animée au sujet de la pièce qu'ils venaient de voir, mais, à son plus grand désagrément, un Olivier souriant et nonchalant s'était incrusté dans un recoin de son esprit, les bras croisés.

Dans la voiture qui la remena chez elle ce soir-là, Roland prit sa main et la pressa contre ses lèvres.

— Vous êtes merveilleuse, chère Allégra, murmura-t-il. Belle et ensorcelante.

Avant qu'elle ait pu se remettre du choc, Roland l'attira dans ses bras et l'embrassa.

— Non! suffoqua Allégra.

Elle se retira d'un coup sec et, par réflexe, essuya sa bouche du revers de la main. Elle se recroquevilla contre le côté de la voiture, brandissant son sac pour se protéger. Le cœur battant, envahie par un sentiment proche de l'horreur, elle dit :

— Je vous en prie, je vous en prie!

Roland recula immédiatement.

— Pardonnez-moi, supplia-t-il. C'est outrageux de ma part, mais j'ai perdu un instant le contrôle. Cela ne se reproduira plus, je vous le promets, mais vous devez me dire que vous acceptez mes excuses.

— Oui, bien sûr, répliqua nerveusement Allégra, pour clore la discussion.

Elle se fit encore plus petite sur le siège. Le goût de ses lèvres demeurait sur les siennes, l'odeur de son eau de toilette gênait ses narines. Elle ne savait pas pourquoi elle avait trouvé cela tellement affligeant, mais elle ne voulait plus y penser. Elle voulait seulement oublier ce qui était arrivé. Pendant le reste du trajet, elle regarda par la fenêtre les lampes à gaz se refléter dans les flaques d'eau.

Roland voulait, semble-t-il, oublier lui aussi, car il resta à l'écart pendant plusieurs jours. Quand il revint avec un énorme paquet de tulipes roses et des billets pour la Société de l'orchestre royal, il fit comme si l'incident ne s'était jamais produit. Peu à peu, Allégra retrouva sa confiance, mais leurs soirées avaient perdu leur charme. Peut-être parce qu'elle était de plus en plus préoccupée par son entreprise, elle n'avait plus autant d'énergie ni d'attention à accorder aux distractions superficielles.

Si quelqu'un le lui avait demandé, elle aurait énergiquement nié qu'Olivier avait quelque rapport avec tout cela. Elle aurait refusé de considérer que le souvenir de ses baisers, si sensuels et intimes, avait rendu désagréable la caresse de Roland. Elle se serait moquée de l'idée selon laquellle la vie occupée et frivole qu'elle menait trahissait un vide. Elle aurait prétendu avec conviction que Roland était un homme tout à fait séduisant : attirant et attentionné, capable de lui offrir tout ce qu'elle désirait. Personne ne le lui demanda, cependant. Continuant à s'appuyer nonchalamment et avec assurance dans une encoignure de son esprit, Olivier la hantait.

Quand les Confections Stellar recommencèrent à brasser du chocolat, le dernier jour de février, Allégra se sentit étrangement déprimée. Après le remue-ménage des deux dernières semaines, la routine quotidienne ne pouvait plus lui suffire. Maintenant que la manufacture avait l'air plus grosse et plus propre, qu'elle semblait même moins bruyante, elle attendait de meilleurs résultats. Même si le goût du chocolat était plus doux et sublime qu'auparavant, la variété était limitée, les boîtes étaient ternes et les commandes, tout bien considéré, ne correspondaient pas au potentiel de l'usine.

— Il faut plus qu'un nettoyage en profondeur, dit-elle à

Barthélemy.

Ses doigts tambourinèrent sur le bureau.

— Il nous faut une toute nouvelle approche si nous voulons survivre.

— Mmmm, répliqua Barthélemy.

Il se gratta la tête avec son crayon.

— Je me demande pourquoi quatre cents litres d'huile de menthe ont été commandés. Quarante auraient sûrement été suffisants.

Il leva les yeux de son livre de comptes avec un rire ironique.

— Au rythme actuel de la production, même quatre auraient suffi.

— Vous voyez? s'empressa de remarquer Allégra.

Elle sauta de son fauteuil. Elle fit quelques pas dans le petit bureau, réalisa combien il était étroit et se laissa retomber dans le fauteuil.

— Les affaires sont tout simplement mauvaises. Nous ne vendons pas la moitié, pas même le tiers, ni le quart des chocolats que nous fabriquons chaque jour.

Elle s'affaissa davantage dans le fauteuil, les mains repliées sur son ventre, les jambes étendues devant elle.

Barthélemy avait depuis longtemps cessé de s'étonner des poses peu gracieuses de sa cousine. Il ne releva même pas sa façon plutôt cavalière de s'étaler et répondit :

— Une augmentation de la production, en supposant qu'il y ait une augmentation correspondante des ventes, pourrait ne pas être la solution miracle. Mais bien menée, elle renverserait assurément la courbe déclinante des Confections Stellar.

— Non, désapprouva Allégra.

Elle appuya sa tête contre le dossier du fauteuil et la secoua pensivement.

— Ça ne suffit pas, de grossir la production des mêmes articles. C'est tout aussi ennuyeux. Barthélemy, ce n'est pas, ce n'est pas...

Elle s'assit brusquement, à la recherche du mot approprié.

— Ce n'est pas *spectaculaire*, fit-elle en étendant les mains pour illustrer l'image merveilleuse qu'elle avait en tête.

— Les affaires sont rarement spectaculaires, Allégra, répondit Barthélemy sans la critiquer. Ce n'est pas comme au théâtre, où il y a des costumes splendides et des décors aux couleurs brillantes. Les affaires ne sont qu'une compilation ennuyeuse de dollars et de sous. Quand la somme des revenus excède la somme des dépenses, c'est un succès. C'est la plupart du temps une activité sèche, sérieuse, évaluable surtout sur papier.

Allégra soupira et retourna à sa pose méditative, sans dire quoi que ce soit d'autre, mais sans renoncer à son idée. À l'encontre de ce que Barthélemy venait de dire au sujet du caractère peu spectaculaire des affaires, elle était certaine qu'il était possible de faire tout à la fois une brillante impression et un bon profit.

« Je sais que *vous* seriez d'accord avec moi, papa, pensat-elle. Je crois que vous vouliez que la conception que vous aviez de votre chocolat soit aussi belle que lucrative. Je gagerais que vous aviez même un superbe plan en tête pour arriver précisément à ces fins. Et bien, vous n'avez pas à vous inquiéter, promit-elle loyalement. Je vais m'assurer que les Confections Stellar soient à la mesure de ce que vous aviez conçu. »

Elle se releva et erra dans la manufacture.

— Ne pouvez-vous pas me donner un tout petit indice de ce que ce concept implique ? ajouta-t-elle.

Elle ne fut guère surprise de voir que Roland était beaucoup plus réceptif à sa vision que Barthélemy ne l'avait été.

— Je suis absolument d'accord, lui dit-il.

Il tapota de sa canne sur le plancher pour marquer son approbation.

— Trop souvent, les affaires sont perçues comme ennuyeuses, parce que les gens qui y sont engagés le sont affreusement. Il n'y a pas de raison pour qu'elles ne puissent être en même temps charmantes et prospères. Il y a des entreprises qui combinent merveilleusement bien ces deux qualités.

— Lesquelles? demanda Allégra, désireuse de confirmer sa théorie.

— Eh bien, euh, temporisa Roland, pour une fois coincé. Eh bien, aucune qui me vienne immédiatement à l'esprit, admit-il finalement, en retrouvant sa gaieté. Je ne me soucie généralement pas de tels sujets, mais je suis sûr qu'il en existe.

— Peut-être serait-il bon que je voie comment fonctionnent d'autres fabriques de chocolat, dit pensivement Allégra.

Elle frotta son menton avec son pouce et son index.

— Peut-être devrais-je faire la tournée de toutes les chocolateries et voir en quoi elles diffèrent des Confections Stellar. Peut-être en tirerai-je des idées qui me seraient utiles.

— De l'espionnage! cria Roland d'une voix ravie. L'espionnage du chocolat. C'est ce qu'il faut! Oh, oui, Allégra, je crois que vous l'avez trouvé. Quel merveilleux plaisir. Vous devez me permettre de vous accompagner. Je me sentirais tout à fait rejeté si vous refusiez.

— Bien sûr que vous pouvez venir avec moi, dit Allégra.

Elle rit de sa joie de petit garçon.

— En fait, je vous serais reconnaissante de m'accompagner. Barthélemy est trop occupé à ses tableaux et à ses projections pour m'accorder beaucoup de temps et je serais embarrassée d'y aller seule.

Ils passèrent les trois jours suivants à faire la tournée des fournisseurs de chocolat de Londres, de l'imposant Charbonnel et Walker, si raffiné, jusqu'à l'agréable Cocoa Bean de Chelsea. Allégra vit beaucoup de choses qui suscitèrent son admiration. Avec son enthousiasme habituel et son imagination fertile, elle trouva ce qu'elle souhaitait intégrer aux opérations de sa propre entreprise.

— Ne serait-il pas merveilleux de faire du cacao en même temps que des friandises? soupira-t-elle.

Elle prit une désaltérante gorgée de chocolat chaud dans une tasse Royal Doulton décorée de boutons de rose.

— Cadbury et Fry sont tous deux réputés pour leur cacao. Ce pourrait être presque une marque de commerce. Après tout,

tout le monde boit du cacao.

Elle s'enflammait pour son sujet :

— Nous pourrions même le mélanger, comme le faisaient les Aztèques, avec des feuilles de laurier et des épices. Puis, nous pourrions le mettre dans des boîtes de métal ayant la forme de pyramides mexicaines, peintes aux couleurs brûlées des anciennes tribus.

— Oui, tout à fait ! approuva Roland.

Il s'appuya sur la table et prit sa main en un geste d'encouragement.

— Quelle idée absolument merveilleuse.

Soit à cause du contact indésiré de Roland ou à cause de l'influence pragmatique de Barthélemy, Allégra sortit rapidement des nuages.

— À peu près impossible, dit-elle d'un ton léger.

Elle retira sa main et reprit sa tasse.

— Un tel plan exigerait de grandes quantités d'argent. Il faudrait acheter de la machinerie spéciale pour presser la liqueur de chocolat. De plus, des boîtes de métal seraient probablement d'un prix inaccessible. Il est plus que probable que nous devrions remplacer la chaudière et je suis sûre que cette pauvre vieille fournaise ne pourrait subir davantage de pression. Je ne peux tout simplement m'offrir rien de cela. Je dois rembourser mes dettes actuelles avant d'en contracter de nouvelles.

— Non-sens, se moqua Roland.

Il fit claquer ses doigts bien manucurés. Il ne sembla pas remarquer qu'elle évitait tout contact avec lui.

— Vous ne pouvez espérer faire de grands gains sans grands investissements. Les timides sont condamnés à de petits succès, alors que les audacieux reçoivent de grandes récompenses. Je sais que vous ne faites pas partie des timides, chère Allégra.

— Je ne sais pas si c'est un compliment ou une insulte, répliqua Allégra en riant. Mais peu importe le cas, qui pourrait bien me prêter l'argent ? Je n'ai rien à offrir en garantie et

Barthélemy dit que les banquiers sont plutôt pointilleux sur ce point.

— Voilà un autre groupe d'individus à l'imagination stérile, dit Roland.

Il chassa les banquiers avec un haussement d'épaules.

— Vous n'avez pas besoin de perdre votre temps avec eux. Je suis plus que disposé à vous avancer la somme que vous souhaitez, quelle qu'elle soit. Évaluez tout simplement vos dépenses et je vous ferai immédiatement un chèque.

— Mais je vous dois tellement déjà, répondit Allégra.

La générosité de Roland l'intimidait. Elle essayait de se dire qu'il n'exposait son offre que parce qu'il serait amusant pour lui d'assister à son succès, parce que c'était un prix insignifiant à payer pour quelques moments de distraction.

— En fait, poursuivit-elle avec prudence, nous n'avons jamais réglé la question de l'argent que vous avez prêté à mon père.

— Vous ne devez pas vous tracasser pour cela, dit Roland. Je me sentirais coupable si je savais que cela vous cause le moindre moment d'anxiété. Je suis sûr que vous serez capable de me rembourser un jour. Je suis heureux d'attendre le moment qui vous conviendra.

— Cela ne semble pas très conforme aux exigences des affaires, dit Allégra.

Elle était encore vaguement troublée par sa désinvolture.

— Pouf! répliqua Roland.

Il agita sa fine main blanche dans les airs.

— Vous savez comment je suis : désespérant dans le domaine des affaires. Si seulement je pouvais avoir même une fraction de votre instinct si sûr, ma chère! Finirez-vous votre gâteau? Je ne puis vous blâmer. Je pense que j'ai absorbé plus de friandises au cours des trois derniers jours que dans les trois derniers mois. Un plat d'huîtres me suffira pour le moment. Vous ai-je déjà parlé de l'époque où j'ai fait une excursion spéciale au Bélon en Bretagne, juste pour manger des huîtres?

Avec un déni de la tête et un sourire, Allégra accepta de

changer de sujet de conversation.

Elle avait accueilli puis rejeté nerveusement des douzaines d'idées pour revitaliser les Confections Stellar avant que tout prenne soudain forme un matin du début de mars. De faibles rayons de soleil projetaient de pâles ombres sur le plancher de la manufacture, alors qu'Allégra allait de poste en poste, inspectant la production dans l'attente, comme toujours, d'une inspiration.

— *Signorina*, dit Bruno.

Fascinée par le mélangeur, elle regardait des litres de riche chocolat liquide être lentement transformés en une douce matière onctueuse.

— *Signorina, viene con me, per favore.*

Allégra se secoua et le suivit sagement à l'arrière de la bâtisse où il avait établi son atelier privé avec une table et de grandes rangées de plateaux. Avec cérémonie, il conduisit Allégra dans l'enclos, l'installa sur un tabouret branlant et lui présenta un plat rond recouvert d'un linge blanc damassé. Quand il fut sûr d'avoir toute son attention, il retira le linge d'un geste large, dévoilant de petites bouchées de chocolat superbement étalées sur un napperon de dentelle. Les friandises étaient toutes plus attrayantes les unes que les autres. La voix râpeuse, plus enrouée par l'émotion, il dit :

— Pour vous, *signorina*.

— Ils sont superbes, souffla Allégra.

Ses yeux ne pouvaient quitter le plat que Bruno tenait dans sa main noueuse. Sa bouche saliva à la vue des chocolats.

— *Mangia*, la pressa-t-il. Mangez-en un.

Sa main se tendit, puis resta en l'air, alors qu'elle essayait de décider lequel choisir. Sa première idée fut de prendre une cerise à la queue enroulée dans un tourbillon de chocolat. Puis elle fut intriguée par un médaillon incrusté de noix, et ensuite par un dôme de chocolat au lait garni d'une pointe de chocolat foncé. Finalement, incapable de délibérer plus longuement, elle se saisit brusquement d'un bonbon lisse et rond, le plus simple de tous. Elle en prit une bouchée. Un élégant chocolat foncé se mêla à une délicate crème à la framboise. Ses yeux se fermè-rent de ravissement.

— C'est très bon, non ? dit Bruno, tout fier de l'expression extasiée qu'il lisait sur les traits d'Allégra.

— C'est plus que très bon, répondit-elle respectueusement.

Elle mit le reste de la friandise dans sa bouche et laissa les saveurs riches et les épaisses textures onctueuses fondre sur sa langue.

Bruno, tout heureux, approuva :

— Son goût est *eccelente*, même si c'est un vilain petit orphelin, en ce moment. Si nous avions le bon moule, peut-être en forme de framboise, il serait aussi *bellissimo* à regarder qu'il l'est à déguster. Maintenant, je vous prie, essayez celui-ci.

Il désigna une sombre petite bûche de chocolat, décorée de lisières de chocolat blanc.

Allégra s'en empara volontiers et en prit une bouchée. La saveur accentuée du gingembre confit se mêla à la couche extérieure de chocolat semi-sucré.

— C'est merveilleux, dit Allégra.

Elle regarda le plateau avec admiration.

— Ils sont tous merveilleux.

Elle leva les yeux vers Bruno.

— Je ne comprends pas pourquoi nous n'en fabriquons pas actuellement.

— Bah ! répondit Bruno.

Il secoua la tête en direction des ouvriers par-delà sa barricade.

— Ce sont des *cretini*, des *idioti*. Ce sont des incapables. Ils ne connaissent rien à ces arts. Ce *zenzero, per esempio*, dit-il en désignant de la tête le chocolat au gingembre, est saucé à la main. Il doit être trempé dans le bain de chocolat avec un mouvement comme celui-ci.

Il illustra le geste précis de sa main libre.

— Quant aux crèmes, les moules doivent être remplis avec précision, puis secoués ; ensuite, le surplus doit être déversé pour que le centre demeure creux. C'est du travail pour des *artigiani*, des artisans, comme vous les appelez ici, et non pas pour ces idiots malhabiles.

— Mais ne pouvez-vous pas leur enseigner? demanda anxieusement Allégra.

Elle craignait désespérément de perdre ces délicieuses bouchées.

— Où trouver quelques personnes qui le sachent déjà?

Le pli dégoûté du chocolatier se transforma en un sourire confiant. Il approuva vigoureusement et dit :

— *Si, si, si*, c'est possible. Ici, *signorina*, essayez celui-ci.

Il poussa une boule couverte de poudre dans sa direction.

Elle déposa le gingembre à peine entamé et prit la truffe. En la portant à sa bouche, l'arôme du chocolat et du rhum remplit ses narines. Avec la première petite bouchée, ces saveurs la galvanisèrent. Le centre était épais et crémeux, très chocolaté, mélangé à un rhum âgé très subtil. Une couche externe de cacao non sucré, sec et amer contrastait avec la douceur de l'intérieur. La gorge d'Allégra en éprouva des ondes de plaisir.

Et tout cela évoqua instantanément des souvenirs de la Grenade. Des cabosses de cacao suant sous les feuilles de bananiers et séchant sous le chaud ciel bleu pour libérer leur saveur. Le visage serein d'Élisabeth pendant qu'elle agitait un pot de thé de cacao dans sa cuisine, celui de Jamie, bronzé par le soleil, qui dégustait un verre de punch au rhum sous une arche de bougainvillées. Celui d'Olivier, beau et drôle, alors qu'il passait un bras autour d'elle et l'attirait près de lui, avec l'odeur du cacao attachée à sa peau tiède et brunie.

— Ça y est! s'exclama-t-elle, prenant soudainement Bruno dans ses bras. Ça y est! Je l'ai! Je l'ai!

Elle plaqua un gros baiser plein de chocolat sur la joue de l'Italien, puis l'entraîna de son antre jusqu'au bureau.

— Barthélemy, je l'ai! cria-t-elle.

Elle arriva en vitesse près de son cousin surpris. Elle entraîna Bruno dans la pièce minuscule, tendit le plat et le laissa tomber sur une pile de papiers devant Barthélemy.

— Regardez! ordonna-t-elle. Je l'ai!

Étonné, Barthélemy obéit.

— Ils ont l'air délicieux, dit-il.

Il poussa le plat très délicatement loin du tableau qui l'occupait.

— Mais je crains de ne pas savoir ce qui vous arrive.

— Tout, répondit Allégra.

Son bras décrivit une grande courbe pour indiquer l'importance de sa découverte.

— J'ai tout, Barthélemy. Je sais exactement quoi faire pour obtenir le succès, non, le *magnifique*, le *glorieux* succès de cette entreprise.

— Vraiment? demanda Barthélemy, incrédule.

Il posa son regard sur sa cousine animée, puis sur le joli plat de chocolats.

— De quoi s'agit-il?

— Oh, Barthélemy, écoutez ceci, répondit-elle.

Elle se mit presque à bégayer dans son empressement à décrire la vision qui l'avait frappée.

— Nous allons supprimer les Confections Stellar.

Avec un geste de rejet, elle bannit l'inacceptable manufacture.

— Désormais, plus de cœurs, ni de lapins en chocolat enfouis dans de petites boîtes minables. Plus de vendeurs frustes dans leurs complets aux couleurs criardes, traînassant dans la campagne à vendre un pauvre assortiment de friandises dans des boutiques perdues et dans des stations thermales de province.

— Mais Allégra, commença à protester Barthélemy.

— Non, non, l'interrompit Allégra, en transes. Écoutez-moi. Nous n'allons pas cesser de fabriquer des chocolats, mais nous allons cesser de produire des chocolats *ordinaires*. À partir de maintenant, nous nous lançons dans les chocolats *luxueux*. À partir de maintenant, chaque friandise produite reflétera la qualité et la beauté, voire le romantisme associé au chocolat à travers toute l'histoire.

Barthélemy déposa son crayon et s'appuya contre le dossier de son fauteuil.

— Poursuivez, dit-il calmement, soudain attentif.

Allégra se pencha sur le bureau comme si elle voulait lui communiquer physiquement son enthousiasme.

— C'est la seule façon, dit-elle avec une totale assurance. Nous ne pouvons concurrencer Cadbury, Fry ou Rowntree. Ils produisent des chocolats abordables. Et ils les font très bien. Il n'y a rien que nous puissions faire sur ce terrain. Ils ont d'énormes manufactures. Cadbury a même fondé son propre village ! Ils possèdent au-dessus de trois cents acres près de Birmingham ; ils y ont construit d'énormes surfaces de production et des maisons pour leurs contremaîtres. En fait, ils viennent tout juste d'acheter du terrain pour trois cents autres maisons réservées à leurs employés. Les ouvriers disposent de terrains de cricket, de jardins, de cuisines communes. Leurs machines donnent aux nôtres l'allure de jouets. Non, il n'y a aucun moyen d'entrer en compétition avec eux. Et je ne le veux pas non plus.

Allégra se redressa. Elle étendit ses mains pour y faire tenir son idée et dit lentement, d'une voix presque rêveuse :

— Ce que je veux faire, c'est fabriquer du chocolat qui nourrira l'imagination des gens autant que leur estomac. Comme papa avait l'habitude de le dire au sujet de la bonne cuisine d'Élisabeth : « Ça ne remplit pas seulement le ventre, ça nourrit l'âme. » Je veux m'adresser au désir d'opulence des gens. Je veux qu'ils sentent, quand ils mangent nos chocolats, qu'ils font partie de la même grande élite et de la même classe privilégiée que Moctezuma et madame du Barry, que la princesse Anne d'Autriche qui avait apporté du chocolat en cadeau de mariage à son futur époux, Louis XIII de France. Pour le prix d'un kilo de chocolats, je veux que notre client satisfasse plus qu'un besoin alimentaire, mais qu'il achète en même temps ses quartiers de noblesse, qu'elle soit indo-américaine ou européenne.

— Je vois, murmura Barthélemy.

Il joignit ses doigts sous son menton.

— Non, Barthélemy, vous ne voyez pas encore, corrigea Allégra.

Elle reporta son attention sur son cousin.

— Nous allons produire un éblouissant assortiment de chocolats ; nous allons les protéger dans de belles boîtes et nous ne permettrons qu'à de très belles boutiques de les vendre. Mais le vrai centre d'attraction, le joyau de notre couronne, sera notre propre boutique, implantée dans un élégant secteur de Londres.

Les yeux de Barthélemy s'agrandirent, mais il ne dit rien. Allégra poursuivit sur sa lancée. Elle décrivait maintenant le décor de leur boutique.

— Ce sera très beau, dit-elle d'un ton assuré. Je sais que vous pensez que les affaires, ce n'est pas de la comédie, Barthélemy, mais notre boutique ressemblera à un décor de théâtre, à un lieu magique, isolé de la brume et de la suie de Londres. Les gens y viendront autant pour l'atmosphère que pour les friandises. Quand ils passeront la porte, ils ressentiront toutes les merveilleuses vertus qu'évoque le chocolat. Ils verront le soleil tropical qui plombe sur les bosquets de cacao ; ils sentiront le riche sol rouge qui les fait croître. Ils visualiseront les couleurs éclatantes, le velours des larges cieux nocturnes, ils éprouveront le souffle chaud du vent contre leur peau. Sans même quitter l'Angleterre, ils sauront à quoi ressemble un ânon chargé de paniers débordants de cabosses de cacao, ce que sent l'intérieur d'un boucan rempli de sacs de toile marqués au crayon et débordants de graines séchées.

— Et finalement, dit-elle alors que sa voix s'adoucissait, ils verront comment cette opulence de soleil et de végétation se transforme entre les mains d'un artiste en friandises somptueuses, chacune étant une délicieuse perle, un cadeau à savourer avec l'œil aussi bien qu'avec la langue. Chaque friandise, un chef-d'œuvre culinaire, constituera un laisser-passer pour cette pièce extraordinaire, pour cette sublime fantaisie. Notre boutique sera la loge royale de tous les théâtres du chocolat.

Quand elle eut terminé la description de son projet, il y eut un moment de silence abasourdi, finalement brisé par les cris émus de Bruno :

— *Brava, signorina* ! s'exclama-t-il.

Des larmes de bonheur coulaient le long de ses joues.

— *Bravissima* ! C'est comme si vous aviez pénétré à l'intérieur de ma tête, que vous aviez découvert mes rêves et que vous les aviez exprimés. Si j'avais conçu tout cela, je n'aurais pas pu le faire plus parfaitement.

Il empoigna sa main et lui dit avec ferveur :

— Dès que je vous ai vue, dès que j'ai vu le *spirito* dans vos beaux yeux, j'ai su que vous étiez *simpatica*. Je savais que vous comprendriez l'essence de mon travail. C'est pourquoi je vous ai donné une boîte de mes meilleurs chocolats. Je n'ai jamais osé espérer, cependant, qu'une telle *meraviglia*, qu'un tel mirale, se produirait. *Grazie, signorina, grazie mille.*

Il pressa la main d'Allégra contre sa bouche et lui donna un baiser reconnaissant, puis, séchant ses yeux avec le bord de son tablier, murmurant des prières de gratitude en italien, il retourna dans la manufacture.

Allégra se souleva sur la pointe des pieds, transportée de plaisir par la réponse de Bruno. Pleine d'espoir, elle regarda son cousin.

— Qu'en pensez-vous ? demanda-t-elle.

Barthélemy retrouva enfin l'usage de la parole. Une partie de son être était contaminée par l'enthousiasme d'Allégra, par son inspiration, par la grandeur même de son plan. Mais une autre part de lui-même était sceptique.

— Tout cela semble vraiment merveilleux, dit-il honnête-ment. Si quelqu'un peut créer une telle ambiance, je n'ai aucun doute que ce soit vous, Allégra. Mais au risque de paraître rabat-joie, je dois poser des questions sur votre façon de financer ce spectaculaire théâtre du chocolat.

Allégra chancela. Ses talons frappèrent le sol avec un bruit sec. Son plan s'était formé si vite, les idées lui étaient venues si rapidement qu'elle n'avait pas eu le temps de se concentrer sur l'ennuyeux détail du financement. Elle ne se laissa pas embarrasser longtemps, cependant. Enflammée par l'approbation de Bruno, elle répondit :

— Je suis sûre que vous allez réfléchir à une façon d'arranger les choses, Barthélemy. Vous êtes si astucieux dans le domaine des chiffres.

Touché par ce compliment, Barthélemy pencha la tête, mais persista gentiment.

— Je suis peut-être astucieux, dit-il, mais je ne suis pas un génie. Je le ferais si je le pouvais, mais je ne peux frotter une lampe et faire apparaître le capital qu'il faut.

Allégra se jeta dans son fauteuil et demanda :

— De combien d'argent avons-nous vraiment besoin ?

Elle se pencha sur le bureau et énuméra les items nécessaires sur ses doigts.

— Nous avons la machinerie, nous avons le chocolat et nous avons Bruno - les trois éléments essentiels. Le reste des ingrédients : les noix, les huiles, les fruits confits et autres, ne devraient pas être si coûteux. Vraiment, les plus grosses dépenses toucheront la boutique et les nouvelles boîtes.

— Hummm, dit Barthélemy.

Il prit son crayon et en mâchonna l'extrémité. Il était en train de se laisser persuader que le plan de sa cousine était réalisable.

— J'ai passé soigneusement les livres en revue au cours des dernières semaines, dit-il, hésitant. Même si je suis inexpérimenté, j'ai trouvé ce qui semble être une bonne part de mauvaise gestion. Il y a des dépenses qui sont inutilement doublées, des comptes non facturés et non perçus. Il y a de l'équipement très dispendieux qui croupit au grenier, qui amasse de la poussière et alourdit notre dette. Selon moi, au moins le tiers des employés sont inutiles, étant donné le volume courant de notre production.

Il appuya ses coudes sur les bras de son fauteuil, replia ses mains sur son veston et dévisagea sérieusement sa cousine.

— Si vous acceptiez de procéder à certaines coupures radicales de personnel, de vous défaire de l'inventaire inutile et d'instaurer un nouveau régime de restrictions sans compromettre la qualité, bien sûr, il serait possible d'accumuler le capital requis.

Allégra plongea pratiquement sur le bureau pour enlacer Barthélemy.

— Je savais que vous m'aideriez, dit-elle.

Elle lui donna une grosse accolade avant de se rasseoir.

— Je savais que vous trouveriez le moyen d'y arrriver. Je serais perdue sans vous, Barthélemy.

— Oui, oui, dit l'autre.

Il rajusta son col déplacé. Il était quelque peu embarrassé par la confiance absolue qu'elle avait en ses talents.

— Laissez-moi alors vous demander ceci, dit-il, changeant de sujet : si vous avez l'intention de donner à votre compagnie une toute nouvelle apparence, avez-vous aussi l'intention de la rebaptiser ?

— Oui, bien sûr, répondit Allégra.

Un sourire heureux illumina son visage. La dernière pièce de son plan avait pris place. Elle se remémora les paroles d'Olivier dites avant son départ de la Grenade :

— Cela me semble une jolie petite entreprise ou une boutique élégante, avait-il dit.

Sa voix s'en faisant l'écho, Allégra annonça :

— Ce sera *Pembroke et Fille*.

# 16

Il ne fallut pas beaucoup de temps à Allégra pour faire du rêve de Pembroke et Fille une réalité. Elle se bouscula pour trouver les moyens d'atteindre son but. Chaque matin, elle se levait, l'esprit tourbillonnant d'idées qu'elle passait la journée à mettre en œuvre. Elle en sortait épuisée mais valorisée. Elle s'était mise à la recherche d'un local pour sa boutique, discutait de la production avec Bruno, rencontrait l'artiste concepteur des boîtes et l'artisan qui fabriquait les moules. Elle était partout : elle parlait, goûtait, examinait, décidait.

Même si elle avait éprouvé beaucoup de satisfaction au cours de la réhabilitation des Confections Stellar, elle trouva la création de Pembroke et Fille encore plus stimulante. Dans ses rares moments libres, elle s'émerveillait de ses talents. Elle transformait ses rêves et ceux de son père en réalité. Il n'y avait pas si longtemps, elle aurait difficilement reconnu leur existence. « Tu vois, je peux y arriver », se vanta-t-elle devant un Olivier imaginaire. Il ne répondit pas, mais lui sourit chaleureusement.

Barthélemy aussi s'épanouissait dans cette nouvelle atmosphère. Plus que n'importe qui, il savait qu'ils ne pouvaient se permettre de lambiner ou de faire des erreurs. Leur budget limité requérait qu'ils gardent un rythme soutenu. Parce qu'Allégra comptait sur lui pour l'aspect financier, il ne pouvait laisser tomber sa cousine.

Quand les équipes de travail de la manufacture furent parvenues à leur pleine efficacité, quand les comptes non perçus commencèrent à entrer, Barthélemy fut à la fois étonné et fier. Il pensait ne posséder aucune aptitude pratique, mais il se prouvait continuellement le contraire. Cette prise de conscience donna un but à sa routine et lui permit d'affronter chaque jour avec plus d'enthousiasme que la veille.

Allégra était heureuse, Barthélemy était content, Bruno ne se tenait plus de joie ; même les autres employés semblaient conquis par l'optimisme ambiant. La seule personne qui n'était pas captivée par le nouveau projet, c'était Roland. Quand il vint à la manufacture pour inviter Allégra à entendre des œuvres de Rossini et de Gounod au Royal Albert Hall, elle le bombarda avec la description rapide de ses plans.

— Quelle idée intéressante, commenta-t-il.

Cependant, la tiédeur de son ton laissait entendre le contraire. Ses yeux verts se rétrécirent et ses lèvres finement dessinées se durcirent, alors qu'il disait :

— Cela me semble un projet plutôt extravagant pour une entreprise criblée de dettes. J'espère que vous savez ce que vous faites.

Les yeux d'Allégra se rétrécirent à leur tour, devant un ton de voix si hostile. Elle allait défendre sa position, quand un soudain malaise l'en empêcha. Elle répliqua succintement :

— Je le sais !

Les manières de Roland se modifièrent instantanément. Il lui dit gaiement :

— Bien sûr que vous le savez. Je suis certain que vous avez l'intention de devenir la Reine du chocolat de l'Angleterre, chère Allégra. Je suis aussi certain que vous atteindrez votre but. Mais cette fois-ci, vous devez absolument me permettre de vous aider. Allez..., dit-il.

Il tira un chèque de sa poche.

— Je sais que vous êtes d'une prudence admirable à l'idée de contracter des dettes supplémentaires, mais la transformation

magique que vous avez entreprise exigera un sérieux financement. Je serais vraiment accablé si vous ne me permettiez pas
de vous aider. Je désire ardemment devenir un membre de
votre cour. Dites-moi combien il vous faut. Deux mille dollars? Quatre?

Il commençait à remplir le chèque avec une plume en or.

— Vous savez que je suis incompétent dans les questions
d'affaires, par conséquent vous devez me dire combien votre
rénovation va coûter. Dites le montant.

Il la scruta, interrogateur, la plume levée au-dessus du
chèque.

Un sourire adoucit l'air soupçonneux qui se lisait sur le
visage d'Allégra, mais son inexplicable malaise demeurait. Il
était si simple de donner un chiffre à Roland, de déposer le
chèque dans son compte et de poursuivre ses travaux sans avoir
à se soucier de la nécessité de trouver l'argent. Elle s'entendit
cependant dire :

— Vous êtes vraiment trop gentil, Roland; j'apprécie
grandement votre générosité, mais ne puis accepter votre offre.
Nous allons nous débrouiller.

Roland haussa les épaules pour toute réponse, son mécon-
tentement à peine voilé. Il remit le chèque dans sa poche et dit
avec une légèreté forcée :

— Comme vous voulez, mais vous devez vous rappeler que
je reste disposé à vous donner la somme dont vous avez
besoin, quelle qu'elle soit.

Après le départ de Roland, Allégra tenta de comprendre
pourquoi elle était si mal à l'aise à l'idée d'accepter son aide.
Elle erra le long des rangées de chocolat. Elle se disait que sa
réaction n'avait aucun sens. Même si Roland manifestait peu
d'intérêt pour les détails routiniers de la conduite des affaires,
il se donnait de tout cœur quand elle avait besoin de support
moral. Malgré son manque de savoir pratique, il était convaincu qu'elle allait réussir et il était prêt à lui avancer la somme
qu'il lui faudrait pour y parvenir. Il croyait en elle et il désirait
lui prouver sa confiance de façon tangible.

« Contrairement à d'autres, il m'encourage », rumina-t-elle en plongeant un doigt dans une boîte d'écorces d'orange confites livrée d'Espagne. « Tout ce que j'ai jamais obtenu d'Olivier, ce sont des réprimandes à propos de mon caractère folichon et des rappels sans ménagement du fouillis que je fais des livres de comptabilité. Cela et son refus obstiné de m'accompagner en Angleterre. » Elle ravala sa tristesse soudaine. Olivier. Peu importait l'effort qu'elle faisait pour exorciser son image, il restait fermement niché dans sa tête.

Elle se surprenait souvent à s'entretenir avec lui, lui soulignant ses réalisations, lui admettant ses échecs, lui demandant son avis sur différents sujets. Puis elle s'arrêtait pour écouter ses conseils patients et sensés. « Je ne peux pas le comparer à Roland », rêvassa-t-elle.

*Non, tu ne le peux pas.* Elle imaginait Olivier qui l'interrompait. « Et si tu as quelque chose à dire à mon sujet, Allégra, dis-le-moi directement. »

« Oh toi ! pensa-t-elle exaspérée. Tu es toujours en train de me couper la parole. Roland ne serait jamais si grossier. Ses manières sont très raffinées. »

« Je pensais que nous étions d'accord pour dire que ce n'était pas une bonne idée de nous comparer », entendit-elle Olivier lui faire remarquer.

Allégra soupira.

— En effet, dit-elle à voix haute.

Même s'il était très beau, jovial et de contact agréable, Roland ne faisait pas le poids contre l'homme fort et vigoureux qu'elle revoyait dans cette brume d'arcs-en-ciel sous la cascade tropicale.

Elle mordillait un morceau d'écorce quand Barthélemy s'approcha. Son visage habituellement calme était renfrogné. Il tapotait son éternel crayon sur une liasse de papiers.

— C'est la goutte d'eau qui fait déborder le vase, Allégra, dit-il en colère. Albert Baker doit être congédié.

Tirée brusquement loin des souvenirs de cet heureux après-midi à la Grenade, elle revint à la bruyante manufacture de

Londres, sans avoir eu le temps de retrouver tous ses esprits. Réagissant à la colère manifeste de son cousin, elle répliqua sèchement :

— Je pense que vous appliquez avec exagération votre plan de coupures des dépenses, Barthélemy. C'est presque devenu une purge. Même si notre budget est très serré, nous ne pouvons nous passer d'un gérant. Non seulement c'est mauvais pour le moral, mais cela aurait aussi pour conséquence de nous coûter plus cher que ce que nous épargnerions. Il nous faut une personne pour surveiller la production quotidienne, avec son nombre incroyable de petits problèmes.

Elle se redressa, théâtrale, secoua devant lui la pelure d'orange à demi grignotée et ajouta :

— Et si vous pensez que c'est *moi* qui vais le remplacer, vous vous trompez. Je travaille déjà trop et on ne peut s'attendre à ce que j'en fasse davantage.

— Je pourrais difficilement m'attendre à ce que vous remplissiez le poste de gérant, répliqua Barthélemy.

Il manifestait beaucoup moins de sympathie que d'habitude. Répondant au ton furieux d'Allégra, il continua sèchement :

— Je ne m'attends pas non plus à ce qu'on laisse le poste vacant, mais Albert Baker n'est pas l'homme de la situation. J'ai déterré une série de mauvaises décisions et d'erreurs qui sont excessivement coûteuses. J'ai parlé à M. Baker à plusieurs reprises. Je lui ai posé des questions sur le raisonnement qui l'avait amené à commettre de telles bourdes. Chaque fois, il m'a répondu au moyen de remarques détournées, d'excuses inadéquates et de promesses maladroites de faire plus attention à l'avenir. Pourtant, il s'est montré négligent une fois encore. Voyez ceci.

Son crayon frappa les feuilles.

— Il a présenté des feuilles de temps pour le salaire hebdomadaire de deux employés : l'un a quitté la compagnie bien avant notre arrivée et l'autre a été congédié la semaine dernière.

— Pour l'amour du ciel, Barthélemy, rétorqua Allégra, encore de mauvaise humeur, tout le monde fait des erreurs. Il y a eu tellement de bouleversements ces derniers temps qu'il est peut-être tout simplement confus. Tout le monde n'est pas aussi bien organisé que vous. Nous devons être prêts à montrer un peu d'indulgence si nous désirons garder nos employés. Roland m'a fait remarquer que M. Baker est un bon gérant et il m'a souligné la difficulté de trouver quelqu'un ayant une connaissance aussi approfondie du chocolat.

Barthélemy laissa retomber ses papiers. D'une voix contenue, il dit :

— M. Baker a peut-être une connaissance approfondie du chocolat, mais je n'ai vu aucun signe qui indiquerait qu'il applique ce savoir au profit de Pembroke et Fille. Je ne suis guère impressionné non plus par l'expertise de Roland en la matière. Puis-je demander pourquoi vous semblez favoriser son opinion plutôt que la mienne ?

La bouche d'Allégra s'ouvrit, prête au sarcasme, mais elle se retint juste à temps. L'indéniable loyauté de son cousin ainsi que sa logique brisèrent sa mauvaise humeur. Son visage s'empourpra de remords.

— Je ne favorise pas son opinion plutôt que la vôtre, Barthélemy. Vous ne m'avez prodigué que de bons conseils ; je vous en suis très reconnaissante. Si vous affirmez qu'Albert Baker doit être congédié, je suis sûre que vous avez raison et nous allons y procéder immédiatement.

Comme Barthélemy restait planté devant elle, sa fierté encore blessée, elle fureta dans la boîte d'écorces d'orange et ajouta d'un ton plus bourru :

— Je m'excuse d'avoir réagi ainsi. Vous ne méritez guère un tel traitement et telle n'était pas mon intention. Vous m'avez simplement surprise dans un moment où je m'ennuyais de l'*Étoile* et j'ai répondu sans réfléchir.

L'espace d'un instant, il n'y eut que l'incessant ronronnement et le cliquetis de la machinerie actionnée à la vapeur. Allégra tripotait une écorce de fruit, trop embarrassée pour regarder directement Barthélemy. Il se mit finalement à parler d'une voix douce et triste, toute marque de dépit disparue :

— Je comprends, dit-il. Il m'arrive aussi d'avoir pour la Grenade des moments d'intolérable nostalgie. Ils neutralisent pratiquement mon pouvoir de concentration sur tout autre sujet.

Allégra releva soudain la tête.

— Vous aussi ? demanda-t-elle, abasourdie.

Elle ne s'était pas attendue à ce qu'il croie qu'elle puisse regretter un endroit où elle n'avait vécu que quelques mois au point d'en être affectée. Pourtant, il était devant elle, les épaules affaissées, en train d'admettre qu'il éprouvait le même sentiment, même s'il n'avait séjourné à la Grenade que quelques semaines.

Barthélemy, conscient du regard curieux d'Allégra, sentit ses joues s'enflammer sous la gêne. Il n'avait pas eu l'intention d'avouer des émotions si fortes, mais il lui arrivait parfois de croire qu'il allait exploser à cause d'elles. Le regard malheureux de sa cousine et la mention de l'*Étoile* éveillèrent ses souvenirs et lui firent admettre :

— J'étais extrêmement heureux là-bas.

— Non, attendez, dit-elle.

Elle regarda son cousin avec un nouvel étonnement.

— Ce n'est pas seulement la Grenade qui vous manque, n'est-ce pas ? demanda-t-elle.

Des replis de sa mémoire surgit le café de Matthewlina Cameron, où, sortie de la cuisine, elle avait trouvé les visages de Barthélemy et de Violette colorés par l'émoi.

Elle se rappelait l'éclat de leurs yeux, leurs mains retirées rapidement de la table ; elle se rappelait aussi qu'elle n'avait pas prêté attention à cet événement. Sur le moment, elle avait jugé son cousin d'Angleterre trop balourd pour être attiré par Violette et Violette, trop enjouée pour être attirée par Barthélemy. Elle savait maintenant que derrière son impeccable carapace anglaise, se cachait un homme d'une gentillesse, d'une générosité et d'un appétit de vivre peu communs.

— Violette vous manque à vous aussi, n'est-ce pas ?

demanda-t-elle plus tranquillement.

Barthélemy approuva brièvement. Il se retournait pour partir quand il lui fit face à nouveau. Il explosa :

— Elle me manque terriblement. Je suis amoureux d'elle.

Il regarda sa cousine comme pour la défier de s'objecter.

— C'est merveilleux ! s'exclama Allégra.

Elle battit des mains, tant elle était ravie : deux des personnes qu'elle aimait le plus au monde étaient amoureuses l'une de l'autre.

Un sentiment de soulagement envahit Barthélemy. Sentant ses jambes faiblir, il s'appuya contre la table de travail, car il était reconnaissant envers Allégra de son approbation immédiate et totale. Se relâchèrent alors les peurs et les sentiments qu'il avait tenus séquestrés et qu'il pouvait enfin dévoiler à sa cousine.

— Ce n'est pas aussi merveilleux que vous le pensez, lui dit-il, parce qu'on ne peut rien faire à ce sujet. Violette doit rester à la Grenade, tandis que je dois vivre ma vie en Angleterre.

— Pourquoi le devez-vous ? demanda Allégra.

Elle était consternée par une conclusion aussi malheureuse.

— Je pensais que vous aviez dit que vous l'aimiez. Ne vous aime-t-elle pas de son côté ?

— Oui, elle m'aime, répondit Barthélemy d'un air misérable. Aussi profondément et intimement que je l'aime. Je ne puis vous dire, Allégra, à quel point je me sens merveilleusement bien quand je suis avec elle.

Ses mains tracèrent une ébauche dans les airs, tentative inusitée de lui décrire l'étendue de sa passion.

— Être avec elle me donne l'impression que tout le reste est irréel, comme si j'étais en état de catalepsie, comme si je n'étais vraiment vivant qu'en sa présence.

Ses mains retombèrent en un geste de défaite. Il s'appuya davantage contre la table.

— C'est une illusion, dit-il d'un ton lassé. Le rêve est d'être avec elle. Ma réalité, c'est l'Angleterre, mon père,

Pembroke Hall et les gens de la haute société. Leur façon de penser et de vivre n'a pas évolué depuis des générations ; il n'y a aucune place possible pour une belle femme pleine de vie et de couleur, originaire de la Grenade.

— Ce n'est certainement pas toute l'Angleterre qui la rejetterait, protesta Allégra. Il doit y avoir des gens qui seraient heureux d'en faire leur amie.

— Sans aucun doute, reconnut Barthélemy. Mais malheureusement, mon père n'est pas du nombre. Sir Gérald n'approuverait jamais mon mariage avec Violette. Je suis en fin de compte la victime de mon éducation : je suis complètement dépendant de mon père pour toutes les questions matérielles. Je suis impuissant et sans défense quand je ne jouis pas de sa protection.

— Cela ne peut pas être vrai, objecta Allégra. Vous êtes si intelligent et sérieux. Vous savez tellement de choses. Je suis portée à penser que vous pourriez vous débrouiller partout dans le monde.

— C'est du savoir inutile, persifla Barthélemy. J'ai un énorme bagage de connaissances superflues. Je n'ai pas votre connaissance intuitive de la vie, Allégra. Si j'épousais Violette, je la détruirais.

— Non, dit Allégra, non.

Elle resta perplexe devant cet aveu étonnant, devant ce troublant renversement des rôles.

— Vous avez votre amour, dit-elle. C'est la chose la plus importante. Si vous vous aimez l'un l'autre, tout le reste s'arrangera.

Ce n'est qu'après avoir dit ces mots qu'elle comprit qu'elle s'adressait aussi à elle-même. Cela l'affola.

Barthélemy se secoua et retrouva son calme habituel.

— C'est une belle pensée, dit-il, mais je crains qu'elle manque de prudence. Il faut plus que de l'amour pour réussir un mariage, tout comme il faut plus que de l'argent pour mener à bien une entreprise. Il y a tellement d'éléments impondérables qui peuvent ruiner l'investissement de départ ;

il peut ne subsister rien d'autre qu'une affaire en banqueroute. Ou un cœur brisé.

— Non, dit Allégra.

Elle se sentit soudainement envahie par un désir insupportable pour Olivier. Cette fois, elle ne put le nier ou l'enterrer sous un tourbillon d'activités. Olivier lui manquait plus qu'elle ne pouvait le dire.

— L'amour demeure le plus important, insista-t-elle.

Elle appliqua enfin cette maxime à son cas.

— Rien d'autre n'a autant d'importance. Rien.

Elle ramassa une autre écorce d'orange et la croqua distraitement. S'éloignant de lui, elle donna un dernier conseil à Barthélemy.

— Ne laissez pas votre éducation faire obstacle à votre amour, dit-elle.

Puis elle ajouta avec nostalgie :

— Ou une dispute. Ou un océan.

Intrigué par le ton de sa voix, Barthélemy la regarda s'éloigner. Il se gratta la tête avec son crayon, inscrivit quelques notes en marge de ses papiers et se dirigea vers le bureau, pas avant d'avoir regardé la silhouette d'Allégra.

Quelques jours plus tard, elle méditait encore sa conversation avec Barthélemy. Elle essayait de se réconcilier avec l'inéluctable vérité, camouflée sous ses couches de sophistication et de professionnalisme : Olivier était une partie essentielle de sa vie.

« Il est une partie de moi, pensa-t-elle. Malgré cette vilaine dispute que nous avons eue sur la plage à Gouyave, quand il a insisté pour que je reste à l'*Étoile* et que je lui ai demandé de venir en Angleterre, malgré les milliers de kilomètres d'océan qui nous séparent maintenant, je suis incapable de l'oublier, peu importe ma détermination à croire que je suis mieux sans lui. »

Allégra jouait avec l'assortiment d'emballages de papier d'aluminium et de godets crénelés à sélectionner, tout en songeant intensément à Olivier et à l'*Étoile*. À la Grenade, au cacao et à l'amour. « Il est une partie de moi, pensa-t-elle une nouvelle fois. Autant que mes mains et que mon cœur. Ou que mes rêves. »

— Qu'est-ce que je viens d'entendre ?

La voix de Roland Hawkes vint interrompre sa rêverie. Son ton habituellement harmonieux était perçant. Allégra se retourna et vit son fin visage pâle marqué d'une colère retenue ; ses yeux verts brillaient de rage.

— Qu'est-ce que vous entendez ? demanda-t-elle.

Elle était stupéfaite tout à la fois par sa question et par sa rage.

— Ne feignez pas une telle innocence, fit remarquer sèchement Roland.

Il agita sa canne dans les airs.

— Vous savez très bien que je parle du renvoi d'Albert Baker. Je pensais m'être clairement exprimé quand j'ai vanté ses talents. N'avez-vous pas écouté ce que j'ai dit ?

— Bien sûr que j'ai écouté, répondit Allégra.

Elle recula devant la canne, mais pas devant sa colère.

— Je suis simplement parvenue à une conclusion différente au sujet de M. Baker.

— Atteinte, sans aucun doute, avec l'aide de votre cousin qui se mêle de tout, cria presque Roland.

La canne dansait toujours devant le visage d'Allégra.

Allégra la repoussa de côté. En d'autres moments, elle aurait peut-être tenté de désamorcer la situation, de marmonner des excuses ou de trouver une explication pour calmer les sentiments froissés de chacun. Aujourd'hui, elle n'en était pas là.

— Je voudrais que vous sachiez, répliqua-t-elle brusquement, que Barthélemy se mêle de tout, comme vous le dites, à ma demande et avec mon entière approbation. De toute façon, ajouta-t-elle, sa méfiance maintenant éveillée, pourquoi cela vous dérange-t-il tellement ? Ce ne peut sûrement pas être parce que vous vous souciez de l'avenir de M. Baker. Vous n'avez manifesté aucun souci pour le bien-être des autres employés mis à pied.

Visiblement agacé par la réprimande d'Allégra, Roland devint soudain conscient de son comportement et chercha à se ressaisir. Avec un rire peu convaincant, il fit marche arrière et prit une attitude plus conciliante après ses jugements cinglants.

— Je vous assure que je n'avais pas l'intention de critiquer qui que ce soit, ma chère, dit-il, apaisant.

Il rengaina sa canne menaçante sous son bras.

— Je sais que vous travaillez tous extrêmement fort et que vous consacrez toute votre énergie, sans vous plaindre, au plus grand bien de l'entreprise.

Il ajusta sa cravate et dit, mine de rien :

— Cependant, à titre d'investisseur involontaire dans Pembroke et Fille, je m'intéresse à sa santé économique. Vous pouvez comprendre, j'en suis sûr, que je veuille protéger mon investissement en m'assurant du succès de la compagnie. Pardonnez le raisonnement simpliste d'un amateur qui se reconnaît tel, mais il me semble que les longues années d'expérience d'Albert Baker dans les affaires du chocolat risquent davantage de contribuer à la prospérité de notre petite entreprise que les théories sincères et bienveillantes, mais malheureusement inexpérimentées de Barthélemy.

Allégra sentit son cœur se glacer lorsqu'elle entendit cette référence insidieuse à la dette qu'il l'avait si souvent pressée d'oublier. Ses paroles de fausse humilité ne firent pas disparaître non plus son malaise familier, ranimé par ses affirmations impertinentes à propos de Pembroke et Fille. Elle n'allait néanmoins pas laisser Roland l'intimider. Elle resta debout, très droite, et, avec une grande fermeté, elle dit :

— Pour ma part, je préfère mettre ma confiance dans les opinions peut-être non fondées mais honnêtes de Barthélemy plutôt que dans celles, peu scrupuleuses, d'Albert Baker. Il semble que l'expérience de M. Baker ne se limite pas au chocolat, mais s'étende au mensonge, à la tricherie, à la falsification de documents et à la mauvaise gestion des finances. Il n'y a pas de place pour lui dans *mon* entreprise.

Avec un autre rire, Roland encaissa sa défaite.

— Je n'avais absolument pas idée que telle pouvait être la situation, dit-il. Vous savez à quel point je suis ignorant dans les affaires. Si M. Baker est bien le scélérat que vous décrivez, alors nous sommes assurément mieux sans lui. C'est une bonne chose que votre cousin et vous l'ayez découvert. Selon moi, c'est un bon débarras.

Il glissa son bras autour de ses épaules et déambula avec elle tout au long de la manufacture.

— Vous devez me permettre maintenant de vous dire combien votre robe vous sied à merveille. Cette teinte de bleu lavande est une couleur tout à fait appropriée. Elle rend plus extraordinaires encore vos très beaux yeux.

— Oui, dit Allégra.

Elle essayait de paraître apaisée, mais elle se sentait toujours troublée.

— Avec toute cette discussion, j'ai négligé de mentionner le but de ma visite, continua-t-il.

Il tapota affectueusement le bras d'Allégra.

— J'ai retenu une loge ce soir au théâtre Savoy. D'Oyly Carte joue *Utopia Limited*. Ce n'est pas considéré comme le spectacle le mieux réussi de Gilbert et Sullivan, mais tout compte fait, c'est amusant. Puis-je passer vous prendre à dix-neuf heures?

— Euh... bégaya soudain Allégra. Non, je ne pense pas que je peux, je veux dire, je n'en suis pas capable. Non, en fait. Je dois travailler tard ce soir.

Si l'allusion de Roland à sa dette avait été troublante, son allusion à Gilbert et Sullivan était agaçante. Dans son esprit, ces opérettes étaient à tout jamais associées à Olivier. La simple mention de leurs noms évoqua cet après-midi bienheureux à la plage de Carriacou quand il l'avait tenue fermement dans la mer tiède et qu'il avait chanté : « Je suis le roi des pirates... », assis jambes croisées et buste dénudé sur le sable blanc. Si Roland ne l'inquiétait plus, elle ne pouvait accepter d'assister à ce spectacle avec lui, surtout pas maintenant, pas après avoir reconnu si récemment son amour inaltéré pour

Olivier.

— En effet, dit-elle en se trouvant une excuse. J'ai promis à Barthélemy de rester tard ce soir pour étudier certaines factures. C'est très important.

Les yeux de Roland se rapetissèrent, mais son ton resta léger.

— Cela me contrarie, dit-il, mais vous savez ce que vous avez à faire. Ne croyez pas cependant, chère Allégra, ajouta-t-il avec une gravité feinte, que, parce que j'accepte votre refus cette fois-ci, je le ferai à tout jamais. Je ne saurais vous laisser vous enfermer indéfiniment dans cette triste manufacture.

Son doigt ganté toucha sa joue lisse et effleura gentiment une de ses taches de rousseur.

— Je serais extrêmement triste que votre adorable visage se flétrisse dans cette sombre atmosphère et que votre gracieux corps se voûte par excès de travail. Vous pouvez compter sur moi : j'ai l'intention de veiller soigneusement à vous détacher de vos marmites de chocolat et à vous changer les idées avec de plaisantes sorties.

Fidèle à sa parole, Roland apparaissait à la manufacture tous les deux ou trois jours, chargé d'extravagants bouquets de fleurs printanières ou de romans bien reliés, dans le but de distraire Allégra de sa routine exigeante. Ayant trouvé une boutique à louer, elle courait de la boutique à la manufacture, car elle orchestrait dorénavant la fabrication du chocolat et la conduite du magasin. Roland l'invitait au théâtre, à des concerts et à des soupers chic ; Allégra lui présentait ses excuses, prétextant qu'elle était trop occupée ou trop fatiguée pour y assister.

Après un certain temps, la méfiance et la crainte que la colère incompréhensible de Roland avait suscitées s'estompèrent dans son esprit. Elle n'avait pas le temps de s'inquiéter de son étrange comportement. Le fait que Roland, après sa remarque désobligeante à propos de Barthélemy, évite de le croiser, échappa à l'attention d'Allégra. Si Barthélemy était conscient de ce manque d'égards, il n'y fit pas d'objections ;

il était tout juste heureux de voir Roland garder ses distances. Il était tout aussi occupé qu'Allégra, car il s'affairait à préparer l'ouverture de la boutique et le lancement officiel de Pembroke et Fille, prévus pour le onze avril, date de l'anniversaire d'Allégra.

Tandis que le froid humide de l'hiver laissait place aux jours frais et odorants du printemps, tandis que les primevères et les myosotis fleurissaient dans les carrés de verdure, Allégra laissait occasionnellement Roland la persuader de passer une heure dans l'air embaumé de l'après-midi. Ils se promenaient alors le long de la Serpentine ou de Rotten Row à Hyde Park, causant agréablement sous les rayons réconfortants du soleil.

— Je suis persuadé que ces petites excursions vous font tout le bien du monde, lui dit un jour Roland. L'air a mis sur vos joues une étincelle irrésistible. Vous êtes plus attirante encore que vos friandises chéries.

Allégra eut un rire heureux, pas aussi surprise par sa flatterie qu'elle avait pu l'être jadis, mais pas indifférente non plus. Il était très agréable d'être admirée et ce jour-là, en particulier, elle était réceptive à toute louange. L'ouverture de la boutique était prévue dans moins d'une semaine et tout allait remarquablement bien. Elle était fière et heureuse.

— Vous avez sans doute raison, admit-elle volontiers. Je me sens revivre. C'est tellement agréable de tout simplement s'asseoir, tranquilles, surtout à l'extérieur.

— Vous travaillez vraiment trop fort, la semonça Roland.

Il fit claquer son fouet sur le dos des chevaux.

— Vous allez vous épuiser jusqu'à vous rendre malade.

— Peut-être, concéda Allégra avec insouciance. Mais je m'amuse énormément. Je ne crois pas que je pourrais m'arrêter même si je le désirais.

Elle rit encore une fois.

— C'est comme si l'entreprise me contrôlait, plutôt que l'inverse. Elle ne me sort jamais de l'esprit, même quand je dors. Je me suis éveillée à deux heures ce matin, la tête pleine d'un autre plan. Et j'ai eu tellement de plaisir à l'imaginer que ce n'est qu'après l'aube que je me suis endormie.

— Ciel! s'exclama Roland. Cela me semble une façon épouvantable de passer la nuit. Qu'est-ce qui pourrait être amusant au point de priver quelqu'un de son sommeil? Avez-vous inventé une autre friandise au chocolat?

— Quelque chose du genre, répondit Allégra d'un air léger et distrait.

Elle savait que Roland, qui admirait son humeur et son enthousiasme, estimait les détails de l'entreprise ennuyeux. Elle ne voulait pas le lasser ou se laisser démonter en partageant son idée avec un spectateur indifférent.

— Regardez la maman cygne et ses petits. Ne sont-ils pas adorables?

Roland ne se laissa pas distraire.

— Vous devez m'éclairer, demanda-t-il. Je suis tout ouïe.

— Non, non, répondit Allégra qui riait encore. Ce n'est qu'une idée écervelée, dirait Olivier. Tout à fait irréaliste.

— Oh?

Roland garda les yeux sur les chevaux, mais il condensa tout son intérêt dans cette seule syllabe.

— Vous n'avez pas le droit de me garder en haleine plus longtemps. Je suis très curieux de connaître l'idée qu'Olivier désapprouverait tant.

Allégra souhaita ne jamais avoir prononcé le nom d'Olivier, maintenant que Roland pouvait l'interpréter à son avantage. Elle dit simplement :

— J'ai tout simplement pensé qu'il serait fascinant d'avoir une ligne de chocolats faits uniquement avec le cacao de l'*Étoile*.

Après un moment de réflexion, elle s'assit au bout du siège de la voiture, absorbée par son idée.

— Pouvez-vous imaginer? demanda-t-elle, enthousiaste. Chaque bonbon serait emballé dans un très beau papier qui porterait un dessin du domaine et un fragment de son histoire. Peut-être Bruno pourrait-il même le parfumer avec certaines épices que nous y récoltons. Ne pensez-vous pas qu'il serait fascinant de savoir exactement d'où viennent les friandises? Est-ce que cela pourrait augmenter leur attrait? Ce serait comme acheter le vin d'un château en particulier. Et si les chocolats de l'*Étoile* étaient bien reçus, nous pourrions trouver d'autres domaines et répéter l'expérience. Nous pourrions développer toute une ligne de chocolats identifiés à différents domaines.

— C'est brillant! cria Roland. Tout à fait en accord avec votre idée de capturer l'aura du chocolat. Je ne sais pas pourquoi vous laissez l'opinion lointaine d'Olivier vous convaincre que c'est irréalisable.

— Parce que c'est exact, répondit piteusement Allégra.

Elle souhaitait que Roland cesse de faire allusion à Olivier. Son nom manquait d'harmonie dans la bouche de Roland. Elle se tassa dans son siège.

— Le même problème se pose quand il s'agit de fabriquer notre propre cacao en poudre. Nous n'avons pas la machinerie requise. En fait, ce serait probablement un projet encore plus onéreux. Il nous faudrait acheter une rôtisseuse, une briseuse et une vanneuse, puis une broyeuse et probablement une nouvelle chaudière pour les actionner toutes. Il est plus que probable que nous devrions même louer un bâtiment supplémentaire pour mener les opérations, tout comme un nouvel espace pour les sacs de cacao. Le cacao non traité prend beaucoup plus de place que lorsqu'il est en plaques de liqueur de chocolat.

— Mais c'est une idée tellement inspirée, protesta Roland. Du genre de celles qui voltigent dans vos rêves au milieu de la nuit. Ce serait pitié de la voir s'enfuir à cause d'un simple manque d'argent. Vous devez me laisser vous prêter le capital pour financer ce plan.

— Nous avons abordé cette question une douzaine de fois, dit Allégra.

Elle avait retrouvé son humeur légère. Toute l'affaire était trop improbable pour être prise au sérieux, même s'il était agréable de rêvasser là-dessus et qu'il était gratifiant de voir

Roland répondre si positivement.

— Je ne peux vraiment pas emprunter d'autre argent avant de vous avoir payé mes dettes. De plus, je n'ai rien à vous offrir en garantie.

— Et chaque fois, je vous ai dit que votre parole était votre garantie. Votre parole et votre merveilleuse imagination. C'est là toute l'assurance dont j'ai besoin.

— Non, non, répondit Allégra.

Avec son geste habituel, elle brassa l'air de sa main.

— Je ne peux vous laisser prendre ce risque. C'est trop d'argent et vous ne savez aucunement quand et si je vous rembourserai.

Roland tira soudain sur les rênes et s'arrêta sous un orme bourgeonnant. Il se tourna sur le siège pour accorder toute son attention à Allégra. Son expression était absorbée, et son ton sérieux pour une fois.

— Vous pensez que je suis un homme frivole, dit-il. Et peut-être le suis-je. Mais je ne suis pas absorbé par ma vie oisive et mes plaisirs faciles au point de ne pouvoir reconnaître vos talents exceptionnels. Je suis en admiration devant votre ambition et devant votre indomptable détermination. Si je possédais ne serait-ce qu'une fraction de votre ardeur, chère Allégra, je passerais mon temps à faire autre chose que m'amuser. En fait, je ne peux que vous prier d'accepter ce qu'il m'est si facile de donner pour que je puisse croire avoir eu une toute petite responsabilité dans votre inévitable succès.

J'ai foi en vos idées « écervelées », dit-il. Et je pense que celle-ci est la plus intéressante de toutes. Mon argent serait mieux dépensé à garantir une série de « chocolats reliés à des domaines » plutôt qu'à payer les factures de mon tailleur et mes jetons de jeu. Vraiment, Allégra, ce serait un privilège et un honneur pour moi de vous soutenir dans vos remarquables efforts.

Allégra déglutit ; son cœur se mit à battre plus vite. Ces paroles sincères contenaient plus que de la simple adulation, plus que l'artificielle magnanimité de l'étiquette. Roland se comportait comme si elle lui faisait une faveur en acceptant son argent. Elle ne l'avait jamais vu si sincère. C'était tentant, terriblement tentant. Elle pouvait presque goûter les chocolats, riches et aussi exotiquement épicés que le thé de cacao. Elle pouvait voir les jolis bouts de papier, prêts à emballer les délicieuses bouchées de saveur tropicale. Par-dessus tout, elle pouvait sentir l'attrait de l'*Étoile*, sentir le lien qui l'attachait plus encore à Olivier. Jusqu'à maintenant, cela n'avait été qu'un rêve, amusant à contempler, mais hors d'atteinte. Soudain il était accessible, tout le parcours prévu par Cecil était au seuil de sa réalisation. Tout ce qu'il y avait à faire, c'était de dire oui à Roland. Une vertigineuse allégresse l'envahit alors qu'elle s'apprêtait à répondre.

— Eh bien! Vous êtes le fils Hawkes, n'est-ce pas?

Un gentleman vêtu de cuir et de tweed, moustache blanche en balai et joues rougeaudes, tira la bride de sa magnifique monture pour l'arrêter au niveau de leur voiture.

L'énervement provoqué par une telle interruption fit plisser les yeux de Roland. Il se retourna brusquement pour affronter l'intrus.

— Oui, en effet, dit-il d'une voix contenue. Mes salutations, sir Harold. Sir Harold Grimsby, puis-je vous présenter Mlle Pembroke?

— Mademoiselle Pembroke.

Sir Harold pencha la tête, mais sans porter la main à son chapeau. Il garda plutôt les deux mains sur les rênes de son nerveux pur-sang. Il dit pour s'excuser:

— Je n'ai pas l'intention de vous retenir. Je voulais seulement vous demander des nouvelles de votre père. Je ne l'ai pas vu depuis longtemps. Se porte-t-il bien?

— Très bien, merci, répondit Roland avec la politesse requise.

— Splendide. Splendide. Eh bien, je dois vous quitter. Tonnerre ne supporte pas facilement ces intermèdes sociaux. Mademoiselle Pembroke. Hawkes.

Il pencha une dernière fois la tête dans leur direction et

relâcha à peine les rênes. Son cheval bondit.

— Transmettez mes bons vœux à votre père, cria-t-il par-dessus son épaule. Dites à Lord Fenwick que j'ai demandé de ses nouvelles.

La bouche d'Allégra se referma. Une horreur froide lui coupa le souffle. Son cœur sembla s'arrêter et un choc cuisant lui traversa l'estomac. Lord Fenwick. L'homme qui avait gagné le domaine Argo aux cartes et qui l'avait donné à son fils arrogant, le pire ennemi d'Olivier.

Le fils de Lord Fenwick était l'homme qui avait laissé sa jalousie d'écolier dégénérer en vendetta d'adultes. L'homme qui avait fondé les Expéditions Argo afin de dominer le commerce antillais du cacao. Le responsable de la vicieuse razzia sur le cacao de l'*Étoile* et des malicieuses attaques à sa réputation. L'homme qui travaillait main dans la main avec le repoussant Frédéric Lefin. Le fils de Lord Fenwick était Roland Hawkes.

L'homme dont le but avoué était l'humiliation et la destruction d'Olivier MacKenzie était Roland Hawkes et elle était assise à côté de lui sur le siège d'une voiture sous les rayons du soleil printanier. Au cours des deux derniers mois, elle avait ri avec lui et s'était confiée à lui, elle avait accepté ses invitations à partager ses loges privées au théâtre et ses soupers tardifs. Elle avait trouvé son visage attrayant et ses manières, sophistiquées ; elle avait même pensé qu'elles la changeaient de l'honnêteté trop brusque d'Olivier. Et elle était venue si près de se compromettre plus irrémédiablement encore. Le souffle lui revint d'un coup et son estomac eut un sursaut.

— Allégra, qu'est-il arrivé ? demanda Roland tout inquiet. Vous êtes devenue mortellement pâle. Y a-t-il trop de soleil ? La brise est-elle trop fraîche ? Dites-moi.

Il saisit les rênes d'une main et tenta de l'autre d'effleurer sa joue livide.

Allégra, dégoûtée, recula pour qu'il ne puisse la toucher.

— Vous m'avez menti, dit-elle.

Sa voix était rauque, sous le choc d'une telle duperie.

— Vous ne m'avez jamais dit que vous étiez le fils de Lord Fenwick.

— Ahh, dit Roland.

Il retira sa main. Son ton se refroidit au fur et à mesure qu'il réalisait ce qui venait de se passer.

— Je vois que vous connaissez *ce* nom. Je trouvais cela plutôt étrange. Vous sembliez si intime avec cette personne que nous connaissons tous deux, je ne comprenais pas que vous ne reconnaissiez pas mon nom. Apparemment, il préfère parler de moi en se servant de mon futur titre. Il respecte davantage la noblesse qu'il ne le prétend.

— Oh, non, rétorqua Allégra, prenant la défense d'Olivier. Il méprise le snobisme. Il ne vous mentionne jamais par votre titre. En fait, il ne fait jamais allusion à vous. Je n'ai appris votre existence que par l'intermédiaire de son avoué.

Une coloration rageuse émergea du col de Roland quand il apprit le peu d'impression qu'il produisait sur son rival.

— De toute évidence, vous n'avez pas très bien appris votre leçon, si vous venez seulement de réaliser qui je suis, dit-il méchamment. Mais vous êtes une petite gamine idiote, sujette à des envolées émotives qui vous servent d'excuse pour éviter de vous servir de votre jugement. Vous m'accusez d'avoir été déloyal et de vous avoir caché des renseignements. Si vous manquiez de perspicacité à la Grenade, votre lourdaud de cousin et vous, vous auriez dû l'acquérir ici.

Ce fut au tour d'Allégra de rougir de honte devant sa propre naïveté. Non seulement n'avait-elle pas réussi à découvrir qui il était, mais elle avait avalé volontiers toutes ses serviles louanges. Elle n'avait pas tenu compte de son malaise spontané et s'était laissée flatter par l'admiration de Hawkes, qui s'avérait maintenant inventée de toutes pièces.

— Je vous ai cru sur parole, dit-elle brisée. J'ai cru que vous étiez mon ami, que vous n'aviez que mon intérêt à cœur. Si ce n'est pas un mensonge direct, alors votre comportement m'a dupée. Pour quelle raison, je l'ignore.

Dès qu'elle eut dit ces mots, elle en sut la raison. Les

pièces du puzzle se plaçaient rapidement. Des incidents étranges et des actions inexplicables s'expliquaient soudain.

— Vous avez tout organisé, dit-elle, agacée par sa découverte. Depuis le début. Tout cela fait partie de votre plan diabolique pour perdre Olivier. Mon père ne vous a jamais approché, n'est-ce pas? C'est vous qui l'avez approché, qui l'avez entraîné à contracter cette dette avec votre mielleuse flatterie. Vous avez prétendu être complètement ignorant des affaires, exactement comme vous l'avez fait avec moi. Vous lui avez probablement dit les mêmes choses. À quel point vous admiriez son ambition, à quel point vous seriez honoré de jouer un petit rôle dans son succès. N'est-ce pas exact? demanda-t-elle.

Elle était outragée par les actions de Roland et humiliée par sa propre crédulité.

Roland leva les sourcils pour toute réponse, un ricanement de mépris figé sur son visage. Il n'y avait plus trace de l'affable gentleman, ni du cavalier insouciant qui l'avait courtisée au cours des dernières semaines.

— Vous me fascinez, dit-il froidement. Je vous en prie, poursuivez.

— Quand il eut pris votre argent et qu'il l'eut dépensé pour la manufacture, vous l'avez pressé de vous signer une note, avec l'*Étoile* en garantie, continua-t-elle. En parlant, elle décrivait la scène qui devenait de plus en plus claire.

— Vous n'avez jamais voulu aider les Confections Stellar, vous les avez simplement utilisées de même que mon père comme pions pour vous approcher d'Olivier, pour vous emparer de son domaine et pour assouvir votre folle vengeance. Vous vous êtes même assuré de l'échec des Confections Stellar, n'est-ce pas?

Elle ne posait pas la question, mais l'affirmait avec amertume:

— Comme vous saviez que mon père n'avait aucune patience pour les chiffres, vous avez nommé gérant Albert Baker. Suivant vos ordres, il a faussé les bilans financiers, il a fait des versements inutiles et il n'a pas facturé certaines commandes. Vous vouliez que les Confections Stellar vous fournissent un alibi pour vous emparer de l'*Étoile*. C'est pourquoi vous étiez si irrationnellement en colère quand nous avons congédié M. Baker et c'est pourquoi vous n'aimiez pas l'examen scrupuleux que Barthélemy faisait des livres. Pouvez-vous le nier?

— Le devrais-je? répondit Roland d'un ton moqueur.

— Ça ne marchera pas! cria soudainement Allégra.

Elle était furieuse devant une telle suffisance.

— Nous allons faire de Pembroke et Fille un succès et nous allons rembourser toutes les dettes. Vous n'aurez pas l'*Étoile*. Vos machinations sont inutiles.

Elle se détourna rapidement de lui pour descendre de la voiture, incapable de supporter plus longuement sa présence.

— Pas si vite, dit sèchement Roland.

Il saisit son bras et la ramena brusquement sur le siège.

— Moi aussi j'ai certaines choses à dire. Je pense que vous comprendrez que vous n'êtes pas dans une position aussi indépendante que vous l'imaginez.

Il fit claquer son fouet sur ses chevaux qui galopèrent rapidement hors du parc, de sorte qu'il devint impossible pour Allégra de descendre de la voiture.

Il y avait une lueur féroce dans les yeux de Roland, ainsi qu'une inquiétante inflexion dans sa voix quand il se remit à parler.

— Mes machinations, comme vous les appelez, n'ont pas été inutiles, lui dit-il.

Il conduisait son attelage à bride abattue à travers les rues étroites.

— Ma stratégie a été assez judicieuse. Malgré les efforts de votre ennuyeux cousin et malgré vos prétentions sans fondement, l'*Étoile* est à ma merci. Vous semblez oublier que je détiens une note qui me donne en garantie la part de votre père. Je peux, à n'importe quel moment, demander le remboursement de cette dette et, à moins que vous ayez les fonds pour l'honorer, vous devrez me céder le domaine dont vous avez hérité.

Il sembla tirer une grande satisfaction à la vue d'Allégra devenue exsangue et de ses yeux exorbités par la peur.

— Cela m'amuse de repousser encore ma demande de remboursement, dit-il avec une fausse cordialité.

Puis le fouet claqua ainsi que sa voix, faisant sursauter Allégra.

— À partir de maintenant par contre, vous vous conformerez à mes ordres. Il n'y aura plus de gérants insignifiants, ni de cousin qui part en croisade. Ce sera simple, si élémentaire que même vous pourrez comprendre. Je vous dirai quoi faire et vous le ferez.

— Je ne le ferai pas, murmura Allégra.

Elle protestait faiblement, car sa confiance en elle était meurtrie, mais son rêve n'était pas mort.

Roland stoppa habilement devant la maison où demeurait Allégra. Il se retourna pour la regarder.

— Vous le ferez si vous voulez sauver votre précieuse portion de jungle, lui dit-il d'une voix odieuse.

Il lui fit un signe pour lui indiquer de partir, la laissa descendre de voiture sans l'aider et remit son équipage en mouvement avant même qu'elle se soit éloignée des roues.

La distance entre l'allée et les marches lui sembla interminable. Les jambes d'Allégra répondaient difficilement à sa volonté. Comme elle commençait à escalader les marches de brique, l'ourlet de sa jupe s'accrocha sur le décrottoir de fer forgé. Elle trébucha et tomba lourdement sur les genoux. Ses gants se déchirèrent quand elle porta ses mains vers l'avant pour protéger son visage. L'impact l'ébranla physiquement et mentalement. Il y avait longtemps qu'elle n'était pas tombée de la sorte, maladroite par manque de confiance en elle.

Le pire, c'est que personne n'était là pour la rattraper. Olivier ne pouvait la retenir fermement par la taille et la remettre sur ses pieds. Pendant un moment, elle resta allongée, trop démoralisée pour se relever. Son optimisme indéfectible lui faisait défaut, sa vive imagination était épuisée. Elle avait échoué. Tous ses plans de succès, toutes ses glorieuses visions de triomphe avaient abouti à cela : elle avait perdu son argent, son entreprise, son domaine et sa fierté. Et elle avait perdu Olivier.

Qu'ils aient eu une bonne dispute à son départ de la Grenade ou qu'elle ait juré à plusieurs reprises de le chasser de son esprit n'importait plus. Depuis le jour où elle avait découvert qu'elle ne pouvait cesser d'aimer Olivier, un rêve s'était formé dans son esprit. Elle avait entretenu ce rêve tout à fait romantique où elle se voyait retourner à la Grenade, avec les profits de Pembroke et Fille débordant de sa bourse et avec l'éclat de la réputation rétablie de Cecil rejaillissant sur elle. Elle avait rêvé de ce jour où elle débarquerait sur le quai de Gouyave et où Olivier la prendrait dans ses bras.

Maintenant c'en était fini du rêve, et la réalité était faite de briques froides et humides sous ses genoux égratignés et sous ses mains meurtries. Il n'y avait ni profits, ni fierté, ni Olivier. Comment saurait-elle lui faire face à nouveau, sachant à quel point elle s'était follement et naïvement laissée prendre et manipuler par le seul homme sur terre voué à le détruire ? Et comment pourrait-il jamais lui pardonner son entêtement stupide, lui pardonner l'erreur qui allait lui coûter l'existence qu'il aimait ? Le rêve était terminé. À peine quelques moments auparavant elle avait pensé qu'elle touchait au but, mais maintenant elle s'apercevait qu'elle avait plutôt échoué à tous les niveaux.

Avec d'énormes efforts, elle se releva et monta les marches. Une fois dans sa chambre, elle ferma les draperies, dévêtit lentement son corps endolori et rampa dans son lit. Elle remonta très haut les couvertures pour se protéger du froid qui pénétrait ses os et son âme. Elle avait quitté le Connecticut six mois auparavant pour faire quelque chose de sa vie, pour lier son destin à celui de son père.

— Pembroke et Fille, dit-elle.

L'oreiller étouffa son rire amer.

« Cecil, nous faisons une belle paire, toi et moi », pensa-t-elle, à peine consciente qu'elle avait cessé de l'appeler papa. Elle avait perdu le respect révérencieux qu'elle avait pour l'image qu'elle avait inventée. Elle avait perdu également sa dignité.

« Tout ce dont nous nous sommes souciés, c'est de la poursuite empressée de nos ambitions écervelées, pensa-t-elle. À nous deux, nous avons réussi à nous aliéner tous ceux qui nous ont fait confiance. Et nous avons tous les deux trahi Olivier. Le père et la fille. » L'oreiller, mouillé de larmes, était froid sur son visage.

— Pembroke et Fille, répéta-t-elle.

## 17

*C*omme l'apogée de la récolte se poursuivait jusque fin janvier, Olivier s'arrangea pour rester suffisamment occupé pour ne pas avoir assez de temps ni d'énergie pour penser à Allégra. Alors qu'il avait chéri jadis cette intimité et cette solitude, il se sentait désormais isolé et marginalisé.

Il lui manquait de pouvoir discuter avec elle des événements de la journée autour de la table au dîner et de passer les comptes en revue dans le bureau, de la voir accourir à travers la pelouse ou le champ de cacaoyers, ses boucles blondes bondissant dans le vent. Il lui manquait de la regarder faire naître un sourire sur le visage de ses ouvriers et obtenir un effort supplémentaire de leur part. Lui manquaient son rire et sa panoplie d'idées et de rêves, constamment renouvelés, souvent inspirés, parfois absurdes, toujours étonnants. Lui manquaient son optimisme contagieux et ses occasionnelles tentatives d'adopter un comportement sérieux. Pouvoir la rattraper quand elle faisait un faux pas lui manquait également.

Le contact de son corps souple dans ses bras, la saine odeur de sa peau douce, la proximité de son visage si expressif lui manquaient plus que tout. Une sensation enivrante l'envahit. Il ne s'était jamais senti aussi désiré auparavant. Et aussi gorgé de désir.

Mais il refusait de l'admettre. Il tentait de bannir les

images irrésistibles d'Allégra rassemblées dans sa mémoire et de repousser les tendres sentiments qu'il sentait surgir en lui. Ce n'était habituellement pas dans sa nature de garder rancune, mais il oubliait difficilement leur dispute sur la plage rocailleuse de Gouyave. Ce n'était pas parce qu'elle s'était accrochée à des illusions insensées au sujet de la manufacture de chocolat criblée de dettes que son père avait implantée tant bien que mal. C'était parce qu'à choisir entre la manufacture et lui, elle avait opté pour les Confections Stellar.

Le fait qu'elle lui ait demandé de l'accompagner en Angleterre ne compensait pas pour sa décision. Elle savait parfaitement bien qu'il allait contre tous ses principes de mettre le pied une nouvelle fois dans ce pays. Si elle l'avait aimé, comme elle l'avait si joyeusement affirmé cet après-midi-là à la cascade, elle lui aurait offert autre chose qu'un compromis impossible. « Si elle m'avait aimé, pensa-t-il, elle m'aurait accepté tel que je suis. »

Normalement, Olivier traitait ses déceptions avec bon sens. Après une brève explosion, il retrouvait son humeur habituelle. Cette fois, pourtant, sa mauvaise humeur était constante, impossible à supporter.

— Eh bien, vous agissez comme si vous étiez resté sous un papayer pendant un orage, que la sève vous avait dégoutté dessus et qu'elle vous avait donné des démangeaisons à vous rendre fou, le réprimanda Élisabeth.

Elle lança un plat de beignets de fruits de mer sur la table de la cuisine.

— Tout cela parce que je vous ai dit que le thé d'oseille avait trop de gingembre ? répondit Olivier d'un ton querelleur. Le goût donne l'impression que vous y avez laissé tomber et tremper toute la racine. Suis-je censé tout simplement l'ignorer ? Rester assis et m'étouffer ?

— Je vous sers du thé d'oseille depuis vingt-cinq ans, répliqua Élisabeth, imperturbable. Vous ne vous êtes jamais étouffé jusqu'ici. C'est quelque chose d'autre qui vous étouffe.

Jamie était également dégoûté de l'humeur belliqueuse de

son ami. Arrivé à l'*Étoile* avec l'intention de se reposer, loin de tout, il était prêt à repartir au bout d'une heure.

— Ton comportement a atteint de nouveaux sommets de barbarie, informa-t-il Olivier. Tu as la grâce d'un chat sauvage. Tu vis seul depuis trop longtemps, je le crains.

— *J'aime* être seul, grommela Olivier, pour tout commentaire.

Jamie ne répondit pas, mais il étudia Olivier avec perspicacité. Finalement, il secoua la tête et murmura :

— Ouch !

Il monta à sa chambre avec sa valise et un verre de punch au rhum.

Si Olivier était conscient d'agir de manière insupportable, le fait de le savoir n'avait pour résultat que de l'irriter davantage. Il s'en voulait de laisser la pensée d'Allégra influencer son humeur au point de le rendre si renfrogné. Comme il cherchait à mettre une certaine distance entre lui et l'objet de ses souvenirs, il laissa l'*Étoile* entre les mains de Septimus et retourna en mer. Il prit la voile sur ses goélettes et se rendit de la Grenade à Trinidad, de Trinidad au Venezuela, du Venezuela à la Barbade, à Tobago, à Saint-Vincent, à Sainte-Lucie, à Saint-Christophe, à la Martinique et à Montserrat. Il se retrouva à Carriacou plus d'un mois plus tard, la peau saturée de sel et tout endolorie, avec le goût d'un bain rafraîchissant et d'un lit douillet, et pas moins troublé qu'au début de son voyage.

Avec le lancement de sa nouvelle goélette prévu à peine quelques jours plus tard, Olivier était décidé à s'immerger dans les fêtes traditionnelles, pour oublier Allégra, pour retrouver son équilibre dans le confort de sa famille. Cette résolution dura un après-midi. Le gros plant d'aloès près du porche lui rappela comment Violette avait soigné le coup de soleil qu'Allégra avait attrapé durant sa leçon de natation à Sabazon. Il se rappela ce qu'il avait ressenti lorsqu'il l'avait tenue dans la mer, en ce moment exquis où la peur d'Allégra avait disparu et où elle avait laissé reposer toute sa confiance en lui. Son humeur brusque et sa morosité revinrent.

— Tout le monde est d'humeur si massacrante, ces jours-ci, déclara Lily, rageuse.

Elle sortit en claquant la porte. Habituée à l'affection sans réserves de son frère, elle était blessée par ses rebuffades quand elle tentait de blaguer avec lui. Elle s'arrêta dans l'allée de poussière compactée devant la maison, mit ses mains sur ses hanches et cria aux occupants à l'intérieur :

— D'abord, Violette est revenue de la Grenade avec le menton sur les genoux, et maintenant tu te comportes comme un oursin de mer qui vient d'attaquer, Olivier. Ce n'est pas juste !

Ses tresses frissonnant d'indignation, elle se retourna et descendit vers la plage.

Olivier sortit de son apathie pour regarder Violette de l'autre côté de la table. Il fut surpris de constater que la remarque de Lily était vraie. Sa sœur semblait très triste. Il y avait des ombres sous ses yeux bruns d'habitude si lumineux et un affaissement dans ses épaules. Égoïstement, il s'imagina que Violette s'ennuyait d'Allégra et de la vie à l'*Étoile*. Presque aussitôt, il repoussa cette idée. Même s'il ne doutait pas que Violette souffrait de l'absence de son amie, quelque chose dans son expression lui disait que la misère de sa sœur était plus profonde. Son visage lui semblait soudain plus expérimenté et plus mûr, comme si elle avait trouvé un centre à sa jeune existence.

Quand les tasses furent vides et les gâteaux mangés, il la guida au dehors, sous le frangipanier qui commençait à peine à fleurir.

— Qu'y a-t-il ? Violette, demanda-t-il tranquillement.

Il tira un fleur odorante d'une branche et la passa sous le menton de sa sœur.

— Qu'y a-t-il à quoi ? répondit Violette, évitant mollement de répondre à sa question.

— Qu'est-ce qui te pèse tant ?

Violette haussa les épaules.

— Te sens-tu malade ? interrogea patiemment Olivier.

Comme elle secouait la tête, il poursuivit :

— Es-tu malheureuse à Carriacou? Est-ce qu'Angus et Rose sont trop sévères? Est-ce que quelqu'un t'agace?

Elle ne disait toujours rien. Olivier croisa les bras, s'appuya contre l'arbre et l'observa sérieusement. Il lui vint soudain à l'esprit qu'il avait eu raison d'interpréter les sentiments de Violette en fonction des siens. Ce n'était pas pour Allégra qu'elle soupirait, mais pour quelqu'un qu'elle aimait autant qu'il aimait Allégra.

— As-tu trouvé quelqu'un? lui demanda-t-il gentiment. Es-tu tombée amoureuse?

Violette tourna enfin la tête dans sa direction. Ses yeux étaient embués.

— Oui, dit-elle doucement.

— Qui est-ce? demanda Olivier, un peu plus rudement.

Il se sentait tiraillé entre l'évident chagrin de sa sœur et son souci pour elle. Il prit le menton de Violette dans sa main et répéta d'une voix plus pressante :

— Qui est-ce? Est-ce que je le connais? Est-ce La Monte Bristol? Il rôdait aux alentours la dernière fois que je suis venu ici.

Violette claqua sa langue contre ses dents, éconduisant ainsi le soupirant en question. Elle dégagea son menton et regarda à nouveau la mer. Après un moment de silence, elle dit un seul mot :

— Barthélemy.

— Barthélemy? répéta Olivier.

L'étonnement le rendit presque muet.

— Barthélemy Pembroke? Le cousin d'Allégra?

Il l'aimait assez, probablement à cause de sa ressemblance physique avec Cecil, mais il ne l'avait pas considéré capable de gagner le cœur de sa sœur.

Violette, selon toute apparence, pensait autrement. Elle se tourna une nouvelle fois vers lui et lui dit :

— Tu le crois ennuyeux, mais tu te trompes.

Elle lui jeta un regard dur, comme si elle le défiait de

s'opposer à elle, mais Olivier était trop surpris pour protester.

— Il s'intéresse à tout. Il est d'une insatiable curiosité et même s'il a une manière très posée de dire les choses, ses sentiments sont profonds et sincères.

— Si tu le dis, murmura Olivier, pas totalement convaincu.

— Je le dis, insista Violette. Je n'ai jamais rencontré quelqu'un qui ait un goût plus intense pour la vie. Tu pourrais le constater toi-même si tu lui donnais une chance.

— Mmm, peut-être, concéda Olivier laconiquement.

Il retrouva ses moyens et ajouta :

— Dis-moi, alors : s'il est d'une telle perfection, pourquoi es-tu assise ici à te morfondre tandis qu'il est en Angleterre?

Les épaules de Violette s'affaissèrent. Petit à petit, elle admit le problème et expliqua combien Barthélemy dépendait de sir Gérald. Elle parla candidement de sa propre naissance, de son éducation, de la couleur de sa peau et de l'inévitable perte d'héritage qu'allait encourir Barthélemy, s'il l'épousait. Elle conclut avec plus de sagesse qu'Olivier croyait qu'elle pouvait en avoir :

— L'amour n'est pas toujours le plus fort. Le monde peut présenter trop d'obstacles à surmonter pour un amour.

Olivier faillit rétorquer qu'un nombre démesuré d'obstacles dans la vie émanaient de l'Angleterre. Son dédain habituel pour l'hypocrisie de ses structures sociales s'accrut avec les révélations de Violette. Il aurait condamné le rôle de Barthélémy dans cette histoire s'il n'avait pas réalisé à temps que d'agir ainsi n'aurait eu qu'un résultat : sa sœur se serait sentie encore plus misérable et seule. Il était assez familier avec ces sentiments pour se taire par sympathie pour elle. Il se contenta de piquer la fleur de frangipanier dans ses cheveux et de serrer sa petite main.

Il fut nettement moins diplomate dans sa conversation avec Jamie, plusieurs soirs plus tard. Comme il ne ratait jamais l'occasion de se payer du bon temps, l'avocat à la toison rousse était débarqué du vapeur hebdomadaire pour assister au lancement du navire le lendemain. Ils s'assirent sur la plage et regardèrent monter la pleine lune sur Gun Point, une bouteille de rhum blanc du pays entre eux.

— La vie peut être tellement agréable, soupira d'aise Jamie.

Il s'étira sur le sable, les épaules appuyées contre les membrures à moitié enterrées d'un bateau abandonné depuis longtemps.

— Les humains peuvent perdre tant de temps à s'occuper de choses sans importance. Quel gaspillage !

Il se pencha pour prendre la bouteille d'alcool, porta le goulot à sa bouche, puis s'arrêta pour ajouter philosophiquement :

— Je suppose que c'est ma propension aux querelles qui me fait vivre.

— Euh, répondit Olivier sans se compromettre.

Il prit une gorgée à son tour.

— Euh ? questionna paresseusement Jamie. Est-ce que ça veut dire que tu es d'accord ou que tu n'es pas d'accord avec moi ?

— Ça ne veut rien dire du tout, répliqua Olivier.

Sa voix était un peu plus rude qu'il n'en avait eu l'intention.

— C'était juste pour te faire savoir que j'écoutais ton verbiage.

Jamie jeta un œil plus perçant sur son ami. Il ne dit rien pendant un moment, puis il fit remarquer calmement :

— Encore d'humeur massacrante, hein ?

— Si je le suis, qu'est-ce que ça peut faire ?

— Si tu l'es, c'est vraiment de ta faute, dit Jamie sans commisération.

Il se tourna sur un coude et toisa Olivier.

— Penses-tu que je ne sais pas ce qui te ronge ? Penses-tu que je ne sais pas que tu es amoureux d'Allégra ? Tu es un idiot, Olivier MacKenzie, dit-il.

Il brandit un doigt dans sa direction.

— Tu es un idiot entêté et sans aucun romantisme. Tu as

417

chassé une femme superbe, la seule femme qui aurait peut-être pu supporter ton comportement brutal. Tu l'as laissée partir.

— Ce sont des bêtises! coupa Olivier.

Il se pencha pour prendre une autre gorgée de rhum.

— Tu ne sais pas du tout ce que tu dis.

Il ajouta, en colère, et en désignant la bouteille à Jamie :

— De plus, ça ne te regarde absolument pas.

— Bien sûr que ça me regarde, répliqua Jamie.

L'indignation le força à se lever.

— Quand mon meilleur ami se promène en agissant comme si la fin du monde allait s'abattre dans trois jours, comment puis-je faire comme si cela ne me concernait pas? Je serais un fameux ami, si cela ne me dérangeait pas. Ton bonheur, c'est une chose importante pour moi.

Il approuva de la tête, sûr de lui, et il ajouta :

— Tout comme celui d'Allégra.

Davantage ému par cet aveu qu'il voulait le reconnaître, Olivier répondit d'un ton bourru :

— De toute façon, je ne l'ai pas chassée. Elle est partie de son propre gré. Elle avait décidé qu'elle pouvait faire le succès de la chocolaterie de Cecil, en dépit de tous les conseils sensés et avisés que je lui avais donnés. Mon opinion n'avait aucun intérêt pour elle, aussi ai-je été forcé de me laver les mains de toute cette affaire.

S'il pensait que cette explication allait mettre fin au procès de Jamie, il se trompait.

— Je pensais que tu étais amoureux d'elle, dit l'Écossais avec une pointe de mépris dans sa voix. C'est un amour bien faible, selon mes critères, que celui qui te laisse abandonner Allégra juste au moment où elle a le plus besoin de toi. S'il est si important pour elle de faire un succès de l'entreprise de Cecil, alors tu devrais l'aider à la consolider, plutôt que de jouer les prophètes de malheur. Je ne m'étonne pas qu'elle ait choisi d'aller en Angleterre sans toi, considérant ton attitude.

Piqué par l'offensive soutenue de Jamie, Olivier répliqua avec rudesse :

— J'ai dit qu'elle avait choisi d'aller en Angleterre. Je n'ai pas dit qu'elle avait choisi d'y aller sans moi. À la dernière minute, elle m'a demandé de l'accompagner, même si elle savait qu'il va contre tous mes principes de remettre les pieds sur le sol anglais.

— Allégra t'a demandé de l'accompagner et tu *as refusé*? demanda Jamie, déconcerté. Olivier, tu es encore plus idiot que je ne pensais. Tu as rejeté l'amour d'une belle femme, pleine de vie et d'imagination, l'amour d'une femme extraordinaire, pour l'amour de quelques principes obstinés?

Il hochait la tête, incrédule.

— Ouch, l'ami, réveille-toi. Ne sais-tu pas que les principes sont un substitut bien froid pour remplacer Allégra? Pour une fois dans ta vie, tu devrais mettre de côté ta foutue logique et n'écouter que ton cœur.

Il apaisa son indignation avec une gorgée d'alcool, passa la bouteille et ajouta :

— Tu as un cœur, n'est-ce pas?

— Ne dis pas de bêtises, répliqua Olivier à voix basse. Bien sûr que j'ai un cœur.

Il se retint de dire quoi que ce soit d'autre, mais la conversation était loin d'être oubliée. À la fin de la soirée, la bouteille complètement vidée, l'attitude d'Olivier changea. Allongé dans son lit cette nuit-là, voyant Allégra flotter sur des vagues de rhum, les derniers vestiges de son obstination disparurent. « Jamie a raison », admit-il. Il étira son bras et le plaça sur son front. « Allégra aussi. »

— Si je l'aime, je dois être avec elle, dit-il à voix haute. Et je l'aime.

Cet aveu l'apaisa. Les douzaines de prétextes qui avaient déformé sa perspective s'évanouirent, détrônés par sa franchise habituelle. Il avait demandé qu'Allégra l'accepte tel qu'il était, qu'elle respecte ses volontés et ses besoins, sans jamais lui rendre la pareille. Au lieu de l'accepter sans conditions, il avait insisté pour qu'elle se conforme à ses volontés. Au lieu d'accepter qu'il l'aimait précisément parce qu'elle était impétueuse,

419

impulsive, spontanée et vivante au point d'être imprévisible, il s'était attendu à ce qu'elle se comporte avec une prudence qu'il aurait pourtant trouvée fastidieuse.

Il l'avait abandonnée quand elle avait le plus besoin de lui, comme l'avait souligné Jamie sans ménagement. Malgré les fières déclarations d'indépendance d'Allégra et malgré son assurance à toute épreuve, elle avait besoin, si ce n'était de son aide concrète, du moins de son support moral. Cette fois, elle n'avait pas besoin de leçons de natation ni de secourisme, ni d'un bras fort, ni d'un esprit mathématique. Cette fois, elle avait besoin de son amour et il l'avait laissée tomber.

Olivier massait son front. Il souhaitait ne pas avoir tant bu de rhum. Il souhaitait également ne pas avoir refusé si inflexiblement l'invitation d'Allégra. Après tout, qu'y avait-il de si difficile dans le fait d'aller en Angleterre? Il n'était plus un écolier à la merci de ses aristocratiques camarades d'école; il n'était plus un jeune homme inexpérimenté, sensible aux effets de la condescendance. Qu'est-ce que cela changeait que l'Angleterre soit le foyer d'un nombre incalculable d'artificieux et de snobs? C'était aussi la patrie de Gilbert et Sullivan. Et d'Allégra. Il sombra finalement dans le sommeil, soulagé d'avoir compris son erreur et de s'être déterminé à y remédier. Sa goélette une fois lancée, il déterrerait ses vestons de tweed et prendrait place sur un des prochains paquebots en partance pour l'Angleterre.

En dépit de son coucher tardif et de la quantité de rhum qu'il avait ingurgitée, Olivier se leva à l'aube pour s'occuper des préparatifs du lancement. Au cours des années et après des centaines de bateaux, s'était développé un cérémonial pour renforcer la bonne marche de l'événement. Il était en partie africain, en partie anglais, mais surtout antillais. Le propriétaire du vaisseau, noir, blanc ou métis, suivait toujours le même rituel.

Aux petites heures du matin, observée seulement par Olivier et les ouvriers qui l'avaient construite, la nouvelle goélette reçut sa première bénédiction. Pour écarter les mauvais esprits, une « libation » de rhum fut versée sur le pont de cèdre blanc et des grains de riz furent éparpillés sur toute sa surface. Cinq poulets furent tués dans la cuisine du vaisseau, dans l'espoir que le garde-manger soit toujours bien garni. Un bélier fut abattu à l'arrière, afin que la goélette soit toujours poussée par des coups de vent favorables et un mouton fut égorgé à l'avant pour que la barre tienne toujours bon. Après que d'autres libations aient été versées sur les animaux sacrifiés, ils étaient descendus dans les énormes « cuivres », ou chaudrons, pour les cuire en vue de la fête de l'après-midi.

Une deuxième bénédiction eut lieu plus tard dans l'avant-midi. Observé par une foule grandissante et flanqué de dix « parrains » flegmatiques, un ministre de l'Église épiscopale monta sur le pont et entonna prières et bénédictions. À son tour, il vida du liquide sur le pont, cette fois de l'eau bénite plutôt que du rhum. Enfin, avec beaucoup de panache, il accomplit l'acte le plus attendu de toute la cérémonie. Il tira sur une corde : la cornette du bateau se déploya, révélant son nom pour la toute première fois. Tandis que la foule jubilait et que Jamie arborait un sourire bien particulier, une bannière brodée où se lisaient les mots *Les Confections Stellar* flotta librement dans la brise. Olivier ressentit un flot d'émotions en l'apercevant.

Une fois les dieux bien suppliés et les esprits apaisés, le vrai travail de lancement commença. Dirigés par Angus, des hommes armés de hachettes coupèrent les perches qui soutenaient la goélette. En « tranchant » les supports à la base, à peine au-dessus du niveau du sable, ils abaissèrent graduellement le bateau sur le côté, jusqu'à ce qu'il repose sur une planche en saillie mise en place dans ce but. Le palan, monté entre une grosse ancre enfouie au fond de la mer et le bateau sur la plage, le fit avancer lentement, centimètre par centimètre, sur les rouleaux faits de billots étalés sur la place. Au rythme des chants marins et de l'encouragement de la foule, lubrifiée par de vastes quantités d'alcool du pays, la goélette *Les Confections Stellar* fut tirée jusque dans son élément.

Olivier se jeta dans le travail; il sua et mit toute son énergie, habité par l'espoir pour une première fois depuis des semaines. Quand la goélette flotta, bien droite, un sentiment d'allégresse le remplit, comme s'il venait d'inaugurer non seulement un nouveau bateau, mais également une nouvelle phase de sa vie. Au milieu de l'après-midi il était d'excellente humeur. Il mangea voracement le ragoût chaud et épicé qu'on lui avait servi et il se joignit à la danse sur la plage.

— Olivier, dit Violette.

Elle tira sa manche pour attirer son attention au moment où il s'était arrêté pour reprendre son souffle et pour blaguer avec Claude Baptiste.

— Olivier, je t'en prie. Viens. Je veux te parler.

— Qu'y a-t-il, sœurette? demanda Olivier l'air heureux.

Il déposa un bras affectueux sur les épaules de sa sœur.

— Je ne t'ai pas vue danser aujourd'hui. Encore trop triste?

— Je t'en prie, Olivier, dit Violette d'une voix plus pressante. Je t'en prie, je dois te parler.

— Oui, oui, je viens, dit Olivier.

Il ne bougea pas de l'endroit où il était.

— Te souviens-tu de Claude Baptiste, Violette? De l'Éterre? C'est le second sur mon cargo et il est revenu depuis trois jours à peine d'un voyage en Angleterre. Dans une semaine, il y retournera.

— Bien sûr qu'elle se rappelle de moi, répondit Claude à sa place.

C'était un homme court et robuste à l'aimable sourire édenté.

— Je lui ai apporté un paquet juste aujourd'hui, tout ficelé comme un cochonnet de Noël. Un très gentil gentleman me l'a remis en Angleterre.

Olivier regarda rapidement Violette, espérant une explication pour cette surprenante nouvelle. Ses joues s'assombrirent un peu, mais elle se contenta de dire :

— Je t'en prie, viens.

Sa curiosité maintenant éveillée, Olivier la suivit volontiers loin de la foule bruyante dans un recoin de la plage. Sous un palmier, près d'un énorme amas de coquillages séchés, ils s'arrêtèrent et se perchèrent sur un doris renversé.

— De quoi s'agit-il? demanda-t-il. Est-ce là le colis?

Il toucha le paquet de papier brun que Violette avait déposé sur ses genoux.

Elle rougit encore, glissa sa main à l'intérieur de l'emballage et en retira une boîte ovale rose et blanche, dont le couvercle était joliment peint de rubans. Presque avec révérence, elle l'ouvrit, révélant, en un nid de dentelle suisse et de satin vert pâle, un œuf de Pâques en chocolat de forme absolument parfaite. Des vignes de sucre s'enroulaient autour du centre brun foncé; de petits bouquets de couleur pastel jaillissaient sur le dessus. Une petite carte, glissée sur le côté et attachée avec un nœud de satin doré, portait ces mots : Je t'aime.

— C'est de Barthélemy, dit inutilement Violette.

— En effet, dit Olivier, qui éclata de rire. Et il commence à fondre. Claude doit l'avoir conservé dans la glacière, sinon tu aurais reçu du sirop de chocolat plutôt que cet œuf. C'est une bonne chose que Pâques ne soit que dans quelques jours. Engouffre-le en vitesse avant qu'il ne se liquéfie.

— Je ne pourrai guère le manger.

Violette était horrifiée.

— C'est trop beau.

— Il vaudrait mieux que tu le manges, dit Olivier, pratique. Il ne restera pas beau longtemps. Si tu hésites, je suis sûr qu'Iris et Lily t'aideront avec joie. Mais il est vraiment joli, je t'assure.

Son ton devenait de plus en plus pensif alors qu'il examinait l'œuf.

— Il semblerait qu'elle fait du bon travail, n'est-ce pas?

Sa question s'adressait plus à lui-même qu'à Violette. Il lui venait à l'esprit qu'il avait peut-être attendu trop longtemps, qu'Allégra n'avait peut-être plus besoin de lui, après tout.

— C'est ce que je voulais te dire, dit Violette.

Elle remit le couvercle sur la boîte et la replaça dans son emballage. Elle replia ses mains sur le paquet et regarda son frère d'un air inquiet.

— Barthélemy m'a également écrit une lettre, continua-t-elle, hésitante.

— De bonnes nouvelles ?

Olivier força son esprit à se concentrer sur Violette.

— Eh bien...

Elle hésitait, ne sachant comment le formuler.

— Ne me dis pas qu'il veut se débarrasser de toi, après cette généreuse démonstration de ses sentiments, dit Olivier.

Il interprétait mal son malaise.

— Je suis certain qu'il t'a donné des signes d'encouragement.

— Oh non, non, répondit rapidement Violette. Je veux dire, oui, en effet. D'une certaine façon. Mais ce n'est pas ce que je voulais dire.

— Qu'y a-t-il, Violette ? demanda calmement Olivier.

Un rapide pressentiment fit courir un frisson le long de sa colonne.

— C'est Allégra, avoua finalement Violette.

Elle regarda Olivier avec douleur.

— Barthélemy dit que, dès leur arrivée à Londres, ils ont découvert que Cecil avait emprunté un autre montant d'argent.

Elle déglutit, puis ajouta :

— Qu'il a garanti au moyen de sa part dans l'*Étoile*.

Comme son frère se raidissait, elle déposa sa main sur le bras d'Olivier.

— Le créancier a été très généreux, cependant, poursuivit-elle, la voix tremblante. Non seulement n'en a-t-il pas exigé le remboursement, mais il a offert des sommes illimitées d'argent pour remettre à neuf la manufacture. Barthélemy dit qu'il vient presque tous les jours pour s'informer des opérations et pour inviter Allégra au théâtre et à des concerts. Il dit qu'il est très charmant.

Ses yeux se baissèrent de même que sa main. D'une voix malheureuse, elle dit :

— Olivier, il s'agit de Roland Hawkes.

Olivier se leva brusquement et se mit à arpenter la plage, les poings serrés et enfoncés dans les poches. Il était furieux. Non pas maussade et hérissé, ni apitoyé sur son sort, mais vraiment et simplement furieux, un état aussi rare que terrifiant. La joie qui l'avait animé peu auparavant disparut comme si elle n'avait jamais existé. À la place brûlait un amer sentiment de trahison, une jalousie rendue encore plus venimeuse qu'il se haïssait de la ressentir, parce qu'Allégra ne la méritait pas.

Non seulement l'avait-elle oublié en quelques semaines, mais elle l'avait remplacé par l'homme qu'il méprisait le plus au monde : Roland Hawkes. Elle avait changé sa malchance en distraction, elle se vengeait à l'aide d'une des dettes de Cecil. Elle lui remettait ce qu'il lui avait fait en rejetant sa requête de l'accompagner en Angleterre. Elle lui montrait, clairement et cruellement, qu'elle pouvait se débrouiller sans lui. Même si ses lèvres étaient obtinément closes, un flot continu de jurons déferlait dans la tête d'Olivier. Il appela Allégra de tous les noms auxquels il put penser. Il maudit le moment où elle était apparue à la Grenade, purgeant la douleur de sa blessure avec son courroux.

Quand il ne put trouver d'autres invectives, il commença tout aussi impitoyablement à s'en adresser à lui-même. Il avait été fou de lui faire confiance, idiot de devenir amoureux d'elle. Il tournoyait sur le sable, revenait à son point de départ, pestant toujours en silence. Comme c'était vraiment stupide de sa part de s'être laissé prendre par ces grands yeux violets, par cet air ingénu. Comme il avait été aveugle de ne pas voir qu'elle était taillée dans le même tissu égoïste que Cecil.

Il flanqua de furieux coups de pied contre un piège à crustacés qui se brisa en une douzaine d'éclisses de bambou. Il était terriblement dégoûté contre lui-même, indigné de s'être laissé prendre par les bêtises sentimentales que Jamie avait imaginées la nuit précédente. La déception était encore plus dévastatrice à cause de l'espoir qu'il avait laissé monter en lui. « C'est ce qui arrive quand on abandonne ses principes, se reprocha-t-il, quand on renonce aux choses auxquelles on croit. » L'apprentissage était cruel, mais cela n'arriverait jamais plus.

— Où vas-tu, Olivier ? demanda Violette, inquiète.

Elle courut pour le rattraper, son paquet serré contre sa poitrine.

— Que vas-tu faire ?

Olivier ne lui répondit pas ; il l'entendait à peine. Il était trop occupé à trouver Jamie parmi la foule enjouée sur la plage. Il devait avertir son avoué que sa part de l'*Étoile* était à vendre au premier offrant.

Cela n'avait plus d'importance de savoir qui gagnerait la bataille pour l'autre moitié : Roland Hawkes, Allégra ou son oncle snobinard. Tous ces éventuels associés lui étaient insupportables. Il ne voulait plus avoir quoi que ce soit à faire avec le domaine de Cecil. Ou avec sa fille. Il était temps de se débarrasser des Pembroke.

# 18

À dix heures, le matin de son vingt-sixième anniversaire, Allégra ouvrit la porte de Pembroke et Fille. Malgré le lourd pressentiment de catastrophe qui flottait depuis le fameux après-midi dans le parc, ce moment particulier avait une allure de fête que même la pensée de Roland ne pouvait troubler. La boutique était exactement comme elle l'avait imaginée, réplique fidèle de ses plans. Elle avait voulu créer une ambiance qui évoquerait le chocolat, les vibrants tropiques d'où il originait et les palais opulents où on l'avait considéré comme un trésor. Elle avait voulu transmettre la richesse de son goût, de son histoire fascinante, de son attrait magique. Elle regarda autour d'elle avec une satisfaction grandissante et elle comprit qu'elle avait atteint son but.

Les murs étaient peints d'une teinte graduée de rose, la couleur des crépuscules des Caraïbes. Des nuages tapissaient le plafond et glissaient aux encoignures. D'énormes palmiers en pots et un hibiscus en pleine floraison reposaient sur un épais tapis vert, de la couleur insaisissable du sol de la jungle. Sur de petites tables rondes et sur des tréteaux drapés de dentelle, étaient disposés des tableaux. Il y avait aussi une photographie de l'*Étoile* emprisonnée dans un cadre d'argent filigrané qui s'appuyait contre un pot de porcelaine exquis entouré de tasses et de soucoupes délicates. Sur une autre table, des graines de cacao odorantes s'échappaient d'un pot de cristal et s'éparpillaient sur une serviette de lin brodé. Sur les comptoirs de marbre et dans les vitrines à l'arrière de la boutique s'étalait le clou de l'exposition : les chocolats. Des formes, des grosseurs et des variétés infinies de chocolats. Ils s'alignaient en rangées parfaites ou s'empilaient en tas, ou en cercles sur des plateaux d'argent. Ils étaient serrés dans des boîtes, déposés dans des godets plissés, étalés soigneusement sur des napperons de dentelle ou perchés sur de coquets surtouts.

Il y en avait à la crème au beurre et à la crème au café, à la crème rose, orange, vanillée et violette. Il y avait des cerises, des caramels et des agrumes confits enrobés de chocolat. Il y avait des chocolats moulés en forme de plumes, d'éventails, de coquilles, de fleurs et de fruits. Il y avait des chocolats parsemés de noisettes, de noix de Grenoble et d'amandes, des demi-lunes remplies de caramel, des truffes trempées dans le champagne, des bouteilles de chocolat renfermant des liqueurs et des tasses de chocolat abritant des fraises cultivées en serre. Il y avait des chocolats foncés, des chocolats blancs et des chocolats au lait, crémeux et frais. Il y avait des pyramides, des carrés et des médaillons. Il y avait des chocolats à surface lisse, des chocolats à surface granuleuse, des chocolats décorés de fioritures, de lignes, de feuilles, de chevaux et de fleurs de lis. Et il y avait les chocolats de la maison, les chocolats à la menthe en forme d'étoiles.

Le plaisir d'Allégra s'accrut au fur et à mesure qu'entraient les clients, prudents et curieux au moment de passer le seuil, mais de plus en plus ravis quand ils voyaient et sentaient ce qu'il y avait dans la boutique. Ils s'attardaient devant et derrière les vitrines, attirés, tentés, totalement absorbés. Du doigt ils arrêtaient leur choix, conquis par les irrésistibles chocolats et de jolies serveuses, portant un tablier de dentelle sur leur robe rayée rose et blanc, les mettaient dans des boîtes ou des sacs qu'elles attachaient à l'aide de rubans. Les clients repassaient la porte pleins de compliments et de louanges pour

Allégra. Ils apportaient chez eux quelques grammes de ce monde de chocolat, un échantillon de son attrait.

Allégra était rouge de plaisir. « Peu importe ce que l'avenir apportera, j'aurai toujours ce moment, pensa-t-elle. Rien ne peut le diminuer. Je saurai toujours que je suis partie du Connecticut avec seulement quelques préjugés stupides appris dans des romans et un désir confus de faire ma marque d'une manière ou d'une autre, et pendant au moins un moment, j'aurai réussi. »

Elle regarda autour de la ravissante boutique, et fut envahie par la même fierté qu'au moment où elle avait maîtrisé l'art de faire sécher le cacao à l'*Étoile*. « J'ai pris l'héritage de Cecil et je l'ai changé en ceci », pensa-t-elle en se tenant bien droit. « À partir d'un domaine de cacao gravement hypothéqué et d'une manufacture de chocolat au bord de la faillite, j'ai créé Pembroke et Fille. C'est-à-dire, corrigea-t-elle rapidement, que j'y suis parvenue avec l'aide de Barthélemy. »

À la pensée de son cousin, le bonheur d'Allégra s'assombrit. Le pauvre Barthélemy n'était pas là pour apprécier le couronnement de leurs efforts. Sir Gérald avait prétexté l'une de ses nombreuses maladies imaginaires pour attirer Barthélemy dans le Sussex cinq jours auparavant. Il avait ainsi égoïstement privé son fils de la joie d'assister à l'ouverture de la boutique. Et Barthélemy avait obéi. Pas avec autant d'empressement qu'autrefois, mais il y était tout de même allé.

L'éclat de la journée étant perdu, Allégra s'éloigna de la porte. Elle cueillit une feuille de palmier et l'enroula distraitement autour de son doigt, tout en regardant par la fenêtre. Barthélemy était tout ce qui lui restait. Ils étaient des cousins de même nature, liés par leurs efforts dans le monde du chocolat et par des amours trouvées et perdues sur une île luxuriante à plus de huit mille kilomètres.

« Nous aurions dû en rester là, pensa Allégra en rejetant la feuille. Nous aurions dû demeurer à la Grenade, où nous étions heureux et amoureux, au lieu de partir à la conquête d'idéaux illusoires. » Allégra massa son front et se demanda combien de temps durerait cette dernière relation, si Barthélemy allait rester son ami quand il apprendrait la perfidie de Roland. Il était parti pour le Sussex la veille du jour où elle avait fait sa terrifiante découverte, de sorte qu'il était encore dans l'ignorance. Mais elle ne pouvait garder ce secret indéfiniment.

Tandis qu'Allégra continuait à promener son regard absent par la fenêtre, une voiture s'immobilisa au bord du trottoir. Roland en descendit. Elle recula instinctivement, comme si elle pouvait se cacher derrière l'hibiscus. La dernière chose qu'elle voulait en ce moment, c'était une confrontation avec lui. Depuis qu'elle avait appris son identité, la courtoisie affectée de Roland avait disparu. C'était comme s'il détenait une hypothèque non seulement sur la propriété d'Allégra, mais aussi sur son âme. Alors que ses manières demeuraient polies en public, en privé il avait abandonné toute affabilité.

— Chère Allégra, cria Roland dès son entrée. Mes félicitations ! Quelle superbe petite boutique !

La force de sa voix fit fondre Allégra ; sa condescendance la fit rentrer sous terre.

— Merci, réussit-elle à murmurer.

Elle tenta de se rendre jusqu'au comptoir pour se protéger.

— Vous avez réalisé un miracle, j'en suis certain, continua Roland.

Il lui prit le bras d'un air habitué. Tandis que, d'une main gantée de cuir, il la tenait captive, ses yeux balayaient la boutique.

— Très impressionnant, dit-il.

La froideur de sa voix ne correspondait pas au compliment. Son regard s'arrêta sur le flot de shillings et de livres versés à la caissière.

— Très impressionnant, répéta-t-il plus songeur.

Les doigts de Roland pincèrent soudain la peau du bras d'Allégra. Il l'entraîna dans un coin inoccupé.

— Je viendrai à la manufacture vendredi, dit-il.

Sa voix était nettement plus basse et dépouillée de toute amabilité.

— J'aimerais te présenter un homme convenable, je le pense, pour le poste de gérant. Une fois que tu l'auras rencontré, je suis certain que tu seras d'accord. Assure-toi d'être sur place à trois heures de l'après-midi.

— Je n'y serai pas, siffla férocement Allégra.

Elle dégagea son bras. Une étincelle de son ancienne vitalité se ralluma quand elle lui opposa cette réponse sans réfléchir.

— Je n'engagerai pas un autre Albert Baker pour mener l'entreprise à la banqueroute.

— Tut tut, fit Roland d'une voix moqueuse.

Il s'avança vers elle d'un pas menaçant.

— Quel vilaine démonstration de méfiance. Dois-je te rappeler que je détiens une note en souffrance, avec ton domaine de cacao bien-aimé en garantie?

— Mais je pourrais vous rembourser, si j'avais juste un peu de temps, dit désespérément Allégra. Vous pouvez voir quel succès obtient la boutique. Je devrais être capable de recueillir l'argent de votre prêt en très peu de temps.

— En très peu de temps, ce n'est pas la même chose qu'immédiatement, dit Roland.

Sa voix était plus rude, car il commençait à perdre patience. Il fit un autre pas vers elle.

— Ou bien tu suis mon conseil, ou bien je m'emparerai de l'*Étoile*. Me comprends-tu?

Défaite, sa résistance habituelle submergée par son échec complet et brutal, Allégra ne put que piteusement chercher une issue. Sa confiance détruite, elle trébucha maladroitement vers l'arrière. Elle heurta le porte-parapluie d'acajou sculpté qui était derrière. Elle tenta d'éviter de le renverser, se tourna rapidement pour l'attraper mais, le redressant, elle perdit l'équilibre. Elle tomba de côté, ses bras battant l'air alors que le tapis vert mousse se rapprochait d'elle à toute vitesse.

Puis elle se retrouva sur ses pieds, un bras solide encerclant sa taille. Olivier. Elle le sut sur-le-champ, avant même de l'avoir vu. Comme ce jour-là au domaine Argo, elle avait deviné sa présence, elle avait capté l'odeur tropicale qui s'accrochait à lui, elle avait senti les rayons du soleil antillais qui l'auréolaient. Elle se retourna pour lui faire face, le cœur battant de joie, tout le reste oublié, à l'exception du seul fait qu'elle l'aimait.

Aucune des heureuses salutations qu'Allégra avait en tête n'eut la chance de passer ses lèvres. Olivier ne semblait pas la voir. Même si l'une de ses mains retenait le coude d'Allégra pour l'aider à se tenir, le regard sombre d'Olivier fixait intensément le visage de Roland. La joie d'Allégra se mua rapidement en anxiété tandis que son regard passait d'un homme à l'autre.

Elle s'était souvent demandé, au cours des derniers jours, comment elle avait pu trouver Roland attirant. Comme elle le voyait pour la première fois avec Olivier, son étonnement et son inquiétude s'accentuèrent. Même si tous deux pouvaient être avec justesse considérés comme de beaux hommes, les traits bien définis et l'expression franche d'Olivier étaient infiniment plus attirants que les joues pâles et la bouche étroite de Roland. Les yeux, par contre, scellaient la supériorité d'Olivier.

Les yeux bleu foncé d'Olivier étaient inflexibles, ils étaient adoucis par quelque pensée amusante. À l'opposé, la lumière d'un vert doré dans les yeux de Roland brillait, sans humour ni sang-froid, plutôt avec une irritation presque frénétique, causée par l'intrusion d'Olivier. Allégra s'aperçut qu'elle retenait son souffle, car elle craignait que Roland ne commette un geste irréfléchi.

Olivier par contre ne semblait pas partager cette crainte. En fait, il semblait détaché et à l'aise, comme si sa présence dans la boutique, et même en Angleterre, était tout à fait naturelle.

— Mes compliments, mademoiselle Pembroke, dit-il galamment.

Il retira sa main et regarda dans la direction d'Allégra.

— Vraiment superbe. Ravissant.

Il fit un simple signe et se rendit au comptoir. Elle le reconnaissait moins maintenant que lorsqu'elle avait senti sa présence. Cet Olivier aux bonnes manières, portant veste, col cassé et cravate, était un étranger. Il agissait comme s'ils étaient en relation d'affaires, comme si la seule raison de sa présence à la boutique, c'était d'acheter un kilo de chocolats.

Allégra regarda Olivier faire son choix et payer la caissière; Roland le fixait avec une rage grandissante. Déjà irrité de ce qu'Olivier ait interrompu sa cruelle initiative d'intimidation d'Allégra, il était encore plus furieux de ce que son ancien compagnon de classe l'ait traité de haut. Olivier MacKenzie, le fils du marchand, avait délibérément ignoré le futur Lord Fenwick; il était passé à côté de lui comme s'il était un laquais.

Incapable d'endurer une telle perfidie, Roland, avec un geste arrogant, souleva sa canne à pommeau d'argent pour intercepter son rival. Olivier observa la canne, puis leva les yeux sur Roland, mais ne fit aucun commentaire. Roland fut contraint de parler le premier. Bouillonnant de rage, sa voix n'avait pas la nonchalance et la condescendance qu'il aurait souhaitées.

— Ma foi, dit-il, vous êtes bien la dernière personne que j'aurais pensé voir en Angleterre. Je pensais que le coin perdu de colonie où vous habitez vous aurait retenu à tout jamais. En fait, je ne vous aurais jamais cru capable d'apprécier les charmes de la vie londonienne.

Pendant un long moment, Olivier continua à regarder Roland. Quand il se mit enfin à parler, son ton était doux, presque mondain.

— Je suis fasciné, dit-il, de découvrir à quel point nous nous sommes mal jugés l'un l'autre. Par exemple, moi, je n'aurais jamais pensé que *vous* seriez capable d'escroquer une confiserie.

Il repoussa calmement la canne de Roland, adressa un autre signe à Allégra et sortit de la boutique, la délicate boîte de friandises sous le bras.

Les pâles joues de Roland se marbrèrent de rouge. Il y avait des années qu'il s'était retrouvé face à face avec Olivier. Au cours de ces années, il avait cru que son rival d'enfance était devenu paresseux et stupide, abruti par le rhum et par la vie stagnante des colonies. L'inverse s'était produit. Olivier semblait avoir prospéré sous le climat des Caraïbes. Il avait acquis la maturité de l'homme que son enfance annonçait, l'emportant encore sur Roland à tous égards.

Et gagnant encore le cœur des jolies femmes. Peut-être Olivier l'avait-il ignorée, mais la réaction d'Allégra n'avait pas échappé à l'attention de Roland. Le visage de la jeune femme s'était illuminé, comme le premier jour où il l'avait rencontrée, quand, perdue dans ses souvenirs, elle avait évoqué son associé de l'*Étoile*. Il avait alors deviné qu'elle était amoureuse d'Olivier ; sa réaction d'aujourd'hui le confirmait. La frustration de Roland s'accrut quand il se souvint de son brusque recul quand il avait voulu l'embrasser.

— Ceci ne change rien, cracha-t-il de colère.

Il aurait bien aimé qu'il en soit ainsi.

— Ne pense pas que ton Olivier chéri va te sauver. Je t'assure que vous le regretterez tous les deux si tu cours pleurnicher auprès de lui. Nous avons un rendez-vous à trois heures vendredi après-midi. Vois à le respecter.

Il retint à peine le désir de la repousser brusquement et sortit en trombe de la boutique. Il fit claquer si fortement la porte qu'un inconfortable silence succéda à l'heureux babil des clients.

Incapable d'affronter ce moment, Allégra pria pour qu'il cesse. Elle ferma les yeux jusqu'à ce que le murmure reprenne. Quand elle les ouvrit, l'atmosphère de la boutique était redevenue normale, mais son esprit était encore confus. Son état ne s'améliora pas dans l'après-midi. Elle réussit cependant à sourire machinalement, à accepter les félicitations, à répondre aux questions, à offrir des échantillons. Mais ce qui occupait son esprit, c'était Olivier et Roland, Roland et Olivier.

Allégra était vraiment terrifiée par Roland. Elle se

rappelait sa violence contenue, l'éclair sauvage de ses yeux quand il était contrarié, elle se demandait jusqu'à quels dangereux extrêmes il pouvait mener sa quête obsessive de vengeance. Elle s'inquiétait de ce qu'il ne puisse se contenter de s'emparer de l'*Étoile*, mais qu'il blesse Olivier par surcroît.

Elle déglutit. La pensée d'Olivier l'amena au bord des larmes. Au début, elle avait été intriguée par son flegme apparent, puis blessée par son indifférence devant l'amour sans équivoque qu'elle voulait lui offrir ; elle admit sans s'apitoyer qu'elle méritait un tel traitement. « Pourquoi devrait-il me porter la moindre attention, quand je l'ai trahi si vilement ? pensa-t-elle. Pourquoi devrait-il chercher mon amour quand j'ai réussi à mettre en péril, en quelques semaines, ce qu'il avait passé de longues années à construire ? Je suis un oiseau de malheur, pensa-t-elle avec tristesse. Un judas. Cecil et moi, nous le sommes tous les deux. »

Tout l'après-midi, ses pensées se promenèrent entre Roland et Olivier, entre la crainte et les reproches qu'elle s'adressait à elle-même. Quand elle ferma la porte derrière le dernier client ravi et qu'elle se traîna jusque chez elle, Allégra était physiquement épuisée et émotivement vidée. Comme elle montait les marches de brique de la maison de pension, soigneusement attentive cette fois à ne pas accrocher l'ourlet de sa jupe sur le décrottoir, elle souhaita seulement se mettre au lit, couvertures tirées sur sa tête. Elle voulait rayer cette journée, trouver refuge dans l'oubli du sommeil.

Sa logeuse, Mme Callahan, l'arrêta au passage, dans l'entrée, excitée comme une fillette.

— Il y a un jeune homme qui désire vous voir, mademoiselle, gloussa-t-elle, en tendant la tête en direction du salon. C'est un beau jeune homme, il faut dire. Des Antilles, m'a-t-il annoncé.

Olivier. Allégra sentit d'abord son cœur faire un bond. Elle voulait le voir, mais elle n'avait pas le courage de l'affronter.

— Présentez-lui mes excuses, je vous prie, s'empressa-t-elle de dire. Dites-lui que j'ai une migraine.

L'instant d'après, elle étendit la main pour retenir Mme Callahan. Elle lui dit nerveusement :

— Non, ne lui dites pas cela. Je vais y aller.

Olivier se leva quand elle entra dans le salon. Son grand corps et son grand air détonnaient dans ce décor baroque. Un tendre sourire illumina son visage quand il la vit.

— Tu m'as manqué, Allégra, dit-il sans cérémonie.

— Vraiment ! répliqua-t-elle.

Elle se réfugia derrière une table encombrée de trois napperons et d'un aquarium. S'il lui avait dit cela dans la boutique, elle se serait jetée dans ses bras, sans prendre garde à rien d'autre qu'à l'intensité de son amour. Comme elle avait eu l'après-midi pour réfléchir à sa timide salutation, pour se blâmer du péril dans lequel elle l'avait placé, sa réponse fut plus prudente. Elle se sentait déconcertée par la chaleur des paroles directes d'Olivier.

Olivier fronça les sourcils en mesurant sa réaction maîtrisée. Même si son visage était toujours aussi adorable, encadré de boucles indisciplinées, ses yeux avaient changé. Ils avaient perdu leur optimisme innocent, leur enthousiasme débridé pour la vie. Ils semblaient tristes, son esprit magnifique était amorti. Elle avait presque l'air égarée.

— Je ne veux plus jamais être séparé de toi, lui dit-il.

Il tentait de la rejoindre par-delà son désespoir.

— Ni par l'océan Atlantique, ni par une querelle idiote. Ni par un poisson dans un bol.

Il contourna la table pour être près d'elle.

— Non, dit rapidement Allégra.

Elle leva les mains comme pour se protéger. Elle se retrouva si vite derrière une cage dorée que son occupant à plumes jaunes se mit à pépier de peur. Sur le coup, le bref discours d'Olivier l'avait inspirée ; son affection franche et familière avait fait battre son pouls, mais cet instant avait disparu.

D'une voix légèrement ampoulée, elle répéta plus

durement :

— Non, non, je ne mérite pas un tel dévouement. Je ne vous ai apporté que des ennuis et des troubles.

Incapable de le regarder dans les yeux en le disant, elle ajouta :

— Vous êtes bien mieux sans moi.

— Pourquoi ne m'en laissez-vous pas juge ? répondit Olivier.

Il était soulagé de voir, à tout le moins, que son sens du théâtre était intact, même s'il la poussait dans la mauvaise direction. Il voulut contourner la cage, mais quand elle recula de nouveau, il s'arrêta, car il craignait qu'elle ne trébuche dans cette jungle de bric-à-brac et qu'elle ne se brise le cou avant qu'il ait pu intervenir.

— Vous faites sans aucun doute référence à Roland Hawkes, dit-il.

Il se tenait délibérément immobile.

— Je suis au courant de tout. Je suis au courant de la dette, de l'argent que Cecil a emprunté de lui en hypothéquant sa part de l'*Étoile*. Je sais que Hawkes vous a continuellement offert des prêts supplémentaires, dans l'espoir d'augmenter votre dette envers lui. Allégra, je sais qu'il vous a charmée, comme il est capable de le faire, et qu'il vous a sortie un peu partout en ville.

Allégra le regarda de nouveau, prise au dépourvu par cette déclaration et par le ton neutre qu'il avait pris pour la faire.

— Vraiment ? demanda-t-elle, incrédule.

Olivier approuva et tenta de s'avancer vers elle. Quand elle recula à nouveau, il s'arrêta une fois de plus.

— Barthélemy a écrit à Violette et lui a tout dit. Quand j'ai entendu l'histoire pour la première fois, j'étais absolument furieux, avoua-t-il honnêtement.

Il se rappelait sa colère sur la plage.

— J'ai pensé que Barthélemy était un pompeux petit rapporteur et que vous étiez...

Il s'arrêta avant de répéter exactement ce qu'il avait pensé d'elle en cet affreux moment.

— Eh bien, que vous vous étiez comportée d'une façon peu honorable, termina-t-il.

Il eut un geste pour adoucir ses paroles.

— Vous aviez raison, dit Allégra d'une petite voix ravagée.

Elle pressait ses mains l'une contre l'autre.

— À tout le moins en ce qui me concerne, vous aviez raison. Mais Barthélemy n'a pas la moindre idée de toute l'affaire, même maintenant. Il ne faisait que rapporter les choses aussi fidèlement et justement que possible, ce qui est, vous devez vous en rappeler, sa façon de faire.

— Je m'en souviens, dit Olivier avec ironie.

Il croisa les bras.

— Mais à l'époque, il a fallu les supplications de Violette et tout le talent de Jamie pour me convaincre que votre cousin n'avait probablement jamais entendu parler d'Argo ou de Lord Fenwick, qu'il ignorait la triste histoire de cette absurde querelle. Dès qu'ils sont parvenus à me faire comprendre cela, il était facile d'en déduire que vous ne saviez probablement pas qui était Roland Hawkes, vous non plus.

— Mais j'aurais dû le savoir, dit Allégra d'un air triste.

Elle ne voulait pas se pardonner si aisément.

— J'aurais dû vérifier ses antécédents. C'était stupide et négligent de ma part de ne pas le faire.

— Probablement, approuva Olivier, avec sa candeur habituelle. Mais ça n'a pas vraiment d'importance. Il était évident, d'après votre expression dans la boutique cet après-midi, que vous êtes maintenant consciente de son identité et que vous n'êtes plus amis. Peu importe ce que Hawkes fait ou ce qu'il a fait. À moins qu'il ait changé depuis l'école, ce dont je doute, il ne représente qu'une petite épine, dont nous pouvons nous débarrasser facilement. Je vais vous aider.

— Pourquoi le feriez-vous? demanda Allégra.

Elle ne remettait pas en question la galanterie d'Olivier, mais son propre mérite.

— Parce que je veux le faire, répondit simplement Olivier. Parce que je suis venu ici précisément pour cela.

— C'est vrai ?

Allégra fut émue par une telle idée. Qu'il soit venu en Angleterre, au détriment de tous ses principes, seulement pour être avec elle et pour l'aider, lui fit presque perdre contenance, comme le faisait sa présence toute-puissante. Il était difficile de résister à son beau et vigoureux visage, à ses yeux bleus pleins d'humour, à sa bouche bien dessinée, tendre, mais difficile à faire sourire. Elle parvint pourtant à lui résister.

— Je ne peux accepter, dit-elle.

Elle recula d'un autre pas pour maintenir l'écart qui les séparait.

— Je ne peux m'attendre à ce que vous preniez ma situation difficile sur vos épaules.

Elle était tellement convaincue de l'avoir trahi, tellement certaine de lui avoir fait un tort impardonnable qu'Olivier lui-même ne pouvait la faire changer d'idée. La force qui la faisait aller si implacablement de l'avant quand elle s'emparait d'une idée, la faisait maintenant rétrograder. Son cœur s'emballait à la simple vue d'Olivier, solide et sûr de lui ; il frémissait de bonheur devant la déclaration directe de ses sentiments, mais elle était trop tendue, trop fermement attachée à sa ligne de conduite, pour en modifier le cours.

De plus, il y avait également une autre force à l'œuvre. Tout au fond d'elle-même, résistant obstinément aux sombres menaces de Roland et aux prières d'Olivier, subsistait une étincelle de sa première ambition. Alimentée par sa fierté et par le succès de la boutique, elle refusait de s'éteindre. Elle voulait encore prouver, en dépit de l'opinion d'Olivier, de William et de Jamie, en dépit des efforts de Roland pour la saboter, qu'elle pouvait elle-même assurer la réussite de Pembroke et Fille. Elle voulait encore prouver qu'avec la seule aide de son loyal cousin, elle pouvait racheter le nom de son père et imposer le sien.

— Je ne peux pas accepter, répéta-t-elle.

Olivier, bouleversé de voir Allégra s'éloigner de lui, dit :

— Allégra, vous le devez. Vous oubliez que je *suis* responsable de votre délicate situation. Après tout, ce n'est pas vous que Roland Hawkes souhaite blesser, mais moi. Vous n'êtes tout juste qu'un moyen pratique pour atteindre son but. Quelles que soient les difficultés qu'il vous a créées, elles sont davantage de ma faute que de la vôtre et je veux vous aider à les résoudre.

Allégra revit le regard presque fou dans les yeux de Roland quand il l'avait mise en garde contre la tentation de courir chercher de l'aide auprès d'Olivier. Elle n'osa donc pas se laisser persuader. Elle secoua la tête et dit :

— Non. Je ne suis peut-être que le moyen pour qu'il parvienne à ses fins, mais je n'avais pas à être stupide au point de le laisser se servir de moi dans ce but.

Olivier la regarda fixement, sans savoir comment procéder. Il était exaspéré par l'entêtement d'Allégra, mais il n'était pas conscient de l'ironie de la situation. Il n'y avait pas si longtemps, après l'avoir accusée d'être idiote et de manquer de prudence, ils s'étaient disputés parce qu'il ne voulait pas aider Allégra. En ce moment, alors qu'elle l'accusait exactement des mêmes choses, ils se disputaient parce qu'elle ne voulait pas accepter l'aide d'Olivier.

Plus ils restaient dans ce silence chargé d'émotion, plus Olivier devenait frustré. Il était sûr qu'elle l'aimait. Il l'avait lu sur son visage plus tôt dans la journée. Il savait qu'elle avait besoin de lui. Roland Hawkes n'était pas son seul problème. Mais il ne savait pas comment la rejoindre.

Il dit finalement, un tout petit peu plus durement qu'il ne l'avait voulu d'abord :

— Eh bien, je n'ai certainement pas franchi plus de huit mille kilomètres pour rester dans un salon surchargé à contempler un oiseau dans une cage et un poisson dans un bol. J'en ai laissé de plus beaux à la Grenade.

Il attendit une seconde de plus pour voir si elle allait répondre. Comme elle regardait simplement le plancher, il partit.

Dès qu'Olivier eut franchi la porte, Allégra leva ses yeux douloureux. Même si elle se sentait honteuse en présence d'Olivier, persuadée qu'elle avait ruiné sa vie, elle se sentait plus misérable seule. Elle étouffa son envie de courir dans la rue et de le supplier de revenir. Par amour pour lui, elle ne pouvait le faire. Au lieu de cela, elle se traîna jusqu'à sa chambre et s'enfouit dans son lit, plus malheureuse qu'elle pouvait se souvenir de ne l'avoir jamais été. Il était déjà assez dur de voir Olivier la quitter parce qu'elle avait agi de façon impardonnable. C'était encore pire de l'avoir chassé. Même si c'était pour son propre bien.

## 19

*M*algré sa fatigue, Allégra ne dormit pas bien cette nuit-là. C'est à contrecœur qu'elle se traîna hors du lit tard le lendemain matin. Comme elle avait raté le déjeuner et ses repas la veille, elle s'arrêta au petit salon de thé du coin où elle s'attarda devant quelques rôties. Elle se contraignit finalement à faire face à la réalité, glissa quelques pièces de monnaie sur la table et sortit dans la rue. Un beau soleil d'avril brillait et l'air était doux, ce qui ne jeta guère de lumière sur ses problèmes ni ne réchauffa le frisson qui traversait son esprit.

Son détour à la boutique lui fut davantage bénéfique et lui procura une bouffée de satisfaction. Plus optimiste, Allégra piqua jusqu'à la manufacture. Elle espérait que Barthélemy soit de retour, libéré de l'égoïste tyrannie de sir Gérald. Elle avait désespérément besoin de lui parler, de lui exposer son problème pour qu'il puisse patiemment le décortiquer, disposer toutes les pièces et les réduire en chiffres et en tableaux rassurants.

Barthélemy était encore absent quand elle arriva tôt cet après-midi-là, mais Bruno l'aborda alors qu'elle était à mi-chemin du bureau.

Il lui tendit un petit plateau orné de six bouchées de chocolat et lui dit :

— *Signorina*, dites-moi ce que vous en pensez.

C'était une indication de la route parcourue depuis qu'il lui avait tendu le premier plateau de chocolats à goûter ; Bruno ne s'embarrassait plus de plateaux d'argent, ni de napperons de dentelle. Il n'attendit même pas son jugement, alors qu'elle goûtait un chocolat, puis un fondant. Il était sûr qu'elle allait apprécier ses créations.

Allégra apporta les friandises dans le bureau et elle accrocha son manteau derrière la porte. Elle s'assit sur le bord du bureau, cueillit un chocolat et en prit une petite bouchée pour le juger. C'était délicieux. Des couches alternées de nougat fouetté à la noisette et de crème mousseuse de chocolat avaient été trempées dans un chocolat foncé et recouvertes de poudre de noisette. Bruno avait réussi encore une fois.

Elle se léchait les doigts et lorgnait en direction des cinq autres friandises quand elle s'aperçut que quelqu'un se tenait dans le cadre de la porte. Elle leva rapidement les yeux et vit Olivier appuyé contre le chambranle, une expression amusée sur le visage. Confuse, elle déposa le plateau et essuya maladroitement ses mains sur sa jupe. Elle allait se lever, mais Olivier, voyant apparaître des signes de gaucherie, l'en retint.

— Ne vous levez pas, dit-il.

Il s'était rapidement redressé, prêt à bondir à son aide, si nécessaire.

— Vous avez l'air bien telle que vous êtes. Je ne resterai pas assez longtemps pour interrompre votre festin. J'ai rendez-vous à une heure trente cet après-midi avec l'avoué de Cecil. Je ne suis venu que pour vous rendre une petite visite.

Les mains d'Allégra se portèrent sur ses hanches, car elle avait aux lèvres l'envie de lui demander ce qu'il avait à faire avec l'avocat de son père, mais son indignation se heurta à un courant d'air. Olivier était parti. Sa colère retombait à peine, quand un autre visage apparut dans la porte. Elle sauta sur ses pieds, son dépit et tous ses problèmes oubliés. Elle cria :

— Violette !

— Bonjour, Allégra, dit Violette.

Un sourire effaça son allure hésitante. Elle entra dans le

bureau et se blottit dans les bras d'Allégra.

— Je suis tellement heureuse d'être ici, ajouta-t-elle plus doucement.

Allégra saisit la secrète passion dans les paroles de son amie et comprit immédiatement ce qu'elles signifiaient. Elle serra Violette dans ses bras pour l'encourager, puis elle recula et lui dit :

— Barthélemy va être ravi de te voir.

Son intuition fut récompensée par un grand sourire heureux.

— Il le sera vraiment? demanda Violette d'une voix anxieuse.

Elle saisit les mains d'Allégra pour se rassurer.

— Je me suis tellement inquiétée. Est-il ici en ce moment?

— Oh, répondit Allégra.

Elle reprit brusquement contact avec la réalité. Elle serra les petites mains qui la tenaient, en signe de consolation.

— Il est dans le Sussex avec son père. Mais il devrait revenir d'un jour à l'autre.

Ce fut au tour de Violette de dire, la déception assombrissant son visage :

— Oh !

Elle se força à sourire et ajouta :

— Je suis venue te voir également, Allégra, et j'espère que nous aurons du bon temps, toi et moi.

Impressionnée par le sang-froid de Violette, Allégra remit rapidement ses pensées en place. Elle dit d'un ton déterminé :

— Nous allons lui envoyer un télégramme à l'instant même. Je suis sûre que sir Gérald n'a pas vraiment besoin de lui. Nous allons lui dire de venir immédiatement.

Un autre sourire radieux rassura Allégra : elle avait eu une bonne idée.

Elle fit signe à Violette de prendre le fauteuil vide et, poussant le plateau dans sa direction, elle dit :

— Assieds-toi et prends un de ces chocolats pendant que j'écris le télégramme. Je vais envoyer un des garçons le porter immédiatement.

Violette s'assit à l'endroit désigné, mais elle se pencha en avant, son anxiété revenue. Elle demanda :

— Peut-être sera-t-il fâché ou vexé de ce que je sois venue?

— Fâché? demanda Allégra, étonnée. Barthélemy? Ne sois pas ridicule. Il ne se possédera plus de joie. Les seuls moments où il est vraiment heureux, c'est quand il est avec toi. Il me l'a dit lui-même.

Quand elle entendit ces paroles, Violette se redressa et un autre sourire adoucit ses traits. Heureuse, elle dit :

— Oui?

Allégra approuva vigoureusement.

— Absolument, dit-elle. En fait, il est misérable sans toi, à moitié vivant. Il m'arrive parfois de le découvrir en train de fixer quelque chose au loin, un air désolé sur son visage.

Elle approuva à nouveau et reporta son attention sur le télégramme.

— Tu vas voir. Ce sera la meilleure chose qui vous soit jamais arrivée à tous les deux.

Violette soupira de soulagement et prit finalement une pose confortable.

— C'est ce qu'Olivier m'a dit également, dit-elle.

Elle se pencha pour prendre un chocolat et ne vit pas la tête d'Allégra se redresser avec un intérêt soudain.

— Il a dit que c'est une chose terrible d'avoir à affronter chaque nouvelle journée quand la personne que vous aimez est à des milliers de kilomètres et que vous êtes séparés par des conventions idiotes et par des principes insensés.

— Olivier a dit cela? demanda Allégra.

Elle tapota pensivement un crayon contre son menton. Ces mots semblaient un écho du conseil qu'elle avait donné elle-même à Barthélemy, le conseil qui lui avait fait réaliser que son amour pour Olivier était plus vaste qu'un océan ou qu'une dispute. Ils ressemblaient également à ce qu'Olivier lui avait dit la veille, alors qu'elle était trop crispée pour entendre ce qu'il

446

disait. Redits maintenant, dans une atmosphère moins émotive, ces mots compromettaient son refus obstiné de laisser Olivier lui pardonner. Son humeur changea.

— Hum hum, répondit Violette.

Sa bouche était pleine de chocolat et son esprit était calme.

— Allégra, c'est délicieux! C'est la meilleure chose que j'aie jamais mangée.

Même si elle voulait prendre le temps de réfléchir à sa découverte, et de demander à Violette d'autres nouvelles d'Olivier, Allégra répondit au compliment.

— C'est le meilleur chocolat d'Angleterre, dit-elle fièrement. Peut-être de toute l'Europe.

Elle sauta sur ses pieds et ajouta :

— Viens. Je vais te montrer comment on le fabrique. Le procédé est vraiment fascinant. Et je vais te présenter Bruno Pavese, notre chocolatier. Tu ne peux soupçonner quels merveilleux chocolats il crée. Et plus tard, nous irons à la boutique pour que tu puisses voir comme elle est belle.

Ses paroles se bousculaient. La vie avait repris son cours normal ; son optimisme indomptable était restauré.

Violette sauta également sur ses pieds, pas le moindrement surprise par l'enthousiasme contagieux d'Allégra. C'était comme cela avait toujours été. Elle jeta cependant un regard sur le télégramme resté sur le bureau, davantage intéressée à le voir partir qu'à quoi que ce soit d'autre. Allégra remarqua son regard de biais et s'empara du papier.

— Alfie Lewis est en train de balayer l'entrepôt, dit-elle. Nous allons l'envoyer au bureau télégraphique.

Violette sourit, prête pour la visite de la chocolaterie, puisque venait de disparaître le seul obstacle à son attention.

Malgré les déclarations d'Allégra qui affirmaient le contraire, Violette ne fut pas fascinée par les machines géantes qui agitaient et qui brassaient les chaudrons et les cuves de riche chocolat liquide. Mais elle fut impressionnée par les connaissances et par le zèle de son amie et par-dessus tout, par les importantes contributions de Barthélemy. Réaliser que

Pembroke et Fille avait fait autant partie de la vie de Barthélemy que de celle d'Allégra contribua à maintenir l'intérêt de
Violette. Elle écoutait les explications d'Allégra lui parvenir
par-dessus le bruit des marchines à fouetter, à tempérer, à
remplir, à agiter et à tremper, alors qu'elle décrivait les
nouvelles méthodes qu'ils avaient implantées, les coûts dans
lesquels ils avaient sabré, les machines inutiles qu'ils avaient
vendues, celles qui étaient nécessaires, comme la chaudière à
vapeur, qu'ils avaient rafistolée.

Atteint le coin d'emballage, les yeux de Violette brillèrent
de convoitise. Des rayons et des rayons de chocolats exquis et
tentants s'étalaient et embaumaient l'air. Ils attendaient d'être
glissés dans de superbes boîtes. Allégra rit avec indulgence, car
elle était très familière avec le ravissement des gens qui se
retrouvaient devant cet étalage alléchant.

— Essaie n'importe lequel, la pressa-t-elle. Ils sont tous
également délicieux.

— Je vais en prendre juste un pour le moment, dit Violette
sans quitter les friandises des yeux. Mais peut-être en prendrai-
je un autre pour le thé.

Elle traîna devant les rangées, délibérant longuement.

— Violette, dit Allégra en interrompant son examen
soigneux, laisse-moi te présenter Bruno Pavese, qui est responsable de ces trésors. Peut-être pourra-t-il t'aider à choisir.
Signor Pavese, voici mademoiselle Violette MacKenzie.

Violette détacha ses yeux des chocolats assez longtemps
pour rencontrer leur créateur.

— *Molto piacere, signorina*, dit Bruno.

Il fit une salutation très prononcée.

— C'est un plaisir de faire la connaissance de la jeune
dame pour qui j'ai conçu l'œuf de Pâques. Je peux voir maintenant pourquoi signor Barthélemy était si exigeant. Pour *una
donna bellissima*, seule *una bellissima* création est acceptable.

Son extravagant compliment amena une rougeur confuse
sur les joues de Violette.

— Merci, bégaya-t-elle.

— *Perfetta*, murmura Bruno.

Il regarda fixement son visage et, ravi, il joignit ses mains noueuses.

— Vous êtes l'image de la beauté tropicale, comme une orchidée. Laissez-moi vous suggérer la coquille remplie de noix de coco et de rhum, inspirée par votre *isola* sous le soleil. Il y en a un plateau qui sort à peine de la salle de durcissement.

— Oh oui, approuva immédiatement Violette. J'aimerais en avoir un. Ils semblent superbes.

Elle suivit le doigt de Bruno en direction de la lignée de tables où une fille aux pommettes rougeaudes rangeait des tritons en chocolat dans des boîtes. Pendant un moment, elle resta saisie d'admiration, l'eau à la bouche.

— Prends-en un, dit Allégra.

Violette tendit la main.

À cet instant, un terrible bruit retentit dans les airs, un bruit assourdissant à vous couper le souffle. Presque simultanément parvint le son strident du bois éclaté, de planches épaisses violemment arrachées du plancher. Une valve de la vieille chaudière à vapeur, vilainement déchirée et tordue, surgit, éjectée du sous-sol. Avec une vitesse terrifiante, elle tailla une courroie de caoutchouc d'une trentaine de centimètres de largeur qui allait de l'arbre de transmission jusqu'à la tapoteuse. La courroie cingla à travers la pièce, rata la tête de Violette de quelques centimètres, heurta violemment le meuble à ses côtés avec une force si redoutable que l'armoire pencha vers l'avant et se vida de son contenu.

Allégra hurla de peur et tendit désespérément la main vers son amie, mais trop tard pour éviter le désastre. Des douzaines de moules de plomb à figures de lapins, de roses, de demi-lunes et de cœurs jaillirent du cabinet et tombèrent exactement là où Violette se tenait, la main encore étendue vers le chocolat en forme de coquillage. Il y eut le son navrant d'un os qui craque, puis Violette glissa inconsciente sur le sol.

L'instant d'après, tout était terminé. Seul demeurait le chuintement de la vapeur en train de s'échapper et le souffle des courroies et des arbres de transmission alors que la grinçante machinerie stoppait. Dans le silence sinistre, Allégra n'entendait plus que ses propres sanglots. Elle trébucha sur des tas de moules bosselés et tomba à genoux à côté du corps inanimé de Violette. Du sang s'écoulait de son visage maintenant plus gris que couleur de noix de coco grillée. Son bras droit, le bras qu'elle avait tendu vers la confiserie, était tordu dans un angle inhabituel.

Ce spectacle inquiétant remplit Allégra de crainte. Elle était complètement paralysée. Elle s'accroupit, incapable d'agir. Un cercle d'ouvriers abasourdis s'était assemblé autour d'eux. Ils étaient aussi démunis qu'inutiles. Heureusement, Bruno n'était pas aussi anéanti par le choc. Il pencha son corps courbé et, avec le coin de son tablier, épongea le filet de sang des yeux de Violette. Il en suivit la trace jusqu'à une blessure qui enflait rapidement près de la naissance des cheveux. Il appuya ses doigts recourbés sur le cou de Violette et tâta son pouls. Puis, il fit un signe.

— *Non si preoccupa, signorina*, consola-t-il Allégra. Ne vous inquiétez pas. Elle est encore très vivante. La tête, c'est toujours ce qui saigne le plus.

Ses paroles, crevant le silence, semblèrent également briser le mauvais sort qui les empêchait d'agir. L'énorme soupir de soulagement d'Allégra se perdit dans un concert très animé de voix, mais ses ordres rapides s'élevèrent au-dessus du bruit. Le bon sens qui l'avait plus tôt désertée lui revint en vitesse, alors qu'elle donnait sèchement ses ordres.

— Madame Dalrymple, allez me chercher une couverture dans le vestiaire. Joey Godwin, courez chercher un docteur. J'en ai vu un sur la rue Carlyle. Dites-lui de venir immédiatement. Signor Pavese, passez-moi votre tablier, s'il vous plaît.

Tout en faisant un bandage provisoire autour de la tête de Violette, elle dit :

— Oh, oui. Il faudrait que quelqu'un aille voir au sous-sol quels dommages y ont été faits. Seigneur !

Des frissons lui parcoururent le dos quand une autre pensée

épouvantable lui vint à l'esprit.

— Le chauffeur ! Il est toujours en bas.

Déchirée entre cette nouvelle appréhension et son hésitation à laisser Violette, elle dit :

— Monsieur Bradford, il vaudrait mieux que vous preniez quelques hommes et que vous alliez voir. Dépêchez-vous !

La nuit était sombre et humide quand Allégra retrouva le lit qu'elle avait laissé contre son gré quelques heures plus tôt. Elle sentait la fatigue dans chaque os et dans chaque fibre de son corps, jusqu'au fond de son âme. Mais, tout comme la nuit précédente, le sommeil refusa de venir effacer l'horreur de cette journée. Elle l'avait affrontée de façon admirable et, sauf exception, c'est avec assurance et autorité qu'elle avait fait ce qu'il y avait à faire. Maintenant que tout cela était terminé et qu'elle était dans sa sombre chambre sans personne à qui prodiguer réconfort ou encouragements, elle pouvait enfin évaluer la situation. Et en mesurer les tristes conséquences.

Violette allait guérir assez rapidement. Même si elle s'était cassé un bras et avait subi une commotion, ses blessures étaient sans complications. Son jeune corps, gorgé de soleil antillais, pouvait facilement les vaincre. Jeremy Jones, le chauffeur, était, par un autre miracle, à la toilette quand la chaudière avait explosé. Livide de frayeur, il s'en était sorti intact.

C'est Allégra qui était irrémédiablement blessée. Sans aucune marque visible, elle était néanmoins profondément meurtrie. Autrefois l'héritière d'un domaine tropical, autrefois la créatrice d'une affaire brillante, autrefois une Américaine à l'aise et sûre d'elle-même, elle avait tout perdu. Maintenant, elle devait se chercher un emploi comme vendeuse ou comme servante, peu importe ce qu'il lui faudrait faire pour mettre un toit au-dessus de sa tête et de la nourriture dans son assiette.

S'il y avait eu une lueur d'espoir pour qu'elle puisse manœuvrer afin d'éviter Roland, pour qu'elle puisse peut-être le persuader de lui laisser du temps pour rembourser sa dette, cet espoir s'était éteint aujourd'hui. Le temps ne suffisait plus désormais. Elle avait besoin d'argent. Et elle n'en avait pas. La vieille chaudière ne pouvait plus être réparée; il fallait la remplacer. Le plancher devait être réparé, de nouvelles courroies devaient être achetées; les moules étaient à refondre. Elle n'avait pas d'argent pour quoi que ce soit de tout cela. Sans la chaudière, qui permettait de faire fonctionner les machines fabriquant le chocolat, elle n'avait aucun moyen d'en générer non plus.

Sir Gérald allait rafler le peu de capital qu'il pourrait glaner avec la vente de l'équipement comme compensation partielle de son prêt. Roland allait s'emparer de l'*Étoile*. Il ne lui resterait rien. Ni personne.

Sans aucun doute, Barthélemy allait trouver peu de temps pour elle maintenant que Violette était à Londres. Son attention allait être prise par la femme qu'il aimait. Puisqu'ils n'avaient plus la manufacture comme projet commun, il allait s'éloigner d'Allégra, déçu du fait que son habileté à travailler n'ait été qu'une illusion.

Et Olivier. De chaudes larmes amères tombèrent sur ses joues et trempèrent son oreiller. Elle se rappelait son expression, cet après-midi, quand il était revenu à la manufacture et qu'il avait trouvé sa sœur gisant sur le plancher. Son visage bronzé était grave, sa bouche amère. Il avait soulevé Violette dans ses bras et l'avait portée jusqu'à l'ambulance. Il avait à peine regardé Allégra. Maintenant il pouvait s'en détourner, dégoûté d'elle pour deux raisons. Ses rêveries philosophiques au sujet de l'amour allaient être vaincues par sa rage de se retrouver associé avec Roland et par sa négligence en ce qui concernait Violette. Cette fois, elle en était sûre, elle l'avait perdu.

Seul lui restait, son père, la reconstitution d'un homme qu'elle n'avait jamais rencontré. Cecil, dont elle avait voulu suivre les aventures, dont elle possédait la personnalité pleine d'imagination et d'impulsion, dont elle avait rêvé de laver la réputation d'homme irresponsable. Il lui restait encore, elle était encore sa fille. Et maintenant, ils avaient tous deux échoué lamentablement.

# 20

*A*vec un soupir navré, Barthélemy rendit les rênes de son cheval au valet et s'arma de courage pour rentrer dans la maison. Cet après-midi d'avril était doux, mais l'air dans Pembroke Hall allait être lourd et la lumière tamisée. Il s'était rendu jusqu'au village pour rapporter une nouvelle bouteille de pilules pour son père. C'était une course que n'importe lequel des serviteurs aurait pu faire, mais il s'en était servi comme excuse pour avoir quelques heures à lui.

Il y avait presque une semaine qu'il était là et les jours avaient été longs et ennuyeux. Comme il avait perdu l'habitude de rester assis à ne rien faire, il avait senti le besoin d'un exutoire pour son énergie. Une galopade sur les vertes collines avant de diriger son cheval chez l'apothicaire avait été fort utile. Il n'était plus aussi stoïque qu'il l'avait été autrefois face aux interminables après-midi et soirées à écouter la liste des maux et des plaintes de son père. Le bruit solitaire des sabots de son cheval sur le gazon du printemps avait été le bienvenu.

Comme il traversait le vestibule et se dirigeait vers l'escalier, Hodges l'intercepta. Tendant un plateau d'argent portant une seule enveloppe, le majordome dit :

— Un télégramme pour vous, Monsieur.

— Merci, Hodges, dit Barthélemy.

Il prit le câble et ouvrit l'enveloppe tout en marchant, sa

curiosité à peine éveillée. Son message le pétrifia.

— Venez immédiatement, disait le télégramme. Violette est ici, à Londres — STOP — Allégra.

Les mots semblaient trop incroyables pour être vrais. Puis, son cœur bondissant, il les accepta. Violette était à Londres, seulement à quelques heures de distance. Il monta les marches deux par deux, courut le long du corridor et entra dans sa chambre, où il tira sa valise du placard. Avec une précipitation inhabituelle, il la remplit de chemises, de cravates et d'articles de toilette. S'il se pressait, il pourrait prendre le train de 18:45 et être sur le seuil de la porte de Violette le lendemain matin. Comme il s'emparait fiévreusement des vêtements qui étaient dans ses tiroirs, son esprit ne cessait de chanter le même refrain joyeux. Violette était à Londres. Violette était à Londres. Dans moins d'une journée, il la verrait et la tiendrait encore une fois dans ses bras.

— Excusez-moi, Monsieur.

La voix imperturbable de Hodges vint de la porte. Barthélemy se retourna brusquement et vit le majordome qui tenait une autre enveloppe sur le plateau d'argent.

— Ceci vient tout juste d'arriver pour vous, Monsieur.

Avec la même joie au cœur, Barthélemy s'empara du deuxième télégramme, assuré que c'était un rappel impatient de la part de sa cousine. C'est avec le sourire qu'il déchira l'enveloppe et qu'il déplia le papier qui s'y trouvait.

— Dois-je envoyer Henderson pour finir de faire vos bagages, Monsieur ?

Le majordome semblait juger la situation d'un œil professionnel. Ses sourcils se soulevèrent quelque peu, alors qu'il regardait la pile de vêtements lancés au petit bonheur. Quand quelques secondes se furent écoulées, sans réponse à sa question, il regarda une nouvelle fois Barthélemy et il fut étonné de voir que son visage était devenu livide. S'inventant une attitude soucieuse, il demanda :

— Monsieur ?

Barthélemy leva des yeux angoissés et fixa le majordome

sans le voir. Il porta sa main à son front, comme s'il amassait ses esprits. Il se remit soudain en action et dit finalement :

— Oui, s'il vous plaît. Oui, faites venir Henderson tout de suite. Et je vous prie, dites à Thompson d'avancer immédiatement la voiture. Je dois prendre le train de 6:45 ce soir. Je m'absente quelques instants pour rendre visite à mon père.

Il tira la boîte de pilules de sa poche et s'élança le long du corridor vers la chambre de son père. Sans se soucier du dérangement, il frappa fortement à la porte et entra.

— Je vous ai apporté vos médicaments, annonça-t-il.

Car il avait vu que sir Gérald était éveillé, qu'il était assis dans un fauteuil avec le journal. Il ignora le regard insulté que lui jeta son père et dit :

— Je suis également venu vous dire que je pars dans une heure. Je dois rentrer tout de suite en ville.

Déjà irrité par la brusquerie de Barthélemy, l'idée de voir son fils le déserter ennuya encore davantage sir Gérald.

— Que peut-il y avoir de si urgent pour vous détacher de votre père infirme ? demanda-t-il d'une voix hargneuse. Est-ce que mes souffrances sont de si peu d'importance pour vous que vous puissiez allègrement m'abandonner ?

Pour la première fois de sa vie, Barthélemy se rebella. Sans compassion, il lui répondit :

— Vos « souffrances » représentent plus un poids pour ceux qui tentent de les soulager que pour vous-même. De toute façon, vous êtes loin d'être sans personne pour s'occuper de vos maux. Vous êtes entouré de gens payés pour répondre à toutes vos demandes. Ma présence n'est pas nécessaire. En fait, elle pourrait presque être considérée comme superflue.

Choqué, mais sans être vaincu par cette opposition, sir Gérald remarqua avec mauvaise humeur :

— Peu importe le nombre de serviteurs qui sont à mon emploi, leurs soins peuvent difficilement se comparer à ceux de ma propre chair et de mon propre sang. Il est triste que vous accordiez plus d'importance aux distractions de la ville qu'à vos devoirs filiaux. Votre poursuite du plaisir a pris des proportions exagérées et, si je ne me trompe, ce comportement inacceptable est directement attribuable à l'influence de votre cousine.

— Vous vous trompez *royalement*, répliqua froidement Barthélemy. D'abord, l'influence d'Allégra a été très favorable et, en second lieu, ce n'est pas le plaisir qui m'appelle à Londres, mais une calamité. Il y a eu un accident à la manufacture, l'explosion d'une chaudière, et je dois m'en occuper.

— Ha! bondit sir Gérald. Je l'avais prédit. J'ai dit à cette fille écervelée que son plan était sans espoir, une opération vouée à l'échec. Mais elle ne voulait rien entendre. Elle avait la tête pleine des mêmes bêtises insensées que son père. Et vous, dit-il en jetant sur son fils un regard accusateur, pour quelque insondable raison, vous avez pris son parti. Vous avez encouragé ses fantaisies irresponsables. Je crains qu'elle ne vous ait ensorcelé.

Il se réinstalla dans son fauteuil et secoua rageusement son journal avant d'ajouter :

— Je prétends que c'est la meilleure chose pour tout le monde que cette manufacture sans avenir ait explosé, même si je ne sais pas comment j'obtiendrai jamais mon argent maintenant.

Barthélemy ouvrit la bouche, prêt à défendre avec colère Pembroke et Fille, mais se tut. Il n'avait pas de temps à perdre. Il se retourna et se dirigea vers la porte.

— À propos, y a-t-il eu des blessés? lui cria sir Gérald.

Il venait de réaliser que Barthélemy partait.

Barthélemy laissa sa main sur la poignée et répondit d'un ton glacé :

— Une personne.

Il ouvrit la porte, sortit et la referma. *Une personne*, pensa-t-il, en courant le long du corridor. *Violette*.

Le deuxième télégramme d'Allégra n'avait pas dit à quel degré Violette avait été blessée. Il disait seulement qu'elle l'avait été. Durant toute sa course jusqu'à la gare et durant l'interminable trajet en train jusqu'à Londres, Barthélemy fut au supplice, car il s'imaginait ce qui pouvait être arrivé. Il eut des visions cauchemardesques où il se représentait Violette, blessée et sanguinolente, sa vitalité s'échappant de son corps exquis. Des souvenirs de Violette le hantèrent, des souvenirs où il la voyait balayer de sa jupe le plancher de la salle de danse, se déplacer avec énergie dans la cuisine bien aérée, reposer nue et indolente près de la mare aux nénuphars, alors que son corps élancé se chauffait au soleil.

Il craignait que les blessures de Violette ne la lui enlèvent pour toujours. Bien que séparés par des milliers de kilomètres et par des barrières sociales, le seul fait de savoir que Violette existait avait soutenu Barthélemy depuis le jour où il l'avait rencontrée. Aussi longtemps qu'elle était en vie, il l'était lui aussi.

Il était tard dans la soirée quand il arriva à Londres, mais sans se soucier de l'heure, il alla directement à l'adresse qu'Allégra lui avait indiquée dans son télégramme. C'était un petit hôtel, mais dont l'épais tapis, dont les fauteuils rembourrés du vestibule et dont les panneaux d'acajou poli dénotaient le confort et l'élégance.

— Il y a un monsieur Olivier MacKenzie en résidence ici, je crois, dit Barthélemy en s'approchant du bureau. Puis-je avoir le numéro de son appartement, je vous prie?

Le commis, un grand gars avec un long nez chaussé de lunettes, porta sur Barthélemy un œil scrutateur.

— Il est passé l'heure où les hôtes reçoivent des invités dans leurs appartements, dit-il d'un air précieux. Si vous voulez laisser un message...

— Le numéro de son appartement! rugit Barthélemy.

Comme sa patience craquait, son poing se serra inconsciemment sur le buvard.

Le commis regarda nerveusement le poing, puis observa à nouveau l'expression de Barthélemy.

— M. MacKenzie est dans la suite numéro sept, au premier, dit-il malgré lui. Mais il y a eu un accident et...

Il réalisa que Barthélemy avait tourné les talons.

Quand Olivier ouvrit la porte de la suite numéro sept, quelques moments plus tard, Barthélemy fut immédiatement submergé par le souvenir de la Grenade. Tout, autour de l'homme élancé en manches de chemise qu'il voyait debout devant lui, reflétait cette île tropicale, sa vitalité, sa chaleur. Tout lui rappelait Violette avec tellement d'acuité qu'il put difficilement se retenir de foncer dans la chambre pour la retrouver.

— Je m'excuse de l'heure tardive de mon arrivée, marmotta-t-il.

Il s'empêtra dans des formulations engoncées.

— Je suis venu directement, vous savez. Dès que j'ai reçu le câble. Le train a été quelque peu retardé à cause d'un problème de locomotive.

Il s'arrêta et retint son souffle, voulant éviter toute parole inutile.

— Je suis venu prendre des nouvelles de Mlle MacKenzie, dit-il.

Il avait repris la parole, incapable de se contenir plus longuement.

— Comment va-t-elle? ajouta-t-il brusquement.

Pendant un bon moment, Olivier resta à évaluer Barthélemy. Il semblait peser ses propres impressions contre l'opinion de sa sœur. Après avoir tiré sa conclusion, il ouvrit plus largement la porte et invita Berthélemy dans le salon. Allant droit au but, il dit :

— Elle s'est brisé un bras et elle souffre d'une légère commotion car sa tête a heurté le plancher en tombant. Il y a une coupure sur son front qui a saigné assez abondamment et qui l'a sans doute affaiblie, mais elle est superficielle. À part ça, elle a quelques ecchymoses qui semblent vilaines et qui risquent de l'incommoder sérieusement, mais qui ne sont d'aucune gravité.

Le soulagement envahit si brutalement Barthélemy qu'il se sentit momentanément étourdi. Il déposa sa valise dans l'entrée, le temps de se remettre. Quand il se redressa, il vit le regard fixe d'Olivier et comprit l'examen minutieux auquel procédait cet homme, mais sans se sentir aucunement menacé. Il fut plutôt fortifié par la franchise d'Olivier et rafraîchi par son absence de maniérisme. Sans bégayer ni hésiter cette fois, il demanda :

— Puis-je la voir ?

— Elle dort, répondit Olivier.

Il fit un mouvement de la tête en direction de la chambre de Violette.

— Le médecin lui a donné un sédatif très efficace pour l'aider à surmonter le choc.

Il lut la déception sur le visage de Barthélemy et il ajouta :

— J'imagine qu'il n'y a pas de mal à ce que vous alliez la voir. La seule chose que je vous demande, c'est de ne pas la réveiller.

— Assurément, promit Barthélemy.

Il avait déjà franchi la moitié de la pièce. Il ouvrit la porte et entra.

C'était une vaste pièce avec un grand lit à colonnes recouvert de draps de lin blanc, de coussins de dentelle blanche et d'une couette de duveteux satin blanc. Violette reposait au milieu, menue et toute droite, son bras droit recouvert d'un gros plâtre. Un bandage était collé sur son front. La seule lumière dans la pièce venait de la porte entrouverte, mais elle était suffisante pour l'éclairer. Malgré le pronostic rassurant d'Olivier, elle semblait si frêle que le cœur de Barthélemy se serra en la voyant. Ses yeux se remplirent de larmes.

Il s'assit dans un fauteuil près du lit, les coudes sur les genoux, le menton dans les mains, les yeux sur le visage de Violette. Un nuage de boucles noires s'étalait sur l'oreiller blanc et donnait à son visage une allure irréelle. Les cils soyeux sur ses joues lisses lui donnaient un air fragile. Barthélemy en eut le souffle coupé. Il enfouit son visage dans ses mains, vaincu par l'émotion. Cinq heures auparavant, il pensait ne jamais la revoir. Elle avait été un souvenir, un rêve éveillé, un souhait impossible. En ce moment, il jurait de ne plus jamais la laisser s'en aller. Pas aussi longtemps qu'elle vivrait.

Il s'essuya les yeux et reprit sa veille vigilante. Il lui envoya des messages silencieux, espérant traverser l'affreuse barrière de son inconscience.

— Vous devez vous en remettre, lui dit-il. Vous le devez.

Il y avait encore tellement de moments à partager avec elle, tellement de choses qu'ils ne s'étaient pas encore dites. Il ne pouvait pas la perdre. Pas après l'avoir finalement retrouvée.

Il sentit une main sur son épaule et vit une ombre se projeter sur le lit. Olivier se tenait derrière lui et lui faisait signe de s'éloigner. Barthélemy se leva à contrecœur. Il jeta un dernier regard à Violette et lui adressa une dernière supplique. Il aurait voulu laisser courir ses doigts sur son visage délicat, mais il craignait de l'éveiller. Il lissa un pli sur le drap avant de reculer calmement jusqu'au salon.

Olivier ferma la porte derrière lui et dit gentiment :

— Ne vous inquiétez pas à outrance. Elle semble sérieusement blessée, mais c'est à cause du soporifique, j'en suis sûr. Quand l'effet en sera disparu, elle paraîtra beaucoup plus vigoureuse et se remettra rapidement. Elle aura peut-être certaines douleurs pendant quelques jours ou une semaine, mais elle guérira complètement, vous verrez.

Si la démonstration inattendue de gentillesse d'Olivier le prit par surprise, Barthélemy resta sceptique. Il dit d'un air dubitatif :

— Elle semble si vulnérable. J'espère que vous avez raison, monsieur MacKenzie.

— Bien sûr que j'ai raison, dit Olivier d'une voix ferme.

Il croisa les bras. Avec une franchise qui lui était plus habituelle, il ajouta :

— Mais peu importe la situation, vous ne vous faites aucun bien, ni à vous, ni à elle, à rester assis à son chevet, à la dévisager tristement. Vous ne faites que vous enfoncer dans un état de haute tension dramatique, habitude acquise, j'imagine, de votre cousine.

Il secoua la tête d'un air de regret avant de conclure :

— Je sympathise avec votre appréhension, mais je crois qu'elle n'est pas fondée. Ce dont Violette a le plus grandement besoin, c'est d'un sommeil ininterrompu. Et ce dont vous avez le plus grandement besoin, c'est d'un cognac corsé.

Olivier se dirigea vers une table le long du mur et remplit un verre qu'il versa d'une des trois carafes déposées sur un plateau. Il le lui tendit et commenta d'un air désabusé :

— En tenant compte des circonstances, Barthélemy, puis-je également suggérer que nous nous passions des « messieurs » et des « mademoiselles » ?

Barthélemy rougit d'animosité suite aux remarques d'Olivier, puis il reconnut leur bon sens.

— Je suis sûr que vous êtes un homme très avisé, Olivier, dit-il d'un air plus ou moins penaud.

Il accepta le cognac et prit une gorgée qui le réconforta.

— Cependant, je dois vous faire remarquer qu'il n'est pas juste de rejeter le blâme de mon trouble sur Allégra.

— Probablement, acquiesça tout de suite Olivier.

Un sourire étira les coins de sa bouche.

— Ayant connu Cecil, je pense qu'il serait plus exact de considérer que c'est une particularité des Pembroke en général.

Barthélemy rougit à nouveau, perplexe cette fois.

— Eh bien, je ne saurais dire précisément, marmonna-t-il.

— Moi, si, répondit Olivier.

Son sourire s'accrut. Il fit un signe en direction du canapé et dit :

— Asseyez-vous. Vous semblez épuisé. Avez-vous faim ? Vous arrivez tout droit du Sussex... Avez-vous mangé ?

Barthélemy s'effondra docilement sur le canapé. Il venait de réaliser qu'il n'avait rien mangé depuis le déjeuner. Sous l'effet regénérant du cognac vieilli et du réalisme à toute épreuve d'Olivier, son esprit logique commença à se manifester. Il lui dit sous le coup de la surprise :

— Oui, j'ai faim. En fait, je suis affamé.

Olivier approuva son retour au bon sens.

— Je vais descendre et éveiller les gens de la cuisine, dit-il. Je suis sûr qu'ils peuvent vous dénicher une bouchée ou deux.

Tandis qu'Olivier disparaissait, Barthélemy s'appuya sur le dossier et regroupa ses idées. En moins d'une journée, sa vie avait complètement changé de cours. Jusqu'à maintenant, il s'était laissé ballotter par le courant et il avait mené une existence sans projet. Il avait inventé des excuses pour ne pas confronter la réalité. Il s'était enterré dans les livres. Même son travail à la manufacture, tout satisfaisant qu'il ait fini par se révéler, était une façon d'éviter les décisions difficiles concernant sa vie. Maintenant, il avait par contre un but bien défini. Maintenant il avait Violette.

Sa vie n'appartenait dorénavant plus à son père, ni à des conventions sociales étouffantes, mais à lui-même. Les murmures et les ragots de la société « policée » n'avaient désormais plus d'importance. À partir de maintenant, ce qui comptait, c'était Violette, son bonheur, sa santé, son confort.

Barthélemy porta un toast à sa résolution et prit une lampée de cognac. Il ne savait pas encore comment il allait faire pour que cette audacieuse promesse se réalise. Contrairement au passé, cependant, c'est avec optimisme qu'il croyait pouvoir y parvenir. Contrairement au passé, il se sentait maintenant sûr de lui.

Avant qu'il ait eu le temps de retracer la source de sa nouvelle assurance, ou même d'en jouir, Olivier revint dans la pièce. Il fut suivi, presque immédiatement, par un garçon qui portait un énorme plateau chargé de pain et de fromage, d'un pâté de gibier froid, de pommes empotées et d'un panier de fruits.

— Les grills ont tous été fermés pour la nuit, expliqua Olivier pendant que le garçon déposait le plateau sur une table, mais ceci devrait vous permettre de tenir le coup.

— Est-ce seulement pour moi ? demanda Barthélemy, déconcerté. N'allez-vous pas manger vous aussi ?

— J'ai pris mon dîner il y a des heures, répondit Olivier

qui fourrageait dans le panier de fruits. Mais je prendrai du Stilton avec une poire. Je déteste l'admettre, mais le Stilton m'a manqué presque autant que Gilbert et Sullivan. Nous ne pouvons tout simplement pas garder de bons fromages à la Grenade.

Il savoura son casse-croûte en silence, tandis que Barthélemy dévorait son repas. Quand le dernier morceau de faisan et que la dernière miette de croûte de tarte furent disparus, Barthélemy soupira d'aise et déposa soigneusement sa serviette sur le plateau. Grandement ranimé, il se sentait prêt à affronter n'importe quoi.

Olivier se leva et prit une carafe. Il versa deux verres de porto et en tendit un à Barthélemy. Il se laissa tomber dans un fauteuil, passa sa jambe par-dessus le bras et dit :

— Et maintenant, dites-moi tout ce qu'il y a à savoir sur Pembroke et Fille.

La carafe était vide et Barthélemy avait la voix de plus en plus rauque quand Olivier se mit finalement à bâiller, mettant fin à des heures de questions et de réponses au sujet de l'entreprise d'Allégra.

— Il est trop tard pour que vous vous traîniez à travers Londres avec votre valise, dit-il en s'étirant. Et je doute que vous soyez également capable de trouver une voiture.

Il pencha la tête en direction du canapé.

— Pourquoi ne dormiriez-vous pas ici cette nuit, suggéra-t-il sans cérémonie ? Vous devriez de toute façon revenir au matin.

— Effectivement, approuva Barthélemy.

Il n'hésita qu'un instant avant d'accepter l'invitation. Même s'il avait longuement répondu aux questions d'Olivier et qu'il s'était intéressé à la discussion, ses yeux avaient constamment erré vers la porte de Violette. Étiquette ou pas, il préférait passer la nuit ici, aussi près de Violette qu'il le pouvait. Désormais habitué à la franche bonté d'Olivier, il dit :

— Je vous en serais grandement reconnaissant.

Malgré son inquiétude au sujet de Violette et en dépit de

l'inconfort d'un canapé trop petit pour lui, Barthélemy tomba endormi presque immédiatement. La journée avait été très astreignante. Il dormit profondément.

Quand il se réveilla le lendemain matin, il se dégagea aussi silencieusement qu'il put du sofa, plia soigneusement la couverture, puis fouilla dans sa valise à la recherche de son nécessaire à raser et d'une chemise propre. Ces articles sous le bras et une serviette sur son épaule, il longea le corridor pour s'adonner à ses ablutions matinales.

Quand il revint, sa cravate soigneusement nouée et chaque cheveu bien en place, l'appartement était encore baigné dans le silence. Pendant quelques minutes, il arpenta la pièce sans faire de bruit, puis il lut rapidement la première page du *Times* de la veille. À la fin, incapable de se retenir plus longuement, il se dirigea vers la porte de Violette et, en silence, il tourna lentement le bouton de la porte. Il entrouvrit la porte de quelques centimètres et jeta un coup d'œil dans la chambre. Violette était appuyée contre les coussins de dentelle, bien éveillée et son sourire s'adressait directement à lui. Avec un halètement de joie, le cœur lui débattant furieusement, il entra.

Il fut à l'autre bout de la chambre en trois enjambées. Il se pencha sur le lit. Il se dit de ne pas la toucher, qu'elle était contusionnée et endolorie et qu'elle n'était pas remise du traumatisme de la veille, mais quand elle tourna son adorable et innocent visage vers lui, il ne put résister. Ses mains entourèrent son menton, ses lèvres effleurèrent les siennes. Elle dégageait tellement de chaleur et de vitalité que le cœur de Barthélemy fit un autre bond. Toutes les sensations merveilleuses qu'il associait à la Grenade refirent surface.

Il l'embrassa encore et encore, sur les lèvres, sur les joues. Il enfouit son visage soigneusement rasé dans ses sombres boucles luisantes. Il savoura son goût, sa texture soyeuse, l'odeur de fleurs tropicales dans ses cheveux. Il se rappela certaines sensations et en découvrit d'autres jusqu'à ce que, craignant de lui faire mal, il se force à se calmer. Il s'assit sur le bord du lit et s'empara de sa main indemne. Il lui sourit. Il était plus heureux qu'il ne l'avait jamais été auparavant.

Malgré le gros bandage sur le front de Violette et le plâtre encombrant à son bras, malgré la possible perte de son héritage, malgré la dévastation de Pembroke et Fille, Barthélemy était totalement et franchement heureux. Il était même plus heureux qu'il l'avait été à la mare aux nénuphars ou lorsqu'ils avaient voyagé à dos d'âne pour rentrer à la maison après avoir mangé un sorbet acidulé. À ce moment-là, Violette n'avait constitué qu'un souhait, un désir, quelqu'un qu'il avait désespérément voulu, mais qu'il avait été incapable de garder près de lui. Maintenant elle était ici. Elle était vivante. Et elle était à lui. À tout jamais.

— Je vous aime, Violette, furent ses tout premiers mots. Je vous ai toujours aimée et je vous aimerai toujours.

Le sourire de Violette s'accentua et plissa les coins de ses profonds yeux bruns. Elle pressa la paume de sa main contre la sienne et elle savoura sa réponse pendant qu'il portait sa main à ses lèvres et qu'il déposait un baiser sur ses doigts.

— Oh, Barthélemy, je vous aime également.

Il y avait juste un brin d'hésitation dans les mots de Violette, l'ombre subtile d'une retenue. Ce n'était pas parce qu'elle ne chérissait pas son amour ou parce qu'elle ne le lui rendait pas avec autant d'ardeur, mais parce qu'elle désirait savoir où cela les mènerait. Elle se rappelait leur dernière nuit ensemble, dans la bibliothèque de l'*Étoile*, quand il lui avait dit que son père n'approuverait jamais leur union. Elle se rappelait comment elle l'avait laissé partir, sans penser à elle, pour le château en vue duquel il avait été élevé, comment elle lui avait bravement dit adieu alors qu'il repartait pour son existence de conte de fée. Même si elle était très enthousiaste de le voir à côté de son lit, son beau prince aux yeux de porcelaine bleue, elle ne pouvait s'empêcher de se demander combien de temps il y resterait.

— Toujours, répondit Barthélemy.

Il avait compris la question dans la voix rauque de Violette. Il pressa la petite main et apposa un autre tendre baiser pour sceller sa promesse.

— Je veux être toujours avec toi. Je ne veux plus jamais te laisser, dit-il d'une voix sérieuse.

Il garda la main de Violette contre sa joue.

— Chère Violette, me feriez-vous l'inestimable honneur de m'épouser ?

En réponse, Violette se souleva des coussins et se jeta dans ses bras. Elle ignora la douleur que son brusque mouvement lui causait.

— Oui, je le veux ! Je le veux ! Je le veux ! dit-elle.

Elle avait ponctué chaque exclamation d'un baiser enthousiaste. Elle n'était consciente que de Barthélemy, de sa peau fraîche et propre, de son odeur particulière, de la dévotion et de l'adoration inscrites sur son visage. Elle n'était consciente que de Barthélemy et du fait qu'elle était incroyablement heureuse, plus heureuse que jamais auparavant. Elle était vivante. Elle était à Londres. Et il était à elle. À tout jamais.

Même s'il était enchanté de sa réponse, Barthélemy était conscient des blessures de Violette. Avec une gentille accolade, il l'appuya contre les coussins.

— Vous ne devez pas vous fatiguer, gronda-t-il. L'élément le plus important dans la convalescence, c'est le repos. Moins vous vous fatiguerez, plus rapidement vous guérirez.

Il posa un baiser affectueux sur son front qu'il caressa du bout de ses doigts.

— Je suis, sans aucun doute, à blâmer de vous avoir déconcertée, ajouta-t-il, plein de remords. J'aurais dû présenter ma demande à un moment plus approprié.

— Oh non, Barthélemy, protesta Violette. C'est le moment idéal. Je ne puis vous dire à quel point, grâce à cela, je me sens mieux.

Mais elle avait une question plus pressante qu'elle posa immédiatement, à la manière directe des MacKenzie.

— Comment avez-vous réussi à faire changer d'idée à votre père ? demanda-t-elle.

Pendant un moment, Barthélemy eut l'air ahuri, comme s'il

avait oublié tout ce qui concernait son redoutable père. Puis il se mit à rire. Avec une clarté qui les surprit tous les deux, il dit :

— L'esprit de mon père n'a certes pas changé. Il faudrait une pétition de la Reine pour que sir Gérald modifie ses vues. Par contre, moi, j'ai changé les miennes.

Violette ne répondit pas ; elle retint son souffle et ses yeux s'agrandirent dans l'attente d'en entendre plus. Barthélemy ne la laissa pas longtemps dans l'expectative. D'un ton plus sérieux, il expliqua :

— J'ai découvert, récemment, que je n'étais pas aussi démuni que je le croyais autrefois. Il n'est pas indispensable que je reçoive mes traitements trimestriels ou que je dépende de mon père pour maintenir un niveau de vie respectable. Je suis capable de tracer ma propre route et il n'est plus vrai qu'il faudrait pour cela me résigner à un poste dans une médiocre école de garçons. Voyez-vous, ma propension à la minutie et ma connaissance des faits ont des applications très utiles dans le monde du commerce. Je suis redevable à Allégra de cette découverte, ajouta-t-il, avec reconnaissance. Merci à elle et à la foi inébranlable qu'elle a placée en moi. J'ai gagné une dose incommensurable de confiance en moi. Je ne suis désormais plus découragé par les connaissances de base qu'il faut pour survivre. Il est vrai que je suis encore incapable de faire cuire un œuf et de presser mon complet, mais j'ai la certitude que je serais capable d'acquérir ces habiletés, si cela s'avérait nécessaire.

— J'en suis tout aussi certaine, répliqua loyalement Violette. J'ai toujours senti que vous étiez capable de réaliser tout ce que vous voulez. Vous êtes la personne la plus intelligente que je connaisse. Et vous n'avez pas à vous inquiéter au sujet des œufs à faire bouillir, parce que je les réussis fort bien. Ils ont bien meilleur goût pochés et recouverts de sauce épicée.

Barthélemy rit encore, d'un rire heureux et profond qui venait du cœur. Il se pencha et il effleura les lèvres de Violette avec un autre baiser.

— Ma douce Violette, dit-il doucement, ma chère et douce fleur. Nous aurons une vie merveilleuse ensemble. J'en goûterai chaque minute.

Il traça une ligne en forme de cœur autour de son visage et il s'émerveilla, comme toujours, de sa beauté.

— Je vous promets une chose, jura-t-il solennellement. Je ne vous laisserai jamais vivre dans des lieux misérables. Je ne vous laisserai pas avoir froid, faim ou manquer de quoi que ce soit.

— Je vous crois, Barthélemy, dit Violette avec ferveur. Je vous crois, absolument.

— Attention ! l'avertit Barthélemy.

Il sourit à son incontestable loyauté.

— Je ne sais pas encore comment je vais parvenir à atteindre ce but, mais je vous promets que je trouverai une façon d'y arriver.

— Au fait, j'ai une ou deux idées là-dessus.

La voix d'Olivier leur parvint par derrière.

Étonnés par cette interruption, Barthélemy et Violette se retournèrent rapidement tous les deux. Olivier se tenait dans le cadre de la porte, les pans de sa chemise sortis, le visage non rasé, portant un plateau de chocolat chaud et de petits pains. Indifférent à leur intimité évidente et à leur expression étonnée, il traversa la pièce, déposa le plateau au bord du lit et versa trois tasses de cacao mousseux. Après les avoir distribuées, Olivier commença calmement à leur exposer ses idées.

## *21*

S'il lui avait été difficile de sortir du lit la veille, aujourd'hui c'était pratiquement impossible. Il était presque midi lorsqu'Allégra s'obligea à ramper hors du cocon de draps qui la préservait des catastrophes successives. À l'intérieur de l'amas chaud et sécurisant des couvertures, elle pouvait succomber à la lassitude qui envahissait son corps et son esprit. Les couvertures bien tirées par-dessus sa tête, elle n'avait pas à affronter son échec monumental.

Ce fut finalement l'habitude, davantage qu'un sens du devoir ou la culpabilité, qui l'en fit sortir. Elle s'habilla machinalement. Par habitude, elle choisit une jupe et un chemisier propres. Elle passa un inévitable coup de brosse dans ses cheveux indisciplinés et boutonna son manteau, l'esprit ailleurs. Ce jour-là, quand elle posa le pied sur le trottoir, le temps était accordé à son humeur : brumeux et froid, chargé de suie. Même si elle avait manqué les repas de la veille, elle ne fit aucune escale au salon de thé du coin. Ce jour-là, manger ne présentait aucun intérêt.

Elle ne s'arrêta pas non plus à sa boutique. Elle ouvrirait ou n'ouvrirait pas sans elle. Cela n'avait pas beaucoup d'importance. Dans quelques jours, tous les chocolats auraient été vendus ; alors les portes se fermeraient définitivement. Ce ne serait plus qu'une jolie place, vierge de marchandises. On se moquerait de ses efforts et de son ambition. Elle n'avait aucun intérêt à voir la scène de son imminente défaite.

Même si elle se souciait beaucoup de l'état de Violette, elle n'alla pas à l'hôtel non plus. Elle n'avait pas encore le courage d'affronter Olivier, d'être le témoin de son mépris alors qu'il faisait le point sur l'ensemble des trahisons des Pembroke. Même si elle ne pouvait supporter de lui faire face, elle pouvait difficilement le blâmer. Il avait eu plus que sa part depuis qu'il avait acheté la moitié de l'*Étoile*. Il avait attiré sur lui les problèmes de tous les Pembroke, leurs faiblesses et leurs failles.

Elle se rendit directement à la manufacture. Elle fit tout le trajet à pied, en partie pour économiser les coûts du transport, en partie parce qu'elle n'était pas pressée. L'édifice était silencieux quand elle entra, sa tranquillité ajoutant au froid qui y régnait. Pendant quelques instants elle demeura devant la porte entrouverte, tentée de céder à l'impulsion de se retourner et de s'enfuir de tout cela. À la fin, elle soupira et s'avança. Même si elle n'avait aucune idée du but qu'elle poursuivrait dans cette salle déserte, elle n'avait aucun autre endroit où aller, rien d'autre à faire.

Elle laissa la porte se refermer derrière elle et commença à longer la pièce. Ses pas résonnaient, menus et insignifiants sur le plancher de bois. Elle s'arrêta à chaque poste de travail, comme elle l'avait fait lors de sa première visite aux Confections Stellar, deux mois auparavant. Dans son esprit, elle récita les fonctions de chaque pièce de l'équipement, comme Barthélemy l'avait fait lorsqu'elle avait visité la manufacture la première fois. Les explications d'Allégra étaient plus élaborées, plus détaillées et plus minutieuses, résultat des connaissances qu'elle avait fièrement acquises depuis lors.

Elle jeta un regard plein de lassitude autour d'elle. Elle se dit que ces connaissances n'étaient désormais plus que de l'information inutile. La manufacture semblait déjà abandonnée, semblait une affaire éteinte depuis longtemps. Du chocolat durcissait en petites boules, s'agglomérait sur les palettes et sur les rouleaux, s'agglutinait au fond des cuves. Elle reprit sa marche, contourna le trou percé à travers le plancher, elle repoussa du pied la courroie de caoutchouc inerte, coupée de son arbre. Elle jeta un coup d'œil sur la valve de métal mutilée responsable de cette destruction.

Ce n'est que lorsqu'elle approcha des étagères de friandises à envelopper qu'une certaine résolution prit le pas sur son désœuvrement. C'était une chose d'avoir perdu les machines et l'équipement, les briques et le mortier, mais elle ne pouvait supporter de voir les chocolats se gâter. Ils avaient une vie, une raison d'être, ils avaient été faits pour être appréciés. Elle les vendrait dans la boutique ou elle les donnerait dans les rues, mais elle ne les laisserait pas se perdre ou être dévorés par les rats. Elle enleva son manteau, elle remonta ses manchettes et commença à mettre les friandises dans des boîtes.

Plus d'une heure avait passé, une heure au cours de laquelle le rythme régulier de la préparation des boîtes de chocolats avait eu un effet presque calmant sur les nerfs d'Allégra, quand elle entendit un bruit de talons sur le plancher. Le son concurrent d'une canne contre le bois lui apprit, sans qu'elle ait à lever les yeux, que c'était Roland. Elle continua à travailler; son illusoire satisfaction avait disparu, remplacée par l'anxiété et par la terreur de son approche. La tête penchée sur sa tâche et ses mains tremblant un peu, elle écouta sa progression jusqu'à ce qu'il s'arrête à moins d'un mètre d'elle.

Sa gorge était sèche et son pouls saccadé alors qu'elle attendait que la hache tombe. Elle eut de la difficulté à mettre le couvercle sur la boîte. Elle était tendue, ses pensées se bousculaient. Elle attendit qu'il se mette à jubiler, qu'il réclame allègrement le remboursement de son prêt, qu'il exige l'*Étoile* quand elle aurait admis qu'elle ne pouvait payer. Elle savait que c'était sur le point de se produire, elle savait que cela arriverait dans quelques instants, elle savait que dans une seconde elle perdrait tout ce qu'elle possédait ou aimait. Toutes les fibres de son être prièrent pour que tout cela soit reporté.

— Je vous en prie, permettez-moi de vous exprimer mes regrets les plus profonds, Allégra, dit Roland de sa voix la plus douce, la plus civilisée. Ce fut un affreux accident, plus malheureux encore parce que le succès était en vue. Si j'étais à votre place, je serais totalement dévasté, tout simplement paralysé devant les cruautés du destin. Cependant, vous voici, en train de trier des bonbons comme si rien ne s'était produit. Vous êtes indomptable, ma chère, indomptable.

La tête d'Allégra se releva devant cet étonnant discours, sa bouche s'entrouvrit de stupéfaction. C'était le Roland qu'elle avait d'abord connu, charmant et agréable, un beau sourire éclairant son visage. Ce changement d'attitude la rendit muette.

— Je réalise à quel point vous êtes surprise, reconnut Roland.

Il posa ses deux mains sur le pommeau de sa canne.

— Non pas que je vous blâme. J'avoue m'être très mal comporté. Pauvre Allégra. Vous êtes une innocente victime de ma querelle avec MacKenzie. Vous avez vaillamment lutté contre des dés pipés, mais votre infatigable détermination me fait honte, ma chère. Elle m'a ouvert les yeux.

Son visage était sérieux, sa voix très sincère. Il dit :

— Vous devez me laisser réparer les problèmes que je vous ai causés. Je suis convaincu que vous seriez en train de prospérer en ce moment, sans mes plans sataniques. Pensez-vous que vous pourriez commencer à me pardonner si je déchirais cette ennuyeuse note de votre père ?

Allégra déglutit et cligna des yeux. C'étaient les mots miraculeux qu'elle avait espéré entendre, mais maintenant qu'il les avait prononcés, elle avait de la difficulté à les croire. C'était trop beau pour être vrai.

— Le feriez-vous vraiment ? demanda-t-elle.

Elle était si enrouée qu'elle dut s'éclaircir la voix et répéter :

— Déchireriez-vous vraiment la note ?

— Bien sûr, ma chère, et avec plaisir, dit Roland en souriant. De plus, j'insiste pour vous prêter les fonds pour remettre votre manufacture sur pied. Cette fois-ci, je ne permettrai pas que vous refusiez. Si vous ne l'acceptez pas pour vous, faites-le pour moi. Ma conscience me tourmentera si je sais que je ne vous ai pas aidé à réparer les dommages que j'ai causés.

Allégra était sur le point d'accepter joyeusement, de crier son soulagement, ravie de se voir donner un répit. Cette aide serait son salut, sa libération. Son moral grimpa au septième ciel. Un heureux sourire éclairait son visage quand elle ouvrit la bouche pour parler. Mais elle lut, au-delà de l'expression contrite de Roland, l'éclair obsessif dans ses yeux, l'air prédateur sur ses traits pâles. En cet horrible instant, elle sut qu'il lui avait tendu un autre piège. Son estomac se noua. Son moral retomba à zéro.

Pour cacher les larmes qui montaient à ses yeux, elle tourna à nouveau son attention sur son travail. Les mains tremblantes, elle entassa les chocolats dans des boîtes, les nerfs mis à vif par la déroute de ses espoirs. Elle savait qu'emprunter de l'argent de Roland ne ferait qu'aggraver ses problèmes.

— Non, merci, dit-elle d'une voix vacillante.

Pendant un moment, Roland ne répondit rien. Il lutta pour contrôler sa rage devant le refus d'Allégra. Une coloration marbrée couvrit ses joues et changea son beau visage en un faciès plein de laideur. Il ne put se retenir.

— Stupide petite idiote, lança-t-il d'un ton hargneux.

Il fit un pas menaçant dans sa direction.

— Tu vas vite apprendre qu'une telle fierté moralisatrice est un luxe trop coûteux. Ta précieuse intégrité va te coûter très cher.

Il frappa sinistrement sur le sol à l'aide de sa canne.

— *Maintenant*, mademoiselle Allégra Pembroke, dit-il. C'est *maintenant* qu'il faut régler tes dettes. Tu me dois trois mille dollars. Je te prie de me les remettre.

— Je ne peux pas, dit faiblement Allégra.

Elle recula pour se protéger de sa colère déchaînée. Le moment redouté était arrivé, finalement.

— Vous savez que je ne peux pas. Vous savez que je n'ai pas l'argent.

Le rire de Roland ne contenait aucune trace d'humour quand il fit un autre pas vers elle.

— Si tu n'as pas d'argent, alors tu dois avoir une autre forme de paiement à m'offrir. D'une façon ou de l'autre, tu devras payer. Je ne suis pas intéressé par l'argent; cette somme dérisoire n'a aucune signification pour moi. Je dépenserais volontiers deux ou trois fois cette somme pour posséder quelque chose que MacKenzie aime, pour le plaisir de l'humilier comme il m'a humilié. Une fois pour toutes, je vais donner une leçon à ce rustre colonial.

Effrayée par cette menace maniaque, Allégra recula encore. Sa retraite fut brusquement bloquée quand elle heurta la table où s'empilaient des boîtes de chocolats. En état de panique, elle se mit à chercher une autre issue pour s'échapper. À l'instant où elle détourna ses yeux de Roland, il la rejoignit et la saisit par le devant de sa chemise.

Les nerfs tendus d'Allégra bondirent de frayeur sous le brutal contact de Roland. Elle se défit si précipitamment de son emprise que les boutons de perle de sa blouse sautèrent et rebondirent sur le sol. Le fait qu'il la relâche si soudainement la déséquilibra. En cherchant à se sauver de l'assaut répété de Roland, elle s'écrasa contre les grandes colonnes de confiseries mises en boîtes. Les chocolats volèrent dans toutes les directions.

— Friponne! cria Roland.

Il écrasa les belles confiseries sous son pied en s'approchant d'elle.

— Misérable traînée! Ne pense pas pouvoir t'échapper.

Il emprisonna ses bras, puis l'attira vers lui.

Sa prise était très forte pour un homme si pâle et d'apparence si raffinée. Allégra lutta en vain. Elle se tortilla tellement que les mains de Roland irritèrent ses poignets. Elle tenta de s'extirper et de frapper, mais elle ne réussit qu'à perdre encore l'équilibre. Cette fois, elle s'affala sur le plancher, Roland par-dessus elle.

La force de sa chute sur le plancher recouvert de chocolats lui coupa le souffle, mais il ne relâcha à aucun moment son attaque démente. Il l'empêcha de respirer, gardant sa bouche froide et sèche cruellement collée à la sienne, sans tenir compte de ses efforts désespérés pour se libérer. Il se frotta contre le corps d'Allégra en proie à des hauts-le-cœur, à des vagues de répulsion et de dégoût, couvrant même sa douleur.

La rage et le mépris furent rapidement supplantés par la peur. Elle était désemparée sous le poids qui la blessait ; elle avait l'impression d'être une chiffe ou un jouet dont Roland voulait se servir pour ses visées démentes. Avec chaque parcelle de force qu'elle put rassembler, ses poumons cherchant désespérément de l'air, Allégra tenta de le repousser, mais ses efforts frénétiques n'eurent aucun résultat. Sa frustration d'être si faible s'accrut devant le pouvoir abominable de Roland.

Soudain, il n'était plus là ; il fut arraché d'elle avec une force extraordinaire. Comme l'air parvenait à nouveau dans ses poumons douloureux, comme un soulagement ardemment attendu amollissait ses membres, Allégra vit Olivier lancer Roland comme un sac de graines de cacao. Il le projetait sur le plancher, puis il l'en arrachait pour l'y précipiter encore. La furie se lisait sur son visage pendant que ses poings martelaient son adversaire. Olivier le frappa juste au-dessus de la chaîne de sa montre. Quand Roland hurla et se prostra de douleur, Olivier le frappa à nouveau, sur la mâchoire.

Roué de coups, Roland tituba et s'effondra contre la table à empaqueter, cherchant un appui. Son visage livide était vert de douleur, du sang coulait de ses lèvres fendues et enflées. Un espace noir avait remplacé l'une de ses dents. Ses vêtements, fabriqués sur Savile Row, étaient froissés et déchirés. Du sang et du chocolat maculaient le fin tissu. Son souffle était haletant, ses yeux vitreux, toute trace de son arrogante assurance était disparue.

Sans quitter la scène des yeux, Allégra se releva lentement et réussit à s'asseoir par terre, puis elle se traîna aussi loin qu'elle le put. Elle ne s'arrêta que lorsque son dos frappa les étagères de chocolats. Tout à la fois émerveillée et épouvantée par la férocité d'Olivier, elle fut frappée par un sentiment de *déjà vu*. Elle se souvint de la nuit de la razzia de cacao, quand Olivier avait sauvagement attaqué un voleur qui fondait sur elle.

Olivier se plaça au-dessus de l'ennemi défait, ses longues jambes bien campées. Ses larges épaules dégageaient une force menaçante. Quand il parla, sa voix résonnait avec la même intonation glaciale qu'au domaine Argo, avec la même autorité qui avait soumis Frédéric Lefin et Cyril Joseph. Ce ton avait fait courir un frisson sur l'échine d'Allégra ce jour-là et il produisait encore le même effet.

— J'ai une indigestion de tes petits jeux de vengeance. Jusqu'à maintenant, c'est toi qui en as imposé les règles et qui as distribué les cartes. Il s'agit d'une joute à sens unique. Mais, maintenant, c'est à mon tour. Écoute bien, Hawkes. Voici les nouvelles règles.

— Un...

Il plaça un index de fer sous le nez de Roland.

— Tu vas expédier, par le courrier de demain, un chèque avec une somme suffisante pour couvrir les coûts d'une nouvelle chaudière à vapeur pour Pembroke et Fille.

— Deux...

Un deuxième doigt fut pointé avec une telle force que Roland recula instinctivement.

— Dans très peu de temps, j'espère entendre dire que Lord Fenwick a, pour des raisons inconnues, décidé de se défaire de ses biens aux Antilles et d'investir son argent et son attention dans une autre partie du globe. Il ne devrait refuser aucune offre raisonnable pour l'une ou l'autre de ses entreprises.

— Et trois...

Un troisième doigt se détendit et la voix d'Olivier devint encore plus implacable.

— Si jamais Allégra, moi-même ou qui que ce soit que nous aimons rencontre un obstacle ou subit un malheur, je t'en tiendrai responsable. Dans ce cas, non seulement finirai-je l'ajustement dentaire que je viens tout juste de commencer, mais je créerai un tel scandale que tu ne seras plus jamais capable de montrer ton visage édenté en public.

— Je ne te crois pas, marmonna Roland qui tentait de se dérober. Il toussa faiblement et agrippa son ventre, coincé entre Olivier et la table.

— Je pense que tu bluffes. Tout le monde sait que la chaudière était vétuste. Pourquoi devrais-je payer pour la remplacer ?

— Parce que tu es responsable de son explosion et des dommages qu'elle a causés, répliqua durement Olivier. Tu verras bien qui bluffe quand l'affidavit signé par Jérémie Jones sera reproduit à la une de tous les journaux. Pendant combien de temps penses-tu que cette société snobinarde que tu révères va continuer à t'accepter dans ses rangs quand elle apprendra la vérité, quand elle apprendra que tu as payé le courtier dix dollars pour desserrer suffisamment la vieille valve afin qu'elle explose ? Combien d'invitations à des bals de débutantes et à d'élégants soupers imagines-tu que tu recevras quand tes honorables pairs réaliseront que toi et ton plan diabolique, vous avez directement causé des blessures à une innocente jeune femme et la ruine financière d'une autre ? La société te stigmatisera comme un pitoyable lâche, ce qui est un anathème pour un véritable Anglais.

Olivier lui jeta un regard méprisant avant de conclure.

— Tu n'as absolument pas d'autre choix que de respecter mes règles.

Roland ne nia pas avoir acheté Jérémie Jones, mais il tenta une dernière attaque.

— Je détiens toujours une note contre votre domaine bien-aimé, dit-il.

Ses mots sifflèrent inefficacement dans sa bouche.

— Tu ne détiens *rien* ! rugit Olivier.

Il prit Roland par le collet.

— Tu es un menteur et un fourbe, de même qu'une brute !

Cecil a trouvé l'argent en septembre dernier en vendant le contrat pour la récolte de l'*Étoile* à ton copain Lefin. Il a remboursé immédiatement l'emprunt et ses avoués ont le chèque annulé pour le prouver. Fidèle à lui-même, Cecil a omis de récupérer la note, mais heureusement il a eu le bon sens de demander un reçu. Ce n'est pas par magnanimité que tu as constamment offert d'investir dans l'entreprise d'Allégra, mais par désir d'établir un vrai droit de rétention sur l'*Étoile*. Un droit qui aurait remplacé le morceau de papier sans valeur que tu agitais devant elle.

La bouche d'Allégra s'ouvrit devant cette révélation. Un sentiment de pur outrage enflamma ses joues. Des paroles furieuses s'accumulèrent sur sa langue. Avant qu'elle ait eu la chance de les cracher, Olivier se mit à nouveau en mouvement. Il tenait toujours un Roland vaincu par le collet. Il le traîna pour le redresser et le poussa vers la porte.

— Dehors, dit-il d'une voix glaciale. Sors d'ici et rappelle-toi ces trois règles.

Comme Roland se traînait sur le plancher de bois, Olivier se pencha et ramassa sa canne à pommeau d'argent, son sceptre de roi déchu. À la porte, il attendit que Roland ait dégringolé les marches, puis il lui lança la canne. Il claqua la porte et, d'une main déterminée, il glissa le verrou et revint dans la salle d'un pas délibérément lent.

L'ébahissement d'Allégra et son sentiment d'outrage s'évaporèrent tous deux, remplacés par l'inquiétude pendant qu'Olivier s'approchait d'elle. Tentant inconsciemment de se rendre invisible, elle se pressa davantage contre les étagères de chocolats. C'était maintenant à son tour de subir la colère d'Olivier. Il allait lui faire le récit de ses étourderies et décider de son sort. Il allait énumérer ses échecs, en commençant par sa folie d'avoir pensé qu'elle pouvait diriger une entreprise ; il allait poursuivre sur sa négligence à enquêter sur Roland et sur le prétendu prêt. Elle allait maintenant l'entendre dire qu'il ne voulait plus jamais la voir, qu'elle avait étourdiment compromis l'*Étoile* et, ce qui était bien pire, la vie de Violette.

Quand Olivier finit par s'arrêter à un mètre d'elle, il lui vint à l'esprit que cette scène n'était pas sans similitude avec celle jouée plus tôt quand, les yeux tournés, elle avait attendu que Roland lui annonce sa perte. Comme des secondes tranquilles s'écoulaient, la terreur logée dans son estomac se durcit en ressentiment. Allégra se sentit soudainement abattue, meurtrie et lasse de voir son avenir décidé par les actions et les opinions des autres. Une coulée de rébellion monta de son ventre et s'incrusta dans sa mâchoire.

Olivier vit ces émotions successives transparaître sur le visage d'Allégra, il les vit évoluer de l'anxiété à l'obstination. Les dernières séquelles de la rage aveugle qui l'avait possédé s'effacèrent à la vue de son menton plein de défi. Il eut un petit rire. Étonnée par cette réaction inattendue, Allégra leva rapidement les yeux.

— Puis-je ? demanda-t-il d'un ton léger.

Il fit un signe de la tête en direction de l'espace vide à côté d'elle, comme s'il demandait la permission de s'asseoir sur un divan damassé dans son salon personnel durant une visite de courtoisie.

Elle le dévisagea, craignant d'entendre son ton habituel. Finalement, elle haussa les épaules et elle regarda ailleurs.

Du bout de sa botte, Olivier repoussa les chocolats écrasés. Puis, avec une attention inhabituelle pour ses vêtements anormalement soignés, il laissa tomber son mouchoir sur les résidus collants.

— Tout un dégât, n'est-ce pas ? commenta-t-il sur le ton de la conversation.

Il s'assit sur le plancher et appuya son dos contre les étagères.

Allégra lui jeta un coup d'œil oblique, mais n'émit pas de réponse, car son esprit cherchait à toute vitesse la signification de ce qu'il voulait vraiment dire. Il n'était qu'à quelques centimètres d'elle et, même s'il ne faisait aucun geste pour la toucher, elle trouvait sa proximité affolante. Même si elle était exaspérée, il faisait bondir son pouls.

Dans la même veine anodine, Olivier continua à babiller.

— J'ai eu une conversation intéressante avec Barthélemy la nuit dernière, dit-il, mine de rien. J'ai fait plus ample connaissance avec mon futur beau-frère.

— Votre quoi ? haleta Allégra.

Une curiosité soudaine remplaça temporairement son ressentiment.

Olivier sourit de la voir ravie.

— Mon beau-frère, répéta-t-il. Violette et lui sont déterminés à se marier dès qu'elle sera en mesure de tenir un bouquet de mariée. Je leur souhaite beaucoup de bonheur, ajouta-t-il sincèrement. Je pense qu'ils seront heureux. Ce qui ne veut pas dire qu'ils n'auront pas d'obstacles d'importance à surmonter, avec sir Gérald en tête de liste. Il ne lui versera plus le moindre sou.

— Ce n'est pas juste, dit Allégra en s'échauffant.

Elle sympathisait avec son cousin.

— Mais je suis certaine que Barthélemy trouvera un moyen pour contourner la difficulté. Il est beaucoup plus intelligent et habile qu'il ne l'imagine. Je ne pense pas qu'il ait besoin des largesses de son père pour survivre ou même pour prospérer.

— Je ne le pense pas non plus, acquiesça Olivier.

Ce fut à son tour de détourner les yeux. Il se mit à étudier soigneusement le plafond et dit :

— Cependant, je crains que ta relation avec sir Gérald soit plus périlleuse. Sans Barthélemy pour agir comme paravent, je doute que ton oncle continue à laisser courir ton emprunt. Je peux gager qu'il va envoyer ses avoués pour ramasser l'argent de la note dans les vingt-quatre heures qui suivront l'annonce du mariage de Barthélemy.

Il ramena son regard sur le visage horrifié d'Allégra et dit :

— Il semble que, même sans Roland Hawkes pour te tourmenter, tu sois encore dans le pétrin.

Allégra déglutit car sa gorge s'était soudain asséchée. L'agréable sensation produite par l'annonce du mariage de son cousin et de Violette s'était évanouie. Elle avait tout regagné et tout perdu tant de fois aujourd'hui que son esprit commençait à s'engourdir. Elle le regarda une nouvelle fois et lui dit d'une voix désespérée :

— Oui, il semble bien.

— Je me demande, Allégra... dit Olivier.

Il parla avec autant de délicatesse et de prudence qu'il put en rassembler.

— Je me demande si tu serais intéressée à entendre une proposition de mon cru, une proposition qui pourrait remédier à la situation.

En dépit de son approche douce et bien éduquée, sa suggestion déclencha une réponse immédiate. Allégra avança une nouvelle fois sa mâchoire et elle se remit à regarder ses genoux. Elle grogna. Elle savait ce qui allait venir. Il importait peu qu'elle veuille entendre sa proposition ou écouter son conseil, elle savait qu'elle aurait à le faire. Exactement comme sa mère et son grand-père avaient toujours préparé leurs réprimandes avec des phrases polies où ils exprimaient leur souci pour elle, elle sentit qu'Olivier se dirigeait vers une autre leçon sur son incompétence. Peut-être était-elle incompétente. Non pas peut-être, mais probablement. Mais elle était fatiguée de se le faire dire.

Olivier prit son grognement pour un consentement. Il était bien conscient de sa mine renfrognée et ennuyée, mais il la préférait de beaucoup à l'air décontenancé qu'elle avait auparavant. Il avait l'habitude de son entêtement. En fait, il l'espérait et, malgré l'exaspération que cela lui causait, en fait, il l'accueillait volontiers. C'était quand elle abdiquait qu'il s'inquiétait.

Il prit un caramel recouvert de chocolat et le fit jouer dans sa main. Il commença, affable :

— À y repenser plus soigneusement, je réalise que mes critiques initiales des Confections Stellar et de Pembroke et Fille étaient légèrement exagérées, qu'elles avaient été énoncées à la hâte, si on peut dire. Maintenant que j'ai eu la possibilité de revoir les chiffres plus objectivement, j'admets que ta foi dans la compagnie n'était pas sans fondement. Même si l'entreprise est encore en difficulté, je crois qu'elle a le potentiel pour réussir.

Il s'arrêta, laissa tomber le chocolat, reprit son souffle et plongea, témérairement, la tête la première.

— J'aimerais acheter Pembroke et Fille, dit-il, en la regardant droit dans les yeux. Je suis prêt à t'offrir six mille dollars.

Lentement, Allégra leva son visage. Lentement elle le tourna vers le sien.

— Non, dit-elle brièvement.

Sa mine se renfrogna davantage.

Olivier ravala la remarque brutale qu'il était sur le point de faire, car il se rappela avec ironie qu'il appréciait son obstination.

— Sois raisonnable, Allégra, dit-il calmement. C'est une offre intéressante, si l'on considère que tu ne possèdes ni l'édifice de la manufacture, ni la boutique, et que tu n'es pas encore vraiment établie. Elle couvre plus que la valeur de l'équipement et de l'inventaire. Après avoir réglé quelques factures, il te resterait une somme décente pour ton usage personnel. Avec l'argent que tu recevras, tu pourras rembourser ton oncle et être libérée de toute dette, tout en conservant ta part de l'*Étoile*. Autrement, si tu poursuis sur ta lancée actuelle, tu vas certainement perdre le domaine, et fort probablement l'entreprise de chocolat.

— Oh? dit froidement Allégra. Il semble que j'aie tenu jusqu'à maintenant.

— Oui, tu as tenu, acquiesça Olivier.

Il fit un geste de la tête.

— Et je t'accorde l'énorme crédit d'avoir tourné une entreprise minable en un bijou resplendissant par la simple force de ta volonté. Mais, malheureusement, il faudra plus que cela pour la maintenir en opération. Même quand la chaudière aura été remplacée, il y aura d'autres réparations à faire et il y a, inévitablement, des saisons mortes, telles que l'été qui vient, à traverser. Il faut un certain capital pour mettre une entreprise sur pied. Allégra, tu n'as pas deux sous.

La bouche d'Allégra se contracta alors qu'elle acceptait à contrecœur l'estimation d'Olivier. Elle avait déjà fait les mêmes calculs. Cela ne voulait aucunement dire, cependant, qu'elle s'apprêtait à renoncer. Elle croisa les bras sur sa blouse déchirée et dit d'un ton irrité :

— En premier lieu, ton analyse néglige un fait. Je ne serai pas « libérée de toute dette », comme tu le prétends, parce que je te dois encore trois mille dollars pour l'argent que tu as donné à Frédéric Lefin. Argent qui, comme tu le sais, a servi à rembourser Roland. Aussi, même si tu ne détiens pas une note écrite, je suis doublement dans l'obligation d'honorer ce prêt.

— Mmm, commenta Olivier.

Il croisa les bras et s'appuya de nouveau, attendant la suite de son raisonnement.

Elle ne tarda pas. Elle continua avec encore plus de conviction.

— En second lieu, je t'ai déjà dit que je n'accepterais pas la charité. Et ton achat de la manufacture serait très certainement de la charité puisque tu détestes vivre en Angleterre et que, par conséquent, tu ne peux pas sincèrement vouloir l'entreprise. Si Pembroke et Fille a autant de potentiel que tu le dis, alors je devrais être capable de trouver un acheteur vraiment intéressé, un acheteur anglais, en fait. Peut-être même quelqu'un qui me paiera un prix plus élevé.

— Peut-être, concéda Olivier. Cependant il se pourrait que tu trouves un acheteur qui te paie moins.

Il y pensa un instant, soupesa les possibilités, puis passa à un sujet plus intéressant.

— Je n'en serais pas le dernier acheteur. Je revendrais immédiatement soixante-quinze pour cent de la compagnie à Barthélemy en reportant le paiement cinq ans plus tard et je lui offrirais un certain montant d'argent en cadeau de noce.

Olivier se pencha vers l'avant et entoura ses genoux

relevés. Il dit d'une voix enjoleuse :

— Tu dois admettre, Allégra, qu'à part toi, Barthélemy est le propriétaire idéal de Pembroke et Fille. Personne ne connaît mieux l'entreprise ni ne peut mieux la diriger. Et même le nom convient. Bon, se rétracta-t-il, peut-être que le mot « Fille » n'est pas tellement approprié. Mais Violette et lui devraient pouvoir corriger la situation en peu de temps.

Allégra décroisa les bras et les laissa retomber sur ses genoux. Il avait raison, bien sûr. Barthélemy était le propriétaire idéal, mais elle n'était pas encore prête à l'admettre. Elle réalisa qu'elle était inexplicablement ennuyée par la belle solution qu'Olivier avait trouvée aux problèmes de tout le monde. Avec sa manufacture comme agneau du sacrifice. La sienne et celle de Cecil. Elle dit avec humeur :

— J'imagine que cela écarte la menace de sir Gérald et assure l'avenir de Barthélemy et de Violette, mais ma première objection tient toujours. Je te dois trois mille dollars.

Olivier réalisa qu'elle trouvait le tour de magie plus troublant que libérateur. Il hésita donc à poursuivre.

— J'aimerais pouvoir te dire que par générosité, j'ai oublié la dette, dit-il d'une voix lasse, mais à la vérité, l'*Étoile* a fait un profit sans précédent, surtout depuis que la surface supplémentaire ajoutée par Cecil a commencé à produire. Avec le prix du cacao qui atteint un niveau record, nous nous en tirons fort bien. Ta part de profit devrait aider à éponger les trois mille dollars et la récolte de l'année prochaine devrait éliminer la dette au complet.

Il en était donc ainsi. Ses problèmes étaient réglés. Pourquoi ne se sentait-elle pas libérée? Elle se frotta le front. Allégra se dit qu'elle devrait être heureuse de la façon dont les choses se réglaient et reconnaissante de l'intervention d'Olivier. Mais elle éprouvait tout de même un inexplicable ressentiment.

— Ce n'est pas juste un édifice, tu sais, dit-elle finalement. Ce ne sont pas seulement des friandises.

Elle dissémina quelques chocolats à ses pieds en guise de

démonstration. Pendant un moment, elle resta silencieuse alors qu'elle essayait d'assembler ses pensées éparses, puis elle se tourna vers lui et l'implora de comprendre. Toute trace de bouderie disparue de sa voix, elle dit avec une vive attention :

— Pembroke et Fille, ce n'est pas Barthélemy et son bébé. Cecil est le Pembroke et c'est *moi* qui suis la Fille. Moi.

Elle se frappa pour bien appuyer ses paroles.

— C'est... c'est..., finit-elle par dire sous le coup de la frustration, incapable d'articuler ce qu'elle ressentait.

Comment pouvait-elle lui expliquer que Pembroke et Fille n'était pas seulement une affaire dont elle avait hérité, mais le symbole d'un legs plus important? Comment pouvait-elle lui expliquer que ce n'était qu'en faisant un succès de l'entreprise de chocolat, qu'en lavant la réputation de son père, qu'en prouvant que ses plans romantiques étaient réalistes, qu'elle prouverait, elle aussi, sa propre valeur?

Toute sa vie, elle avait été réprimandée et ridiculisée pour une nature qu'elle avait tenté en vain de réprimer. Toute sa vie, elle avait été habitée par des ambitions et des rêves qu'elle n'avait pas osé exprimer. Ce ne fut pas avant d'avoir découvert l'existence de son père qu'elle comprit, avec un heureux soulagement, de qui elle tenait son impossible caractère. Ce n'était qu'en prouvant à tous ceux qui avaient toujours été convaincus du contraire que Cecil n'était pas une tête de linotte, un imbécile ou un fou imprévoyant, qu'elle pouvait prouver qu'elle ne l'était pas non plus. Et, ce qui était plus important, elle pouvait se prouver la même chose à elle-même. Comment pouvait-elle faire comprendre cela à Olivier?

Elle n'eut pas à le faire. Olivier le devina dans sa voix, le vit dans son expression désespérée. Plus que tout, il le sut tout simplement. Il le sut parce qu'il avait connu Cecil et parce qu'il l'avait connue, elle, et parce qu'il savait comment le monde fonctionnait. Il se pencha et très tendrement, il effleura la joue d'Allégra.

— Tu n'es pas ton père, dit-il. Tu n'es pas Cecil.

Quand elle le regarda, se demandant ce qu'il voulait dire,

il caressa à nouveau sa joue et élabora gentiment.

— Tu es la fille de ton père de plusieurs façons, mais tu es une personne entière capable de te tenir toute seule, sans lui. En fait, il vaudrait mieux pour toi que tu te sépares de lui. Cecil était plein d'impétuosité et d'imagination, tout comme toi. Il était amusant, attirant, plein de vie, comme toi. Mais, Allégra, dit-il de façon plus pressante, finalement, Cecil était un enfant égoïste et gâté, mais pas toi.

Il prit sa main froide. Il souhaita pouvoir d'une certaine façon atténuer le sens des mots qu'il s'apprêtait à dire.

— Ne me comprends pas mal, lui dit-il. J'aimais Cecil. Il était mon ami et, par choix, mon associé. Mais je n'étais pas aveugle à ses déficiences. C'était un homme intéressant dont le premier intérêt était lui-même. C'était un homme fort doué qui se servait de ses talents pour sa propre gloire et pour son aisance, mais qui oubliait ceux qui se souciaient le plus de lui. Il a profité de son père, il a abandonné ta mère, il t'a trompée et, Allégra, il t'a oubliée.

En même temps qu'elle prenait une brusque respiration, Allégra retira sa main de la prise réconfortante d'Olivier. Elle la joignit à l'autre sur ses genoux. Elle déposa sa tête sur ses mains et accepta douloureusement ce dernier coup. Elle ne protesta pas contre le jugement que porta Olivier sur Cecil. Elle en était elle-même arrivée à la même conclusion. Mais c'était une chose d'admettre que son père avait trahi quelqu'un d'autre et une toute autre chose d'admettre qu'il l'avait trahie, elle.

— Peut-être est-il préférable que tu aies grandi dans la maison de ton grand-père, Allégra, dit pensivement Olivier.

Il passa ses doigts le long de son cou arqué et y enroula une boucle dorée.

— Même si tu t'y es sentie confinée, cela t'a probablement donné un meilleur exemple que ne l'aurait fait la vie avec ton père. Cecil avait la réputation de commencer des choses, mais il avait aussi celle de ne jamais les terminer. Il avait des idées fantastiques, des plans vraiment merveilleux et il y plongeait avec un bel enthousiasme. Mais il n'arrivait jamais à les faire vraiment se réaliser. Le fait que tu aies ressuscité cette affaire, que tu en aies assumé les actifs comme les passifs démontre un sens des responsabilités et une détermination que Cecil n'a jamais manifestés. Tu as, actuellement, dépassé ses plus grands efforts.

Le contact de la peau d'Olivier la fit frissonner. Allégra ne leva pas les yeux. Sa voix, assourdie par les replis de sa jupe, répondit :

— Ce n'est pas ce que tu disais autrefois. Tu m'as assez souvent dit que je n'avais aucun don pour les affaires.

Il sentit le cou d'Allégra se cabrer sous ses doigts.

— Mais je pense également que tu as un rare génie pour voir à ce qu'elles se réalisent.

Quand Allégra lui jeta un regard de côté, il sourit et poursuivit :

— Tu avais raison le jour où tu m'as dit que je ne te prenais pas au sérieux. Je t'ai sous-estimée. Nous l'avons tous fait. Moi, Jamie, le pomiculteur pompeux de Nouvelle-Angleterre. Je n'ai vu en toi que la fille de Cecil, avec le même enthousiasme impétueux et une approche tout aussi brumeuse des mathématiques. Je n'ai pas regardé plus loin. J'ai relié l'état lugubre des Confections Stellar avec ton incapacité à additionner une colonne de chiffres et j'en ai déduit que tu ne savais pas les diriger.

Il dégagea ses doigts des boucles d'Allégra et fit un grand geste de la main pour montrer toute la salle, englobant ainsi toute l'entreprise.

— Tu m'as démontré que j'avais tort, dit-il simplement.

Allégra le regarda plus attentivement. Elle n'arrivait pas à croire ce qu'elle entendait. Même si elle ne répondait pas, son cœur battait à grands coups.

Olivier ne semblait pas attendre une réponse. Il remit sa main sur l'épaule d'Allégra et dit :

— Tu as accompli un travail remarquable, Allégra, un travail que Cecil n'aurait jamais fait, peu importe le temps qu'il aurait vécu. Si on n'arrive pas à rentabiliser un projet, le résultat peut alors être mis en doute. Si on s'applique et qu'on tient à ses idées, on peut les réaliser. Laisse faire Barthélemy. Tu ne ferais que t'ennuyer avec la gestion quotidienne. Tu as déjà prouvé ta compétence.

Il frotta distraitement sa colonne et il poursuivit, se parlant autant à lui-même qu'à elle.

— J'aurais dû le comprendre depuis le début, dit-il d'un air penaud. J'aurais dû le comprendre durant les mois que tu as passés à l'*Étoile* : tu as réussi à amener tout le monde à travailler sans relâche avec tes concours de calico.

Il cessa de la masser.

— Tu as le don d'amener les gens à faire ce que tu veux, que ce soit cueillir des cabosses ou empaqueter des chocolats. Ou de s'occuper des finances. Si je n'avais pas été si entêté, j'aurais vu qu'il n'était pas essentiel que tu équilibres les budgets ou que tu calcules des coûts, parce que tu attires les gens qui le font pour toi. Tu stimules leur loyauté, leur entier dévouement.

Il donna une petite tape sur l'une de ses boucles pour attirer son attention et dit :

— Sais-tu pourquoi, Allégra?

Cette fois-ci, il attendit qu'elle réponde :

— Non, soupira-t-elle, inquiète.

Il laissa courir son doigt sous son menton et le leva jusqu'à ce que le visage d'Allégra soit au même niveau que le sien.

— Parce que tu les inspires, dit-il. Tu es une source d'inspiration pour tous ceux qui t'entourent. Tes idées, ton imagination, ton intérêt profond font que les gens trouvent à l'intérieur d'eux-mêmes des qualités qu'ils ignoraient.

Il tapota son menton et demanda :

— Penses-tu que Barthélemy aurait trouvé le courage et l'assurance de défier son père sans ton inspiration? De t'aider avec la manufacture? Ou d'épouser Violette? Penses-tu que Bruno aurait créé les chefs-d'œuvre de confiserie qu'il a faits? Ou que les peintres, les charpentiers et les vendeurs auraient pu mettre cette boutique sur pied en un mois?

Il s'arrêta un moment avant de demander, allant droit au but :

— Penses-tu que Cecil les aurait inspirés suffisamment pour qu'ils en arrivent aux mêmes résultats?

Olivier secoua la tête en réponse à sa propre question, puis il en posa une autre :

— Penses-tu que Cecil aurait pu me donner le courage de venir en Angleterre? De comprendre la folie de mon refus à seulement prévoir un tel voyage?

Des larmes de joie remplirent les yeux d'Allégra. Elle en eut une boule dans la gorge. Sa voix s'étouffa. Au lieu de cela, elle secoua la tête.

— Non, acquiesça Olivier.

Du pouce, il essuya une larme qui roulait sur la joue d'Allégra.

— Non, il n'aurait pas pu. Cecil charmait les gens, il les amusait mais il ne les inspirait pas. J'aimais Cecil, Allégra, je l'aimais beaucoup. Mais je t'aime.

Elle clignota des yeux pour ravaler le reste de ses larmes. Son cœur était presque en train d'éclater dans sa poitrine. Elle avait peine à trouver ce qui l'excitait le plus : sa déclaration d'amour ou l'acceptation de ce qu'il disait. Puis elle réalisa que les deux étaient inséparables.

Un jour qu'elle se tenait sur la véranda sous le vent doux et chaud, elle avait décidé qu'il était insuffisant d'aimer Olivier, qu'elle devait respecter ses propres ambitions. Plus tard, alors qu'elle triait des pelures d'orange et des emballages de papier, elle avait compris que, quelque part au cours de son voyage du Connecticut vers l'Angleterre, via les Antilles, Olivier était devenu partie prenante de sa vie et que rien d'autre n'était aussi important. Maintenant, assise sur le plancher couvert de chocolats de sa manufacture, elle savait qu'elle avait besoin des deux pour atteindre la paix qu'elle avait cherchée. Il était impossible de séparer sa tête de son cœur et impossible de séparer Olivier de la vie qu'elle avait toujours voulu vivre.

L'instant d'après, elle laissa partir Cecil et cessa d'utiliser son évocation comme une béquille. Elle le repoussa et il partit, laissant Allégra toute seule. Aucun sifflet ne résonna, aucun coup de fusil ne détonna, aucun cataclysme ne se produisit. Elle ne trébucha pas maladroitement, ni ne fit de faux pas, ni ne tomba. La belle entreprise de chocolat qu'elle avait conçue ne disparut pas. Olivier ne s'évanouit pas. Et elle n'en aima pas moins son père. Elle était toujours sa fille, ils étaient encore Pembroke et Fille, mais maintenant elle était, entièrement, Allégra.

Avant qu'elle puisse faire part à Olivier de son extraordinaire découverte, avant qu'elle ait pu traduire sa joie en paroles, il fit glisser sa main derrière sa tête et il l'attira à lui. Pendant un instant, elle le vit s'approcher ; elle vit l'humour qui se cachait dans les replis de sa bouche et les très longs cils qui embellissaient ses yeux. Ses lèvres se pressèrent contre les siennes. Sa joue effleura son visage et toutes les pensées qui se bousculaient en elle disparurent.

À leur place vinrent des souvenirs de lieux, de sensations et d'odeurs, de couleurs éclatantes, d'exotisme et d'émotions spectaculaires. Elle se rappela le contact des mains d'Olivier lorsqu'il la tenait dans la mer à Sabazon, qu'il la berçait au milieu des sacs de toile dans le boucan ou qu'il l'aidait à tenir la barre d'une goélette. Elle se remémora son baiser salé dans les vagues de Gouyave et ceux qui avaient rafraîchi sa peau brûlante quand ils étaient étendus dans les fleurs sauvages et le cresson. Elle se rappela le ciel, les étoiles. Elle goûta les sentiments qui l'envahissaient maintenant, le plaisir profond, le désir intense, l'amour. Elle retira ses mains de ses genoux et elle les glissa autour du cou d'Olivier, ses doigts enfouis dans sa chevelure.

— J'accepte votre offre, dit-elle quand elle s'arrêta pour rattraper son souffle et pour le regarder dans les yeux.

Olivier sourit de plaisir.

— Excellente décision, lui dit-il.

Il l'attira à nouveau.

Ses lèvres étaient presque sur celles d'Olivier. Elle se perdait presque dans un baiser quand une autre pensée la frappa.

— Attends, dit-elle.

Elle plaça ses deux mains sur ses épaules et le repoussa.

— Attends? demanda-t-il.

Une appréhension le saisit soudain. Le front d'Allégra se plissa.

— Tu as dit que tu allais vendre soixante-quinze pour cent de Pembroke et Fille à Barthélemy. Que comptes-tu faire avec l'autre quart?

— Oh, celui-là, répondit Olivier.

Il était soulagé par la nature de l'objection.

— Je te fais un cadeau de noces.

Des secondes paisibles s'écoulèrent sans qu'Allégra ne réponde ou qu'elle n'enlève ses mains des épaules d'Olivier. Il la pressa gentiment.

— Je te demande de m'épouser, Allégra.

Le front d'Allégra se détendit.

— Oui, je sais, dit-elle. Je commence à prévoir tes propositions, malgré tous tes efforts pour les camoufler. À bien y penser, ajouta-t-elle, je ne puis m'empêcher de penser pourtant que si nous nous marions, ma part de l'*Étoile* va devenir tienne et qu'il ne me restera rien.

Pendant un instant d'étonnement, Olivier ne fit que la regarder, puis il éclata de rire. Il prit les mains d'Allégra sur ses épaules et les tint dans les siennes. Il y déposa un baiser énergique.

— Au contraire, dit-il. Pour paraphraser un vieux dicton : tu ne perdras pas la moitié d'un domaine, mais tu en gagneras tout un.

Il laissa tomber ses mains et la prit dans ses bras. Son ton devint plus sérieux.

— Je ne peux m'imaginer diriger l'*Étoile* sans toi, dit-il. Ce serait un exercice trop terne. J'ai besoin de ton aide, de ton inspiration. J'ai besoin d'une associée à part égale.

Ses lèvres frôlèrent les siennes et touchèrent chacune de ses joues. Son souffle emmêla ses cheveux.

— À quoi penses-tu maintenant? murmura-t-il.

— Eh bien, répondit sérieusement Allégra.

Elle se tortilla pour retrouver une position plus « convenable ».

— Je pense que nous devrions reconsidérer le fait que l'*Étoile* ne dépende que du cacao. Nous avons eu une bonne récolte cette année, mais qu'arriverait-il si des pluies excessives devaient ruiner la floraison ou si la sécheresse devait durcir les bourgeons? Nous devons nous souvenir également que des domaines de cacao commencent à surgir en Afrique. Ils ont l'appui des Frères Cadbury, de Rowntree et de Fry. Avec ce genre de parrainage, le commerce antillais pourrait décliner.

Allégra ignora l'expression surprise d'Olivier et l'éclat glorieux que le fait d'être dans ses bras créait en elle. Elle poursuivit, laissant s'accroître son enthousiasme :

— J'ai idée que nous devrions prendre le temps de penser à la culture des bananes. Après tout, nous les faisons déjà pousser pour procurer de l'ombre à nos jeunes cacaoyers. J'en ai parlé à William avant mon départ. Nous étions d'accord, les bananes peuvent servir de complément idéal à son entreprise de pommes...

Olivier interrompit ses commentaires avec un baiser tout tressaillant de rire.

— Non seulement l'*Étoile* serait ennuyeuse sans toi, dit-il quand elle se tut, mais ma vie aussi serait tout à fait morne.

Il déposa un autre baiser à la racine de son nez et écarta quelques mèches de son visage.

— Par contre, penses-tu pouvoir oublier tes idées sur les bananes pendant quelques instants, le temps de répondre à ma question sur le mariage?

— Bien sûr, je le peux, répondit Allégra d'un ton aimable.

Puis elle sourit et l'enlaça encore une fois.

— J'accepte également cette offre, dit-elle.

imprimerie gagné ltée

IMPRIMÉ AU CANADA